Sie möchten keine Neuerscheinung verpassen?
Dann tragen Sie sich jetzt für unseren Newsletter ein!

www.ylva-verlag.de

Von Jae außerdem lieferbar

Alles eine Frage der Chemie
Falsche Nummer, richtige Frau
Eine Mitbewohnerin zum Verlieben
Tintenträume
Ein Happy End kommt selten allein
Alles nur gespielt
Aus dem Gleichgewicht
Hängematte für zwei
Herzklopfen und Granatäpfel
Vorsicht, Sternschnuppe
Cabernet und Liebe

Die Gestaltwandler-Serie:

Vollmond über Manhattan

Die Hollywood-Serie:

Liebe à la Hollywood
Im Scheinwerferlicht
Affäre bis Drehschluss

Die Portland-Serie:

Auf schmalem Grat
Rosen für die Staatsanwältin

Die Serie mit Biss:

Zum Anbeißen

Fair-Oaks-Serie:

Perfect Rhythm – Herzen im Einklang
Beziehung ausgeschlossen

Oregon-Serie:

Westwärts ins Glück (Bd. 1 & 2)
Angekommen im Glück
Verborgene Wahrheiten (Bd. 1 & 2)

Kuscheln im Erbe inbegriffen

JAE

Kapitel 1

»Und das ist der Ort, an dem Kuschelträume wahr werden.« Hannah schloss die Tür zu ihrer Wohnung auf und ließ Dawn den Vortritt.

»Dein Nachbar starrt uns an«, flüsterte Dawn, als sie sich an ihr vorbeischob.

Hannah seufzte, blickte aber nicht zurück. Man sollte meinen, ihre Nachbarn hätten sich inzwischen an ihre ständigen Besucher gewöhnt. »Vermutlich, weil meine Kunden meistens Männer sind, während du eine Frau bist.«

Dawn nickte. »Aber deine Nachbarn wissen schon, was du beruflich machst, oder?«

»Ja, natürlich. Ich musste allen Bescheid sagen, um die Genehmigung dafür zu bekommen, meinen Kuschelservice von zu Hause aus zu betreiben.« Nur mit Mühe widerstand Hannah dem Drang, ihrem neugierigen Nachbarn aufreizend zuzuzwinkern. *Benimm dich.* Die Gerüchteküche war ohnehin schon am Brodeln. Fest schloss sie die Tür hinter ihnen.

Dawn ging an der Küchenzeile vorbei und sah sich um.

Hannah blieb hinter ihr stehen und fragte sich, was ihre Einzimmerwohnung jemandem mit Dawns Hintergrund über sie verriet. Wahrscheinlich, dass sie ein bescheidenes Bankkonto und kein Talent für Innenausstattung hatte.

Schließlich deutete Dawn von der hintersten Ecke des Zimmers, wo Hannahs Bett hinter einem Vorhang hervorschaute, zur großen, schokoladenfarbenen Couch. Diese stand schräg in den Raum, weil Hannah im Möbelhaus ihre Größe falsch eingeschätzt hatte. Erst als sie das Möbelstück an seinen vorgesehenen Platz geschleppt hatte, war ihr aufgefallen, dass es nicht ganz an die Wand passte. »Bett oder Couch?«

Hannah legte sich eine Hand vor die Brust. »Eine solche Dienstleistung ist das hier nicht, Dr. Kinsley.«

»Wie bitte? Nein, ich …« Dawn brach in Gelächter aus. Ihre graugrünen Augen funkelten vergnügt. »Meine Frau wird sich freuen, das zu hören. Aber was ich eigentlich fragen wollte, ist: Wo kuschelst du mit deinen Kunden? Auf der Couch? Im Bett? Oder überlässt du die Wahl deinen Kunden?«

»Nein«, sagte Hannah. »Das Bett ist keine Option. Die meisten Menschen assoziieren es mit Sex, und ich versuche, ihnen beizubringen, dass Berührungen völlig platonisch sein können. Manchmal mache ich eine Ausnahme und kuschle im Bett, wenn der Kunde von außerhalb kommt und für unsere Sitzung ein Hotelzimmer gebucht hat. Bei Neukunden aber nicht.«

Ein sichtbarer Schauder lief durch Dawn. »Ich glaube nicht, dass ich das könnte. Mit fremden Leuten kuscheln.«

Hannah konnte sich auch nicht vorstellen, Dawns Beruf auszuüben und als Therapeutin mit Überlebenden von sexuellem Missbrauch oder Vergewaltigung zu arbeiten.

Bevor sie das sagen konnte, fügte Dawn hinzu: »Aber ich bin froh, dass du diesen Service anbietest. Ich habe mehrere Patientinnen, die von ein paar Sitzungen mit dir sehr profitieren würden. Sie brauchen einen sicheren Raum, in dem sie Körperkontakt wieder als etwas Positives erleben können.«

»Oder auch nicht«, sagte Hannah. »Wenn sie merken, dass sie noch nicht so weit sind, ist das auch völlig in Ordnung. Wir können die Sitzung damit verbringen, nebeneinanderzusitzen und uns zu unterhalten. Ich versuche, meinen Klienten beizubringen, dass sie Nein sagen können, wenn ihnen etwas unangenehm ist.«

»Und genau aus diesem Grund denke ich, dass eine Kuschelstunde für meine Patientinnen hilfreich wäre. Als ich an deinem Workshop teilgenommen habe, hat mich sehr beeindruckt, wie sehr sich deine Arbeit auf ausdrückliche Zustimmung und Kommunikation gründet. Es geht um viel mehr, als nur eine Stunde lang in Löffelchenstellung dazuliegen.«

Hannah strahlte sie an. Endlich jemand, der zu verstehen schien, worum es beim professionellen Kuscheln wirklich ging.

Dawn lächelte zurück. »Also, wärst du bereit, dich meiner Patientinnen anzunehmen, wenn sie Interesse haben? Du kuschelst doch auch mit Frauen, oder?«

»Ja, natürlich. Ich kuschle mit jedem, unabhängig von Geschlecht oder sexueller Orientierung. Jeder braucht körperliche Nähe.« Mit einer Frau zu kuscheln, wäre eine schöne Abwechslung. Hannah setzte sich auf die Couch, stützte ihren Ellbogen auf den pelzigen Oberschenkel von Eddy, ihrem Teddybären, und bedeutete Dawn, es sich ebenfalls bequem zu machen. »Sag deinen Patientinnen einfach, sie sollen sich mein Profil auf der *Schmuseeinheit*-Webseite ansehen und –«

Es klingelte an der Tür.

Hannah schaute auf ihre Uhr. Sie erwartete den ersten Klienten des Tages in einer halben Stunde, aber er war Stammkunde und wusste, dass er nicht vor der verabredeten Zeit kommen sollte. »Tut mir leid. Bin gleich wieder da.« Sie sprang auf, um den unliebsamen Besucher abzuwimmeln.

Als sie die Tür öffnete, stand ein Postbote vor ihr und hielt ihr einen dicken Umschlag hin. »Ich habe ein Einschreiben für Hannah Martin.«

Ein Einschreiben? Das konnte nichts Gutes bedeuten. Hoffentlich war es nicht von ihrem Vermieter. Zwar hatte er widerwillig zugestimmt, dass Hannah ihren Kuschelservice von ihrer Wohnung aus betreiben durfte, aber ein großer Fan ihres Berufs war er nicht. Entweder nahm er an, dass sich dahinter Sexarbeit verbarg, oder er befürchtete, dass eine professionelle Kuschlerin nicht genug Geld verdienen würde, um die Miete zu bezahlen. Leider war an der zweiten Vermutung manchmal mehr dran, als ihr lieb war.

»Das bin ich.« Sie streckte die Hand aus, um den Brief entgegenzunehmen, aber der Postbote hielt ihn fest.

»Sie müssen erst unterschreiben.« Er trennte eine grüne Karte von der Rückseite des Umschlags ab und reichte sie Hannah zusammen mit einem Kugelschreiber.

Hannah kritzelte ihre Unterschrift auf die dafür vorgesehene Linie, nahm den Umschlag dankend entgegen und schloss die Tür. Während sie zurück zur Couch ging, warf sie einen Blick auf den Absender.

Puh. Der Brief war nicht von ihrem Vermieter. Auf dem Stempel in der Ecke des Umschlags stand *Woodruff & Beck, Anwaltskanzlei.*

Moment mal! Anwälte? Das war auch nicht besser. Sie hatte noch nie mit einer Kanzlei zu tun gehabt. Bisher hatte sie noch nicht einmal einen Strafzettel bekommen. Hatte jemand sie verklagt? Ihre Finger umklammerten den Umschlag fester.

Sie ließ sich auf die Couch fallen und rang sich ein Lächeln ab, als sie sich wieder Dawn zuwandte. Der Brief würde warten müssen. Im Moment war es wichtiger, Kontakte zu einer etablierten Psychotherapeutin zu knüpfen. Sie versuchte, sich daran zu erinnern, worüber sie geredet hatten, aber in ihrem Kopf herrschte Leere.

»Ist alles in Ordnung?« Dawn musterte sie mit einem besorgten Blick. »Wenn etwas passiert ist, kann ich auch ein anderes Mal wiederkommen.«

»Nein. Mir geht's gut.« Hannah schob den Brief unter eines der mangofarbenen Kissen. Aus den Augen, aus dem Sinn. So war das normalerweise bei ihr. Aber dieses Mal nicht. Ihr Blick glitt immer wieder zu dem Kissen zurück.

»Bist du sicher?«

»Ja. Es kommt nur nicht jeden Tag vor, dass ich ein Einschreiben von einem Anwalt bekomme.« Hannah lachte. Es klang so überzeugend, wie es sich anfühlte. »Aber wahrscheinlich ist es völlig harmlos.«

»Mach den Brief auf und sieh nach«, sagte Dawn. »Das stört mich nicht.«

Hannah zögerte. Auch wenn sie sich auf Anhieb gut verstanden hatten, war Dawn trotzdem eine potenzielle Kooperationspartnerin, keine enge Freundin. Aber in ihrem Job als professionelle Kuschlerin hatte sie gelernt, auf ihr Bauchgefühl zu vertrauen, und jetzt sagte es ihr, dass es Dawn wirklich nichts ausmachte … und dass der Inhalt wichtig war.

»Oder wir können unser Treffen abkürzen, wenn du lieber allein sein willst, um den Brief zu öffnen«, fügte Dawn hinzu.

»Nein, nicht nötig. Wie ich schon sagte. Es ist wahrscheinlich harmlos.« Doch als Hannah nach dem Umschlag griff und ihn aufriss, zitterten ihre Hände. Sie zog mehrere Blatt Papier heraus und entfaltete sie. Ganz oben lag ein Anschreiben, das auf teures Briefpapier gedruckt war.

Hannah überflog das Schreiben und las es dann noch einmal langsamer, um die juristischen Fachbegriffe zu verstehen.

Sehr geehrte Ms Martin,

im Namen der Kanzlei Woodruff & Beck möchte ich Ihnen mein aufrichtiges Beileid zum Tod von Julian P. Lambert aussprechen. Ich wende mich an Sie, um Ihnen mitzuteilen, dass er zu Lebzeiten einen Trust eingerichtet hat, der mit seinem Tod unwiderruflich wurde. In der Trusturkunde werden Sie als eine der Begünstigten genannt. Als Trustverwalter habe ich die Aufgabe, das gesamte Trustvermögen zu verwalten und es an die Begünstigten zu übertragen, was ich so bald wie möglich tun werde.

Anbei finden Sie eine Kopie der Trusturkunde, damit Sie sich mit den Einzelheiten vertraut machen können.

Wenn Sie Fragen haben, zögern Sie bitte nicht, mich unter 503-595-7025 zu kontaktieren.

Mit freundlichen Grüßen
Craig Woodruff

Hannah starrte auf die Worte, bis diese vor ihren Augen verschwammen. Julian P. Lambert? Sie kannte niemanden mit diesem Namen, oder?

»Schlechte Nachrichten?«, fragte Dawn.

»Nein.« Nun ja, für Julian P. Lambert, wer immer er auch war, waren es sicherlich schlechte Nachrichten. »Zumindest glaube ich das nicht.« Hannah blätterte durch den Rest der Papiere. Es handelte sich um etwa zehn Seiten juristischen Kauderwelschs. Sie überflog sie, bis ihr eigener Name ihr ins Auge sprang, und las dann ab dem Anfang des Abschnitts.

Nach dem Tod des Erblassers wird, sofern nichts anderes bestimmt ist, das gesamte in Anhang A aufgeführte Trustvermögen zu gleichen Teilen zwischen den Töchtern des Erblassers, Brooke Geraldine Lambert und Winter Louise Sullivan, aufgeteilt.
Recht, Titel und Interesse an der Immobilie in der 19460 SW East Side Road in Lake Oswego, Oregon, gehen auf Brooke Geraldine Lambert über.
Recht, Titel und Interesse an der Immobilie in der 1405 SW Park Avenue in Portland, Oregon, gehen zu gleichen Teilen auf Hannah Elizabeth Martin und Winter Louise Sullivan über, jedoch nur unter der Bedingung, dass beide dort gemeinsam mietfrei für einen Zeitraum von zweiundneunzig aufeinanderfolgenden Tagen wohnen.

Hannah sackte gegen die Rückenlehne der Couch und rieb sich die Augen. Eine Immobilie. Träumte sie etwa? Als sie schließlich von dem Brief aufsah, begegnete sie Dawns fragendem Blick. »Ich glaube, jemand, den ich nicht einmal kenne, hat mir ein Haus hinterlassen. Na ja, die Hälfte eines Hauses.« Sie betrachtete das Dokument. »Es sei denn, es handelt sich um eine ausgeklügelte Version der Betrugsmasche mit dem nigerianischen Prinzen.«

Dawn neigte den Kopf zur Seite. »Welche Betrugsmasche?«

»Ach, du weißt schon. Eine dieser E-Mails, in denen steht, dass man der nächste Angehörige eines nigerianischen Prinzen sei und dreißig Millionen Dollar erben werde, sobald man eine geringfügige Überweisungsgebühr bezahlt habe.«

Dawn kicherte. »Vielleicht solltest du den Anwalt googeln.«

Warum war sie darauf nicht selbst gekommen? Hannah konnte noch immer nicht klar denken. Sie zog ihr Handy aus der Hosentasche und tippte den Namen der Anwaltskanzlei in den Browser ein. Eine professionell aussehende Webseite erschien und unter *Fachgebiete* stand zu lesen, dass sich die Kanzlei auf Nachlassplanung und Erbrecht spezialisiert hatte. »Sieht seriös aus.«

So kam sie nicht weiter. Aber vielleicht … Sie tippte *Julian P. Lambert* ein und scrollte dann an Links zu LinkedIn und dem *Portland Business Journal* vorbei, bis sie zu einem Nachruf kam.

Julian P. Lambert, der Gründer von ZLT AgriMarketing, verstarb im Alter von sechsundsiebzig Jahren am …

Das Foto auf der linken Seite wurde endlich langsam geladen und Hannah hörte abrupt auf zu lesen.

O mein Gott! Das ist Jules! Trotz ihres schlechten Gedächtnisses für Gesichter erkannte sie ihn sofort. Sein dichtes, silbergraues Haar war unverkennbar. Bei ihrer ersten Begegnung hatte sie es für eine Perücke gehalten. Erst als sie ihm eine Kopfmassage gegeben hatte, war ihr klar geworden, dass sein Haar echt war. Erschrocken hatte sie innegehalten und das war das erste Mal gewesen, dass sein ernster Gesichtsausdruck einem Grinsen gewichen war.

Und jetzt war er tot. Ein beklemmendes Gefühl machte sich in ihrer Magengrube breit. Sie ließ das Handy auf die Couch fallen und blinzelte gegen das Brennen in ihren Augen an.

Dawn rutschte näher an sie heran und legte kurz ihre Hand auf Hannahs. »Es tut mir leid. Du kanntest ihn also doch?«

»Ja, ähm …« Hannah biss sich auf die Unterlippe. Als professionelle Kuschlerin war sie an die Schweigepflicht gebunden und durfte Dawn nicht verraten, woher sie Jules kannte.

»Ach so. Er war ein Kunde. Du musst nichts sagen.« Dawn drückte sanft Hannahs Finger, ließ dann los und stand auf. »Ich werde jetzt gehen, damit du das alles verarbeiten kannst.« Sie nickte auf das Schreiben hinab, das zu Boden gefallen war.

Hannah hob es auf und umklammerte die Seiten so fest, als würde dadurch alles greifbarer werden. »Danke. Ich gebe zu, das hat mich jetzt etwas aus der Bahn geworfen.«

Sie hatte natürlich gewusst, dass Jules krank gewesen war, denn sie hatten seine Kuschelsitzungen immer um seine Dialysetermine herum legen müssen. Oft hatte er müde gewirkt und hin und wieder war er sogar während einer Kuschelstunde eingeschlafen. Aber er hatte es immer abgetan. Das entschlossene Funkeln in seinen Augen hatte sie vergessen lassen, dass er nicht bei bester Gesundheit war, und sie wusste, dass er es so gewollt hatte. Obwohl er seit Monaten keinen Termin vereinbart hatte, war ihr nicht der Gedanke gekommen, ihm könnte etwas passiert sein. Sie hatte angenommen, eines seiner unzähligen Projekte hielte ihn beschäftigt, denn trotz seines Ruhestands schien er immer an irgendetwas zu arbeiten.

»Ich hatte keine Ahnung, dass er …« Sie unterbrach sich. »Oder dass er vorhatte, mir etwas zu hinterlassen. Von jetzt auf gleich gehört mir ein halbes Haus. Funktioniert das wirklich so? Müsste es nicht eine Testamentseröffnung oder so etwas geben?«

Dawn schüttelte den Kopf. »Wir hatten auch keine, als mein Vater und mein Bruder gestorben sind. So etwas gibt es im wirklichen Leben nicht, nur in Filmen. Diese dramatischen Enthüllungen und überraschtes Nach-Luft-Schnappen in mahagoniverkleideten Anwaltskanzleien sorgen wohl für gute Unterhaltung.«

»Ja, vermutlich.« Wie auf Autopilot begleitete sie Dawn zur Tür und gab ihr einen Stapel Visitenkarten zum Verteilen an ihre Patientinnen mit. »Vielen Dank, dass du gekommen bist. Ruf mich an, wenn du Gelegenheit hattest, mit deinen Patientinnen zu sprechen, oder wenn du irgendwelche Fragen hast.«

Sobald sich die Tür hinter Dawn geschlossen hatte, lehnte sich Hannah dagegen und starrte auf die Dokumente, die sie noch immer in der Hand hielt.

Würden Jules' Töchter ähnliche Briefe bekommen? Hatte er ihnen gesagt, dass er vorhatte, seiner professionellen Kuschlerin die Hälfte des Hauses zu vererben?

Falls nicht, wäre überraschtes Nach-Luft-Schnappen vielleicht doch nicht bloß auf Filme beschränkt.

Kapitel 2

Winter stürmte am Empfangstresen und zwei Angestellten ihrer Halbschwester vorbei und riss Brookes Bürotür auf, ohne anzuklopfen. »Hast du davon gewusst?«

Brooke sah auf. Gelassen nahm sie ihre manikürten Finger von der Tastatur und winkte ab. »Schließ die Tür.«

Winter knallte die Tür dermaßen zu, dass die überteuerten Kunstwerke an den Wänden wackelten.

Ihre Schwester hingegen schien völlig gefasst zu sein. Ihr Make-up war wie immer makellos und in ihrem strengen Dutt saß jedes Haar, wie es sollte. Brookes kastanienbraunes Haar ärgerte Winter jedes Mal aufs Neue, weil es im Gegensatz zu ihrem eigenen silberfarbenen Schopf nicht eine einzige graue Strähne aufwies, obwohl Brooke genau wie sie selbst einundvierzig und sogar fünf Monate älter war.

Brooke warf ihr einen kühlen Blick zu. »Habe ich wovon gewusst?«

»Spiel nicht die Ahnungslose. Natürlich hast du es gewusst.« Mit langen Schritten durchquerte Winter das geräumige Eckbüro und drückte Brooke das Dokument in die Hand. »Der alte Fuchs hat sein gesamtes Vermögen in einen Trust überführt.«

Brooke gab es zurück, ohne einen Blick darauf geworfen zu haben. »Na und? Damit wird das ganze Prozedere für uns beschleunigt, weil wir ein langes gerichtliches Nachlassverfahren vermeiden können.«

»Ja, für *dich* wird alles beschleunigt! Du bekommst das Haus in Lake Oswego und die Hälfte von allem anderen in jedem Fall, während mein Erbe an Bedingungen geknüpft ist.« Natürlich hatte die Sache einen Haken. Sie hätte es wissen müssen. Nichts war bei ihrem Vater jemals bedingungslos. Alles hatte seinen Preis, zumindest für sie. Brooke, sein ehelich geborenes Goldkind, hatte immer alles bekommen, was sie wollte, ohne lange bitten zu müssen.

Winters Finger verkrampften sich, als sie gegen den Drang ankämpfte, dieses verdammte Schriftstück in kleine Fetzen zu reißen. Als sie den Brief geöffnet hatte, war sie drauf und dran gewesen, ihn einfach wegzuwerfen, so wie Julian ihre Mutter weggeworfen hatte. Winter hatte jahrelang hart gearbeitet, um ihre eigene Firma erfolgreich zu machen. Sie brauchte nichts von alldem, was in der Trusturkunde aufgeführt war, weder sein Geld oder seine Aktien noch seine Lebensversicherungspolicen. Sie scherte sich nicht darum.

Das Gebäude in der SW Park Avenue hatte sie jedoch haben wollen, schon seitdem sie letztes Jahr erfahren hatte, dass es zum Verkauf stand. Durch seine Lage in der Innenstadt von Portland war es für viele ihrer Marketingkunden leicht zu erreichen und die großen Erkerfenster hatten es ihr angetan. Sie hatte vorgehabt, zwei der Einzimmerwohnungen für sich zu behalten, eine als Wohnbereich, die andere als Büro für Kundentermine. Die anderen Wohnungen hätte sie vermietet, was ihr beim Tilgen der Hypothek geholfen hätte.

Aber dank ihrer Schwester, dieser falschen Schlange, hatte Julian von ihren Plänen erfahren und ihr das Gebäude vor der Nase weggeschnappt. »Ich habe dir lediglich eine wertvolle Lektion erteilt«, hatte er in sachlichem Ton gesagt. »Das Immobiliengeschäft ist genauso schnelllebig wie die Marketingbranche. Wenn du als Marketingberaterin auf Dauer Erfolg haben willst, kannst du es dir nicht leisten, beim Abwickeln von Geschäften zu schlafen. Besser, du lernst das von mir als von jemand anderem.«

Jetzt hielt er Winter das Gebäude wie eine Karotte vor die Nase, in einem letzten Versuch, ihr Verhalten selbst aus dem Grab heraus zu steuern.

Brooke zuckte mit den Schultern. »Unser Vater hat es so gewollt und von allem anderen bekommst du die Hälfte, ohne auch nur einen Finger krumm gemacht zu haben. Du hast nichts getan, um auch nur einen Cent seines Geldes zu verdienen, warum beschwerst du dich also?«

»Verdienen?« Winter zog das Wort in die Länge. »Ach, und du glaubst, du hast es verdient, nur weil deine Mutter bei deiner Geburt einen Ehering am Finger hatte und meine nicht? Ich bin genauso seine Tochter wie du und habe das gleiche Anrecht auf Julians Geld!« Das war der einzige Grund, warum sie ihr Erbe nicht ausschlug: um allen zu beweisen, dass sie es ebenso sehr verdiente wie seine eheliche Tochter. Vermutlich würde sie das meiste davon ihrer Mutter geben oder für wohltätige Zwecke spenden, aber Brooke überlassen würde sie es nicht.

»Ach, plötzlich fällt dir wieder ein, dass du seine Tochter bist? Hat man aber nicht gemerkt, als er krank wurde. Du warst nicht da, als sein Herz versagt hat und –« Brooke winkte ab, presste dann ihre Handflächen auf den teuren

Schreibtisch und saß kerzengerade da. »Entschuldige also, wenn ich nicht in der Stimmung bin, mir deinen kleinen Tobsuchtsanfall anzuhören. Ich habe zu tun.« Sie zog die Tastatur näher an sich heran und konzentrierte sich wieder auf den Bildschirm. Offenbar war das Gespräch für sie beendet.

O nein! Wenn ihre Halbschwester glaubte, der stolzen Lambert-Tradition folgen zu können, indem sie ihre Existenz ignorierte, hatte sie die Rechnung ohne Winter gemacht! Winter ließ sich in den Besucherstuhl vor Brookes riesigem Schreibtisch sinken und streckte ihre langen Beine aus, als wollte sie es sich bequem machen. Sie würde dieses Büro erst verlassen, wenn sie fertig war. Ein Lambert, der sie zwang, nach seiner Pfeife zu tanzen, war mehr als genug. Sie kniff die Augen zusammen und musterte Brookes unbewegte Gesichtszüge. »Wenn du glaubst, du hättest es verdient, alles allein zu erben, weil du für Julian die Krankenschwester gespielt hast, wieso lässt du dich dann auf diese Farce ein? Sag nicht, du bist damit einverstanden, dass die Hälfte des Anwesens in der Park Avenue an eine Wildfremde geht!«

»Eine Wildfremde?«, wiederholte Brooke. »Du weißt also auch nicht, wer sie ist?«

Winter lachte ohne jegliche Belustigung. »Ich? Ich dachte, du wüsstest es!«

»Ich habe nicht die geringste Ahnung.« Brooke lehnte sich in ihrem Designerledersessel zurück und wirkte souverän und überlegen. »Ich weiß nur, dass sie die Immobilie nicht bekommen wird.«

»Natürlich wird sie das.«

»Wer sagt das?«

»Du hast zwei Abschlüsse von renommierten Universitäten und kannst trotzdem nicht lesen?« Winter hielt die Trusturkunde in die Höhe und grinste Brooke über den Seitenrand hinweg an, bevor sie laut vorlas: »Recht, Titel und Interesse an der Immobilie in der 1405 SW Park Avenue in Portland, Oregon, gehen zu gleichen Teilen auf Hannah Elizabeth Martin und Winter Louise Sullivan über.«

»Dein Abschluss von einer billigen staatlichen Uni, von der noch nie jemand etwas gehört hat, war beim Lesenlernen offenbar auch nicht hilfreich.« Brooke schob einen Stapel Papierkram beiseite, öffnete eine Ledermappe und zog ihre eigene Kopie des Dokuments heraus. »Jedoch nur unter der Bedingung, dass beide dort gemeinsam mietfrei für einen Zeitraum von zweiundneunzig aufeinanderfolgenden Tagen wohnen. Während dieses Zeitraums müssen beide unter demselben Dach übernachten. Für den Fall, dass eine der beiden Begünstigten dieser Bedingung nicht zustimmt oder gegen sie verstößt, erhält sie keine Ausschüttung und ihr Anteil am Trustvermögen geht an die älteste Tochter des Erblassers, Brooke Geraldine Lambert.« Sie ließ die Papiere sinken und warf Winter einen süffisanten Blick zu.

Winter starrte kühl zurück. »Deshalb reagierst du so gelassen. Du denkst, ich werde mich weigern, bei Julians Erpressung mitzuspielen, sodass du meinen Anteil bekommst, dieser Hannah ihre Hälfte abkaufst und schon gehört dir das ganze Gebäude.«

Brooke rollte träge einen silbernen Kugelschreiber zwischen ihren Fingern. »Klingt für mich nach einem wasserdichten Plan.«

Falls Winter je mit dem Gedanken gespielt hatte, die Trusturkunde zu einer Papierkugel zusammenzuknüllen, sie Brooke ins Gesicht zu schleudern und ihr zu sagen, sie solle das verdammte Erbe behalten, so war dieser Gedanke genauso schnell verschwunden wie Julian aus dem Leben ihrer Mutter. Die Leder-Stahl-Konstruktion unter Winter knarrte, als sie sich abrupt nach vorn beugte. »Nicht so wasserdicht, wie du denkst, Schwesterherz.« Sie zog das Wort spöttisch in die Länge. »Ich beabsichtige, die Bedingung des Trustvertrags in vollstem Umfang zu erfüllen.«

Mist. Sie hatte nicht vorgehabt, das zu sagen und auf Julians Erpressung einzugehen. Aber sie würde es nicht zurücknehmen.

Falls ihre Erklärung Brooke überrascht hatte, so ließ sie sich das nicht anmerken. Ihr Pokerface war so makellos wie ihr Make-up. »Es spielt keine Rolle, was du beabsichtigst, Schwesterherz.« Sie verlieh dem Wort den gleichen spöttischen Klang. »Wie lange hast du mit deiner letzten Freundin zusammengelebt? Ach, stimmt! Du gehst keine Beziehungen ein, weil du Menschen nicht magst – und sie dich auch nicht.«

Winter schnaubte. »Wer im Glashaus sitzt, sollte nicht mit Steinen werfen. Du bist eine Headhunterin und kannst nicht mal eine Assistentin finden, mit der du gern zusammenarbeitest.«

»Es heißt Personalberaterin«, murmelte Brooke. »Und ich könnte schon jemanden finden, ich will es nur nicht. Eine Assistentin wäre mir nur ein Klotz am Bein. Die meisten Leute sind Idioten.«

Einen Moment lang herrschte einvernehmliches Schweigen. Nach einundvierzig Jahren, in denen sie immer wieder aneinandergeraten waren, hatten sie endlich etwas gefunden, bei dem sie gleicher Meinung waren.

»Die geheimnisvolle Fremde«, Brooke tippte auf den Abschnitt des Trustdokuments, in dem die Begünstigten aufgeführt waren, »wird vermutlich keine Ausnahme sein.«

»Na und?«, sagte Winter. »Nur weil wir gezwungen sind, drei Monate lang unter einem Dach zu leben, heißt das nicht, dass wir beste Freundinnen werden müssen. Es ist schließlich ein großes Gebäude. Wir werden uns höflich zunicken, wenn wir uns zufällig im Aufzug begegnen, aber das war's auch schon.«

Brookes Mundwinkel verzogen sich zu einem Grinsen. »Ja, es ist ein großes Haus, aber alle Einheiten sind vermietet. Und da die Miete für Portländer Verhältnisse ziemlich günstig ist, wird keiner auf absehbare Zeit ausziehen wollen. Du wirst dir Papas Wohnung im obersten Stockwerk mit der geheimnisvollen Fremden teilen müssen.«

Ein Kloß setzte sich in Winters Hals fest, aber sie weigerte sich, ihn hinunterzuschlucken, um Brooke nicht auf ihr Unbehagen aufmerksam zu machen. Sie hatte mit niemandem mehr zusammengelebt, seit sie mit achtzehn aus dem Haus ihrer Mutter ausgezogen war. Schon bei dem bloßen Gedanken daran, sich mit jemandem eine Wohnung zu teilen, spürte sie die Verspannung in ihrem Rücken zunehmen.

Hatte Julian sich absichtlich eine Bedingung ausgedacht, die sie ins Schwitzen bringen würde? Sie hielt es für wahrscheinlich. Er hatte schon immer ein Talent dafür gehabt, die Schwachstellen der Konkurrenz ausfindig zu machen, und in seinem Privatleben war es genauso gewesen.

Brookes Grinsen wurde breiter. »Jetzt bist du nicht mehr so selbstsicher, was? Wie ich dich kenne, hältst du es keine zweiundneunzig Stunden, geschweige denn zweiundneunzig Tage mit jemandem aus. Ich kann mich zurücklehnen und abwarten, bis eine von euch den Schauplatz eures Elends verlässt. Vielleicht habe ich sogar Glück und ihr geht beide.«

Winter knirschte mit den Zähnen. Das war also der Grund, warum Brooke so ruhig wie ein tibetischer Mönch geblieben war. Sie ging davon aus, dass sie am Ende zumindest die Hälfte des Gebäudes bekommen würde! Aber diese Genugtuung würde sie ihr nicht gönnen. »Träum weiter. Wir sprechen uns dann in neunzig Tagen, wenn ich mein Erbe bekomme.« Sie erhob sich und schlenderte zur Tür.

»Es sind zweiundneunzig Tage«, rief Brooke ihr nach. »Aber ich tippe eher auf sieben.«

»Genieß deine Wahnvorstellungen.« Winter marschierte mit hoch erhobenem Kopf hinaus. Sie würde das schon schaffen. Drei Monate waren keine Ewigkeit. Nur weil sie die Wohnung mit einer Fremden teilen musste, hieß das nicht, dass sie dazu verpflichtet war, Zeit mit ihr zu verbringen. Sie konnten einen Plan aufstellen, der bestimmte, wer wann die Küche benutzen durfte. Dann brauchten sie einander kaum zu begegnen. Sie würde ohnehin die ganze Zeit arbeiten, und wenn sie Glück hatte, war diese Anna oder Hannah oder wie auch immer sie hieß, ebenfalls eine arbeitssüchtige Einzelgängerin, die andere am liebsten auf Abstand hielt.

Direkt nach dem Studium hatte Winter in einer Marketingagentur gearbeitet, die sich auf Anwaltskanzleien spezialisiert hatte. In den zwei Jahren hatte sie drei Dinge gelernt: Die meisten Anwaltsbiografien auf Webseiten lasen sich ungefähr so interessant wie ein Gesetzbuch, sie war nicht dafür geschaffen, Angestellte zu sein, und es war eine gute Idee, für jede Gelegenheit die Telefonnummer eines Anwalts auf Kurzwahl gelegt zu haben.

Wahrscheinlich hatte Brooke sofort ihren Anwalt angerufen, nachdem sie den Brief erhalten hatte, und das war einer der Gründe, warum sie so ruhig geblieben war.

Auf dem Weg durch die moderne Lobby von Brookes Bürogebäude zog Winter ihr Handy aus der Tasche und scrollte durch ihre Kontakte. Mit dem läutenden Handy am Ohr trat sie auf die Market Street hinaus.

»Anwaltskanzlei Gardner & Jablonski, Sie sprechen mit Patrick Murphy«, sagte der Empfangsmitarbeiter der Kanzlei. »Was kann ich für Sie tun?«

»Mein Name ist Winter Sullivan. Ist Ms Gardner im Haus?«

»Ja, ist sie. Einen Moment. Ich stelle Sie durch.«

Lebhafte Klaviermusik schallte durch das Handy. Winter hob die Augenbrauen. Das Stück war zu beschwingt für eine Kanzlei, die sich mit Erbrecht und Testamenten beschäftigte. Das passte nicht zur Marke. Gut, dass sie angerufen hatte. Sie musste Abby unbedingt ein paar kostenlose Marketingtipps geben, im Austausch gegen eine kostenlose Rechtsberatung. Schließlich war das seit Jahren die Grundlage ihrer Freundschaft, wenn man ihre Bekanntschaft überhaupt so nennen konnte.

»Hallo, Winter«, meldete sich Abby. »Wie geht's dir? Es ist eine Weile her, dass ich von dir gehört habe.«

Winter war nicht gut darin, Kontakt zu halten. »Mir geht's gut. Und dir? Und wie geht es … ähm …« Sie blieb an einer Straßenecke stehen, als bekäme ihr Gehirn dadurch die Chance, sich an den Namen zu erinnern. *Verdammt.* Brooke hätte den Namen von Abbys Verlobter sicher parat gehabt. Vermutlich war sie inzwischen sogar Abbys Ehefrau. Man munkelte, dass Brooke die Namen der Angehörigen von Geschäftspartnern in ihren Akten aufbewahrte.

Tja, sie war eben nicht Brooke. Sie beeindruckte ihre Kunden lieber mit einer verbesserten Konversionsrate als mit zwischenmenschlichen Nettigkeiten. Außerdem waren Abby und sie nicht eng befreundet. Sie waren in Kontakt geblieben, weil sie beide Workaholics waren und sich gut verstanden, aber meistens riefen sie einander nur dann an, wenn sie einen beruflichen Rat brauchten.

»Claire«, sagte Abby schließlich. »Soviel ich weiß, geht es ihr gut. Wir haben uns getrennt.«

»Oh. Tut mir leid, das zu hören.« Es musste wirklich eine Weile her sein, seit sie zuletzt miteinander gesprochen hatten.

»Ist schon in Ordnung«, sagte Abby. »Was kann ich für dich tun?«

»Julian … mein Vater ist gestorben und –«

»Das tut mir leid.«

Jetzt war es an Winter zu sagen: »Ist schon in Ordnung.« Das war vielleicht nicht die gesellschaftlich übliche Antwort, aber ihr Vater war für sie schon vor langer Zeit gestorben. »Jedenfalls hat er sein Vermögen in einen Trust eingebracht und einen Teil des Erbes an eine lächerliche Bedingung geknüpft. Wenn ich mich weigere, drei Monate lang mit einer Fremden zusammenzuleben, geht das Gebäude, das ich unbedingt haben will, an meine Halbschwester. Gibt es eine Möglichkeit, dagegen vorzugehen?«

»Hm«, sagte Abby. »Ich kann dir einen Anwalt für Trustrecht empfehlen, der in Oregon zugelassen ist, aber ich würde mir an deiner Stelle nicht allzu viel davon versprechen. Ein Trustvertrag ist vor Gericht viel schwerer anzufechten als ein Testament. Die Bedingung deines Vaters mag ungewöhnlich sein, aber es klingt nicht so, als würde sie gegen ein bestehendes gesetzliches Verbot verstoßen. Ich bezweifle, dass ein Gericht sie als unwirksam erklären würde – es sei denn, du könntest nachweisen, dass er geistig nicht in der Lage war, die Tragweite seines Handelns zu erkennen.«

Winter seufzte. Es war unmöglich, das zu beweisen. Selbst mit Mitte siebzig war Julians Verstand so scharf wie ein Skalpell gewesen. Insgeheim hatte sie bereits befürchtet, dass sie nicht so einfach aus der Sache herauskommen würde. Julian hatte bestimmt den besten Anwalt für Nachlassplanung an der Westküste engagiert, um sicherzustellen, dass das Dokument hieb- und stichfest war.

Na toll. Sie würde also die nächsten drei Monate mit dieser Hannah verbringen müssen, die womöglich eine Serienmörderin war.

Sie schüttelte den Kopf über sich selbst. *Du bist ja vielleicht dramatisch!*

Okay, vermutlich war sie keine Serienmörderin, aber sie könnte sehr wohl eine Erbschleicherin sein, die Julian dazu gebracht hatte, sie zu einer Begünstigten zu machen.

»Na schön. Sieht wohl so aus, als müsste ich in den sauren Apfel beißen. Danke, Abby. Sag mir Bescheid, wenn du eine Marketingfrage hast und ich mich revanchieren kann. Apropos, du solltest wirklich deine Warteschleifenmusik auf etwas weniger Fröhliches umstellen.«

Sie verabschiedeten sich und beendeten das Gespräch.

Winter überquerte die Straße, um zu ihrem Auto zu gelangen. Dort angekommen setzte sie sich hinter das Lenkrad, startete aber noch nicht den Motor.

Lass uns mal herausfinden, wer diese Hannah Martin ist.

Winter war sich ziemlich sicher, dass sie diesen Namen noch nie in ihrem Leben gehört hatte. Sie tippte mit den Daumen *Hannah Martin Portland* in den Browser ihres Handys ein.

Die Suche ergab so viele Treffer, dass die zweiundneunzig Tage vorbei sein würden, bis sie jeden Link überprüft hätte. Auf der ersten Seite der Suchergebnisse waren eine Veranstaltungsplanerin, eine Massagetherapeutin und eine Pilates-Trainerin aufgeführt, und Winter hatte keine Ahnung, welche davon die richtige Hannah Martin war.

Vielleicht die Veranstaltungsplanerin? Julian schien nicht der Typ zu sein, der sich massieren ließ oder einen Pilates-Kurs besuchte.

Aber genau konnte sie es nicht sagen. Sein Putzpersonal hatte ihn vermutlich besser gekannt als sie.

Grummelnd ließ sie ihr Handy auf den Beifahrersitz fallen. Gleich morgen früh würde sie den Trustverwalter anrufen und ein Treffen mit ihm und Ms Martin vereinbaren. Je eher sie ihre zweiundneunzig Tage Haft antraten, desto früher würde diese ganze Farce ein Ende haben.

Kapitel 3

Am Samstagmorgen lief Hannah durch den Cultural District so schnell sie konnte, ohne ins Joggen zu verfallen. Sie wollte nicht völlig verschwitzt zu ihrem Treffen mit dem Anwalt und ihrer Mitbegünstigten kommen.

Es konnte auch wirklich nur ihr passieren, fünfzehn Minuten zu früh aus dem Haus zu gehen und trotzdem zu spät zu kommen. Sie war an der falschen Haltestelle aus dem Bus gestiegen und hatte an jeder Kreuzung wertvolle Zeit verloren, weil sie sich die Straßenschilder ansehen musste, um zu überprüfen, ob sie in die richtige Richtung ging.

Die ganze Zeit über ihre beste Freundin am Handy zu haben, hatte auch nicht unbedingt geholfen. Normalerweise lauschte Hannah gern dem melodischen Klang von Valentinas Stimme. Ab und zu kam deren fast unmerklicher brasilianischer Akzent durch und brachte Hannah zum Lächeln. Aber im Moment war es eher eine Ablenkung.

»Was ist mit dem Farn neben der Couch?«, fragte Valentina. »Soll ich den auch einmal in der Woche gießen oder öfter vorbeikommen?«

»Ähm, ich gebe dir später eine Liste mit Anweisungen. Die erwarten sicherlich nicht, dass ich sofort einziehe. Ich muss jetzt aufhören. Ich brauche mein Handy, damit ich nicht in Goose Hollow lande.«

Valentinas herzliches Lachen schallte durch das Handy. »Sag nicht, du hast dich schon wieder verlaufen!«

»Nein, natürlich nicht.«

Valentina kicherte. »Ach, wie damals, als du in der Küche des vietnamesischen Restaurants gelandet bist, weil du links statt rechts abgebogen bist, nachdem du auf der Toilette warst?«

»Ich habe mich nicht verlaufen. Ich wollte nur nachsehen, ob die Hygienevorschriften eingehalten werden«, antwortete Hannah, wusste aber, dass die Belustigung in ihrer Stimme sie verriet. Längst hatte sie gelernt, die Nachteile ihres ungewöhnlich funktionierenden Gehirns mit Humor zu nehmen – und die Vorteile zu genießen. »Aber ganz ehrlich, diesmal habe ich mich nicht verlaufen. Ich glaube, ich war hier schon mal. Ich gehe nur auf Nummer sicher.«

Zuerst hatte Hannah angenommen, Jules hätte ihr ein Einfamilienhaus vererbt. Aber als sie sich das Trustdokument noch einmal durchgelesen hatte, war ihr die Adresse bekannt vorgekommen, deshalb hatte sie diese gegoogelt – und wäre fast vom Sofa gefallen.

Jules hatte ihr die Hälfte des vierstöckigen Mietshauses hinterlassen, in dem sich die Wohnung befand, die er scherzhaft seine »Kuschelhöhle« genannt hatte!

Anfangs hatte er es vorgezogen, sich in Hannahs Wohnung mit ihr zu treffen, so als wollte er die Kuschelsitzungen vom Rest seines Lebens getrennt halten. Aber die letzten Male hatte er sie gebeten, zu ihm zu kommen. Er hatte keinen Grund genannt, aber jetzt vermutete sie, dass sich sein ohnehin prekärer Gesundheitszustand verschlechtert hatte und er nicht mehr die Kraft besaß, quer durch die Stadt zu fahren. Warum hatte er es ihr nicht gesagt?

Fast zwei Jahre lang hatten sie einmal pro Woche miteinander gekuschelt und trotzdem hatte er ihr nicht genug vertraut, um zuzugeben, wie krank er wirklich war. Er hatte nicht einmal erwähnt, dass er die Wohnung im obersten Stockwerk nicht nur gemietet hatte, sondern dass das ganze Gebäude ihm gehörte!

Der Gedanke schmerzte, doch sie schüttelte ihn ab. Als professionelle Kuschlerin nahm sie eine ungewöhnliche Stellung im Leben ihrer Kunden ein. Sie war weder Therapeutin noch enge Freundin, gleichzeitig aber ein bisschen von beidem. Während sie für viele ihrer Kunden eine Vertrauensperson war, zogen es andere, wie Jules, vor, überwiegend schweigend zu kuscheln und nur hin und wieder etwas über ihr Leben zu erzählen. Das bedeutete nicht, dass Jules ihre Sitzungen nicht zu schätzen gewusst hatte, ansonsten hätte er ihr wohl kaum eine Hälfte des Gebäudes hinterlassen.

»Du *glaubst*, du warst schon einmal dort?«, wiederholte Valentina und brachte Hannah damit ins Hier und Jetzt zurück. »Hannah, du warst schon hundertmal in dieser Gegend!«

»Ehrlich?« Hannah blickte sich um. Sie konnte sich nur an zwei oder drei Besuche in Jules' Kuschelhöhle erinnern. Keiner der unscheinbaren Flachbauten zu ihrer Linken und Rechten kam ihr bekannt vor.

»Na ja, vielleicht nicht hundertmal, aber du warst schon öfter da«, sagte Valentina. »Wenn du die Clay Street entlanggehst, musst du an der Zahnarztpraxis vorbeigekommen sein, in der Luna arbeitet, und der Donutladen, wo wir diese leckeren Apfelwein-Donuts gekauft haben, ist auch in der Gegend. Hey, und hat nicht auch einer deiner Kunden in dieser Straße gewohnt?«

Valentina kannte die Adresse, denn sie war wie Hannah Profi-Kuschlerin und ihre Sicherheitspartnerin – die Person, der sie Bescheid sagte, wenn sie Hausbesuche bei Kunden machte.

»Ja, aber damals bin ich an der richtigen Haltestelle ausgestiegen und habe deshalb einen anderen Weg genommen.«

»Geh einfach weiter geradeaus bis zu den South Park Blocks, dann biegst du nach Norden ab und schon bist du da.«

Hannah beschattete ihre Augen mit der freien Hand. Vor ihr ragten die majestätischen Eichen des Parks in den Himmel. »Nach Norden? Das heißt, ich muss rechts abbiegen, oder?«

Valentina lachte erneut. »Ja! Ich habe noch nie jemanden getroffen, der einen so schlechten Orientierungssinn hat wie du! Sind alle Leute mit Afantasie so?«

»Keine Ahnung. Vielleicht hat bei einigen das Gehirn einen Weg gefunden, das Fehlen einer mentalen Landkarte zu kompensieren. Meines jedenfalls nicht.« Hannah sah sich das Schild an der nächsten Straßenecke an. »Puh! Ich habe es gefunden. Danke! Ich werde auf dem Rückweg beim Donutladen vorbeigehen und dir ein paar Apfelwein-Donuts mitbringen, als Dankeschön dafür, dass du auf meine Wohnung aufpasst und meine Blumen gießt.«

»Falls du den Laden findest«, sagte Valentina mit einem schelmischen Grinsen in der Stimme.

»Haha. Dann bis später.«

»Tschau«, antwortete Valentina.

Sie beendeten das Gespräch und Hannah bog rechts in die SW Park Street ein. Sie schaute sich um und versuchte, sich das Café zu ihrer Linken als Orientierungspunkt einzuprägen, damit sie später wieder zur Bushaltestelle zurückfinden würde.

Im Park zu ihrer Rechten saßen mehrere Leute auf Decken und strickten. Es schien sie nicht zu stören, dass der Sonnenschein, den der Wetterbericht vorhergesagt hatte, wie so oft im Mai einem wolkenverhangenen Himmel gewichen war.

Ach, wie schön! Vielleicht könnte sie, sobald das Wetter wärmer wurde, eine Decke mit in den Park nehmen und sich hin und wieder dort mit einem Kunden treffen.

Als sie die von Bäumen gesäumte Einbahnstraße entlangging, kamen ihr die Gebäude um sie herum zunehmend bekannter vor, obwohl sie keine Bilder im Kopf hatte, mit denen sie die Häuser hätte vergleichen können.

Das charmante rote Backsteingebäude zu ihrer Linken war unverwechselbar. In den oberen Stockwerken ragten jeweils zwei Erkerfenster aus der Fassade und flankierten eine schmiedeeiserne Feuerleiter.

Dekorative Stilelemente zierten den Bogen über der hölzernen Doppeltür, und eine Messingplakette verkündete, dass das Gebäude im nationalen Verzeichnis historischer Stätten eingetragen war.

Hannah blieb mitten auf dem Bürgersteig stehen, legte den Kopf in den Nacken und ließ ihren Blick über die vier Stockwerke schweifen. Sie konnte noch immer kaum fassen, dass ihr die Hälfte hiervon gehörte – und dass Jules nicht da sein würde, um sie mit einer fast schüchternen Umarmung zu begrüßen, wenn sie die Wohnung betrat.

»Ms Martin?«

Eine tiefe Stimme ließ Hannah aus ihren Gedanken aufschrecken. Als sie den Blick zurück zur Straße senkte, kamen zwei Fremde – ein Mann und eine Frau – auf sie zu.

»Ja, das bin ich. Mr Woodruff?« Es war nicht schwer zu erraten, dass er der Anwalt war, den Jules mit der Verwaltung des Trusts beauftragt hatte. In einem dunklen Anzug, einer Seidenkrawatte und einem schwarzen Mantel sah er wie ein Anwalt aus.

Er nickte, wechselte seine Aktenmappe in die linke Hand und reichte ihr die rechte. »Freut mich, Sie kennenzulernen. Haben Sie gut hergefunden?«

»Ähm, ja, danke.« Hannah schüttelte ihm die Hand und wandte dann ihre Aufmerksamkeit der Frau neben ihm zu.

Das knappe Nicken der Fremden war genauso förmlich wie ihr Outfit. Einen Moment lang hielt Hannah sie für eine Kollegin von Mr Woodruff, denn sie war in einem ähnlichen Stil und in denselben kühlen Farben gekleidet. Eine dunkelgraue Anzughose brachte ihre langen Beine zur Geltung und ein weißer Rollkragenpullover aus Kaschmirwolle umschmeichelte ihren schlanken Körper. Nur die schwarze, hüftlange Lederjacke passte nicht zur Garderobe einer Anwältin, ebenso wenig wie die Sonnenbrille, die trotz des wolkenverhangenen Himmels ihre Augen bedeckte. Selbst durch die dunklen Gläser hindurch spürte Hannah, wie der Blick der Frau sie förmlich durchbohrte.

Nach einigen Sekunden schob sie die Sonnenbrille hinauf in ihr kurzes, stilvoll zerzaustes Haar, das ihre hohen Wangenknochen betonte. Durchdringende eisblaue Augen betrachteten sie, ohne zu blinzeln.

Hannah erstarrte mit halb ausgestreckter Hand. Diese Augen ließen keinen Zweifel daran, wer die Frau war. Sie hatte Jules' Augen und auch sein Haar. Es war dicht und silbergrau, was es schwer machte, ihr Alter zu schätzen. Abgesehen von einer diagonalen Falte über der Nasenwurzel war ihr Gesicht glatt. Nicht einmal Lachfältchen umgaben ihren Mund oder ihre Augenwinkel. Hätte Hannah raten müssen, hätte sie Jules' Tochter auf um die vierzig geschätzt, also zehn Jahre älter als sie selbst.

»Winter Sullivan«, sagte die Frau mit dunkler, leicht rauer Stimme.

Das war nicht Jules' Nachname. Na ja, vielleicht war Winter verheiratet.

Hannah gab sich einen Ruck und hob ihre Hand Winter entgegen. »Hallo. Ich bin Hannah Martin.«

»Ms Martin.« Wieder ein knappes Nicken. Nach kurzem Zögern legte Winter ihre langen Finger um Hannahs und schüttelte ihre Hand mit festem Druck. Dann ließ sie los und schob ihre Hand in die Jackentasche, so als wollte sie verhindern, dass Hannah sie auch nur eine Sekunde länger als unbedingt nötig berühren konnte.

»Ach, lass uns doch du sagen. Schließlich werden wir in den nächsten Monaten Nachbarinnen sein.« Hannah unterdrückte ein nervöses Kichern. Himmel, diese Frau war einschüchternd. Sie wurde wieder ernst. »Das mit deinem Vater tut mir sehr leid.«

Winters Miene veränderte sich nicht. Kein Anzeichen von Trauer war in ihrem markanten Gesicht zu sehen, als sie wieder nur kurz nickte.

Seltsam. Wäre Jules Hannahs Vater gewesen, würde sie vermutlich immer noch zu Hause sitzen und weinen. Aber natürlich trauerte jeder auf seine Weise, deshalb sollte sie wirklich nicht über Winter urteilen.

Mr Woodruff räusperte sich, als wollte er die unangenehme Stille unterbrechen. »Genau genommen werden Sie sogar mehr als nur Nachbarinnen sein.«

Hannah hatte fast vergessen, dass er noch da war. Jetzt drehte sie sich zu ihm um und warf ihm einen fragenden Blick zu.

Er hob die Mappe, die er in der Hand hielt. »Mr Lambert hat mir einen Brief mit seinen Wünschen hinterlassen. Er wollte, dass Sie beide sich seine Wohnung im obersten Stockwerk teilen. Sie verfügt über ein Büro und ein kleines, zusätzliches Zimmer, das leicht in einen Arbeitsbereich für Sie, Ms Martin, umgewandelt werden könnte.«

Hatte Jules ihm erzählt, womit sie ihren Lebensunterhalt verdiente? Wusste Winter davon?

»Moment mal«, sagte Winter. »Wir sollen hier arbeiten? Ich dachte, ich könnte bei mir zu Hause arbeiten und dann abends zum Schlafen herkommen.«

»Ähm, sollen wir nicht nach oben gehen und dort reden?«, fragte Mr Woodruff.

Winter rührte sich nicht vom Fleck. »Das können wir auch hier unten.« Sie fixierte ihn mit einem ungeduldigen Blick.

»Ihr Vater hat in seinem Brief deutlich gemacht, dass dies Ihr Hauptwohnsitz sein soll und nicht nur ein Ort, an dem Sie ein paar Stunden schlafen.« Er sah zwischen den beiden hin und her. »Stellt das ein Problem dar?«

»Nein«, sagte Hannah sofort. »Kein Problem, vorausgesetzt, Winter hat nichts dagegen, dass ich Kunden zu Besuch habe, und meinen Kunden macht es nichts aus, in eine Wohnung zu kommen, die ich mir mit jemandem teile.« Sie glaubte nicht, dass einer ihrer Kunden etwas dagegen haben würde, und für sie wäre es der reinste Luxus, ein eigenes Kuschelstudio zu haben, nicht nur eine durch einen Vorhang abgetrennte Ecke ihres Schlafzimmers.

Der Anwalt sah Winter an.

»Alles bestens«, sagte Winter mit zusammengekniffenen Lippen. »Sollen wir?« Ohne eine Antwort abzuwarten, ging sie so selbstbewusst und zielstrebig auf die Doppeltür zu, als gehörte ihr das Gebäude.

Nun ja, bald würde es ihr gehören, zumindest zur Hälfte. Hannah hatte sich noch immer nicht an den Gedanken gewöhnt, dass ihr die andere Hälfte gehören würde.

War das der Grund, warum Winter sich so kühl verhielt? Hatte sie erwartet, das ganze Haus allein zu erben?

Doch dagegen konnte Hannah nichts unternehmen, außer vielleicht auf ihr Erbe zu verzichten, und das würde sie definitiv nicht tun. Eine eigene Wohnung war ein Traum, den sie sich ohne Jules nie hätte erfüllen können, und die Mieteinnahmen würden es ihr ermöglichen, sich ganz auf ihren Kuschelservice zu konzentrieren, anstatt ihr Einkommen durch die Arbeit als Massagetherapeutin aufbessern zu müssen.

Sie und Winter würden einen Weg finden müssen, das Beste daraus zu machen.

Oft entpuppten sich Kunden, die anfangs eher kühl wirkten, später als richtige Kuschelmonster. Vielleicht war Winter genauso.

Vor ihr stieß Winter die Doppeltür auf wie ein Chirurg, der in den Operationssaal marschierte, um eine Amputation vorzunehmen.

Nun ja, vielleicht aber auch nicht.

Kein Problem, äffte Winter in Gedanken Hannahs unbeschwerten Tonfall nach, als sie die breiten Marmorstufen hinaufstapfte, die zu einer zweiten Doppeltür im Inneren des Gebäudes führten. Hannah Martin war genauso nervtötend heiter wie Abbys Warteschleifenmusik. Zweifellos würde sie morgens übers Wetter, die Portland Trail Blazers oder anderen Unsinn plaudern wollen, noch bevor Winter ihre erste Tasse Kaffee ausgetrunken hatte.

Nein danke.

Winter durchquerte die kleine, holzvertäfelte Lobby jenseits der Doppeltüren, ohne sich zu vergewissern, ob Hannah und der Anwalt Schritt hielten.

Der Aufzug war kleiner, als Winter es in Erinnerung hatte – so klein, dass sie einen Moment lang überlegte, die Treppe zu nehmen.

Aber Hannah war ihr schon gefolgt, ohne sich von der Enge stören zu lassen. Die meisten Leute machten instinktiv einen großen Bogen um Winter, doch als Mr Woodruff sich zu ihnen gesellte, rückte Hannah ihr derart auf die Pelle, dass ihre Arme einander streiften. Sie schien es nicht einmal zu bemerken, während sie mit Mr Woodruff über den Park auf der anderen Straßenseite plauderte.

Winter hörte nicht zu. Sie zog ihren Arm weg, indem sie den Knopf für das oberste Stockwerk drückte. Erst als die Tür sich öffnete und sie aus dem Aufzug traten, konnte sie wieder richtig durchatmen.

Letztes Jahr, als sie das Gebäude hatte kaufen wollen, hatte sie sich den Grundriss und eine der kleineren Wohneinheiten angesehen, doch ins oberste Stockwerk oder Julians Wohnung hatte sie nie einen Fuß gesetzt.

Mr Woodruff übernahm die Führung und schloss eine Tür auf.

Winter trat als Letzte ein und sah sich in aller Ruhe um.

Während alle übrigen Wohnungen im Haus klein waren, nahm Julians fast die gesamte rechte Seite des obersten Stockwerks ein.

Der T-förmige Flur ging in eine offene Küche mit kleinem Essbereich über. Die Edelstahlarmaturen glänzten, als wären sie nagelneu und nie benutzt worden. Gegenüber der Küche führten zwei Türen zu einem Büro und einem der Schlafzimmer. Letzteres beachtete Winter kaum, denn hier würde sie sich nur aufhalten, wenn sie schlief, deshalb war es ihr egal, wie es aussah. Das Büro jedoch nahm sie genauer unter die Lupe. Es war genauso gepflegt und makellos wie die Küche und enthielt bereits alles, was Winter brauchen würde: einen Holzschreibtisch, einen Bürostuhl, einen Besucherstuhl und eine Stehlampe. Nur das Notwendigste. Keinerlei Persönliches.

Das traf auch auf den Rest der Wohnung zu. Sie wirkte wie ein Musterhaus, nicht wie ein richtiges Zuhause. Hatte Julian jemals hier gewohnt oder hatte er das Gebäude nur gekauft, um sie zu ärgern, und es dann nie benutzt?

Hannah blieb neben ihr stehen. Anstatt sich im Raum umzusehen, musterte sie Winter mit einem aufmerksamen Blick, der diese erschaudern ließ. Was Hannah wohl an ihrem Gesicht ablesen konnte?

»Was ist?« Winter versuchte, nicht allzu unwirsch zu klingen, aber sie wusste, dass es ihr nicht gelungen war.

Hannah deutete auf das Fenster, das Aussicht auf eine Kirche bot. »Wenn du lieber den kleinen Raum neben dem Wohnzimmer als Büro nutzen möchtest, weil er eine schönere Aussicht hat, kann ich gern von hier aus arbeiten. Du müsstest mir nur helfen, die Couch rüberzubringen, denn die brauche ich für meine Arbeit.«

Was zum Teufel machte sie beruflich? Winter konnte sich keinen Beruf vorstellen, für den man eine Couch bräuchte, es sei denn, Hannah war Psychotherapeutin. »Das ist mir egal«, sagte Winter und meinte damit sowohl die Aussicht als auch Hannahs Job. »Ich sehe die meiste Zeit des Tages auf meinen Computerbildschirm, nicht aus dem Fenster.«

Mr Woodruff trat zwischen sie wie ein Lehrer, der zwei sich zankende Schülerinnen trennen wollte. Er setzte die Führung fort, indem er ihnen das größere Schlafzimmer am einen Ende des Flurs zeigte, gefolgt vom Wohnzimmer am anderen Ende.

Zwei Erkerfenster und die hohe Decke ließen das Wohnzimmer noch geräumiger erscheinen. Eine weiße Schiebetür mit Milchglasscheiben führte zu einem kleinen, zusätzlichen Zimmer, das von einer großen Couch dominiert wurde. Wie das Wohnzimmer bot es einen Blick auf den Park.

Es war auf jeden Fall schöner, als eine Kirche anzustarren. Einen Moment lang überlegte Winter, ob sie Hannahs Angebot, das Büro zu wechseln, noch einmal überdenken sollte. Sie streckte eine Hand aus, um das Fenster zu öffnen, und erstarrte dann. Woher zum Teufel hatte Hannah gewusst, welche Aussicht sich hier bieten und dass es ein Sofa geben würde, noch ehe sie den Raum überhaupt betreten hatte?

Sie wirbelte herum und fixierte Hannah mit einem prüfenden Blick. »Woher wusstest du von der Aussicht und der Couch?«

Hannah starrte sie mit großen Augen an. »Wie bitte?«

»Du warst schon mal hier, oder?«, stieß Winter anklagend hervor. »Mit Julian.«

Hannah betrachtete den Parkettboden. »Ähm, darüber kann ich nicht sprechen.«

Es war ja nicht so, als ob Winter irgendwelche Details hören wollte. Auch ohne ein Geständnis von Hannah wusste sie jetzt genau, warum die Wohnung wie ein Vorzeigeobjekt aussah. Julian hatte nicht hier gewohnt, sondern sie lediglich für gelegentliche Schäferstündchen mit seiner Geliebten genutzt!

Was soll der Scheiß? Sie hatte noch nie eine hohe Meinung von Julian gehabt, aber das schlug dem Fass den Boden aus! Warum zwang Julian sie, in seinem schnuckeligen Liebesnest mit seiner letzten Geliebten zusammenzuleben? Hatte er sie ein letztes Mal demütigen wollen? Oder war es seine kranke Vorstellung von einem Scherz?

Winter fand es nicht lustig. Ihr wurde übel. *Verdammt, Julian!* Das war ekelhaft! Hätte er sich nicht wenigstens eine Geliebte in seinem Alter nehmen können? Hannah hätte seine Tochter, vielleicht sogar seine Enkelin sein können!

Winter stürmte an Hannah vorbei. Als sie im Türrahmen stand, kam ihr ein anderer Gedanke und sie wirbelte herum. *Verflixt!* Vielleicht war sie Julians Tochter! Aus irgendeinem Grund beunruhigte sie dieser Gedanke noch mehr als die Annahme, dass Hannah seine Geliebte gewesen war. Aber vielleicht war das ja Julians kranke Logik gewesen: Seine beiden unehelichen Töchter sollten das Haus gemeinsam erben.

Das würde Sinn ergeben. Schließlich hatte er keiner seiner Geliebten und Exfreundinnen auch nur einen Cent hinterlassen. Winters Mutter hatte ihr ganzes Leben auf Julian gewartet und dennoch war sie in seinem Testament noch nicht einmal erwähnt worden. Offenbar glaubte er, ihr außer dem Unterhalt, den er für Winter bezahlt hatte, nichts schuldig zu sein, während er sich für Winter immer verantwortlich gefühlt hatte, egal wie oft sie ihm sagte, dass sie mit ihm und seinem Geld nichts zu tun haben wollte.

Eine Berührung am Arm ließ Winter zusammenzucken.

Hannah stand vor ihr und musterte sie mit besorgter Miene. »Winter? Geht es dir gut?«

Falls sie tatsächlich die Tochter des alten Fuchses war, hatte sie nicht seine kalte, selbstsüchtige Art geerbt. Ihre honigbraunen Augen strahlten nichts als Wärme aus und ihr breiter Mund deutete meistens ein Lächeln an. Im Gegensatz zu Winter war sie auch nicht so groß wie Julian und hatte nicht sein vorzeitig ergrautes Haar. Mit ihren etwa eins dreiundsechzig war sie nicht gerade klein, aber trotzdem noch gute zwölf Zentimeter kleiner als Winter. Dunkelbraunes Haar umrahmte ihr rundes Gesicht und fiel ihr in lockeren Wellen bis auf die Schultern.

Offensichtlich war sie nicht mit Julians strikten Erwartungen aufgewachsen. Seine Töchter mussten immer in allem die Besten sein und durften sich stets nur von ihrer besten Seite zeigen. Hannah hingegen hatte ihre Kleidung offensichtlich gewählt, weil sie bequem war, nicht, um jemanden zu beeindrucken. Ihre blaue Jeans, der lavendelfarbene Pullover und die offen stehende Regenjacke hatten sicherlich weniger gekostet als eine von Julians Krawatten. Eine abgenutzte Umhängetasche aus Segeltuch lag auf ihrer breiten Hüfte. Der leicht ausgefranste Riemen verlief quer über ihre üppigen Brüste. Selbst jetzt, wo Hannah so unangenehm dicht bei ihr stand, konnte Winter weder den Duft von Parfüm oder teuren Cremes wahrnehmen noch Make-up auf ihrem Gesicht entdecken.

So sehr Winter sich auch bemühte, sie konnte keinerlei Familienähnlichkeit erkennen. Aber schließlich sahen Brooke und sie sich auch nicht sonderlich ähnlich.

»Winter?«, fragte Hannah erneut. Sie berührte Winter noch immer am Handgelenk.

Winter schob die Hände in die Taschen ihrer Lederjacke, um den Kontakt zu unterbrechen. »Nimm ruhig dieses Zimmer.«

»Danke. Du kannst dafür das größere Schlafzimmer haben.«

»Ist mir egal.« Winter ging davon und tat, als würde sie sich das Badezimmer ansehen. Sie wollte die Besichtigung schnell hinter sich bringen und sich dann zurückziehen. Sie musste erst einmal die Offenbarung verdauen, dass sie sich die Wohnung mit einer Frau teilen musste, die entweder ihre Halbschwester oder die Geliebte ihres Vaters war.

Hannah folgte ihr. »Wow! Sieh dir das an!« Sie schob sich an Winter vorbei, wobei sie ihr für Winters Geschmack wieder viel zu nahe kam, und kniete sich auf den Fliesenboden, um die freistehende Badewanne zu bewundern.

Vielleicht war sie ja doch nicht Julians Sprössling. Er hätte der Wanne keinerlei Beachtung geschenkt, noch nicht einmal, wenn sie aus Gold gewesen wäre und drei nackte Schönheiten darin in Eselsmilch gebadet hätten.

»Leider ist es das einzige Badezimmer, was ziemlich ungewöhnlich für eine so große Wohnung ist «, sagte Mr Woodruff. »Ich fürchte, Sie werden sich das Bad teilen müssen.«

Na prima. Winter wandte sich an den Anwalt. »Wann beginnt denn diese«, sie hielt gerade noch das Wort *Farce* zurück, »Vereinbarung offiziell?«

»An dem Tag, an dem Sie beide einziehen«, sagte Mr Woodruff.

»Wie wäre es mit morgen?«

Hannah begann zu husten, als hätte sie sich vor Schreck verschluckt. »Morgen?«, stieß sie keuchend hervor.

Winter zuckte mit den Schultern. »Was du heute kannst besorgen, das verschiebe nicht auf morgen. Wenn wir morgen anfangen, sind die zweiundneunzig Tage am 14. August um.«

»Hast du das gerade im Kopf ausgerechnet?«

»Das könnte ich problemlos, aber ich habe heute Morgen in meinem Terminplaner nachgesehen. Der Vierzehnte ist mein Geburtstag. Es wäre großartig, wenn wir die Sache bis dahin hinter uns bringen könnten.« Als sie festgestellt hatte, dass es genau zweiundneunzig Tage bis zu ihrem Geburtstag waren, hatte sie sich kurz gefragt, ob Julian deshalb eine so merkwürdige Anzahl gewählt hatte. Aber er hatte den Trust einige Monate vor seinem Tod eingerichtet und unmöglich wissen können, wann sie einziehen würden.

Ein wissendes Lächeln glitt über Hannahs rosige Wangen. »Aha.«

»Was soll das heißen?«

»Du bist Sternzeichen Löwe«, sagte Hannah, als würde das alles erklären.

»Himmel«, murmelte Winter. »Bitte sag mir, dass du nicht zu den Leuten gehörst, die an dieses abergläubische Zeug glauben.« Wenn Hannah versuchen würde, ihr jeden Morgen ihr Horoskop vorzulesen, würde sie die Flucht antreten.

»Nein, aber meine beste Freundin glaubt an Astrologie. Das hat wohl auf mich abgefärbt.«

Winter unterdrückte ein Seufzen. »Also, was ist jetzt mit morgen?«

Schließlich nickte Hannah. »In Ordnung. Ich schätze, wir sehen uns dann.« Mit einem Grinsen fügte sie hinzu: »Liebe Mitbewohnerin.«

Winter atmete tief durch. *Zweiundneunzig Tage.* Das würden die längsten zweitausendzweihundertacht Stunden ihres Lebens werden.

Kapitel 4

Am darauffolgenden Morgen hallte ein begeistertes »Wow« durch die Wohnung im vierten Stock, als Hannah mit dem Schlüssel, den Mr Woodruff ihr gegeben hatte, die Tür aufschloss und ihre Freunde eintreten ließ.

»Heiliger Strohsack!« Tammy umklammerte einen Umzugskarton, während sie sich umsah.

Max stieß einen lauten Pfiff aus. »Warum habe *ich* nie Kunden, die mir ein Haus vererben?«

»Vermutlich, weil reiche Typen nicht mit Männern kuscheln wollen«, scherzte Valentina.

Max warf seinen drahtigen Körper in Modelpose. »Nicht mal mit Männern, die so gut aussehen wie ich?«

»Pst!« Hannah spähte an dem riesigen Sitzsack in ihren Armen vorbei, um nachzusehen, ob Winter schon hier war. Zwar schämte sie sich nicht für ihren Job, aber sie wollte auch nicht, dass Winter aus den Scherzen ihrer Freunde schloss, dass Jules ihr Kuschelkunde gewesen war. Es war auch so schon schwer genug, seine Privatsphäre zu schützen, ohne lügen zu müssen.

Glücklicherweise war von Winter noch nichts zu sehen.

Hannah führte ihre Freunde in ihr zukünftiges Kuschelstudio, wo die meisten der mitgebrachten Sachen hingehörten.

Tammy stellte ihren Umzugskarton neben der Couch ab und sah sich um. »Schön! Jetzt hast du einen eigenen Kuschelpalast. Ich freue mich so für dich!« Sie legte einen Arm um Hannah.

»Es ist wohl kaum ein Palast.« Hannah erwiderte die Umarmung und vergrub den Kopf an Tammys Schulter, auch um ihre Verlegenheit zu verbergen.

All ihre Freunde lebten in bescheidenen Wohnungen und hatten noch einen Nebenjob, weil keiner vom Profi-Kuscheln allein leben konnte, vor allem nicht Max als einer der wenigen Männer in ihrer Branche. Einen Moment lang hatte Hannah ein schlechtes Gewissen, weil sie die Hälfte eines Mehrfamilienhauses geerbt hatte. Aber zumindest würde sie dank der Mieteinnahmen in Zukunft ihren Freunden ab und zu ein paar Drinks oder eine Pizza ausgeben können.

Valentina setzte den Umzugskarton mit den Bettlaken ab. »Bist du sicher, dass du dieses Zimmer zum Kuscheln benutzen möchtest? Und diese Couch?« Sie nickte in Richtung des grauen Sofas.

»Ähm, ja, natürlich. Warum denn auch nicht?« Ihr neues Arbeitszimmer war ein Traum, und obwohl ihr die Farbe ihrer schokoladenbraunen Kuschelcouch zu Hause lieber war, war sie doch an einigen Stellen etwas durchgesessen. Die graue Couch hingegen schien nagelneu zu sein, als hätte niemand sie je benutzt, abgesehen von ihren zwei oder drei Kuschelstunden mit Jules.

Valentina zuckte mit den Schultern. »Ich weiß, dass du selten im Bett kuschelst, also nehme ich an, du hast mit dem Kunden, der dir die Hälfte des Gebäudes vererbt hat, vermutlich hier gekuschelt. Ich dachte, das wäre dir vielleicht unangenehm.«

Der Gedanke war Hannah gar nicht gekommen. Womöglich würde es ihr einen Moment lang seltsam vorkommen, wenn sie zum ersten Mal mit einem Kunden das neue Kuschelstudio betrat, aber sie wusste, sie würde sich problemlos auf das Hier und Jetzt konzentrieren können. Das war der einzige Vorteil ihrer Afantasie: Sie wusste zwar, dass sie hier mit Jules gekuschelt hatte, aber es war eine Tatsache, die nicht von Bildern oder Gefühlen begleitet wurde. Sie würde keinerlei Flashbacks haben oder noch einmal nacherleben, wie Jules ausgesehen oder gerochen hatte oder worüber sie gesprochen hatten.

Das Klappern eines Schlüssels im Schloss riss sie aus ihren Gedanken. Zielstrebige Schritte erklangen.

Hannah ging zum Wohnzimmer hinüber und warf einen Blick in den Eingangsbereich.

Winter betrat mit einer Laptoptasche über der Schulter die Wohnung. Sie schob einen Rollwagen, auf dem sich genügend technische Geräte stapelten, um eine Raumstation damit auszustatten. Ein hochwertiger Computer, zwei Bildschirme, die fast so groß wie Hannahs Fernseher waren, eine Tastatur und eine professionell aussehende Kamera steckten noch in den Originalverpackungen. Entweder war alles neu oder Winter gehörte zu den Menschen, die Verpackungen aufbewahrten. Ganz oben auf dem Stapel thronte ebenfalls noch in der Verpackung eine silberne Espressomaschine, so als wäre sie das wichtigste Gerät in Winters Ausstattung.

Winter sah auf und ihre Blicke trafen sich.

»Ah, gut, dass du da bist«, sagte Winter statt einer Begrüßung. »Dann können wir ja offiziell mit Julians kleinem Arrangement beginnen.« Sie ließ den Griff des Rollwagens los, schob den Ärmel ihrer Lederjacke zurück und tippte auf das winzige Display ihrer Apple Watch.

Hannah starrte sie an. Hatte Winter gerade einen Timer gestellt, der ihr sagen würde, wann die zweiundneunzig Tage um waren? Sie war noch nicht einmal eingezogen, und schon konnte sie es kaum erwarten, von hier wegzukommen!

Hinter Hannah glitt die Schiebetür vollständig auf und Schritte hallten über den Parkettboden.

Hannah drehte sich um und flüsterte ihren Freunden zu: »Benehmt euch«, aber da war es natürlich schon zu spät.

Eine üppige Brünette mit großen, türkisfarbenen Ohrringen tauchte hinter Hannah auf und kam schnurstracks auf Winter zu. »Hallo, du musst die neue Mitbewohnerin sein!« Ohne eine Antwort abzuwarten, beugte sie sich vor, als wollte sie Winter mit einer Umarmung oder einem Kuss auf die Wange begrüßen.

Was sollte das denn? Winter machte keine Anstalten, ihr entgegenzukommen. Stattdessen blieb sie hinter dem Rollwagen stehen, sodass dieser die Frau auf Abstand hielt.

»Tolle Frisur!« Die Fremde strahlte Winters silbergraues Haar an, als wäre es ein modisches Accessoire. »Welche Produkte benutzt du, um es so hinzubekommen?«

»Shampoo«, antwortete Winter.

Als die Frau die Hand ausstreckte, um eine Haarsträhne zu berühren, eilte Hannah zu ihrer Freundin, legte einen Arm um sie und zog sie etwas zurück. »Du musst meine Freundin entschuldigen.« Sie schubste die Fremde spielerisch mit der Hüfte. »Valentina ist Friseurin.«

»Nicht einfach nur irgendeine Friseurin, sondern eine ausgezeichnete.« Valentina warf ihr Haar über die Schulter zurück.

Zwei weitere Personen traten aus dem Wohnzimmer. Eine war eine stämmige Frau Ende fünfzig. Ihr Bürstenhaarschnitt ließ Winter vermuten, dass sie womöglich lesbisch war, aber ihr kirschroter Lippenstift brachte ihre Einschätzung ins Wanken. Obwohl natürlich auch Lesben Lippenstift auftrugen.

Der einzige Mann in der Gruppe war Mitte dreißig und trug ein T-Shirt mit der Aufschrift *Nein, ich werde deinen Computer nicht reparieren*, was Winter vermuten ließ, dass er in der IT-Branche tätig war. Blonde Stoppeln bedeckten das Grübchen in seinem Kinn und seine strahlend weißen Zähne blitzten, als er ihr ein freundliches Grinsen schenkte. »Hallo, ich bin Max.«

Das Konzept des Abstandhaltens schien ihnen allen fremd zu sein. Sie drängten sich im Halbkreis um Winter und den Rollwagen. Wenigstens versuchten die beiden anderen nicht, sie zu umarmen, sondern beließen es bei einem freundlichen Winken.

»Und ich bin Tammy«, sagte die Frau mit dem Bürstenhaarschnitt. »Aber du kannst mich gern Mama Bär nennen. Das machen alle.«

Nicht einmal in einem Paralleluniversum konnte sich Winter vorstellen, das zu tun.

»Vermutlich, weil ich die Älteste bin«, fügte Tammy hinzu. »Oder weil es meine Lieblingsposition ist.«

Igitt, schon mal was von Diskretion gehört? Winter war an Details über das Sexualleben dieser Fremden nicht interessiert. Sie kämpfte gegen den Drang an, sich die Ohren zuzuhalten. »Ich bin Winter.« Sie deutete auf ihre Computerausstattung, als würde es sich um Eis handeln, das zu schmelzen drohte. »Wenn ihr mich jetzt entschuldigen würdet, ich muss das hier alles verstauen.«

Ihre Freunde sahen Hannah an, als wollten sie fragen: *Was ist denn mit der los?*, bevor sie ihr endlich den Weg freigaben.

Winter war das egal. Sie war hier, um die Bedingung des Trustvertrags zu erfüllen, nicht um sich mit Hannahs Clique anzufreunden.

Bevor Winter den Rollwagen an ihr vorbeischieben konnte, fragte Hannah: »Kommt denn niemand vorbei, um dir zu helfen?«

»Nein.« Winter hielt es nicht für nötig, eine Erklärung hinzuzufügen.

»Wir könnten dir helfen.« Hannah deutete auf ihre Begleitung. »Wir sind zu viert. Wir sind im Handumdrehen fertig. Oder?«

»Ja, kein Problem«, sagte Max, der womöglich Hannahs Lebensgefährte war. »Sag mir einfach, wo ich mit anpacken soll. Hast du unten noch mehr Sachen?«

»Danke, aber das schaffe ich schon allein. Ich muss bloß noch meinen Koffer und meinen Bürostuhl hochholen.« Schließlich wollte sie es sich hier nicht allzu gemütlich machen, zumindest solange Hannah noch nicht ausgezogen war und sie sich die Wohnung teilen mussten. Rasch rollte Winter den Wagen den Flur entlang in Richtung ihres Büros.

Wie sich herausstellte, hatte Hannah eine ganz andere Vorstellung davon, was sie während der nächsten drei Monate benötigen würde, als Winter. Während Winter ihren ergonomischen Bürostuhl über den Flur schob und dann die Espressomaschine in der Küche aufstellte, beobachtete sie, was Hannah und ihre Helfer so alles in die Wohnung schleppten.

Im Flur stapelten sich leere Umzugskartons und Verpackungsmaterial, während sie auspackten, was wie der halbe Inhalt eines Einrichtungskatalogs aussah: ein Aquarell mit Sonnenuntergang am Meer, zwei Lavalampen und mehr bunte Kissen, als je ein Mensch benötigen würde.

Max stöhnte, als er einen Umzugskarton zu Hannahs Schlafzimmer schleppte. »Was ist da drin?«

Hannah hüpfte mit einem riesigen Teddybären auf dem Arm und einem glücklichen Grinsen im Gesicht den Flur entlang. Der Umzug schien sie so vergnügt zu stimmen wie ein neues Kauspielzeug einen übermütigen Welpen.

Machte es ihr überhaupt nichts aus, dass Julian die Fäden in ihrem Leben zog, als wäre sie eine Marionette?

Hannah blickte auf die Beschriftung des Kartons. »Liebesromane.«

Winter musterte die riesige Kiste. Wie lange hatte Hannah vor zu bleiben, um all diese Bücher lesen zu können? Sie wusste doch, dass die Vereinbarung nur für drei Monate galt, oder? Danach würde Winter das Geld, das Julian ihr hinterlassen hatte, verwenden, um Hannah ihre Hälfte abzukaufen.

Sie würde heute Abend mit ihr reden müssen, um sicherzustellen, dass Hannah keine unrealistischen Erwartungen hegte. Ab dem 14. August konnte nur eine von ihnen in dieser Wohnung bleiben, und Winter würde alles daransetzen, dass sie diejenige war.

Kapitel 5

Die Sonne ging bereits unter, als Hannah ihre Freunde zum Abschied umarmte und ihnen die übrig gebliebene Pizza mitgab.

Die gemeinsam genutzten Räume der Wohnung sahen noch immer etwas kahl aus, aber in ihren eigenen Bereichen luden ein kleiner Teppich, bunte Kissen, Pflanzen und Lavalampen zum Entspannen ein.

Morgen würde sie die Couch mit einem frischen Laken beziehen und noch ein paar Dinge besorgen, um den Flur einladender zu gestalten. Für heute hatte sie alles erledigt, sobald sie den Karton mit dem Geschirr ausgepackt hatte.

Hannah war sich nicht sicher gewesen, was sie mitbringen sollte. Sie wollte nicht davon ausgehen, dass sie Jules' Geschirr, Töpfe und andere Utensilien benutzen durfte, falls diese überhaupt noch in der Wohnung waren. Vielleicht hatte ein Familienmitglied alles geerbt oder es war gespendet worden.

Doch als sie den Einbauschrank in der kleinen Essecke öffnete, wobei sie kurz die Einsätze aus Bleiglas mit den bernsteinfarbenen Rosen bewunderte, entdeckte sie zwei Teller, zwei Tassen und zwei Gläser.

Inzwischen wusste sie, dass Jules wohlhabend gewesen war. Er hätte sich also ein komplettes Service, selbst aus dem edelsten Porzellan, leisten können. Vielleicht lag es an seiner Erziehung, dass er so sparsam war. Hin und wieder hatte er eine zweistündige Sitzung gebucht. Dann hatte er sich gegen Ende so weit entspannt, dass er angefangen hatte, über Privates zu reden. Einmal hatte er ihr von seiner Kindheit auf einer Farm erzählt. Dort hatte er gelernt, mit dem auszukommen, was er hatte, und alles zu reparieren, anstatt es wegzuwerfen. Vielleicht hatte er nur so viel Geschirr gekauft wie unbedingt nötig.

Offensichtlich hatte er kaum Besuch gehabt. Womöglich war sie sogar sein einziger Gast gewesen. Der Gedanke machte sie traurig.

Vielen ihrer Kunden ging es so. Sie lebten allein und waren ausgehungert nach Berührung und zwischenmenschlichem Kontakt. Viele hatten sich vor Kurzem getrennt oder waren, wie Jules, geschieden. Einige hatten noch nie eine Beziehung gehabt und waren seit Jahren oder gar Jahrzehnten nicht mehr umarmt worden.

Es brach Hannah jedes Mal das Herz, wenn sie eine solche Geschichte hörte. Sie konnte nur hoffen, dass sie ihren Kunden etwas Wärme mitgeben und ihnen vielleicht sogar dabei helfen konnte, auch außerhalb ihrer Sitzungen bessere Beziehungen aufzubauen.

Sie stellte ihre eigenen Tassen und Gläser neben die von Jules und schloss dann den Schrank.

»Hast du kurz Zeit, um unsere Strategie zu besprechen?«

Winters tiefe Stimme hinter ihr ließ Hannah zusammenzucken.

Mit hektisch pochendem Herzen stellte sie den nun leeren Umzugskarton beiseite und drehte sich um.

Winter lehnte an der Anrichte. Sie hatte ihre Lederjacke ausgezogen, trug aber immer noch eine neu aussehende schwarze Jeans und eine Bluse in derselben silbergrauen Farbe wie ihr Haar.

Mit einem schiefen Lächeln warf Hannah einen Blick auf ihr eigenes Outfit – eine Yogahose und ein verwaschenes T-Shirt. Eigentlich nicht weiter verwunderlich, denn der Inhalt ihres Kleiderschranks bestand überwiegend aus bequemen Sachen, die sie auch zum Kuscheln tragen konnte. »Strategie?«, wiederholte sie, denn sie hatte keine Ahnung, was Winter damit meinte.

»Für die zweiundneunzig Tage und wie es danach weitergeht.«

»Klar. Lass uns reden.« Hannah deutete auf den Schrank, in den sie gerade die Tassen einsortiert hatte. »Willst du einen Tee?«

»Nein danke«, sagte Winter in einem Tonfall, der verriet, dass sie das Gespräch rasch hinter sich bringen wollte. Sie setzte sich an den kleinen, runden Tisch und warf Hannah einen erwartungsvollen Blick zu.

Da Winter den Tee abgelehnt hatte, erwartete sie scheinbar, dass auch Hannah sich keinen machen würde. Seufzend wollte sie den zweiten Stuhl heranziehen, um sich zu setzen, doch dann hielt sie inne. Wollte sie wirklich, dass die nächsten zweiundneunzig Tage so verliefen, Winter das Sagen hatte und sie einfach alles mitmachte?

Wenn sie mit Kunden kuschelte, musste sie sich ganz auf deren Bedürfnisse konzentrieren. Nach Feierabend versuchte sie, darauf zu achten, dass auch sie bekam, was sie brauchte, und im Moment war das eine Tasse Tee nach einem langen Tag.

Es würde nur ein paar Minuten dauern, und sie könnten sich währenddessen unterhalten.

»Bin sofort da.« Sie stellte eine Tasse Wasser in die Mikrowelle. »Was glaubst du, warum Jules zweiundneunzig Tage gewählt hat?«, fragte sie über das leise Summen hinweg. »Warum nicht neunzig oder hundert? Hatte die Zahl zweiundneunzig eine besondere Bedeutung für ihn?«

»Keine Ahnung. Vielleicht wollte er nur seine Spielchen mit uns spielen.«

Hannah drehte sich um und sah sie stirnrunzelnd an. »Warum hätte er das tun sollen?«

»Weil er es konnte«, sagte Winter. »Julian brauchte nie einen Grund für irgendetwas.«

Hatte Winter wirklich eine so schlechte Meinung von ihrem eigenen Vater? Hannah konnte Winters Worte nicht mit dem Mann in Einklang bringen, den sie gekannt hatte. »Das würde Jules überhaupt nicht ähnlichsehen. Er war immer sehr nett zu mir.«

Winter schnaubte. »Nett? Julian?«

»Ja! Ich meine, er hat mir die Hälfte dieses Gebäudes geschenkt.«

Die Muskeln in Winters Kiefer traten deutlicher hervor. »Erinnere mich bloß nicht daran.« Bevor sie etwas hinzufügen konnte, wurde sie durch das Piepen der Mikrowelle unterbrochen.

Hannah nahm die Tasse heraus. Mit einem Blick auf Winter, die nicht allzu geduldig wartete, entschied sie sich für einen losen Tee, nur um zu sehen, ob sich Winters grimmige Miene beim Anblick ihres Teesiebs aufhellen würde. Sie gab mehrere Löffel Rooibos-Zimt-Tee in den Schwanz des Plastikeichhörnchens, verschloss es dann und setzte das Tier auf den Rand einer zweiten Tasse, bevor sie das kochende Wasser darüber goss.

Als sie am Tisch Platz nahm und die Tasse abstellte, beäugte Winter das Eichhörnchen, dessen Schwanz ins heiße Wasser hing. Die Falte über ihrer Nasenwurzel vertiefte sich. »Es sieht aus, als würde es ein Häufchen in deine Tasse machen.«

Gut, dass Hannah noch keinen Schluck genommen hatte, sonst hätte sie den Tee quer über den Tisch gespuckt. »Was? Nein, tut es nicht.« Sie legte ihre Hände schützend um die Tasse und musterte Winter kopfschüttelnd. War sie immer so? Hatte sie nie etwas Nettes zu sagen?

»Wie dem auch sei«, sagte Winter. »Wieso nennst du ihn eigentlich immer Jules?«

»Weil er sich mir so vorgestellt hat.«

»Seltsam. So hat ihn nie jemand genannt.«

»Im Ernst?« Wie all ihre Kunden hatte Jules ihr vor der ersten Sitzung eine Kopie seines Ausweises ausgehändigt, aber schon bei der Begrüßung hatte er ihr gesagt, sie solle ihn Jules nennen, und Hannah war diesem Wunsch nachgekommen. Als der Brief des Anwalts eingetroffen war, hatte sie seinen vollen Namen bereits vergessen.

»Ja. Alle haben ihn entweder Julian oder Mr Lambert genannt.«

»Du auch?«, fragte Hannah. »Mir ist aufgefallen, dass du nie ›Papa‹ oder ›mein Vater‹ sagst, wenn du über ihn sprichst. Warum nicht?«

»Weil er das nicht für mich war.«

»Er war nicht dein Vater? Aber ich dachte …«

Winters eisblaue Augen wurden noch frostiger. »Er war kaum mehr als ein Samenspender.«

»Er war überhaupt nicht in dein Leben involviert?« Hannah konnte sich kaum vorstellen, wie es sein musste, so aufzuwachsen. Ihr eigener Vater war bei jedem aufgeschürften Knie, jedem gebrochenen Herzen und jedem wichtigen Ereignis für sie da gewesen.

»Ach, er war sogar sehr involviert. Wollte ständig bei allem mitreden, aber am liebsten aus der Ferne.« Winter schlug die Hände zusammen, als würde sie ein Buch zuklappen. »Aber das ist nicht das Thema, das ich besprechen wollte. Ich wollte mit dir darüber reden, was passiert, wenn die zweiundneunzig Tage um sind.«

»Laut Mr Woodruff wird der Trust aufgelöst, sobald wir die Bedingung erfüllt haben. Dann wird die Grundbuchurkunde geändert, sodass wir offiziell die Besitzerinnen des Gebäudes sind.«

»Ja, und genau darüber wollte ich mit dir sprechen.« Winter stützte ihre Unterarme auf den Tisch und legte die Fingerkuppen aneinander. »Ich habe gehört, dass es ganz schön nervig sein kann, gemeinsam ein Wohnhaus zu besitzen. Keine von uns kann die Miete erhöhen, Reparaturen durchführen lassen oder sonst eine Entscheidung treffen, ohne die andere um Erlaubnis zu bitten.«

»Ach, das macht mir nichts aus. Wir finden bestimmt –« Hannah unterbrach sich und musterte Winters kühlen Gesichtsausdruck. Offensichtlich machte es *ihr* etwas aus. »Was willst du damit sagen?«

»Alles wäre weniger kompliziert, wenn ich dir deine Hälfte abkaufen würde. Du könntest das Geld in andere Immobilien investieren und hättest das alleinige Sagen.«

Winter wollte sie also loswerden. Das hätte sie nicht überraschen sollen, immerhin war sie von Anfang an nicht sonderlich freundlich gewesen. Dennoch war Hannah nicht auf ein so unverhohlenes Angebot vorbereitet gewesen, schon gar nicht am ersten Tag ihres Zusammenlebens. Sie stand auf und trug ihre Tasse zur Spüle, um das Teesieb zu entfernen und etwas Zeit zum Nachdenken zu haben.

»Ich habe noch keine Aufstellung der Vermögenswerte von Mr Woodruff gesehen«, fuhr Winter fort. »Aber als ich mich letztes Jahr für diese Immobilie interessierte, lag der Wert im siebenstelligen Bereich.«

Hannah stellte die Tasse ab und umklammerte mit beiden Händen die Anrichte. »S-siebenstellig!«

»Mehrfach siebenstellig«, fügte Winter ruhig hinzu, als wäre das überhaupt nicht bemerkenswert. »Das Gebäude ist alt, aber in gutem Zustand und in bester Lage.«

In Hannahs Ohren begann es zu rauschen. Wenn Winter ihr die Hälfte davon auszahlen würde, wäre sie Millionärin! Na ja, zumindest bevor das Finanzamt sich seinen Anteil holte. Auf jeden Fall war es mehr Geld, als sie sich jemals erträumt hatte, und ebenfalls mehr, als sie bei Winter vermutet hatte. Abgesehen von ihrer Hightech-Ausrüstung und dem nagelneuen Audi, der vor dem Haus geparkt war, deutete nichts darauf hin, dass Winter reich war. »Du hast genug Geld, um ein Gebäude im Wert von mehreren Millionen zu kaufen? Wow.«

Winter zuckte kühl mit den Schultern. »Ja, natürlich mit einer Hypothek. Ich bin nicht annähernd so reich, wie Julian es war, aber sehr erfolgreich in meinem Beruf und habe mein Geld gezielt investiert. Also keine Sorge, ich kann dir deine Hälfte abkaufen, auch wenn ich nicht alles auf einmal aufbringen kann.«

Das Angebot hätte Hannah eigentlich glücklich machen sollen, aber irgendetwas daran gefiel ihr nicht. Wenn Jules gewollt hätte, dass sie eine Menge Bargeld bekam, hätte er es ihr einfach vermachen können. Stattdessen hatte er ihr die Hälfte des Gebäudes vererbt, und sie konnte sich des Eindrucks nicht erwehren, dass etwas dahintersteckte – vielleicht ein letzter Wunsch, den Jules nicht auf direkte Weise hatte äußern wollen. Das wäre typisch für ihn gewesen. Anfangs hatte er oft versucht, ihre Arme oder Beine in eine für ihn bequemere Position zu bringen, anstatt um eine bestimmte Kuschelstellung zu bitten.

Sie ließ das Eichhörnchen in die Spüle fallen und drehte sich zu Winter um. »Nein.«

»Nein?« Winter blinzelte sie an, als hätte sie in einer Fremdsprache geantwortet. Offensichtlich war sie es nicht gewohnt, mit einem Nein konfrontiert zu werden.

Ihre Miene war so verblüfft, dass Hannahs Lippen zuckten, als sie sich bemühte, nicht loszulachen.

»Du möchtest mehr als die Hälfte von dem, was das Gebäude wert ist?«, fragte Winter.

»Nein«, sagte Hannah. »Ich will dein Geld nicht.«

»Wie wäre es, wenn ich –«

»Stopp! Du kannst mir nicht einfach mehr Geld anbieten und erwarten, dass ich nachgebe.« Hannah wusste, dass andere sie oftmals für jemanden hielten, der schnell nachgab, nur weil sie nett war. Aber wenn sie in ihren fünf Jahren als Profi-Kuschlerin eines gelernt hatte, dann war es, Grenzen zu setzen und daran festzuhalten. »Ich werde meine Hälfte des Gebäudes nicht verkaufen, weder an dich noch an jemand anderen. Jules wollte, dass wir uns das Haus teilen, also werden wir das auch tun.«

Winters Augenbrauen zogen sich zusammen. Sie musterte Hannah so eindringlich, als würde sie versuchen, ihre Hintergedanken und verborgenen Motive zu ergründen.

»Es tut mir leid, Winter, aber das war sein letzter Wunsch, und den werde ich ihm erfüllen.« Hannah bemühte sich, ruhig zu sprechen. Sie wollte es nicht auf einen zweiundneunzig Tage langen Kleinkrieg ankommen lassen.

»Vielleicht könnten wir es so machen, dass eine von uns die beiden unteren und die andere die zwei oberen Etagen bekommt. Uns fällt sicher etwas ein. Wir haben noch viel Zeit, um alles in Ruhe zu bereden und eine gute Lösung zu finden.« Sie wartete kurz ab, aber als Winter sie nur finster anschaute, nahm sie ihre Tasse von der Anrichte. »Gute Nacht, Winter. Bis morgen.«

Sie spürte Winters durchdringenden Blick zwischen ihren Schulterblättern, bis die Schlafzimmertür hinter ihr zufiel.

Kapitel 6

Winter fand einen Parkplatz direkt gegenüber ihrem Wohnhaus. Das war das Erste, was heute gut gelaufen war.

Sie mochte ihren Job als Marketingberaterin. Sie analysierte gern Daten, sah sich an, was funktionierte und was nicht, und fand dann die vielversprechendsten Strategien, um bessere Resultate für das Unternehmen zu erzielen. Ihr gefiel die Abwechslung und dass sie so viele verschiedene Aufgaben hatte, da sie keine Mitarbeiter hatte und alles allein machte.

Was sie nicht immer mochte, waren ihre Kunden. Die meisten von ihnen waren Start-up-Gründer, kreative Köpfe, die sich gern auf ihre Produkte konzentrierten und Winter ihre Arbeit machen ließen.

Aber der neue Kunde, der sie letzten Herbst beauftragt hatte, war ihr von Anfang an auf die Nerven gegangen. Sie hatte viel Arbeit in die Suchmaschinenoptimierung seiner Webseite gesteckt und nach ein paar Monaten hatten sie bereits die ersten Erfolge gesehen. Prompt hatte er sie angewiesen, jegliche bezahlte Werbung einzustellen. Scheinbar war er der Meinung, sie bräuchten diese nicht mehr, da sie nun kostenlos mehr Besucher auf ihrer Webseite hatten. Winter hatte ihm gesagt, das sei keine gute Idee, aber er hatte nicht hören wollen.

Heute hatte er sie in sein Büro zitiert und gefeuert, weil seine Umsätze, wie von ihr vorausgesagt, zurückgegangen waren. Er behauptete, das liege daran, dass ihre SEO-Arbeit keine positiven Ergebnisse gebracht habe.

Gut, dass sie ihn los war! Zum Glück brauchte sie ihn nicht. Sie hatte ihr Studium abgeschlossen, kurz bevor WordPress und die großen Social-Media-Plattformen auf den Markt gekommen waren, und sie hatte schon früh einen Fuß in der Tür gehabt. Nachdem sie jahrelang rund um die Uhr gearbeitet hatte, war sie jetzt in der Lage, sich ihre Kunden auszusuchen, und brauchte nicht mehr jeden Auftrag anzunehmen.

Dennoch ärgerte es sie, von einem Holzkopf, der keine Ahnung hatte, gefeuert worden zu sein. Hinzu kam noch ihre Frustration über Hannahs Weigerung, ihre Hälfte des Gebäudes zu verkaufen.

Warum zog sie es nicht wenigstens in Betracht? Nicht einmal Winters Angebot, mehr zu bezahlen, schien sie in Versuchung zu führen. Winters Erfahrung nach war jeder käuflich. Das hatte sie schon früh von Julian gelernt, nicht nur, weil er es ihr gesagt hatte, sondern weil er sich entsprechend verhielt. Als Winter noch ein Kind gewesen war, hatte er ihre Klassenkameraden bestochen, damit sie ihn über jedes noch so kleine Vorkommnis in ihrem Leben informierten. Sie hatte schnell gelernt, dass wahre Freundschaft eine Illusion war. Für den richtigen Preis würde jeder sie verraten – sogar Brooke hatte es getan.

Aber Hannah ... Wäre sie tatsächlich eine Erbschleicherin gewesen, die Julian irgendwie dazu gebracht hatte, ihr die Hälfte eines Hauses zu vererben, hätte sie Winters Angebot nicht sofort angenommen? Was könnte sie sonst im Schilde führen? Es ging ihr doch nicht tatsächlich darum, Julians letzten Wunsch zu erfüllen, oder?

Winter wurde nicht aus ihr schlau, und so sehr Hannahs Weigerung, ihre Hälfte zu verkaufen, sie auch frustrierte, so konnte Winter doch nicht umhin, sie auch ein wenig dafür zu bewundern. Die Art und Weise, wie Hannah »Nein« gesagt hatte und davonmarschiert war ... Das war zugleich ärgerlich und auch irgendwie heiß gewesen.

Hast du den Verstand verloren? Obwohl sie tief im Inneren nicht daran glauben konnte, dass sie beide miteinander verwandt waren, konnte sie es dennoch nicht ausschließen. Selbst wenn sich herausstellen sollte, dass Hannah nicht ihre Halbschwester war, so war sie doch nicht Winters Typ. Nicht, dass sie überhaupt einen hatte, denn schließlich mied sie Beziehungen. Aber hätte sie eine Traumfrau gehabt, dann bestimmt keine, die ewig gut gelaunt, gefühlsduselig und mindestens zehn Jahre jünger als sie selbst war.

Winter schnappte sich ihre Laptoptasche vom Beifahrersitz, stieg aus dem Wagen und knallte die Fahrertür zu. Sie stapfte die Treppe hinauf, ohne auf den Aufzug zu warten. Als sie im vierten Stock den Gang hinunterging, suchte sie an ihrem Schlüsselbund nach dem immer noch unvertrauten Wohnungsschlüssel – und blieb dann abrupt stehen.

Offensichtlich hatte Hannah es für nötig befunden, den Eingang ihres vorübergehenden Zuhauses zu dekorieren. Zwei Pflanzen mit herzförmigen Blättern und lachsfarbenen Blüten flankierten nun die Wohnungstür. Aber das war noch nicht alles. Sie hatten auch eine neue Fußmatte. In lilafarbener, verschnörkelter Schrift stand *Hier sind alle willkommen!* auf einem mit Herzen übersäten Hintergrund. Es waren nicht etwa kleine, dezente Herzen, sondern große in Rot und Rosa. Selbst das Ausrufezeichen am Ende hatte ein Herz statt eines Punktes!

Nein. Einfach nur nein. Sie hatte beruflich mit Zahlen und objektiven Fakten zu tun. Rosafarbene Herzen passten nicht zu ihrer Marke. Außerdem wollte sie nicht, dass jeder bei ihnen ein und aus ging.

In den drei Tagen seit dem Einzug hatte es mehrmals am Tag an der Tür geklingelt. Jedes Mal war es entweder ein Freund oder ein Kunde von Hannah. Winter war sich nicht sicher, denn sie hatte immer noch nicht herausgefunden, womit Hannah ihren Lebensunterhalt verdiente. Wer auch immer diese Leute waren, sie kamen meist ausgerechnet dann, wenn Winter gerade versuchte, sich auf eine kniffelige Arbeit zu konzentrieren.

Deshalb wollte sie auf keinen Fall, dass alle sich willkommen fühlten.

Sie hob die verflixte Fußmatte auf und sah sich nach einem Platz um, wo sie diese entsorgen konnte. Schließlich warf sie das Ding hinter eine große Topfpflanze, die ein paar Meter entfernt stand. Dann zückte sie ihr Handy, suchte kurz und schon war eine neue Fußmatte unterwegs, die bereits morgen geliefert werden würde.

Hannah schlang ihren linken Arm um die Einkaufstasche und klemmte ihr Handy zwischen Ohr und Schulter, um mit der rechten Hand die Haustür aufzuschließen.

Fast wäre ihr wackeliger Balanceakt gescheitert, als Valentina fragte: »Wie gefällt dir die neue Wohnung? Und wie läuft es mit der heißen Mitbewohnerin?«

Rasch bewahrte Hannah ihr Handy vor einem Sturz zu Boden, stieß die Tür mit der Hüfte auf und betrat die Lobby. »Die Wohnung ist toll, aber die Mitbewohnerin ist eher unterkühlt als heiß.«

»Sie kann beides sein. Diese frostige Fassade ist doch gerade das, was sie so heiß macht. Stell dir vor, du bist diejenige, die dieses Eis zum Schmelzen bringt.« Valentina gab ein genießerisches Stöhnen von sich, das sie normalerweise für die *Feijoada* ihrer Mutter reservierte.

»Das einzige Eis, das ich zum Schmelzen bringen möchte, ist das Karamelleis mit Brownies, das in meinem Gefrierschrank auf mich wartet – am liebsten in meinem Mund. Außerdem kann ich mir nichts vorstellen. Ich habe Afantasie, schon vergessen?«

»Ach, nach allem, was Max so sagt, fehlt es dir nicht an Fantasie, auch wenn du keine bildliche Vorstellungskraft hast.«

»Lügnerin«, sagte Hannah. »Max hat dir gar nichts erzählt.« Obwohl ihr Ex auch mit Valentina befreundet war, würde er niemals intime Details ausplaudern.

»Okay, okay. Also, was ist jetzt mit der heißen Mitbewohnerin? Sag schon!«

»Es gibt nichts zu sagen. Ich habe sie kaum gesehen, seit sie versucht hat, mich dazu zu bringen, ihr meine Hälfte des Gebäudes zu verkaufen. Ich höre sie nur ständig. Mann, ist die laut!«

Valentina schnappte nach Luft. »Soll das heißen, du kannst hören, wie sie Sex hat?«

»Nein! Hat dir schon mal jemand gesagt, dass du ständig nur an das Eine denkst?« Hannah betrat den Aufzug. Falls die Verbindung abbrach, gab das Valentina wenigstens Gelegenheit, auf andere Gedanken zu kommen. »Ich spreche von ihrer Tastatur. Die ist so laut, dass ich ihr Tippen durch die Tür hindurch hören kann. Rat-a-tat-tat!«

»Oh.« Valentina klang enttäuscht. »Ist sie Schriftstellerin oder so?«

»Nein, sie ist im Marketing tätig.« Sie hatte gegoogelt und ihre Webseite gefunden, auf der Winter ihre Dienste als Beraterin für digitales Marketing anbot.

Hatte Winter sie ebenfalls gegoogelt? Falls ja, hatte sie mit Sicherheit bloß ihre Massagetherapiepraxis gefunden. *Schmuseeinheit*, das Unternehmen, für das sie freiberuflich tätig war, verwendete auf seiner Webseite nur die Vornamen der Profi-Kuschler.

»Hey, das ist toll«, sagte Valentina. »Du könntest sie um ein paar Marketing-Tipps bitten. Vielleicht könnte sie dir eine Webseite erstellen, damit du *Schmuseeinheit* verlassen und dich selbstständig machen kannst. Davon sprichst du doch schon ewig.«

»Hast du ihre Klamotten und ihren ganzen Technikkram gesehen? Ich kann mir ihre Preise nicht leisten, und ich kann schlecht verlangen, dass sie umsonst arbeitet.«

»Du könntest ihr im Gegenzug ein paar Kuschelstunden anbieten.«

»Auf das Angebot hat Winter sicher bloß gewartet.« Die Fahrstuhltür öffnete sich im vierten Stock und Hannah stieg aus. Auf halbem Weg den Gang hinunter erblickte sie ihre Fußmatte oder besser gesagt, den Ort, an dem diese gelegen hatte.

Gestern war die Fußmatte auf mysteriöse Weise verschwunden und Hannah hatte sie schließlich hinter einer Topfpflanze wiedergefunden. Sie hatte sie zurück vor die Tür gelegt, doch jetzt war sie schon wieder weg.

An ihrer Stelle lag eine neue Matte. Statt der warmen Farben, die Hannah für ihren Fußabtreter gewählt hatte, war diese dunkelgrau mit weißen Buchstaben. Es war nicht schwer zu erraten, wer sie gekauft hatte.

Als sie auf die Tür zuging, konnte sie den Schriftzug erkennen: *Du hast meine Fußmatte gelesen? Okay, genug Interaktion für heute!*

Hannah blieb davor stehen und wusste nicht, ob sie lachen oder sich die Haare raufen sollte. Zwar würden einige ihrer Kunden Winters einzelgängerische Tendenzen bestimmt nachempfinden können, aber die Fußmatte würde ihnen trotzdem nicht gerade das Gefühl geben, hier willkommen zu sein.

»Hannah?« Valentina klang, als hätte sie ihren Namen schon mehrmals wiederholt.

»Tut mir leid, ich muss Schluss machen. Hier herrscht ein Fußmattenkrieg.«

»Äh, wie bitte?«

»Ich erklär es dir später. Zuerst muss ich eine Schlacht gewinnen.«

Winters Laufschuhe quietschten auf dem Boden, als sie aus dem Aufzug trat. Mit einer Hand zog sie ihre AirPods aus den Ohren, während sie mit der anderen an ihrem schweißgetränkten Laufshirt zupfte.

Einige Meter vor ihrer Wohnungstür blieb sie abrupt stehen.

Heute Morgen hatte sie Hannahs Herzchen-Fußmatte gegen eine andere ausgetauscht, aber jetzt war sie wieder da.

Winter stöhnte. »Himmel Herrgott!« Offenbar hatte Hannah es noch immer nicht kapiert. Es reichte wohl nicht, das verflixte Ding bloß zu verstecken. Jetzt würde sie es ein für alle Mal wegwerfen.

Sie bückte sich, um die Matte aufzuheben.

Unerwarteter Widerstand ließ sie das Gleichgewicht verlieren. Sie stolperte zurück. »Was zum Teufel?«

Hannah hatte die Matte mit doppelseitigem Klebeband auf dem Boden befestigt!

Winter schimpfte vor sich hin. Wenn Julian nicht schon tot wäre, würde sie ihn kalt lächelnd umbringen. Vielleicht hatte Brooke recht gehabt. Heute war erst der vierte Tag ihres erzwungenen Zusammenlebens, doch schon jetzt wäre Winter am liebsten schreiend davongelaufen. Aber natürlich würde sie Brooke nicht die Genugtuung geben, sie scheitern zu sehen.

Sie packte die Fußmatte mit beiden Händen und riss kräftig daran. Gerade als sich das Klebeband mit einem lauten *Ratsch* löste, schwang die Tür auf.

Winter hielt den Beweis für ihren versuchten Fußabtreter-Diebstahl in beiden Händen, als sie aufsah und Hannah von Angesicht zu Angesicht gegenüberstand. Na ja, wohl eher von Angesicht zu Brust, denn sie war noch immer vornübergebeugt.

Winter schluckte, wandte rasch den Blick ab und richtete sich auf.

Einen Moment lang standen sie nur wenige Zentimeter voneinander entfernt und starrten sich über die Türschwelle hinweg an.

Hannah stemmte die Hände in ihre breiten Hüften und sah zwischen Winter und dem Fußabtreter hin und her. »Weißt du, wenn du meine Matte nicht magst, hättest du mir das einfach sagen können.«

»Ich mag deine Matte nicht.« Winter bedachte sie mit einem kühlen Blick, dem Hannah jedoch standhielt.

»Ich mag deine auch nicht besonders, damit sind wir quitt.«

»Komm schon«, sagte Winter. »Meine ist lustig. Gib es zu.«

Hannahs Lippen verzogen sich zu dem Anflug eines Lächelns. »Vielleicht. Aber das ist nicht der Punkt. Im Ernst, Winter. Ich habe Kunden. *Du* hast Kunden. Willst du nicht, dass sie sich hier willkommen fühlen?«

Winter zuckte mit den Schultern. »Die meisten meiner Kunden werden meine Wohnung nie zu Gesicht bekommen.«

»Meine schon und ich möchte nicht, dass sie das Gefühl haben, ich könnte es kaum erwarten, bis sie wieder gehen.«

Winter verschränkte die Arme über ihrem schweißfeuchten Shirt. »Und wenn meine Kunden jemals hierherkommen, möchte ich nicht, dass sie sich vorkommen, als hätten sie sich in eine Herzchen-und-Blümchen-Hippie-Enklave verirrt.«

Sie starrten einander an. Keine rührte sich vom Fleck.

Der Schweiß auf Winters Haut begann zu trocknen und zu jucken, aber sie würde nicht nachgeben. »Siehst du? Genau aus diesem Grund wollte ich dich auszahlen. Wie sollen wir uns darauf einigen, was das Beste für das gesamte Gebäude ist, wenn wir uns nicht einmal für einen gemeinsamen Fußabtreter entscheiden können?«

Hannah errötete und ihre honigbraunen Augen funkelten. »Ist das der Grund, warum du meine Fußmatte geklaut hast? Denkst du etwa, du könntest mich einschüchtern, bis ich nachgebe und dir meine Hälfte verkaufe?«

»Ich versuche nicht, dich einzuschüchtern!« Das war eher Julians Methode gewesen, nicht ihre … oder doch? »Ich will nur nicht so etwas.« Winter schüttelte die Fußmatte, die sie immer noch in der Hand hielt.

»Was? Dass die Leute denken, sie wären hier willkommen? Großer Gott, das können wir natürlich nicht zulassen!«

Jetzt hatten beide die Arme verschränkt und rührten sich keinen Zentimeter.

Sich nähernde Schritte unterbrachen den hitzigen Blickkontakt.

Winter sah über die Schulter zurück.

Eine schlanke Blondine kam auf sie zu, ein Lächeln im Gesicht und einen Teller mit Cupcakes in der Hand. Ihr geschmeidiger Schritt stockte, als sie Winter und Hannah so dicht beieinanderstehen sah. Dann wuchs ihr Grinsen in die Breite.

Finster dreinblickend trat Winter einen Schritt zurück. Erst jetzt bemerkte sie, dass sie und Hannah praktisch Nase an Nase standen … oder vielmehr Nase an Kinn. Sie tat, als wäre es nichts Ungewöhnliches, eine Fußmatte in der Hand zu halten, und tippte ungeduldig mit den Fingern darauf herum, während sie darauf wartete, dass die Fremde an ihnen vorbeiging.

Stattdessen kam die Frau direkt auf sie zu. »Hallo. Ich bin Heather Burkhart aus Wohnung zwölf. Ich hatte noch keine Gelegenheit, mich vorzustellen, deshalb dachte ich, ich komme mal vorbei und heiße euch im Haus willkommen.« Sie hielt ihnen den Teller entgegen. »Schoko-Cupcakes mit Keksteigcreme.«

»Lecker! Ich merke schon, du wirst meine Lieblingsnachbarin werden!« Hannah lachte. »Die sehen toll aus. Vielen Dank für deine Mühe.«

Heather wischte sich etwas Mehl von ihrem Kapuzenpulli. »Kein Problem. Es kommt schließlich nicht jeden Tag vor, dass zwei lesbische Nachbarinnen hier einziehen.«

Hannah hob ihren Finger wie eine Schülerin, die etwas zur Diskussion beitragen wollte. »Eigentlich bin ich –«

»Entschuldigung«, sagte Heather, bevor Hannah zu Ende sprechen konnte. »Ich hätte frauenliebend sagen sollen. Nur weil zwei Frauen ein Paar sind, heißt das ja nicht unbedingt, dass beide lesbisch sind.«

Winter fiel die Fußmatte aus der Hand. Was sollte das denn? Heather hielt sie für ein Paar?

Hannahs Lächeln wich nicht aus ihrem Gesicht. Es schien sie nicht zu stören, für eine Frau gehalten zu werden, die Frauen liebte, oder für Winters Partnerin. Wenn sie wirklich Julians Tochter war, wusste sie es offensichtlich nicht.

Je mehr Winter darüber nachdachte, desto mehr begann sie zu bezweifeln, dass Hannah ihre Halbschwester war. Julian hatte nie bestritten, Winters Vater zu sein. Warum hätte er es vor Hannah verheimlichen sollen, wenn sie seine Tochter war? Wahrscheinlich war Hannah wohl eher seine Geliebte gewesen.

»Wir sind kein Paar«, sagte Hannah. »Wir leben nur zusammen, weil ... Es ist kompliziert.«

»Ah.« Heather nickte wissend.

Na toll. Jetzt dachte sie wahrscheinlich, sie hätten eine Affäre.

»Nun, es war jedenfalls schön, euch kennenzulernen. Ich lasse euch dann mal weitermachen, was auch immer ihr da gerade gemacht habt.« Mit einem Zwinkern und einem freundlichen Winken drehte sich Heather um und ging.

»Danke«, rief Hannah ihr nach. »Ich bringe dir morgen deinen Teller zurück.«

»Nicht nötig«, antwortete Heather. »Bringt ihn einfach mit zur Begrüßungsparty, die die anderen Mieter und ich für euch planen.«

Begrüßungsparty? Winter stöhnte und funkelte Hannah verärgert an. »Siehst du? Das kommt davon, wenn man so einen Fußabtreter hat!« Sie gab dem verdammten Ding einen Tritt, aber wegen des doppelseitigen Klebebands bewegte es sich kaum.

Hannah lächelte sie an. »Cupcakes und eine Begrüßungsfeier. Wie schrecklich.« Sie nahm sich ein Törtchen und biss herzhaft hinein. Ein leises Stöhnen drang zu Winter herüber, als Hannah zurück in die Wohnung ging.

Musste sie derart ... enthusiastisch klingen? Winter warf ihr einen bösen Blick hinterher. »Was machen wir jetzt mit dem Fußabtreter?«

Hannah hielt inne und drehte sich um. Mit der Zunge leckte sie sich etwas Cupcake-Creme von ihrer vollen Unterlippe.

Winter rügte sich sofort. Solange sie keinen endgültigen Beweis dafür hatte, dass sie nicht miteinander verwandt waren, sollte sie Hannahs Lippen nicht einmal bemerken.

»Also gut«, sagte Hannah. »Wenn dir meine Fußmatte nicht gefällt, kannst du nach einer anderen suchen. Nur keine, die unseren Gästen das Gefühl gibt, sie wären eine feindliche Armee, die vorhat, in unsere Burg einzudringen.« Ohne eine Antwort abzuwarten, nahm Hannah einen weiteren Bissen und verschwand den Flur hinab.

»Hey!«, rief Winter ihr nach. »Die Hälfte der Cupcakes gehört mir!«

»Ich dachte, du magst keine?«, kam Hannahs Stimme um die Ecke.

»Doch. Nur keine Partys.«

»Dann solltest du dich beeilen, bevor sie weg sind.«

Winter machte einen Schritt in die Wohnung hinein, bevor ihr der Fußabtreter wieder einfiel. Seufzend stapfte sie zurück, entfernte das Klebeband und ließ die Matte vor der Tür liegen. Nur vorübergehend.

Hannahs Sitzungen mit Benny liefen immer nach dem gleichen Schema ab. Sie verbrachten zwanzig Minuten in jeder seiner Lieblingskuschelpositionen, beginnend mit dem Sternengucker, dann der Löffelchenstellung und schließlich dem Koala auf dem Baum. Die vertraute Struktur ihrer Sitzungen half ihm, sich zu entspannen, und Hannah fand es schön, mit einem Kunden zu kuscheln, der genau wusste, was er wollte. Sie war dankbar, dass Benny zugestimmt hatte, weiterhin zu ihr zu kommen und so gut mit dem Ortswechsel zurechtkam.

Als seine Zeit um war, verließ sie das Zimmer und wartete im Flur, damit er sich umziehen konnte.

»Möchtest du noch eine Umarmung, bevor du gehst?«, fragte sie, als er sich zu ihr gesellte. Sie fragte immer nach, statt sich darauf zu verlassen, dass er ihre Körpersprache richtig deutete, oder ihn gar ohne Vorwarnung zu umarmen.

Er nickte und trat sofort näher.

Hannah schlang ihre Arme mit festem, gleichmäßigem Druck um ihn. Vorsichtig ließ sie ihre Handflächen auf seinem Rücken ruhen, anstatt ihn sanft zu streicheln.

In den fünf Jahren, in denen sie nun schon als professionelle Kuschlerin arbeitete, hatte sie mehrere Kunden mit Autismus gehabt. Sie unterschieden sich so sehr voneinander wie ihre anderen Kunden auch und genauso verschieden waren auch ihre Kuschelbedürfnisse. Bei Benny verursachten zu sanfte Berührungen ein unangenehmes Brennen, während sich ein fester Druck angenehm erdend anfühlte.

»Hm, schön«, murmelte er leise und drückte sie ein letztes Mal, bevor er losließ. »Nächste Woche zur gleichen Zeit?«

»Ja, natürlich.« Sie reservierte donnerstags immer den Vier-Uhr-Termin für Benny, weil sie wusste, dass er Routine mochte.

»Großartig. Danke. Bis dann.«

Sie öffnete ihm die Tür.

Er ging darauf zu und hielt dann inne. »Hey! Vorhin war das doch noch eine andere, oder?« Er zeigte auf die Fußmatte.

Hannah sah an ihm vorbei.

Ihre einladende Fußmatte war wieder einmal verschwunden. An ihrer Stelle lag eine einfache braune Matte, auf der in schwarzen Buchstaben stand: *Herzlich willkommen wäre übertrieben. Aber wenn's sein muss, komm rein.*

Hannah musste kichern. Das war typisch Winter! »Ähm, nimm's nicht persönlich. Meine Mitbewohnerin ist mehr der einsiedlerische Typ.«

»Ich verstehe das total.« Benny lachte. »So eine brauche ich auch.«

Vielleicht sollte sie ihm die erste Matte mitgeben, die Winter gekauft hatte und die jetzt unter der Spüle versteckt lag.

Benny ging davon und sie hob die Fußmatte auf, bevor sie die Tür hinter ihm schloss.

Auf Zehenspitzen schlich sie den Flur entlang hin zu Winters Büro, dem sie wegen all des teuren Technikkrams, den es beherbergte, den Spitznamen ISS – International Space Station – gegeben hatte.

Ausnahmsweise drang das Klappern von Winters Tastatur nicht durch die Tür. War Winter überhaupt zu Hause oder hatte sie sich aus dem Staub gemacht, nachdem sie wieder einmal Hannahs Fußabtreter durch einen anderen ersetzt hatte?

Hannah beugte sich vor und drückte ihr Ohr an die Tür. Sie konnte keine Stimmen vernehmen. Winter schien also nicht in einer Zoom-Konferenz zu sein oder mit einem Kunden zu telefonieren. Sollte sie anklopfen oder warten, bis Winter herauskam, um sich einen Kaffee zu machen?

Die Tür schwang auf.

Auf frischer Tat ertappt, verlor Hannah das Gleichgewicht und stolperte nach vorn.

Eine warme Brust und starke Arme bewahrten sie vor einer schmerzhaften Begegnung mit dem Boden – Winters Brust und Arme. Natürlich hatte sie nicht mit den Körperteilen einer anderen Frau gerechnet. Sie hatte nur nicht erwartet, dass diese so warm und bequem sein würden, während Winter meist kühl und unnachgiebig war.

Das angenehme Gefühl hielt nur einen Moment lang an, dann räusperte sich Winter und schob Hannah auf Armeslänge von sich. Sie kniff ihre Augen zusammen, als sie auf Hannah herabblinzelte. »Was in aller Welt tust du da?«

»Ähm.« Benommen hielt Hannah den Fußabtreter in die Höhe, als würde das alles erklären.

Winter ignorierte die Matte. Ihr Blick glitt stattdessen über Hannahs Körper. »Ist das ein flauschiger Pyjama? Hattest du nicht gerade ein Meeting mit einem Kunden?«

Hannah hatte vergessen, dass sie immer noch ihren pinkfarbenen Fleece-Schlafanzug trug. Sie konnte Winter nicht sagen, dass es sich um Arbeitskleidung handelte und sie den Pyjama angezogen hatte, weil Benny den weichen Stoff mochte. Es ärgerte sie, dass sie nicht ehrlich sein konnte. Sie war stolz auf ihren Beruf.

Aber Winter war ziemlich clever. Wenn Hannah ihr sagte, dass sie professionelle Kuschlerin war, würde sie eins und eins zusammenzählen und sofort wissen, dass Jules ihr Kunde gewesen war.

Das wollte Hannah vermeiden, nicht nur, um Jules' Privatsphäre zu schützen, sondern auch, weil sie weiteren Streit vermeiden wollte. Sie ahnte, dass Winter ihrem Job nicht wohlwollend gesinnt sein würde. »Mein Kunde ist schon weg«, sagte sie und hoffte, Winter würde annehmen, dass sie ihren Pyjama angezogen hatte, nachdem er gegangen war. Sie hob die Fußmatte ein Stück höher und versteckte sich dahinter, als wäre sie ein Schutzschild. »Herzlich willkommen wäre übertrieben? Etwas Besseres hast du nicht gefunden?«

»Entweder die oder eine, auf der stand: *Wenn du der Paketbote, Pizzalieferant oder Ryan Reynolds bist, komm rein. Ansonsten verschwinde*. Und ich mag Blake Lively lieber als Reynolds, deshalb habe ich mich für die hier entschieden.« Winter zeigte auf die Fußmatte, die Hannah in der Hand hielt.

»Ach, ich weiß nicht, ich mag irgendwie bei–« Abrupt klappte Hannah ihren Mund zu. Ihr Gehirn hatte ein paar Sekunden gebraucht, um zu begreifen, was Winter gerade gesagt hatte. Zuerst hatte sie sich nichts dabei gedacht, denn die meisten ihrer Freunde gaben ständig Kommentare darüber ab, wie attraktiv sie Menschen aller Geschlechter fanden.

Aus irgendeinem Grund – wahrscheinlich, weil professionelle Kuschler offen dafür sein mussten, mit jedem zu kuscheln – schien ihr Beruf viele bi- und pansexuelle Menschen wie Max und sie anzuziehen oder auch Leute wie Valentina, die keinerlei Label für sich benutzte und einfach liebte, wen sie wollte. Tammy, die sich scherzhaft als die »Alibi-Heterosexuelle« in ihrer Clique bezeichnete, war die einzige Ausnahme.

Natürlich hätte es sein können, dass Winter lediglich darüber sprach, wer der bessere Schauspieler war, aber ihr Ton verriet, dass sie Blake nicht nur wegen deren schauspielerischen Leistungen bewunderte. Wollte Winter damit sagen, dass sie Blake heißer fand als deren Ehemann – und Frauen im Allgemeinen attraktiver?

Jetzt, da sie darüber nachdachte, fiel Hannah auch ein, dass Winter nicht widersprochen hatte, als Heather sie gestern als lesbisch bezeichnet hatte. Sie hatte die Fußmatte erst fallen lassen, als Heather angenommen hatte, sie wären ein Paar.

Sehr schmeichelhaft fürs Ego. Vielen Dank, Ms Sullivan.

»Soll das heißen«, sagte Hannah langsam, »du bist …?«

»Lesbisch? Ja.« Winter richtete sich im Türrahmen auf und straffte die Schultern, als würde sie sich auf eine negative Reaktion gefasst machen.

Mit der ernsthaftesten Miene, zu der sie fähig war, antwortete Hannah: »Nein, ich meinte, du bist ein Fan der Serie *Gossip Girl*?«

Einen Moment lang kam Winters kühles Pokerface ins Wanken.

Hannah brach in Gelächter aus und konnte gar nicht mehr aufhören. Sie beugte sich vor und hielt sich die Seiten. »O mein Gott«, keuchte sie. »Du solltest dein Gesicht sehen!«

Winter sah sie grimmig an, was Hannah nur noch mehr zum Lachen brachte.

Schließlich gelang es ihr, sich zusammenzureißen. »Entschuldige. Ich konnte einfach nicht anders. Ich bin in einer Familie aufgewachsen, in der gegenseitiges Necken praktisch ein Liebesbeweis war. Ähm, nicht dass … Ich wollte damit nicht sagen …«

Irgendwie schaffte es Winter zu vermitteln, dass sie mit den Augen rollte, ohne es tatsächlich zu tun. »Hör bitte auf, jedes Wort, das du zu mir sagst, zu hinterfragen, nur weil du jetzt weißt, dass ich lesbisch bin. Du bist es nicht. Du bist so hetero, wie man nur sein kann. Schon klar.«

»Ähm, genau genommen …« Sollte sie es ihr wirklich sagen? Sie beschloss, es zu tun. Es war schon schlimm genug, dass sie Winter ihren Beruf verheimlichen musste, da wollte sie nicht auch noch ihre sexuelle Orientierung geheim halten. »Bin ich nicht.«

»Das habe ich doch gerade gesagt.«

»Nein, ich meine, ich bin nicht hetero. Ich bin pansexuell.«

»Pansexuell?« Winter zog das Wort in die Länge.

Hannah nickte. »Es bedeutet, dass ich mich zu Menschen aller Geschlechter hingezogen fühle. Ein gutes Herz und Sinn für Humor sind für mich ausschlaggebend, nicht irgendwelche Körperteile. Obwohl ein attraktiver Körper natürlich auch nicht schadet.« Ihr Blick wanderte zu dem obersten Knopf an Winters weißer Bluse, der offen stand und ein Stück glatte Haut sehen ließ.

Nein, nein, nein. Nur weil sie sich zu Menschen aller Geschlechter hingezogen fühlte, hieß das nicht, dass sie sich zu allen Menschen hingezogen fühlte – und schon gar nicht zu Winter. *Sie ist eiskalt, nicht heiß, schon vergessen? Du würdest dir nur Frostbeulen holen.* Hannah sah schnell wieder in Winters Gesicht.

»Danke.« Winters kühle Miene und ihr sarkastischer Ton kehrten zurück. »Ich weiß, was pansexuell bedeutet. Ich habe nur nicht erwartet, dass du …« Sie winkte ab. »Vergiss es. Wir haben über den Fußabtreter gesprochen.«

Hannah sah auf die Matte hinunter, die sie ganz vergessen hatte. »Stimmt. Ich weiß den Humor zu schätzen, Winter, aber ich hätte lieber eine Matte, die unsere Gäste aufrichtig willkommen heißt.«

»Die ist dir also immer noch nicht rührselig genug?«, fragte Winter.

»Na ja, vor Rührung dahinschmelzen werden Besucher beim Anblick deiner Matte ganz sicher nicht. Wie wäre es, wenn wir uns auf einen Kompromiss einigen?«

Winter beäugte sie skeptisch. »Du willst einen kleinen Herzaufkleber über dem *i* in *Herzlich* anbringen?«

»Ähm, ich glaube nicht, dass das einen großen Unterschied machen würde.« Vielleicht sollten sie sich auf etwas Einfacheres besinnen. »Kann ich mal kurz dein Handy haben?«

Die diagonale Falte über Winters Nasenwurzel vertiefte sich, als hätte Hannah von ihr verlangt, ihren Erstgeborenen herauszugeben. »Warum?«

Hannah tätschelte ihren Schlafanzug. »Weil ich keine Taschen und deshalb mein Handy nicht bei mir habe und ich weiß, dass du deins immer in der Nähe hast.«

Winter nahm ihr Handy. Zögernd entsperrte sie es, bevor sie es Hannah reichte.

»Danke.« Hannah hielt es vorsichtig in der Hand, denn sie wusste, dass sie nicht das Geld hatte, um das teure Gerät zu ersetzen, falls sie es versehentlich fallen lassen und kaputt machen würde. Sie tippte auf das Browsersymbol. »Was ist deine Lieblingsfarbe?«

»Schwarz.«

»Schwarz ist niemandes Lieblingsfarbe.«

»Meine schon.«

Hannah warf ihr einen skeptischen Blick zu. »Ist Schwarz überhaupt eine Farbe?«

Winter zuckte mit den Schultern. »Nicht im physikalischen Sinne, aber was Verhandlungen über Fußabtreter angeht, schon.« Ihr Gesichtsausdruck war genauso ernst wie der ihres Vaters die meiste Zeit gewesen war, aber Hannah glaubte, ein spielerisches Funkeln in ihren Augen zu erkennen.

Ihre Mitbewohnerin wider Willen war also nicht immer so ein unnahbarer Griesgram. Sie konnte sogar irgendwie süß sein. Wer hätte das gedacht?

»Na schön«, sagte Hannah. »Dann nenn mir deine zweitliebste Farbe.«

Winter öffnete den Mund, um zu antworten.

»Abgesehen von Grau«, fügte Hannah schnell hinzu.

Winter klappte den Mund zu. Dann schien sie einen Moment zu überlegen. »Blau.«

Hannah suchte kurz, scrollte durch ein Dutzend Bilder von Fußmatten, tippte schließlich auf eines und hielt es Winter hin.

Es zeigte eine schlichte, dunkelblaue Fußmatte ohne lustige Sprüche, herzliche Willkommensgrüße oder dekorative Elemente.

»Ich weiß, die ist ziemlich –«

»Angemessen«, beendete Winter den Satz, während Hannah sagte: »Langweilig.« Sie nahm Hannah das Handy ab. Ihre Daumen flogen rasend schnell über das Display. Schließlich sah sie mit einem triumphierenden Grinsen auf. »Gekauft.«

Und damit war der große Fußmattenkrieg beendet. Es war zwar nicht die bedingungslose Kapitulation, die Hannah sich erhofft hatte, aber sie konnte mit einem Unentschieden leben, solange es ein friedliches Miteinander ermöglichte.

Winter steckte ihr Handy ein und schob sich an ihr vorbei, als hätte sie eine dringliche Mission.

»Wohin gehst du?«, fragte Hannah.

»Ich hole meine andere Fußmatte aus deinem Versteck unter der Spüle«, antwortete Winter über ihre Schulter. »Die kommt vor meine Bürotür.«

O nein. Wenn Hannahs Kunden auf dem Weg zu ihrem Kuschelstudio nach links blickten, würden sie die Matte sehen, die verkündete, dass das Lesen ihrer Aufschrift genug Interaktion für heute war.

»Tolle Idee.« Hannah zwang sich zu einem heiteren Tonfall.

Winter hielt vor der Spüle inne und warf ihr einen misstrauischen Blick zu. »Das ist nicht dein Ernst, oder?«

»Doch, natürlich. Es wäre doch schade, die anderen Fußabtreter verkommen zu lassen. Wenn ich es mir recht überlege …« Hannah schlenderte auf die Wohnungstür zu. »Ich nehme an, du hast meine Fußmatte mit den rosafarbenen Herzen wieder hinter der Topfpflanze versteckt? Ich werde sie direkt vor die Schiebetür zu meinem Arbeitszimmer legen. Es macht dir doch nichts aus, meine Matte im Wohnzimmer zu haben, oder?«

Ein leises Knurren kam aus der Küche.

»Was hast du gesagt? Tut mir leid, ich hab dich nicht verstanden.« Hannah ging wieder zurück und steckte den Kopf um die Ecke, um Winter einen fragenden Blick zuzuwerfen.

»Ich sagte, vergiss die verdammten Matten.« Winter knallte den Schrank unter der Spüle zu. »Kein normaler Mensch hat Fußabtreter in der Wohnung.«

»Stimmt«, sagte Hannah mit einem scheinbar ernsthaften Nicken. »Das wäre total übertrieben.«

Winter marschierte zu ihrem Büro. Im Vorbeigehen warf sie Hannah einen frostigen Blick zu, der verriet, dass sie Hannah durchschaut hatte.

Hannah hatte Mühe, sich ein Grinsen zu verkneifen. War sie womöglich doch siegreich aus dem großen Fußmattenkrieg hervorgegangen?

»Endlich sind wir uns einig.« Im Türrahmen zu ihrem Büro hielt Winter inne und wandte sich wieder Hannah zu. »Sicher bist du ebenfalls der Meinung, dass wir jetzt, da wir die Fußmatten austauschen, auch andere Pflanzen vor die Wohnungstür stellen sollten. Diese exotischen … wie auch immer die heißen.« Sie wedelte mit der Hand in Richtung der Flamingoblumen, die den Eingang flankierten. »Sie passen nicht zu unserer neuen, klassisch-schlichten Fußmatte.«

»Ähm, wenn du meinst.«

»Großartig. Ich wusste doch, du würdest mir zustimmen. Deshalb habe ich auch zwei Hasenohren bestellt, als ich die blaue Fußmatte gekauft habe.«

»Hasenohren?« Hannah hatte keine Ahnung, was für eine Pflanze das war, aber es klang nicht nach einer Sorte, an der Winter Gefallen finden würde, falls ihr überhaupt irgendeine Pflanze gefiel.

»Keine Sorge«, sagte Winter. »Sie sind pflegeleicht. Ich konnte nur einen kurzen Blick auf die Webseite werfen, aber dort stand, dass sie ideal für Kaktus-Neulinge sind.« Sie trat zurück und die Tür schloss sich mit einem leisen Klicken zwischen ihnen.

Kaktus? Sie machte doch sicher nur einen Scherz, oder?

Mist. Hannah starrte auf die geschlossene Bürotür. Sie hätte wissen müssen, dass Winter nicht einfach klein beigeben und ihre Niederlage eingestehen würde.

Dann musste sie plötzlich lachen. Sie ging in die Küche und legte die Matte mit der Aufschrift *Herzlich willkommen wäre übertrieben* zu ihrem Kameraden unter die Spüle. So viel stand fest: Die nächsten siebenundachtzig Tage würden nicht langweilig werden.

Kapitel 7

Als Winters Magen zum dritten Mal knurrte, nahm sie die Hände von der Tastatur, sah auf die Uhr und stutzte.

Sie hatte die Mittagspause durchgearbeitet und jetzt war es halb sechs an einem Freitag. Die meisten Leute hatten längst Feierabend.

In einer halben Stunde wäre sie mit der Konkurrenzanalyse für ein E-Scooter-Unternehmen fertig. Dann würde sie sich einen Burger von einem der Imbisswagen am Pioneer Square holen und die Gegend erkunden. Heute war der sechste Tag seit ihrem Umzug, aber bisher hatte sie noch nicht die Zeit gefunden, um sich nach einem guten Platz für Nachtaufnahmen mit ihrer Kamera umzusehen.

Als sie aus ihrem Büro trat, um sich einen Kaffee zu nehmen, piepte der Trockner am anderen Ende des Flurs.

Winter stöhnte. Natürlich piepte der Trockner. Er piepte ständig.

Aus irgendeinem Grund schien Hannah jeden Tag Bettwäsche zu waschen. Sobald die Laken gefaltet waren, brachte Hannah sie in ihr Arbeitszimmer. Was zum Teufel machte sie da drin?

Nun, da Winter wusste, wie Hannah aussah, hatte sie ihren Namen erneut gegoogelt und war auf eine Webseite gestoßen, deren veraltetes Design sie das Gesicht verziehen ließ. Der langatmige Text auf der Homepage hatte verraten, dass Hannah lizensierte Massagetherapeutin war und in ihrer Praxis schwedische Massagen, Tiefengewebsmassagen, Hot-Stone-Massagen und Schröpfen anbot, was immer das auch war.

Winter konnte sie sich gut als Massagetherapeutin vorstellen. Sie konnte förmlich vor sich sehen, wie Hannahs kleine, weiche und doch starke Hände verspannte Muskeln kneteten und über nackte Haut glitten.

Schluss damit! Mit einem entschlossenen Kopfschütteln vertrieb Winter das Bild von ihrem inneren Auge. Zwar war sie sich mittlerweile fast sicher, dass Hannah nicht ihre Halbschwester war, aber einen Beweis dafür hatte sie noch nicht gefunden. Deshalb kamen Tagträumereien über Hannahs Hände nicht infrage.

Sie glaubte sowieso nicht, dass Hannah in ihrem Arbeitszimmer Massagen durchführte. Sonst hätten sie und ihre Freunde am Umzugstag doch sicherlich eine Massageliege in die Wohnung geschleppt. Außerdem hatte Hannah erwähnt, dass sie für ihre Arbeit eine Couch benötigte.

Hannahs Beruf war genauso schwer zu durchschauen wie die Frau selbst und das frustrierte Winter. Sie teilte Menschen gern in Kategorien ein: Feind oder Verbündeter, nutzlos oder hilfreich, Versager oder Erfolgsmensch. Hannah passte jedoch in keine Schublade.

Von Anfang an hatte sie Winter immer wieder überrascht. Erst hatte sie sich geweigert, ihre Haushälfte zu verkaufen, dann hatte sie nicht nachgegeben, was die Fußmatten betraf. Sie hatte eindeutig mehr Rückgrat, als Winter ihr zugetraut hatte.

Schließlich hatte sich Hannah ihr gegenüber als pansexuell geoutet. Diese Enthüllung hatte Winter völlig aus der Bahn geworfen, obwohl es ihr eigentlich egal sein sollte.

Und wenn schon. Noch sechsundachtzig Tage, dann konnte sie eine Hausverwaltung beauftragen, die sich um Hannah und die Mieter kümmerte, während sie so viele Fußmatten mit der Aufschrift *Zutritt verboten* vor ihre Wohnung legte, wie sie nur wollte.

Sie schaltete ihre Espressomaschine ein und klopfte sich mit dem Siebträger auf den Oberschenkel, während sie darauf wartete, dass die Maschine die Betriebstemperatur erreichte.

»Können wir das nächste Mal zwei Stunden machen?«, drang eine tiefe Stimme aus dem Wohnzimmer zu ihr herüber.

»Gern«, antwortete Hannah in einem warmen Tonfall. »Hast du an etwas Bestimmtes gedacht?«

Während sie sich unterhielten, gingen sie den Flur entlang in Richtung Wohnungstür.

Winter blieb, wo sie war, und lehnte sich gegen die Anrichte, um nicht gesehen zu werden. Sie belauschte die beiden nicht, sondern verhielt sich nur wie eine gute Mitbewohnerin, die nicht stören wollte, während Hannah mit einem Kunden sprach. Falls sie dabei zufällig etwas mitbekam, das ihr verriet, womit Hannah ihren Lebensunterhalt verdiente, wäre das nur eine nette Belohnung für ihre Rücksichtnahme.

»Ich bin mir noch nicht sicher«, antwortete der Mann. »Ich würde mir gern Zeit lassen und vielleicht ein paar neue Positionen ausprobieren.«

Winter fiel fast der Siebträger aus der Hand. *Was zum …? Neue Positionen?*

»Klar, das können wir gern machen.« Hannah klang so fröhlich, als spräche sie davon, neue Eissorten auszuprobieren.

Winter schwirrte der Kopf. Hieß das etwa, dass Hannah Sexarbeiterin war? Das würde erklären, warum sie mehrmals täglich frische Laken brauchte, und es würde bestätigen, dass Julian doch nicht ihr Vater war. Vielleicht war er ihr Kunde gewesen. Bei dem Gedanken wurde Winter übel.

Sie musste die Verabschiedung verpasst haben, denn die Tür fiel hinter dem Kunden zu und Hannahs Schritte kamen den Flur entlang.

»Oh. Hallo.« Hannah schenkte ihr ein freundliches Lächeln. Ihr dunkelbraunes Haar war zerzaust, als hätte sie tatsächlich die letzte Stunde damit verbracht, ihren Kopf leidenschaftlich auf einem Kissen hin und her zu wälzen, oder als hätte der Kunde seine Finger in ihren Locken vergraben. Sie schielte zu der Stelle, an der sie sich von ihm verabschiedet hatte, dann wieder zu Winter. Eine zarte Röte breitete sich auf ihren Wangen aus.

Sie starrten einander an und keine sagte etwas.

Winter musterte Hannahs noch immer gerötetes Gesicht. Es war ungeschminkt. War das nicht eher ungewöhnlich für eine Sexarbeiterin? Nicht, dass Winter sich mit Sexarbeit auskannte. Ihr Blick wanderte an Hannahs Körper hinunter. Deren üppige Hüften wurden von einer grauen Jogginghose verdeckt, die nichts dazu beitrug, ihre hübschen Rundungen zu betonen. Ihr weißes T-Shirt mit einem Teddybär und der Aufschrift *Fühl dich umarmt* war auch nicht gerade sexy.

Wenn sie wirklich Sexarbeiterin wäre, würde sie sich doch bestimmt verführerischer kleiden, oder? Es sei denn, ihre Kunden hatten alle denselben seltsamen Fetisch für Baumwolle und Teddybären, was höchst unwahrscheinlich war.

Nein. Obwohl die Anfrage des Kunden nach »neuen Positionen« so geklungen hatte, musste es bei Hannahs Job um etwas anderes gehen. Vielleicht unterrichtete sie eine neue Form von Yoga, bei der Laken statt Matten verwendet wurden. Winter beschloss, es ein für alle Mal herauszufinden. Sie deutete mit dem Siebträger auf Hannah. Vielleicht würde es sie zum Reden bringen, wenn sie mit einer guten Tasse Espresso bestochen wurde. »Willst du eine?«

Hannah blinzelte. »Eine Umarmung? Ähm, klar, warum nicht?« Sie trat auf Winter zu und breitete ihre Arme aus.

»Was?« Winter versuchte, zurückzuweichen, aber sie stand bereits mit dem Rücken zur Anrichte. »Nein! Ich meinte eine Tasse Kaffee.«

»Oh. Ich dachte, du zeigst auf ...« Hannah tätschelte ihre vollen Brüste.

Winter brauchte einen Moment, um zu begreifen, dass Hannah von der Aufschrift auf ihrem T-Shirt sprach, nicht von ihren Brüsten. Gott, diese Wohnsituation, zu der Julian sie gezwungen hatte, brachte sie wirklich durcheinander. Sie konnte nicht mehr klar denken. Winter räusperte sich. »Also kein Espresso?«

»Nein danke. Wenn ich jetzt Kaffee trinke, bin ich die ganze Nacht wach. Ich schätze, du willst auch keine Umarmung, oder?« Hannahs Grinsen war neckisch, aber Winter konnte nicht sagen, worüber sie sich lustig machte: über sie oder über sich selbst und ihre vorschnelle Annahme, dass Winter eine Umarmung wollte.

Winter konnte sich nicht daran erinnern, wann es das letzte Mal jemand gewagt hatte, sie aufzuziehen. Das Überraschendste war, dass Hannahs Neckereien sie nicht wütend machten. Vermutlich lag es daran, dass es sie einfach zu sehr verblüffte. Sie nickte entschlossen. »Ich war noch nie ein Fan von Umarmungen.«

Hannah sah sie an, als hätte sie gesagt, sie möge keinen Käsekuchen. Sie öffnete den Mund, zweifellos um eine persönliche Frage zu stellen, aber Winter hatte nicht vor, über sich selbst zu sprechen. Stattdessen wollte sie endlich etwas über Hannahs mysteriösen Job herausfinden. Vielleicht würde ihr das auch einen Hinweis darauf geben, woher Hannah Julian gekannt hatte. »Du nutzt also nie einen kleinen Koffeinschub, um die ganze Nacht durchzuarbeiten?«

»Könnte ich nicht, selbst wenn ich wollte.«

»Warum nicht?«

»Die Genehmigung fürs Arbeiten von zu Hause aus erlaubt es mir nicht, nach neun Uhr abends noch Kunden zu empfangen.«

Hannah konnte also nicht arbeiten, ohne dass ein Kunde anwesend war. Ihre Arbeit bestand nur aus dem, was sie mit Klienten im Arbeitszimmer machte. Recherche, Papierkram oder irgendwelche Vorbereitungen brauchte sie nicht – nur jede Menge Laken.

Dieser Hinweis brachte sie einer Antwort auch nicht näher. Winter hatte genug von diesem Ratespiel, das zu viel ihrer Zeit und Aufmerksamkeit in Anspruch nahm. Sie würde einfach fragen. Das war doch durchaus üblich, oder?

Die Frage »Was machen Sie beruflich?« war Teil des langweiligen Small Talks, den Winter normalerweise verabscheute.

»Was genau machst du eigentlich beruflich?«, fragte sie so beiläufig wie möglich.

Die Röte auf Hannahs Wangen war mittlerweile verblasst, doch jetzt kehrte sie zurück. Sie zupfte an ihrem T-Shirt herum, als käme sie ins Schwitzen. »Ähm.« Sie setzte ein halbherziges Lächeln auf. »Weißt du was? Vielleicht trinke ich doch einen Kaffee, wenn dein Angebot noch steht. Du kennst dich offenbar gut mit Kaffee aus. Ich wette, du machst einen erstklassigen Caffè Latte.«

Winter fixierte sie mit einem kühlen Blick, der Hannah signalisieren sollte, dass sie genau durchschaute, was sie vorhatte. Solange sie Bohnen mahlte und die laute Espressomaschine bediente, konnte sie keine Fragen stellen, die Hannah nicht beantworten wollte. »Das ist vielleicht doch keine gute Idee. Meine Maschine macht richtigen Kaffee, nicht dieses Wasser mit Kaffeegeschmack, das du immer trinkst. Ich möchte dich nicht die ganze Nacht wach halten. Du kannst morgen einen Latte haben. Aber jetzt hör auf, mich hinzuhalten, und beantworte die Frage.«

»Winter, ich –«

Das Klingeln eines Handys unterbrach sie mitten im Satz. Es kam aus Hannahs Zimmer.

»Das ist meins. Ich sollte da wirklich rangehen. Tut mir leid.« Hannah stürzte davon und schloss die Tür so schwungvoll hinter sich, dass das Holz einen Moment lang vibrierte.

Winter starrte ihr nach und stemmte eine Faust in die Hüfte. Wenn Hannah Martin glaubte, dass sie ihrer Frage so leicht ausweichen konnte, hatte sie eindeutig noch nicht lange genug mit ihr zusammengelebt. Das ganze Gestammel und Erröten machte sie nur noch entschlossener, die Wahrheit herauszufinden.

Mit Nachdruck setzte sie den Siebträger in die Maschine ein, um Kaffee zu mahlen. Das Einzige, was sie im Moment noch mehr wollte als ein paar Antworten, war ein doppelter Espresso. Aber morgen würde sie herausfinden, was Hannah verbarg.

Hannah ließ sich auf ihr Bett fallen, presste das Handy ans Ohr und stöhnte halb ins Kissen, halb ins Telefon. Warum hatte sie sich bloß nicht vorher überlegt, was sie sagen würde, falls Winter sie nach ihrem Job fragte? Vielleicht hätte sie sich eine glaubwürdige Antwort einfallen lassen sollen. Aber wie hätte die lauten können? Außer dem Versuch, der Frage auszuweichen, blieb ihr nur, mit einem Scherz zu antworten, wie »Ich könnte es dir sagen, aber dann müsste ich dich leider umbringen.«

Jede andere Antwort wäre eine glatte Lüge gewesen und da war für sie die Grenze erreicht.

Wenigstens hatte der gut getimte Anruf ihrer Mutter ihr etwas Zeit verschafft, um sich zu überlegen, wie sie Winters Fragen in Zukunft handhaben wollte. »Danke, Mama. Du hast mir gerade den Hintern gerettet.«

»Was ist los?« Die panische Stimme ihrer Mutter drang durch das Handy. »O Gott! Ist etwas mit einem deiner Kunden passiert?«

»Mama! Hör auf damit!« Hannah schlug mit der Faust auf die Matratze ein. »Es ist nichts passiert. Das Schlimmste, was mir als Kuschlerin je zugestoßen ist, war, dass mein Arm eingeschlafen ist. Du hast mich nur aus einem Gespräch herausgeholt, das ich nicht führen wollte. Das ist alles. Es hatte nichts mit einem Kunden zu tun. Warum müssen wir das immer wieder durchkauen? «

Ihre Mutter seufzte. »Weil ich mir Sorgen mache.«

»Immer noch? Ich dachte, du hättest das überwunden.«

»Ich soll es überwinden, mir Sorgen um meine Tochter zu machen?« Ihre Mutter gab einen Laut von sich, der wie eine Mischung aus Lachen und Schnauben klang. »Tut mir leid, dir das sagen zu müssen, aber das wird nie passieren.«

»Okay, aber kannst du wenigstens aufhören, so zu tun, als wären meine Kunden allesamt Sexualstraftäter, die mir etwas antun wollen?« Hannah drehte sich im Bett um. »Sie sind gute Menschen, und es macht mich glücklich, mit anzusehen, wie sie sich öffnen und nach ein paar Kuschelsitzungen selbstbewusster werden – viel glücklicher, als mich die Arbeit als Masseurin je gemacht hat.«

Ihre Mutter atmete hörbar ein und aus. »Und das macht mich glücklich. Ich werde versuchen, mich zu bessern. Ich will nicht, dass du denkst, ich sei nicht stolz auf das, was du tust. Das bin ich. Es ist bloß …«

»Du machst dir Sorgen«, beendete Hannah den Satz.

»Ja. Wenigstens hast du für eine Weile eine Mitbewohnerin. Hast du nicht gesagt, sie arbeitet auch von zu Hause aus? Dann kann sie wenigstens ein Auge auf deine Kunden haben. Nicht, dass sie das nötig hätten«, fügte ihre Mutter schnell hinzu. »Nur für den Fall.«

»Ich kann auf mich selbst aufpassen, Mama. Außerdem weiß Winter nicht einmal, was ich beruflich mache.«

»Du hast es ihr nicht gesagt?«, fragte ihre Mutter. »Warum? Denkst du, sie würde dich dafür verurteilen?« Trotz ihrer eigenen Bedenken deutete der Tonfall ihrer Mutter darauf hin, dass sie in den Beschützermodus geschaltet hatte.

Ein Grinsen umspielte Hannahs Lippen. Sie brauchte keine bildliche Vorstellungskraft, um über den Gedanken zu lachen, wie ihre liebevolle, kaum eins sechzig große Mutter sich mit ihrer einschüchternden Mitbewohnerin anlegte.

»Nein.« Okay, das stimmte nicht ganz. Sie hatte schon das Gefühl, dass Winter sie verurteilen würde. Sie war vor der Umarmung, die Hannah angeboten hatte, zurückgewichen, als hätte sie einen Korb voller Klapperschlangen vor sich. Vermutlich machte sie sich auch nicht viel aus Kuscheln.

»Warum hast du es ihr dann nicht gesagt?«

»Wenn ich Winter sage, dass ich professionelle Kuschlerin bin, wird sie sofort wissen, woher ich ihren Vater kenne. Dann gebe ich im Grunde zu, dass er mein Kunde war, und das verstößt gegen unseren Verhaltenskodex. Vor unserer ersten Sitzung habe ich einen Vertrag unterschrieben, der besagt, dass ich der Schweigepflicht unterliege und die Privatsphäre meiner Kunden jederzeit achten werde.«

»Steht da auch, wie man damit umgehen soll, wenn man ein Gebäude von einem Kunden erbt und mit dessen Tochter zusammenleben muss?«

Ein Kichern entfuhr Hannah. »Nö. Irgendwie haben sie es versäumt, diese Klausel in den Vertrag aufzunehmen.«

»Der Kunde, der dir die Hälfte des Hauses vermacht hat, muss gewusst haben, dass du deinem Umfeld sagen wirst, wer er war. Du kannst ja nicht einfach eine reiche Erbtante erfinden und behaupten, du hättest die Immobilie von ihr geerbt.« Ihre Mutter lachte. »Jeder in der Familie weiß, dass deine Tante dir höchstens ihren rheumatischen Dackel vererben könnte.«

»Ich glaube, es hätte ihm nichts ausgemacht, dass ihr es wisst, zumal ich seinen Namen nicht genannt habe.« Einmal hatte ein neugieriger Nachbar sie angestarrt, als sie Jules die Tür geöffnet hatte. Es hatte ihn nicht interessiert, was Fremde denken könnten. »Aber dass seine Tochter davon erfährt, könnte etwas anderes sein.«

»Wenn er es vor ihr geheim halten wollte, hätte er dann nicht dafür gesorgt, dass ihr euch niemals begegnet? Sicherlich hat er erwartet, dass sie früher oder später fragt, woher du ihren Vater gekannt hast, wenn ihr Zeit miteinander verbringt.« Ihre Mutter hielt inne, als wollte sie Hannah die Gelegenheit geben, zur selben Schlussfolgerung zu gelangen. »Trotzdem hat er das Erbe an eine Bedingung geknüpft, die euch zwingt, drei Monate lang zusammenzuleben.«

Bisher war Hannah so mit der unerwarteten Erbschaft und der neuen Wohnsituation beschäftigt gewesen, dass sie nicht darüber nachgedacht hatte. Aber ihre Mutter hatte recht. Hätte Jules ihre Kuschelstunden vor seiner Tochter geheim halten wollen, dann hätte er sie bestimmt nicht gezwungen, sich eine Wohnung zu teilen. Ihm hätte klar sein müssen, dass Winter irgendwann nach ihrem Job fragen würde oder danach, woher sie ihn kannte.

In der Tat war es seltsam, dass Winter bisher nicht nachgehakt hatte. Selbst heute hatte sie nur nach Hannahs Beruf gefragt und nicht nach ihrer Beziehung zu Jules. Vielleicht glaubte Winter, die Antwort auf die zweite Frage bereits zu kennen. Hannah hatte das Gefühl, dass ihr die Schlussfolgerung, zu der Winter gekommen war, nicht gefallen würde.

»Schatz?«, fragte ihre Mutter. »Bist du noch da?«

»Ja. Tut mir leid, Mama. Ich habe darüber nachgedacht, was du gesagt hast. Du hast recht. Ich werde es ihr morgen sagen. Nicht, dass ihr Vater ein Kunde von mir war«, fügte Hannah schnell hinzu. »Nur, dass ich professionelle Kuschlerin bin. Wenn sie eins und eins zusammenzählt und von selbst draufkommt, dann ist es eben so.«

Sie hatte Winter gesagt, dass sie ihre Hälfte des Gebäudes nicht verkaufen wolle, und sie stand zu dieser Entscheidung. Das bedeutete, dass sie und Winter noch viel länger als bloß zweiundneunzig Tage miteinander zu tun haben würden. Hannah wehrte sich dagegen, jahrelang Fragen über ihre Arbeit auszuweichen, denn sie war stolz auf ihren Job.

»Gut«, sagte ihre Mutter. »Du solltest dich nicht verstecken müssen. Meinst du übrigens, es wäre für deine Mitbewohnerin in Ordnung, wenn sie erfährt, dass du pansexuell bist?«

»Ach, das weiß sie schon. Sie hat kein Problem damit.«

Ihre Mutter holte tief Luft. »Du hast ihr nicht gesagt, was du beruflich machst, aber deine sexuelle Orientierung kam schon zur Sprache? Wow.« Sie lachte. »Ihr zwei müsst ja interessante Gespräche am Frühstückstisch geführt haben.«

»Wir frühstücken nicht zusammen und unterhalten uns kaum. Winter ist …« Hannah suchte nach den richtigen Worten, um ihrer bemerkenswerten Mitbewohnerin gerecht zu werden. »Sie ist nicht sonderlich gesprächig.«

»Wie hat sie dann herausgefunden, dass du pansexuell bist?«

»Ach, das kam zur Sprache, als wir über Fußmatten, Blake Lively und Liebesbeweise geredet haben. Wie man das eben so macht.«

»Wie in aller Welt hängen diese drei Dinge zusammen und was haben sie mit deiner sexuellen Orientierung zu tun?«

Hannah schob den freien Arm hinter den Kopf und grinste zur Zimmerdecke hinauf. »Ist 'ne lange Geschichte, die damit endete, dass unser Haushalt jetzt vier Fußmatten besitzt.«

»Vier?«, wiederholte ihre Mutter. »Warum braucht ihr so viele?«

»Wie ich schon sagte, ist 'ne lange Geschichte. Aber sagen wir mal so: Winter und ich haben zwar nicht den gleichen Geschmack, was Fußmatten angeht, aber wir stehen beide auf Frauen.«

Ihre Mutter schien einen Moment lang darüber nachzudenken. »Ah. Du meinst, sie ist auch pansexuell?«

»Sie ist lesbisch.«

»Du hast mir nicht viel über sie erzählt. Ist sie in deinem Alter?« Ihre Mutter klang betont beiläufig, aber Hannah durchschaute sie sofort.

»Mama!«

»Was denn? Ich frage nur, wie alt deine Mitbewohnerin ist.«

»Ja, klar. Ich erinnere mich noch gut daran, wie du das letzte Mal, als ich zu Besuch war, die einzig andere queere Frau in Sunriver zum Abendessen eingeladen hast.« Natürlich wusste Hannah, dass sie eigentlich keinen Grund hatte, sich zu beschweren. Ihre Familie hatte ihr Coming-out im Alter von sechzehn Jahren gelassen hingenommen und hatte sie immer unterstützt. Viele ihrer Freunde hatten nicht so viel Glück gehabt. »Netter Versuch. Nur zur Info: Winter ist ungefähr zehn Jahre älter als ich.« Zumindest hatte sich Hannah das mithilfe von Winters LinkedIn-Profil so ausgerechnet.

Ihre Mutter machte ein Geräusch wie ein Reifen, aus dem Luft entwich. »Dein Vater ist auch zehn Jahre älter als ich. Das hat uns nie gestört.«

»Mama! Hör auf, uns verkuppeln zu wollen! Winter ist nicht mein Typ.« Hohe Wangenknochen und lange Beine hatten es ihr noch nie angetan und die leuchtend blauen Augen fielen ihr kaum auf. Außerdem stand sie normalerweise auf warmherzige, umgängliche Menschen, nicht auf jemanden, der sich mit Mauern von der Höhe des Empire State Building umgab.

»Wenn du das sagst, Schatz. Ich muss los. Dein Vater will morgen früh zum Fliegenfischen und er kann seine Wathose nicht finden. Aber lass mich bitte wissen, wie das Gespräch mit deiner Mitbewohnerin gelaufen ist.«

»Mach ich«, sagte Hannah. »Danke fürs Zuhören.«

»Jederzeit. Ich liebe dich. Tschüss.«

Ihre Mutter beendete das Gespräch, vermutlich um sich auf die Suche nach der vermissten Wathose zu machen, bevor Hannah antworten konnte.

Sie ließ das Handy aufs Bett fallen und dachte darüber nach, wie sie Winter von ihrem Beruf erzählen sollte.

Trotz Winters Abneigung ihrem Vater gegenüber schien sie ihm in einigen Bereichen doch sehr zu ähneln. Auch sie war ein ergebnisorientierter Workaholic. Vielleicht sollte Hannah ihr die gesundheitlichen Vorteile des Kuschelns aufzählen. Wenn sie mit Fakten konfrontiert werden würde, konnte nicht einmal eine berührungsscheue Person wie Winter bestreiten, wie wichtig ihre Arbeit war, oder?

Kapitel 8

Wie jeder Samstag war auch der darauffolgende Tag für Winter ein ganz normaler Arbeitstag. Gegen zwölf stand sie stöhnend von ihrem Bürostuhl auf und massierte sich den rechten Unterarm. Mist, sie war nicht gut in Form oder zumindest ihre Hand war es nicht. Vielleicht war es gut, dass sie keine Partnerin hatte.

Sie ging in die Küche und schaltete die Espressomaschine ein. Dann schlenderte sie durch die Wohnung, während sie darauf wartete, dass das Gerät sich aufwärmte und ihr Mausarm sich erholte.

Wow! Wo kam plötzlich all das Zeug her? Im Laufe der Woche musste Hannah noch mehr Sachen aus ihrer Wohnung mitgebracht haben. Eine Decke war über das eine Ende des Sofas drapiert und ein Stapel Bücher lag auf dem Couchtisch.

Winter gab ihrer Neugier nach und warf einen Blick auf das oberste Buch. Es schien ein Liebesroman zu sein. Kein Wunder. Diese rührseligen Kitschromane passten zu einer gefühlsduseligen Person wie Hannah. Sie schielte auf das Cover und versuchte herauszufinden, ob es sich um einen Liebesroman zwischen zwei Frauen oder eine Hetero-Geschichte handelte.

Eine blonde Frau – offensichtlich ein Filmstar – hatte ihren Kopf nach rechts gedreht, sodass sie der Kamera ihr hübsches Profil zuwandte. Lediglich zwei dünne Träger, die sich im Rücken kreuzten, hielten ihr blaues Kleid, das viel nackte Haut und die schlanken Schultern der Schauspielerin freiließ. Ein Blitzlichtgewitter umgab sie, doch sie lächelte nicht in die Kamera.

Sah so der Typ Frau aus, auf den Hannah stand? Feminine, elegante Blondinnen?

Nicht, dass es Winter interessierte. Sie drehte sich um und wandte dem Buch den Rücken zu.

Hannahs Krimskrams war auch auf der anderen Seite des Zimmers überall verteilt. Ein Stoffhase, dessen Fell sämtliche Farben des Regenbogens aufwies, saß umgeben von gerahmten Fotos auf dem Bücherregal. Weitere Bilder füllten die Regalböden darüber und darunter.

War Hannah so wie sie selbst Hobbyfotografin? Winter trat näher heran und betrachtete das Bild rechts vom Hasen. Nein, Hannah hatte sich eindeutig keine Gedanken über die Komposition gemacht. Das Licht kam aus der falschen Richtung und warf Schatten auf die Gesichter ihrer Objekte.

Dennoch war leicht zu erraten, dass die Aufnahme Hannahs Familie zeigte. Die Frau rechts war vermutlich ihre Schwester. Sie sah aus wie eine etwas ältere und schlankere Version von Hannah. Der Mann links – höchstwahrscheinlich ihr Bruder – hatte die gleichen Grübchen wie Hannah, als er in die Kamera grinste. Ein schmaler, dreieckiger Bart zierte die Stelle unterhalb seiner Unterlippe. Er und seine Schwester flankierten ein älteres Paar, bei dem es sich offenbar um Hannahs Eltern handelte.

Winter nahm den Bilderrahmen in die Hand, um die Gesichter besser betrachten zu können. Vielleicht würde sie einen Hinweis finden, der ein für alle Mal bestätigte, dass Hannah nicht Julians Tochter sein konnte.

Hannahs Mutter sah völlig anders aus als Winters eigene Mutter, die stolz darauf war, mit ihren fünfundsechzig Jahren noch in Kleider aus ihrer Jugend zu passen. Auch war sie immer auf dem neuesten Stand, was Frisuren anging. Hannahs Mutter hingegen hatte eindeutig andere Prioritäten. In Caprihose und T-Shirt strahlte sie in die Kamera, ohne sich darum zu scheren, dass der Wind ihr grau meliertes Haar in alle Richtungen blies. Sie hatte Hannahs breiten Mund und ihr warmes Lächeln, außerdem die gleichen üppigen Hüften und Fettpölsterchen am Bauch.

Nein, diese Frau schien überhaupt nicht Julians Typ zu sein. Aber vermutlich hatte er gar keinen bestimmten Typ gehabt, einmal abgesehen von Frauen, die jung und von Geld leicht zu beeindrucken waren.

Als Nächstes nahm Winter Hannahs Vater unter die Lupe. Sie musterte sein Gesicht und suchte nach Ähnlichkeiten mit Hannah, die verraten würden, dass er – und nicht Julian – ihr Vater war. Aber im Gegensatz zu ihrer Mutter sah er Hannah überhaupt nicht ähnlich. Sein Gesicht war lang und braun gebrannt, während Hannahs Gesicht rund und rosig war. Auch seine Augen waren anders. Sie hob den Bilderrahmen an, um ihre Farbe erkennen zu können.

Die Tür zu Hannahs Arbeitszimmer wurde aufgeschoben.

Mist! Winter hatte angenommen, Hannah wäre nicht zu Hause, weil es in der Wohnung so still war. Rasch stellte sie das Foto zurück ins Regal.

Aber Hannahs Blick hatte sich sofort auf sie gerichtet. Sie stand im Türrahmen und hielt sich mit jeder Hand an einer Türhälfte fest, als bräuchte sie Halt.

Einen Moment lang rührte sich keine der beiden. Sie starrten einander an und Winter fiel auf, dass sie ziemlich viel Zeit damit verbrachten.

Dann glättete sich die leichte Falte auf Hannahs Stirn und ein Lächeln erhellte ihre braunen Augen. »Meine Familie.« Sie zeigte auf das Bild, das Winter gerade ins Regal zurückgestellt hatte. »Es ist nicht das beste Foto von ihnen, aber es hilft mir, mich daran zu erinnern, wie mein Bruder Wesley früher mit diesem albernen Unterlippenbart ausgesehen hat. Sonst würde ich vergessen, ihn damit aufzuziehen.« Sie tippte auf die Stelle unter ihrer vollen Unterlippe.

Es half ihr, sich zu erinnern? Wie seltsam sie das formuliert hatte! Hannah hatte doch nicht etwa ein Gedächtnisproblem, oder? Warum sonst sollte sie vergessen, wie ihr Bruder mit Unterlippenbart ausgesehen hatte?

Bevor sich Winter einen Reim darauf machen konnte, durchquerte Hannah den Raum und kam auf sie zu. »Lass mich mal schauen, ob ich ein besseres Foto finde.«

Wie immer rückte sie Winter ein bisschen zu sehr auf den Leib, während sie ihr Handy zückte und durch unzählige Bilder scrollte.

Für eine Frau, die kein Talent dafür besaß, hatte sie eine Menge Fotos gemacht!

Ehe Winter es sich versah, wurde ihr die digitale Version des Fotoalbums der Familie Martin gezeigt: Hannah und ihre Schwester auf einem Boot, ihr Bruder ohne Unterlippenbart, ihr Vater mit einem riesigen Fisch, ein Selfie von Hannah und ihren Eltern, die ihre Wangen aneinanderpressten.

Hannah blätterte durch Bilder von Familientreffen, Geburtstagen mit selbst gebackenen Torten und Weihnachtsfeiern mit Geschenken, die sichtlich Freude bereiteten. Auf den meisten Fotos wurde sich umarmt.

Es war, als würde sie sich einen französischen Film ohne Untertitel anschauen. Winter verstand kaum etwas von dem, was sie dort sah. Sie konnte es einfach nicht nachvollziehen. Die Familie auf der Seite ihres Vaters hatte nie etwas mit ihr zu tun haben wollen, weil ihre Mutter seine Geliebte gewesen war. Auch der mütterlichen Seite hatte sie nicht nahegestanden. Ihre Großmutter war eine sehr religiöse Frau gewesen. Sie hatte ihrer Tochter die Affäre mit einem verheirateten Mann nie verziehen und Winter nie vergessen lassen, dass sie aus diesem Verhältnis hervorgegangen war.

Schließlich hielt Hannah inne. »Tut mir leid. Ich habe es mit dem Fotozeigen wohl ein bisschen übertrieben.« Sie steckte das Handy ein und warf Winter einen entschuldigenden Blick zu. Dann neigte sie den Kopf zur Seite. »Alles in Ordnung?«

»Ja, natürlich.« Warum sollte sie nicht in Ordnung sein?

»O mein Gott! Ich bin echt ein Arsch! Dein Vater ist vor Kurzem gestorben und ich zeige dir Fotos einer glücklichen Familie! O Winter, es tut mir wirklich leid.« Sie legte ihre warme, weiche Hand auf Winters Unterarm und strich mit dem Daumen über die Innenseite.

Ein Schauder lief Winters Arm hinauf. Sie starrte finster auf Hannahs Hand, zog dann ihren Arm weg und rieb die Stelle, um das verdammte Kribbeln loszuwerden. Es war nicht die angenehme Sorte Kribbeln, sagte sich Winter. »Du musst dich nicht entschuldigen. Familienfotos stören mich nicht.«

Hannah schob ihre Hände in die Hosentaschen, als müsste sie dem Drang widerstehen, Winter erneut zu berühren. Die Art, wie Hannah sie ansah – so voller Mitgefühl – war der Grund, warum Winter niemandem mehr vom Tod ihres Vaters erzählte. Alle erwarteten von ihr, dass sie um etwas trauerte, das sie nie gehabt hatte.

»Bist du sicher?«, fragte Hannah. »Wenn du doch mal jemanden zum Reden brauchst, kannst du jederzeit –«

»Nein«, sagte Winter barsch. Die einzige Familie, über die sie sprechen wollte, war Hannahs.

Hannah senkte den Blick.

Na toll. Jetzt fühlte sie sich, als hätte sie einen Welpen getreten. »Ähm, trotzdem danke.« Sie bemühte sich, ihre Stimme weniger barsch klingen zu lassen. Warum machte sie sich die Mühe? »Nette Familie.« Sie nickte in Richtung der Fotos im Bücherregal.

Ein Lächeln umspielte Hannahs Mundwinkel. »Danke. Sie sind ziemlich großartig. Vielleicht lernst du sie eines Tages kennen.«

Nein danke. Nicht irgendwelchen Familienmitgliedern vorgestellt zu werden, war einer von vielen Vorteilen, die das Singleleben mit sich brachte. »Du siehst deinem Vater gar nicht ähnlich. Du bist doch nicht adoptiert, oder?« Diplomatie war nicht ihre Stärke, aber sie versuchte, vorsichtig zu sein und es wie einen Witz klingen zu lassen, für den Fall, dass der Mann auf dem Foto tatsächlich Hannahs biologischer Vater war.

Hannah lachte. »Ha, nein. Mein beeindruckendes Talent fürs Fotografieren habe ich eindeutig von ihm.« Sie zeigte auf ein anderes Foto im Bücherregal, auf dem sie versehentlich den Kopf ihrer Schwester zur Hälfte abgeschnitten hatte. »Aber alle sagen, dass ich mehr der mütterlichen Seite der Verwandtschaft ähnle.« Sie musterte Winter neugierig. »Warum das plötzliche Interesse an meiner Familie? Nicht, dass es mich stört. Ich könnte den ganzen Tag über sie reden, aber du hast dich bisher nie dafür interessiert.«

Winter beschloss, ganz direkt zu sein. Sie wollte es endlich mit Sicherheit wissen. »Ich schätze, ich denke gerade viel über Väter nach und darüber, ob Julian womöglich deiner sein könnte.«

»Was? Nein!« Hannah zuckte zusammen, als hätte Winter ihr einen Stromschlag verpasst. »Wie kommst du denn darauf?«

»Ach, komm schon! Er hat dir die Hälfte eines millionenschweren Anwesens hinterlassen, und das sicher nicht aus reiner Herzensgüte, denn ein gutes Herz hatte er nicht.«

Hannahs dunkle Locken flogen in alle Richtungen, als sie heftig den Kopf schüttelte. »Das stimmt nicht, Winter. Er –«

»Schluss mit dem Herumgelaber! Sag mir endlich, was deine Verbindung zu Julian ist! Sex?«

Hannah trat einen weiteren Schritt zurück, als wollte sie sich von Winters Worten distanzieren. Prompt stieß sie gegen das Bücherregal. »Nein, nein, da liegst du völlig falsch.«

Diesmal war es Winter, die ihr auf die Pelle rückte. »Das glaube ich nicht. Es ist entweder das eine oder das andere. Also, was stimmt nun?«

»Weder noch!«

»Sag's mir!« Winter ragte drohend über ihr auf. Sie hatte genug von all den Lügen und Halbwahrheiten in ihrer Familie. Sie wollte es endlich wissen – jetzt sofort. »Was denn nun? Bist du seine Geliebte oder seine –?«

»Hör auf! Hör auf, so über ihn zu reden! Er war nicht mein Geliebter.«

»Was dann?«

»Er war mein Kuschelkunde, okay?«

Das Blut rauschte so laut in Winters Ohren, dass sie Hannah sicherlich missverstanden hatte. Zumindest war das die einzige Erklärung, die ihr einfiel. »Dein … Was?«

Hannah sackte gegen das Bücherregal wie eine Marionette, deren Fäden zerschnitten worden waren. Sie bedeckte ihr Gesicht mit beiden Händen und spähte zwischen ihren Fingern hindurch zu Winter. »Mist.«

Verdammt, verdammt, verdammt. So viel zu der kleinen Rede über die Vorteile des Kuschelns, die sie Winter hatte halten wollen. Hannahs Wangen brannten unter ihren Fingern. Langsam ließ sie ihre Hände sinken und richtete sich auf. Sie hatte zwar nicht vorgehabt, damit im Eifer des Gefechts herauszuplatzen, aber sie würde sich nicht von Winter einschüchtern lassen oder schamvoll den Kopf einziehen. »Ich bin professionelle Kuschlerin.«

Die diagonale Falte über Winters Nasenwurzel grub sich tiefer in ihre Haut. Sie fasste sich ans Ohr, als wüsste sie nicht, ob sie ihrem Gehör trauen konnte. »Hast du gerade Kuschlerin gesagt? K-U-S-C-H-L-E-R-I-N?«

Hannah hielt ihrem Blick stand, während sie nickte.

»Das heißt, du ...?« Winter wedelte mit der Hand, als könnte sie sich nicht vorstellen, was eine professionelle Kuschlerin genau machte.

»Ich kümmere mich um Menschen, deren Bedürfnis nach Körperkontakt und Berührung in ihrem Privatleben nicht befriedigt wird.« Es gab noch so viel mehr über professionelles Kuscheln zu erzählen, aber Hannah versuchte, Winter nicht mit zu vielen Informationen zu überwältigen.

Die Falte zwischen Winters Augenbrauen glättete sich nicht. »Du meinst wie ... wie eine Massage mit Happy End?«

Hannah seufzte. Es war nicht das erste Mal, dass sie mit diesem Vorurteil konfrontiert wurde, und sie versuchte, sich davon nicht beirren zu lassen. Gegen Sexarbeit war nichts einzuwenden, aber das hatte nichts mit ihrem Beruf zu tun. War Winter überhaupt klar, wie viel es über sie selbst verriet, dass sie Kuscheln sofort mit Sex assoziierte, als wäre es höchstens ein Vorspiel und hätte ansonsten keine Existenzberechtigung? »Nein. Das einzige Happy End, das ich meinen Kunden biete, ist ein Oxytocin-Schub«, antwortete sie so geduldig, wie sie konnte. »Es ist alles völlig platonisch. Die Kleidung bleibt die ganze Zeit an, es gibt keine Küsse und Berührungen im Intimbereich sind tabu.«

»Von so etwas habe ich noch nie gehört. Dafür bezahlen die Leute?«

Ihr abfälliger Tonfall ging Hannah auf die Nerven. »Warum denn nicht?« Vielleicht war es jetzt an der Zeit, die sorgfältig zusammengestellten Argumente aufzuzählen, um Winter davon zu überzeugen, wie toll ihr Beruf war. »Kuscheln hat eine Menge gesundheitlicher Vorteile. Es senkt den Stresspegel und den Blutdruck und stärkt sogar das Immunsystem. Außerdem fühlt man sich dadurch sicher und umsorgt.«

»Ja, ja.« Winter winkte ab. »Aber wenn deine Kunden überzeugt sind, nicht ohne leben zu können, wieso gehen sie dann nicht eine Beziehung ein oder bitten einen Freund um eine Umarmung?«

»Weil es nicht für jeden so einfach ist. Einige meiner Kunden haben gerade eine Scheidung oder eine schmerzhafte Trennung hinter sich und sind daher noch nicht bereit für eine neue Beziehung. Andere haben mit einem angeknacksten Selbstwertgefühl oder traumatischen Erlebnissen zu kämpfen oder sie wissen nicht, wie sie Freunde und Familie um das bitten sollen, was sie brauchen.«

»Ja, aber trotzdem … Eine wildfremde Person für Streicheleinheiten bezahlen?«

»Warum nicht? Die Leute bezahlen jemanden, der ihr Essen kocht, auf ihre Kinder aufpasst, ihnen die Haare schneidet oder sie massiert.« Hannah sah sie herausfordernd an. »Würdest du irgendjemanden dafür verurteilen?«

»Das ist wohl kaum dasselbe.«

»Findest du? Das fällt alles in die Kategorie körperliche und emotionale Bedürfnisse.«

»Aber für die Löffelchenstellung, oder was auch immer du machst, zu bezahlen … Das ist einfach –«

Hannah hob die Hand, um sie zu unterbrechen. Sie wollte nicht hören, was Winter zu sagen hatte. »Weißt du, ich habe festgestellt, dass die Leute, die sich über professionelles Kuscheln lustig machen, oft die Macht der Berührung noch nicht selbst erlebt haben.«

Winters Mundwinkel hoben sich zu einem sinnlichen Grinsen. »Ach, ich habe jede Menge Erfahrung mit Berührung, glaub mir.«

Ihre tiefe, rauchige Stimme verursachte bei Hannah eine Gänsehaut. Sie warf ihr einen missbilligenden Blick zu, aber um ehrlich zu sein, ärgerte sie sich eher über ihren verräterischen Körper als über Winters Kommentar. Dass Winter daraus einen Witz über Sex machte, war vorhersehbar gewesen; ihre eigene Reaktion auf deren heiseren Tonfall eher nicht. Sie hielt ihrem Blick stand, als sie sagte: »Berührung ist so viel mehr, als nur jemandem einen Orgasmus zu verschaffen, das ist dir sicher klar, oder?«

Winters kühle Miene kam ins Wanken. Einen Moment lang dachte Hannah, sie würde ihrem Blick ausweichen, doch dann runzelte Winter die Stirn und ihr Gesichtsausdruck wechselte von herausfordernder Sinnlichkeit zu undurchdringlichem Eis. »Du willst mir ernsthaft weismachen, dass Julian dich, eine völlig Fremde, dafür bezahlt hat, dass du mit ihm kuschelst?« Ein ungläubiges Lachen brach aus ihr heraus. »Niemand, der ihn kennt, würde das auch nur eine Sekunde lang glauben.«

»Vielleicht ist er genau deshalb zu mir gekommen. Vielleicht wollte er nicht der Mann sein, den du gekannt hast, zumindest eine kleine Weile nicht, und ich konnte ihm diesen Ausweg bieten, gerade weil ich eine Fremde war.« Das war kein Verstoß gegen ihre Schweigepflicht. Jules hatte nie darüber gesprochen, warum er zu ihr gekommen war, anstatt mit einer Partnerin oder Freunden zu kuscheln, aber sie hatte ihre eigenen Schlüsse gezogen, und diese wurden durch alles bestätigt, was Winter über ihn erzählte – und auch durch alles, was sie über Winter selbst erfuhr. Sie hatte das Gefühl, dass die beiden einander mehr ähnelten, als Winter zugeben wollte.

»Blödsinn«, sagte Winter. »Warum sollte er dem Leben, das er sich selbst ausgesucht hat, entkommen wollen? Seine Firma, seine Familie, seine Affären … Es war alles genau so, wie er es wollte. Er hat jede Kleinigkeit kontrolliert. Er wollte nichts daran ändern und schon gar nicht wollte er kuscheln. Julian war ungefähr so kuschelig wie eine Tiefkühltruhe und hatte die Zärtlichkeit eines Presslufthammers.«

»Menschen ändern sich, Winter.«

»Meiner Erfahrung nach tun sie das nicht.« Winters Tonfall war hart und unnachgiebig.

»Aber vielleicht wollte er das. Hast du jemals in Betracht gezogen, dass er vielleicht –«

»Hast du schon mal in Betracht gezogen, dass er vielleicht nur ein Spielchen mit dir gespielt hat, um zu sehen, wozu er dich für Geld bringen kann? Das tut er immer noch!« Winter machte mit dem Arm eine Geste, die das gesamte Gebäude einschloss.

Hannah öffnete den Mund, um Jules zu verteidigen, doch Winter hob beide Hände und unterbrach sie erneut.

»Bemüh dich nicht. Er war nicht der gutherzige Kerl, für den du ihn hältst. Wenn du gern daran glauben willst, nur weil er dich fürs Schmusen bezahlt hat, bitte sehr. Aber mich wirst du nie davon überzeugen.« Winter machte auf dem Absatz kehrt und stürmte davon, bevor Hannah ein weiteres Wort sagen konnte. An der Tür drehte sie sich noch einmal um. »Wir reden später über diese Kuschelsache. Ich weiß wirklich nicht, ob ich so etwas in meiner Wohnung haben möchte.«

»Das hast du nicht zu entscheiden!« In Hannah brodelte es, bis sie glaubte, dass gleich Dampf aus ihren Ohren quellen würde. »Und es ist nicht *deine* Wohnung, sondern *unsere*!«

Doch Winter war bereits in ihrem Büro verschwunden und knallte die Tür hinter sich zu.

Hannah stieß prustend die Luft aus. »Na, das lief ja super.«

Kapitel 9

Am Sonntagmorgen ging Winter joggen, um sich die Beine zu vertreten und nach ihrer Wohnung zu sehen. Beim Laufen versuchte sie zu verarbeiten, was sie über Hannahs Job und ihre Beziehung zu Julian herausgefunden hatte, aber das brachte ihr lediglich Seitenstechen ein, weil sie, ohne es zu merken, immer schneller geworden war.

Selbst als sie auf dem Rückweg war, konnte sie sich immer noch keinen Reim auf das Ganze machen. Sie hatte nicht einmal gewusst, dass es so etwas wie professionelles Kuscheln überhaupt gab. Natürlich hatte sie es nach ihrem Streit gestern sofort gegoogelt. Die Suche hatte mehrere tausend Treffer ergeben, darunter auch YouTube-Videos mit reißerischen Titeln wie *Ich kuschle mit Fremden für Geld.*

Sie hatte sich ein paar davon angesehen, aber das ganze Konzept wollte ihr immer noch nicht in den Kopf gehen. Scheinbar nahmen manche Leute sogar an Kuschelpartys teil! Für Winter war der Gedanke, Kuscheln und Partys – zwei Dinge, die sie nicht ausstehen konnte – miteinander zu verbinden, ungefähr so, als würde man seine Steuererklärung beim Zahnarzt machen. Sie konnte einfach nicht begreifen, warum jemand bereit war, einen Fremden fürs Kuscheln zu bezahlen … und nicht einfach nur irgendjemand, sondern der unterkühlte, kontrollsüchtige Julian!

Jedes Mal, wenn sie es versuchte, sah sie das Bild vor sich, wie er in Hannahs Armen lag. Sie schüttelte sich, um die Vorstellung loszuwerden, und stolperte beinahe. Das fühlte sich einfach falsch an.

Aber wenigstens wusste sie jetzt, dass Hannah nicht Julians Tochter war. Das war die einzig gute Nachricht in dieser ganzen verwirrenden Situation. Jetzt musste sie sich nicht mehr dafür schämen, womöglich ihre Halbschwester begafft zu haben. Außerdem konnte Hannah keinen größeren Anteil am Erbe einklagen. Nicht, dass Winter ernsthaft annahm, dass sie das tun würde, aber so genau wusste man das ja nie. Wenn es ums Geld ging, machten die Leute oft Dinge, die eigentlich gar nicht zu ihnen passten.

Warum dachte sie überhaupt noch darüber nach? Hannah war nicht Julians Tochter. Der Fall war abgeschlossen. Es sollte keine Rolle spielen, ob sie die Geliebte des alten Fuchses gewesen war oder jemand, den er fürs Kuscheln bezahlt hatte.

Winter rannte wieder etwas schneller, obwohl ihre Lungen und Waden brannten. Als sie die Columbia Street entlanglief, kam ihr Wohnhaus in Sicht. Sie wurde langsamer und nahm zum ersten Mal bewusst ihre Umgebung wahr.

Es war mittlerweile Ende Mai und der Frühling war endlich richtig eingekehrt. Nun machte die Stadt der Rosen ihrem Spitznamen alle Ehre. Überall blühten Rosen, und die Portländer waren draußen unterwegs und genossen den Sonnenschein. Zu ihrer Linken schlenderten Leute durch den Park oder hatten sich auf Bänke gesetzt. Ein Paar hatte sogar eine Decke auf dem Rasen ausgebreitet und es sich unter den schattenspendenden Ästen einer alten Eiche bequem gemacht.

Winter wandte den Blick ab, da sie nicht gern verliebte Pärchen beobachtete, doch dann sah sie ein zweites Mal hin.

Die Frau war Hannah! Sie lag auf der Seite, den Kopf auf die Schulter des Mannes gebettet. Einen Arm hatte sie um seinen Leib geschlungen, während ihr dunkles Haar auf seine Brust fiel.

Ihr Begleiter, ein Kerl Mitte fünfzig, lag auf dem Rücken. Er hatte die Schuhe ausgezogen und die Füße auf die Decke gestellt. Seine Waden und Oberschenkel bildeten zwei Seiten eines Dreiecks, unter das Hannah ihre angezogenen Knie geschoben hatte.

Winter hielt an der Kreuzung an, um ein Auto vorbeizulassen, und blickte über ihre Schulter zurück.

Hannahs Lachen schallte durch den Park. War dieser Typ ihr Freund und sie fand ihn tatsächlich witzig? In Anbetracht des Altersunterschieds war er vermutlich eher ein Kunde. Auf den ersten Blick wirkte es ganz harmlos, ohne unsittliche Berührungen, aber der Gedanke, mit einem Fremden zu kuscheln, ließ Winter trotzdem die Nackenhaare zu Berge stehen.

Und Hannah kuschelte auch noch in aller Öffentlichkeit, wo jeder sie sehen konnte, und zudem direkt gegenüber ihrem Wohnhaus! Was, wenn einer ihrer Mieter sie mit diesem Kerl und dann in ein paar Tagen mit einem anderen Mann oder einer Frau sah? Ganz sicher würde der Eindruck, den sie von Hannah bekämen, nicht der sein, den Winter von der Miteigentümerin des Gebäudes vermittelt haben wollte. Das war nicht professionell und würde wahrscheinlich auch die Meinung der Mieter über sie selbst beeinflussen.

Dieses Kuscheln musste aufhören.

Als würde Hannah ihre Anwesenheit spüren, hob sie den Kopf von der Schulter des Mannes und sah in ihre Richtung.

Ihre Blicke trafen sich – Hannahs offen und verletzlich, wahrscheinlich weil sie eine einladende Atmosphäre für ihren Kunden schaffen musste; Winters reserviert und eindringlich.

Hannah machte große Augen, sah aber nicht weg.

Einen Moment lang fühlte sich auch Winter seltsam verletzlich, als hätte sie Hannah beim Sex erwischt. *Quatsch. Wenn es jemandem peinlich sein muss, dann ihr!*

Immerhin waren sie in der Öffentlichkeit. Nicht der geeignete Ort für eine Auseinandersetzung, schon gar nicht vor Hannahs Kunden. Sie würde warten, bis Hannah nach Hause kam, bevor sie sie zur Rede stellte. Abrupt drehte sie sich um und joggte über die Straße.

Ein seltsames Kribbeln lief Hannah über den Rücken, und es hatte nichts mit der leichten Brise zu tun, die über ihnen durch die Blätter des Baumes fuhr, und auch nichts mit Matthew.

Er hatte heute seinen ersten Termin bei ihr.

»Ich bin einfach neugierig, es mal auszuprobieren«, hatte er gesagt, als sie ihn am Telefon gefragt hatte, wieso er eine professionelle Kuschlerin aufsuchte. Seine betont beiläufige Antwort hatte sich irgendwie gezwungen angefühlt. Sie hatte gespürt, dass mehr dahintersteckte.

Das hatte sie vorsichtig werden lassen, deshalb hatte sie für ihre erste Sitzung einen öffentlichen Ort vorgeschlagen, und er hatte bereitwillig zugestimmt.

Wie sich herausstellte, war er ein netter Kerl, der sich bemühte, charmant zu sein und sie zum Lachen zu bringen.

Es hatte fast die ganze Sitzung gedauert, bis er begriffen hatte, dass er sie nicht beeindrucken oder so tun musste, als wäre der Kuscheltermin bloß eine einmalige witzige Sache für ihn, nicht etwas, wonach er sich schon seit Langem sehnte.

Sie hatte das Gefühl, dass er seinen ganzen Mut zusammennehmen musste, um nach dem zu bitten, was er wirklich wollte: der kleine Löffel zu sein. Viele ihrer männlichen Kunden fragten schließlich danach und die meisten genossen diese Position sichtlich, sobald sie erst einmal die Vorstellung überwunden hatten, dass der Mann immer der große Löffel sein sollte. Irgendwie traurig, dass die Gesellschaft Männern immer noch die Vorstellung gab, sie müssten immerzu die Beschützer sein und dürften nur selten das sichere Gefühl genießen, gehalten zu werden.

Es war immer ein wunderbarer Moment, wenn ein Kunde ihr so viel Vertrauen schenkte, dass er sich verletzlich machte und darum bat. Aber für Matthew war es heute noch zu früh.

Und schon gar nicht, während jemand sie beobachtete.

Als dieses Gefühl nicht nachließ, hob Hannah den Kopf und sah sich um.

Eine Frau in einer schwarzen Jogginghose und einem grauen T-Shirt stand an der Straßenecke. Ihr Körper war Hannahs Wohnhaus zugewandt, aber sie hatte den Kopf gedreht und starrte Hannah an. Es war Winter.

Normalerweise konnte Hannah sich Gesichter schlecht merken. Wenn sie einer Person, die sie nicht sehr gut kannte, in anderer Umgebung begegnete oder diese anders gekleidet war, erkannte Hannah sie oft nicht oder war sich nicht sicher, ob es tatsächlich der Betreffende war oder nur jemand, der ähnlich aussah. Mehr als einmal war sie in der Stadt an Nachbarn vorbeigegangen.

Aber jetzt gab es für sie keinen Zweifel. Sie würde Winter überall wiedererkennen. Das lag nicht nur an ihren silbergrauen Haaren oder den leuchtend blauen Augen. Auch die Energie, die sie ausstrahlte, war unverkennbar – genauso die Art, wie sie Hannah finster anstarrte.

Seit ihrem gestrigen Streit hatten sie nicht mehr miteinander gesprochen und jetzt trafen ihre Blicke aufeinander wie die Schwerter zweier kämpfender Ritter.

Hannahs Wecker-App signalisierte mit Vogelgezwitscher, dass die Sitzung bald zu Ende sein würde. Sie wandte ihren Blick von Winter ab, griff zum Handy und schaltete den Wecker aus. »Wir haben noch fünfzehn Minuten, bevor unsere Sitzung zu Ende ist.« Ihre Stimme war sanft und beruhigend, trotz der Anspannung, die sie bei Winters Anblick erfasst hatte. »Gibt es noch etwas, was du gern ausprobieren möchtest?«

»Können wir noch mal die Position mit der Kopfmassage versuchen?«, fragte Matthew.

Hannah lächelte. »Ja, natürlich. Die heißt übrigens Abrahams Schoß.« Sie setzte sich auf und rutschte nach hinten, bis sie sich an den Baumstamm lehnen konnte, dann half sie ihm, sich auf die Seite zu drehen und es sich mit dem Kopf auf ihrem Schoß bequem zu machen. Sobald er die Augen geschlossen hatte, erlaubte sie sich, zur Straßenecke hinüberzusehen.

Winter war verschwunden.

Als Hannah die Tür aufschloss, war es still in der Wohnung.

Puh. Sie hatte schon eine weitere Konfrontation befürchtet. Nachdem sie sich eine Stunde lang intensiv um die Bedürfnisse ihres Kunden gekümmert hatte, wollte sie jetzt bloß noch ein Bad, ein Eis und ein gutes Buch – nicht unbedingt in dieser Reihenfolge.

Sie machte sich auf den Weg zum Gefrierschrank, um sich ihr Schokoladen-Mandel-Eis für Notfälle zu holen.

Doch stattdessen erwartete sie in der Küche etwas ganz anderes.

Winter lehnte an der Anrichte. Sie hatte den Kopf in den Nacken gelegt, was ihren eleganten Hals sehen ließ, während sie aus einer Wasserflasche trank. Sie war barfuß und frisch geduscht. Ihr weißes Hemd klebte an ihrer noch feuchten Haut und die obersten Knöpfe waren offen. Ihr nasses, nach hinten gekämmtes Haar betonte ihre markanten Wangenknochen und ihre unglaublich blauen Augen.

Hannah schluckte. Wasser. Sie brauchte ebenfalls dringend Wasser, denn ihr Mund war so trocken wie eine Schüssel Mehl. *Ach, komm schon.* Sie hatte schon mit vielen gut aussehenden Frauen und Männern gekuschelt und es war ihr nie schwergefallen, es auf platonischer Ebene zu belassen. Der Anblick ihrer Mitbewohnerin, die einfach nur Wasser trank, sollte sie völlig kalt lassen.

Winter stellte die Flasche ab und wandte ihre Aufmerksamkeit Hannah zu.

»Ähm, hallo.« Hannah suchte nach Worten. »Wie war das Joggen?«

»Wir müssen reden«, sagte Winter, statt auf die Frage zu antworten.

»Wow.« Hannah kicherte nervös. »Hast du schon mal von Small Talk gehört, um vorsichtig in ein schwieriges Gespräch hineinzukommen?«

Winter zuckte mit den Schultern. »Ich habe davon gehört. Aber warum meine Zeit verschwenden?«

Sie hatte nicht bestritten, dass es ein schwieriges Gespräch werden würde. Seufzend betrat Hannah den Essbereich, zog einen Stuhl unter dem kleinen Tisch hervor und ließ sich darauf sinken. »Okay. Wie wäre es dann mit dem Kaffee, den du mir vor ein paar Tagen versprochen hast?« Vielleicht würde das zu einer ruhigen Unterhaltung beitragen, die nicht wie gestern in eine Konfrontation ausartete.

»Na schön.« Anstatt ein paar Knöpfe zu drücken, wie Hannah erwartet hatte, vollzog Winter ein kompliziertes Ritual, bei dem der frisch gemahlene Kaffee auf einer Digitalwaage abgewogen und dann mit dem Tamper so gleichmäßig festgedrückt wurde, bis er perfekt eben war. Anschließend ließ Winter heißes Wasser in eine Tasse laufen, um diese vorzuwärmen.

Es schien eine Ewigkeit zu dauern, bis der Espresso in die Tasse floss.

Hannahs Anspannung wuchs mit jedem Schritt. Vielleicht hatte es ja doch seine Vorteile, gleich mit der Tür ins Haus zu fallen. Hoffentlich hatte das offensichtlich vertraute Ritual zumindest dafür gesorgt, Winter zu entspannen.

Schließlich goss Winter die aufgeschäumte Milch in den doppelten Espresso, ohne sich die Mühe zu machen, ein Herz oder Farnblatt zu kreieren, und stellte die Tasse dann auf den Tisch.

»Danke.« Hannah umklammerte die Tasse mit beiden Händen.

Winter setzte sich ihr gegenüber. »Ich glaube, du solltest eine Pause vom Kuscheln einlegen, solange du hier wohnst«, sagte sie, bevor Hannah überhaupt die Gelegenheit hatte, den Caffè Latte zu probieren.

Hannah schob die Tasse in die Tischmitte. »Das ist mein Job, Winter. Ich kann nicht einfach drei Monate lang Pause machen, es sei denn, ich möchte auch Pause vom Essen und vom Bezahlen meiner Rechnungen machen.«

»Ich gebe dir, was immer du in der Zeit verdienen würdest.«

Hannah wurde es ganz heiß. »Nein, wirst du nicht! Es geht nicht nur ums Geld. Ich liebe meinen Job und ich werde meine Kunden nicht einfach im Stich lassen, nur weil es dir nicht passt, was ich beruflich mache.«

Winter verschränkte die Arme vor der Brust. »Hier geht es nicht nur um mich. Was ist mit unseren Mietern? Wenn sie dich mit ständig wechselnden Leuten im Park kuscheln sehen, werden sie alle möglichen Schlüsse ziehen.«

»Nein, das werden sie nicht.«

Winter schüttelte ungläubig den Kopf. »Bist du wirklich so naiv? Sie werden denken, dass du –«

»Sie wissen, dass ich professionelle Kuschlerin bin.«

»Du hast es ihnen gesagt?« Winters normalerweise tiefe Stimme klang zwei Oktaven höher. »Bitte sag mir, dass du keine Flugblätter verteilt hast! Wenn du mich nicht deine Hälfte des Gebäudes kaufen lässt, wirst du ihre zukünftige Vermieterin sein! Du kannst nicht mit ihnen kuscheln!«

»Das werde ich nicht«, sagte Hannah. »Mal davon abgesehen, steht es dir nicht zu, darüber zu entscheiden, mit wem ich kuscheln darf und mit wem nicht.« Sie wusste selbst, dass es keine gute Idee war, diese beiden Rollen zu vermischen. Dafür brauchte sie Winter nicht.

»Warum hast du es dann allen gesagt?«, fragte Winter.

»Das war eine der Bedingungen, die ich erfüllen musste, um mein Gewerbe von zu Hause aus betreiben zu dürfen.« Eigentlich hätte sie Winter auch informieren müssen, aber sie hatte gekniffen, weil sie geahnt hatte, dass Winter genau so reagieren würde, wie sie es jetzt tat.

»Und?« Winter bedeutete ihr, weiterzureden. »Sag nicht, dass alle damit einverstanden waren.«

»Ein paar erstaunte Blicke habe ich schon geerntet, aber die meisten fanden es ziemlich cool. Mrs Kline hat sogar gescherzt, dass sie vielleicht zu einer der Kuschelpartys kommt, die ich alle paar Monate veranstalte. Obwohl ich mir nicht sicher bin, ob das wirklich ein Scherz war«, antwortete Hannah. »Du bist die Einzige, die ein Problem damit hat.«

»Ja, weil ich die Einzige bin, die mit dir eine Wohnung teilen muss! Ich habe ernste Bedenken, all diesen Fremden Zutritt in mein Zuhause zu gewähren.«

»*Unser* Zuhause«, sagte Hannah. »Wenn es Massagekunden wären, hättest du dann auch diese Bedenken?«

»Spielt keine Rolle. Sie sind keine Massagekunden. Mir ist einfach nicht wohl bei dem Gedanken, dass du da drüben«, sie deutete in Richtung von Hannahs Arbeitszimmer, »was weiß ich mit wildfremden Leuten anstellst.«

Unter dem Tisch krallte Hannah ihre Finger in den Stoff ihrer Yogahose. »Du hast gesehen, was ich im Park gemacht habe. Sah das in irgendeiner Weise gefährlich oder zwielichtig aus?«

»Vielleicht nicht, wenn er dein Partner wäre. Aber er ist ein Fremder, der dich dafür bezahlt, verdammt noch mal!« Winters Ellbogen landete so schwungvoll auf dem Tisch, dass die Tasse wackelte. Sie beugte sich vor und fixierte Hannah mit einem herausfordernden Blick. »Apropos Partner … Was hält er davon, dass du mit all diesen Fremden kuschelst?«

Hannah konnte sie bloß mit offenem Mund anstarren. »Ist das dein Ernst? Du weißt aber schon, dass wir im einundzwanzigsten Jahrhundert leben, oder?

Frauen dürfen sich ihren Job selbst aussuchen, ohne die Erlaubnis ihres Partners zu brauchen – nicht, dass ich im Moment einen hätte.«

»Also ist der Typ, der dir beim Einzug geholfen hat …?«

»Max? Er ist ein Freund. Na ja, er ist auch mein Ex, aber selbst als wir noch zusammen waren, hatte er nichts zu melden, was meine Berufswahl anging. Er hatte ohnehin nichts dagegen, weil er selbst professioneller Kuschler ist. Aber selbst wenn dem nicht so gewesen wäre, hätte es keine Rolle gespielt, denn es ist meine Entscheidung. Meine!« Hannah klopfte sich mit der Faust auf die Brust. »Oder würdest du dir von deiner Freundin sagen lassen, dass du nicht im Marketing arbeiten darfst?«

»Nein, natürlich nicht. Aber das ist etwas anderes.«

Hannah hatte geahnt, dass sie das sagen würde. »Ach, inwiefern?«

»Weil es beim Einrichten von Google-AdWords-Kampagnen für meine Kunden nicht nötig ist –«

»Sich um seine Mitmenschen zu scheren?«, gab Hannah zurück. »Zwischenmenschliche Verbindungen einzugehen?«

Die Temperatur in der Küche schien in die Höhe zu schnellen, als sie einander über den Tisch hinweg hitzig anstarrten.

Falls Hannah gedacht hatte, dass ihre Worte Winter zum Nachdenken bringen würden, hatte sie sich getäuscht. Winter betrachtete sie weiterhin mit versteinerter Miene, die außer Verärgerung keinerlei Emotion verriet. »Mich auf meine Kunden zu legen.« Winters frostiger Tonfall ließ die Temperatur unter den Gefrierpunkt fallen. »Mein Job erfordert keinerlei Körperkontakt oder physische Intimität.«

»Ich verstehe, dass dir das in deinem Job und vermutlich auch in deinem Privatleben lieber so ist, aber das trifft eben nicht auf alle Menschen zu. Die meisten brauchen mehr als nur großartiges Marketing. Sie brauchen Berührungen und menschliche Nähe, selbst wenn es nur für eine Stunde ist. Wenn du es vorziehst, nicht zu kuscheln, ist das deine Sache. Aber du kannst diese Entscheidung nicht für mich oder meine Kunden treffen.«

»Doch, das kann ich«, antwortete Winter. »Zumindest, wenn du in meiner Wohnung kuschelst.«

»Es ist *unsere* Wohnung, wie oft muss ich das noch sagen? Außerdem habe ich im Park gekuschelt und das hat dir auch nicht gefallen.« So kamen sie nicht weiter. Hannah atmete tief ein und versuchte, sich zu beruhigen, aber es half nicht. Winter brachte sie so sehr in Rage, dass sie sich am liebsten die Haare raufen oder aber Winter erwürgen wollte. »Ich verstehe, dass du es nicht magst, wenn Fremde hier ein und aus gehen, und dass du glaubst, dein Vater habe diese Situation absichtlich herbeigeführt, nur um dich zu ärgern, aber weißt du was? Alles, was du Jules immer wieder vorwirfst … dass er im Grunde ein kaltherziges, herrschsüchtiges Arschloch ist … Überleg doch mal, was du gerade tust, indem du versuchst, mir meine Arbeit zu verbieten. Wenn Jules wirklich so war, ist der Apfel offensichtlich nicht weit vom Stamm gefallen.«

Mit einer Behutsamkeit, die ihre ganze Selbstbeherrschung erforderte, schob sie den Stuhl zurück und stand auf. Sie ignorierte Winters wütenden Blick, der sich in ihren Rücken zu bohren schien, marschierte in ihr Zimmer und schloss die Tür hinter sich.

So ein Mist. Das wurde langsam zur Gewohnheit.

Einige Zeit später wurde Hannah durch einen vertrauten Klingelton aus ihrem Grübeln aufgeschreckt.

O nein! Valentina! Sie hatte es vermasselt – und zwar gründlich! Ihr Herz pochte wild, als sie die Tür aufriss und dem Klingeln entgegeneilte, das aus dem Essbereich kam.

Ihr Handy war noch dort, wo sie es zurückgelassen hatte – in ihrer Umhängetasche, die an der Stuhllehne hing. Sie griff in die Tasche, tastete nach dem Telefon, bis sie es zu fassen bekam, und strich mit dem Finger über das Display, bevor die Mailbox angehen konnte. »Es tut mir schrecklich leid, Valentina!«

»Geht es dir gut?« Ihre Freundin klang panisch.

»Ja, mir geht's gut. Ich bin gut nach Hause gekommen, habe aber vergessen, dir eine SMS zu schicken.« Sie ließ sich auf den Stuhl fallen und sank gegen die Rückenlehne. Diese Situation mit Winter brachte sie völlig aus dem Gleichgewicht. In ihren fünf Jahren als professionelle Kuschlerin hatte sie noch nie vergessen, sich nach einer Sitzung bei ihrer Sicherheitspartnerin zu melden.

»*Jesus Cristo*, Hannah!«, rief Valentina. »Ich hätte fast die Polizei gerufen, als ich nichts von dir gehört habe!«

»Es tut mir leid«, sagte Hannah erneut. »Ich wollte dich nicht beunruhigen. Ich kann nicht fassen, dass ich vergessen habe, anzurufen oder eine SMS zu schreiben.«

»Du schuldest mir einen Drink. Oder ein Eis.« Valentinas alte Couch knarrte, als sie sich darauf fallen ließ.

»Wie wäre es mit beidem? Ich könnte einen Mädelsabend gebrauchen.«

»Schwierige Sitzung?«, fragte Valentina.

»Nein. Der neue Kunde war großartig. Vielleicht wird er sogar Stammkunde.«

Valentina gab einen Laut von sich, als käme ihr gerade eine Einsicht. »Dann hast du wohl Ärger mit der heißen Mitbewohnerin? Ihr streitet euch doch nicht immer noch wegen der Fußmatte, oder?«

»Schön wär's.« Das hatte auf eine seltsame Art und Weise Spaß gemacht. Sich über etwas zu streiten, das ihr so wichtig war wie ihr Kuschelservice, war hingegen ganz und gar nicht lustig. Hannah schaute sich um.

Von Winter gab es weit und breit keine Spur. Nicht einmal das rasante Klappern ihrer Tastatur drang durch die Bürotür. Nur die unberührte Kaffeetasse, die noch immer in der Mitte des Tisches stand, bewies, dass ihr Gespräch stattgefunden hatte.

Hannah senkte trotzdem die Stimme, als sie sagte: »Gestern ist mir rausgerutscht, dass ich professionelle Kuschlerin bin, und jetzt meint sie, sie könnte mir verbieten, mich hier mit Kunden zu treffen, bis die zweiundneunzig Tage um sind.«

Ein lautes Keuchen schallte durch das Handy. »Ich nehme an, du hast ihr kräftig den Marsch geblasen.«

»So was in der Art. Ich verstehe, dass sie sich Sorgen macht, weil Fremde in der Wohnung sind und ich etwas so Intimes mit ihnen teile. Die meisten Menschen können sich das nicht vorstellen. Aber sie hat mir nicht einmal die Chance gegeben, ihr zu erklären, wie professionelles Kuscheln funktioniert und wie sorgfältig ich meine Kunden auswähle.« Hannah griff nach dem Latte und nahm einen großen Schluck.

Er war noch warm, und der samtige Milchschaum war nur ein wenig zusammengefallen. *Lecker.* Sie nahm einen zweiten Schluck. Winter war zwar die frustrierendste Mitbewohnerin aller Zeiten, aber sie machte den besten Latte, den Hannah seit Jahren getrunken hatte.

»Vielleicht solltest du sie zu einer Sitzung einladen, damit sie sich selbst ein Bild machen kann«, sagte Valentina.

Hannah stellte die Tasse ab. »Nein. Winter hält mit ihrer missbilligenden Haltung, was Kuscheln angeht, nicht gerade hinter dem Berg. Kein Kunde würde sich mit ihr im Raum entspannen können.«

»Ähm, ich meinte nicht, dass du sie zum Zuschauen einladen sollst. Ich meinte, du könntest sie einladen, mit dir zu kuscheln.«

»Oh.« Winter als Kuschelkundin … Hannah konnte sich das nicht vorstellen, und ausnahmsweise hatte es nichts damit zu tun, dass sie Afantasie hatte. »Ich glaube, sie würde lieber ausziehen und auf das Erbe verzichten, als mit mir zu kuscheln.«

»Ach, so schlimm bist du nun auch wieder nicht.« Valentina lachte. »Aber mit meinen überlegenen Kuschelkünsten kannst du natürlich nicht mithalten.«

»Hahaha. Wenn du glaubst, dass deine Fähigkeiten so überlegen sind, solltest du Winter ins professionelle Kuscheln einführen.«

Ein Klopfgeräusch kam durch das Handy, als würde Valentina mit den Nägeln darauf herumtrommeln, während sie über den Vorschlag nachdachte. »Hm, ich weiß nicht. Würde ich wirklich einen Vertrag unterschreiben wollen, in dem ich verspreche, dass alles rein platonisch bleibt, während sich deine heiße Mitbewohnerin an mich schmiegt?«

Die Türklingel ersparte Hannah eine Antwort, und das war auch gut so, denn sie hatte keine Ahnung, was sie dazu sagen sollte.

Sie lauschte, aber hinter Winters Bürotür blieb alles still. Entweder war sie ausgegangen, oder sie nahm an, dass es sich um einen weiteren Kunden von Hannah handelte, und versteckte sich in ihrem Büro oder im Schlafzimmer.

Aber Hannah wusste, dass es kein Kuschelkunde sein konnte. Zwar hatte sie für Matthew eine Ausnahme gemacht, weil er unter der Woche beruflich unterwegs war, aber normalerweise traf sie sich sonntags nicht mit Kunden.

Es klingelte erneut, diesmal nicht nur einmal, sondern zweimal, gefolgt von einem fordernden Klopfen an der Tür. Offensichtlich war ihr Besucher ziemlich ungeduldig. Einer ihrer Nachbarn musste ihn ins Haus gelassen haben.

»Ich muss Schluss machen«, sagte Hannah zu Valentina. »Es klopft an der Tür. Tut mir leid, dass ich dir einen solchen Schreck versetzt habe. Ruf mich an, wenn du nächstes Wochenende etwas unternehmen willst.«

Sobald Valentina das Gespräch beendet hatte, legte Hannah das Handy auf den Tisch und ging zur Tür. Sie öffnete sie einen Spaltbreit, ließ aber die Sicherheitskette vorgelegt.

Eine Fremde stand vor ihr. Die Spitzen ihrer teuer wirkenden Pumps veredelten die schlichte, blaue Fußmatte. Sie betrachtete die Pflanzen zu beiden

Seiten der Tür, dann sah sie auf und hob ihre perfekt geformten Augenbrauen. »Nettes Grünzeug.«

Hannah war sich nicht sicher, ob sie die Flamingoblumen oder die Kakteen meinte. Winter und sie hatten sich auf einen Kompromiss geeinigt, sodass nun beide Pflanzen den Eingangsbereich zierten. »Ähm, danke.«

Irgendwie kam ihr die Frau bekannt vor, aber Hannah konnte sie nicht einordnen. Waren sie sich schon einmal begegnet und sie hatte es vergessen? Es wäre nicht das erste Mal, dass so etwas passiert. Trotzdem ließ irgendetwas an der Fremden sie glauben, dass sie sich an sie erinnern würde.

Die glatte Haut der Frau war ebenso perfekt wie ihr Bleistiftrock, die Seidenbluse und der Designerblazer, die alle so wirkten, als wären sie für ihre schlanke Figur maßgeschneidert worden. Ihr kastanienbraunes Haar war zurückgebunden und glänzte, als wäre sie eben einer Shampoowerbung entstiegen.

Die Fremde ließ ihren Blick über Hannah schweifen, und diese wusste, dass sie im Vergleich nicht gut abschnitt, denn ihre Haare waren zerzaust vom Kuscheln und sie trug noch immer ihre Yogahose, die an den Knöcheln etwas schlabberte, während sie zum Ausgleich ein wenig zu eng um ihre kräftig gebauten Oberschenkel saß.

Aber das hellhäutige Gesicht der Frau verriet nicht, was sie dachte, als sie ihren Blick gemächlich zurück zu Hannahs Augen wandern ließ. »Ich bin Brooke Lambert. Ist meine Schwester zu Hause?«

Oh! Sie war Winters Schwester! Abgesehen von ihrer Statur, ihren hohen Wangenknochen und der Tatsache, dass keine je von legerer Wochenendkleidung gehört hatte, schienen die beiden nicht viel gemeinsam zu haben, nicht einmal ihren Nachnamen. Beide waren jedoch ziemlich autoritär, was Hannah dazu veranlasste, die Sicherheitskette zurückzuschieben und sie hereinzulassen. »Hallo. Ich bin Hannah. Hannah Martin. Freut mich, Sie kennenzulernen. Ich bin mir nicht sicher, ob Winter zu Hause ist. Lassen Sie mich nachsehen.«

Hannah ging den Flur hinab. Vor Winters Bürotür blieb sie stehen und blickte zurück.

Brooke war ihr gefolgt. Sie verharrte hinter Hannah und sah sich um, als wäre sie Soldatin auf einer Erkundungsmission in feindlichem Gebiet. Beim Anblick von Winters Espressomaschine schnalzte sie missbilligend mit der Zunge. »Wie lebt es sich denn so mit meiner lieben Schwester?«

Was sollte sie darauf antworten? Sie wurde aus Brooke nicht ganz schlau und hatte keine Ahnung, was für eine Beziehung sie zu ihrer Schwester hatte. Auf keinen Fall wollte sie Winter in Schwierigkeiten bringen, indem sie etwas Falsches sagte.

Brooke lachte kehlig. »Vielsagendes Schweigen. Verstehe. Scheint ja richtig gut zu laufen.« Sie beugte sich vor und kam Hannah so nahe, dass ein Hauch ihres zweifellos teuren Parfüms ihr in die Nase stieg. »Vielleicht hat sich mein Vater für die falsche Schwester als Mitbewohnerin entschieden.«

Hannah fielen zwei Dinge auf: Erstens hatte Brooke »mein Vater« und nicht »Julian« gesagt, was sie zu der Frage veranlasste, ob sie Jules nähergestanden hatte als Winter. Und zweitens: Flirtete Brooke etwa mit ihr?

Winters Bürotür sprang auf, sodass Hannah nicht antworten musste. »Halbschwester!«

Oh! Das erklärte die unterschiedlichen Nachnamen. Brooke trug Jules' Nachnamen, Winter jedoch nicht. Hannah fragte sich, was dahintersteckte, zumal die beiden in etwa gleich alt waren, aber unterschiedliche Mütter hatten.

Winter ignorierte Hannah und starrte Brooke mit zusammengezogenen Augenbrauen an. »Was machst du hier?«

Und Hannah hatte gedacht, ihre eigenen Familientreffen wären interessant! Sie drehte sich etwas, um zwischen den beiden hin und her schauen zu können.

Da Brooke, zumindest in Stöckelschuhen, genauso groß war wie ihre Schwester, standen sie sich Auge in Auge gegenüber. Zumindest hätten sie es getan, wenn Hannah nicht im Weg gewesen wäre. Beide fixierten sie mit ihren durchdringenden Blicken.

»Ich werde dann mal … ähm …« Hannah deutete vage den Flur hinunter, dann trat sie zurück und eilte zu ihrem Zimmer. Als sie es erreichte, sah sie sich um.

Winter bedeutete ihrer Halbschwester mit einer gebieterischen Handbewegung, ins Büro zu kommen.

Hannah starrte ihnen nach. Was würde sie nicht dafür geben, das Gespräch nebenan miterleben zu können!

Brooke sah sich im Büro um wie eine Preisrichterin bei einem Einrichtungswettbewerb. Allerdings gab es außer zwei Bildschirmen und einem MacBook

Pro auf einem Laptopständer nicht viel zu sehen, denn Winter mochte keine Ablenkungen an ihrem Arbeitsplatz. Brooke schmunzelte über die kahlen Wände. »Nette Deko.«

»Hör auf mit dem Quatsch, Brooke. Du bist doch nicht hier, um dir mein Büro anzusehen oder mit meiner Mitbewohnerin zu flirten, oder?« Die Wände waren dünn, und Brooke hatte sich nicht die Mühe gemacht, leise zu sprechen, als wüsste sie, dass es Winter ärgern würde, wenn sie ihre langweiligen Anmachsprüche an Hannah ausprobierte. Nicht, dass es sie interessierte, wer mit ihrer vorübergehenden Mitbewohnerin flirtete oder ob Hannah das Flirten erwiderte.

»Kann ich nicht einfach nach meiner kleinen Schwester sehen?«

»Hör auf, mich so zu nennen. Was willst du?«

Unaufgefordert machte es sich Brooke auf dem Besucherstuhl bequem und zwang Winter, um den Schreibtisch herumzugehen und sich ebenfalls zu setzen, um nicht unbeholfen hinter ihr herumzustehen.

»Ich war im Büro, um ein paar Dinge zu erledigen, als mir auffiel, dass gestern die von mir prophezeiten sieben Tage um waren«, sagte Brooke. »Deshalb dachte ich, ich schau mal, ob du bereit bist, das Handtuch zu werfen.«

Um ehrlich zu sein, war Winter nach ihrem Streit mit Hannah kurz davor gewesen, den Anwalt anzurufen und ihm zu sagen, dass sie ausziehen würde, selbst wenn sie dafür ihre Rechte an dem verdammten Gebäude aufgeben müsste. Diese Wohnung war toll, keine Frage, aber war sie es tatsächlich wert, sich drei Monate lang das Leben vermiesen zu lassen? Zwei Dinge hatten sie schlussendlich davon abgehalten, Mr Woodruff anzurufen: Erstens war er an einem Sonntag wahrscheinlich nicht im Büro. Zweitens wollte sie Brooke nicht die Genugtuung geben, recht gehabt zu haben und ihre Hälfte des Gebäudes zu erben.

»Oder ist Ms Martin diejenige, die drauf und dran ist, schreiend wegzulaufen?«, fügte Brooke hinzu.

»Schön wär's«, murmelte Winter. Hannah würde nicht aufgeben und davonlaufen, das wusste sie bereits. »Sie hat's nicht so mit dem Schreien.«

Brooke stieß einen lauten Pfiff aus. »Wenn du schon solch intime Einzelheiten über deine Mitbewohnerin weißt, heißt das, ihr seid euch … nähergekommen?« Sie verschränkte die Finger zu einer Geste, die vermutlich zwei Menschen beim Sex andeuten sollten.

Schade, dass Winter keinen Krimskrams auf dem Schreibtisch mochte. Jetzt wäre ein Briefbeschwerer zum Werfen doch ganz nett gewesen. »Nein. Aber für achtzig Dollar die Stunde könnte ich es.«

Brookes überlegene Miene geriet einen Moment lang ins Wanken, als sie blinzelte. »Was? Das gibt's doch nicht! Du meinst, sie ist …?«

»Nein!« *Verdammt.* Winter hatte den Gedanken nicht laut aussprechen wollen. Sie strich sich mit den Fingern durch die Haare. »Sie kuschelt.«

»Schön für dich. Ich hätte allerdings nicht gedacht, dass du der kuschelfreudige Typ bist.«

»Nicht mit mir. Sie ist professionelle Kuschlerin.«

Auf Brookes sonst so glatter Stirn bildeten sich ein paar Fältchen. »Du meinst, sie gibt Massagen mit Happy End?«

Hatte sie sich ebenfalls wie ein Arschloch angehört, als sie Hannah dieselbe Frage gestellt hatte? Winter knurrte. »Nein. Es ist alles völlig platonisch.«

»Kann sie damit wirklich ihren Lebensunterhalt verdienen?«

Winter zuckte mit den Schultern. »Sieht so aus. Vor allem jetzt, da Julian ihr die Hälfte dieses Hauses als Trinkgeld hinterlassen hat.«

»Moment mal!« Brooke stützte beide Hände auf den Schreibtisch, was Winter irritiert die Stirn runzeln ließ. »Du willst mir weismachen, unser Vater hätte eine Fremde dafür bezahlt, mit ihm zu kuscheln, und es hätte ihm so gut gefallen, dass er sie quasi in sein Testament aufgenommen hat?«

Winter lehnte sich in ihrem Bürostuhl zurück und versuchte nicht einmal, ihr Grinsen zu verbergen. Es war schön zu sehen, wie Brooke zur Abwechslung einmal aus der Bahn geworfen wurde. »Ja. Laut Hannah haben sie sich auf diese Weise kennengelernt. Sie hat mit ihm gekuschelt.«

Brooke schwieg eine Weile, als müsste sie die Neuigkeit erst einmal verdauen. »Könnte es sein, dass sie lügt?«

Anspannung kroch Winters Nacken hinauf. Sie schüttelte entschieden den Kopf. »Warum sollte sie lügen? Selbst wenn sie einen Grund dazu hätte, meinst du nicht, dass sie sich etwas Glaubhafteres ausdenken würde? Hannah ist nicht dumm.«

»Ich weiß nicht. Aber es fällt mir schwer, mir vorzustellen, wie unser Vater … Was machen sie überhaupt während dieser Sitzungen? Umarmt sie ihre Kunden eine Stunde lang?«

»Keine Ahnung. Es ist ja nicht so, als hätte ich eine Sitzung gebucht. Ich würde mir lieber Zahnstocher unter die Fingernägel rammen, als mit jemandem zu kuscheln, den ich kaum kenne.«

Ein Glitzern trat in Brookes Augen. »Hm. Vielleicht sollte eine von uns tatsächlich eine Sitzung buchen. Um zu sehen, ob ihre Geschichte stimmt.«

Winter funkelte sie über ihren Computerbildschirm hinweg an. »Das wirst du auf keinen Fall tun.« Nur weil sie Hannah vorhin am liebsten mit bloßen Händen erwürgt hätte, hieß das nicht, dass sie Brooke ihre Spielchen mit ihr treiben lassen würde. Obwohl sie unerwartet stur sein konnte, war Hannah im Grunde eine sanftmütige Person. Sie war nicht an die Lambert'schen Manipulationen gewöhnt.

Brooke betrachtete ihre manikürten Fingernägel. »Ach, ich weiß nicht. Ich bin in letzter Zeit ziemlich angespannt.« Sie ließ die Schultern kreisen und reckte den Nacken. »Muss an den vielen Überstunden liegen, die ich gemacht habe. Eine nette kleine Kuschelstunde klingt nach einer entspannenden Belohnung.«

Winter beugte sich über den Schreibtisch. »Ich schwöre bei allem, was mir heilig ist, wenn du auch nur –«

»In Ordnung.« Brooke hob beide Hände. »Ich werde keine Sitzung buchen. Du machst das.«

»Was? Nein, ich …«

»Ah, ich verstehe. Du hast Angst.«

Winter schnaubte. »Wovor? Vor der Löffelchenstellung?«

»Vor Intimität«, antwortete Brooke.

Winter knirschte so fest mit den Zähnen, dass ihre Kiefermuskeln schmerzten. »Ich dachte, du hast einen Abschluss in BWL, nicht in Psychologie. Ich habe vor nichts Angst.«

»Wo liegt dann das Problem?«

Winter hielt ihrem Blick kühl stand. »Wer sagt, dass es ein Problem gibt?«

»Wenn es kein Problem gibt, buch eine Sitzung. Ich fordere dich heraus.« Brooke betonte die letzten Worte überdeutlich.

Es nahm nie ein gutes Ende, wenn sie einander zu etwas herausforderten. Julian hatte sie immer gegeneinander ausgespielt, wahrscheinlich in dem Glauben, ein bisschen gesunder Wettbewerb würde sie dazu anspornen, sich mehr anzustrengen und über sich hinauszuwachsen. Stattdessen hatte es dazu geführt, dass sie beide vor keiner Herausforderung der anderen zurückschreckten, selbst wenn sie noch so unvernünftig war.

Brooke hatte eine Narbe am Knie, die davon herrührte, dass sie darum gewetteifert hatten, wer schneller mit dem Skateboard einen steilen Hügel hinunterfahren konnte, und Winter konnte Sushi noch immer nicht ausstehen, nachdem sie als Kind ein golfballgroßes Stück Wasabi gegessen hatte, nur weil Brooke sie dazu herausgefordert hatte.

Als Erwachsene hatten sie einer Organisation für lesbische, schwule, bisexuelle und transgender Jugendliche fast im Alleingang geholfen, ihr Spendenziel zu erreichen, weil sie sich bei einer Auktion ständig gegenseitig überboten hatten.

Aber dieses Mal würde sie Brooke mit ihren eigenen Waffen schlagen. »Ich nehme die Herausforderung an.«

Brooke stand auf und schlenderte zur Tür. »Prima.«

»Ich werde eine Kuschelsitzung mit Hannah buchen«, fügte Winter hinzu, als Brooke nach der Türklinke griff, »wenn du eine Assistentin einstellst.«

Es war eine jahrzehntelange Diskussion zwischen Brooke und Julian gewesen und das einzige Thema, bei dem Brooke nie nachgegeben hatte. Sie hatte immer darauf bestanden, dass sie keine persönliche Assistentin, Office-Managerin oder Sekretärin wollte oder brauchte.

Wie im Zeitlupentempo drehte Brooke sich um.

Ha! Winter warf ihr ein triumphierendes Grinsen zu. Jetzt hatte sie Brooke genau da, wo sie ihre Halbschwester haben wollte: kurz vor dem Aufgeben.

»Abgemacht«, sagte Brooke ruhig.

Winter brauchte einige Sekunden, bis ihr Gehirn begriff, was Brooke gesagt hatte. »Was?«

»Du buchst eine Kuschelsitzung, ich stelle eine Assistentin ein.«

»Du stellst eine Assistentin ein? Das glaube ich erst, wenn ich es sehe!«

Brooke warf ihr einen hochmütigen Blick zu. »Oh, das wirst du – sobald du mir bestätigst, dass du deinen Teil der Abmachung erfüllt hast.« Sie ging, ohne sich zu verabschieden.

Das laute Klackern ihrer Absätze hallte den Flur hinab und mischte sich mit dem plötzlichen Dröhnen in Winters Ohren. Sie ließ den Kopf gegen das Leder ihres Bürostuhls sinken. *Was zum Teufel ist eben passiert?*

Kapitel 10

Ausgerechnet heute! Hannah machte nur selten Hausbesuche. Meistens fanden die Kuschelsitzungen in ihrer Wohnung statt, aber heute war sie zu einem Kunden gefahren. Auf dem Rückweg war die Straßenbahnlinie wegen eines Stromausfalls unterbrochen gewesen, sodass sie eine halbe Stunde später als geplant nach Hause gekommen war.

Mit einem flüchtigen »Hallo« eilte sie vorbei an Winter, die in der offenen Küche einen Salat zubereitete, und zog auf dem Weg zum Bad ihre Jacke aus. Ein Blick auf die Uhr verriet, dass ihr noch genug Zeit für eine kurze Dusche blieb. Sie duschte vor jeder Sitzung, um gut zu riechen, ohne Parfüm auftragen zu müssen.

Als sie sich gerade abtrocknete, klingelte es an der Tür.

Das konnte doch nicht schon Summer sein, oder? Ihr blieben noch fünfzehn Minuten bis zu der ersten Sitzung mit einer von Dawns Patientinnen, und auf der *Schmuseeinheit*-Webseite wurde neuen Kunden geraten, nicht zu früh zu kommen, weil ihre Kuschlerin womöglich noch mit dem vorigen Klienten beschäftigt war.

Schritte erklangen im Flur. Erwartete Winter auch einen Kunden?

Während Hannah sich eilig BH und Unterwäsche anzog, lauschte sie angestrengt.

Stimmen drangen durch die Badezimmertür. Winters tiefer, leicht heiserer Tonfall war unverkennbar. Hannah konnte nicht ausmachen, ob die andere Person antwortete. Falls ja, war ihre Stimme zu leise.

Mist, war es etwa doch Summer? Als sie vor ein paar Tagen über Skype miteinander gesprochen hatten, hatte Summer so leise geredet, dass Hannah die Lautstärke voll aufdrehen musste, um sie zu verstehen.

Hannah schlüpfte hastig in ihre Yogahose und zog sich das T-Shirt über den Kopf. Obwohl sie gerade erst aus der Dusche gekommen war, lief ihr der Schweiß den Rücken hinunter bei dem Gedanken, ihre Kundin auch nur eine Minute mit Winter allein zu lassen. Würde Winter die Gelegenheit nutzen, einen ihrer Kuschelklienten ein für alle Mal zu vertreiben? Gott, Hannah würde sie umbringen, falls sie sich Summer gegenüber wie ein Arsch verhielt. *Bitte, bitte,*

bitte. Nicht bei dieser Kundin. Summer hatte all ihren Mut zusammengenommen, um herzukommen und zum ersten Mal seit ihrer Vergewaltigung körperliche Nähe zuzulassen. Falls Winter ihr einen ihrer eisigen Blicke zuwarf, würde sie vielleicht nie wiederkommen.

Hannah riss die Tür auf und eilte barfuß den Flur entlang. In letzter Sekunde bremste sie ab, um Summer keinen Schrecken einzujagen.

Sie hätte sich keine Sorgen machen müssen. Der Flur war ohnehin leer.

Hannah ballte die Fäuste. Hatte Winters unfreundliche Art Summer die Flucht ergreifen lassen?

Dann drang leises Lachen aus dem Wohnzimmer.

War das etwa …? Das konnte nicht sein. Winter lachte nicht auf diese Weise … oder doch? Und Summer war wahrscheinlich zu angespannt, selbst wenn sie noch hier war.

Vorsichtig ging Hannah näher heran und spähte ins Wohnzimmer.

Winter saß in kerzengerader Haltung auf einer Ecke der Couch.

Summer hatte am anderen Ende Platz genommen. Sie hielt ein Glas Wasser mit beiden Händen so fest umklammert, dass ihre Knöchel hervortraten.

Gerade als Hannah losstürmen wollte, um sie vor Winter zu retten, ließ Summer mit einer Hand das Glas los, presste die Finger auf den Mund und brach in Gelächter aus. »Im Ernst?«

Winter nickte. Ihre Miene war ernst, aber ihre Augen funkelten und ihr Blick war nicht so frostig wie gewöhnlich. Dann sah sie auf, bemerkte Hannah und ihre Miene verschloss sich. »Da ist sie«, sagte sie zu Summer.

Hannah staunte darüber, wie sanft ihre Stimme klang. Sie konnte nicht umhin, Winter anzustarren. Diese nette Seite an ihr war neu und faszinierend. *Hey, sie ist hier nicht die Kundin! Konzentrier dich auf Summer!* Mit einiger Mühe wandte sie sich von Winter ab. »Hallo, Summer. Schön, dich persönlich kennenzulernen.« Normalerweise umarmte sie ihre Kundinnen, aber sie hatte das Gefühl, dass es besser wäre, es langsam anzugehen, deshalb streckte sie stattdessen die Hand aus.

Schnell stellte Summer das noch volle Wasserglas auf den Couchtisch und stand auf. Sie wischte ihre Finger an ihrer Jeans ab, bevor sie Hannahs Hand schüttelte. »Hallo. Es tut mir so leid, dass ich zu früh gekommen bin. In der E-Mail stand, dass ich nicht vor der vereinbarten Zeit kommen soll, aber ich war zu nervös, um draußen zu warten.«

»Das macht nichts. Ich bin froh, dass du gekommen bist.«

Sie nickten einander zu.

Hannah deutete auf den Rucksack, den Summer über einer Schulter trug. »Wie ich sehe, hast du bequeme Kleidung zum Wechseln dabei. Unser Kuschelparadies ist gleich nebenan.« Sie schob die Schiebetür auf, sodass Summer ihr Kuschelzimmer sehen konnte. »Warum ziehst du dich nicht um? Lass dir Zeit und sieh dich in Ruhe um, damit du dich an die Umgebung gewöhnen kannst. Sag mir einfach Bescheid, wenn du so weit bist und ich reinkommen soll.«

Als Summer eingetreten war und die Tür hinter sich zuzog, wandte sich Hannah an Winter, die von der Couch aufsprang.

»Ich, ähm, lasse euch mal allein.« Winter ging an der Schiebetür vorbei, ohne in deren Richtung zu schauen. Dabei hatte Hannah in der Ecke einen Sichtschutz aus Bambus aufgestellt, sodass Winter durch das Milchglas nicht einmal Summers Schatten hätte sehen können, während diese sich umzog.

Wer hätte gedacht, dass ihre Mitbewohnerin so rücksichtsvoll sein konnte? Hannah ganz bestimmt nicht! Sanft berührte sie Winter am Arm, als diese an ihr vorbeiging. »Danke«, sagte sie und meinte damit nicht nur, dass Winter sie allein ließ.

Winter blickte auf die Hand auf ihrem Arm, nickte ihr dann mit grimmiger Miene zu und ging.

Hannah starrte ihr nach. *Kümmere dich um deine Kundin*, sagte sie sich schließlich. Sie konnte später versuchen, aus Winter Sullivan schlau zu werden – obwohl das bestimmt viel länger dauern würde als die verbleibenden vierundachtzig Tage.

Obwohl sie seit einer halben Stunde Lust auf einen Kaffee hatte, blieb Winter in ihrem Büro, bis sie sicher war, dass Hannahs Kundin gegangen war.

Als sie heißes Wasser durch den Siebträger laufen ließ, kam Hannah herein und ging zum Kühlschrank.

Was auch immer in ihrem Arbeitszimmer passiert war, es hatte Hannah blass und erschöpft zurückgelassen, als hätte die Sitzung ihr sämtliche Energie geraubt.

Winter zögerte. Sie beäugte die letzten Bohnen ihres teuren Bio-Espressos. Schließlich gab sie sich einen Ruck. »Willst du einen? Einen Kaffee«, fügte sie schnell hinzu, damit Hannah es nicht wieder als Angebot zu einer Umarmung missverstehen konnte.

»Nein danke. Ich brauche etwas Stärkeres.«

Winter hob die Augenbrauen. Sie hatte nicht gewusst, dass Hannah Alkohol im Kühlschrank aufbewahrte.

Stattdessen holte Hannah einen Becher Kaffee-Eis aus dem Gefrierschrank und stellte ihn auf den Tisch.

Das war für Hannah etwas Stärkeres? Winter schmunzelte. Wie sah bei Hannah dann ein Gelage aus? Fügte sie Schlagsahne und Schokostreusel hinzu?

Hannahs Arm streifte Winters Hüfte, als sie die Schublade neben ihr öffnete und einen Löffel herausnahm.

Winters Haut wurde selbst durch den Stoff ihrer Hose hindurch warm. Sie wich der Berührung aus, indem sie zur Seite trat, und spannte den Siebträger ein.

Die Maschine begann zu mahlen, gerade als Hannah etwas sagte. Anstatt zu schreien, um sich Gehör zu verschaffen, ließ sich Hannah auf einen Stuhl sinken und wartete, bis der Lärm aufhörte. Dann wiederholte sie: »Danke.«

Winter hielt mit dem Tamper in der Hand inne und blickte zu ihr hinüber. »Wofür?«

»Dafür, dass du Summer nicht verschreckt hast. Dafür, dass du sie hereingebeten und ihr ein Glas Wasser angeboten hast und einfach ... na ja, nett zu ihr warst.«

Hielt Hannah sie wirklich für eine Person, der man dafür danken musste, jemanden, der ohnehin schon am Boden lag, nicht noch getreten zu haben?

Und wenn schon. Es war ihr egal, was Hannah von ihr dachte. Jedenfalls sollte es ihr egal sein. Winter stieß den Tamper auf das Kaffeepulver und knallte dann den Siebträger auf die Arbeitsplatte. Verdammt, es war ihr nicht egal. Sie wirbelte herum und starrte Hannah an. »Natürlich war ich nett zu ihr! Summer war so nervös, dass sie zitterte. Hast du wirklich erwartet, dass ich mich wie ein Arsch verhalte? Ich bin nicht Julian, okay?«

Hannah ließ ihren Löffel zurück in das Eis sinken. »Nein, ich ... Das habe ich nicht gedacht, aber ...« Sie holte hörbar Luft und atmete dann lautstark aus. »Okay, vielleicht habe ich es doch gedacht. Du hast mir keinen Grund gegeben, wieso ich annehmen sollte, du würdest einen meiner Kuschelkunden hier willkommen heißen. Du hast ziemlich deutlich gemacht, dass du sie nicht in der Wohnung haben willst.«

»Will ich auch nicht«, sagte Winter. Nach kurzem Zögern fügte sie hinzu: »Aber Summer ...« Das blasse Gesicht der jungen Frau ging ihr nicht aus dem

Kopf. Sie hatte so zerbrechlich gewirkt, als würde ein falsches Wort oder eine hastige Bewegung ausreichen, um sie Reißaus nehmen zu lassen. Vielleicht waren Hannahs sanfte Streicheleinheiten genau das, was sie brauchte. »Ich weiß nicht, was sie hergeführt hat, aber sie schien dich zu brauchen.«

»Sie brauchen mich alle, Winter. Nicht jeder aus demselben Grund, aber ich glaube, dass ich auf all meine Kunden einen positiven Einfluss habe.« Hannah sah ihr in die Augen. Auf ihrem Gesicht zeigte sich eine seltsame Mischung aus Sanftheit und Stahl.

»Dein Eis schmilzt«, sagte Winter, um nicht diejenige zu sein, die als Erste den Blick abwandte.

Ein Lächeln huschte über Hannahs Gesicht, so als wüsste sie genau, was in Winter vorging, aber sie sah auf das Behältnis hinab. Sie zog den Löffel durch das Eis und schaufelte sich einen großen Brocken direkt aus dem Becher in den Mund. Mit einem leisen Seufzen schlossen sich ihre Lippen um den Löffel und ihre Augen fielen zu. Langsam, mit geschlossenen Augen, zog sie den Löffel heraus. Auf ihrer Unterlippe blieb ein kleiner Rest Eis zurück, das sie mit der Zungenspitze wegleckte.

Hitze stieg unter Winters Hemdkragen auf. *Himmel.* Vielleicht sollten sie eine Liste von Dingen erstellen, die Hannah auf keinen Fall tun durfte, solange sie sich eine Wohnung teilen mussten. Sie kämpfte immer noch mit der Entscheidung, ob Kuscheln mit Fremden auf dieser Liste stehen sollte, aber verführerisches Eisessen stand auf jeden Fall ganz oben.

Wenigstens wusste sie jetzt, dass sie nicht etwa ihre Halbschwester anstarrte. Trotzdem war Hannah tabu für sie, ganz egal, wie verdammt sexy sie beim Eisessen aussah. Bestimmt gehörte sie zu der Sorte Frau, die sich von ihren Beziehungen alle Ks wünschte: Kuscheln, Kommunikation, Kohabitation, Kaminfeuerromantik. Die einzigen Ks, die Winter sich von ihren Beziehungen wünschte, falls man überhaupt von Beziehungen sprechen konnte, waren: Koitus, Kontrolle und höchstens noch einen Kaffee am nächsten Morgen.

Hannah blickte von ihrem Eis auf. »Möchtest du etwas abhaben?« Sie schob den Behälter in die Tischmitte.

»Nein danke.« Winter drehte sich wieder um, spannte den Siebträger ein und drückte auf den Knopf für einen doppelten Espresso. »Was ist mit ihr passiert?«, fragte sie, während sie Hannah den Rücken zuwandte. *Verdammt.* Sie hatte nicht vorgehabt, danach zu fragen, obwohl sie zugegebenermaßen neugierig war. Aber jetzt, da es ihr herausgerutscht war, konnte sie es genauso gut herausfinden. »Ich rede von Summer. Warum war sie so verängstigt?«

»Tut mir leid, Winter, aber das kann ich dir nicht sagen. Summer ist eine Kundin und sie hat das Recht darauf, dass ich ihre Privatsphäre schütze.«

Zwar respektierte Winter sie dafür, dass sie Summer beschützte, aber das war trotzdem keine zufriedenstellende Antwort. Sie blickte über die Schulter zu Hannah. »Ich verstehe es einfach nicht. Warum bucht sie eine Kuschelsitzung, wenn sie das gar nicht will?«

Hannah neigte den Kopf zur Seite. »Wie kommst du darauf, dass sie es nicht will?«

»Komm schon! Sie hatte offensichtlich Angst davor!«

»Ich spreche nicht speziell von Summer, aber hast du dir noch nie etwas gewünscht, obwohl es dir gleichzeitig Angst gemacht hat?«

Winter drehte sich um, nahm die Tasse und schwenkte den Kaffee mit der Crema, während sie darüber nachdachte. Sie hatte in ihrem Leben schon einiges gewollt: einen Abschluss im Bereich Marketing machen, ihr Studium finanzieren, ohne einen Cent von Julian anzunehmen, sich als Beraterin für Technologie-Start-ups im Nordwesten etablieren. Nichts davon hatte ihr Angst gemacht. Sie hatte sich Ziele gesetzt und dann Maßnahmen ergriffen, um sie zu erreichen. So einfach war das. »Nein.«

»Schade«, sagte Hannah. »Die Dinge, die uns am meisten Angst machen, sind oft genau die, die wir am meisten brauchen. Vielleicht hast du –«

»Und du?«, fragte Winter, um sie davon abzuhalten, nachzuhaken und in ihrem Privatleben herumzustochern. »Hast du dir schon einmal etwas gewünscht, das dir Angst gemacht hat?«

Hannah lachte. »Ständig. Die Entscheidung, die meisten meiner Massagekunden aufzugeben, um professionelle Kuschlerin zu werden, hat mir eine Höllenangst eingejagt. Aber es war mir wichtig, deshalb habe ich es trotzdem gemacht.« Sie schob sich einen weiteren Löffel Eis in den Mund und hielt Winters Blick stand, während sie schluckte. »Ich werde mich auch von dir nicht zwingen lassen, es aufzugeben. Ich hätte gern deine Zustimmung, aber ich brauche deine Erlaubnis nicht, um mich weiter mit meinen Kunden zu treffen.«

Sie befanden sich an einem Scheideweg. Winter konnte sich weigern, ihre Zustimmung zu geben, und Hannah ihre Arbeit so schwer wie möglich machen. Aber was würde das bringen, außer dass Kundinnen wie Summer sich schlecht fühlen würden? Sie war kein Unmensch. Vielleicht gab es tatsächlich Leute, die von Hannahs Kuschelangebot profitierten.

Sie trank den doppelten Espresso in einem Zug aus, als wäre es Tequila. »Mach, was du willst. Ich habe Wichtigeres zu tun, als mit dir fruchtlose Diskussionen zu führen.«

Ein Lächeln breitete sich auf Hannahs Gesicht aus. »Heißt das, du gibst mir deine Zustimmung?«

»Das habe ich nicht gesagt.«

»Dann vielleicht deine Nicht-Ablehnung?« Hannahs Lächeln wurde zum breiten Grinsen.

Winter kämpfte dagegen an, zurückzulächeln. »Meinetwegen.« Sie wandte sich ab und begann, den Siebträger zu reinigen, um das Ende des Gesprächs zu signalisieren.

Hannah saß weiter am Tisch und die Stille zwischen ihnen wurde nur durch ihr genießerisches Seufzen und Stöhnen unterbrochen, während sie ihr Eis verschlang.

Schließlich stellte Winter ihre Tasse in den Geschirrspüler und ging zurück zu ihrem Büro.

»Winter, warte.« Hannah setzte den Deckel wieder auf den Behälter. »Es gibt noch eine letzte Sache, die ich gern wissen möchte.«

Argwöhnisch bedeutete ihr Winter, weiterzusprechen.

»Was hast du vorhin zu Summer gesagt, um sie zum Lachen zu bringen?«

Summer hatte sich vorgestellt und dann bemerkt, dass sie beide Vornamen hatten, die sich auf eine Jahreszeit bezogen. Winter hatte ihr daraufhin verraten, wie sie zu ihrem Namen gekommen war. Auf keinen Fall würde sie Hannah davon erzählen, denn sonst würde sie sofort weitere Fragen über ihre Familiengeschichte stellen. »Tut mir leid. Das kann ich dir nicht sagen«, antwortete Winter mit ernster Miene. »Die Privatsphäre von Kuschelkunden muss gewahrt werden.«

»Aber … aber … sie ist nicht *deine* Kundin!«

Winter marschierte in ihr Büro und als Hannah ihr Gesicht nicht mehr sehen konnte, erlaubte sie sich endlich ein Lächeln.

Kapitel 11

Winters Handy klingelte schon zum dritten Mal innerhalb einer Stunde. Sie speicherte den Newsletter, an dem sie gerade arbeitete, und warf einen Blick aufs Display.

Es war Brooke.

Das überraschte Winter nicht. Sie hatte mehrfach angerufen, seit sie Winter vor vier Tagen zu einer Kuschelsitzung herausgefordert hatte.

Winter strich mit dem Finger so fest über das Display, als wollte sie Brooke die Kehle durchschneiden. »Mensch, Brooke, hör endlich auf, mich anzurufen. Ich arbeite!«

»Ich müsste nicht ständig anrufen, wenn du mir endlich die Bestätigungs-E-Mail weiterleiten würdest.«

»Welche Bestätigungs-E-Mail?«

»Die, die bestätigt, dass du eine Kuschelsitzung gebucht hast«, sagte Brooke. »Oder willst du die Herausforderung ablehnen und deine Niederlage eingestehen?«

Die verflixte Herausforderung war das Absurdeste seit der Erfindung von Toilettengolf und aufblasbaren Dartscheiben. Aber ein Rückzieher kam nicht infrage. »Ich gestehe gar nichts ein. Und du? Du hast mir auch noch nicht den Lebenslauf deiner neuen Assistentin gemailt. Gib es zu. Du rufst an, weil du hoffst, dass ich kneife, damit du es nicht durchziehen musst.«

»Ha! Du schließt wohl von dir auf andere!«

»Ich?« Winter lachte spöttisch, aber um ehrlich zu sein, hatte sie insgeheim tatsächlich gehofft, Brooke würde klein beigeben, sodass sie keine Kuschelsitzung buchen musste. Doch das würde sie niemals zugeben. »Nein, ich wollte nur rücksichtsvoll sein. Immerhin ist mein Teil innerhalb von sechzig Minuten erledigt, während du vielleicht jahrelang mit deiner neuen Assistentin zusammenarbeiten musst.«

Brooke sagte nichts.

Hatte sie ihr Handy fallen lassen oder war sie vor Schreck erstarrt bei dem Gedanken, so lange mit einer Assistentin arbeiten zu müssen? Winter grinste ins Handy.

»Nicht unbedingt«, sagte Brooke schließlich. »Die einzige Assistentin, die ich je hatte, hat schon am zweiten Tag gekündigt. Wenn ich Glü… Ich meine, leider kann ich nicht ausschließen, dass so etwas noch einmal passiert.«

»O nein. Wenn ich die ganze Kuschelsitzung durchstehen muss, musst du mit dieser bedauernswerten Person mindestens … sagen wir … zweiundneunzig Tage zusammenarbeiten.«

»Zweiundneunzig Tage?« Brooke klang, als wäre sie gerade zu lebenslanger Haft verurteilt worden. »Das ist wohl kaum gerecht im Vergleich zu einer Stunde Kuscheln!«

»Hast du Angst, dass du nicht so lange durchhältst?«, fragte Winter.

»Natürlich nicht«, antwortete Brooke hochmütig.

»Wo ist dann das Problem? Wenn ich zweiundneunzig Tage mit Hannah zusammenleben kann, kannst du auch so lange mit einer Assistentin arbeiten. Wenigstens musst du nicht das Bad mit ihr teilen.«

Brookes stoßweises Atmen drang durch das Handy. »Na schön«, sagte sie schließlich. »Ich werde jemanden einstellen, sobald du deine Sitzung gebucht hast.«

»Warum muss ich zuerst buchen?«

»Weil es eine Weile dauert, eine halbwegs kompetente Assistentin zu finden«, sagte Brooke in einem herablassenden Tonfall, als würde sie einer Dreijährigen etwas Offensichtliches erklären. »Du kennst die Kuschlerin bereits, bei der du buchen willst. Also tu es einfach.«

»Woher weiß ich, dass du deinen Teil der Abmachung einhältst und nicht einfach vergisst?« Einmal, in einem schwachen Moment, hatte sie Brooke vertraut und war schwer enttäuscht worden.

»Ach, komm schon«, sagte Brooke. »Wann habe ich jemals mein Wort gebrochen?«

Winter schnaubte. »Als du versprochen hast, Julian nichts von dem Wohnhaus zu erzählen, an dem ich interessiert war.«

»Ich habe ihm nichts gesagt!« Brooke verlor die Fassung und schrie nun. »Wie oft muss ich dir denn noch sagen, dass ich es nicht war?«

»Klar«, murmelte Winter. »Dann muss ich es gewesen sein, denn wir beide waren die Einzigen, die wussten, dass ich das Gebäude kaufen wollte, mal abgesehen von meinem Makler, der Julian nicht einmal kannte.«

»Gut, dann glaub mir eben nicht. Es ist mir egal. Und jetzt hör auf, mich hinzuhalten, und buche die Kuschelsitzung, sonst tue ich es.« Brooke beendete das Gespräch, ohne sich zu verabschieden.

Mist. Wie sie Brooke kannte, würde sie tatsächlich eine Kuschelsitzung buchen, nur um ihr eins auszuwischen. Der Gedanke daran, wie ihre Halbschwester sich an Hannah kuschelte, einen Arm um sie legte und ihren Kopf auf Hannahs volle Brüste legte, brachte Winter zur Weißglut.

Sie war nicht etwa eifersüchtig. Aber es war schon seltsam genug, dass Julian mit Hannah gekuschelt hatte. Außerdem war Brooke genauso kalt und manipulativ wie ihr Erzeuger und Winter wollte Hannah nicht zum Kuscheln mit so einem rücksichtslosen Arschloch zwingen, auch wenn das bedeutete, dass sie selbst es tun musste.

Als Summer am Montag zum Termin gekommen war, hatte sie Winter Hannahs Visitenkarte wie eine Eintrittskarte hingehalten, und Winter hatte einen Blick auf die Adresse der Webseite erhascht.

Jetzt tippte sie diese in den Browser ihres Computers ein.

Die Webseite der Firma, die sich *Schmuseeinheit* nannte, erschien. Winter klickte auf die Registerkarte *Einen professionellen Kuschler finden* und wählte dann ihre Stadt aus einem Menü.

Offenbar gab es in Portland sechs professionelle Kuschler, die jeweils mit einer kurzen Vorstellung und einem Foto aufgeführt waren. Winter erkannte drei von Hannahs Freunden, die ihr beim Umzug geholfen hatten. Sie waren also alle professionelle Kuschler. Das erklärte, warum sie alle so auf Tuchfühlung gegangen waren.

Ganz unten auf der Seite lächelte Hannah sie vom Bildschirm aus an. Die Person, die das Foto gemacht hatte, musste mit ihr verwandt sein. Zumindest waren deren fotografische Fähigkeiten ebenso katastrophal wie Hannahs. Jemand sollte den Martins erklären, dass von oben einfallendes Neonlicht nicht schmeichelhaft wirkte. Trotzdem war Hannahs Lächeln warm und ihre Haltung offen und einladend.

Winter klickte auf einen Link, um sich ihr Profil anzusehen. Ganz oben stand einfach nur *Hannah, zertifizierte Kuschlerin*, ohne ihren Nachnamen zu erwähnen. Während Winter mehrere Absätze überflog, konnte sie nicht umhin, im Geiste einen Rotstift zu zücken und alles aufzuzählen, was aus Marketingsicht an der

Seite falsch war. Sie überwältigte potenzielle Kunden mit zu vielen Informationen und machte es schwer zu erkennen, was genau der Call-to-Action war.

Trödel nicht rum. Sie ist nicht deine Kundin, du wirst gleich ihre sein.

Bei diesem Gedanken blieb ihr ein wenig die Luft weg. Wollte sie wirklich eine Kuschelstunde buchen? Und nicht bloß bei irgendeiner Kuschlerin, sondern bei Hannah. Einen Moment lang überlegte sie, ob sie zur Hauptseite zurückgehen und einen anderen Kuschelprofi auswählen sollte. Mit einer Fremden zu kuscheln, schien einfacher zu sein, weil es anonym war. Was auch immer in dieser Stunde passierte, sie würde die Person nie wiedersehen müssen. Keine Erwartungen, keine Komplikationen. Wie bei einem One-Night-Stand, nur ohne Sex.

Hm. War das der Grund, warum Hannahs Kunden dafür bezahlten, mit ihr zu kuscheln, anstatt einen Bekannten um eine Umarmung zu bitten?

Leider kam es für sie nicht infrage, jemand anderen zu engagieren. Brooke erwartete, dass sie eine Sitzung bei Hannah buchte, und würde sie wahrscheinlich zwingen, die ganze Tortur ein zweites Mal durchzumachen, wenn sie herausfand, dass Winter mit jemand anderem gekuschelt hatte.

Seufzend scrollte sie nach unten, bis sie den Button mit der Aufschrift *Kuschelsitzung buchen* fand.

Ein Formular öffnete sich. Die ersten paar Felder waren leicht auszufüllen. Sie musste bloß ihren Namen, ihre E-Mail-Adresse und die gewünschte Sitzungsdauer angeben. Winter wählte schnell das Minimum, sechzig Minuten.

Die nächste Frage ließ sie humorlos auflachen. *Wo möchten Sie die Kuschelsitzung durchführen? Möchten Sie, dass Ihr Kuschler zu Ihnen nach Hause kommt, oder kuscheln Sie lieber beim Kuschler?*

Die Frage »Zu mir oder zu dir?« war in diesem Fall nicht notwendig. Sie klickte auf *Beim Kuschler*. Auf keinen Fall würde sie Hannah in ihr Schlafzimmer einladen.

Sie scrollte zur nächsten Frage. *Was erhoffen Sie sich von dieser Erfahrung?*

Winter trommelte mit den Fingern auf der Tastatur herum. Ihr fiel nichts ein, außer *Es hinter mich zu bringen, damit ich vor meiner Halbschwester nicht wie ein Feigling dastehe.* Sollte sie ein paar der Schlagwörter aus Hannahs Profil eingeben, wie zum Beispiel *absichtslose Berührungen erleben*? Aber die Vermittlungsplattform würde die Informationen aus dem Formular vermutlich an Hannah weiterleiten, und diese wüsste sofort, dass das völliger Blödsinn war.

Schließlich tippte sie lediglich ein: *Eine professionelle Kuschelstunde ausprobieren.*

Ganz unten auf dem Formular sollte sie bestätigen, dass sie den Verhaltenskodex gelesen hatte.

Es gab einen Verhaltenskodex fürs Kuscheln? Winter klickte auf den Link und überflog eine Seite voller Regeln, die im Wesentlichen besagten:

Kein Streben nach sexueller Erregung.

Keine Berührungen im Intimbereich.

Keine Berührungen, ohne vorher zu fragen und auf Zustimmung zu warten.

Kein Ausziehen oder Unter-die-Kleidung-Fassen.

Kein Küssen und keine sexuellen Handlungen.

Kein Erscheinen zum Termin ohne vorherige Körperpflege.

Kein Alkohol und keine Drogen.

Winter nickte bei jedem Punkt zustimmend. Nur beim letzten zögerte sie kurz. Sie hätte ein paar Drinks gut gebrauchen können, um die Kuschelsitzung durchzustehen.

Sie setzte das Häkchen, um zu bestätigen, dass sie die Regeln gelesen hatte, und wählte Barzahlung. Dann verharrte sie mit dem Mauszeiger über der Schaltfläche zum Absenden des Formulars.

Ach, komm schon. Du hast schon öfter eine Frau im Arm gehalten. Zugegeben, nicht unbedingt eine Stunde lang und nie jemanden wie Hannah, aber wie schwer konnte es schon sein? Es handelte sich schließlich nur um ein bisschen Löffelchenstellung. Außerdem war sie die Kundin und hatte damit die volle Kontrolle.

Sie atmete tief durch und drückte dann fest auf die linke Maustaste.

Ein Fenster öffnete sich. *Herzlichen Dank für Ihr Interesse an einer Kuschelsitzung! Ihr professioneller Kuschler wird sich mit Ihnen in Verbindung setzen, um ein kurzes kostenloses Telefon- oder Videogespräch zu vereinbaren. Damit möchten wir sicherstellen, dass Sie gut zueinander passen.*

Oh. Sie hatte nicht gewusst, dass es vor dem Kuscheln noch ein Gespräch geben würde. Diente es dazu, Kunden auszusieben, die womöglich nicht nur platonische Absichten hegten?

Da sie und Hannah sich bereits kannten, konnten sie diesen Teil des Prozesses überspringen und direkt zur Kuschelsitzung übergehen.

Winter ließ den Kopf auf ihren Schreibtisch sinken und stöhnte. Sie würde mit Hannah kuscheln. *O Gott.*

Hannah kicherte vor sich hin, als sie in eine schwarze Jeans schlüpfte. Nachdem sie die ganze Woche über hauptsächlich Jogginghosen und Schlafanzüge getragen hatte, fühlte es sich an, als würde sie sich für einen besonderen Anlass herausputzen, obwohl sie nur mit Freunden in eine Kneipe ging.

Sie hatte noch nicht all ihre Klamotten in die neue Wohnung gebracht, sodass ihre Auswahl begrenzt war. Wenigstens brauchte sie so nicht ewig, um sich für ein Outfit zu entscheiden.

Ein weißes Oberteil kam nicht infrage, denn es würde keine Minute dauern, bis sie beim Essen kleckerte. Aus einem Stapel T-Shirts lugte etwas Grünes hervor. Das war genau das Richtige für einen Abend in einem Irish Pub. Sie zog das Oberteil mit dem U-Boot-Ausschnitt und den Dreiviertelärmeln aus dem Schrank und streifte es sich über den Kopf.

Als sie angezogen war, hatte sie noch fünfzehn Minuten Zeit, bis Valentina, Tammy und Max sie abholen würden. Sie setzte sich aufs Bett und rief ihre E-Mails ab.

Sie hatte drei neue Nachrichten, eine davon von ihrer Mutter. In der Betreffzeile stand *Video des Tages*. Hannah wusste, dass sie darin einen Link zu einem witzigen Video finden würde – ein Hahn, der krähte, bis er ohnmächtig wurde, oder etwas Ähnliches. Ihre Mutter teilte ihre lustigen Fundstücke aus dem Internet immer mit Hannah und ihren Geschwistern. Sie würde es sich später ansehen.

Im Moment interessierten die beiden anderen E-Mails sie mehr. Beide stammten von *Schmuseeinheit*, die ihr die ausgefüllten Formulare von zwei potenziellen Neukunden zugeschickt hatten.

Na endlich! Diese Woche hatte sie noch keine Anfragen bekommen und das hatte ihr Sorgen gemacht. Professionelles Kuscheln war noch eine relativ unbekannte Branche, und es war nicht leicht, davon zu leben, zumal *Schmuseeinheit* für jede Sitzung eine Vermittlungsgebühr verlangte.

Sie öffnete die erste E-Mail und scrollte zur Antwort auf die letzte Frage des Formulars. Daran erkannte sie immer auf den ersten Blick, ob ihr Service wirklich das war, wonach der Kunde suchte.

Na toll. Das klang nicht gerade vielversprechend. Auf die Frage nach seinen Erwartungen hatte er gebeten, ob sie bei der Sitzung einen Bikini tragen könne.

Nein danke. Anfragen wie diese waren in der Regel ein Hinweis darauf, dass der Kunde sich etwas Sexuelles erhoffte und mit ihrem rein platonischen Service nicht glücklich werden würde.

Sie würde ihm morgen antworten und ihm klarmachen, was ihr Angebot beinhaltete und was nicht. Damit hatte sich die Sache dann vermutlich erledigt.

Seufzend öffnete sie die zweite E-Mail und scrollte erneut direkt zur letzten Frage.

Eine professionelle Kuschelstunde ausprobieren, lautete die Antwort des Kunden.

Das verriet ihr nicht das Geringste. Sie scrollte hinauf zum Namen des Interessenten. Vielleicht kannte sie ihn von einer Kuschelparty, die sie veranstaltet hatte.

Winter Sullivan? Was soll das denn?

Das konnte kein Zufall sein. Bestimmt gab es keine zweite Winter Sullivan in Portland.

Im Inneren begann sie zu brodeln. Sie sprang auf und marschierte den Flur entlang zu Winters Büro. Kurz klopfte sie an und trat dann ein, ohne auf ein »Herein« zu warten. Es war ihr egal, ob Winter gerade telefonierte.

Doch das Büro war leer.

Hannah wirbelte herum und stapfte zu Winters Schlafzimmer, dem einzigen Ort, an dem Winter sonst sein konnte, falls sie zu Hause war. Sie klopfte erneut kräftig an die Tür und riss sie dann auf.

Aha! Da war sie!

Und sie war nackt. Na schön, halb nackt.

Eine schwarze Hose hing an Winters schlanken Hüften. Ein dünner, schwarzer Ledergürtel baumelte lose und sie trug weder ein T-Shirt noch einen BH. Ihre helle Haut leuchtete geradezu im Licht der Schlafzimmerlampen. Hannahs Blick wanderte an Winters flachem Bauch hinauf bis zu dem Handtuch, das um ihre nackten Schultern lag und das Wasser abfing, das aus ihrem nassen Haar tropfte. Es handelte sich um ein ziemlich kleines Handtuch, dessen Enden kaum Winters Nippel bedeckten und die untere Rundung ihrer kleinen Brüste sehen ließ.

Erneut durchströmte Hitze Hannahs Körper, nur hatte es dieses Mal nichts mit Zorn zu tun. Einen Moment lang vergaß sie sogar, worüber sie sich eben geärgert hatte.

Dann verschränkte Winter die Arme über ihren nackten Brüsten, mehr zu einer empörten Pose als in dem Versuch, ihre Blöße zu bedecken, und warf ihr einen finsteren Blick zu. »Hast du genug gesehen oder möchtest du ein Foto machen?«

»W-was? Nein, i-ich …« Verdammt, sie starrte Winter unverhohlen an! Erst jetzt drehte Hannah sich schnell um und hielt sich den Unterarm vor die Augen. Ihre Wangen brannten.

Das Geräusch von nackten Füßen auf dem Parkettboden drang an ihre Ohren, als Winter zur Kommode ging. Das Möbelstück befand sich direkt neben der Tür, wo Hannah wie zur Salzsäule erstarrt stand. Eine Schublade knallte zu. Mit einem leisen Geräusch landete etwas, vermutlich das Handtuch, auf dem Boden.

Hannah schluckte. War es ein Segen oder ein Fluch, dass sie keine bildliche Vorstellungskraft besaß?

»Warum zum Teufel stürmst du hier rein, als würde das Haus in Flammen stehen?«, erklang Winters frostige Stimme wenige Meter von ihr entfernt.

»Ähm, ich habe …« Was hatte sie gemacht? Ach ja. Die E-Mail. Hannah riskierte einen Blick über ihre Schulter, um zu sehen, ob Winter jetzt vollständig angezogen war. Sie wollte das von Angesicht zu Angesicht besprechen.

Winter hatte ein weißes T-Shirt übergezogen und stützte die Hände in die Hüften, was den Baumwollstoff über ihre Brüste spannte.

Hannah biss die Zähne zusammen. Sie würde sich unter keinen Umständen von der Tatsache, dass Winter keinen BH trug, von diesem Gespräch ablenken lassen! Sie wirbelte zu ihr herum. »Du hast eine Kuschelsitzung gebucht.«

»Ja, in der Tat.« Winters Stimme war kühl und leidenschaftslos. Sie versuchte nicht einmal, es zu leugnen oder zu erklären!

»Wenn das ein Witz sein soll, finde ich das überhaupt nicht lustig. Mein Job ist kein Scherz!« Mit jedem Wort wuchs ihr selbstgerechter Zorn, bis er ihr ehrfürchtiges Staunen beim Anblick von Winters halb nacktem Körper verdrängt hatte.

»Sehe ich aus, als würde ich lachen?« Winter zeigte auf ihre fest zusammengepressten Lippen.

»Was zum Teufel soll das dann?«

Winter verlagerte ihr Gewicht von einem Fuß auf den anderen. »Kann ich nicht einfach eine Sitzung buchen, um selbst mal auszuprobieren, was du da drüben so machst?«

»Ich gehe auch nicht auf deine Webseite, um eine Stunde Marketingberatung bei dir zu buchen!«

»Vielleicht solltest du das«, murmelte Winter.

In Hannahs Magengrube begann es wieder zu brodeln. »Was soll das denn heißen?«

Winter seufzte. »Hör zu. Ich spiele dir keinen Streich und mache mich auch nicht über deinen Job lustig. Ich möchte nur eine Kuschelsitzung buchen, so wie jeder andere Kunde auch.«

»Meine anderen Kunden haben mir aber nicht wegen meines Berufs die Hölle heißgemacht! Du willst mir ernsthaft weismachen, dass du nach all dem, was du gesagt hast, trotzdem mit mir kuscheln willst?«

Der weiße Baumwollstoff spannte sich wieder über Winters Oberkörper, als sie mit den Schultern zuckte. »Du warst doch diejenige, die gesagt hat, dass Menschen sich ändern.«

»Und du warst diejenige, die darauf bestanden hat, dass sie es nicht tun.«

Sie starrten einander stumm an, und Hannah fragte sich, wie viel Zeit sie in den verbleibenden neunundsiebzig Tagen damit wohl noch verbringen würden. Bis sie die Bedingung des Trustvertrags erfüllt hatten, könnten einige Stunden zusammenkommen.

Die Türklingel ließ Hannah zusammenzucken. Sie riss ihren Blick von Winters eisblauen Augen los. Wahrscheinlich waren es ihre Freunde, die sie abholen wollten. »Ich muss los. Aber glaub bloß nicht, dass die Diskussion damit beendet ist!« Sie stürmte hinaus, ohne Winter das letzte Wort zu überlassen.

Wie sich herausstellte, hatte ein Glas Guinness eine beruhigende Wirkung auf Hannah. Sie nahm noch einen Schluck, dann tauchte sie ein Stück Fisch im Bierteigmantel in die Remoulade und schob es sich in den Mund. Während sie kaute, ging sie zum fünfzehnten Mal die Unterhaltung mit Winter durch.

Mittlerweile glaubte sie, dass Winter die Wahrheit gesagt hatte. Ihre ernste Mitbewohnerin war nicht der Typ für dumme Streiche. Aber wenn es kein Scherz war, warum hatte Winter dann eine Sitzung gebucht? Hatte sich für Winter irgendetwas geändert?

Noch vor Kurzem hatte sie Hannah ihre Zustimmung oder zumindest ihre Nicht-Ablehnung zum Kuscheln in der gemeinsamen Wohnung gegeben. War sie jetzt doch wieder skeptisch geworden und wollte professionelles Kuscheln selbst ausprobieren, um sich zu vergewissern, dass in der Tat nichts Unsittliches vor sich ging?

Magensäure brannte ihr in der Kehle, und sie konnte nicht sagen, ob es am fettigen Essen lag oder an ihrem schlechten Gewissen, weil sie Winters Motivation hinterfragte. Vielleicht tat sie Winter Unrecht und sie war wirklich so weit, die Wirkung platonischer Berührung selbst erleben zu wollen.

Valentina rutschte auf der Sitzbank näher an sie heran und stieß sie mit dem Ellbogen an. »Hey, was ist los mit dir?«

»Nichts«, sagte Hannah, weil sie den netten Abend nicht stören wollte. »Alles bestens.«

»Quatsch. Du warst den ganzen Abend so abgelenkt, dass du nicht einmal bemerkt hast, dass die angeblich irische Kellnerin einen Kilt trägt.«

Die Kellnerin trug einen Kilt? Hannah sah sich um, konnte sie aber nirgendwo entdecken. »Sind Kilts nicht schottisch?«

»Vergiss den Kilt.« Valentina stahl eine Pommes von Hannahs Teller und fuchtelte ungeduldig damit herum. »Sag mir, was mit dir los ist.«

Max und Tammy beugten sich über den Tisch, um trotz der Musik, der Gespräche an den Nachbartischen und des Fußballspiels im Fernsehen nichts zu verpassen.

Hannah ließ sich Zeit und wischte sich jeden einzelnen Finger an einer Papierserviette ab, bevor sie sagte: »Winter will mit mir kuscheln.« Ihr Herz schlug wild gegen ihre Rippen. Gott, das klang anders, als sie erwartet hatte. Irgendwie intimer. »Ich meine, sie hat über *Schmuseeinheit* eine Stunde bei mir gebucht.«

Max verschluckte sich an seinem Bier. »Winter? Du meinst Königin Frostbeule, Herrscherin über stachelige Pflanzen und anti-soziale Fußabtreter?«

Hannah lachte nicht. Kurz überkam sie der Impuls, Winter zu verteidigen, aber sie unterdrückte ihn. »Genau die.«

»Ich dachte, sie ist kein Fan von professionellem Kuscheln?«, fragte Tammy. »Als wir zuletzt darüber geredet haben, hat sie dir verboten, als Kuschlerin zu arbeiten, solange ihr euch eine Wohnung teilt.«

»Sie hat ihre Meinung geändert, als sie eine meiner Kundinnen kennengelernt hat.«

»Wo liegt dann das Problem?«, fragte Valentina. »Wenn sie jetzt eine positivere Einstellung zum Kuscheln hat und sogar bereit ist, es selbst auszuprobieren, ist das doch super, oder? Genau darüber haben wir doch gesprochen. Warum regst du dich auf?«

Das Kunstleder der Sitzbank knarrte, als Hannah unbehaglich herumrutschte. »Ich rege mich nicht auf. Ich bin nur –«

»Ach, *jetzt* verstehe ich es.« Valentina stieß sie neckisch mit dem Ellbogen an. »Du willst lieber nicht den Vertrag unterschreiben, der dich verpflichtet, die Finger von deiner heißen Mitbewohnerin zu lassen!«

»Nein! Darum geht es nicht. Ganz und gar nicht.« Es hatte nichts zu bedeuten, dass der Anblick von Winters halb nacktem Körper sie einen Moment lang aus der Fassung gebracht hatte. Das hieß noch lange nicht, dass sie deren glatte Haut berühren oder ihren flachen Bauch küssen wollte. Auf keinen Fall.

»Worum geht es dann?« Tammy schob ihren Teller über den Tisch, als wollte sie Hannah mit einem Schottischen Ei zum Reden bringen.

Hannah nahm ein halbes Ei, tauchte es in den Guinness-Senf und biss dann hinein. Die knusprig frittierten Semmelbrösel bildeten einen interessanten Kontrast zu dem Wurstbrät und dem hart gekochten Ei, die die inneren Schichten bildeten. Sie kaute langsam, während sie überlegte, wie sie es erklären sollte. »Winter hat nie einen Zweifel daran gelassen, dass sie sich lieber die Hand abhacken würde, als mit jemandem zu kuscheln. Ich frage mich, was hinter diesem plötzlichen Sinneswandel steckt.«

Tammy zog den Teller zurück auf ihre Seite des Tisches. »Hast du sie gefragt?«

»Ja. Sie sagt, sie möchte mit eigenen Augen sehen, was ich in meinem Arbeitszimmer mache.«

Valentina schluckte den letzten Bissen ihrer Würstchen mit Kartoffelpüree hinunter. »Vielleicht ist das ja wirklich alles, was sie will. Warum glaubst du ihr nicht einfach bis zum Beweis des Gegenteils? Das machst du doch bei deinen anderen Kunden auch.«

Das Unbehagen klebte noch immer an Hannah wie eine Klette, die sich nicht abschütteln ließ. Winter und sie hatten gerade erst Frieden geschlossen und dieser fühlte sich ziemlich fragil an. Mit ihr zu kuscheln, könnte diesen zerbrechlichen Waffenstillstand in Gefahr bringen.

Aber Valentina hatte recht. Vielleicht sollte sie Winter im Zweifelsfall einfach glauben. Wenn alles gut ging, könnte sich Winters zögerliche Nicht-Ablehnung in begeisterte Zustimmung zu ihrem Kuschelservice verwandeln.

Außerdem konnte sie sich des Eindrucks nicht erwehren, dass Winter sich nach Körperkontakt und zwischenmenschlicher Berührung sehnen musste. Soweit Hannah wusste, war Brooke Winters einzige Besucherin gewesen, seit sie vor zwei Wochen eingezogen waren. Nach deren Interaktion zu schließen, bezweifelte sie, dass Winter und ihre Halbschwester sich auch nur für einen Moment umarmt hatten.

Vielleicht ähnelte Winter ihrem Vater auch in dieser Hinsicht und sie würde lernen, das Kuscheln zu genießen.

Genau. Und vielleicht gewinne ich im Lotto.

Aber andererseits war es wie ein Sechser im Lotto, die Hälfte eines millionenschweren Gebäudes zu erben.

Sie nickte ihren Freunden zu, die sie alle erwartungsvoll anschauten. »Ihr habt recht. Ich werde sie eine Sitzung buchen lassen.«

Valentina hob die Arme zu einer La-Ola-Welle, bei der Max und Tammy sofort mitmachten. »*Maravilha*! Lasst uns das mit einer Runde Irish Mules feiern!«

»Du willst doch nur zusehen, wie jemand vom Barpersonal diese Bibliotheksleiter hochklettert, um den Whiskey aus dem obersten Regal zu holen. Vorzugsweise die Kellnerin im Kilt.« Tammy zeigte zu den verspiegelten Regalen hinter der Bar, die vom Boden bis zur hohen Decke mit Flaschen bestückt waren. »Tut mir leid, dich enttäuschen zu müssen, aber ich glaube kaum, dass sie das teure Zeug aus dem obersten Regal für die Irish Mules verwenden.«

Valentina grinste verschmitzt. »Tja, es ist einen Versuch wert. Ich wollte schon immer wissen, was man oder frau unter einem Kilt trägt.«

Hannah tat ihr Bestes, um mit ihren Freundinnen mitzulachen, aber ihre Gedanken waren schon zurück in der Wohnung. *Ach du heilige Scheiße!* Sie würde mit Winter kuscheln!

Ausnahmsweise war Winter früh zu Bett gegangen, konnte aber nicht einschlafen. Eine Stunde lang hatte sie sich hin und her gewälzt, während ihr Teile ihres Gesprächs mit Hannah durch den Kopf gingen … falls man es überhaupt ein Gespräch nennen konnte.

Es war eher ein wütendes Wortgefecht mit gegenseitigem Anstarren gewesen.

Ihre Haut kribbelte immer noch, wenn sie daran dachte, wie Hannahs Blick an ihrem nackten Bauch hinaufgeglitten war und auf ihren Brüsten haltgemacht hatte, bevor sie sich mit geröteten Wangen schnell umgedreht hatte. Das hatte sie sich doch nicht nur eingebildet, oder?

Der Gedanke daran war dem Einschlafen nicht gerade förderlich. Jetzt war sie hellwach, obwohl es schon fast Mitternacht war. Grummelnd schlug sie die Decke zurück und kletterte aus dem Bett. Vielleicht würde ein Glas Wasser helfen. Sie tapste durch den Flur in die Küche. Inzwischen kannte sie sich in der Wohnung gut aus, sodass sie sich nicht die Mühe machte, das Licht einzuschalten.

Im fahlen Schein der Straßenbeleuchtung öffnete sie den Schrank, nahm ein Glas heraus und füllte es am Wasserhahn. Sie ließ sich Zeit, lehnte sich gegen die Anrichte und trank das kalte Wasser in kleinen Schlucken.

Gerade als sie das leere Glas in den Geschirrspüler stellte und zurück ins Bett gehen wollte, hörte sie einen Schlüssel im Schloss und die Wohnungstür wurde geöffnet. Schritte kamen den Flur herab, aber kein Licht ging an. Nach ihrem Streit vorhin wollte Hannah ihr vermutlich nicht begegnen oder riskieren, Winter aufzuwecken. Hannahs schemenhafte Gestalt bog um die Ecke und ging auf ihr Schlafzimmer zu, das zur offenen Küche hin lag.

Sollte sie Hannah in ihr Zimmer schleichen lassen, ohne etwas zu sagen? Winter überlegte einen Moment lang, aber falls Hannah einen Blick nach links warf und sie im Halbdunkel entdeckte, würde sie vermutlich einen Herzinfarkt bekommen. Der Lichtschalter war einige Schritte entfernt, deshalb räusperte sich Winter lautstark. »Hey.«

Irgendetwas, vielleicht Hannahs Umhängetasche, fiel krachend zu Boden. »Winter! Du hast mich zu Tode erschreckt!« Hannah stieß scharf ihren Atem aus und nahm sich einen Moment Zeit, um ihre Tasche aufzuheben und sich zu beruhigen, bevor sie näher kam. »Was in aller Welt treibst du dich hier im Dunkeln herum?«

»Ich habe mir nur ein Glas Wasser geholt«, sagte Winter.

Sie erwartete, dass das Licht jeden Moment angehen würde, aber Hannah ließ die Hand über dem Lichtschalter liegen und schaute zu Winter, als versuchte sie, im fahlen Licht von draußen Einzelheiten zu erkennen.

»Versuchst du, herauszufinden, ob ich vollständig angezogen bin, bevor du das Licht anmachst?« Winter konnte sich ihre Belustigung nicht verkneifen. Hannah mochte in vielerlei Hinsicht frustrierend sein, aber sie war auch irgendwie süß.

»Nein, natürlich nicht«, sagte Hannah ein wenig zu eilig. Dann fügte sie hinzu: »Bist du angezogen?«

Winter ging auf sie zu und streckte die Hand aus, um das Licht anzuknipsen. Ihre Finger streiften Hannahs. Schnell wich sie zurück, konnte aber die Berührung immer noch spüren.

Als das Licht aufflammte, standen sie nur Zentimeter voneinander entfernt.

Sobald sich ihre Augen an die Helligkeit gewöhnt hatten, ließ Winter ihren Blick über Hannah schweifen. Vorhin hatte sie nicht darauf geachtet, was diese anhatte, aber jetzt konnte sie nicht umhin zu bemerken, wie anders als sonst Hannah aussah. Ausnahmsweise war Winter diejenige, die eine Schlafanzughose und ein altes T-Shirt trug, während Hannah eine schwarze Jeans anhatte, die sich an ihre Kurven schmiegte. Ihr Oberteil hatte Knöpfe an den Schultern, die Winters Blick auf sich zogen.

Reiß dich zusammen. Es war bloß eine simple Jeans, kein Ballkleid.

»Was ist?« Hannah blickte auf ihr Oberteil hinunter. »Habe ich es geschafft, mich mit Remoulade zu bekleckern?«

»Nein, alles gut«, sagte Winter unwirsch. »Ich bin es nur nicht gewohnt, dich in etwas anderem als deinen Kuschelklamotten zu sehen.«

»Ach so.« Hannah fuhr mit beiden Händen über den Jeansstoff, der ihre Oberschenkel bedeckte. Es war eine Geste, die ihr Unbehagen verriet, aber trotzdem wirkte sie Winters Meinung nach viel zu sexy.

Ein paar Herzschläge lang herrschte Schweigen zwischen ihnen.

»Ähm, hör zu«, sagte Hannah schließlich. »Ich habe nachgedacht. Willst du immer noch mit mir kuscheln?«

Das Wasser, das Winter getrunken hatte, schien sich in ihrem Magen in einen Eimer Motoröl zu verwandeln. Hätte sie Hannah in einer Bar kennengelernt, hätte sie nichts dagegen gehabt, ihren üppigen Körper eine Stunde lang ausgiebig zu erkunden, aber das war es nicht, was Hannah ihr anbot. Der einzige Teil ihres Körpers, den Hannah feucht machen würde, waren ihre Handflächen. Sie waren schon jetzt schweißnass bei dem Gedanken, sich von Hannah in den Arm nehmen zu lassen.

Quatsch. Sie ballte die Fäuste. Sie hatte keine Angst vor ein bisschen Knuddeln. Ihr war höchstens etwas unbehaglich. Aber das würde sie Brooke oder Hannah gegenüber auf keinen Fall zugeben. Es würde vielleicht keine sonderlich entspannende Erfahrung für sie werden, aber irgendwie würde sie die sechzig Minuten schon überstehen. »Ja, natürlich«, sagte sie so lässig wie möglich.

Hannah musterte sie. »Ganz sicher?«

»Warum sollte ich mir nicht sicher sein?«

Wortlos deutete Hannah auf Winters Hände, die immer noch zu Fäusten geballt waren.

Mist. Winter spreizte die Finger und funkelte Hannah an. »Ich wärme sie nur auf. Sie sind kalt geworden. Vom Wasserglas. Und ja, ich bin mir sicher.«

»Wenn du lieber mit jemand anderem kuscheln möchtest, kann ich dir gern jemanden empfehlen.«

»Ich bin mir sicher.« Winter bemühte sich, nicht laut zu werden. Wie oft musste sie es denn noch sagen? »Ich will mit dir kuscheln, nicht mit Valentina oder Tammy oder Max.«

Hannah neigte ihren Kopf zur Seite. »Du erinnerst dich an die Namen meiner Freunde?«

Winter versuchte erneut, lässig zu wirken. Hannah sollte bloß nicht denken, sie hätte sich Mühe gegeben, sich die Namen zu merken. »Ich kann mir Namen schon immer gut merken. Was ziemlich hilfreich ist, wenn man im Marketing arbeitet. Also, wann tun wir es?« *Verdammt.* Das klang völlig unangebracht, wenn man über eine rein platonische Dienstleistung sprach, oder?

Hannah lachte kurz auf.

Winter blinzelte. Bildete sie sich das nur ein, oder machte der Gedanke, mit ihr zu kuscheln, Hannah ebenfalls nervös? *Nein.* Das konnte nicht sein. Hannah war es gewohnt, mit allen möglichen Leuten zu kuscheln. Das war keine große Sache für sie.

Hannah umklammerte mit beiden Händen den Riemen ihrer Umhängetasche, als bräuchte sie etwas zum Festhalten. »Normalerweise führe ich mit neuen Kunden vor der ersten Sitzung ein kurzes Gespräch am Telefon oder einen Videochat, um die Regeln durchzugehen und Erwartungen abzuklären. Wir können uns gern morgen nach der Arbeit zusammensetzen.«

»Das ist nicht nötig«, sagte Winter. »Ich habe mir die Regeln auf der Webseite durchgelesen und ich habe keine besonderen Wünsche oder Erwartungen. Es gibt also nichts zu besprechen.

»Ganz im Gegenteil. Es gibt eine Menge zu –«

»Gib mir einfach einen Termin.« In letzter Sekunde hielt Winter sich davon ab, hinzuzufügen: *Bringen wir's hinter uns.*

Hannah zögerte lange. Schließlich zog sie ihr Handy aus der Umhängetasche und öffnete ihre Kalender-App. »Wie wär's mit morgen? Ab vier habe ich Zeit.«

Morgen. Obwohl Winter eben erst ein Glas Wasser ausgetrunken hatte, fühlte sich ihre Kehle trocken an. Aber zumindest würde sie es dann noch dieses Wochenende hinter sich bringen können. »Vier Uhr wäre mir recht.« Sie straffte die Schultern, nickte Hannah zu und ging an ihr vorbei zu ihrem Zimmer. Auf halbem Weg fiel ihr ein, dass Brooke auf eine schriftliche Bestätigung wartete, und sie drehte sich um. »Kannst du mir eine Terminbestätigung per E-Mail schicken?«

»Klar. Kein Problem.«

Winter betrat ihr Schlafzimmer, schloss die Tür hinter sich und ließ sich auf ihr Bett fallen. In sechzehn Stunden würde sie mit Hannah kuscheln. *O Mist.*

Kapitel 12

Das Internet hatte Winter vieles gelehrt, aber als sie *Wie bereite ich mich auf eine Kuschelsitzung vor?* in die Suchmaschine eingab, erwies es sich als wenig hilfreich. Außer offensichtlichen Ratschlägen wie guter Körperhygiene fand sie nicht viel, was auf ihre Situation zutraf. Offenbar gab es nicht viele Leute, die ihre Mitbewohnerin fürs Kuscheln bezahlten, sodass noch nie jemand darüber gebloggt hatte.

Nachdem sie eine halbe Stunde lang vergeblich gesucht hatte, gab sie auf. Sich vorzubereiten, war ohnehin nicht nötig, sagte sich Winter. Kuscheln war doch nichts anderes, als eine Stunde lang dazuliegen und zu versuchen, sich die Haare des Kuschelpartners aus dem Gesicht zu halten und den Arm nicht einschlafen zu lassen, oder?

Der Tag schien sich ewig hinzuziehen, aber schließlich war es halb vier. Winter holte saubere Klamotten aus ihrem Kleiderschrank. Auf der *Schmuseeinheit*-Webseite wurde ein Schlafanzug oder eine Jogginghose als Kuscheloutfit vorgeschlagen, aber Winter war nicht bereit, sich in Hannahs Gegenwart so leger zu kleiden. Zwar hatte Hannah sie gestern bereits im Schlafanzug gesehen, aber da hatten sie sich lediglich in der Küche unterhalten, mit viel Platz zwischen ihnen. Für ihre Kuschelstunde zog sie weniger private Kleidung vor. Ihre bequemste dunkelblaue Stoffhose und ein graues Poloshirt mussten ausreichen.

Sie schnappte sich auch Unterwäsche und Socken und ging dann ins Bad, um zu duschen.

Im Flur stieß sie fast mit Hannah zusammen, die mit einem Bündel Kleidung unter dem Arm aus ihrem Zimmer kam.

Hannah stolperte und Winter griff nach ihrem Ellbogen, um sie festzuhalten. Sobald Hannah ihr Gleichgewicht wiedergefunden hatte, ließ sie rasch los.

»Ach, wolltest du auch duschen?« Hannah zeigte auf die Kleidung in Winters Händen.

»Nein, ich habe es mir zur Gewohnheit gemacht, jeden Tag mit meiner Wäsche eine Runde durch die Wohnung zu drehen.« Winter biss sich auf die Lippe, aber es war zu spät, um ihre sarkastische Antwort zurückzunehmen.

Hannah musterte sie mit einem wissenden Blick. »Du bist doch nicht nervös, oder?«

»Nein, natürlich nicht.« Winter versuchte, die Arme über der Brust zu verschränken, merkte dann aber, dass sie die Hände nicht frei hatte. »Warum sollte ich nervös sein?«

»Ich frage ja nur. Ich könnte verstehen, wenn du es wärst. Die meisten meiner Kunden sind vor der ersten Sitzung nervös.«

Winter schüttelte entschieden den Kopf. »Ich nicht.«

»Klar. Du bist total cool und entspannt.« Hannah lächelte. Das Funkeln in ihren Augen war amüsiert, aber nicht spöttisch. »In Ordnung. Ich gehe dann mal duschen. Genieß deinen Spaziergang.«

Winter starrte ihr nach. Welcher Spaziergang? Dann blickte sie auf die Kleider in ihren Händen und erinnerte sich an ihre bissige Bemerkung. »Sehr witzig«, rief sie ihr hinterher.

Hannah winkte mit ihrem eigenen Bündel.

Winters Blick fiel auf das Kleidungsstück, das ganz oben lag. War das ein schwarzer Slip? Sie stöhnte und versuchte, das Bild von Hannah in Unterwäsche aus ihrem Kopf zu vertreiben. Sie war im Begriff, ihren Körper an Hannahs zu pressen, und diese Vorstellung würde nicht dazu beitragen, das Erlebnis rein platonisch zu halten. Das würden die unangenehmsten sechzig Minuten in der Geschichte unfreiwilliger Mitbewohnerinnen werden.

Bildete Hannah sich das nur ein oder nahm Winter gerade die längste Dusche seit der Erfindung moderner Sanitärtechnik?

Während sie wartete, ging sie im Arbeitszimmer umher und ordnete ein paar der bunten Kissen neu an.

Zuvor hatte sie bereits ein frisches Laken auf die Couch gelegt und Eddy, den Teddy, in den riesigen Sitzsack in der Ecke verbannt, damit sie noch mehr Platz zum Kuscheln hatten. Die Jalousien waren heruntergelassen, um sie vor der Welt abzuschirmen und Winter absolute Privatsphäre zu bieten. Ihre beiden Lavalampen tauchten den Raum in ein sanftes, orangefarbenes Licht und warfen Schatten auf das Aquarellgemälde an der Wand, das eine Küstenlandschaft zeigte.

Die Bücher und Karteikarten mit Kuschelpositionen lagen auf dem Tischchen neben der Couch, wo sie auch ihr Handy und einen Bluetooth-Lautsprecher bereitgelegt hatte, falls Winter beim Kuscheln etwas beruhigende Musik hören wollte. Sie hatte den Kuschelvertrag ausgedruckt, damit sie ihn gemeinsam durchgehen und unterschreiben konnten.

Alles war bereit. Sie hatte das schon so oft gemacht, dass sie es im Schlaf konnte. Warum war sie dann so nervös wie vor ihrer allerersten Sitzung? Wenn sie sich nicht beruhigte, würde sie gleich eine weitere Dusche brauchen. Sie zog sich das T-Shirt über die Nase und schnupperte, um zu prüfen, ob ihr Deo noch wirkte.

Natürlich klopfte es ausgerechnet in diesem Moment an der halb geöffneten Schiebetür.

Winter stand vor ihr.

Hastig zog Hannah ihr T-Shirt herunter und lächelte, als wäre sie nicht gerade dabei erwischt worden, wie sie an sich selbst schnüffelte. Ihre Wangen fühlten sich übermäßig warm an. Sie hoffte, dass sie nicht bis zu den Haarwurzeln errötete. Da sie mit ihrer eigenen Kleidung beschäftigt gewesen war, dauerte es einen Moment, bis sie registrierte, was Winter anhatte: eine Hose und ein langärmeliges Poloshirt.

Nein, nein, nein. So toll ihr das Outfit auch stand, es war keine geeignete Kuschelkleidung. Die Knöpfe des Poloshirts würden sich in Hannahs Wange bohren, falls sie den Kopf auf Winters Brust legte, und die Hose würde zu sehr einengen. Hannah zeigte auf Winters Klamotten. »Die musst du ausziehen.«

Winter hielt im Türrahmen inne. »Wie bitte?«

Falls Hannah nicht schon vorher rot geworden war, so hatte sie jetzt sicher die Farbe eines Granatapfels angenommen. »Ähm, ich meinte, du solltest dir wirklich etwas Bequemeres anziehen.«

Auf Winters Stirn bildete sich eine Falte. Sie zupfte an einem Hosenbein. »Ich fühle mich darin sehr wohl.«

»Nein, glaub mir, das wirst du nicht, sobald wir erst einmal angefangen haben. Geh und zieh dir etwas Bequemeres an. Vielleicht deine Laufhose. Und du solltest auf jeden Fall ein Oberteil mit kurzen Ärmeln tragen. Beim Kuscheln kann es ziemlich heiß hergehen. Ähm, ich meine, dir kann ziemlich warm werden.«

Winter zögerte einen Moment lang und zog die Augenbrauen zusammen. »Na schön. Da du mich ohnehin schon halb nackt gesehen hast, ist es sowieso egal, was ich anhabe.« Sie drehte sich um und durchquerte mit langen Schritten das Wohnzimmer.

Hannah rieb sich die Wangen. *Herzlichen Dank, Winter.* Der Hinweis darauf, dass sie Winter halb nackt gesehen hatte, half nicht gerade dabei, cool zu bleiben. Sie setzte sich auf die Couch, schloss die Augen und versuchte zu meditieren, aber es war genauso frustrierend wie bei ihren ersten Versuchen vor Jahren, als sie noch geglaubt hatte, beruhigende Bilder heraufbeschwören zu müssen, wie ihr Mentor es ihr beizubringen versucht hatte.

Als sich Schritte näherten, öffnete sie schnell ihre Augen.

Winter war zurückgekehrt. Jetzt trug sie ihre schwarze Laufhose und ein graues T-Shirt mit V-Ausschnitt. Beides stand ihr genauso gut wie die elegante Hose und das Polohemd.

Hannah riss ihren Blick von ihr los. »Komm rein. Willst du etwas trinken, bevor wir anfangen?« *Mist.* Sie hatte auf Autopilot geschaltet. Sie bot ihren Kunden immer ein Glas Wasser oder einen Tee an, aber im Gegensatz zu ihren anderen Kunden hatte Winter keine längere Anfahrt hinter sich, brauchte also keine Erfrischung.

Winters Mundwinkel hob sich zu einem schiefen Lächeln. »Ein Bier.«

Hannah lächelte zurück. Es war gut zu wissen, dass sie nicht als Einzige nervös war. »Tut mir leid. Das muss bis nachher warten. Im Vertrag steht, dass Alkohol tabu ist.« Sie deutete auf das Dokument. »Apropos Vertrag, ich würde ihn gern noch einmal durchgehen und dann gemeinsam unterschreiben, um sicherzustellen, dass wir …«

Winter durchquerte den Raum, nahm einen Kugelschreiber vom Tisch, überflog das Schriftstück und unterschrieb es.

Hannah starrte sie an. Diese Kuschelsitzung verlief schon jetzt völlig anders als alle anderen, die sie bisher erlebt hatte. Damit hätte sie rechnen müssen, denn Winter war anders als jeder andere Mensch, den sie je getroffen hatte. »Ich denke wirklich, wir sollten über die Regeln und Erwartungen sprechen, die –«

»Ich habe ein fast fotografisches Gedächtnis. Ich kenne die Regeln. Lass uns anfangen.« Winter sah die Couch an, als wäre sie ein Zahnarztstuhl. »Was muss ich tun?«

Na schön. Wenn es für Winters Wohlbefinden besser war, sofort zur Sache zu kommen, würde Hannah sich darauf einlassen, auch wenn es ihr nicht gefiel. »Warum setzen wir uns nicht und du erzählst mir mehr darüber, wie du Berührungen erleben möchtest?« Sie nahm in der Mitte der Couch Platz und klopfte einladend auf das Sofapolster neben sich.

Winter näherte sich vorsichtig und setzte sich mit einem halben Meter Abstand neben sie. Mit hochgezogenen Augenbrauen sah sie Hannah an. »Wenn ich dir sage, dass ich auf Oralverkehr stehe, ist das wahrscheinlich nicht die Information, auf die es dir ankommt, oder?«

Afantasie zu haben, war noch nie ein größerer Segen gewesen als in diesem Moment. Wären jetzt Bilder von einer nackten Winter, wie sie in Ektase den Kopf zurückwarf, vor ihrem inneren Auge entstanden, wäre es sicher schwer gewesen, eine professionelle Haltung zu bewahren. Ihr Lachen klang ein wenig gekünstelt. Warum war sie so nervös? Andere Kunden hatten hin und wieder ähnliche Bemerkungen gemacht. »Nein, ich wollte eher wissen, welche Art von *platonischer* Berührung du magst.«

Winter zuckte mit den Schultern. »Du bist der Kuschelprofi. Mach einfach, was du für das Beste hältst.«

Hannah schüttelte entschieden den Kopf. »So funktioniert professionelles Kuscheln nicht. Ich werde dich nicht anfassen, ohne dich vorher um Erlaubnis zu fragen. Wenn du bereits weißt, dass du eine bestimmte Art von Berührung nicht magst oder bestimmte Körperteile nicht berührt werden sollen, werde ich das natürlich respektieren. Manche Menschen bevorzugen zum Beispiel eine ganz federleichte Liebkosung, während andere eher feste Berührungen mit etwas mehr Druck mögen. Wie ist das bei dir?«

»Hm.« Winter fuhr sich mit der Hand durch ihr kurzes Haar. Sie wirkte, als würde sie versuchen, ein kompliziertes mathematisches Problem zu lösen.

Offensichtlich hatte sie noch nie jemand gefragt, wie sie gern berührt werden wollte. Es war interessant, dass Winter keine Probleme damit hatte, über ihre sexuellen Vorlieben zu sprechen, aber nicht wusste, welche platonischen Berührungen ihr gefielen. Hatte sie noch nie mit jemandem gekuschelt? Hannah hatte das Gefühl, ihre Brust schnüre sich zusammen. Sie kämpfte gegen den Impuls an, Winter zu umarmen.

Schließlich sagte Winter: »Ich glaube nicht, dass ich eine Vorliebe habe.«

»In Ordnung. Warum blättern wir nicht durch das *Kuschelsutra*? Vielleicht findest du etwas, was du gern ausprobieren möchtest.«

»*Kuschelsutra*?«, wiederholte Winter. »Du machst Witze, oder?«

Hannah grinste. »Nein.« Sie hielt das kleine Buch in die Höhe. »Das Buch enthält Illustrationen von Kuschelpositionen. Sieh es dir an.«

Winter nahm das Buch entgegen und hielt es nur mit den Fingerspitzen, als wollte sie jeden unnötigen Kontakt damit vermeiden. »Kuscheln ist das Nonplusultra der Zweisamkeit«, las sie vom Klappentext. »Intimer als Sex.«

»Na ja, es ist keine Intimitätsolympiade. Ich denke, beides ist sehr intim oder kann es zumindest sein, je nachdem, mit wem man zusammen ist.«

Winter blickte vom Klappentext auf und sah Hannah an. Anders als sonst wirkte sie eher neugierig als reserviert. »Wenn du mit Kunden kuschelst, hast du dann das Gefühl, intim mit ihnen zu sein?«

Hannah knetete das Kissen neben sich. »Bis zu einem gewissen Grad.«

»Also nein«, sagte Winter.

»Das habe ich nicht gesagt. Es ist nur eine andere Art von Intimität, als die, an die du vielleicht denkst. Meine Beziehung zu meinen Kunden ist eher nährend, mehr wie die einer Mutter zu ihren Kindern. Nicht wie die Intimität und das gegenseitige Geben und Nehmen, das ich mit einem Partner hätte.«

»Hm. Aber willst du –?«

»Winter«, sagte Hannah. »Ich kann gern stundenlang über meinen Job reden, aber willst du ihn nicht lieber selbst erleben, als nur darüber zu sprechen? Dann kannst du mir sagen, wie intim du professionelles Kuscheln findest.«

»Na schön.« Winter senkte ihren Blick wieder auf das *Kuschelsutra* und blätterte durch das Buch. Ab und zu hielt sie inne und betrachtete eine Illustration länger als die anderen oder schüttelte den Kopf über die Namen einiger Positionen. Schließlich tippte sie auf eine der Seiten. »Wie soll das denn bitte platonisch bleiben?«

Hannah beugte sich zu ihr hinüber, um einen Blick auf die Zeichnung zu werfen. Die beiden Comicfiguren lagen auf der Seite, ihre Gesichter nur wenige Zentimeter voneinander entfernt, die Beine verschränkt und die Arme fest umeinander geschlungen. »Ach, Plitsch Platsch. Das gehört nicht gerade zu meinem Standardrepertoire, aber wenn man die richtige Einstellung hat, ist es überhaupt nicht sexuell. Willst du das mal ausprobieren?«

»Nein.« Winter blätterte eilig weiter. »Das, ähm, sieht nicht gerade nach einer Anfängerstellung aus.«

»Ist es auch nicht.«

»Womit fängst du normalerweise an?«, fragte Winter.

Hannah hatte keine Standard-Ausgangsposition. Sie versuchte immer, ein Gefühl für den Kunden zu bekommen, und passte die von ihr vorgeschlagenen

Positionen entsprechend an. »Das ist ganz unterschiedlich. Manche Kunden wollen gleich mit der Löffelchenstellung anfangen, obwohl das eigentlich auch keine Anfängerposition ist. In letzter Zeit habe ich oft mit dem Mama Bär angefangen.«

»Ach so, das ist also eine Kuschelstellung! Ich dachte, deine Freundin Tammy hätte einen Fetisch für Pelze, als sie sagte, das sei ihre Lieblingsstellung.«

Hannah presste eine Hand auf ihren Mund, um ein Kichern zu unterdrücken. Schade, dass sie Tammy nicht von Winters Vermutung erzählen konnte. Ihre Freundin hätte sich köstlich darüber amüsiert. »Nein. Tammy hat mir die Mama-Bär-Position beigebracht. Dabei sitzt die Kuschlerin auf der Couch.« Sie rutschte zurück, bis sie an einem Ende der Couch saß und streckte ein Bein entlang der Rückenlehne aus. »Der Kunde setzt sich zwischen die Beine der Kuschlerin und lehnt sich gegen deren Brust zurück.« Sie beobachtete Winters Gesicht, während sie die Pose beschrieb. Stellte Winter sich die Mama-Bär-Position vor? War sie daran interessiert, sie auszuprobieren? Ihr Gesicht verriet nicht viel, aber sie saß kerzengerade und beide Füße zeigten zur Tür, als wäre sie am liebsten in diese Richtung geflohen.

Nein, entschied Hannah. Winter war nicht der Mama-Bär-Typ. Sie würde sich viel zu verletzlich fühlen, wenn sie diejenige wäre, die im Arm gehalten wurde. Es gab nur eine einzige Ausgangsposition, die für sie infrage kam. »Warum heben wir uns die Mama-Bär-Stellung nicht für später auf? Ich glaube, ich habe die perfekte Stellung für dich. Man nennt sie den Gefährten.«

Winter blinzelte. »Das stand nicht in dem Buch. Was ist das denn?«

»Zuerst einmal rückst du mir ein bisschen näher.« Hannah hielt einen Finger hoch, bevor Winter sich vom Fleck rühren konnte. »Aber nicht so nah, dass es dir unangenehm ist. Denk daran, dass es beim professionellen Kuscheln darum geht, herauszufinden, was sich für dich gut anfühlt, und es anzusprechen, wenn dir etwas nicht gefällt.«

Winter rutschte einige Zentimeter näher.

»Großartig. Ist dir diese Entfernung angenehm?«

»Ja, ich glaube schon. Was ist Schritt zwei?«

Hannah schüttelte den Kopf. »Es gibt keinen Schritt zwei. Das war's.«

Winter hob die Augenbrauen. »Das ist der Gefährte? Einfach nur nebeneinandersitzen, ohne sich zu berühren?«

Ihr ungläubiger Gesichtsausdruck brachte Hannah zum Lachen. »Ja. Siehst du? Du hast bereits deine erste Kuschelposition gemeistert! Jetzt versuch, die Schultern sinken zu lassen und dich zu entspannen.«

Winter stieß ein heiseres Lachen aus. »So verdienst du dein Geld? Indem du einfach nur dasitzt?«

Hannah versuchte, es nicht persönlich zu nehmen. Inzwischen wusste sie, dass Winters sarkastische Kommentare meist ein Abwehrmechanismus waren. Sie lächelte bloß. »Lass uns versuchen, unsere Atmung zu synchronisieren.«

Winter blickte zur Decke, als würde sie mit den Augen rollen, nahm dann aber erkennbar die Schultern herunter, und nach einer Weile atmete sie tatsächlich im selben Rhythmus wie Hannah.

Als Hannah ihre Atemzüge tiefer und länger machte, folgte Winter ihrem Beispiel, ob nun bewusst oder unbewusst.

»Das fühlt sich seltsam an«, murmelte Winter nach einer Weile. »Ich finde, wir sollten die Walgesänge dazu hören.«

Trotz der spöttischen Bemerkung flüsterte sie, was Hannah zum Lächeln brachte, weil es verriet, dass sie sich entspannt hatte und die relaxte Atmosphäre nicht stören wollte. »Wir können auch etwas anderes versuchen, wenn du magst. Oder die nächste Stufe des Gefährten ausprobieren.«

»Ja, lass uns das machen. Stufe zwei des Gefährten. Was muss ich tun?«

»Du *musst* gar nichts tun«, sagte Hannah. »Wenn du dich nicht wohl dabei fühlst …«

»Ich fühle mich pudelwohl.« Winters Schultern gingen wieder nach oben. »Was ist der nächste Schritt?«

»Komm etwas näher. So nah, dass sich unsere Knie oder Schultern berühren. Was auch immer dir angenehmer ist.«

Winter schloss die Lücke, ließ aber immer noch ein paar Zentimeter Platz zwischen ihnen. Langsam spreizte sie ihre Beine, bis ihr Knie Hannahs berührte. »So?«

Die Frage überraschte Hannah nicht. Winter schien auch im Alltag Perfektionistin zu sein, sodass sie sich nun vergewissern wollte, ob sie die Anweisungen für jede Position korrekt ausgeführt hatte. Oder war das gar nicht der Grund, warum sie nachfragte? Hatte Winter so wenig körperliche Zuneigung erfahren, dass sie sich schon bei den einfachsten Berührungen unsicher fühlte? Der Gedanke tat Hannah weh.

So viel stand fest: Winter hatte nie mit ihrem Vater gekuschelt. Während ihrer ersten Sitzung war Jules fast genauso berührungsscheu wie Winter gewesen.

Hannah kämpfte gegen den Drang an, Winter beruhigend eine Hand aufs Knie zu legen, denn sie wusste, dass sie dies nur noch angespannter machen würde. »Es gibt kein Richtig oder Falsch. Alles ist erlaubt, was sich für uns beide angenehm anfühlt.«

Eine Weile saßen sie schweigend da. Winters Bein, das an ihrem lehnte, strahlte selbst durch die Stoffschichten ihrer Hosen hindurch eine deutliche Wärme aus. Ihre Anspannung war ebenso spürbar.

»Ist das für dich in Ordnung?«, fragte Hannah.

Winter nickte.

»Wie fühlt es sich an?«

»Knochig«, antwortete Winter.

Hannah konnte sich ein Lachen nicht verkneifen. Winters sachliche Antwort war erfrischend. »Ja, das Knie ist nicht der kuscheligste Körperteil. Lass uns etwas anderes ausprobieren, das sich besser anfühlt. Wäre es in Ordnung, wenn ich deine Hand halten würde?«

»Händchenhalten zählt als Kuscheln?«

»Na klar. Wenn du meinst, dass es dir gefallen wird.«

Winter schaute auf ihre eigene Hand hinab, dann auf Hannahs. Statt zu antworten, nahm sie Hannahs Hand.

Wow. Das hatte Hannah nicht kommen sehen. Vielleicht hätte sie es tun sollen. Auf diese Weise hatte Winter die volle Kontrolle. Ihre rechte Hand ruhte auf Hannahs linker, die mit der Handfläche nach oben zeigte. Statt ihre Finger miteinander zu verschränken, hielt sie Hannahs Hand seitlich, sodass ihre Finger sich um Hannahs Handrücken schlossen und ihr Daumen in der Kuhle zwischen Hannahs Daumen und Zeigefinger ruhte. Hätte Hannah ihre rechte Hand statt der linken eingesetzt, hätte es wie ein Armdrücken ausgesehen, mit Winter als Siegerin.

Hannah ließ ihren Handrücken auf ihrem Knie liegen und stützte ihren Unterarm auf ihren linken Schenkel, sodass Winters Hand noch immer oben lag. Nun hatten ihre Körper zum ersten Mal an mehreren Stellen Kontakt: Ihre Unterarme lagen aneinander, Winters Arm berührte ihr Bein und ihre Schultern berührten einander.

Winters Körper strahlte Wärme ab, doch ihre Finger waren merklich kühler, fast klamm.

»Ist das in Ordnung für dich?«, fragte Hannah erneut, während sie Winters Hand drückte.

Winter räusperte sich. »Ja.« Sie drehte sich ein wenig und bewegte ihre Schulter, sodass ihr Unterarm an Hannahs entlangglitt.

Ihre Haut war unglaublich weich. *Ja, und das sollte dir gar nicht weiter auffallen.* Hannah biss sich auf die Innenseite ihrer Wange. Natürlich durfte sie die Kuschelsitzungen mit ihren Kunden genießen, aber es ging darum, was sich für ihre Kunden gut anfühlte, nicht für sie selbst. Normalerweise hatte sie kein Problem damit, sich völlig auf deren Bedürfnisse zu konzentrieren. Nach fünf Jahren als professionelle Kuschlerin war sie daran gewöhnt, ihre Sexualität abzuschalten und in eine quasi-therapeutische Rolle zu schlüpfen, sodass das Kuscheln mit Kunden längst nicht mehr dieselbe Wirkung auf sie hatte wie das Kuscheln mit jemandem, mit dem sie in einer Beziehung war.

Aber diesmal, mit Winter, fühlte es sich überhaupt nicht therapeutisch an.

Vielleicht sollte sie die Position wechseln. Das schlug sie ihren Kunden immer vor, wenn sie eine beginnende Erregung bei ihnen bemerkte. Sie warf Winter einen fragenden Blick zu. »Bist du so weit, etwas anderes zu versuchen?«

Winter musste sich beherrschen, um nicht hart zu schlucken. Sie ließ Hannahs Hand los. »Ja, lass uns eine richtige Kuschelposition ausprobieren.« Sie deutete auf Hannahs Hand, die noch immer mit der Handfläche nach oben auf deren Oberschenkel lag und nun sehr leer wirkte. »Das da kann man wohl kaum als Kuscheln bezeichnen.«

»Doch, natürlich gehört das zum Kuscheln. Aber gut, versuchen wir etwas anderes.« Hannah rieb sich das Kinn und schien in Gedanken ihre Liste möglicher Posen durchzugehen. »Hm, vielleicht wäre der Koala auf dem Baum eine gute Wahl für dich.«

Noch eine Kuschelposition, die nach einem Bären benannt worden war. Das klang nicht sehr vielversprechend. »Meinetwegen. Lass es uns versuchen.« Winter war alles recht, solange sie Brooke nur endlich berichten konnte, dass sie das Kuscheln hinter sich gebracht hatte.

»Ziehst du es normalerweise vor, deine Partnerin zu halten oder gehalten zu werden?«, fragte Hannah.

Ehrlich gesagt war die Antwort: weder noch. Die Position, die sie nach dem Sex bevorzugte, war, hinter dem Steuer ihres Autos zu sitzen und nach Hause zu fahren. Nicht dass sie viele One-Night-Stands gehabt hätte. Meistens war es ihr das einfach nicht wert.

Winter versuchte, sich beides vorzustellen – ihre Arme um Hannah zu legen und sie zu halten oder sich von ihr halten zu lassen. Letzteres ließ ihre Nackenhaare zu Berg stehen. »Ich halte lieber meine Kuschelpartnerin, schätze ich.«

Hannah nickte, als hätte sie das bereits vermutet.

Winter runzelte die Stirn. War sie so leicht zu durchschauen? Normalerweise konnte sie sich auf ihr Pokerface verlassen, aber Hannah schien viel zu oft hindurchsehen zu können.

»Okay, dann bin ich der Koalabär und du bist der Baum.«

Ein Baum? Winter stellte sich eine Eiche vor, die groß und stark war und völlig unbeeindruckt von Sturm, Hitze, Schnee und sogar von Menschen, die sich dicht an ihren Stamm drängten. Ja, das klang besser als einer dieser übermäßig niedlichen Koalabären. »Na gut. Was soll ich tun?«

»Du legst dich auf den Rücken.« Hannah stand von der Couch auf, um Platz zu machen.

Winter streckte sich auf dem Rücken aus und starrte dann zu Hannah empor, während sie darauf wartete, dass diese weitersprach. Mann, war das unbehaglich. Sie lag hier wie ein Zinnsoldat, die Hände flach an die Außenseiten ihrer Oberschenkel gepresst. »So?«

»Ja, perfekt. Jetzt streck deinen Arm zur Seite, damit er nicht zwischen uns eingeklemmt wird.« Hannah zeigte auf den Arm, der näher an der Sofakante lag.

Winter folgte ihrer Anweisung.

»Großartig. Jetzt legt sich der Koalabär … in diesem Fall ich … seitlich neben den Baum, legt den Kopf auf die Schulter des Baumes und einen Arm um seine Taille. Wäre das für dich in Ordnung?«

»Klar.« Winter versuchte, lässig zu klingen. »Sonst wärst du ein Koala, der vom Baum fällt.«

Hannah blieb ernst.

War das auch für sie unangenehm?

Die Couch neigte sich leicht, als Hannah sich seitlich neben Winter ausstreckte.

Sie war ihr so nah, dass Winter die Wärme ihres Körpers spüren konnte. Ihr Herz trommelte viel zu schnell gegen ihre Rippen und sie hoffte, dass Hannah es nicht merken würde. Himmel, was war nur los mit ihr? Sie wurde nie derart nervös, nicht einmal, wenn sie sich mit neuen Kunden traf oder eine Präsentation halten musste. Mit Sicherheit hatte sie keine Angst vor einem dummen Koala auf einem Baum!

Vorsichtig rutschte Hannah noch näher an sie heran. Sie legte ihren Kopf auf Winters Schulter und schlang einen Arm um ihre Taille. »Darf ich mein Bein bei dir einhaken?«

Winter bemühte sich, in einem gleichmäßigen Rhythmus zu atmen. Sie nickte, doch dann wurde ihr klar, dass Hannah dies nicht sehen konnte. »Ja.« Na toll, sie klang, als würde sie jeden Tag drei Päckchen Marlboros rauchen, obwohl sie noch nie auch nur eine einzige Zigarette angerührt hatte. »Nur zu.«

Hannah schob ihr Bein über Winters. Sie ließ es nicht zwischen ihre Schenkel gleiten, nur ihr Unterschenkel lag über Winters. Trotzdem fühlte es sich so intim an, dass Winter nicht wusste, was sie davon halten sollte.

Ach du Scheiße. Das war kein Koala auf einem Baum. Es war eher eine Riesenschlange, die sich um einen Ast gewickelt hatte! War sie jemals einer Frau so nahe gewesen, ohne mit ihr zu schlafen? Zum Teufel, war sie jemals einer Frau so nahe gewesen, mit der sie geschlafen hatte?

»Ist das in Ordnung?«, fragte Hannah wieder.

»Ja.« Sie würde das mit Bravour hinter sich bringen. Alles, was sie tun musste, war, still dazuliegen. Oder wurde von ihr noch etwas anderes erwartet? »Was soll ich jetzt tun?«

»Nichts«, sagte Hannah. »Entspann dich einfach und genieß es. Das Einzige, was du tun könntest, wenn du magst, ist, deinen Arm – den, den du zur Seite gestreckt hast – um meinen Rücken zu legen. Und sag mir Bescheid, wenn dein Arm oder ein anderer Körperteil einzuschlafen beginnt.«

Einschlafen? Nein. Kein einziger Teil ihres Körpers fühlte sich auch nur im Geringsten taub an. Ganz im Gegenteil. Sie fühlte sich, als hätte sie einen Zaun berührt, der unter Strom stand. Eine Flut von Wahrnehmungen überschwemmte sie: die Wärme von Hannahs Kopf, der sich an ihre Schulter schmiegte, ihre Stirn, die an Winters Wange ruhte, der Duft ihres Shampoos, der sanfte Druck von Hannahs Brüsten an ihrer Seite, das Gewicht eines Arms um ihre Taille und das Geräusch ihres Atems. Seltsame Gefühle mischten sich in das Chaos, das in ihr herrschte. Als sie Hannahs Vorschlag folgte und einen Arm um sie legte, fühlte sie sich fast beschützend und doch zugleich so, als wäre sie selbst völlig schutzlos. Zu sanft und verletzlich.

Wow! Das war heftig.

»Geht es dir gut?« Hannah hob ihren Kopf von Winters Schulter. Unter ihrem suchenden Blick fühlte Winter sich noch entblößter. »Fühlst du dich dabei unwohl?«

»Ich habe dir schon mehrfach gesagt, dass es mir gut geht.« Ärger machte sich in Winter breit. »Warum fragst du mich das ständig?« Warum konnte Hannah nicht einfach schweigend daliegen und Winter vorgeben lassen, sie wäre vollkommen entspannt? Warum musste sie es ihr noch schwerer machen, indem sie alles infrage stellte?

»Weil ich deinen Herzschlag spüren kann und der ist viel zu schnell.«

Mist. Hannah hatte es also bemerkt. Na klar. Sie lag so eng an Winter gepresst, dass sie vermutlich jeden trommelnden Herzschlag, jeden hektischen Atemzug spüren konnte. Das gab Winter das Gefühl, als hätte man ihr die Haut abgezogen, sodass Hannah nun sehen konnte, was sich darunter verbarg.

Nein. Das würde sie nicht zulassen. Sie konnte es nicht zulassen. Sie musste das Gespräch in eine neue Richtung lenken. Winter setzte ein schiefes Grinsen auf und hoffte inständig, dass sie nicht wie ein in die Enge getriebenes Tier wirkte, das die Zähne fletschte. »Ja, kann schon mal vorkommen, wenn sich eine schöne Frau an mich drückt.«

Hannah nahm ihr Bein von Winters. »Ich glaube nicht, dass es daran liegt. Ich weiß, es ist etwas gewöhnungsbedürftig, mit jemandem zu kuscheln, den man nicht so gut kennt. Falls du festgestellt hast, dass es nichts für dich ist, ist das völlig in Ordnung. Nicht kuscheln zu wollen, hat seine Berechtigung. In meinem Job geht nichts ohne ausdrückliche Zustimmung. Du musst nichts tun, was du nicht möchtest.«

Sie sah Winter in die Augen und das Mitgefühl auf ihrem Gesicht verwandelte den glimmenden Ärger in Winters Brust in ein flammendes Inferno.

»Was zum Teufel muss ich tun, um zu beweisen, dass ich es will?« Winter stützte sich auf und rollte sich herum, bis auch sie auf der Seite lag. Nun waren ihre Gesichter nur noch Zentimeter voneinander entfernt. Winters Herzschlag dröhnte in ihren Ohren.

»Aussehen, als würdest du es genießen, anstatt es nur zu tolerieren oder zu ertragen.« Hannahs Stimme war sanft wie eine Liebkosung.

Das Dröhnen in Winters Ohren wurde lauter. *Verdammt noch mal!* Was sollte sie darauf erwidern? Ihr kam kein einziges Wort in den Sinn, deshalb tat sie das Einzige, was ihr einfiel: Sie beugte sich vor und überbrückte die verbleibenden Zentimeter zwischen ihnen, um Hannah ungestüm zu küssen.

Hannah starrte auf Winters sich nähernden Mund. Einen Moment, bevor ihre Lippen einander berühren konnten, stoppte sie Winter, indem sie eine Hand gegen ihren Oberkörper presste und ein einziges Wort sagte: »Nein.«

Sie schrie nicht und stieß Winter auch nicht von sich, aber ihre Stimme war fest und der Ausdruck in ihren Augen wie Stahl. Winter war zu weit gegangen.

Mist. Sie hatte nicht nachgedacht. Schwer atmend krabbelte sie unter Hannah hervor, wollte nur schnell weg von ihr, bis sie gegen die Rückenlehne der Couch prallte.

Hannah setzte sich auf und zog ein Knie an ihre Brust, als wäre nun sie diejenige, die sich zu entblößt fühlte.

Magensäure brannte hinter Winters Brustbein. Vielleicht war es auch Scham. Sie biss die Zähne zusammen, als die Übelkeit sie überkam.

»Nein«, sagte Hannah erneut, obwohl das Wort Winter schon beim ersten Mal bis ins Mark getroffen hatte. Ihre Stimme klang fest, aber mühsam beherrscht, so als würde sie zu verbergen versuchen, wie wütend oder durcheinander sie wirklich war. »Um so etwas geht es in dieser Sitzung nicht. Wir haben uns darauf geeinigt, dass es rein platonisch bleiben soll. Wenn du so etwas noch einmal versuchst, werde ich die Sitzung sofort beenden.«

Sollte das heißen, Hannah war bereit, weiterzumachen?

Hannah ließ ihr Knie sinken, als würde sie sich bewusst dafür entscheiden, sich Winter erneut zu öffnen. »Möchtest du …?«

»Nein.« Winter wollte keine zweite Chance. Da Hannah die andere Seite der Couch blockierte, krabbelte sie ans Ende des Sofas, sprang auf und eilte zur Tür so schnell es ging, ohne den Eindruck zu erwecken, sie würde davonlaufen. »Das ist doch alles Quatsch. Ich hätte nie so eine Sitzung buchen sollen. Aber keine Sorge. Ich bezahle trotzdem die volle Stunde.« Dann stürmte sie hinaus, ohne eine Antwort abzuwarten.

Kapitel 13

Hannah ließ sich auf den Rücken fallen, drückte eines der Kissen auf ihr Gesicht und schrie hinein.

Als sie sich danach nicht besser fühlte, warf sie es quer durch den Raum.

Was um Himmels willen ist da gerade passiert?

In all ihren Jahren als professionelle Kuschlerin war sie noch nie in eine solche Situation geraten. Natürlich hatten ihre Kunden schon früher ihre Grenzen ausgetestet. Hin und wieder hatte ein Kunde gefragt, ob sie bei der nächsten Sitzung die Regeln ein wenig lockern könnten, wenn er mehr bezahlte, oder er hatte scherzhaft Sex ins Spiel gebracht, um zu sehen, wie sie reagieren würde. Ein paarmal war die Hand eines Kunden tiefer gerutscht, als ihr lieb war, und hatte ihr beinahe an den Hintern gefasst.

Aber bis jetzt hatte noch niemand versucht, sie zu küssen. Schon gar nicht aus heiterem Himmel. Eben war Winter noch frustriert oder gar wütend gewesen, dann hatte sie ohne Vorwarnung versucht, Hannah zu küssen. Oder hatte es Anzeichen gegeben und sie hatte diese übersehen? Normalerweise war sie sehr feinfühlig und sah solche Situationen schon frühzeitig kommen. Warum hatte sie nicht bemerkt, was in Winter vor sich ging?

Sie lag da, starrte an die Decke und ging die Sitzung noch einmal in Gedanken durch.

Ja, im Nachhinein hätte Winters halb scherzhafte Bemerkung darüber, dass ihr Herz raste, weil eine schöne Frau sich an sie drückte, ein Hinweis sein können. Sie hätte sie darauf ansprechen sollen.

Aber sie war zu sehr von ihrer eigenen Reaktion auf Winters Bemerkung abgelenkt gewesen. Von jemandem, der so attraktiv war wie Winter, als schön bezeichnet zu werden, war schmeichelhaft.

Seit wann hast du die Angewohnheit, dich selbst zu belügen? Sie wusste genau, dass sie sich nicht nur geschmeichelt gefühlt hatte. Winters Kompliment hatte sie zum Erröten gebracht, und wenn sie ehrlich war, musste sie zugeben, dass ihr Herz genauso schnell geschlagen hatte wie Winters, als sie den Kopf auf ihre muskulöse Schulter gelegt und ihre Beine miteinander verschränkt hatte.

Sie fühlte sich zu Winter hingezogen. *Wer würde das nicht?* Wenn man ihre oft ruppige Art außer Acht ließ, war ihre Mitbewohnerin ziemlich attraktiv.

Hatte Winter ihre Reaktion auf sie gespürt und darauf reagiert?

Sie ging die Sitzung ein zweites Mal durch. Nein, sie glaubte nicht, dass sie Winter die falschen Signale gegeben hatte.

Was natürlich nicht bedeutete, dass sie alles richtig gemacht hatte. Die Sitzung war von Anfang an aus dem Ruder gelaufen. So wütend sie im Moment auch auf Winter war, Hannah wusste, dass sie mitschuldig daran war.

Es war schon keine gute Idee gewesen, Winter überhaupt als Kuschelkundin zu akzeptieren. Ihr zweiter großer Fehler war gewesen, nicht auf einem Vorgespräch vor der ersten Sitzung zu bestehen. Sie hätte sich niemals von Winter dazu drängen lassen dürfen, es wegzulassen. Auch hätte sie nicht darauf verzichten dürfen, gemeinsam den Vertrag und die Regeln durchzugehen.

Obwohl mangelnde Kenntnis der Regeln nicht das Problem gewesen war. Winter hatte ein beinahe fotografisches Gedächtnis. Sie hatte genau gewusst, dass Küssen nicht erlaubt war und dazu führen konnte, dass Hannah die Sitzung vorzeitig abbrach.

O Gott! Das ist es! Hannah setzte sich abrupt auf. Das war der Grund, warum Winter versucht hatte, sie zu küssen! Nicht weil sie vom Verlangen nach Hannah überwältigt worden war – Hannah verdrehte über sich selbst die Augen, weil sie es auch nur eine Sekunde lang angenommen hatte –, sondern weil Sex für Winter etwas Vertrautes war, etwas, in das sie sich flüchten konnte, als ihr das Kuscheln zu unbehaglich geworden war. Es war ein Versuch, die Kontrolle zurückzugewinnen, nachdem sie das Gefühl hatte, sie verloren zu haben.

Vor allem war es eine todsichere Methode, die Sitzung zu beenden, ohne diejenige sein zu müssen, die abbrach und zugeben musste, das Kuscheln nicht durchstehen zu können.

Wow. Diese Erkenntnis verblüffte sie, aber je mehr sie darüber nachdachte, desto mehr Sinn ergab alles.

Ihr Zorn verflog. Sie konnte sich kaum vorstellen, wie viel Angst vor Intimität Winter haben musste, um einen Kussversuch als Notbremse zu benutzen!

Sie musste mit ihr reden. Hannah sprang von der Couch auf und machte sich auf die Suche nach ihrer Mitbewohnerin.

Winter war nicht in der Küche. Die Tür zu ihrem Büro stand offen, aber auch dort war sie nicht.

Hannah ging den Flur entlang zu Winters Schlafzimmer. Die Tür war geschlossen. Sie zögerte und klopfte dann laut. Auf keinen Fall wollte sie noch einmal eine Situation erleben wie beim letzten Mal, als sie in Winters Zimmer gestürmt war.

Sie spitzte die Ohren, hörte aber nichts. Erneut klopfte sie und drückte diesmal ein Ohr gegen die Tür.

Auf der anderen Seite blieb alles ruhig. Entweder versteckte sich Winter, oder sie war aus der Wohnung geflohen.

Seufzend schlich Hannah den Flur entlang und schaute um die Ecke zur Wohnungstür.

Der Platz neben der Garderobe war leer. Winters Laufschuhe waren weg, genau wie Winter.

Kapitel 14

Wenn hitzige Blicke ein Feuer entfachen könnten, wäre Winters Handy in Flammen aufgegangen.

Fluchend streckte sie ihre Hand unter der Decke hervor, griff nach dem klingelnden Telefon auf dem Nachttisch und warf zuerst einen Blick auf die Uhr.

Welches lebensmüde Arschloch wagte es, sie an einem Sonntagmorgen um halb acht anzurufen?

Ein zweiter Blick aufs Display beantwortete ihre Frage.

Ach, dieses Arschloch. Natürlich war es Brooke. Wahrscheinlich rief sie an, um sich zu erkundigen, wie Winters Kuschelsitzung gelaufen war.

Winters Magen zog sich zusammen. Einen Moment lang überlegte sie, nicht ranzugehen, aber wenn sie Brooke aus dem Weg ging, würde diese annehmen, dass sie die Sitzung abgesagt hatte. Sie strich mit dem Finger über das Display und hob das Handy ans Ohr. »Hast du schon einmal etwas von gesellschaftlicher Etikette gehört? Dazu gehört auch, dass man am Wochenende nicht um halb acht anruft!«

»Ha! Winter Sullivan hält mir einen Vortrag über gesellschaftliche Etikette?« Brooke schnaubte. »Das ist, als würde man Schauspielunterricht von den Kardashians bekommen! Seit wann bist du ein Langschläfer?«

Normalerweise war Winter eher Frühaufsteherin, aber gestern Nacht hatte sie sich stundenlang hin und her gewälzt und war erst gegen halb vier eingeschlafen. »Ich hab nicht gesagt, dass ich noch im Bett bin.« Sie hatte aber auch nicht gesagt, dass sie nicht mehr im Bett war.

»Dann hör auf, dich zu beschweren, und sag mir, warum du die Kuschelsitzung nicht durchgezogen hast«, sagte Brooke.

Winter presste die Lippen zusammen. Wie hatte Brooke davon erfahren? Hatte Hannah es ihr erzählt? Sie verwarf den Gedanken sofort. Selbst wenn Hannah Brooke irgendwo begegnet wäre, hätte sie kein Wort über ihre Sitzung verloren. »Wie kommst du darauf, dass ich es nicht durchgezogen habe?«

»Ganz einfach«, sagte Brooke. »Wenn du deinen Teil der Abmachung erfüllt hättest, hättest du mich sofort angerufen, um es mir unter die Nase zu reiben und dich zu vergewissern, dass ich die Sache mit der Assistentin durchziehe.«

Winter musste zugeben, dass Brooke recht hatte. Und vermutlich hätte sie ebenfalls am frühen Sonntagmorgen angerufen, in der Hoffnung, Brooke aufzuwecken.

»Also, habe ich recht?«, fragte Brooke. »Du hast gekniffen und abgesagt, stimmt's?«

»Natürlich habe ich nicht abgesagt. Ich bin pünktlich erschienen und wir sind das gesamte *Kuschelsutra* durchgegangen.« Winter hasste es zu lügen, aber sie würde Brooke glauben lassen, dass sie jede Kuschelposition ausprobiert und nicht nur in dem Buch geblättert und sich die Illustrationen angesehen hatte.

Brooke brach in Gelächter aus. »*Kuschelsutra*? Jetzt weiß ich, dass du mich verarschen willst. So etwas gibt es nicht.«

»Doch, natürlich gibt es das. Ich besorge dir gern ein Exemplar. Tina wird bestimmt dankbar sein, wenn du dir in dieser Hinsicht ein paar dringend benötigte Anregungen holst.« Winter setzte ein spöttisches Grinsen auf, obwohl sie wusste, dass Brooke es nicht sehen konnte.

»Ihr Name ist Rina. Das wüsstest du, wenn du mir ab und zu mal zuhören würdest. Dann wüsstest du auch, dass wir uns vor sechs Monaten getrennt haben und ich deshalb keinen Bedarf an deinem imaginären Buch habe.«

Das überraschte Winter nicht. Beziehungen waren der einzige Bereich in ihrem Leben, in dem weder sie noch Brooke je erfolgreich gewesen waren. Vermutlich lag es daran, dass sie dieselben schlechten Vorbilder gehabt hatten. »Es ist kein imaginäres Buch. Das *Kuschelsutra* gibt es wirklich. Schau bei Google nach, wenn du mir nicht glaubst.«

Tippgeräusche kamen durch das Handy. »Das soll wohl ein Scherz sein! Jemand hat wirklich ein Buch über Kuschelpositionen veröffentlicht? 68 1/2? Verschmelzen? Die Schichttorte?« Brooke lachte über die Namen der Stellungen. »Wer auch immer sich diese Namen ausgedacht hat, muss high von all den Kuschelendorphinen gewesen sein!«

»Nur weil du total unkreativ bist, sind die Namen noch lange nicht albern.« Winter klappte abrupt den Mund zu, bevor sie mehr sagen konnte. Woher kam das plötzliche Bedürfnis, das *Kuschelsutra* zu verteidigen? Gestern hatte sie einige dieser Namen selbst noch für albern gehalten.

»Und, hast du was davon gemacht?«, fragte Brooke.

»Nein. Ich habe den Koala auf dem Baum ausprobiert.« Sie erwähnte die Stellung, die Hannah den Gefährten nannte, lieber nicht. Wenn Brooke sie googelte und herausfand, dass sie den Großteil ihrer Kuschelzeit damit verbracht hatte, einfach nur neben Hannah zu sitzen, würde sie die Sitzung für ungültig erklären und verlangen, dass sie eine zweite Stunde buchte. Aber das war keine Option, selbst wenn Winter bereit gewesen wäre, die ganze Tortur ein zweites Mal durchzumachen. Nachdem sie versucht hatte, Hannah zu küssen, würde diese sicher nie wieder mit ihr kuscheln wollen.

»Eine einzige Position?«, fragte Brooke. »Mehr hast du die ganze Stunde lang nicht gemacht?«

Winter warf die Decke von sich, als sie zu schwitzen begann. »Warum wechseln, wenn man die perfekte Stellung bereits gefunden hat?«

Brooke schwieg lange.

Winter ahnte, dass sie ihr diese Antwort nicht abgenommen hatte.

»Was verschweigst du mir?«, fragte Brooke schließlich.

Himmel, warum musste ihre Halbschwester nur so verdammt scharfsinnig sein?

»Nichts. Es gibt nichts weiter zu erzählen.«

»Ja, weil du die Sitzung vorzeitig beendet hast, stimmt's?«

Winter nagte an ihrer Unterlippe. »Na und? Ich bin lange genug geblieben, um herauszufinden, was es mit professionellem Kuscheln auf sich hat. Es war nicht nötig, noch mehr Zeit darauf zu verschwenden.«

»Ich wette, diese Einstellung kam bei Ms Martin gut an!« Brooke klang schadenfroh, wie ein Bösewicht in einem Film, der sich die Hände rieb. »Ist sie wütend geworden?«

Winter hatte erwartet, dass Brooke sie des Betrugs bezichtigen und von ihr verlangen würde, eine komplette Kuschelsitzung zu absolvieren. Warum rieb Brooke ihr ihren Sieg nicht unter die Nase und machte sich über Winters Versagen lustig? Das war schon immer ihre Lieblingsbeschäftigung gewesen. Warum konzentrierte sie sich jetzt stattdessen auf Hannahs Reaktion?

Als der Groschen endlich fiel, schlug sich Winter die Hand vor die Stirn. Genau darauf hatte Brooke mit ihrem Wettstreit abgezielt! Sie wollte Winter und Hannah wütend aufeinander machen! Brookes Ziel war nie gewesen, herauszufinden, ob Hannahs Geschichte stimmte und Julian wirklich ihr

Kuschelkunde gewesen war. Es ging ihr nicht einmal darum, Winter zu etwas herauszufordern, an dem sie scheitern würde. Brooke war es völlig egal, ob Winter die Sitzung durchgestanden hatte oder nicht. Brooke wusste, dass sie so oder so als Siegerin hervorgehen würde. Vermutlich hatte sie erwartet, Winter würde vorzeitig abbrechen oder Hannah würde sie hinauswerfen, weil sie abfällige Bemerkungen über professionelles Kuscheln machte. Aber selbst wenn Winter die sechzig Minuten durchgekuschelt hätte, war Brooke klar gewesen, dass sie sich danach in Hannahs Nähe unwohl fühlen würde.

Mann, sie hätte es wissen müssen! In dem Moment, in dem Brooke zugestimmt hatte, eine Assistentin einzustellen, hätte sie ahnen müssen, dass es ihrer Halbschwester nicht um eine alberne Herausforderung ging. Es war von Anfang an um das Erbe gegangen. Offensichtlich hatte Brooke gehofft, dass Winter sich nach der Kuschelstunde so unbehaglich fühlen würde, dass sie auszog.

Und mit dieser Vermutung lag sie nicht ganz falsch. Gestern war Winter in ihrer eigenen Wohnung gewesen, um nach dem Rechten zu sehen und Hannah aus dem Weg zu gehen. Fast hätte sie dort übernachtet, obwohl sie wusste, dass sie damit ihr Anrecht auf die Hälfte des Gebäudes verwirkt hätte.

Verdammt. Winter schlug mit der Faust auf ihr Kissen ein.

»Ach, du bist sprachlos?« Brooke lachte. »Das kommt selten vor! Sie muss wirklich sauer gewesen sein. Was hast du angestellt, um sie so wütend zu machen?«

»Wütend? Warum sollte sie wütend sein?«, antwortete Winter so ruhig, wie sie nur konnte. »Sie hat mir beigebracht, dass es beim Kuscheln vor allem darum geht, selbst zu entscheiden, was sich für mich richtig anfühlt. Und da es sich für mich absolut richtig anfühlte, die Sitzung ein paar Minuten früher zu beenden, hat Hannah sofort zugestimmt. Sie war sogar diejenige, die es vorgeschlagen hat.«

Brooke brauchte den wahren Grund dafür nicht zu erfahren. Sie sollte denken, dass zwischen ihnen alles in Ordnung war.

»Mann, du musst ja schrecklich im Kuscheln sein, wenn sie vorschlägt, vorzeitig aufzuhören!« Brooke lachte erneut, klang aber weniger triumphierend.

Das war gut. Sie hatte es Winter abgekauft, zumindest für den Moment. Jetzt sollte sie schnell das Thema wechseln, damit Brooke nicht anfing zu fragen, wie die Sitzung wirklich geendet hatte. »Ich bin viel besser im Kuscheln als du im Umgang mit Assistenten. Übrigens, wie läuft die Suche nach deiner neuen Mitarbeiterin?«

»Wie du eben gesagt hast, verbietet es die gesellschaftliche Etikette, vielversprechende Kandidaten am Wochenende anzurufen. Außerdem, warum sollte ich jemanden einstellen, wo du deinen Teil der Abmachung nicht eingehalten hast?«

»O nein. Du machst keinen Rückzieher, Brooke Lambert! Ich habe es sehr wohl durchgezogen, nur eben nicht ganz bis zum Ende.« Winter murmelte den zweiten Teil des Satzes lediglich. »Da ich neunzig Prozent meiner Zeit durchgehalten habe, gilt für dich dasselbe. Neunzig Prozent von zweiundneunzig Tagen sind …«

»Dreiundachtzig Tage.« Brooke stöhnte.

»Dreiundachtzig Tage«, wiederholte Winter, nur um es ihr unter die Nase zu reiben. »Danach kannst du die Ärmste meinetwegen entlassen, aber du musst jemanden einstellen. Wenn du niemanden findest, lass es mich wissen. Ich kann dir gern helfen.«

»Ha! Ich betreibe eine erfolgreiche Personalvermittlung, und du glaubst, ich brauche deine Hilfe, um eine Assistentin einzustellen?«

»Offensichtlich bist du nicht sonderlich gut in deinem Job, sonst hättest du längst jemanden gefunden.«

»Schon mal was davon gehört, dass Qualität wichtiger als Schnelligkeit ist?«, gab Brooke zurück. »Nein, hast du offenbar nicht, sonst hättest du die Kuschelstunde nicht vorzeitig abgebrochen. Bis später, Schwesterherz. Ich lasse dich jetzt weiterschlafen.«

Bevor Winter antworten konnte, beendete Brooke das Gespräch, sodass sie das letzte Wort hatte.

Winter zwang sich, das Handy sanft beiseitezulegen, anstatt es quer durch den Raum zu schleudern.

Wieder einmal hatte Julians Lieblingskind gewonnen.

Nein. Winter gab der Decke einen Tritt, sodass sie vom Bett rutschte. Noch hatte sie nicht verloren. Was war schon dabei, wenn das noch wackelige Verhältnis, das Hannah und sie in den vergangenen zweieinhalb Wochen aufgebaut hatten, zunichtegemacht worden war? Die Bedingung des Trustdokuments besagte bloß, dass sie zweiundneunzig Tage lang unter einem Dach leben mussten, nicht, dass das Zusammenleben ihnen gefallen musste. Sie würde einfach die nächsten elf Wochen für sich allein bleiben und hoffen, dass Hannah dasselbe tat.

Wenn es so etwas wie einen Master-Abschluss im Ausweichen gäbe, dann hätte Winter ihn diese Woche gemacht.

Seit ihrer Kuschelsitzung am Samstagnachmittag hatte sie sich in ihre Arbeit gestürzt und war Hannah aus dem Weg gegangen, indem sie ihr Büro nur verließ, wenn Hannah nicht zu Hause war oder sich mit einem Kunden in ihrem Arbeitszimmer aufhielt.

Eigentlich passte es nicht zu ihr, ein Problem nicht anzugehen. Aber sie war noch nicht so weit, sich Hannah und den Fragen, die sie sicher hatte, zu stellen.

Am Sonntag hatte sie einen Hundert-Dollar-Schein in Hannahs Lieblingstasse gesteckt, um sie für die Kuschelsitzung zu bezahlen. Sie hatte stundenlang überlegt, ob sie einen Zettel mit einer Entschuldigung dazulegen sollte, hatte sich aber schließlich dagegen entschieden.

Das würde Hannah nur dazu ermutigen, sie aufzusuchen und darüber reden zu wollen. Außerdem war Hannah genauso schuld an dieser ganzen Misere. Mit Leuten zu kuscheln, die man kaum kannte, war einfach ein beschissenes Konzept!

Am nächsten Morgen klemmte das Geld unter einer Ecke der Espressomaschine. Daneben lag ein Zettel, auf dem stand: *Danke, aber ich möchte für diese Sitzung nicht bezahlt werden. Lass uns über alles reden, ja?*

Winter hatte den Zettel mehrfach gelesen und sich jedes Mal vorgestellt, wie Hannah die Worte in einem anderen Tonfall aussprach. War Hannah sauer auf sie?

Na, was denkst du denn? Natürlich ist sie sauer!

Und sie hatte allen Grund dazu. Je mehr Zeit verging, desto schuldiger fühlte sich Winter.

Am Dienstag hatte sie das Geld wieder in Hannahs Tasse gesteckt und diesmal hatte sie eine Notiz hinzugefügt. Es hatte weniger Zeit gekostet, den Quartalsbericht für ihren wichtigsten Kunden zu schreiben, als diese kurze Nachricht zu verfassen. Schließlich entschied sie sich für: *Bitte nimm das Geld. Du hast es verdient. Es war nicht deine Schuld, dass wir die Sitzung vorzeitig beendet haben.*

Das kam einer Entschuldigung so nahe wie möglich.

Irgendwie war sie nicht überrascht, als sie am Mittwoch den Geldschein in ihrer Kaffeetasse fand. Dieses Mal stand auf Hannahs Zettel: *Du musst die Sitzung nicht bezahlen. Ich habe Schmuseeinheit gesagt, dass du krank warst und absagen musstest. Sie erwarten also keinen Anteil vom Honorar. Können wir bitte reden? Mir gehen die Notizzettel aus.*

Der letzte Satz hätte Winter beinahe zum Lächeln gebracht, aber noch war sie nicht so weit, über diesen ganzen Schlamassel zu lachen oder darüber zu reden.

Ein Teil von ihr wusste, dass sie Brooke damit in die Hände spielte. Je länger sie Hannah auswich, desto angespannter wurde die Situation. Aber was konnte sie sagen, das die Sache nicht noch schlimmer machen würde? Sie konnte Hannah nicht gestehen, dass sie die Sitzung nur gebucht hatte, weil Brooke sie dazu herausgefordert hatte. Hannah war ohnehin schon empfindlich gegenüber Leuten, die ihre Arbeit als professionelle Kuschlerin nicht ernst nahmen, und das würde sie noch wütender machen.

Bis sie wusste, was sie sagen sollte, musste das Zettelschreiben genügen.

Bevor sie entscheiden konnte, ob sie das Geld wieder in Hannahs Tasse stecken sollte oder nicht, klopfte es an der Tür.

Da Hannah mit einem Kunden im Arbeitszimmer war, ging Winter die Tür öffnen. Sie hoffte, dass es nicht Brooke war, die Hannah über den wahren Grund für das vorzeitige Ende der Kuschelsitzung ausfragen wollte. Vorsichtig öffnete sie die Tür einen Spaltbreit und spähte hinaus.

Es war nicht ihre Halbschwester. Vor ihr stand die Frau aus Wohnung zwölf. Winter hatte ihren Namen vergessen, wusste aber, dass er ähnlich wie Hannahs klang. Helen? Haley? Harper? »Wie kann ich Ihnen helfen, Ms …?«

»Burkhart«, sagte die Mieterin. »Aber bitte, sag doch einfach Heather.«

Winter nickte ihr zu. »Bist du hier, um endlich deinen Teller zurückzubekommen? «

»Nein, Hannah hat ihn bereits zurückgegeben. Ich bin hier, weil ich mit den anderen Mietern gesprochen habe und wir uns auf den perfekten Tag für eine Willkommensparty geeinigt haben. Hannah sagt, ihr passt der Termin, aber sie wusste nicht, ob du schon Pläne hast. Ich weiß, es ist sehr kurzfristig. Wenn es dir nicht recht ist, können wir es um eine Woche verschieben, aber ich dachte, ich frage mal nach.«

»An welchen Tag hattet ihr gedacht?«, fragte Winter. Nicht, dass es sie interessierte. Sie hatte nicht vor, an der Party teilzunehmen, zumal sie Hannah aus dem Weg gehen wollte.

»Ähm, diesen Freitag.«

Das war übermorgen. »Ach, wie schade. Ich habe einen Kundentermin, deshalb werde ich nicht kommen können.«

Heather lächelte. »Einen Termin, der den ganzen Tag dauert?«

»Wie bitte?«

»Du hast nicht einmal gefragt, wann die Party beginnt, bevor du gesagt hast, du könntest nicht kommen.«

Verdammt! Dieses Versteckspiel mit Hannah hatte sie wirklich aus dem Konzept gebracht. »Ich dachte, die Party findet sicher am frühen Abend statt, wenn alle Feierabend haben, aber nicht so spät, dass diejenigen, die samstags arbeiten, früher gehen müssen.«

Heather lächelte weiterhin, als hätte sie Winter durchschaut.

Was zum Teufel war bloß mit ihrem sonst so zuverlässigen Pokerface los?

»Wenn du keine Partys magst, verstehe ich das vollkommen«, sagte Heather. »Aber wir haben uns alle sehr darauf gefreut, unsere zukünftigen Vermieterinnen kennenzulernen.«

Winter starrte sie an. Wussten alle, dass sie nicht nur Nachbarn waren? Wie hatten sie es herausgefunden? Außer Winter, Hannah und dem Anwalt sollte niemand wissen, dass Julian ihnen das Gebäude vererbt hatte.

Heathers Grinsen wuchs in die Breite. »Mrs Kline aus dem Erdgeschoss hat gehört, wie ihr am Tag, bevor ihr eingezogen seid, mit dem Anwalt gesprochen habt.«

Mist. Jetzt war die Party plötzlich kein ungezwungenes Kennenlernen unter Nachbarn mehr, sondern das offizielle Vorstellen der zukünftigen Vermieterinnen. Wie sie Hannah und ihre fantastischen Fähigkeiten im Umgang mit Menschen kannte, würden sich alle schnell mit ihr anfreunden, und wenn Winter nicht zur Feier ging, würden alle Mieter davon ausgehen, dass Hannah die Ansprechpartnerin für alle das Gebäude betreffenden Entscheidungen war.

Winter unterdrückte ein Seufzen. »Wann beginnt die Party?«

»Passt sechs Uhr?«

»Ich werde mal sehen, ob ich meinen Termin verschieben kann.«

Heather machte die Daumen-hoch-Geste. »Super!«

Winter fand es ganz und gar nicht super. Jetzt musste sie nicht nur auf einer Party abhängen, sondern auch noch mit Hannah reden und so tun, als wäre zwischen ihnen alles in bester Ordnung.

An manchen Tagen fragte sie sich, ob die Hälfte des Hauses all das wirklich wert war.

Hannah klopfte immer auf dieselbe Weise: zweimal lang, zweimal kurz. Winter war mit dem Rhythmus inzwischen sehr vertraut, denn Hannah hatte seit der schicksalhaften Kuschelsitzung jeden Tag mehrmals an ihre Tür geklopft.

Winter versteckte sich in ihrem Büro, setzte Kopfhörer auf und tat, als würde sie das Klopfen nicht hören. Gestern hatte sie sogar ein paar Stunden in ihrer Wohnung gearbeitet, als sie nach ihrer Post gesehen hatte. Sie wusste, dass das kindisch war. Aber wie sollte sie Hannah unter die Augen treten, nachdem sie vertraglich zugestimmt hatte, sie nur platonisch zu berühren, und dann versucht hatte, sie zu küssen? Welche Erklärung gab es dafür, einmal abgesehen davon, dass sie ein Arschloch war?

Am Freitag, eine Stunde vor Beginn der Willkommensparty, versuchte Hannah es erneut.

»Winter?«, rief sie durch die Tür und klopfte erneut an. »Können wir reden, bevor wir zur Party gehen?«

Winter biss sich auf die Lippe und antwortete nicht. Seit wann war sie derart feige? Sie hatte noch nie Konfrontationen gescheut. Warum sollte es sie plötzlich kümmern, was Hannah von ihr hielt?

Aber tief im Inneren wusste sie, dass es ihr nicht egal war. Sie wollte nicht die Tür öffnen und den anklagenden Blick in Hannahs Augen sehen.

»Ich weiß, dass du da drin bist.« Hannah seufzte hörbar. »Komm schon, Winter. Irgendwann müssen wir reden und reinen Tisch machen. Wir haben noch ungefähr siebzig Tage vor uns.«

Zweiundsiebzig Tage, sieben Stunden und vier Minuten. Seit dem vergangenen Samstag hatte Winter das Gefühl, als würde jede Sekunde eine Ewigkeit dauern. Sie rührte sich nicht, damit ihr Bürostuhl nicht knarrte und ihre Anwesenheit verriet.

»Winter? Hallo? Ist dir bewusst, dass ich hier draußen ganz allein mit deiner geliebten Espressomaschine bin?« Hannah klang wie die gruselige Stimme aus einem schlechten Horrorfilm. »Hast du keine Angst, dass ich sie entführe, wenn du nicht rauskommst, um sie aus meinen Klauen zu befreien? Ich könnte sie mit billigen Nicht-Bio-Bohnen füllen!«

Winter presste sich eine Hand auf den Mund. Es wäre einfacher, still zu bleiben, wenn Hannah nicht so lustig wäre. War sie nicht mehr wütend auf Winter? Oder verbarg sie es nur gut?

Nach einer Weile seufzte Hannah erneut. »Gott, du bist der sturste Mensch, der mir je untergekommen ist, und das will etwas heißen, denn ich hätte nie gedacht, dass jemand meine Mutter an Sturheit übertreffen könnte! Na gut. Ich schätze, wir sehen uns auf der Party.« Schritte waren auf dem Flur zu hören, dann fiel eine Zimmertür ins Schloss.

Winter atmete auf. Jetzt brauchte sie es nur noch zur Party schaffen, ohne Hannah über den Weg zu laufen. Da Hannah großen Wert auf Diskretion und Privatsphäre legte, würde sie sicher nicht versuchen, in Gesellschaft darüber zu reden.

Normalerweise war Winter immer die Letzte, die bei einer Feier ankam, und die Erste, die wieder ging. Hannah konnte Menschen ziemlich gut einschätzen und würde dies vermutlich vorhersehen. Deshalb hatte Winter vor, schon ganz früh nach unten zu gehen.

Um viertel vor sechs schlich sie sich zur Tür. Die Willkommensparty würde im Partykeller stattfinden, deshalb beschloss Winter, den Aufzug zu nehmen. So konnte sie Hannah wenigstens nicht im Treppenhaus begegnen.

Als sie in den Aufzug trat, den Knopf für das Untergeschoss drückte und sah, wie sich die Türen schlossen, ließ ihre Anspannung nach. Puh! Sie hatte es geschafft.

Das Geräusch eiliger Schritte war zu hören, dann schob sich Hannah in letzter Sekunde durch den Spalt. Kaum war sie hindurchgeschlüpft, schlossen sich die Türen und der Aufzug setzte sich in Bewegung.

Scheiße. Jetzt saß sie mit der Frau, die sie zu küssen versucht hatte, in dem kleinsten, langsamsten Aufzug in ganz Oregon fest. Winter schluckte gegen das trockene Gefühl in ihrer Kehle an.

Hannah stellte sich vor das Bedienfeld, sodass Winter die Knöpfe des Aufzugs nicht erreichen konnte. Offenbar hatte sie sich für die Willkommensparty in Schale geworfen. Statt Yogahose und T-Shirt trug sie ein rosafarbenes Kleid, das farblich zu ihren geröteten Wangen passte. Es umschmeichelte ihre Kurven, ohne zu tiefe Einblicke zu gewähren.

Nicht dass Winter darauf geachtet hätte, was Hannah anhatte.

Na schön, vielleicht doch. Aber nur, weil sie heute Abend für eine Frau, die ihren Lebensunterhalt im Schlafanzug verdiente, gar nicht so schlecht aussah und weil es einfacher war, sich auf Hannahs Outfit zu konzentrieren, anstatt ihr in die Augen zu sehen.

Als Winter nichts sagte, winkte Hannah, als wollte sie ihre Aufmerksamkeit erregen. »Wirst du jetzt endlich mit mir reden, oder muss ich den Not-Stopp-Knopf drücken?«

Einen Moment lang versagten Winters Stimmbänder ihr den Dienst. Auch ihr Gehirn funktionierte nicht. Schließlich sagte sie das Erste, was ihr in den Sinn kam: »Ist es eine deiner Fantasien, mit mir im Aufzug festzustecken?«

»Also ist das wirklich deine bevorzugte Strategie, wenn du dich unbehaglich fühlst«, sagte Hannah.

»Was? Wovon redest du?«

»Wenn du dich einer Frau gegenüber unbehaglich fühlst, machst du einen zweideutigen Scherz oder einen Annäherungsversuch«, antwortete Hannah. »Deshalb hast du versucht, mich zu küssen. Du hast es als Not-Stopp benutzt, um aus der Sitzung herauszukommen, ohne zugeben zu müssen, dass Kuscheln dich nervös macht.«

»Blödsinn.« Das Wort platzte aus Winter heraus. »Ich habe versucht, dich zu küssen, weil …«

Mit einem dumpfen Rumpeln erreichte der Aufzug das Untergeschoss und die Tür öffnete sich.

Winter widerstand dem Drang, sich den kalten Schweiß von der Stirn zu wischen. *Puh. Gerade noch rechtzeitig.*

Doch anstatt auszusteigen, drückte Hannah den Knopf, der die Tür schloss, dann den für die oberste Etage.

Bevor Winter versuchen konnte, sich an ihr vorbeizudrängeln, ging die Tür zu, und der Aufzug fuhr mit der Geschwindigkeit einer arthritischen Schildkröte zurück nach oben.

Verdammt noch mal. Winter funkelte sie an.

»Du hast versucht, mich zu küssen, weil …?«, fragte Hannah.

»Weil …« Bisher hatte Winter es vermieden, darüber nachzudenken, und sich stattdessen auf Brookes ruchlose Machenschaften konzentriert, die ihnen diesen Schlamassel eingebrockt hatten. Außerdem war es doch ziemlich offensichtlich, oder nicht? »Weil unsere Gesichter nur wenige Zentimeter voneinander entfernt waren, und, na ja, deine Lippen sahen unglaublich weich aus, und da habe ich einfach …« Die Hitze in Winters Wangen nahm mit jedem Wort zu. Hatte sich die Luft in dem winzigen Aufzug aufgeheizt oder wurde sie gerade rot? Das war ihr schon seit der Pubertät nicht mehr passiert.

»Um dich mal zu zitieren: Blödsinn. Ich war dabei, Winter. Wie du gerade gesagt hast: Unsere Gesichter waren nur wenige Zentimeter voneinander entfernt. Ich habe dir in die Augen gesehen und was ich da sah, war kein Verlangen. Es waren Wut und Angst. Hauptsächlich Angst. Ich habe es in dem Moment nicht richtig gedeutet, weil ich, ähm, abgelenkt war, aber jetzt bin ich mir ziemlich sicher, dass es Angst war.«

»Blödsinn!«

Der Aufzug kam im obersten Stockwerk an und die Tür ging auf.

Hannah stieg nicht aus oder wich zurück, aber sie machte aus der Unterhaltung auch keine feindselige Konfrontation. Der Ausdruck in ihren Augen war sogar ein wenig belustigt, als sie Winter musterte. »Machen wir das jetzt den ganzen Abend lang? Abwechselnd auf den Aufzugsknopf drücken und ›Blödsinn‹ sagen?«

Trotz der Anspannung, die Winters ganzen Körper schmerzen ließ, konnte sie den Anflug eines Lächelns nicht unterdrücken. Sie drückte den Knopf für das Untergeschoss. »Schon möglich.«

Hannah erwiderte das Lächeln. Nach einem Moment wurde sie wieder ernst. Sie streckte die Hand aus, hielt dann aber inne, ohne Winters Arm zu berühren. »Es tut mir leid.«

Winter starrte sie an. Hatte sie sich verhört? »*Du* entschuldigst dich bei *mir*?«

»Ja. Weil ich es anscheinend nicht geschafft habe, eine Atmosphäre zu schaffen, in der du dich wohl genug gefühlt hättest, um den Mund aufzumachen und mir zu sagen, dass du die Sitzung beenden willst. Du dachtest, mich zu küssen, wäre der einzige Ausweg, wie du dem Kuscheln entkommen könntest.«

»Ich habe nichts dergleichen gedacht!« Oder doch? Sie hatte versucht, Hannah zu küssen, weil sie es wollte. Aber je länger sie darüber nachdachte, desto mehr Sinn ergaben Hannahs Worte.

»Bitte sei ehrlich zu mir – und zu dir selbst – und beantworte mir eine Frage.«

Winter verschränkte die Arme vor der Brust und musterte sie misstrauisch. »Eine Frage und dann lässt du die Sache auf sich beruhen?«

Hannah nickte. »Ich verspreche es.«

»Na gut. Stell deine Frage.«

Der Aufzug kam im Untergeschoss zum Stillstand.

Sobald sich die Tür öffnete, drückte Hannah den Knopf für den obersten Stock, ohne den Blick von Winter abzuwenden. »Warum hast du eine Kuschelsitzung bei mir gebucht?«

Nur das Summen des Aufzugs, der sie zurück in den vierten Stock beförderte, unterbrach die Stille. Winter schwirrte der Kopf, aber sie wusste, dass es nicht am Hin- und Herfahren des Aufzugs lag. Mit dieser Frage hatte sie nicht gerechnet.

Sollte sie lügen und sich einen anderen Grund ausdenken, der halbwegs plausibel klang? Das schien viel sicherer zu sein, als die Wahrheit zu sagen.

Hannah sah sie unverwandt an. Der Ausdruck in ihren Augen war warm, ohne Misstrauen oder Vorwurf, selbst nachdem Winter während der Kuschelsitzung praktisch über sie hergefallen war und sich dann geweigert hatte, darüber zu reden.

Erstaunlich. Winter verstand nicht, wie Hannah der Welt mit solcher Offenheit begegnen konnte, aber insgeheim bewunderte sie Hannah dafür. Wollte sie ihre Freundlichkeit und ihr Mitgefühl wirklich mit einer Lüge belohnen?

Nein, entschied Winter. Sie fühlte sich auch so schon schuldig wegen des Beinahe-Kusses. Hannah hatte etwas Besseres verdient.

Scheiße. Seit wann scherte sie sich um die Gefühle anderer Leute?

»Ich habe es getan, weil Brooke mich dazu herausgefordert hat«, sagte sie, bevor sie es sich anders überlegen konnte.

Hannah starrte sie an, als hätte sie mit allem gerechnet, nur nicht mit dieser Antwort. »Sie hat dich dazu herausgefordert?«

Winter rieb sich den Nacken. Wenn man es laut aussprach, klang es ziemlich kindisch. »Wir haben eine sehr komplizierte Beziehung.«

Im obersten Stockwerk ging die Fahrstuhltür auf, und dieses Mal hinderte Hannah sie am Schließen, indem sie sie mit ihrem Körper blockierte, anstatt erneut den Knopf für das Untergeschoss zu drücken. »Hab ich mir schon gedacht«, murmelte sie. »Aber warum sollte sie dich dazu herausfordern, eine Sitzung bei mir zu buchen?«

»Sie sagte, sie wolle sich vergewissern, dass deine Geschichte stimmt und du wirklich Julians professionelle Kuschlerin warst.«

Hannah presste sich eine Faust auf die Brust, als hätten Winters Worte eine Wunde gerissen. »Moment mal! Du hast gedacht, ich hätte gelogen, als ich sagte, ich sei professionelle Kuschlerin und er mein Kunde? Oder dass ich Jules irgendwie dazu gebracht habe, mir die Hälfte des Hauses zu hinterlassen?«

»Nein!«, sagte Winter rasch. »Ich meine, vielleicht habe ich das anfangs noch gedacht. Ich konnte mir nicht vorstellen, dass Julian mit jemandem kuschelt. Ich kann es mir immer noch nicht vorstellen, um ehrlich zu sein.«

»Hat er aber!«

Winter hob beide Hände. »Ich weiß. Ich sage nicht, dass du lügst. Nur … das ist nicht der Mann, den ich kannte. In vierzig Jahren hat er mich nie umarmt. Nicht ein einziges Mal.« *Mist.* Sie hatte nicht vorgehabt, ihr das zu gestehen. Sie wollte Hannahs Mitleid nicht. »Ist auch egal. Das ist nicht der Grund, warum ich die Sitzung gebucht habe. Es ist nicht einmal der eigentliche Grund, warum Brooke mich dazu herausgefordert hat. Das hatte nichts mit dir zu tun, sondern nur mit mir und ihr.«

Hannah runzelte die Stirn. »Ich verstehe nicht, was du meinst.«

»Brooke weiß, dass ich mir nichts aus Kuscheln mache. Sie war überzeugt, dass ich die Kuschelsitzung nicht durchziehen würde. Und selbst wenn, wusste sie, dass es die Situation zwischen uns so angespannt machen würde, dass eine von uns früher oder später ausziehen und sie deren Haushälfte erben würde.«

Hannah sackte gegen die Seite der offenen Aufzugstür. »Mein Gott! Das ist ein durchtriebener Plan.«

Winter zuckte mit den Schultern. »Ja, aber ich hätte damit rechnen sollen. So war das schon immer.«

»Warum gibt es so viel böses Blut zwischen euch? Ihr seid doch Schwestern! Ich kann mir nicht vorstellen, dass ich meinen Geschwistern so etwas antun würde. Hat es damit zu tun, dass Jules und deine Mutter … ähm …?«

Winter wusste, worauf sie hinauswollte. Sie versuchte, ganz ruhig zu klingen. »Du bist also dahintergekommen, dass er Brookes Mutter mit meiner betrogen hat.«

»Das war nicht weiter schwer, da ihr Halbschwestern und ungefähr im selben Alter seid. Ich wollte nur nicht den Finger in alte Wunden legen, deshalb habe ich nichts gesagt.«

Winter winkte ab. »Es ist keine Wunde. Es ist mir egal, ob sie mich hasst. Ich habe genauso wenig für sie übrig.«

»Blödsinn.« Hannahs sanfter Ton stand im Gegensatz zu ihrer herausfordernden Antwort.

»Fangen wir jetzt wieder mit dem Blödsinn-Spiel an?«

»Ich bin bloß ehrlich. Wenn deine Schwester dir egal wäre, warum sollte es dich dann stören, wenn sie denkt, du könntest keine Kuschelsitzung durchstehen? Und behaupte jetzt nicht, es würde dich nicht stören. Warum hättest du ihre Herausforderung sonst annehmen sollen?«

»Weil ich es satthabe, dass sie immer als Gewinnerin dasteht, als Lieblingskind, das nichts falsch machen kann, während ich bloß das ungewollte Ergebnis einer Affäre mit seiner Sekretärin bin.« Winter biss sich so hart auf die Innenseite ihrer

Wange, dass sie Blut schmeckte. Warum zum Teufel erzählte sie Hannah ständig Dinge, die sie noch nie jemandem anvertraut hatte?

Hannah trat aus der offenen Tür und kam zurück in den Fahrstuhl. Sie stand vor Winter, ohne sie zu berühren, doch Winter konnte ihr ansehen, wie schwer es ihr fiel, ihr nicht aufmunternd auf die Schulter zu klopfen oder tröstend ihren Arm zu ergreifen. »Es tut mir wirklich leid, dass er dir das Gefühl gegeben hat, weniger wert zu sein als Brooke.«

Ihr aufrichtiges Mitgefühl drohte den Schutzpanzer von Winters Gleichgültigkeit zu durchdringen, den sie sich über die Jahre hinweg zugelegt hatte. Sie wischte es mit einer abwehrenden Handbewegung beiseite. Es brachte nichts, über Dinge zu jammern, die sich nicht mehr ändern ließen.

Ihre Apple Watch gab ein Piepen von sich. Die Erinnerung an die Party kam genau zur rechten Zeit. »Wenn wir uns nicht beeilen, kommen wir zu spät zu unserer eigenen Willkommensparty.«

Nun, da die Tür nicht mehr durch Hannahs Körper blockiert wurde, glitt diese zu. Schnell griff Winter um sie herum und drückte den Knopf für das Untergeschoss, um endlich dieser Situation zu entkommen.

Der Aufzug setzte sich mit einem lauten Brummen in Bewegung, das die Stille zwischen ihnen überdeckte.

Winter wusste, dass sie das Gespräch an dieser Stelle hätte beenden können. Vermutlich wäre Hannah bereit gewesen, es auf sich beruhen zu lassen. Aber die ungesagten Worte lagen ihr wie Steine im Magen. »Apropos leidtun … Ich hätte nicht tun sollen, was ich getan habe.« Sie starrte auf ihre glänzenden Halbschuhe hinab, dann zwang sie sich, Hannah in die Augen zu sehen. »Es tut mir leid, dass ich versucht habe, dich zu küssen. Das war nicht in Ordnung, und ich verspreche, dass es nicht wieder vorkommen wird.«

»Danke. Das weiß ich zu schätzen«, sagte Hannah. »Aber nächstes Mal weich mir bitte nicht tagelang aus und zwing mich nicht, dich in einem Aufzug festzunageln.«

»Wie ich eben sagte, es wird kein nächstes Mal geben.«

Hannah musterte sie mit einer Miene, die Winter nicht deuten konnte. Schließlich nickte sie. »In Ordnung.«

Der Fahrstuhl kam im Untergeschoss an und die Tür ging auf.

Als Hannah sich umdrehte und ausstieg, fragte Winter: »Dann ist also alles in Ordnung zwischen uns?« Die Tatsache, dass es überhaupt ein *Uns* gab, ließ sie einen Moment zögern, bevor sie Hannah aus dem Aufzug folgte.

Hannah blieb stehen und drehte sich zu ihr um. »Fragst du, weil du nicht willst, dass Brooke gewinnt?«

»Ja«, sagte Winter. »Sie sollte mit ihren manipulativen Spielchen nicht durchkommen.«

»Der Meinung bin ich auch.« Hannah nickte, presste aber ihre vollen Lippen zusammen – Lippen, die Winter wirklich nicht ständig anstarren sollte. Sie wirbelte herum und marschierte in Richtung Partyraum.

Hatte Winters unverblümte Antwort sie verletzt?

Mist. Brooke hatte recht. Gesellschaftliche Etikette war nicht ihre Stärke.

»Und weil ich wirklich möchte, dass zwischen uns alles in Ordnung ist«, rief Winter ihr hinterher. Mann, das klang viel zu gefühlsduselig. »Ich meine, ich würde nur ungern eines Morgens aufwachen und billige Nicht-Bio-Bohnen in meiner Espressomaschine vorfinden.«

Hannah lachte. »Du hast mich also doch gehört.«

»Ich habe gearbeitet«, sagte Winter.

»Ja, klar. Du hast an einer Ausrede dafür gearbeitet, warum du versucht hast, mich zu küssen.«

Hinter ihnen räusperte sich jemand.

Na toll. Die betreffende Person hatte vermutlich mitbekommen, was Hannah gesagt hatte. Winter massierte sich die Nasenwurzel, setzte dann ihr Pokerface auf und drehte sich um.

Es war ausgerechnet Heather. Sie hielt eine große, mit Alufolie bedeckte Schüssel in den Händen und grinste breit.

»Was ist?« Winter warf ihr einen warnenden Blick zu.

»Ach, nichts. Ich bin nur froh zu hören, dass meine zukünftigen Vermieterinnen so gut miteinander auskommen.« Heather kicherte. »Kommt mit. Ich stelle euch allen vor, die ihr noch nicht kennt.«

Seufzend folgte Winter ihr zum Partyraum.

Als sich die Fahrstuhltür hinter ihnen schloss, sackten Hannah und Winter gegen die Metallwände und atmeten laut aus.

Winter blickte zu Hannah herüber. »Warum klingst du so erleichtert? Du bist richtig gut im Small Talk. Die Mieter waren sichtlich begeistert von dir.«

Tatsächlich? Es tat gut, das von Winter zu hören. Hannah hatte sich im Laufe des Abends mit jedem der Mieter unterhalten. Alle schienen nett zu sein. »Es hat Spaß gemacht. Ich unterhalte mich gern mit Leuten, aber hinterher bin ich auch immer froh, wenn ich wieder nach Hause gehen kann, besonders nach großen Feiern. Mein Gehirn kann mit all den neuen Gesichtern nicht Schritt halten.«

Winter brummte zustimmend. »Ja, die sollen bloß keine alljährliche Weihnachtsfeier erwarten.«

Hannah streckte die Hand aus, um Winter anzustupsen, hielt dann aber inne. Sie mochte Körperkontakt und neigte dazu, ihre Mitmenschen während einer Unterhaltung immer wieder kurz zu berühren, ohne groß darüber nachzudenken. In ihrem Freundeskreis mochten das alle, aber bei Winter musste sie wirklich damit aufhören. Wenn ihre missglückte Kuschelsitzung eines gezeigt hatte, dann das, wie unwohl Winter sich bei jeglichem Körperkontakt fühlte.

Sie ließ ihre Hand sinken. »Ach, komm schon. Tu nicht so, als hättest du keine sozialen Fähigkeiten.«

»Das habe ich nicht behauptet. Meine soziale Kompetenz besteht darin, Leute einzuschüchtern, damit sie sich von mir fernhalten.«

Hannah grinste. »Ja, offensichtlich war Mrs Kline so eingeschüchtert, dass sie bis runter zu ihren Crocs gezittert hat. Das muss wohl auch der Grund gewesen sein, warum sie sich den Großteil des Abends an deinem Arm festgehalten und Essen auf deinen Teller gehäuft hat. Ich hätte schwören können, sie ist in dich verknallt!«

Während sie sich mit den anderen Mietern unterhalten hatte, hatte sie immer wieder einen Blick auf Winter und ihre älteste Mieterin geworfen. Allen anderen gegenüber hatte Winter ihr professionelles Pokerface aufgesetzt, aber als sie sich zu Mrs Kline hinabgebeugt hatte, damit diese sie besser verstehen konnte, hatte ein sanfter Ausdruck in ihren Augen gelegen.

»Blödsinn!«, sagte Winter. »Die Frau ist fünfundachtzig! Sie ist nicht in mich verknallt.«

»Wenn wir nicht aufpassen, wird dieses Wort noch zum Zwang, jedes Mal, wenn wir in einen Fahrstuhl steigen. Und nur fürs Protokoll: Es gibt keine Altersgrenze für Schwärmereien. Ich habe vor, noch mit fünfundachtzig in meinen Mann oder meine Frau verliebt zu sein.«

Winter stöhnte. »War ja klar, dass du eine hoffnungslose Romantikerin bist.«

Der Aufzug erreichte das oberste Stockwerk und sie stiegen aus.

»Was soll das denn heißen?« Natürlich wusste Hannah genau, was Winter meinte, aber es machte Spaß, sich einen verbalen Schlagabtausch mit ihr zu liefern. Nach fünf Tagen frostigen Schweigens war jede Unterhaltung zwischen ihnen eine Erleichterung.

Winter schloss die Wohnungstür auf und ging einen Schritt zur Seite, um Hannah vor sich eintreten zu lassen. »Nichts«, sagte sie, als sie ihr in die Wohnung folgte. »Es passt einfach zu dieser ganzen Kuscheln-wird-dich-heilen-Sache.«

»Apropos Kuscheln … Ich mache morgen früh einen Hausbesuch bei einem Kuschelkunden, deshalb sollte ich jetzt lieber ins Bett gehen«, sagte Hannah.

»In Ordnung. Gute Nacht.«

»Gute Nacht.« Als Hannah vor ihrer Schlafzimmertür stand, ging Winter weiter in Richtung ihres eigenen Zimmers. »Ach, Winter?«

Winter blieb stehen und blickte halb misstrauisch, halb neugierig in ihre Richtung. »Ja?«

»Wehe, ich finde morgen früh den Hundert-Dollar-Schein in meiner Tasse wieder.«

Winter drehte sich ganz zu ihr um. »Komm schon. Du hast dir das Geld redlich verdient.«

»Nein, habe ich nicht. Diese Sitzung entsprach nicht der üblichen Qualität. Ich habe sie falsch angefangen und von da an ging alles bergab. Ich würde mich schuldig fühlen, wenn ich dafür Geld nehmen würde.«

»Himmel, und du sagst, ich sei stur!« Ein leises Knurren drang durch den Flur. »Na gut. Ich werde das Geld nicht in deine Tasse stecken.«

»Und auch sonst nirgendwohin«, fügte Hannah hinzu.

»Na schön«, sagte Winter. »Kein Geld wird den Besitzer wechseln. Bist du jetzt zufrieden?«

Hannah nickte. »Ja. Danke.«

Erst als die Tür hinter Winter zufiel, wurde Hannah bewusst, wie vorsichtig sie ihre Worte gewählt hatte. Es würde kein Geld den Besitzer wechseln … Das schloss nicht aus, dass Winter versuchen würde, sie auf andere, nicht monetäre Weise für die Sitzung zu bezahlen.

Wie sie Winter kannte, würde sie mit Kakteen im Wert von hundert Dollar ankommen, um Hannahs Arbeitszimmer damit auszustatten.

Kapitel 15

Ein paar Tage später lag Hannah auf der Couch im Wohnzimmer und versuchte, mit einer Hand zur nächsten Seite ihres Liebesromans zu blättern, während sie mit der anderen nach einem Stück Schokolade griff. Ihr Blick blieb auf das Buch gerichtet, als sie sich ein Stück Zartbitterschokolade mit Himbeerfüllung in den Mund schob.

Der Roman stammte von Kim Hartfield. In dieser Szene gingen die Hauptfiguren, eine erfolgreiche Schriftstellerin und die Besitzerin eines Cafés, dem Rätsel auf den Grund, warum Letztere Lesen furchtbar langweilig fand.

Hannah verstand es auch nicht. Sie war schon immer eine Leseratte gewesen und hatte insbesondere Liebesromane geradezu verschlungen. Wie konnte jemand nicht gern lesen?

Schließlich fanden die beiden Charaktere die Erklärung.

Das Buch fiel ihr aus der Hand und Hannah hätte sich fast an einem Stück Schokolade verschluckt. *Heiliger Strohsack!* Die Cafébesitzerin hatte Afantasie!

Wenn sie ein Buch las, spielten sich die beschriebenen Ereignisse nicht wie ein Film vor ihrem geistigen Auge ab, und das war der Grund, warum Lesen sie langweilte.

Auch bei Hannah fand kein Kopfkino statt, weshalb sie Romane mit ausschweifenden Landschaftsbeschreibungen mied, aber sie konnte sich trotzdem in fiktiven Welten verlieren. Beim Lesen ging es ihr vor allem um die Gefühle.

Aber es war schon cool, dass Afantasie in einem Buch vorkam, auch wenn der Charakter nicht so gern las wie sie. Noch nie war sie in einem Buch, einem Film oder einer Fernsehsehsendung auf eine Figur mit Afantasie gestoßen. Das war wahrscheinlich der Grund, warum sie fast dreißig Jahre gebraucht hatte, bis ihr klar geworden war, dass ihr Gehirn anders funktionierte und dass es sich nicht nur um Metaphern handelte, wenn andere von mentalen Bildern oder einem inneren Auge sprachen.

Hannah setzte sich auf und las das Kapitel noch einmal, weil sie es genoss, ihre eigenen Erfahrungen in einem Buch widergespiegelt zu sehen. Sie umklammerte den Roman mit beiden Händen und hüpfte auf der Couch auf und ab. »Ja, ja, ja!«

»Hast du einen Moment Zeit oder soll ich später wiederkommen?«, kam Winters Stimme von der Tür her.

Hannah ließ das Buch fallen, als wäre sie mit einem Porno erwischt worden.

Winter lehnte im Türrahmen, ihren Laptop unter dem Arm und ein amüsiertes Funkeln in den Augen.

»Nein, komm rein.« Hannah nahm das Buch und legte es auf den Couchtisch.

Seit ihrer Unterhaltung im Aufzug waren fünf Tage vergangen. Zwar war Winter ihr seither nicht mehr aus dem Weg gegangen, aber sie hatte auch kein Gespräch gesucht, so als wüsste sie nach der misslungenen Kuschelsitzung noch immer nicht so recht, was sie sagen sollte. Dies war das erste Mal, dass sie Hannah aufgesucht hatte.

Winter setzte sich ans andere Ende der Couch und betrachtete den Roman. »Muss eine spannendere Lektüre sein als das Buch über Permission-Marketing, das gerade in meiner Lese-App auf mich wartet.«

»Da wette ich drauf. Ich kann es dir gern ausleihen, wenn ich fertig bin.«

»Nein danke.« Winter rümpfte die Nase. »Romanzen sind nicht mein Ding.«

Meinte sie damit Liebesromane oder auch Beziehungen? Eigentlich war es ja egal, denn Winter war überhaupt nicht ihr Typ, so unbestreitbar gut sie auch aussah. »Kann ich etwas für dich tun?«

»Eher andersherum. Zuerst einmal ...« Winter reichte Hannah einen neongelben Würfel.

Es war ein Stapel Haftnotizen. Hannah starrte ihn an.

»Du hast gesagt, dir gingen die Notizzettel aus«, sagte Winter.

Jetzt fielen Hannah die Zettel ein, die sie einander vergangene Woche geschrieben hatten, als Winter ihr aus dem Weg gegangen war. Sie brach in Gelächter aus. »Danke, aber ich hoffe, das heißt nicht, du willst zur schriftlichen Kommunikation zurückkehren.«

»Nein. Ich begleiche nur eine Schuld. Und ich wollte dir das hier zeigen.« Winter rutschte näher an sie heran, öffnete ihren Laptop und reichte ihn Hannah.

Der Browser war geöffnet und zeigte eine Webseite an. Ganz oben prangte ein Banner, auf dem ein vollständig bekleidetes Paar miteinander kuschelte. Die Menüleiste war mangogelb, eine von Hannahs Lieblingsfarben, und die Menüpunkte umfassten *Kuschelregeln, Über Ihre Kuschlerin* und *Sitzung buchen.* Es war eine hübsche Webseite, modern und doch einladend. Hannah hatte sie noch nie zuvor gesehen, obwohl sie die meisten professionellen Kuschler kannte oder zumindest schon von ihnen gehört hatte, nicht nur von denen in Portland, sondern auch in anderen Städten.

»Siehst du dir die Konkurrenz an?« Hannah lachte. »Ich hätte nicht gedacht, dass du an einer weiteren Sitzung mit einer Profi-Kuschlerin interessiert bist.«

Wäre Winter katholisch gewesen, hätte sie sich jetzt wahrscheinlich bekreuzigt. »Bin ich nicht. Das ist deine Webseite.«

Hannah schüttelte den Kopf. »Ich habe keine Webseite.«

»Und genau deshalb habe ich dir eine gemacht.«

Hannah starrte auf den Laptop, dann zu Winter. »Du hast mir eine Webseite erstellt? Einfach so?«

»Ich schulde dir noch hundert Dollar, und ich habe versprochen, dass kein Geld den Besitzer wechseln wird.«

Eine Webseite war viel besser als ein Dutzend Kakteen, aber sie musste das Ergebnis stunden- wenn nicht gar tagelanger Arbeit sein und Winters Stundenlohn war zweifellos um einiges höher als ihr eigener. »Erstens verlange ich achtzig Dollar für eine Kuschelsitzung, nicht hundert. Zweitens schuldest du mir gar nichts. Und selbst wenn, würde diese Webseite mehr als achtzig oder hundert Dollar kosten.«

»Ach was«, sagte Winter. »Sie ist ziemlich einfach aufgebaut.«

Hannah sah sich auf der Seite um. Sie mochte in Winters Augen einfach sein, aber Winter hatte eindeutig Recherche betrieben und sich die Webseiten anderer Profi-Kuschler angesehen, bevor sie Hannahs erstellt hatte. Es gab eine Unterseite mit häufig gestellten Fragen, ein Kontaktformular und sogar Platz für Erfahrungsberichte von Kunden. Hannah klickte auf einen Menüpunkt mit der Aufschrift *Über Ihre Kuschlerin.*

»Keine Sorge«, sagte Winter. »Es ist alles bloß auf localhost, also noch nicht freigeschaltet. Du musst noch einen Domänennamen kaufen, einen Provider auswählen und das *Lorem ipsum* ersetzen.«

»*Lorem ipsum*?«

»Der Blindtext, den ich benutzt habe. Und das Foto. Ich hatte kein Bild von dir, deshalb habe ich einen Platzhalter verwendet.« Winter zeigte auf das Foto oben auf der Seite. Es zeigte zwei niedliche Kätzchen, die sich in einem Korb aneinanderkuschelten.

»Ich weiß nicht, was ich sagen soll, Winter. Es scheint mir nicht fair zu sein, die Webseite anzunehmen, obwohl ich dir nicht bezahlen kann, was deine

Zeit wert ist.« Mit einem zögerlichen Lächeln fügte Hannah hinzu: »Ich würde dir ja anbieten, dich in Naturalien zu bezahlen, aber du wolltest keine weitere Kuschelstunde, deshalb habe ich keine Ahnung, was ich dir als Gegenleistung anbieten soll.«

Winter musterte sie intensiv. Die Falte oberhalb ihrer Nasenwurzel vertiefte sich. »Du würdest wirklich noch einmal mit mir kuscheln, nachdem … ähm, unsere Sitzung so ein abruptes Ende nahm?«

»Warum denn nicht? Jeder hat eine zweite Chance verdient, und du hast versprochen, so etwas nie wieder zu tun, deshalb fühle ich mich sicher bei dir.«

Winter schüttelte ungläubig den Kopf. »Ich weiß nicht, ob du außergewöhnlich großzügig oder außergewöhnlich naiv bist. Oder beides.«

»Für jemanden, der im Marketing tätig ist, bist du nicht gut im Komplimente-Machen.«

»Wer sagt, dass das ein Kompliment war?«, erwiderte Winter.

Hannah lachte. »Stimmt.« Sie wandte ihre Aufmerksamkeit wieder der Webseite zu. Obwohl sie noch nicht fertig war, sah sie schon jetzt besser aus als die ihrer Kolleginnen.

»Also«, sagte Winter schließlich, »gefällt sie dir?«

»Ja, sehr sogar.« Hannah knabberte an ihrer Unterlippe, als ihr klar wurde, was es bedeuten würde, eine eigene Webseite zu haben.

»Aber?«, fragte Winter. »Wenn du irgendetwas geändert haben willst, kann ich es leicht anpassen.«

»Nein, das ist es nicht. Es ist eine tolle Webseite. Aber wenn ich sie annehme, hat das Konsequenzen.«

Die Falte über Winters Nase grub sich noch tiefer in ihre Haut. »Ich habe keinerlei Hintergedanken und erwarte nichts im Gegenzug. Ich spiele keine albernen Spielchen wie Brooke oder Julian.«

»Ich weiß.« Hannah hielt sich am Laptop fest, um nicht die Hand auszustrecken und Winters Arm zu berühren. Es fiel ihr erstaunlich schwer, ihre Hände bei sich zu behalten. »Aber mein Vertrag mit *Schmuseeinheit* erlaubt es mir nicht, eine eigene Webseite zu haben. Vermutlich befürchten sie, dass ich ihnen Kunden abwerbe. Entweder arbeite ich weiterhin mit der Vermittlungsplattform zusammen oder ich nehme deine Webseite an und mache mich selbstständig.«

Winter warf ihr einen verwirrten Blick zu. »Was gibt es da noch zu überlegen? Es ist toll, seine eigene Chefin zu sein!«

»Für dich ist es das bestimmt. Du bist im Marketing tätig und weißt, wie man neue Kunden gewinnt. Aber ich habe keine Ahnung davon. Ich war froh, die Kundenakquise *Schmuseeinheit* überlassen zu können. Ich musste noch nie selbst Werbung machen, Rechnungen schreiben, eine Gruppe für professionelle Kuschler aufbauen oder nach Weiterbildungsmöglichkeiten suchen. Das macht alles *Schmuseeinheit* für mich.«

»Ja, aber brauchst du sie noch? Du hast doch Valentina, Tammy und den Rest deiner Kuschelfreunde.«

Hannah dachte darüber nach. Winter hatte recht. Sie hatte sich schon länger nicht mehr in die Facebook-Gruppe für Profi-Kuschler eingeloggt. Nach fünf Jahren als Kuschlerin brauchte sie nicht mehr so viel Unterstützung. Außerdem hatte sie sich mittlerweile ein eigenes Netzwerk aus Kolleginnen aufgebaut, an die sie sich wenden konnte. Auch die Weiterbildungs-Webinare, die *Schmuseeinheit* anbot, brachten ihr kaum noch neue Erkenntnisse. »Stimmt. Aber für die Kundenakquise brauche ich sie nach wie vor.«

»Aber hast du nicht inzwischen viele Stammkunden? Einige Gesichter kommen mir langsam bekannt vor.«

»Ja, aber nur von meinen Stammkunden könnte ich nicht leben. Es gibt einfach noch nicht genug Leute, die an wöchentlichen Sitzungen interessiert sind. Ungefähr ein Drittel meines Einkommens stammt von Kunden, die es bloß einmal ausprobieren wollen und dann nie eine zweite Stunde buchen. Die kommen alle von der *Schmuseeinheit*-Webseite, nicht von den Kuschelpartys, die ich veranstalte, oder von Therapeuten, mit denen ich zusammenarbeite. Der Gedanke, das aufzugeben, macht mir Angst.« Hannah wischte sich die klammen Hände an ihrer Yogahose ab, um keine schwitzigen Fingerabdrücke auf Winters Laptop zu hinterlassen.

»Warst du nicht diejenige, die mir gesagt hat, dass die Dinge, die uns am meisten Angst machen, oft genau die sind, die wir am meisten brauchen?«

Hannah rang sich ein Lächeln ab. »Kommt mir bekannt vor. Aber wie würde ich neue Kunden finden, wenn ich nicht mehr mit *Schmuseeinheit* zusammenarbeite?«

»Ganz einfach«, sagte Winter. »Du schaltest Anzeigen auf Google, Facebook und Instagram und versuchst, Leute anzusprechen, die sich für ähnliche Dinge interessieren – Massagen, Wellness, Sauna. Wir könnten der Webseite einen Blog hinzufügen, damit sie in den Suchmaschinen besser platziert wird, und man könnte bei Veranstaltungen Flyer mit Rabatt für Erstkunden verteilen.«

»In der Theorie hört sich das alles super an, aber ich habe keine Ahnung, wie man das alles macht«, sagte Hannah.

Winter lehnte sich zurück und verschränkte die Hände über ihrem Bauch. Ein selbstbewusstes Lächeln umspielte ihre Lippen. »Was für ein Glück, dass du mit der besten Marketingexpertin der Westküste zusammenlebst.«

»Und mit der bescheidensten«, fügte Hannah grinsend hinzu. »Aber mal im Ernst, ich kann nicht erwarten, dass du das alles umsonst machst.«

»Wer sagt, dass ich es umsonst mache? Was zahlst du *Schmuseeinheit* dafür, dass dein Profil auf deren Webseite erscheint?«

»Sie kassieren fünfzehn Prozent von dem, was ich mit den Sitzungen verdiene.«

»Wie wäre es dann, wenn du mir zehn Prozent von dem bezahlst, was du durch meine Marketingmaßnahmen verdienst?«, sagte Winter. »Nur so lange, bis die zweiundneunzig Tage um sind. Dann sehen wir weiter.«

Falls Winter als Marketingexpertin so gut war, wie Hannah glaubte, wäre das ein gutes Geschäft, zumindest für Hannah. »Warum nur zehn Prozent, obwohl *Schmuseeinheit* fünfzehn nimmt?«

»Weil du bei den Inhalten helfen musst. Nur weil ich deinen Kuschelschinken durchgeblättert habe, heißt das nicht, dass ich genug über professionelles Kuscheln weiß, um es bewerben zu können.«

»Kuschelschinken?« Hannah blickte zu dem lesbischen Liebesroman, der auf dem Couchtisch lag. Den meinte Winter doch nicht etwa, oder?

»*Das Kuschelsutra.*«

Hannah brach in Gelächter aus. Dann wurde sie wieder ernst und musterte Winter, deren eisblaue Augen nicht verrieten, was in ihr vorging. »Vor nicht allzu langer Zeit hättest du am liebsten die Eingangstür mit Stacheldraht gesichert, um meine Kunden fernzuhalten, und jetzt bietest du an, mir bei der Kundenakquise zu helfen? Woher der plötzliche Sinneswandel?«

»Wer sagt, dass ich einen Sinneswandel habe?« Winter schüttelte energisch den Kopf. »Meine Motivation ist völlig egoistisch und logisch. Wenn du keine Provision an *Schmuseeinheit* zahlen musst, kannst du dasselbe Einkommen mit weniger Kunden erzielen, und das bedeutet, dass weniger Fremde durch unsere Wohnung laufen.«

War das wirklich der Grund, warum Winter ihr helfen wollte? Wenn sie tatsächlich die beste Marketingexpertin der Westküste war, würden womöglich bald mehr statt weniger Fremde durch die Wohnung laufen. Hannah vermutete, dass Winter sich noch immer schuldig fühlte, weil sie versucht hatte, sie zu küssen. Sie konnte es nicht ertragen, ihr etwas schuldig zu sein, und da Hannah ihr verboten hatte, für die Sitzung zu zahlen, war dies ihre Art, ihre Schuld zu begleichen.

Dann wurde Hannah klar, was Winter gerade gesagt hatte. Ein breites Grinsen zog über ihr Gesicht.

»Warum grinst du so?«, fragte Winter.

»Du hast ›*unsere* Wohnung‹ gesagt.« Hannah fasste sich spielerisch ans Herz.

»Für den Moment ist es unsere. Aber ich erwarte, sie in siebenundsechzig Tagen ganz für mich allein zu haben, während du deinen Kuschelservice in den Keller verlegst oder wo auch immer die nächste Wohnung frei wird.«

In den Keller? Offenbar wollte Winter noch immer so viel Abstand wie nur möglich zwischen sich und Hannahs Kuschelservice bringen. Das tat weh. Hannah war fest entschlossen, das nicht zuzulassen. Ihre Kunden hatten das Sonnenlicht im obersten Stockwerk mit seinen Erkerfenstern genauso sehr verdient wie Winter.

»Also, sind wir uns einig?«, fragte Winter.

Es war eine Entscheidung, die eine Menge Vertrauen verlangte, nicht nur in sie selbst, sondern auch in Winter. Falls es erneut zum Streit kam oder Winter es sich anders überlegte und ihr nicht länger helfen wollte, wäre sie auf sich allein gestellt. Ohne *Schmuseeinheit* und ohne Hilfe beim Marketing würde sie ihren Lebensunterhalt nicht bestreiten können. Auf die Mieteinnahmen aus ihrer Haushälfte wollte sie sich nicht verlassen, denn noch hatte sie nicht geerbt. Sie atmete mehrmals tief durch, um ihren rasenden Herzschlag zu beruhigen, dann nickte sie und streckte ihre Hand aus. »Abgemacht.«

Gerade als Winter ihre Hand schütteln wollte, wurde Hannah klar, wie Winter die Bedingungen des Deals interpretiert haben könnte. Rasch zog sie ihre Hand zurück. »Bei unserer Abmachung geht es nur darum, dass du mir beim Marketing hilfst und dafür zehn Prozent bekommst, richtig?«

Winter neigte den Kopf zur Seite und betrachtete sie mit belustigter Miene. »Du denkst, das wäre ein Trick, um dich in den Keller zu verbannen, damit ich das oberste Stockwerk ganz für mich habe?«

Hannah senkte den Blick auf ihre Fingernägel und schaute dann wieder auf. »Tut mir leid. Ich wollte dir nicht unterstellen, dass du Tricks anwendest. Normalerweise gehöre ich nicht zu den Menschen, die anderen so etwas unterstellen. Aber nachdem wir uns anfangs nicht so gut verstanden haben, bin ich wohl noch etwas auf der Hut.«

Winter schien nicht verärgert zu sein. Nicht einmal überrascht, als wäre es in ihrer Welt völlig normal, anderen schmutzige Tricks und Manipulationsversuche vorzuwerfen. Nach allem, was Hannah über ihre Familie wusste, war es wohl tatsächlich so.

»Ich behaupte nicht, dass ich noch nie im Leben mit schmutzigen Tricks gearbeitet habe«, sagte Winter. »Aber das ist nicht der Normalfall. Wenn ich dich loswerden will, um die Wohnung ganz für mich zu haben, sage ich es dir ins Gesicht. Und ich behalte mir das Recht vor, genau das zu einem späteren Zeitpunkt auch zu tun.«

»Tja, du kannst es zumindest versuchen.« Anstatt sich bedroht zu fühlen, schätzte Hannah Winters Offenheit. Sie würde versuchen, sie mit der gleichen Ehrlichkeit zu behandeln und ihr die missglückte Kuschelsitzung nicht übel zu nehmen. Vielleicht könnte dies ein neuer Anfang für sie beide sein. Sie streckte erneut ihre Hand aus.

Winters lange Finger legten sich um ihre.

Ihr Griff fühlte sich fest und sicher an, und ihre Haut war so weich, dass Hannah ihre Hand länger festhielt als üblich. *Mensch, man sollte meinen, ich bekomme bei der Arbeit schon genügend Körperkontakt. Hör auf damit!* Sie zwang sich, loszulassen.

Sofort erhob sich Winter. »Gut. Wir können morgen loslegen.«

»Danke.«

Winter sah sie an, als würde sie auf etwas warten.

Hannah schaute sich um. Hatte sie etwas übersehen? Sie hatte sich doch gerade bei ihr bedankt, oder? »Ähm …«

»Ich brauche meinen Laptop«, sagte Winter.

»Oh. Entschuldigung.« Hannahs Wangen brannten. Sie hatte nicht bemerkt, dass sie noch immer den Laptop umklammerte, um nicht dem Impuls nachzugeben, Winter zu berühren. Schnell gab sie Winter das Gerät zurück.

Als Winter davonging, starrte Hannah ihr nach. *Das nenne ich mal ein emotionales Schleudertrauma.* Vor einer Woche hatten sie noch nicht einmal ein vernünftiges Gespräch führen können, ohne dass Hannah sie dazu im Aufzug gefangen hielt, und jetzt würden sie zusammenarbeiten! Die nächsten Wochen versprachen, interessant zu werden.

»Nein. Nein. Himmel, nein. Nö. Nein.« Winter klickte sich durch die Fotos auf dem USB-Stick, den Hannah ihr gegeben hatte, um ein Bild für die Webseite zu finden.

»Ich fange an, einen Minderwertigkeitskomplex zu entwickeln«, sagte Hannah, die Winter gegenüber am Schreibtisch saß. »Sehe ich wirklich auf jedem Bild so schrecklich aus?«

Winter hielt inne und betrachtete das Foto, das gerade auf dem Bildschirm erschien. Schrecklich? Nein. Hannah sah auf keinem der Bilder schrecklich aus. Ihr Lächeln war immer herzlich und ihre Augen leuchteten, als wäre jeder Tag ein herrliches Abenteuer. »Nein, du siehst schon okay aus. Ich finde nur nicht das richtige Foto für die Webseite.«

»Okay?« Hannah lachte. »Kein Wunder, dass du Single bist, wenn du so mit Frauen redest.«

»Ich bin Single, weil ich lieber allein bin«, sagte Winter, während sie sich weiter durch Bilder von Hannah klickte.

»Im Ernst?«

»Ja. Genießt Du es nicht, allein zu leben?«

Hannah stellte einen Fuß vor sich auf den Besucherstuhl, zog ihr Knie an die Brust und lehnte ihre Wange dagegen, während sie mit nachdenklichem Gesichtsausdruck auf ihre nackten Zehen starrte. »Ich mag mein Leben und bin auch allein nicht unglücklich. Aber jemanden zu haben, an den ich mich nach einem anstrengenden Tag kuscheln kann … jemanden, der mich zum Lachen bringt … das wäre das Sahnehäubchen.«

»Du kuschelst also auch privat, obwohl du es schon den ganzen Tag lang tust?« Winter staunte.

»Klar. Das ist etwas ganz anderes als mit einem Kunden. Es ist ein Geben und Nehmen, während ich mich beruflich ganz darauf konzentriere, was der Kunde braucht.«

Winter nickte bedächtig. »Ich glaube, deshalb hat Julian Kuschelstunden bei dir gebucht. Weil es kein Geben und Nehmen gab. Es ging nur um ihn und seine

Bedürfnisse, während er außer Geld nichts zurückgeben musste.« Julian hatte all seine Beziehungen so gestaltet.

Hannah ließ ihren Fuß zurück auf den Boden sinken. »Ich kann dir keine Einzelheiten über unsere Sitzungen verraten, das weißt du. Aber ich glaube, du unterschätzt ihn. Er hat mich nicht einfach nur bezahlt, während er emotional total unbeteiligt blieb. Natürlich war er ein Kunde, aber ich glaube, er hat schon versucht, mir auch ein Freund zu sein. Einmal hat mein Vermieter während einer Sitzung bei mir geklingelt, weil ich mit der Miete im Rückstand war. Jules hat angeboten –«

»Dir Geld zu geben?«, warf Winter ein. »Ja, darin war er gut. Seine Unterhaltszahlungen kamen immer pünktlich und er wollte mir sogar das Studium an einer Eliteuni finanzieren, als wäre das ein Ausgleich für …« Sie unterbrach sich und ballte die Hand um die Maus herum zur Faust. Woran lag es, dass sie Hannah immer wieder private Details erzählte, über die sie noch nie mit jemandem gesprochen hatte?

»Ein Ausgleich wofür?«, fragte Hannah leise, als Winter nicht weitersprach.

Winter zögerte, aber sie wollte, dass Hannah verstand, wer Julian für sie gewesen war. Die Intensität dieses Wunsches überraschte sie selbst. »Dafür, dass ich keinen Vater hatte, der mir beigebracht hat, wie man Fahrrad fährt oder Fußball spielt. Für all die Nächte, in denen ich wach lag und meine Mutter weinen hörte, weil er sich weigerte, seine reiche Frau und seine über alles geliebte Tochter unseretwegen zu verlassen.« Sobald sie zu sprechen begonnen hatte, sprudelten die Worte nur so aus ihr hinaus.

»Es tut mir leid.« Tränen glitzerten in Hannahs Augen, während Winters trocken blieben.

Winter konnte den mitleidigen Ausdruck auf ihrem Gesicht nicht ertragen. Sie wollte nicht, dass Hannah sie bemitleidete. Sie war nicht mehr das kleine Mädchen, das einen Vater brauchte. Durch Julian hatte sie gelernt, niemanden zu brauchen.

»Ich dachte immer … War er nicht geschieden?«, fragte Hannah.

Ein bitterer Geschmack machte sich auf Winters Zunge breit. »Ja. Ich weiß nicht, was passiert ist. Vielleicht haben sie bloß darauf gewartet, bis Brooke aus dem Haus war. Sobald sie achtzehn wurde und aufs College ging, haben er und Brookes Mutter sich scheiden lassen.«

»Aber er wollte trotzdem nicht …?«

»Bei meiner Mutter einziehen?« Winter schüttelte den Kopf. »Hätte man meinen können, oder? Meine Mutter hat es jedenfalls geglaubt. Das war die einzige Woche in meinem Leben, in der ich sie je pfeifen und singen hörte. Sie dachte, er würde jeden Moment anrufen, um ihr einen Heiratsantrag zu machen oder sie zumindest auf ein richtiges Date einzuladen. Aber natürlich war eine ehemalige Sekretärin nicht gut genug für Julian P. Lambert. Zu mehr als einer Affäre taugte sie nicht.«

Hannah legte eine Hand auf den Tisch zwischen ihnen, als wollte sie Winter die Möglichkeit geben, danach zu greifen.

Natürlich tat Winter das nicht. Sie hatte Händchenhalten noch nie als Trost empfunden. Aber warum musste sie dann daran denken, wie es sich angefühlt hatte, während ihrer Kuschelsitzung Hannahs Hand zu halten? Sie vertrieb den Gedanken, indem sie ihre Aufmerksamkeit wieder auf den Bildschirm richtete.

»Ich kann mir nicht vorstellen, wie sehr das wehgetan haben muss, nicht nur deiner Mutter, sondern auch dir.«

Die Anteilnahme in Hannahs Stimme ließ Winter die Zähne zusammenbeißen.

Hannah räusperte sich. »Ist das der Grund, warum du nicht –?«

»Können wir uns einfach auf die Webseite konzentrieren?«, unterbrach Winter sie. »Ich würde sie gern heute noch fertigstellen.«

»Entschuldige. Ich hoffe, ich halte dich nicht von deiner Arbeit ab. Von der, die besser bezahlt wird.«

Diese Woche hatte Winter viel Zeit mit der Webseite und dem Einrichten von Konten in den sozialen Medien für Hannahs Service verbracht, den sie *Hannahs Kuschelparadies* genannt hatten. Zwar hatte sie ihre übrige Arbeit nicht vernachlässigt, aber sie hatte nicht wie sonst jedes noch so kleine Detail bis zur Perfektion optimiert. Im Moment hatte Hannahs Unternehmen Vorrang.

Eigentlich war das, was sie für Hannah tat, so grundlegend, dass es totlangweilig hätte sein können, aber aus irgendeinem Grund machte es ihr Spaß. Zum Teil lag es daran, dass sie die Ergebnisse ihrer Arbeit mit eigenen Augen sehen würde, aber die Hauptsache war wohl die Begeisterung, die Hannah bei jedem noch so kleinen Fortschritt ausstrahlte. Es war, als würde nach einem langen, düsteren Winter in Oregon endlich die Sonne scheinen.

»Schon okay. Aber ich denke, wir sollten professionelle Fotos von dir machen lassen. Die Bilder auf dem USB-Stick vermitteln entweder nicht das richtige

Gefühl oder sie sehen aus, als stammten sie von jemandem, der genauso schlecht im Fotografieren ist wie du.«

Hannah lachte. »Das tun sie wohl auch. Die meisten Bilder, auf denen ich zu sehen bin, haben meine Schwester oder mein Vater gemacht.« Dann wurde sie ernst und ihre Wangen färbten sich rot. »Ein Fotograf könnte bestimmt ein viel schöneres Foto machen, aber mein Budget erlaubt es im Moment einfach nicht.«

Es war bereits ein Jahrzehnt her, dass Winter jeden Cent zweimal hatte umdrehen müssen, aber sie erinnerte sich noch lebhaft daran, wie es gewesen war, sich im College nur von Ramen-Nudeln zu ernähren, weil sie ständig pleite war und kein Geld von Julian annehmen wollte. »Mach dir darüber keine Sorgen. Ich kenne eine Fotografin, die mir noch einen Gefallen schuldet.«

»Ich weiß nicht so recht, Winter. Es fühlt sich nicht richtig an, ständig Hilfe anzunehmen, ohne dafür zu bezahlen.«

»Würdest du dich besser fühlen, wenn du dafür eine Woche lang den Abwasch machst?«, fragte Winter.

Hannah lächelte. »Wir haben einen Geschirrspüler.«

»Himmel, bist du stur.« Um ehrlich zu sein, konnte Winter verstehen, dass Hannah keine Almosen annehmen wollte. »Wie wäre es dann, wenn du dich für den Rest unseres WG-Daseins um die Kakteen kümmerst?«

»Ich gieße Spike und Barb sowieso schon.«

Winters Hand zuckte. Ihre Vertikalmaus kippte um. »Du hast meinen Kakteen Namen gegeben?«

»Na klar. Auch stachelige Pflanzen brauchen Namen.«

O Mann. »Okay. Mein letztes Angebot: Du erwähnst niemals diese Namen gegenüber Dritten und wir sind quitt.«

Hannah brach in Gelächter aus. »Das ist wirklich alles, was du willst? Du hättest mich auch bitten können, eine Woche lang für dich zu kochen.«

Winter schüttelte den Kopf. Eine Frau für sich kochen zu lassen, klang zu sehr nach einem Date. »Ich habe keinen Beweis dafür, dass du kochen kannst. Es reicht, wenn du vor Gästen meine Pflanzen nicht mit ihrem Namen ansprichst.«

»Abgemacht.« Hannah streckte die Hand über den Schreibtisch.

Winter umklammerte ihre Finger fest und versuchte zu ignorieren, wie unerwartet kräftig Hannahs Händedruck und wie weich ihre Haut war. »Ich werde meine Bekannte anrufen und fragen, ob sie uns diese Woche noch einen Termin geben kann. Lass uns mit der Webseite weitermachen.« Sie entzog

Hannah ihre Hand und deutete auf den Computerbildschirm. »Gefällt dir der weiße Hintergrund oder meinst du, es sähe besser aus, wenn wir für einen Teil des Textes farbige Kästen verwenden?«

»Keine Ahnung.«

»Stell dir zum Beispiel einen hellen Mango-Ton um diesen Absatz herum vor.« Winter drehte den Bildschirm so weit wie möglich, bemerkte dann aber, dass Hannah trotzdem nicht viel sehen konnte. Sie bedeutete ihr, an ihre Seite zu kommen.

Hannah stand auf und umrundete den Schreibtisch. Sie trat hinter Winter und beugte sich über ihre Schulter.

Winters Rücken fühlte sich sofort wärmer an als zuvor. Hannahs subtiler Duft stieg ihr in die Nase. Es war kein Parfüm, sondern nur eine Mischung aus Lotion und Shampoo. Warum musste Hannah so dicht neben ihr stehen? Das machte es schwer, sich auf die Webseite zu konzentrieren. Unter dem Vorwand, ihr etwas auf dem Bildschirm zu zeigen, lehnte Winter sich nach vorn, weg von Hannah. »Hier ein Kasten und hier einer.«

»Ich bin mir nicht sicher, was besser wäre«, sagte Hannah. »Ich habe kein bildliches Vorstellungsvermögen, deshalb müsste ich es tatsächlich sehen, um entscheiden zu können.«

Winter wirbelte in ihrem Bürostuhl zu ihr herum. Ihr Knie streifte Hannahs Bein, aber sie ignorierte es, während sie zu ihr emporstarrte. »Was meinst du mit kein bildliches Vorstellungsvermögen? Dass du dir Dinge nicht so gut vorstellen kannst?«

»Dass ich mir überhaupt nichts vorstellen kann. Ich kann weder Bilder vor meinem geistigen Auge sehen noch Geräusche, Gerüche, Geschmäcker oder Berührungen innerlich nacherleben.« Hannah lächelte, als spräche sie über etwas Alltägliches wie Regen in Portland.

Winter war sich bewusst, dass sie Hannah anstarrte, aber sie konnte einfach nicht anders. »Wow. Ich wusste nicht, dass es so etwas überhaupt gibt. Ich kann mir nicht vorstellen, wie das sein muss.«

Hannah lachte. »Kann ich nachvollziehen.«

»Was?«

»Entschuldige. Das war ein Afantasie-Witz. Du hast gesagt, du kannst es dir nicht vorstellen. Das ist buchstäblich die Definition von Afantasie – keine bildliche Vorstellungskraft.«

Afantasie? Das kam so häufig vor, dass es dafür sogar einen Namen gab? Winter konnte es nicht fassen. Sie hatte noch nie von so etwas gehört! »Wenn du die Augen schließt und versuchst, dir etwas vorzustellen ... sagen wir mal mein Gesicht ... dann hast du dabei kein Bild im Kopf? Nicht einmal ein verschwommenes? Du hast keine Ahnung, wie ich aussehe?«

Hannah schloss die Augen, als würde sie sich auf Winters Gedankenexperiment einlassen. »Nein, kein Bild, aber ich weiß genau, wie du aussiehst: kurzes, silbergraues Haar, blaue Augen, sensationelle Wangenknochen.«

Es war interessant zu hören, wie Hannah sie beschrieb. Sie fand ihre Wangenknochen also sensationell? Aber natürlich spielte das keine Rolle.

Hannah öffnete die Augen und ihre Blicke trafen sich. »Ich habe eine Liste von Fakten im Kopf, aber ohne dazugehöriges Bild. Dasselbe gilt für deine Stimme. Ich weiß, dass sie tiefer ist als meine und ein wenig heiser, aber ich kann sie nicht im Geiste hören. Solltest du jemals vermisst werden, kannst du bloß hoffen, dass nicht ich diejenige bin, die der Polizei eine Beschreibung abgibt, sonst wirst du nie gefunden. Meine mentale Liste von Fakten ist meistens nicht sehr detailliert.« Sie lachte, als würde es ihr nicht das Geringste ausmachen.

Winter verstand nicht, wie sie so gleichgültig sein konnte. Wie meisterte sie bloß den Alltag?

Ihre Miene verriet wohl ihr ungläubiges Staunen, denn Hannah schenkte ihr ein verständnisvolles Lächeln. »Ich nehme an, dein eigenes Denken ist sehr visuell?«

»O ja. Wenn ich an einer Grafik für einen Kunden arbeite, weiß ich genau, wie sie aussehen wird, schon bevor ich überhaupt anfange. Ich habe ein klares Bild im Kopf und kann es sogar verändern, ohne es erst in Photoshop ausprobieren zu müssen.«

Jetzt war es an Hannah, sie anzustarren. »Das klingt für mich nach Zauberei.«

»Ich dachte, das kann jeder.«

»Nein. Ich nicht.«

Winter konnte sich immer noch nicht vorstellen, wie das sein musste. »Und es gibt kein Heilmittel dafür? Kein Training, mit dem du deine Fähigkeit zu visualisieren verbessern könntest?«

Hannahs Lächeln war plötzlich wie weggewischt. »Afantasie ist keine Krankheit, die geheilt werden muss, Winter. Mein Gehirn funktioniert einfach ein bisschen anders als das der meisten Menschen. Das war schon immer so, deshalb ist es für mich völlig normal, nur lautlose Worte im Kopf zu haben. Manchmal geht es mit Nachteilen einher, die mich in peinliche Situationen bringen, aber es hat auch seine Vorteile.«

»Zum Beispiel?« Winter fiel nichts ein.

»Als ich nach Portland gezogen bin, hatte ich eine Mitbewohnerin, die als Reinigungskraft in einem Krankenhaus arbeitete«, sagt Hannah. »Sie konnte mir beim Abendessen die schlimmsten Details ihres Arbeitsalltags erzählen, ohne dass es mich gestört hätte. Für mich waren es nur Worte, die nicht mit Bildern oder Gerüchen einhergingen.«

Winter warf ihr einen skeptischen Blick zu. »Während des Essens über Kotze und Scheiße reden zu können, scheint mir kein großer Vorteil zu sein.«

Jetzt kehrte Hannahs Grinsen zurück und ließ ihre Augen schelmisch funkeln. »Vielleicht nicht. Aber im Ernst, ich glaube, was mich von vielen anderen Menschen unterscheidet, ist, dass ich ganz und gar in der Gegenwart lebe. Ich verliere mich nicht in Tagträumen über die Zukunft oder Erinnerungen an die Vergangenheit. Ich weiß, dass diese Dinge passiert sind, aber ich erlebe sie nicht immer wieder. Ganz im Hier und Jetzt zu sein, ist ein Teil dessen, was mich zu einer guten Profi-Kuschlerin macht.«

»Und du glaubst, es liegt daran, dass du …?«

»Dass ich Afantasie habe.« Hannah nickte. »Ja, zum Teil bestimmt. Nicht jeder, der Afantasie hat, ist so, aber ich habe es von Leuten in meiner Facebook-Gruppe oft genug gehört, um anzunehmen, dass es einen Zusammenhang gibt.«

Hm. Winter musste zugeben, dass das nach einer viel nützlicheren Fähigkeit klang, als nur jederzeit über Exkremente sprechen zu können. Es hatte sicher auch seine Nachteile, ein lebhaftes Vorstellungsvermögen zu besitzen. Sie selbst konnte sich jeden demütigenden Moment ihrer Kindheit in allen Einzelheiten vorstellen und sämtliche Emotionen noch einmal durchleben. »Wenn es eine Pille gäbe, die dein geistiges Auge aktiviert, würdest du sie also nicht nehmen?«

»Nur, wenn die Wirkung bloß vorübergehend ist«, sagte Hannah, ohne zu zögern. »Ich würde gern mal ausprobieren, wie es ist, beim Lesen einen Film im Kopf zu haben. Aber im Großen und Ganzen mag ich mein Gehirn so, wie es ist, mit all seinen kleinen Macken und Eigenheiten. Afantasie ist ein Teil dessen, was mich ausmacht, genau wie die Tatsache, dass ich pansexuell bin und Körperkontakt mag.«

Das konnte Winter nachvollziehen. Hätte es eine Pille gegeben, die heterosexuell machte, würde sie diese auch nicht nehmen wollen. »Na gut. Dann wollen wir deinem Gehirn mal ein bisschen auf die Sprünge helfen.« Sie fügte den Absatz in einen Textblock ein und änderte mit ein paar Klicks die Hintergrundfarbe des Kastens zu einem hellen Mangogelb. »Wie findest du das?«

Hannah beugte sich über ihre Schulter. »Das gefällt mir! Es sieht wärmer aus als eine komplett weiße Seite.«

»Genau. Und es lenkt die Aufmerksamkeit des Betrachters auf wichtige Textstellen.« Während Winter sprach, war sie sich der Tatsache bewusst, dass nur ihre Stuhllehne ihre Körper voneinander trennte. »Wenn wir dieses Textfeld in die Mitte der Seite setzen und es mit einem halben Dutzend Kundenvorteilen füllen und dann einen Call-to-Action-Button in der gleichen Farbe einfügen, sollte das den gewünschten Erfolg bringen.«

»Kundenvorteile?«, fragte Hannah.

»So was wie das hier.« Winters Finger flogen über die Tastatur, während sie die mangofarbene Textbox mit einer Aufzählung der Vorteile füllte, die Kuscheln mit sich brachte. Die meisten kannte sie von anderen Webseiten, die sie sich zu Recherchezwecken angesehen hatte. Als sie fertig war, schob sie den Stuhl zur Seite, damit Hannah alles lesen konnte.

»Kuscheln senkt den Cortisolspiegel? Es reduziert das Risiko für Herzkrankheiten?« Hannah lachte.

»Was ist? Das stimmt doch, oder?«

»Ja, schon, aber das liest sich wie ein medizinisches Lehrbuch! Die meisten Leute buchen eine Kuschelsitzung, weil es sich gut anfühlt und weil sie sich nach menschlicher Nähe sehnen. Die gesundheitlichen Vorteile sind nur ein netter Nebeneffekt.« Hannah lehnte sich mit der Hüfte gegen den Schreibtisch und musterte Winter. »Fällt dir wirklich nichts Positives ein, was du mit Kuscheln verbindest? «

Ihr Tonfall und ihr Gesichtsausdruck zeigten, dass sie Winter dafür nicht verurteilte, sondern lediglich staunte. Trotzdem wollte Winter nicht, dass Hannah so von ihr dachte. »Doch, natürlich.«

»Ich meine außer diesen medizinischen Fakten«, sagte Hannah. »Hast du noch nie eine Umarmung genossen? Nicht einmal von deiner Mutter, als du klein warst?«

»Meine Mutter war nicht der Typ für Umarmungen und ich bin es auch nicht.« Normalerweise scherte sich Winter nicht darum, was andere von ihr hielten. Aber Hannahs Fragen gingen ihr unter die Haut wie Nadelstiche. Sie konnte nicht einmal sagen, warum, und das ärgerte sie noch mehr. Abrupt stand sie auf und zeigte auf ihren Bürostuhl. »Warum füllst du nicht die Liste mit den Vorteilen aus, während ich die Fotografin anrufe?« Sie schnappte sich ihr Handy und schob sich an Hannah vorbei, ohne eine Antwort abzuwarten.

Hannah ließ sich in den Bürostuhl sinken. Er war noch warm von Winters Körper. Sie lehnte sich gegen das Leder und sah Winter hinterher.

Ihr Magen krampfte sich zusammen. *Gut gemacht, Hannah Martin.* Winter hatte den ganzen Tag damit zugebracht, ihr zu helfen, und so dankte sie es ihr! Warum konnte sie nicht einfach den Mund halten und aufhören, ihr persönliche Fragen zu stellen?

Normalerweise war sie gut darin, die Grenzen anderer zu respektieren, nur bei Winter nicht. Manchmal konnte sie es nicht lassen nachzufragen, weil sie Winter einfach zu faszinierend fand. Sie wollte mehr über die Person erfahren, die sich hinter der kühlen, unnahbaren Fassade versteckte, und verstehen, wie sie so geworden war.

Aber das war noch lange kein Grund, Winter ständig ein unbehagliches Gefühl zu geben. Sie nahm ihren ganzen Mut zusammen und machte sich auf die Suche nach ihr.

Sie fand sie in der Küche, wo sie auf und ab ging, während sie telefonierte.

»Gut. Dann sehen wir uns morgen.« Winter steckte das Handy ein und wandte sich Hannah mit sachlicher Miene zu. »Gute Nachrichten. Wenn wir morgen früh zu ihrem Studio fahren, nimmt sie sich die Zeit für ein kurzes Fotoshooting.«

»Das ist toll. Ich hoffe, du musstest ihr nicht dein Erstgeborenes versprechen.«

»Sie weiß, dass ich keine Kinder habe, und ich glaube nicht, dass sich das je ändern wird, denn ich bin weder der Typ für Beziehungen noch der Typ alleinerziehende Mutter.«

Es war Winter scheinbar nicht schwergefallen, diese persönlichen Informationen preiszugeben. Waren es also nur bestimmte Themen, über die sie nicht sprechen wollte? Oder lag es gar nicht daran, dass Hannah ihr persönliche Fragen gestellt hatte?

Wenn Hannah es sich recht überlegte, hatte Winter ihr auch einige persönliche Fragen gestellt. Sie hatte wissen wollen, ob Hannah gern single war, ob sie auch im Privatleben kuschelte und ob sie eine Pille gegen Afantasie nehmen würde.

Wow. Sie hatten heute über mehr relativ intime Themen gesprochen, als ihr bewusst gewesen war. Ein oder zwei Mal hatte Winter das Gespräch wieder auf die Arbeit gelenkt, aber sie war erst hinausgestürmt, als Hannah nach ihrer mangelnden Kuschelerfahrung gefragt hatte.

Das letzte Mal, als Winter so überstürzt den Raum verlassen hatte, war am Ende ihrer Kuschelsitzung gewesen.

Oh. Hannah hätte sich am liebsten mit der Hand vor die Stirn geschlagen. Es war nicht die persönliche Frage gewesen, die Winter in die Flucht geschlagen hatte – oder zumindest nicht nur. Vielleicht lag es daran, dass Hannahs Frage sie an ihr Versagen beim Kuscheln erinnert hatte.

Hatte Winter sich angegriffen gefühlt, so wie Hannah vorhin, als Winter gefragt hatte, ob sie eine Pille gegen Afantasie nehmen würde? Es implizierte, dass ihr Gehirn minderwertig war und geheilt werden musste.

Und jetzt hatte sie Winter dasselbe Gefühl gegeben.

»Es tut mir leid, Winter.«

Die Falte über Winters Nase vertiefte sich. »Du willst das Fotoshooting doch nicht machen?«

»Nein, nein. Darum geht es nicht. Es tut mir leid, falls ich den Eindruck erweckt habe, ich würde dich dafür verurteilen, dass du nicht auf Kuscheln stehst.« Wieder einmal kämpfte Hannah gegen den Impuls an, Winters Arm zu berühren. Sie steckte ihre Hände in die Hosentaschen. »Das wollte ich nicht. Es ist nur so, dass Kuscheln und Berührungen ein so wichtiger Teil meines Lebens sind, dass es mir schwerfällt zu verstehen, wie jemand das nicht vermissen kann.«

Winter verschränkte die Arme vor der Brust. Einen Moment lang dachte Hannah, sie würde die Entschuldigung abtun, aber dann nickte sie knapp. »Genauso wie bildliche Vorstellungskraft ein so wichtiger Teil meines Lebens ist, dass es mir schwerfällt zu begreifen, wie jemand sie nicht vermissen kann.«

Hannah ließ den Kopf hängen und betrachtete den Küchenboden. Winters Vergleich verstärkte ihr schlechtes Gewissen nur noch. »Ja, genau. Du hast meine kleine Macke als anders, aber gleichwertig akzeptiert, und ich hätte das Gleiche bei dir tun sollen. Ich werde mich von jetzt an mehr anstrengen, und wenn ich dabei versage, gib mir bitte einen Tritt.«

Winter starrte sie an, als wüsste sie nicht, was sie mit ihrer Entschuldigung anfangen sollte. »Bist du sicher, dass du das willst?«

»Ähm, ja.«

»Dann sollte ich dir vielleicht sagen, dass ich fünf Jahre lang Taekwondo gemacht habe, als ich jünger war. Ich kann immer noch ziemlich hart zutreten.« Winters Miene blieb ernst.

Aber das war eindeutig ein Scherz … zumindest hoffte Hannah das. »Wenn das so ist, könntest du mich vielleicht stattdessen anstupsen.«

»Nein. Das ist mir zu sehr wie Kuscheln. Ich werde mich auf andere Weise rächen.«

»Ähm, auf welche andere Weise?«

Winter grinste und marschierte zurück ins Büro.

Hannah eilte ihr nach. »Winter? Was meinst du damit?«

»Du bist keine Frühaufsteherin, oder?«, fragte Winter über die Schulter hinweg.

»Eigentlich nicht. Warum?«

»Weil ich Shanice, der Fotografin, gesagt habe, dass ich das Shooting während der goldenen Stunde machen will.«

Das klang vertraut, aber Hannah kam nicht darauf, was es bedeutete. »Was ist das noch mal?«

»In unserem Fall die erste Stunde nach Sonnenaufgang. Dann ist das Licht weicher und wärmer.«

»Sonnenaufgang«, wiederholte Hannah. Ein mulmiges Gefühl überkam sie. »Soll das heißen …?«

»Wir müssen morgen früh um fünf in North Portland sein.«

Hannah stöhnte. »Vielleicht solltest du mich doch lieber treten.«

Mit einem heiseren Lachen ließ sich Winter auf ihren Bürostuhl fallen.

Trotz der Aussicht, mitten in der Nacht aufstehen zu müssen, musste Hannah lächeln, als sie ihren Stuhl um den Schreibtisch herumschob, damit sie ebenfalls den Computerbildschirm sehen konnte.

Kapitel 16

Als am nächsten Morgen das erste fahle Licht der Dämmerung am Horizont erschien, lehnte Hannah ihren Kopf gegen den Beifahrersitz in Winters Audi und gähnte laut.

Selbst ein großer Thermobecher gefüllt mit Winters Kaffee, der auch als Raketentreibstoff dienen könnte, half kaum.

»Du hättest wirklich nicht so früh aufstehen müssen«, sagte sie und gähnte erneut. »Ich hätte allein zum Fotoshooting fahren können.«

Winter bog zügig auf die Interstate 5 in nördlicher Richtung ein und blickte dann kurz zu Hannah hinüber. Wenigstens war um diese Uhrzeit noch nicht viel Verkehr. »Du siehst so müde aus, als könntest du kaum Kaffee trinken, geschweige denn Auto fahren. Wenn du einen Unfall hättest und die Anwälte sich mit deinen Erben auseinandersetzen müssten, würde das die Verteilung von Julians Trustvermögen nur verkomplizieren.«

Hannah grinste. Ja klar. Winters Beweggründe waren völlig egoistisch und hatten nichts damit zu tun, dass sie immer alles unter Kontrolle haben musste, oder damit, dass sie im Grunde ein weiches Herz hatte. Vor einigen Wochen hätte Hannah das vielleicht noch geglaubt, aber nachdem sie einen Monat lang mit Winter zusammengelebt hatte, begann sie, hinter ihre kühle Fassade zu blicken.

Als Winter den Wagen über die Marquam Bridge steuerte, schloss Hannah die Augen und vertraute darauf, dass Winter sie sicher ans Ziel bringen würde.

Es dauerte nicht lange, bis Winter die Swan-Island-Ausfahrt nahm, und bald darauf parkte sie am Straßenrand.

Als sie ausstiegen, zeigte Winter auf ein vierstöckiges Gebäude mit Panoramafenstern und schönen hölzernen Fensterrahmen. »Das ist es.«

Hannah folgte ihr und schaute sich neugierig um, als Winter ihr die Tür aufhielt und sie vor sich eintreten ließ. Sie konnte es kaum erwarten, Shanice kennenzulernen. Vermutlich war die Fotografin ihretwegen früher aufgestanden, und das bedeutete entweder, dass sie Winter einen großen Gefallen schuldete, oder dass sie und Winter befreundet waren.

Das geräumige Atelier schien Teil eines renovierten Fabrikgebäudes zu sein. Holzpfosten reichten bis zur hohen Decke, an der dicke Metallrohre über die gesamte Länge des Raums verliefen.

Zu ihrer Linken, vor einer Backsteinmauer, befand sich eine Sitzecke mit einem großen, orangefarbenen Sofa und zwei blauen Sesseln, die um einen runden Tisch herum angeordnet waren.

Erst nachdem sie den Eingangsbereich hinter sich gelassen hatten, begann der Raum, wie ein kommerzielles Fotostudio und weniger wie ein gemütliches Wohnzimmer zu wirken.

Das Studio war in Bereiche für verschiedene Shootings unterteilt. In jedem hing ein farbiger Papierhintergrund von einem hohen Ständer und bedeckte auch Teile des Bodens, was Hannah an eine Skateboard-Rampe erinnerte. Davor waren Studio-Leuchten, Stative und regenschirmartige Reflektoren aufgebaut.

In einer Ecke befand sich ein abgetrennter Frisier- und Schminkplatz mit riesigem Spiegel und Garderobenständer. Auf der gegenüberliegenden Seite des Raums stapelten sich durchsichtige Behälter voller Requisiten. Drei der Wände bestanden aus raumhohen Fenstern, während die vierte Wand große Schwarz-Weiß-Fotos zierten.

»Shan?« Winters Stimme hallte durch den Raum.

Eine kleine Frau in Jeans, einem weißen Oberteil und einem gelben Blazer trat aus einem Hinterzimmer und schlenderte auf sie zu.

Sie trug ihr langes, brünettes Haar zu Box Braids geflochten und mit einem Haargummi zurückgebunden, sodass es ihr bei der Arbeit nicht in die Quere kam. Hannah war nicht gut darin, das Alter von Menschen zu schätzen, aber sie vermutete, dass Shanice ungefähr in Winters Alter war, also Ende dreißig oder Anfang vierzig. Ihre dunkelbraune Haut war genauso glatt wie Winters heller Teint. Mit einem herzlichen Grinsen im Gesicht ging sie auf Winter zu. »Ich hätte wissen müssen, dass du selbst um diese Uhrzeit zu früh dran sein würdest.«

»Du kennst ja das alte Sprichwort«, antwortete Winter. »Der frühe Vogel schießt die besten Fotos.«

Anstatt ihr die Hand zu schütteln, umarmte Shanice Winter.

Als die Umarmung andauerte, tätschelte Winter ihr den Rücken, bis die Fotografin sie losließ.

Hannah hielt sich im Hintergrund und beobachtete die beiden mit Interesse. Offensichtlich waren sie nicht nur Bekannte, die gelegentlich zusammenarbeiteten. Waren sie einmal ein Paar gewesen?

Winter richtete sich auf. »Shan, das ist Hannah Martin. Hannah, Shanice Burford.«

»Schön, Sie kennenzulernen. Vielen Dank, dass Sie sich dazu bereit erklärt haben, Fotos von mir zu machen, besonders zu so unchristlicher Stunde.« Hannah schüttelte Shanice herzlich die Hand.

Shanice' Händedruck war fest und ihr Blick selbstsicher, als sie Hannah musterte. »Kein Problem. Sollen wir loslegen, um das beste Licht nicht zu verpassen?«

»Ja, gern.«

»Winter sagte, Sie brauchen ein Porträtfoto für eine Webseite mit mangofarbenem Menü. Ich habe einen dunkelgelben Hintergrund, der gut passen könnte.« Shanice führte sie zu einem der Aufnahmebereiche. »Haben Sie schon einmal professionelle Fotos machen lassen?«

»Nein. Es sei denn, Fotos fürs Schuljahrbuch zählen dazu.«

Shanice berührte Hannah ermutigend am Arm. Offenbar gehörte sie zu den Menschen, die Körperkontakt mochten und automatisch auf Tuchfühlung gingen. Wie hatte das wohl zwischen ihr und Winter geklappt, falls sie tatsächlich befreundet oder gar ein Paar gewesen waren?

»Keine Sorge«, sagte Shanice. »Ich werde dafür sorgen, dass Ihre wunderschöne Ausstrahlung gut zur Geltung kommt.«

Ihr Tonfall und ihre Mimik waren professionell, aber ihre Wortwahl ließ Hannah stutzig werden. Flirtete Shanice etwa mit ihr?

Winter machte eine ungeduldige Geste. »Die goldene Stunde dauert nicht ewig.«

»Du hast recht.« Shanice bedeutete Hannah, auf das untere Ende der gelben Papierrolle zu treten, und nahm eine teuer wirkende Kamera zur Hand.

Draußen war die Sonne aufgegangen. Goldenes Licht strömte durch die Fenster und tauchte das Studio in einen weichen Orangeton.

Shanice ging in Position und nahm den Deckel vom Objektiv, hob die Kamera aber noch nicht auf Augenhöhe. »Ich verrate Ihnen ein Berufsgeheimnis. Je näher etwas der Kamera ist, desto größer erscheint es. Wenn Sie also einen bestimmten Körperteil, zum Beispiel Ihre Hüften, nicht so stark betonen möchten, positionieren Sie ihn einfach weiter weg von der Kamera. Anstatt sich mir zuzuwenden, drehen Sie sich ein wenig, setzen einen Fuß hinter den anderen und verlagern Ihr Gewicht auf das hintere Bein.«

Als Hannah den Anweisungen Folge leistete, hob Shanice die Kamera ans Auge.

O Mann. Wie breit wohl ihre Hüften durch das Objektiv wirkten? Und es war nicht nur Shanice, deren volle Aufmerksamkeit auf sie gerichtet war. Wenigstens schaute sie durch den Sucher, was eine professionelle Distanz schuf, während Winters Blick direkt auf ihr ruhte. Hannah wusste nicht, ob es an den Reflektoren lag oder daran, dass sich alle auf sie konzentrierten, aber ihr wurde warm.

»Ja, genau so«, sagte Shanice. »Drehen Sie jetzt nur den Oberkörper in meine Richtung.«

Sobald Hannah ihre Position eingenommen hatte, begann Shanice, Fotos zu machen. »Prima. Jetzt senken Sie die Schultern und lächeln mich an. Ja! Genau so. Wunderschön!« Das Klicken hallte durch das Studio, als sie mehrfach auf den Auslöser drückte, kurze Anweisungen gab und Hannah überschwänglich lobte.

»Hast du eine offene Blende gewählt?«, fragte Winter, die Shanice über die Schulter schaute.

Shanice warf ihr einen missbilligenden Blick zu. »Ja. Ich habe das schon mal gemacht, weißt du?«

»Ich wollte mich nur vergewissern.« Winter schielte auf die Kameraeinstellungen.

Shanice hielt ihr die Kamera hin. »Willst du die Fotos machen?«

Hannah beobachtete interessiert die Interaktion der beiden. Wusste Winter, wie man professionelle Aufnahmen machte? Warum hatten sie das Fotoshooting dann nicht zu Hause abgehalten?

Winter erstarrte. »Nein, schon okay. Ich könnte die Fotos machen, aber du hast es besser drauf, dass sich die Leute vor der Kamera entspannen.«

»Dann halt den Mund und lass mich machen.« Shanice' Tonfall war freundlich, aber bestimmt. »Bitte.«

Es gab also Leute, die es wagten, Winter die Stirn zu bieten! Hannah konnte sich ein Grinsen nicht verkneifen.

Shanice drückte auf den Auslöser, bevor das Grinsen wieder verblassen konnte. Schließlich senkte sie die Kamera. »Das haben Sie klasse gemacht«, sagte sie zu Hannah. »Möchten Sie sich die Bilder ansehen?«

Hannah trat von dem gelben Hintergrund und folgte Shanice zu einem Schreibtisch, der sich hinter einer Trennwand befand.

Die Fotografin schob die Speicherkarte in ihren Computer und startete eine Diashow.

Hannah staunte mit offenem Mund. War das wirklich sie? Durch Shanice' Tricks sah sie aus, als hätte sie über Nacht zehn Kilo abgenommen.

Doch Winter schien mit dem Ergebnis nicht zufrieden zu sein. Sie starrte stirnrunzelnd auf den großen Bildschirm.

»Was ist?«, fragte Shanice. »Gefällt dir die Komposition nicht? Oder liegt es am Licht?«

»Nein. Die Fotos sehen wunderschön aus.«

Hannahs Wangen begannen zu glühen. *Hey, sie hat gesagt, dass die Fotos schön aussehen. Nicht du.* Winters Bewunderung galt Shanice' Fähigkeiten als Fotografin, nicht Hannahs Aussehen.

»Aber?«, fragte Shanice.

»Du hast Hannah wie ein Model in Szene gesetzt. Aber sie ist kein Model. Sie ist professionelle Kuschlerin. Warum sollten wir ihre Hüften oder ihren Bauch weniger stark betonen? Kurven sind toll. Ähm, ich meine, für eine Kuschlerin ist es doch gut, wenn sie ein paar Kurven hat, oder? Dann ist alles viel weicher.«

Das Glühen in Hannahs Wangen erreichte das Niveau eines Bollerofens.

Lag es nur an den rötlich-goldenen Farben des Sonnenaufgangs oder errötete auch Winter ein wenig?

»Sie sind professionelle Kuschlerin?« Shanice schenkte ihr ein begeistertes Lächeln. »Das ist cool! Ich habe kürzlich in einem Artikel über die zehn ungewöhnlichsten Berufe der Welt darüber gelesen.«

Hannah erwiderte das Lächeln. »Ja, es ist schon ziemlich cool.«

»Dann sind die Fotos also für eine Kuschelwebseite?« Shanice stieß Winter mit dem Ellbogen an. »Das hättest du mir gleich sagen sollen. Wäre es nicht besser, Bilder zu haben, auf denen Hannah tatsächlich mit jemandem kuschelt? Lass uns zur Sitzecke gehen und ein paar machen.« Ohne eine Antwort abzuwarten, schob sie die Speicherkarte in die Kamera und ging hinüber zur Lounge.

Winter und Hannah tauschten einen Blick aus, zuckten dann mit den Schultern und folgten ihr.

»Klappt das mit der Couch?«, fragte Shanice. »Oder brauchen wir ein Bett, damit es wie eine richtige Kuschelsitzung aussieht?«

»Nein«, sagte Winter, bevor Hannah antworten konnte. »Das orangefarbene Sofa ist perfekt. Es passt zum Farbschema der Webseite.«

»Außerdem kuschle ich selten im Bett. Ich meine, mit Kunden«, fügte Hannah schnell hinzu. »Die meisten assoziieren das zu sehr mit Sex.«

»Stimmt«, sagte Shanice. »Das merke ich auch bei meinen Fotoshootings. Sobald ein Bett im Bild ist, verändert das die Atmosphäre.«

Winter deutete auf das raumhohe Fenster. »Meine Damen, wenn wir uns nicht beeilen, verlieren wir das Licht.«

»Okay, okay.« Shanice wandte sich an Hannah. »Denken Sie sich schon mal eine Pose aus, während ich einen Reflektor hole.«

Als Shanice davoneilte, ging Hannah in Gedanken ihr Repertoire an Kuschelpositionen durch. Der Koala auf dem Baum fiel aus, denn das Sofa war nicht so breit wie ihre Kuschelcouch zu Hause. Die Kleopatra könnte funktionieren und die Löffelchenstellung war auch eine Option, falls sie etwas verwenden wollten, mit dem die Besucher der Webseite vertraut waren.

Shanice kam mit einem Stativ und dem daran befestigten Schirm zurück. »Haben Sie sich für etwas entschieden?«

»Vielleicht die Löffelchenstellung. Ich könnte mich auf die Seite legen und in die Kamera schauen und –« Hannah unterbrach sich abrupt. O nein! Sie brauchte dazu eine Freiwillige, die in die Rolle ihrer Kundin schlüpfte. Warum hatte sie nicht schon früher daran gedacht? »Ähm, ich brauche jemanden, der die Kundin mimt.« Sie schaute zu Winter, dann schnell wieder weg. Gestern hatte sie Winter versprochen, dass sie ihre unterschiedlichen Kuschelbedürfnisse von nun an respektieren würde. Sie würde dieses Versprechen nicht brechen, indem sie Winter jetzt zum Kuscheln aufforderte. »Wissen Sie was? Die Fotos, die Sie bisher gemacht haben, sehen toll aus. Das reicht eigentlich.«

»Sind Sie sicher?«, fragte Shanice. »Es macht mir wirklich nichts aus, noch ein paar mehr zu machen. Winter hat bestimmt auch nichts dagegen, als Kuschelkundin zu agieren.«

Sie wusste also nichts von Winters Unbehagen, was das Kuscheln anging, und Hannah wollte auf keinen Fall Winters Vertrauen missbrauchen, indem sie ihr davon erzählte. »Danke, aber ich glaube, wir können Schluss machen.«

Shanice schaute zwischen ihr und Winter hin und her, als ginge ihr endlich ein Licht auf. »Oder ich könnte die Kuschelkundin spielen, während Winter die Fotos macht. Ich würde gern mal mit einer Frau kuscheln, die weiß, was sie tut.«

»Nein.« Winters Stimme hallte durch den Raum. »Ich meine, wie ich vorhin schon sagte, du bist besser darin, Leute in Pose zu setzen und dafür zu sorgen, dass sie sich vor der Kamera wohlfühlen. Ich kann das Kuscheln übernehmen. Ist doch nichts dabei.«

Wow! Hannah schluckte. »Bist du sicher?«, fragte sie leise.

Winter nickte. Sie presste die Lippen aufeinander und es kostete sie sichtlich Mühe, den Mund zu öffnen und zu antworten. »Wir müssen es nur so machen, dass mein Gesicht nicht zu sehen ist. Ich möchte nicht, dass meine Kunden mich auf einer Kuschelwebseite wiedererkennen.«

Hannah dachte nach. Welche Position würde nicht nur Winters Privatsphäre schützen, sondern ihr auch am wenigsten Unbehagen bereiten? »Irgendwelche Wünsche bezüglich der Positionen?«

Einer von Winters Mundwinkeln hob sich zu einem schiefen Grinsen. »Ich nehme nicht an, dass der Gefährte eine Option ist, oder?«

Hannah musste kichern. »Nein, tut mir leid. Zwei Menschen, die nebeneinandersitzen, sehen für Uneingeweihte nicht gerade nach Kuscheln aus. Hm, wie wäre es mit Abrahams Schoß? Dabei sitzt eine Person –«

»Im Schneidersitz«, sagte Winter. »Ja, ich erinnere mich daran. Das stand im *Kuschelsutra*.«

Hannah starrte sie an. »Du hast tatsächlich ein nahezu fotografisches Gedächtnis.«

Shanice sagte nichts. Sie lachte nicht einmal über das *Kuschelsutra*, als würde sie die plötzlich angespannte Atmosphäre im Raum spüren.

Na gut. Lass es uns schnell hinter uns bringen. »Ist es in Ordnung, wenn ich meine Schuhe ausziehe?« Als Shanice nickte, zog Hannah ihre Leinen-Sneakers aus und setzte sich im Schneidersitz auf die Couch, dem anderen Ende des Sofas zugewandt. »Wenn du dich auf die Seite legst und den Kopf auf meinen Schoß, kannst du der Kamera den Rücken zukehren.«

Winter ließ sich auf die Couch sinken und schob sich so langsam an Hannah heran, als würde sie sich einem gefährlichen Tier nähern.

Obwohl Hannah ein Oberteil mit kurzen Ärmeln trug, wurde ihr jetzt warm. Winters Körper schien eine unglaubliche Hitze auszustrahlen. »Warte!«, sagte sie rasch, als Winters Kopf nur noch wenige Zentimeter von ihren Beinen entfernt war. Das Echo ihrer Stimme ließ sie zusammenzucken.

Stirnrunzelnd starrte Winter zu ihr auf. »Was ist?«

»Dieses Sofa ist nicht so groß wie meines zu Hause. Ich glaube, so funktioniert es nicht. Dein Kopf wird entweder unbequem auf meinen Schienbeinen liegen oder aber in der Mulde zwischen meinen Beinen, sodass die Kamera deinen Hinterkopf nicht einfangen kann.«

»Stimmt«, sagte Shanice. »Es würde vermutlich wirken, als kuschelt Hannah mit jemandem, dem der Kopf fehlt.«

Sofort schwang Winter ihre Beine von der Couch und setzte sich auf. »Also doch keine Kuschelfotos.«

»Immer mit der Ruhe«, sagte Hannah. »Kuschlerinnen müssen flexibel sein.«

Winter hob die Brauen und wieder begannen Hannahs Wangen zu glühen.

Warum wurde sie heute nur ständig rot? Hannah versuchte, es zu ignorieren. »Ähm, ich meinte geistig flexibel. Als Profi-Kuschlerin muss ich die Position anpassen, wenn sie nicht funktioniert. Wie wäre es, wenn ich mich stattdessen so hinsetze …« Sie drehte sich so, dass sie nun Shanice und nicht mehr dem Ende der Couch zugewandt war, und stellte die Füße auf den Boden. »Dann kannst du deinen Kopf auf meinen Oberschenkel legen. Das ist viel bequemer und dein Kopf ist nicht so weit unten, dass man ihn nicht mehr sieht. Du kannst trotzdem mit dem Rücken zur Kamera liegen, sodass man dich auf dem Foto nicht erkennt.«

Winter rückte näher, streckte sich mit dem Rücken zur Kamera auf der Couch aus und senkte ihren Kopf auf Hannahs Oberschenkel.

Die Wärme ihrer Wange drang durch den Stoff von Hannahs Hose. Hannah glaubte sogar, Winters Atem auf ihrem Bauch zu spüren, selbst durch ihr Oberteil hindurch.

Winter lag stocksteif da. Während Hannahs Kunden für gewöhnlich in dieser Stellung sofort genießerisch die Augen schlossen, blieben Winters weit geöffnet.

Hannah kämpfte gegen den Drang an, Winters Kopf zu streicheln. »Wenn du meinst, dass es für dich bequemer ist, kannst du gern deine Hand unter deine Wange legen.« Dann würde ihre Hand auf Hannahs Oberschenkel ruhen, aber das wäre doch sicher in Ordnung, oder? Sie hatte das schon hundertmal gemacht.

Aber noch nie mit Winter. Sie schluckte gegen ihre trockene Kehle an.

»Nein, geht schon«, murmelte Winter. Sie ließ ihre Hände, wo sie waren – weit weg von Hannahs Körper.

»Ähm, meine Damen«, sagte Shanice. »Ihr zwei seht ungefähr so kuschelig aus wie meine Mutter und der Scheidungsanwalt meines Vaters, wenn sie einander begegnen. Hannah, könnten Sie eine Hand auf Winters Schulter legen und ihr mit der anderen Hand durchs Haar streichen?«

Sie waren sich jetzt so nahe, dass Winter nicht verbergen konnte, wie angespannt sie bei dieser Aufforderung wurde.

Hannah hob ihre Hand und ließ sie über Winters Schulter schweben, ohne sie zu berühren. Ihr Blick galt nur Winter, nicht Shanice oder der Kamera. »Wäre es in Ordnung, wenn ich …?«

»Ja, natürlich«, sagte Winter. »Wir wollen ein Bild haben, das Werbung für deinen Kuschelservice macht, nicht eines, das potenzielle Kunden abschreckt. Tu alles, was nötig ist, um das zu erreichen.«

Vorsichtig legte Hannah ihre Hand auf Winters Schulter.

Das Klicken des Auslösers hallte durch das Studio. »Ja, viel besser«, sagte Shanice. »Können Sie mal eine Kopfmassage probieren?«

Hannah drückte sanft Winters Schulter. »Kann ich …?«

Winter knurrte ungeduldig. »Tu es einfach.«

Ein erwartungsvolles Kribbeln durchlief Hannah. Winters silbergraues Haar glänzte im warmen Licht des Sonnenaufgangs. Es war das Erste, was ihr an Winter aufgefallen war, als sie einander kennengelernt hatten. Ein oder zwei Mal hatte sie sich gefragt, wie es sich wohl anfühlen würde, mit den Fingern durch die kurzen Strähnen zu fahren und die leger zerzauste Designerfrisur in ein chaotisches Durcheinander zu verwandeln. Jetzt würde sie es herausfinden.

Winter lag ganz still und versuchte, gleichmäßig zu atmen. Hannahs Schenkel unter ihrer Wange fühlte sich weich und warm an, und Winter war sich nur allzu sehr bewusst, dass ihr Gesicht sich nur wenige Zentimeter von Hannahs Bauch entfernt befand. Jedes Mal, wenn sie auch nur einen kurzen Blick nach oben warf, konnte sie ihre vollen Brüste aus nächster Nähe betrachten.

Hannahs linke Hand legte sich schützend auf ihre Schulter. Was für ein seltsames Gefühl! Winter hatte schon lange keinen Schutz mehr gebraucht. Erstaunlicherweise fühlte sie sich durch die Berührung nicht eingeengt.

Dann ließ Hannah die Finger ihrer rechten Hand langsam in Winters Haar gleiten. Sie berührte zunächst nicht ihre Kopfhaut, so als wollte sie nur ausprobieren, wie sich die kurzen Strähnen anfühlten oder wie Winter reagieren würde.

Winter reagierte überhaupt nicht. Warum auch? Das hier war auch nicht groß anders als beim Friseur eine Kopfmassage zu bekommen, oder? Es war wirklich nichts Besonderes. Nur dumm, dass ihr doofes Herz das nicht verstand. Es schlug viel zu schnell.

Nachdem Hannah ein paarmal mit den Fingern durch Winters Haar gefahren war, blickte sie in Winters Gesicht und flüsterte irgendetwas. Sie sprach so leise, als sollte nur Winter sie hören.

Das laute Klopfen von Winters Herzen übertönte Hannahs Worte. Vermutlich hatte sie so etwas wie »Ist das okay?« gefragt. Winter nickte knapp.

Hannah ließ ihre Finger tiefer in Winters Haare gleiten, bis sie Winters Kopfhaut berührte. Mit den Fingerkuppen zog sie sanfte Kreise.

Eine Gänsehaut breitete sich von Winters Kopf über ihren Nacken und den Rücken aus. Sie konnte sich nicht recht entscheiden, ob es ihr angenehm oder unangenehm war.

Hannahs Hände glitten über ihren Hinterkopf. Am Übergang zu ihrem Nacken hielt sie inne und ihr Daumen fand mit unheimlicher Präzision einen Knoten, den sie kurz bearbeitete. Dann strich sie wieder Winters Kopf hinauf, wobei sie zwischen einer leichten Massage und sanftem Streicheln hin und her wechselte.

Die Gänsehaut ließ langsam nach, aber ein prickelndes Gefühl blieb.

Hannah fuhr mit den Fingern durch die Haare an Winters Schläfe und zog dann winzige Kreise. Die Kopfschmerzen, die Winter bisher gar nicht richtig wahrgenommen hatte, ließen sofort nach. Behutsam wog Hannah Winters Haare hin und her, wie eine Sommerbrise in einem Kornfeld. Das langsame Gleiten ihrer Fingerkuppen über Winters Kopfhaut hatte etwas Hypnotisches an sich.

Winter hätte es nicht für möglich gehalten, aber als sich Hannah mit gleichmäßigem Druck in Richtung ihres Ohrs vorarbeitete, begann sie, sich zu entspannen. Es fühlte sich surreal an, fast als wäre es gar nicht ihr Körper, aber gleichzeitig erdete es sie auch und sie konnte für eine Weile völlig den Kopf ausschalten.

Hannah strich mit Zeige- und Mittelfinger an beiden Seiten von Winters Ohr entlang bis ganz zur Spitze, dann wieder hinab, wobei sie langsam mehr Druck ausübte.

Winter musste all ihre Willenskraft aufwenden, um ein tiefes Stöhnen zu unterdrücken. Wer hätte gedacht, dass die Stelle hinter ihrem Ohr so angespannt war?

Als Hannah Winters Ohrläppchen erreichte, rollte sie es sanft zwischen Daumen und Zeigefinger.

Erneut bekam Winter eine Gänsehaut, diesmal bis hinab zu den Zehen. *Himmel!* Das war doch völlig anders als eine Kopfmassage beim Friseur! Ohne ihr Zutun presste sich ihr Kopf gegen Hannahs Oberschenkel, und sie konnte nicht sagen, ob sie versuchte, sich der Berührung zu entziehen oder sich ihr entgegenzulehnen.

Jemand räusperte sich lautstark.

Hannah hielt inne. Ihre warmen Finger berührten noch immer Winters Ohr.

»Es liegt mir fern, euch zu stören«, sagte Shan, »aber ich glaube, wir haben alles, was wir brauchen.«

Shan. Das Fotoshooting. Die Realität brach mit der Wucht einer Lawine über Winter herein. Schnell nahm sie den Kopf von Hannahs Schoß und setzte sich auf, wobei sie sich mit der Schulter an der Rückenlehne der Couch abstützte.

Shan hatte ihre Kamera gesenkt und beobachtete sie nun mit einem Grinsen.

Winter warf ihr einen so eisigen Blick zu, dass Shan eigentlich hätte Frostbeulen bekommen müssen. »Dann lasst uns mal sehen, was wir im Kasten haben.« Sie erhob sich von der Couch, ohne Hannah anzuschauen. Ihr ganzer Körper fühlte sich seltsam an, desorientiert, fast so, als würde sie auf Shan zutaumeln. Jedes Nervenende in ihrem Körper schien noch immer völlig auf die Empfindungen in ihrem Kopf und an ihrem Ohr konzentriert zu sein, sodass für ihre Beine keinerlei Aufmerksamkeit übrig blieb. Was zum Teufel hatte Hannah mit ihr angestellt?

Sie fuhr sich mit den Fingern durch die Haare und versuchte, die nachklingende Wirkung von Hannahs Berührungen zu vertreiben. Einen Moment lang wünschte sie sich fast, sie hätte auch Afantasie, denn dann hätte sie Hannahs Streicheln nach Ende des Fotoshootings nicht immer noch gespürt.

Shan starrte sie an.

»Was ist?«, knurrte Winter.

»Deine Ohrläppchen leuchten wie Rudolphs Nase.« Shan kicherte.

Winter widerstand dem Drang, ihr Ohr mit der Hand zu bedecken. »Das kommt von der Ohrmassage.«

Shan schüttelte den Kopf. »Sie sind *beide* krebsrot, nicht nur das Ohr, das Hannah massiert hat.«

»Kuscheln verbessert die Durchblutung, das ist alles«, antwortete Winter. »Jetzt zeig mir mal die Fotos.«

Hannah gesellte sich zu ihnen an den Schreibtisch, als Shan die SD-Karte in den Computer schob. Sie konzentrierte sich auf den Bildschirm und blickte nicht ein einziges Mal in Winters Richtung.

Hatte diese Erfahrung sie völlig kalt gelassen? War es nur eine von vielen Kuschelsitzungen für sie gewesen, bloß dass sie diesmal dabei fotografiert wurde?

Es war nur eine Kuschelsitzung, sagte sich Winter. *Rein geschäftlich.* Sie zwang sich, die Fotos anzusehen.

Es waren mehr, als Winter erwartet hatte. Nachdem Hannah mit der Kopfmassage angefangen hatte, hatte sie nicht mehr darauf geachtet, wie viele Fotos Shan machte. Sie hatte Shan und ihre Kamera völlig vergessen. Ihre ganze Aufmerksamkeit hatte lediglich Hannahs Händen gegolten und den Empfindungen, die sie in ihr auslösten.

Gut, dass sie der Kamera den Rücken zugekehrt hatte. Sie wollte den Ausdruck auf ihrem Gesicht nicht sehen. War er unbehaglich, genießerisch, verblüfft, erregt oder verwirrt gewesen? Oder vielleicht eine Mischung aus all dem?

Zum Glück würde es niemand je erfahren. Auf den Bildern war nur ihr silbergraues Haar zu erkennen, ansonsten gab nichts den Besuchern der Webseite einen Hinweis darauf, wer sie war. Von hinten betrachtet könnte man sie sogar für einen Mann halten. Sie war völlig anonym.

Als das nächste Foto auf dem Bildschirm erschien, konzentrierte sie sich stattdessen auf Hannah.

Irgendwie hatte sie einen entspannten Ausdruck oder ein Lächeln auf Hannahs Gesicht erwartet. Stattdessen sah Hannah mit solch intensiver Konzentration auf sie herab, als bestände ihre ganze Welt nur noch aus den fünf Punkten, wo ihre Fingerkuppen Winters Kopfhaut berührten.

Vermutlich sieht sie jeden Kunden so an.

Aber so oft sie sich das auch sagte, als sie denselben Gesichtsausdruck auf jedem Bild sah, begannen ihre Kopfhaut und der Rest ihres Körpers zu kribbeln, als würde Hannah sie noch immer berühren.

Nachdem sie sich das letzte Foto angesehen hatten, blickte Hannah zwischen Shan und Winter hin und her. »Was meint ihr?«

»Die sind gut.« Winters Stimme klang heiser und belegt. Sie hustete, um den Frosch in ihrer Kehle loszuwerden. »Ich meine, gut fürs Marketing geeignet.«

»Gut? Willst du mich verarschen? Die sind fantastisch! Sie machen Lust auf eine Kuschelsitzung, vor allem das hier.« Shan zeigte auf das allerletzte Foto, das sie gemacht hatte.

Winter neigte den Kopf, um es genauer zu betrachten.

Auf diesem Bild blickte Hannah noch immer sehr konzentriert drein, als hinge ihr Leben davon ab, Winter ein angenehmes Gefühl zu bereiten. Doch gleichzeitig war ihr Ausdruck weicher geworden und ließ sie verletzlich wirken, während sie auf Winter hinuntersah.

»Ja«, sagte Winter leise. »Ich denke, wir sollten dieses Bild für die Webseite verwenden.«

Hannah starrte mit einer Miene, die Winter nicht deuten konnte, auf das Foto. Als sie aufblickte, vertrieb ein breites Grinsen den undeutbaren Gesichtsausdruck. »Das ist um Längen besser als die Bilder, die mein Vater oder meine Schwester jemals gemacht haben, so viel steht fest.«

»Nichts für ungut, aber eine Fledermaus könnte bessere Fotos machen als die meisten Mitglieder der Familie Martin«, sagte Winter.

Hannahs Grinsen wuchs noch mehr in die Breite. »Stimmt.« Sie wandte sich Shan zu. »Dürfte ich kurz Ihre Toilette benutzen, bevor wir uns auf den Heimweg machen? Ich habe zu viel Kaffee getrunken, um mich für das Fotoshooting wach zu halten.«

»Klar. Sie ist gleich da drüben.« Shan deutete auf eine Tür neben dem Umkleidebereich.

Als Hannah darauf zuging, folgten ihr Winters und Shans Blicke.

»Das war interessant«, sagte Shan.

Winter riss ihren Blick von Hannah los, um sich auf Shan zu konzentrieren. »Ja, aus irgendeinem Grund scheint jeder vom professionellen Kuscheln fasziniert zu sein.«

»Das meinte ich nicht.«

Winter blinzelte sie an. Was dann?

»Woher kennt ihr euch noch mal?«, fragte Shan.

Natürlich wussten beide, dass Winter es bisher nicht erwähnt hatte. Sie war nicht erpicht darauf, an Julians Erpressung erinnert zu werden, auch wenn Hannah sich als recht erträgliche Mitbewohnerin erwiesen hatte. »Sie ist meine, ähm, Mitbewohnerin.«

Gut, dass Shan den Riemen ihrer Kamera um den Hals geschlungen hatte, sonst hätte sie diese jetzt vermutlich fallen lassen. »Ihr lebt zusammen?«

»Gott, sag das doch nicht so!«

»O nein, sonst kommt vielleicht noch jemand auf die Idee, dass Winter Sullivan in einer Beziehung ist!« Shan lachte. Ihre Augen funkelten neckisch, aber irgendetwas ließ Winter zögern, mitzulachen. Vielleicht war es der Anflug von Heiserkeit in Shans Stimme oder wie fest umklammert sie die Kamera hielt.

»Shan …«

Shan winkte ab, als wollte sie die Vergangenheit wegwischen. »Schon gut. Du hast mir von Anfang an klar gesagt, was ich erwarten kann und was nicht.« Sie trug den Reflektor dorthin zurück, wo er hingehörte.

Winter wusste nicht, was sie sagen sollte. Sie blieb mit einem Kloß im Hals zurück. Dieses verdammte Kuscheln hatte sie ganz sentimental gemacht.

Früher hätte sie sich gesagt, dass sie nicht für die Gefühle anderer verantwortlich war. Shan war erwachsen und musste mit den Konsequenzen ihrer Entscheidungen klarkommen.

Aber aus irgendeinem Grund konnte sie es jetzt nicht so einfach abtun.

Sie warf einen Blick auf die Badezimmertür, um sich zu vergewissern, dass Hannah noch nicht zurückkam. Dann schloss sie mit langen Schritten zu Shan auf. »Shan, hör zu. Es –«

»Wenn du jetzt sagst: ›Es liegt an mir, nicht an dir‹, schlage ich dir ein Stativ über den Kopf.«

»Ähm …« Winter zerrte an ihrem Hemdkragen. »Das wollte ich gar nicht sagen.« Sie wusste nicht, wie sie den Satz hatte beenden wollen. Situationen wie diese waren der Grund, warum sie keine Beziehungen einging. Irgendjemand wurde am Ende immer verletzt.

»Gut. Ich würde nur ungern mein Equipment beschädigen.« Diesmal wirkte Shans Grinsen überzeugender. »Also, was wolltest du sagen?«

»Es ist …« Winter zerrte wieder an ihrem Kragen und steckte dann beide Hände in ihre Hosentaschen. »Zwischen Hannah und mir ist es nicht so, wie du denkst.«

»Also gibt es ein Hannah und du?«

Winter schüttelte energisch den Kopf. »Nicht so, wie du denkst. Du weißt, dass ich keine Bindungen eingehe. Das ist immer noch so.«

»Machte aber nicht den Eindruck«, murmelte Shan mit Blick auf die orangefarbene Couch.

»Nein«, sagte Winter. »Sie ist wirklich nur meine Mitbewohnerin.«

Shan musterte sie skeptisch. »Warum solltest du eine Mitbewohnerin brauchen? Du verdienst doch einen Haufen Kohle als Marketingberaterin. Oder steckt deine Firma in Schwierigkeiten? Wenn ja, könnte ich –«

»Nein. Danke, es läuft alles prima.«

»Warum dann eine Mitbewohnerin … und ausgerechnet eine, die professionelle Kuschlerin ist?«, fragte Shan.

Winter seufzte reumütig. »Das war nicht geplant. Julian … mein Vater ist gestorben, und ich werde ein Haus in der Park Avenue erben, aber die Sache hat einen Haken. Um meine Hälfte zu bekommen, muss ich mir drei Monate lang eine Wohnung mit Hannah teilen.«

Shan machte große Augen. »Das tut mir leid.«

»So schlimm ist es nicht. Abgesehen von den Menschenhorden, die ständig durch die Wohnung laufen, ihrem Geschmack bezüglich Fußmatten und all den langen Haaren im Abfluss.«

»Ähm, ich meinte wegen deines Vaters.«

»Oh. Danke«, sagte Winter. »Aber wir standen uns nicht nahe.«

»Ich stehe meinem auch nicht sonderlich nahe, aber wenn er sterben und mein Erbe an eine Bedingung knüpfen würde, von der er wüsste, dass es für mich schwierig sein würde, sie zu erfüllen, nur um mir eins auszuwischen, dann würde mich das schon ziemlich mitnehmen.«

Die Tür zum Badezimmer ging auf und Hannahs Schritte kamen durch den Raum.

Winter versuchte, sich ihre Erleichterung nicht anmerken zu lassen. Sie wollte nicht über Julian reden, schon gar nicht jetzt, wo es sich anfühlte, als hätte Hannahs Kopfmassage ihren Schutzpanzer durchdrungen. »Wir sollten besser gehen«, sagte sie zu Shan. »Ich möchte nicht noch mehr deiner Zeit in Anspruch nehmen.«

»Überhaupt kein Problem«, sagte Shan. »Das war nichts im Vergleich dazu, dass du meine Webseite erstellt hast.«

Winter winkte ab.

»Vielen Dank«, sagte Hannah. »Die Fotos sehen wunderbar aus und Sie haben es mir wirklich einfach gemacht.«

Einfach? Winter fielen ein Dutzend verschiedener Adjektive für das Fotoshooting ein. *Einfach* gehörte nicht dazu.

»Lass uns doch einfach du sagen. Der Freundin einer Freundin helfe ich jederzeit gern.« Shan und Hannah tauschten einen langen Blick aus, als würden sie ein stummes Zwiegespräch führen. So verschieden sie auch waren, die Lächeln, die sie einander schenkten, waren fast identisch.

Winter zog die Brauen zusammen. Was ging hier vor? Und wer hatte die beiden zu ihren Freundinnen erklärt, ohne sie um Einverständnis gefragt zu haben?

Shan und Hannah streckten ihre Hände aus, lachten dann und umarmten sich stattdessen.

Es war schön zu sehen, dass sie sich so gut verstanden, aber gleichzeitig machte es Winter nervös, ohne dass sie sagen konnte, warum. Es war noch viel zu früh am Tag für solche emotionalen Rätsel.

Winter fischte ihre Schlüssel aus der Tasche und klimperte damit.

Hannah trat von Shan zurück, sah sie aber weiterhin an. »Falls ich mich jemals revanchieren kann und du eine Kuschelsitzung ausprobieren möchtest, lass es mich wissen.«

»Das mache ich vielleicht. Und wenn du jemals irgendetwas brauchst, egal was, ruf mich an.« Shan schenkte Hannah ein Grinsen, das für Winters Geschmack ein bisschen zu herzlich war, und reichte ihr eine Visitenkarte.

Egal was? Winter musterte sie. Das Angebot schien sich nicht auf Fotos zu beschränken.

Dann wandte sich Shan an Winter. »Ich schicke dir die Bilder heute noch.«

»Danke. Pass auf dich auf.« Winter nickte ihr zu und klopfte ihr kurz auf die Schulter, bevor sie zur Tür ging.

Winter wechselte geschickt auf die linke Spur, um dem Verkehr von der Auffahrt auszuweichen. Sie waren bereits seit einigen Minuten auf der Autobahn unterwegs, doch bisher hatte Winter kein Wort gesagt.

Wahrscheinlich würde sie den kompletten Heimweg am liebsten schweigend verbringen, aber Hannah brannte darauf, mehr über Shanice und ihre Beziehung zu Winter zu erfahren. »Shanice scheint toll zu sein.«

»Ja, sie ist sehr talentiert. Deshalb rufe ich sie immer an, wenn ich Porträtfotos für ein Projekt brauche.«

Das hatte Hannah nicht gemeint, aber es überraschte sie nicht, dass ihre arbeitssüchtige Mitbewohnerin es so interpretiert hatte. »Und außerdem ist sie sehr nett und attraktiv.«

Winter blickte kurz zu ihr, dann rasch zurück zur Straße. Ihre Augenbrauen zogen sich zusammen. »Ich denke schon.«

»Du denkst schon?«, wiederholte Hannah. Wenn Winter nicht den Wagen gelenkt hätte, hätte sie ihr einen Stups mit dem Ellbogen verpasst. »Ach, komm schon! Sie sieht super aus, das weißt du genau!«

»Na schön. Sie ist eine attraktive Frau.« Winter beschleunigte auf der geraden Strecke. »Wenn du sie fragen möchtest, ob sie mit dir ausgeht, kannst du das gern tun.«

Hannah drehte sich auf dem Beifahrersitz um und betrachtete Winters Profil. Wie kam Winter denn darauf? »Das ist nicht der Grund, warum ich … Ich war nur neugierig. Wie habt ihr euch kennengelernt?«

Ein Grinsen umspielte Winters Mund. »Vor etwa fünf Jahren habe ich an einem ganztägigen Fotografie-Workshop teilgenommen. Es gab ein Mittagessen, und mir gegenüber saß ein unausstehlicher Typ, der der Frau neben mir die Drittelregel erklärt hat. Wir haben uns angesehen und mit den Augen gerollt, während er uns einen Vortrag hielt. Schließlich hat sie ein Buch über digitale Fotografie für Anfänger aus der Tasche genommen, es ihm gegeben und gesagt, dass er es besser lesen solle, weil er ein paar Dinge falsch verstanden habe.« Ihr Grinsen wurde noch breiter. »Es stellte sich heraus, dass sie nicht nur die Autorin des Buches war, sondern auch die Dozentin unseres nächsten Kurses.«

Hannah lachte. »Ich hätte zu gern sein Gesicht gesehen, als sie sich als Dozentin vorgestellt hat.«

Winters Gelächter hallte durch den Wagen. »Das allein war das Geld für den Workshop wert.«

»Außerdem hast du eine Freundin gefunden, stimmt's?«

Winter zögerte. Sie wechselte wieder auf die rechte Spur, bevor sie antwortete. »Ich weiß nicht, ob ich uns als Freundinnen bezeichnen würde. Wir hängen nicht zusammen ab oder rufen einander an, um uns über Frauen oder unsere Jobs auszulassen. Wir sehen einander nur, wenn einer meiner Kunden einen Fotografen oder einer ihrer Bekannten Hilfe beim Marketing braucht. Und hin und wieder machen wir Ausflüge zum Crater Lake oder Cannon Beach, um dort Fotos zu machen.«

Winter mied also nicht nur Beziehungen, sondern zögerte sogar, jemanden als Freundin zu bezeichnen. Jules war als Kunde großartig gewesen, aber je besser Hannah seine Tochter kennenlernte, desto klarer wurde ihr, was für ein Versager er als Vater gewesen war. »Ihr wart also nie ein Paar?«

»Nein«, sagte Winter.

»Aber?«

Winter schaute sie einen Moment lang an. »Wie kommst du darauf, dass es ein Aber gibt?«

»Die Tatsache, dass sie bereit war, so früh aufzustehen, um dir einen Gefallen zu tun. Und die Art, wie sie dich angesehen hat.«

»Du meinst, wenn sie nicht gerade mit dir geflirtet hat«, murmelte Winter.

Ach, dann war ihr subtiler Eindruck also doch richtig gewesen. Shanice hatte mit ihr geflirtet. »Ich war mir nicht sicher, ob sie flirtet oder nicht.«

Winter schnaubte. »Komm schon. ›Ruf an, wenn du irgendetwas brauchst, egal was.‹ Wenn das kein Flirten ist, weiß ich auch nicht.«

Na schön, vielleicht war es doch nicht so subtil gewesen. Hannahs Wangen wurden warm. »Hey, wir haben eben über dich und Shanice gesprochen, und glaub nicht, dass ich nicht bemerkt habe, dass du meine Frage mit einer Gegenfrage beantwortet hast.«

Eine Zeit lang unterbrach nur das Brummen des Motors die Stille, als würde Winter darüber nachdenken, ob sie überhaupt antworten sollte. »Wir haben ein paarmal miteinander geschlafen, aber wir waren kein Paar.« Sie klang völlig sachlich.

»Und du hast nie mehr gewollt?«, fragte Hannah. »Ich meine, ihr mögt euch offensichtlich und habt einige gemeinsame Interessen.«

»Nicht jeder wünscht sich eine langfristige Beziehung und ein Haus mit einer von Herzchen übersäten Fußmatte.« Winters Stimme klang scharf. »Du kuschelst mit Leuten, mit denen du nicht zusammen bist. Mit jemandem Sex zu haben, ohne eine Beziehung zu wollen, ist nicht viel anders.«

Für Hannah war es etwas völlig anderes, aber das war natürlich nur ihre Meinung. Winter hatte das Recht auf ihren eigenen Standpunkt. »Hey, ich urteile nicht über dich. Wenn du damit glücklich bist, ist das toll.«

Eine Weile schwiegen beide.

»Wirst du sie anrufen?«, fragte Winter, als sie den Wagen über die Marquam-Brücke lenkte.

Hannah rutschte auf dem Beifahrersitz hin und her. Shanice' Visitenkarte schien ein Loch in ihre Tasche zu brennen. Vielleicht sollte sie Shanice anrufen. Wenn sie mit ihr ausging, würde sie das zumindest davon ablenken, wie ganz und gar nicht platonisch es sich angefühlt hatte, ihre Finger in Winters glatten, silbriggrauen Haaren zu vergraben, ihre Kopfhaut mit den Fingerspitzen zu streicheln und ihre warme Wange an ihrem Bein zu spüren.

»Hallo? Hannah?« Winter wedelte mit der Hand vor Hannahs Gesicht herum.

Hitze schoss Hannah in die Wangen. »Tut mir leid. Ich war, ähm, kurz abgelenkt.«

»Allerdings. Das beantwortet wohl meine Frage, ob du Shan anrufen wirst. Wenn du schon Fantasievorstellungen von ihr hast, lautet die Antwort offensichtlich Ja.«

Hannah schüttelte vehement den Kopf und hätte sich gleich darauf am liebsten an die Stirn geschlagen. *Na toll.* Warum hatte sie Winter nicht einfach in dem Glauben gelassen, sie hätte eben an Shan gedacht? Dann käme die wenigstens nicht auf die Idee, woran sie in Wirklichkeit gedacht hatte. »Ich habe keine bildliche Vorstellungskraft, schon vergessen? Ich habe keine Fantasien.«

Ach ja? Warum war sie dann in Gedanken noch einmal durchgegangen, wie es sich angefühlt hatte, Winter eine Kopfmassage zu geben? Zwar konnte sie nicht noch einmal nacherleben, wie Winter sich auf ihrem Schoß angefühlt hatte, aber sie erinnerte sich noch an erstaunlich viele Details.

»Im Ernst?« Winter klang fassungslos. »Keinerlei Fantasien? Aber wie kannst du dann …?« Sie schloss abrupt den Mund und starrte so intensiv auf das Auto vor ihnen, als würden die Gewinnzahlen der nächsten Lottoziehung auf dem Nummernschild stehen.

»Was denn?«

Winter fuhr sich mit der Hand durchs Haar, das von der Kopfmassage noch immer zerzaust war. »Vergiss es. Viel zu persönlich.«

Was meinte sie? »Oh.«

Winter sprach offensichtlich von Masturbation. Hannahs Ohrläppchen begannen zu glühen und nun starrte auch sie auf das Auto vor ihnen. Es war nicht das erste Mal, dass sie mit dieser Frage konfrontiert wurde. Valentina hatte sofort danach gefragt, als Hannah ihr von Afantasie erzählt hatte. Das verschaffte Hannah unerwartete Einblicke darin, wie sexuelle Fantasien bei den meisten

Menschen funktionierten. Offenbar war *jemanden mit Blicken ausziehen* nicht nur eine Redewendung, wie sie immer angenommen hatte.

Sie hatte kein Problem damit, es ihren Freunden zu erklären, aber wollte sie wirklich mit Winter über Selbstbefriedigung sprechen?

Auf der Gegenfahrbahn der Interstate ertönte eine laute Autohupe. Dann verklang das Geräusch in der Ferne. Die plötzliche Stille war wie ein Vakuum, das darauf wartete, gefüllt zu werden.

»Geschichten«, platzte es aus Hannah heraus.

Winter blickte Hannah ins Gesicht, dann zurück zur Straße. »Geschichten?«, wiederholte sie mit heiserer Stimme.

Hannah richtete sich im Beifahrersitz auf. Sie sprach ständig mit ihr noch fremden Kunden darüber, wie sie mit sexueller Erregung in Kuschelsitzungen umgehen sollten. Da war es doch kein Problem, Winter zu erklären, wie ihre Fantasien funktionierten, oder? »Bei mir läuft im Kopf keine mentale Diashow mit sexy Bildern ab. Es ist eher so, als ob ich mir in Gedanken eine heiße Geschichte erzähle.«

Winter schien einige Augenblicke darüber nachzudenken. »Hm.«

»Was ist?«, fragte Hannah.

»Nichts. Es fällt mir nur schwer, mir das vorzustellen.«

Vorzustellen? Winters Wortwahl ließ erneut einen Schwall Hitze in Hannahs Brust emporsteigen. Stellte Winter sich vor, wie sie sich sexy Geschichten ausdachte?

»Moment mal«, sagte Winter. »Das heißt, du hast sehr wohl Fantasien!«

Hannah rieb sich das Gesicht. »Ja. Irgendwie schon. Aber das heißt nicht, dass ich welche über Shanice habe. Oder dass ich sie anrufen werde. Ich glaube nicht, dass ich mit ihr ausgehen werde.«

Winter warf ihr mit hochgezogenen Augenbrauen einen Blick zu. »Dann ist sie also nicht dein Typ?«

»Ich habe keinen bestimmten Typ, mal abgesehen von jemandem, der ein gutes Herz und einen ausgeprägten Sinn für Humor hat.«

»Ich will dir nicht zureden, aber Shan erfüllt beide Voraussetzungen.«

»Sie ist bestimmt großartig, aber mein Leben ist im Moment etwas chaotisch, falls es dir noch nicht aufgefallen ist.« Hannah gestikulierte so ausladend, dass ihre Hand gegen die Autotür schlug. »Ich bin umgezogen, gehe ein großes berufliches Risiko ein, indem ich mich selbstständig mache, und wenn alles gut läuft, erbe ich die Hälfte eines Hauses. Mir schwirrt der Kopf, und ich weiß nicht, ob ich im Moment eine neue Beziehung eingehen möchte.«

Winter murmelte etwas, doch Hannah verstand es nicht.

»Wie bitte?«

»Ich sagte: Lass uns irgendwo anhalten und frühstücken. Abrahams Schoß hat mich hungrig gemacht.«

Hannah musterte sie. War das wirklich die einzige Wirkung, die die Kopfmassage auf Winter gehabt hatte? Ihr Pokerface verriet nichts. Wahrscheinlich gab es auch nichts zu verraten. Winter hasste Kuscheln. Das Einzige, was es bei ihr auslöste, war ein Fluchtreflex. »Klingt gut.«

»Ja. Vor allem, weil du bezahlst.«

Kapitel 17

Winter wusste nicht, wie es dazu gekommen war, aber am nächsten Wochenende fand sie sich auf der Couch wieder, wo sie am Laptop die Keywords für Hannahs Webseite verbesserte, anstatt in ihrem Büro zu arbeiten.

Sie wusste, dass Suchmaschinenoptimierung oft erst mittel- und langfristig Erfolge brachte, aber dennoch wurde sie langsam ungeduldig. Es war sechs Tage her, seit die Webseite online gegangen war, und trotzdem hatte sich noch kein Kuschelkunde gemeldet, bloß ein Kerl, der per E-Mail nachgefragt hatte, ob Hannah auch nackt kuschelte.

Arschloch. Winter knirschte mit den Zähnen.

»Alles in Ordnung?« Hannah sah von der Netflixserie auf, die sie sich ansah, während sie gleichzeitig durch ihre Kuscheltagebücher blätterte. Das waren die Notizen, die sie nach jeder Kuschelsitzung machte. Jetzt hielt sie nach ehemaligen Kunden Ausschau, die sie mit einem Sonderangebot kontaktieren konnte.

Winter nickte knapp. »Alles bestens.«

Dasselbe konnte man wahrscheinlich nicht von Hannahs Bankkonto sagen, seit sie nicht mehr für *Schmuseeinheit* arbeitete. Sollte sie fragen, wie es finanziell bei ihr aussah?

Was aber, wenn Hannah bestätigte, dass sie knapp bei Kasse war? Sie hatte doch nicht etwa vor, ihr Geld zu leihen, oder? »Bei Geld hört die Freundschaft auf«, hatte Julian einmal seinen Schweizer Großvater zitiert, und das war eine der wenigen seiner Weisheiten, denen sie zustimmte. Außerdem hatte sie noch nicht entschieden, ob sie Hannah tatsächlich als Freundin betrachtete.

Das Papier raschelte, als Hannah weiter durch die Seiten ihres Kuscheltagebuchs blätterte. Drei dicke Notizbücher lagen noch auf dem Couchtisch.

Das war eine Menge an Notizen. Was gab es zu sagen, außer *Habe am 15. Mai eine Stunde lang mit John Smith in der Löffelchenstellung gekuschelt*?

Dann kam Winter ein weiterer Gedanke. Gab es auch Einträge für Julians Kuschelstunden … und für ihre eigene? Und wenn ja, was hatte Hannah geschrieben?

Winter sagte sich, dass es ihr egal war, was Hannah über sie notiert hatte. Aber insgeheim wusste sie, dass dem nicht so war. Die missglückte Stunde nagte noch immer an ihr. Sie war es nicht gewohnt zu versagen. In allen anderen Bereichen ihres Lebens gab sie niemals auf und machte weiter, bis sie Erfolg hatte.

In gewisser Weise hatte sie es auch mit dem Kuscheln weiterhin versucht. Aber die Kopfmassage während des Fotoshootings hatte kein Triumphgefühl ausgelöst. Ganz im Gegenteil. Jetzt war sie noch verunsicherter als zuvor, denn sie konnte Kuscheln nicht länger als etwas abtun, was sie nicht meistern wollte, weil es sie kalt ließ. Jedes Mal, wenn sie daran dachte, konnte sie immer noch spüren, wie Hannahs Fingerspitzen über ihre Schläfen glitten und ihr Ohr streichelten. Die Erinnerung daran war so intensiv, dass es ihr den Atem raubte. Es fühlte sich unglaublich gut an, löste gleichzeitig aber auch Panik aus.

Der Duft von Minze stieg Winter in die Nase, als Hannah das Eichhörnchen-Tee-Ei aus ihrer Tasse nahm und auf einem kleinen Teller ablegte.

Es war eine willkommene Ablenkung von dieser ganzen verdammten Selbstreflektion. Winter setzte ein Grinsen auf und öffnete ihren Mund.

»Sag es nicht.« Hannah schaute nicht einmal in ihre Richtung.

»Was soll ich nicht sagen?«, fragte Winter in ihrem unschuldigsten Tonfall.

»Was auch immer du über mein Tee-Ei sagen wolltest.«

»Ich wollte nur wissen, wie es mit dem Töpfchentraining läuft.«

»Hahaha.« Hannah verpasste ihr einen Klaps mit dem Notizbuch.

Als es sie an der Schulter traf, zuckte Winter zusammen.

Hannah ließ das Tagebuch sofort auf die Couch fallen und presste beide Hände auf ihren Mund. »O nein! Es tut mir leid. Hat das wehgetan? Das wollte ich nicht.«

»Nein.« Es hatte überhaupt nicht wehgetan. »Es hat mich nur überrascht.« Sie konnte sich nicht erinnern, wann ihr das letzte Mal jemand spielerisch einen Klaps versetzt hatte. Die meisten Leute hielten klugerweise Abstand.

Apropos Abstand … Was war aus dem Abstand zwischen ihnen geworden? Als sie sich vor einer Stunde auf die Couch gesetzt hatten, hatte jede an einem Ende Platz genommen und mehrere Kissen lagen zwischen ihnen. Jetzt waren diese auf magische Weise verschwunden und Hannah saß in der Mitte. Aber sie war nicht die Einzige, die sich auf die andere zubewegt hatte. Winter starrte auf den Freiraum zwischen ihrem rechten Oberschenkel und der Armlehne. Wie zum Teufel war das passiert?

Hannah musterte Winter mit besorgter Miene und rutschte noch näher an sie heran – so nah, dass sich ihre Schultern berührten. »Bist du sicher, dass es dir gut geht? Du siehst ein wenig verwirrt aus.«

Damit lag sie nicht ganz falsch. Winters ganze Aufmerksamkeit galt der Wärme von Hannahs Schulter, die sich an ihre schmiegte, als wäre es die normalste Sache der Welt, obwohl es das für Winter nicht war. Vor allem nicht die Erkenntnis, dass es sich überhaupt nicht unangenehm anfühlte.

Sie unterbrach den beiläufigen Kontakt, indem sie sich aus der Webseite ausloggte und sich vorbeugte, um den Laptop auf den Couchtisch zu stellen. »Ich bin in der Tat verwirrt.« Sie zeigte auf den Fernseher, wo ein blaues Stofftier von einem Wikingerclan als Gott verehrt wurde. »Das ist die zweite Folge, die wir uns von dieser Serie ansehen, und ich werde immer noch nicht schlau daraus. Haben die Autoren LSD eingeworfen, um auf Ideen zu kommen, oder soll die Handlung so lächerlich sein?«

Hannah kicherte. »Warte nur, bis wir zu der Folge mit dem Nippel-fressenden Einhorn kommen.«

Wir?, wiederholte Winter in Gedanken. Warum ging Hannah davon aus, dass sie sich diese absurde Sendung noch öfter gemeinsam ansehen würden? Dann stutzte sie, als sie über den Rest des Satzes nachdachte. »Ein Nippel-fressendes … was?«

Hannahs Lachen ließ die gesamte Couch erbeben. »Die Serie ist wirklich witzig, aber ich gebe zu, sie ist gewöhnungsbedürftig. Das ist das dritte Mal, dass ich sie mir ansehe.«

»Das dritte Mal?« Winter hatte sich noch nie irgendetwas dreimal angesehen.

Hannah nickte. »Das erste Mal, um die Charaktere auseinanderhalten zu können. Damit habe ich oft Probleme, wenn sich Schauspieler zu ähnlich sehen.«

Winter sah zum Fernseher, wo der weibliche Captain des Zeitschiffs mit einer Blondine im Hosenanzug sprach. »Die beiden sehen sich überhaupt nicht ähnlich.«

»Doch. Sie sind beide weiblich, blond und Mitte dreißig.«

»Es sind blonde Frauen Mitte dreißig, die sich überhaupt nicht ähnlich sehen«, sagte Winter.

»Für dich vielleicht nicht, aber ich kann mir Gesichter nicht gut merken, und es hilft nicht, dass es um Zeitreisen geht und sie ständig neue Kostüme tragen, sodass sie in jeder Szene anders aussehen. Es hat eine Weile gedauert, bis ich sie auseinanderhalten konnte.« Hannah lachte. »Wenn du mich fragst, sollte es verboten werden, zwei Hauptdarstellerinnen mit der gleichen Haarfarbe zu casten.«

Winter tat so, als sähe sie sich die Folge an, aber in Wirklichkeit betrachtete sie aus dem Augenwinkel heraus Hannah und ihre Grübchen. Erstaunlich, dass sie über sich selbst und ihre kleinen Macken lachen konnte. Winter war dazu nie in der Lage gewesen. Ihre Eigenheiten und Unzulänglichkeiten waren ständig kritisiert, nie liebevoll toleriert worden, und so neigte sie dazu, das Gleiche zu tun – sich selbst und anderen gegenüber.

Im Moment kam ihr allerdings nicht in den Sinn, einen sarkastischen Kommentar über Hannahs Unfähigkeit abzugeben, die beiden Hauptdarstellerinnen auseinanderzuhalten. Es war zwar seltsam, aber irgendwie auch süß.

Winter nahm wieder ihren Laptop zur Hand und begann, an Facebook-Werbung für Hannah zu arbeiten, während sie mit halber Aufmerksamkeit zusah, wie der Captain des Zeitschiffs der Dame im Hosenanzug ein Kompliment machte und ihr sagte, wie gut sie in einem Wikingerkostüm aussah. »Sind die beiden Blondinen ein Paar?«

»Noch nicht, aber sie werden im Laufe der Staffel zusammenkommen.«

Winter schnappte in gespielter Empörung nach Luft. »Obwohl sie die gleiche Haarfarbe haben?«

»Haha! Sehr witzig.« Hannah streckte die Hand aus und stieß sie mit dem Finger an.

Winter starrte auf die Delle, die Hannahs beiläufige Berührung in ihrem T-Shirt hinterlassen hatte.

Hannah hatte den Kontakt offenbar nicht einmal bemerkt. Sie schaute weiterhin die Folge, während sie in ihrem Kuscheltagebuch blätterte.

Vergiss es einfach. Sie ist Kuschlerin. Sie berührt ständig Leute. Das hat nichts zu bedeuten. Winter strich mit der Hand über ihren Ärmel, um ihn zu glätten und das Kribbeln wegzureiben. »Und?«, fragte sie schließlich. »Hast du irgendwelche ehemaligen Kunden gefunden, die du kontaktieren könntest?«

»Nein. Keine, die weiterhin an Kuschelsitzungen Interesse haben. Ein paar sind weggezogen, einer hat geheiratet und einer war dein Vater.« Hannah zog ein Knie an ihre Brust und schlang die Arme darum. »Ich meine, Jules.« Sie blätterte ein paar Seiten weiter. »Er hat mehr Sitzungen gebucht, als ich in Erinnerung hatte.«

Ein Bild von Hannah, die Julian eine Kopfmassage gab, entstand vor Winters innerem Auge. Sie krallte ihre Finger in die Armlehne. Obwohl sie endlich akzeptiert hatte, dass an Hannahs Arbeit nichts Anrüchiges oder Unmoralisches war, fühlte sich der Gedanke daran, wie Julian es sich auf ihrem Schoß gemütlich gemacht hatte, einfach falsch an.

Hannah blätterte eine weitere Seite um und fuhr mit den Fingern über eine Zeile ihrer Notizen. Es sah so sehr nach einer Liebkosung aus, dass eine Welle der Übelkeit Winter überkam.

»Dann vergiss deine früheren Kunden«, sagte sie und versuchte, Hannah das Notizbuch aus der Hand zu nehmen. »Wir werden einen anderen Weg finden, dir mehr Buchungen zu verschaffen.«

»Warte!« Hannah zog das Notizbuch außer Reichweite und starrte es an. Ihr Zeigefinger, der über einer Textzeile verharrte, zitterte.

Winter konnte die Worte nicht lesen, aber sie konnte erkennen, dass etwas durchgestrichen war. »Was ist?«

»Ein paar Monate vor seinem Tod hatte Jules eine Sitzung gebucht, die er dann aber abgesagt hat. Ich habe ihn nie wiedergesehen. Ich glaube, da ging es ihm schlechter und er wollte nicht, dass ich es erfahre.«

»Ja, wäre typisch«, murmelte Winter. »Er hätte sich lieber die Zunge abgebissen, als Schwäche zu zeigen.«

»Klingt ganz nach seiner Tochter«, sagte Hannah sanft.

»O ja, auf jeden Fall. Brooke kann auch keine Schwäche zulassen.«

Ein Lächeln umspielte Hannahs Lippen. »Ich habe nicht von Brooke gesprochen.«

Winter funkelte sie an, bis das Lächeln verblasste. »Und was ist mit der Sitzung, die er abgesagt hat?«

»Es wäre seine dreiundneunzigste gewesen.« Hannah hielt Winter das Tagebuch hin und tippte auf den durchgestrichenen Satz. Dort stand: *Jules L., Sitzung Nr. 93.* Es folgten keine Notizen, denn die Sitzung war abgesagt worden.

»Das sind ganz schön viele …« Dann begriff Winter endlich, was die Zahl zu bedeuten hatte und warum Hannah auf das Tagebuch starrte. »Das heißt, er hat zweiundneunzig Mal mit dir gekuschelt. Zweiundneunzig. Wie die Anzahl der Tage, die wir zusammenleben müssen, um das Gebäude zu erben.«

»Glaubst du, dass das ein Zufall ist?«, fragte Hannah.

Winter brauchte nicht darüber nachzudenken. »Nein. Julian hat nie etwas dem Zufall überlassen.«

»Aber wie konnte er wissen, dass wir am Ende zweiundneunzig Sitzungen haben würden?«

»Ich wette, er hat das Trustdokument aktualisiert, als ihm klar wurde, dass er dich nicht mehr wiedersehen würde, nur um uns zu ärgern.« Das sähe Julian ähnlich.

Hannah klappte das Notizbuch zu und wandte sich auf der Couch zu Winter um. »Fällt dir wirklich kein anderer Grund ein, warum er dieselbe Anzahl in dem Trustdokument verwendet haben könnte?«

»Was denn zum Beispiel?«

»Ich weiß es nicht«, sagte Hannah. »Vielleicht hat er versucht, uns etwas zu sagen.«

»Dass er die Anzahl eurer Sitzungen im Auge behalten hat?« Winter warf einen spöttischen Blick an die Decke. »Gratuliere, Julian. Du hast den Zahlenraum bis einhundert gemeistert. Betrachte uns als posthum beeindruckt.«

Hannah seufzte. »Warum musst du immer so ein Arsch sein, wenn wir über Jules reden?«

Winter hatte schon den Mund geöffnet, um eine weitere Bemerkung zu machen, aber Hannahs Worte brachten sie zum Verstummen. Meistens war Hannah sanft und freundlich. Wenn dann doch einmal ihr stählernes Rückgrat zum Vorschein kam, überraschte das Winter jedes Mal.

»Ich verstehe, dass er Dinge getan haben muss, die dich verletzt haben, aber das ist kein Grund, mich zu verletzen«, fügte Hannah leise hinzu.

Wenn jemand anderes so etwas gesagt hätte, hätte Winter wahrscheinlich abfällig geschnaubt und ihn als zu sensibel abgetan. Aber der Gedanke, Hannah zu verletzen, versetzte ihr einen Stich. »Dich verletzen?«, flüsterte sie heiser.

»Ja.« Hannah hielt ihrem Blick stand. »An unseren Kuschelsitzungen waren zwei Personen beteiligt, weißt du? Vielleicht wollte er sich bei mir dafür bedanken, indem er die Anzahl der Sitzungen in das Trustdokument aufgenommen hat. Denn so höflich er auch war, ein *Danke* habe ich von ihm nie gehört. Ich habe das Gefühl, dass es ihm genauso schwerfiel, danke zu sagen oder sich zu entschuldigen, wie eine Schwäche einzugestehen.«

Winter nickte grimmig. Es gab eine Menge Dinge, die Julian nie zu ihr gesagt hatte. *Danke* und *Es tut mir leid* gehörten dazu, ebenso *Ich liebe dich* und *Ich bin stolz auf dich.* »Glaubst du wirklich, dass es ein Zeichen von Dankbarkeit ist, dich zu zwingen, drei Monate mit mir zusammenzuleben?«

Hannahs Grübchen kamen wieder zum Vorschein, als sie grinste. »Bestimmt wusste er, dass du mit deiner Luxus-Espressomaschine und deinem Gourmet-Kaffee hier einziehen würdest, den ich jeden Morgen genießen darf.« Dann wich das neckische Lächeln einer ernsten Miene. »Und vielleicht hat er gehofft, wir würden Freundinnen werden, wenn wir gezwungen sind, Zeit miteinander zu verbringen.«

Das war schon das zweite Mal, dass Hannah sie als Freundinnen bezeichnete. »Sind wir denn Freundinnen?« Winter bemühte sich um einen skeptischen Blick, aber sie hatte das Gefühl, dass sie eher verwirrt oder erwartungsvoll wirkte, obwohl sie nicht sagen konnte, welche Antwort sie sich erhoffte, ein Ja oder ein Nein.

»Na ja, du hast stundenlang an den SIO-Keywords für meine Webseite gearbeitet.«

»SEO«, sagte Winter.

»Ja, genau die. Außerdem hast du einen Gefallen eingefordert und mich zu einer unchristlichen Zeit zu meinem Fotoshooting gefahren, und das alles für eine Gesamtsumme von bisher null Dollar. Wenn das keine Freundschaft ist, weiß ich auch nicht.«

Winter schüttelte den Kopf. »Ich habe dir doch gesagt, dass ich dir aus völlig egoistischen Gründen helfe. Es werden weniger Leute durch die Wohnung laufen, wenn du mehr Geld pro Kunde verdienst.«

Hannah seufzte. »Nun, der Teil des Plans, der zu weniger Leuten in der Wohnung führt, funktioniert schon mal sehr gut. Der Teil, der mich mehr Geld verdienen lässt, eher nicht.«

Winter umklammerte die Metallkante des Laptops so fest, dass diese sich in ihre Haut bohrte.

»Hey«, sagte Hannah sanft. »Das ist nicht deine Schuld. Du hast mir von Anfang an gesagt, dass es eine Weile dauern würde.«

Sie schien keine Sekunde lang zu glauben, dass Winter sie absichtlich schlecht beraten hatte, um Kuschelkunden fernzuhalten. Wäre Winter an Hannahs Stelle gewesen, wäre ihr der Gedanke vielleicht gekommen.

In Hannahs Blick lag jedoch keinerlei Misstrauen. Sie vertraute ihr ihren Lebensunterhalt an, ohne zu zögern.

Winter schluckte. Ihre Kehle war ganz trocken.

Hannah streckte die Hand aus, um sie auf Winters zu legen, doch dann schob sie ihre Finger stattdessen unter ihren eigenen Oberschenkel.

Einen Moment lang kam Winter der Gedanke, dass es ihr nicht viel ausgemacht hätte, wenn Hannah sie berührt hätte. Dann lockerte sie ihren Griff um den Laptop und schob die Überlegung beiseite. »Dann lass uns etwas gegen das mangelnde Geldverdienen unternehmen.«

Hannah rutschte noch näher an Winter heran – so nah, dass Winter die Wärme spürte, die von ihrem Oberschenkel und ihrer Schulter ausging. Sie neigte den Kopf, um ebenfalls auf den Laptop schauen zu können.

Winter schloss ihn. »Nein. Ich werde ein paar Anzeigen schalten, aber das meinte ich nicht. Es dauert zu lange, wenn du darauf wartest, dass potenzielle Kunden zu dir kommen. Du musst zu den Kunden gehen.«

»Wie denn?«

»Indem wir kostenlose Kostproben anbieten.«

Hannah warf ihr einen zweifelnden Blick zu. »Ist das wirklich eine gute Idee? Das würde bedeuten, dass noch mehr Leute durch unsere Wohnung laufen.«

»Das wäre der Fall, wenn wir es zu Hause machen. Aber das wirst du nicht tun. Vor ein paar Jahren habe ich überall Leute mit Schildern gesehen, auf denen *kostenlose Umarmungen* stand. Wenn du dich auf den Pioneer Square oder einen anderen belebten Platz stellst und ein solches Schild hochhältst, würdest du damit Leute auf dich aufmerksam machen, die nichts gegen Körperkontakt mit Fremden haben. Drück ihnen ein Flugblatt mit zwanzig Prozent Rabatt auf die erste Kuschelstunde in die Hand und ich wette, du würdest genug Interessenten finden.«

»O ja!« Hannah hüpfte auf der Couch auf und ab. Ihre Schulter stieß gegen Winters, was das inzwischen vertraute Kribbeln auslöste. »Das klingt nach einer Marketingkampagne, die tatsächlich Spaß machen könnte! Lass es uns ausprobieren.«

Winter klappte den Laptop auf. »Gut. Ich gestalte gleich die Flugblätter, damit du die Aktion mit den Gratis-Umarmungen so schnell wie möglich durchführen kannst.«

Hannah hielt mitten im Hüpfen inne. »Wieso sprichst du nur von mir? Du kommst doch mit, oder?«

»Ich hatte es nicht vor.« Winter öffnete Adobe InDesign, um an dem Flyer zu arbeiten. »Umarmungen fallen in dein Fachgebiet, nicht in meines.«

»Du musst niemanden umarmen, das verspreche ich. Du kannst mitkommen, um mir Gesellschaft zu leisten und um zu sehen, ob ich vom Marketingstandpunkt aus alles richtig mache. Komm schon. Sag ja. Du musst sowieso mehr aus dem Haus gehen.«

Ihr flehender Blick würde nicht funktionieren. Winter nahm die Finger von der Tastatur und verschränkte ihre Arme vor der Brust. »Ich komme genug aus dem Haus.«

»Ja, für die Arbeit oder zum Joggen – mit Kopfhörern, damit du mit niemandem reden musst.«

»Was ist daran falsch?«

»Nichts. Komm einfach mit. Bitte!«

Nein, nein, nein. Sie würde sich nicht von diesen großen honigbraunen Augen dazu überreden lassen, an dieser Umarmungsaktion teilzunehmen. Auf keinen Fall. Sie war völlig immun dagegen.

»Es wäre wirklich hilfreich, wenn ich jemanden dabeihätte, der die Flugblätter verteilt«, sagte Hannah. »Ich werde alle Hände voll zu tun haben.«

Winter zögerte. Ja, die Flugblätter zu verteilen und gleichzeitig den Leuten einen Vorgeschmack auf die Kuschelsitzungen zu geben, könnte schwierig werden. Hektische Umarmungen würden niemanden davon überzeugen, für weitere Kuscheleinheiten zu bezahlen. »Hm. Vielleicht sollte ich tatsächlich mitkommen. Nur um sicherzugehen, dass die Kampagne effizient abläuft.«

Hannahs Lippen zuckten, als hätte sie Mühe, ein triumphierendes Grinsen zu unterdrücken. »Natürlich. Ich kümmere mich um die Umarmungen, du um die Effizienzkontrolle.«

Bevor Winter wusste, wie ihr geschah, hatte sie zögernd genickt. »In Ordnung. Ich komme mit.«

Ach, Mist. Sie würde ein Umarmungsgetümmel beaufsichtigen.

Was zum Teufel war bloß mit den Leuten in Portland los?

Sie standen schon seit zehn Minuten mitten auf dem Pioneer Courthouse Square. Hannah hielt ein Pappschild in die Höhe, auf dem in großen, bunten Buchstaben *kostenlose Umarmungen* stand, während Winter einen Stapel Flugblätter zum Verteilen bereithielt.

Bisher war sie keinen einzigen Flyer losgeworden.

Es lag nicht daran, dass sie den falschen Ort für ihre Kampagne gewählt hatten. Es war Mittwochmittag, sodass auf dem Platz Hochbetrieb herrschte. Mehrere Leute standen neben einem Imbisswagen und aßen Käsesteaks oder Eiersandwiches. Einige holten sich einen Kaffee vom nahe gelegenen Starbucks, während andere auf den zwei Dutzend Stufen saßen, die in der Mitte des Platzes einen Halbkreis bildeten, und das herrliche Wetter Ende Juni genossen.

Mehrfach hatten sich Passanten nach ihnen umgesehen, aber keiner hatte Hannahs Angebot einer kostenlosen Umarmung angenommen.

Ein junger Mann blickte von seinem Kaffeebecher auf, las das Schild und ging langsamer. Doch dann tippte er auf seine Armbanduhr, als wollte er sagen, dass er keine Zeit habe, und marschierte an ihnen vorbei.

Winter warf ihm einen Blick zu, der so frostig war, dass sein Kaffee sich in einen Eisblock hätte verwandeln sollen.

»Das hilft nicht weiter«, sagte Hannah hinter ihrem Schild.

»Was?«

»Du funkelst jeden böse an.«

»Er hat es verdient«, murmelte Winter. »Was für ein Idiot. Hat genug Zeit, um sich einen Kaffee zu holen, aber dann hat er es plötzlich zu eilig für eine Fünf-Sekunden-Umarmung?«

»Würdest du mich umarmen, wenn wir uns nicht kennen würden?«, fragte Hannah.

Winter schüttelte sich dramatisch. »Himmel, nein!«

»Siehst du? Hab Geduld. Irgendjemand wird schon stehen bleiben, und wenn andere es beobachten, werden sie ebenfalls den Mut aufbringen, sich eine Umarmung abzuholen.« Hannah hob das Pappschild über ihren Kopf, damit die Passanten ihr einladendes Lächeln sehen konnten. Es verblasste keinen Moment lang, egal wie viele Leute vorbeigingen.

Winter konnte nicht umhin, sie zu bewundern. Niemals hätte sie sich dem Urteil der Leute ausgesetzt, so wie Hannah es gerade tat. In ihrer Welt war Verletzlichkeit immer gleichbedeutend mit Schwäche gewesen, doch seit sie Hannah kannte, fing sie an, das infrage zu stellen.

Sie versuchte, Hannahs Beispiel zu folgen und geduldig zu sein, aber weder Geduld noch anderen die Führung zu überlassen, lagen in ihrer Natur.

Als sich eine Gruppe von Studenten näherte, beschloss Winter, dass es Zeit war, etwas zu unternehmen. »Tu, als würdest du mich nicht kennen«, flüsterte sie aus dem Mundwinkel, machte einen Schritt auf Hannah zu und zog sie in ihre Arme.

Einen Moment lang rührte sich Hannah nicht, sondern stand mit dem Schild über dem Kopf da. Dann senkte sie es und schlang beide Arme um sie.

Winter stand ganz still. Sie war sich sehr der Tatsache bewusst, dass sie sich in der Öffentlichkeit befand und Dutzende von Menschen zusahen. Gleichzeitig war sie aber auch voll und ganz darauf konzentriert, Hannah zu umarmen … oder, genauer gesagt, von Hannah umarmt zu werden.

Es war keine höfliche Umarmung, bei der sie einander kaum berührten, sondern ein frontales Ganzkörper-Erlebnis. Hannah schmiegte sich von den Knien bis zu den Schultern an sie, und Winter war sich des Drucks von Hannahs Oberschenkeln, ihres weichen Bauches und ihrer vollen Brüste nur zu bewusst.

O Gott. Winter holte vorsichtig Luft, damit es nicht so klang, als würde sie hyperventilieren.

Hannah roch wunderbar nach sonnenwarmer Haut und Crème. Einer ihrer Arme ruhte auf Winters Schulterblättern. Die Finger der anderen Hand lagen gespreizt auf Winters unterem Rücken, als wollte sie durch den Stoff von Winters T-Shirt etwas kommunizieren.

Langsam atmete Winter aus und erwiderte die Umarmung einen Moment lang – nur damit es für die Passanten echt wirkte. Sie hielt die Hand, die die Flugblätter umklammerte, ein Stück von Hannah weg, während sie die andere flach auf ihren Rücken legte und vorsichtig aufpasste, ihre Finger keinen Zentimeter hinabwandern zu lassen. Die Wärme von Hannahs Haut schien sich durch den Baumwollstoff ihres T-Shirts hindurchzubrennen. Sie konzentrierte sich auf dieses Gefühl und versuchte, nicht daran zu denken, wie es sich anfühlen würde, mit ihrer Hand unter das T-Shirt zu gleiten und ihre nackte Haut zu berühren.

Ganz, ganz schlechte Idee. Der Ausdruck auf Hannahs Gesicht, als sie versucht hatte, sie während ihrer Kuschelstunde zu küssen, hatte sich in ihr Gedächtnis eingebrannt. Nie wieder wollte sie diesen Gesichtsausdruck sehen, schon gar nicht jetzt, wo sie, so unmöglich es auch schien, im Begriff waren, Freundinnen zu werden.

Hannah schien es nicht eilig zu haben, sie wieder loszulassen. Vielleicht hatte sie die Umarmung gebraucht und war von ihrer bisher erfolglosen Werbekampagne entmutigter, als sie zugeben wollte. »Danke«, flüsterte sie dicht an Winters Schulter.

Winter nickte knapp, da sie ihrer Stimme nicht traute. Schließlich löste sie sich von ihr und trat einen Schritt zurück. Sie ließ ihre Arme unbeholfen hängen. Einen Moment lang fühlten sie sich seltsam an, als wüssten sie nicht, was sie mit sich anfangen sollten, jetzt, da sie Hannah nicht mehr festhielten.

Das war lächerlich. Ihre Arme wussten genau, was zu tun war, nämlich Flugblätter verteilen. Sie sah sich nach den Studenten um, aber die waren nirgends zu sehen.

Himmel, wie lange hatte diese Umarmung gedauert? So viel zu ihrem brillanten Plan.

Doch bevor eine von ihnen etwas sagen konnte, kam ein junges Paar auf sie zu.

Hannah schenkte ihnen ein einladendes Lächeln. »Wie wäre es mit einer kostenlosen Umarmung?« Weder hob sie die Arme, noch beugte sie sich ihnen entgegen. Geduldig wartete sie auf eine Antwort.

»Dazu sage ich niemals Nein«, antwortete die Frau und lachte.

Als sie sich umarmten, ging ihr Begleiter einen Schritt auf Winter zu und warf ihr einen fragenden Blick zu. »Verteilen Sie auch kostenlose Umarmungen?«

Winter wich zurück. »Nein, nein, nein, sie ist die professionelle Kuschlerin. Ich bin nur hier, um Flugblätter zu verteilen.« Sie gab ihm eines.

»Ach, das gibt es also wirklich?« Er deutete auf den Flyer.

Die Frau ließ Hannah los und stieß ihn mit dem Ellbogen an. »Hab ich dir doch gesagt. Stellen Sie auch Gutscheine aus? Eine Kuschelsitzung wäre das perfekte Geburtstagsgeschenk für meine Schwester.«

Ehe Hannah antworten konnte, kamen drei weitere Personen für eine Umarmung auf sie zu, und die nächsten zwei Stunden vergingen wie im Flug, als sie gemeinsam Umarmungen und Flyer verteilten und Fragen zu Hannahs Kuschelservice beantworteten.

Wie sich herausstellte, hatte Hannah recht gehabt. Sobald die Leute sahen, dass jemand anderes für eine kostenlose Umarmung anhielt, fassten sie den Mut, es auch zu tun.

Winter versuchte zu erraten, wer eine Umarmung annehmen und wer mit skeptischem Blick vorbeigehen würde, merkte aber rasch, dass es sich nicht vorhersagen ließ. Sie konnte auch nicht erraten, wessen Umarmung unbeholfen ausfallen und wer Hannah umarmen würde, als wollte er sie nie wieder loslassen.

Es gab keine Formel, mit der sich Umarmungen berechnen ließen. Winter konnte sich nur einer Sache sicher sein: Für heute hatte sie genug davon gesehen.

»Ich denke, das reicht jetzt«, sagte Winter.

Hannah nahm sie wahr wie durch einen Tunnel. »Noch eine«, flehte sie wie ein Kind auf dem Spielplatz, das noch nicht nach Hause gehen wollte. Ihr Körper kribbelte von dem Endorphin-Rausch, den all die Umarmungen und das ausgelassene Lachen mit den Leuten ausgelöst hatten.

Winter warf ihr einen ungläubigen Blick zu. »Ich bin schon vom Zusehen erschöpft und du kannst nicht genug bekommen?«

»Es ist ein großartiges Gefühl, den Menschen ein wenig den Tag zu versüßen und ihnen ein Lächeln ins Gesicht zu zaubern.«

Schnaubend blies sich Winter eine Haarsträhne aus dem Gesicht. »Na gut. Aber nur noch eine. Wir haben sowieso nur noch einen Flyer übrig.«

»Wow. Du hast sie alle verteilt?«

Winter nickte. Ein Anflug von Stolz lag in ihren Augen.

Hannah unterdrückte ein Grinsen. Winter mochte so tun, als würde sie diese ganze Erfahrung hassen, aber inzwischen konnte Hannah sie besser einschätzen und wusste, dass Winter sich genauso freute wie sie selbst.

»Los«, sagte Winter. »Such dir dein letztes Opfer aus, damit wir nach Hause gehen können.«

Hannah sah sich nach jemandem um, der eine Umarmung wirklich nötig zu haben schien.

Zwei Männer mit einem kleinen Mädchen kamen auf sie zu.

Das Mädchen zeigte auf Hannahs buntes Schild. »Was steht da, Papi?«

»Sie verteilen kostenlose Umarmungen«, sagte einer der Männer.

»Kann ich eine haben, Papa?« Das Mädchen blickte zu dem anderen Mann auf.

Die beiden Männer sahen sich an, dann zu Hannah, die ihnen einladend zunickte.

»In Ordnung, du –«

Das kleine Mädchen schoss auf Hannah zu, bevor ihr Vater den Satz beenden konnte.

Lächelnd kniete Hannah sich hin und umarmte sie sanft.

Nach einem Moment ließ das Mädchen sie los und richtete ihren Blick auf Winter. »Du auch.« Es klang wie eine entschlossene Aussage, nicht wie eine Frage.

Winter streckte abwehrend beide Hände aus. »Nein, ich bin keine –«

Das Mädchen schlang ihre Arme um Winters Hüften und umarmte sie überschwänglich.

»Uff.« Winter stand wie erstarrt und warf Hannah einen hilflosen Blick zu.

Hannah presste eine Hand auf ihren Mund, um nicht in Gelächter auszubrechen. Wie sehr wünschte sie sich, diesen Moment mit der Kamera festhalten zu können, um sich später an den Ausdruck auf Winters Gesicht zu erinnern. Eine leichte Röte trat auf ihre hohen Wangenknochen und ihre Augenbrauen zogen sich zusammen, als würde sie sich auf ein komplexes Problem konzentrieren. Doch ihre Bewegungen waren vorsichtig und behutsam, als sie nach unten griff und dem Mädchen zweimal den Rücken tätschelte.

»So.« Das Mädchen ließ los und strahlte zu Winter hinauf. »Jetzt geht's dir besser.« Dann wirbelte sie herum und lief zurück zu ihren Vätern.

Winter starrte ihr mit verwirrter Miene hinterher. Sie hatte sogar vergessen, ihnen das letzte Flugblatt zu geben.

»O mein Gott.« Hannah schmolz fast dahin. »Wie süß war das denn?« Natürlich meinte sie nicht nur das Mädchen, sondern auch Winter, aber das würde sie ihr besser nicht sagen. »Ich glaube, das war meine Lieblingsumarmung des Tages.«

Okay, ihre zweitliebste. Ihre Lieblingsumarmung war die, die Winter ihr gegeben hatte, um Passanten mit gutem Beispiel voranzugehen. Winter hatte zwar nicht viel Erfahrung mit Körperkontakt, aber ihre Umarmung war völlig anders gewesen als alle anderen.

Vielleicht lag es gar nicht daran, dass Winter irgendetwas anders machte. Sicher hatte sie keine überlegene Umarmungstechnik, und da ihre Körper so verschieden waren, hatte Hannah nicht erwartet, dass es sich derart schön anfühlen würde. Und doch war der sanfte Druck von Winters flachem Bauch an ihrem leicht gerundeten, ihrer kleinen Bürste, die sich über ihre eigenen schmiegten, einfach perfekt gewesen.

Sie hatte sich nur mit Mühe davon abgehalten, ihr Gesicht in Winters T-Shirt zu vergraben und den frischen Mandarinen-Bergamotte-Duft ihres Parfüms einzuatmen. Hannah hätte ihren Stapel Flyer in den Springbrunnen nebenan geworfen, wenn sie Winter dafür noch ein paar Minuten länger im Arm hätte halten können.

Diese starke Reaktion erschreckte sie. Woher um alles in der Welt kam sie? Zugegeben, Winter war attraktiv. Aber ein heißer Körper und faszinierende blaue Augen beeindruckten Hannah normalerweise nicht sonderlich. Falls sie einen Typ hätte, würde Winter ihm nicht entsprechen. Sie mochte Menschen, die gutherzig und zugänglich waren.

Aber Winter hatte tatsächlich ein gutes Herz, auch wenn sie versuchte, dieses hinter einer Festung aus Eis zu verstecken.

»Sieh an, sieh an«, rief eine Stimme aus einigen Metern Entfernung. »Wenn das nicht meine kleine Schwester und ihre vorübergehende Mitbewohnerin sind.«

Winter wirbelte herum und stellte sich vor Hannah, als wollte sie diese vor dem Eindringling beschützen.

Brooke stand vor ihnen. Tadellos gekleidet in einer lilafarbenen Seidenbluse und einem schwarzen Bleistiftrock, mit einer Laptoptasche über der Schulter sah sie aus, als käme sie gerade von einem Geschäftstermin.

Jegliche Euphorie, die Hannah nach der erfolgreichen Kampagne und nach Winters Umarmung empfunden hatte, verflog schlagartig. Winters Anspannung war so deutlich zu spüren, dass auch sämtliche Muskeln in Hannahs Körper sich verkrampften. »Hallo, Ms Lambert.« Sie winkte freundlich, um die Situation zu entschärfen.

»Sag doch bitte einfach Brooke.« Brookes makellos geschminkte Lippen formten ein charmantes Lächeln. Sie musterte das Schild, das Hannah immer noch in der Hand hielt. »Ah, kostenlose Umarmungen. Ist das die Marketingstrategie, die sich meine kleine Schwester ausgedacht hat?«

»Hör auf, mich so zu nennen«, schnauzte Winter. »Ich habe einen Namen. Benutze ihn. Außerdem, wie kommst du darauf, dass ich Werbung für Hannah mache?«

Brooke schnaubte. »Bitte. Ich habe die neue Webseite gesehen. Die trägt ganz klar deine persönliche Handschrift.«

»Du meinst, im Gegensatz zur Webseite deiner Firma werden auf Hannahs Seite keine veralteten Bilderkarussells oder langweilige Stockfotos verwendet. Wenn du mir schon online hinterherspionierst, dann lern wenigstens etwas daraus.«

»Ach, ich lerne eine Menge«, sagte Brooke in demselben kühlen Ton, den Winter oft anschlug, wenn sie ihre Schutzmauern hochfuhr. »Ich erfahre die interessantesten Dinge über dich, zum Beispiel, wie sehr du Kopfmassagen magst. Wer hätte das gedacht?«

O nein. Offenbar hatte Brooke ihre Halbschwester sogar von hinten auf dem Foto erkannt, das sie auf die Webseite hochgeladen hatten. Der starke Impuls, Winter und ihre Privatsphäre zu schützen, überkam Hannah. Aber was sollte sie sagen? Zu leugnen, dass Winter die Person auf dem Foto war, erschien ihr auch nicht richtig.

»Vielleicht hast du doch mehr mit unserem Vater gemein, als du zugeben möchtest«, fügte Brooke hinzu.

Hannah zuckte zusammen. Brooke wusste definitiv, wie sie Winter am besten treffen konnte.

»Nicht halb so viel wie du.« Winter warf ihr einen eisigen Blick zu. »Und nein, das war kein Kompliment. Es sei denn, du betrachtest es als Kompliment, als manipulative Lügnerin bezeichnet zu werden.«

Der Blick in Brookes Augen wechselte von kühler Überlegenheit zu glühender Hitze. »Würdest du endlich damit aufhören? Ich habe dich nicht angelogen! Er hat es nicht von mir erfahren.«

»Klar. Du bist die Unschuld in Person.«

Sie standen sich gegenüber und starrten sich stumm an. In Stöckelschuhen war Brooke so groß wie Winter und auch ihre intensive Ausstrahlung war Winters ebenbürtig. Die Luft zwischen ihnen schien zu knistern.

Hannah hatte keine Ahnung, wovon sie redeten. Was war das für eine Lüge, derer Winter Brooke bezichtigte? Sie machte einen Schritt nach vorn, um Brookes Aufmerksamkeit auf sich zu lenken, bevor der Streit weiter eskalieren konnte. »Wisst ihr, es gibt eine Sache, die ihr beide mit Jules … Julian gemeinsam zu haben scheint.«

Winter presste eine Hand auf ihren Bauch, als hätte Hannah sie in die Magengrube geschlagen.

Vielleicht war es nicht die beste Strategie, darauf hinzuweisen, dass sie beide so stur waren wie ihr Vater. Hannah ließ sich schnell etwas anderes einfallen, denn sie wollte Winter nicht verletzen. »Ihr seid beide sehr erfolgreich in eurem Beruf.«

Ein wissender Ausdruck trat in Brookes Augen. »Ach, du hast mir also auch online hinterherspioniert.«

»Nein.« Hannah hielt ihrem Blick stand. »Aber deine Seidenbluse sieht aus, als hätte sie mehr gekostet als der gesamte Inhalt meines Kleiderschranks.«

»Was nicht sonderlich schwer ist, wenn man bedenkt, dass der hauptsächlich aus Jogginghosen besteht«, sagte Winter leise, so als wären ihre Worte nur für Hannah bestimmt. Ihre Stimme klang nicht scharf, sondern so, als würde sie eine Freundin necken.

Der Gedanke, dass Winter sie als Freundin betrachtete, wärmte Hannahs Körper fast so sehr wie vorhin die Umarmung.

Die Muskeln in Brookes Gesicht schienen in ständiger Bewegung zu sein, während sie Winters und Hannahs Interaktion mit analytischem Blick beobachtete. Was dachte sie wohl?

»Was ist mit deinem Traumberuf?«, fragte Brooke schließlich. Sie zeigte auf das Schild, das Hannah umklammerte. »War die Aktion ein Erfolg?«

»O ja, sehr sogar. Winter hat sich die beste Marketingstrategie überhaupt einfallen lassen. Zwei Leute haben gleich an Ort und Stelle eine Kuschelsitzung gebucht und mehrere haben einen zweiten Flyer für Freunde oder Angehörige mit nach Hause genommen. Ich wette, ich werde durch die Aktion ein halbes Dutzend neuer Kunden gewinnen.« Hannah sah Winter an und versuchte, ihre Dankbarkeit mit einem Lächeln zu zeigen, anstatt ihre Hand zu drücken. Sie waren ein tolles Team.

Brooke neigte ihren Kopf zur Seite, was die elegante Kurve ihres Halses zur Geltung brachte. »Deine kostenlosen Umarmungen müssen großartig sein. Ist noch eine für mich übrig?«

Ein leises Knurren kam von Winter. »Tut mir leid, die sind uns eben ausgegangen.« Sie steckte das letzte Flugblatt in die Gesäßtasche ihrer Jeans.

O nein. Sie würde Winter nicht erlauben, für sie zu sprechen. Hannah war professionelle Kuschlerin, was bedeutete, dass sie mit jedem kuschelte, der ihre Dienste in Anspruch nehmen wollte, egal ob sie die Person mochte oder nicht. Außerdem musste sie zugeben, dass sie neugierig war und gern mehr über Winters Halbschwester herausfinden würde. Würde sie auf eine Umarmung genauso reagieren wie Winter?

Hannah drückte Winter das Schild in die Hand und breitete einladend die Arme aus.

»Was …?« Winter sah aus, als wollte sie Brooke das Schild über den Kopf schlagen, aber Hannah zwang sich, sie zu ignorieren und sich auf Brooke zu konzentrieren.

Obwohl sie forsch nach einer Umarmung gefragt hatte, ließ sich Brooke jetzt Zeit. Ihr Gesichtsausdruck erinnerte Hannah an eine Person, die erst kühn die Leiter zum höchsten Sprungbrett hinaufgeklettert war und dann feststellte, dass sie jetzt auch springen musste.

Offensichtlich hatte sie angenommen, dass Hannah ihr eine Umarmung verweigern würde, oder sie hatte nur darum gebeten, um Winter zu provozieren.

Ihr Zögern dauerte nur einen Moment, dann hatte sie sich wieder unter Kontrolle.

In dieser Hinsicht ähnelte Brooke wohl Winter. Hinter ihrem Pokerface ging viel vor, was der Welt verborgen blieb.

Ihre Absätze hallten über das Pflaster, als sie entschlossen auf Hannah zuging und sie in ihre Arme zog.

Es fühlte sich völlig anders an als Winters Umarmung. Brooke drückte sie selbstbewusst an sich, so als würde sie jeden Tag fremde Frauen umarmen, doch irgendwie fand Hannah Winters zögerliche, vorsichtige Art, sie zu halten, niedlicher.

Nach einer Weile merkte sie, dass Brooke nicht versuchte, sie zu eng an sich zu ziehen, nur um vor Winter anzugeben. Hannah entspannte sich.

Sie konnte noch immer nicht fassen, wie anders es sich anfühlte. Zum einen kam ihr Brooke plötzlich kleiner vor als Winter, obwohl sie hätte schwören können, dass sie fast gleich groß waren, zumindest wenn Brooke hohe Absätze trug. Die Autorität, die sie ausstrahlte, ließ sie größer erscheinen, aber sie besaß nicht Winters physische Stärke. Ihre eindrucksvolle Präsenz beruhte nicht auf ihrer Statur.

Was für eine faszinierende Frau!

»Wenn das so weitergeht, stellt dir Hannah gleich eine Stunde Kuscheln in Rechnung«, murmelte Winter neben ihnen.

Brooke ließ los, um ihr einen kühlen Blick zuzuwerfen, und Hannah war erstaunt, wie viel imposanter sie aussah, als sie sich anfühlte. »Ach, bist du jetzt auch noch ihre Managerin? Wie wär's, wenn du dich raushältst und mir den letzten Flyer gibst?«

»Tut mir leid, das ist das Ansichtsexemplar«, sagte Winter und sah dabei kein bisschen bedauernd aus. »Außerdem war das Buchen einer Kuschelsitzung mein Teil unserer Abmachung. Deiner besteht darin, dass du eine Assistentin einstellst.«

Brooke starrte von Winter zu Hannah, die ihren Blick ruhig erwiderte. »Du hast ihr davon erzählt?«

Vielmehr hatte Hannah es ihr aus der Nase gezogen, nachdem sie Winter im Fahrstuhl in die Enge getrieben hatte.

Winters Gesicht verriet nichts davon. Sie nickte ruhig.

Eine kleine Falte entstand auf Brookes ansonsten glatter Stirn. War sie überrascht, dass Winter Hannah so sehr vertraute, dass sie ihr die Wahrheit gesagt hatte? Oder war sie bestürzt darüber, dass die Kuschelstunde sie einander nähergebracht hatte, anstatt einen Keil zwischen sie zu treiben, wie Brooke es geplant hatte?

»Wie läuft es übrigens mit deinem Teil der Abmachung?«, fragte Winter. »Lass mich raten. Du hast immer noch niemanden gefunden, der deinen hohen Ansprüchen gerecht wird.«

Die Falte auf Brookes Stirn glättete sich und sie schenkte ihr ein überlegenes Lächeln. »Glaub's oder lass es, aber ich habe tatsächlich jemanden eingestellt.«

»Das glaube ich erst, wenn ich es mit eigenen Augen sehe«, murmelte Winter.

»Wirst du schon noch«, antwortete Brooke kühl. »Ich stelle sie dir irgendwann vor. Nur jetzt noch nicht. Ich will nicht, dass du sie vergraulst und das Spiel jetzt schon aus ist.«

Spiel. Hannah schüttelte den Kopf. War das alles nur ein Spiel für Brooke?

Bevor Winter etwas erwidern konnte, ging ein junger Mann mit einer Eiswaffel an ihnen vorbei, blieb stehen und kam zurück. »Oh, kostenlose Umarmungen.« Er zeigte auf das Schild, das Winter in der Hand hielt. »Cool.«

»Halt, ich –« Hannah wollte ihn aufhalten, aber es war bereits zu spät.

Er legte seinen freien Arm um Winter und umarmte sie.

Winter wich zurück und warf Hannah das Schild zu, als wäre es mit gefährlichen Keimen kontaminiert. »Lass uns nach Hause gehen.«

Hannah winkte dem jungen Mann entschuldigend zu. Mit einem Blick zu Brooke, die sich vor Lachen bog, eilte sie Winter hinterher.

Ihre Wohnung lag nur zehn Gehminuten entfernt, aber da Winter schweigend vor ihr hermarschierte, schien der Weg dreimal so weit zu sein.

Als sie an der Arlene-Schnitzer-Konzerthalle mit dem großen Portland-Schild rechts abbogen, joggte Hannah einige Schritte, um Winter einzuholen. »Jules hat wirklich eine Menge zu verantworten, oder?«

Winter ging nicht langsamer. »Wie bitte?«

»Wenn er der Grund ist, warum es zwischen dir und Brooke so schlecht läuft ...«

»Es lag nicht nur an ihm. Geholfen hat er nicht gerade, aber Brooke trägt auch Schuld. Glaubst du, sie ist eben zufällig über den Platz gekommen?« Winter schüttelte den Kopf. »Ich wette, sie hat auf deiner Webseite von der Aktion erfahren und beschlossen vorbeizuschauen, um mich schlecht zu machen oder einen Keil zwischen uns zu treiben.«

»Aber es ist mehr als das, oder?«, fragte Hannah. »Irgendetwas ist zwischen euch vorgefallen.«

Winter blickte geradeaus. »Das ist eine lange Geschichte.«

»Ich liebe lange Geschichten ... falls du sie mir erzählen willst.«

Winter atmete hörbar ein und aus. »Ich sollte dich vermutlich einweihen. Wie ich Brooke kenne, wird sie früher oder später versuchen, dich auf ihre Seite zu ziehen. Ich sollte ihr besser zuvorkommen.«

Also wollte Winter sie auf ihrer Seite haben. Obwohl sie ständig so tat, als wäre es ihr egal, was alle anderen dachten, war ihr Hannahs Meinung offensichtlich nicht gleichgültig. Hannah bedeutete ihr, fortzufahren.

»Lange Rede, kurzer Sinn: Brooke hat mich von dem Moment an gehasst, als wir uns mit drei Jahren zum ersten Mal begegnet sind.« Winter zuckte mit den Schultern. »Das Gefühl beruhte auf Gegenseitigkeit.«

Hannah stolperte fast den Bordstein hinunter. »Wie können sich Dreijährige hassen?«

»Ganz einfach: wenn sie gezwungen werden, Zeit miteinander zu verbringen. Alle haben es Julian immer hoch angerechnet, dass er sich offen zu seiner unehelichen Tochter bekannt hat.« Ihr Mund verzog sich zu einer bitteren Linie. »Mir wäre es lieber gewesen, er hätte mich verleugnet.«

»Aber warum?«

»Dann hätte er mich nicht gezwungen, jeden Monat ein Wochenende mit ihm und seiner Familie zu verbringen.«

Was? Hannah konnte es nicht fassen. »Und seine Frau war damit einverstanden?«

Winter lachte. Das Geräusch war frei von jeglichem Humor. »Nein. Regina hat meine Besuche genauso sehr gehasst wie ich und Brooke.«

»O nein.« Hannahs Herz schmerzte vor Mitgefühl mit der dreijährigen Winter … und mit der Erwachsenen, die mit geballten Fäusten neben ihr hermarschierte. »War sie gemein zu dir?«

»Sie hat mich bei jeder Gelegenheit kritisiert und mir klargemacht, dass Brooke und ich niemals gleichberechtigt sein können. Aber vor allem war es die Art, wie sie mich ansah.« Winter fuhr sich mit den Fingerknöcheln über das Gesicht, als könnte sie Reginas Blick noch immer auf sich spüren. »Als wäre ich die Ausgeburt des Teufels. Ich schätze, das war ich für sie auch.«

Was für eine gestörte Familie! Kein Wunder, dass Brooke und Winter sich hassten – und dass Winter so verschlossen war und niemandem vertraute. Hannahs Augen brannten, und das Bedürfnis, Winters Hand zu nehmen, war fast wie ein körperlicher Schmerz.

Winter überquerte abrupt die Straße und lief die South Park Blocks entlang. Mit ihren langen Beinen ließ sie Hannah rasch hinter sich zurück.

Hannah joggte hinter ihr her. »Warte! Es tut mir leid, dass sie dir das angetan haben.« Als sie Winter eingeholt hatte, rang sie nach Luft. Aber vielleicht lag es weniger an der Anstrengung als an der eisernen Faust, die ihr die Luft aus den Lungen zu quetschen schien. »Warum hat Julian das nicht verhindert?«

»Er hat die ganze Zeit gearbeitet und kaum auf seine Familie geachtet. Oder vielleicht dachte er, er könne seine Frau nicht bitten, nett zu mir zu sein, da er ihre Großzügigkeit bereits damit ausgereizt hatte, dass sie mich ins Haus gelassen hat.«

Hannah schüttelte den Kopf. »Ich verstehe immer noch nicht, warum Julian euch alle gezwungen hat, Zeit miteinander zu verbringen. Ich meine, ich kann verstehen, dass er wollte, dass du und deine Schwester euch kennenlernt, aber die Art und Weise, wie er das gemacht hat, hat offensichtlich nicht funktioniert.«

»Für ihn schon. So konnte er zwei Fliegen mit einer Klappe schlagen. Vielleicht hat er es sogar insgeheim genossen, dass wir um seine Aufmerksamkeit wetteifern mussten.« Winter ging langsamer und ihre steinerne Miene erhellte sich ein wenig, als sie Hannah musterte. »Julian.«

»Wie bitte?«

»Du hast ihn gerade zweimal Julian genannt. Nicht Jules.«

Hatte sie das? Hannah neigte den Kopf. »Es ist schwer, den Jules, den ich kannte, mit dem Mann in Einklang zu bringen, der ein kleines Mädchen – seine eigene Tochter – so behandelt hat.«

»Ich sage dir immer wieder, dass er nicht der nette Teddybär war, für den du ihn hältst.«

Vielleicht war er beides gewesen, aber Hannah beschloss, das nicht zu erwähnen. Sie wollte nicht herunterspielen, wie schrecklich es für Winter gewesen war, so aufzuwachsen. »Was ist dann passiert?«

»Als ich zehn war, bin ich weggelaufen, kurz bevor er mich abholen sollte. Nach dem dritten Mal hat sogar meine Mutter es kapiert und mich nicht mehr gezwungen, mit ihm zu gehen. Von da an habe ich ihn nur noch zu meinem Geburtstag, zu Weihnachten und bei wichtigen Schulveranstaltungen gesehen.«

Der Druck um Hannahs Lunge lockerte sich. »Du und Brooke hattet also nie die Chance, euch als Schwestern näherzukommen? Habt ihr als Erwachsene nicht versucht, eure Beziehung zu ändern? Ich meine, sie war an all dem genauso unschuldig wie du.«

Winter schüttelte energisch den Kopf. »Ich sagte doch, sie ist nicht unschuldig. Der Apfel ist nicht weit vom Stamm gefallen. Sie ist genauso manipulativ und kalt, wie Julian es war. Eine Zeit lang hat sie mir vorgegaukelt, sie wäre anders, aber ich wurde schnell eines Besseren belehrt.«

»Was hat sie getan?«, fragte Hannah.

»Letztes Jahr haben Brooke und ich angefangen, mehr miteinander zu reden. Jetzt nichts übermäßig Schwesterliches oder so, nur geschäftliche Dinge, aber ich fing an zu glauben, dass wir wenigstens höflich miteinander umgehen oder sogar ab und zu ein Bier trinken gehen könnten.«

Der Gedanke, dass Brooke in einem ihrer schicken Bleistiftröcke und einer Seidenbluse in einer Kneipe sitzen und ein Bier trinken würde, brachte Hannah zum Lachen. »Brooke trinkt Bier?«

»Okay, sie hätte wahrscheinlich ein Glas Wein für vierzig Dollar getrunken.« Winters grimmige Miene löste sich ein wenig, als der Anflug eines Lächelns über ihr Gesicht huschte. Dann verschwand es. »Ungefähr zu dieser Zeit begann ich, mich nach einem Gebäude in der Innenstadt umzusehen, um endlich ein separates Büro zu haben. Als ich herausfand, dass dieses hier zum Verkauf stand, war ich überglücklich.« Winter deutete dorthin, wo das Haus, das sie erben würden, zwischen den Bäumen hervorschaute. »Es war ein bisschen größer als das, wonach ich ursprünglich gesucht hatte, aber ansonsten entsprach es genau meinen Vorstellungen. Der Verkäufer und ich waren bereits in Verhandlungen, als Julian es mir vor der Nase weggeschnappt hat.«

Autsch. Kein Wunder, dass Winter so entschlossen gewesen war, sich das Gebäude zu sichern, und ihr sogar angeboten hatte, ihr ihre Hälfte abzukaufen. »Und du glaubst, er hat von Brooke davon erfahren?«

Winter nickte grimmig. »Zweifellos. Sie sagt, sie war es nicht, aber sie war die Einzige, der ich von meinen Plänen erzählt habe. Sie hat die Chance ergriffen, sich bei ihrem geliebten Papa einzuschmeicheln, indem sie mich über den Tisch gezogen hat.«

»Hast du Julian jemals gefragt, ob sie diejenige war, die ihm davon erzählt hat?«

»Um mich von ihm noch mehr demütigen zu lassen? Nein. Ich war durchaus in der Lage, selbst eins und eins zusammenzuzählen.«

»Aber was, wenn –?«

Winter hob beide Hände, als wollte sie entweder sich die Ohren oder Hannah den Mund zuhalten. »Lass es gut sein. Ich bin darüber hinweg.«

Ach ja? So wie Winter und Brooke einander Nase an Nase angefunkelt hatten, hatte es nicht danach ausgesehen, als hätten sie die Vergangenheit hinter sich gelassen. Aber Hannah wusste, dass es nichts nützen würde, das zu sagen. »Okay.«

Skeptisch hob Winter beide Augenbrauen. »Okay?«

»Ehrlich gesagt fände ich es gut, wenn du wenigstens einen Verbündeten in deiner Familie hättest, und Brooke … Ich weiß nicht, aber ich glaube, hinter ihrer feindseligen Fassade steckt irgendetwas anderes. Aber ich habe gerade mal zwei Minuten mit ihr verbracht, während du ein ganzes Leben lang schlechte Erfahrungen gemacht hast, also lasse ich es dabei bewenden.«

»Gut.« Winter nahm die zwei Stufen zur Eingangstür ihres Hauses in einem langen Schritt und schloss sie auf. Sie zog eine Doppeltürhälfte auf und hielt sie fest, um Hannah vor sich eintreten zu lassen.

Das machte sie immer so, stellte Hannah fest. Auf den ersten Blick schien es im Widerspruch zu ihrer Andere-sind-mir-egal-Masche zu stehen, aber wenn man genauer hinsah, passte es gut zu ihrer komplexen Persönlichkeit.

»Danke.« Hannah ging an ihr vorbei, blieb dann im Türrahmen stehen und drehte sich zu ihr um.

Winter hatte offensichtlich nicht damit gerechnet und wäre fast mit ihr zusammengestoßen.

Beide hielten einander an den Armen fest, um nicht das Gleichgewicht zu verlieren.

Wieder glühten Hannahs Wangen wie ein Bollerofen.

Die schräge Falte über Winters Nase vertiefte sich, als sie Hannah aus nur wenigen Zentimetern Entfernung ansah. Ihr Griff war fest, aber gleichzeitig legten sich ihre Finger vorsichtig, fast zärtlich um Hannahs Arme.

Hörst du dir eigentlich selbst zu? Zärtlich? So ein Quatsch! Die Endorphine von der Umarmungsaktion waren ihr wahrscheinlich zu Kopf gestiegen, das war alles.

»Geht es dir gut?« Winter musterte sie.

»Ähm, ja, tut mir leid. Ich wollte nur sagen … Wenn du mal jemanden brauchst, mit dem du ein Bier trinken gehen kannst, oder eine Verbündete außerhalb der Familie, dann hast du eine.«

Sie standen so dicht beieinander, dass Hannah hören konnte, wie Winter tief einatmete. Sie wich Hannahs Blick aus, als wäre die Intensität ihres Kontakts zu viel für sie. Dann sah sie ihr doch in die Augen und ein schiefes Lächeln glättete die Falte über ihrer Nasenwurzel. »Du meinst also, Mrs Kline mag Bier?«

»Mrs Kline? Nein, ich meinte –«

Winter drückte ihre Arme und ließ dann los. »Ich weiß, was du gemeint hast.«

»Oh. Okay. Ich meine, gut.« Das war alles, was Winter dazu zu sagen hatte? Hannah wandte sich ab, um sich ihre Enttäuschung nicht anmerken zu lassen.

Ihre Schritte hallten so laut durch die kleine Lobby, dass Hannah das leise Wort, das hinter ihr erklang, fast überhört hätte.

»Danke.«

Hannah sah über die Schulter zurück.

Das Grinsen war aus Winters Gesicht verschwunden, und als sich ihre Blicke trafen, wirkte das Blau ihrer Augen eher wie das warme Wasser der Karibik als das kühle Glitzern von Gletschereis.

Diesmal war es Hannah, die wegsah, unter dem Vorwand, den Knopf für den Aufzug zu drücken. »Ich danke *dir*.« Ihre Stimme klang kratzig. Sie gab vor, husten zu müssen, bevor sie fortfuhr: »Für alles, was du heute getan hast. Besonders dafür, dass du eine Umarmung von mir durchlitten hast, um potenzielle Kunden anzulocken.«

»Gern geschehen.«

»Hey, an der Stelle solltest du eigentlich sagen, dass ich tolle Umarmungen gebe und du nicht allzu sehr gelitten hast.«

Die Fahrstuhltür öffnete sich und Winter trat ein. Mit dem Rücken zu Hannah sagte sie: »Hab ich nicht.«

Die Tür schloss sich fast vor Hannahs Nase, als sie abrupt stehen blieb. Mit einem erschrockenen Aufschrei hüpfte sie in den Aufzug. »Du hast nicht allzu sehr gelitten?«

Winter drückte auf den Knopf für die oberste Etage und hielt Daumen und Zeigefinger ein paar Zentimeter auseinander. »Nur ein bisschen.«

Hannah lachte und rief: »Blödsinn«, weil das ihre Aufzugstradition war – und weil sie vermutete oder vielleicht hoffte, dass Winter überhaupt nicht gelitten hatte. »Du hast es genossen!«

»Es war … angemessen«, sagte Winter mit ernster Miene.

»Angemessen?« Hannah musste sich beherrschen, um ihre Finger nicht in Winters Rippen zu bohren und die Wahrheit aus ihr herauszukitzeln.

»Es hat deine Fähigkeiten als Kuschlerin hinreichend unter Beweis gestellt.« Als die Fahrstuhltür aufglitt, schritt Winter mit einem würdevollen Nicken hindurch, schloss die Tür auf und verschwand in der Wohnung, diesmal ohne Hannah zuerst eintreten zu lassen.

Hannah starrte ihr hinterher. *Angemessen.* Das war nicht die enthusiastischste Rückmeldung, die sie je bekommen hatte, aber dennoch zauberte es ihr ein breites Grinsen aufs Gesicht. Für den Moment war es gut genug.

Kapitel 18

Das Geräusch von Schritten kam schnell näher, dann landete Hannahs Handy mit einem dumpfen Knall auf dem Tisch, an dem Winter saß. »Nein, Winter! Auf keinen Fall.«

Winters Puls beschleunigte sich. Sie ließ ihren Löffel in das Masoor Dal fallen und rote Linsen spritzten über den Tisch. Rasch schluckte sie das Essen in ihrem Mund hinunter und sah zu Hannah auf. »Nein wozu?«

»Zu einer weiteren Kuschelsitzung!« Hannahs Augen funkelten wie bernsteinfarbene Kristalle. Sie ließ sich auf den Stuhl Winter gegenüber fallen und strich sich eine Haarsträhne aus der Stirn. »Ich verstehe ja, dass du nicht als Verliererin dastehen willst, jetzt, da Brooke eine Assistentin eingestellt hat. Aber als du das letzte Mal ihretwegen eine Sitzung bei mir gebucht hast, ist das nicht gut ausgegangen.«

Die Hitze in Winters Körper hatte nichts mit den scharfen Gewürzen im Dal zu tun. Niemand musste sie daran erinnern, wie die Sitzung geendet hatte. Es ging ihr ohnehin schon viel zu oft durch den Kopf. »Wovon zum Teufel redest du da?« Sie hatte keine Sitzung ge… *Oh.* Doch, hatte sie. »Ach, du meinst das neue Buchungssystem.« Sie zeigte auf Hannahs Handy. »Du hast also die Benachrichtigung bekommen?«

»Ja. Ich wusste nicht, dass du das schon alles eingerichtet hast. Es sieht toll aus, aber es ist trotzdem keine gute Idee.« Hannah senkte ihren Blick auf die Tischplatte und ihre Wangen färbten sich zartrosa, als sie leise hinzufügte: »Ich finde es schön, dass wir uns angefreundet haben, und ich möchte das nicht wegen Brooke aufs Spiel setzen.«

Sie sah auf und die entwaffnende Ehrlichkeit in ihren Augen raubte Winter den Atem. »Das ist ein Missverständnis. Ich habe keine Sitzung gebucht. Es war nur ein Testlauf für das Buchungs-Widget.«

»Oh.« Hannahs Wangen wechselten von rosa zu purpurrot. Sie nahm ihr Handy vom Tisch und betrachtete es eingehend, als wollte sie Winter nicht ansehen. »Tut mir leid. Ich dachte, du, ähm, wolltest …«

Winter strich sich mit der Hand über den Nacken, der sich übermäßig warm anfühlte. *Verdammt.* Sie hätte Hannah sagen sollen, dass sie einen Testlauf durchführte. Jetzt war Hannah ihr Irrtum sicher peinlich. »Weißt du was? Ich möchte es tatsächlich.«

Hannah hob abrupt den Kopf.

Sie starrten einander an.

Verdammte Scheiße, habe ich das eben wirklich gesagt? Es war ihr herausgerutscht, bevor sie darüber nachdenken konnte, und das passierte ihr selten.

»Du willst eine weitere Sitzung buchen?« Hannahs Stimme klang mindestens eine Oktave höher als sonst.

Wenn sie jetzt einen Rückzieher machte, würde es nur noch schlimmer. »Ja.«

»Ich weiß, ich habe gesagt, dass ich erneut mit dir kuscheln würde, aber ich will nicht, dass du es nur tust, weil Brooke –«

»Es hat nichts mit Brooke zu tun.« Das stimmte sogar, jedenfalls größtenteils. »Wie ich letzte Woche schon sagte, habe ich nicht allzu sehr gelitten, als wir uns umarmt haben, und die Kopfmassage während des Fotoshootings war auch irgendwie erträglich.« Erträglich. Genau. Deshalb hatte sie schon bei der ersten Berührung eine Gänsehaut bekommen, und allein der Gedanke an Hannahs Finger, die sanft durch ihr Haar fuhren, ließ ihren ganzen Körper kribbeln.

Hannah seufzte. »Professionelles Kuscheln sollte eine positive Erfahrung sein, nicht etwas, das man nur erträgt.«

»Und genau deshalb möchte ich es noch einmal probieren. All deine Kunden genießen es, warum kann ich es nicht?« Sogar Brooke war Hannah praktisch in die Arme gesunken. Warum war sie nicht dazu in der Lage?

»Es ist kein Wettbewerb«, sagte Hannah. »Jeder ist anders.«

Winter war ihr ganzes Leben lang anders als andere gewesen und es hatte sie nie gestört. Aber ihre Unfähigkeit zu kuscheln beschäftigte sie wie ein Etikett in einem Kleidungsstück, das sie zwar eine Weile vergessen konnte, sie dann aber wieder störte. Sie rührte mit dem Löffel durch ihr Dal. »Vielleicht will ich dieses eine Mal nicht anders sein.«

Auch ohne aufzublicken, spürte sie, wie Hannah sie anstarrte.

»Wenn es mir auch diesmal nicht gefällt, dann ist es eben so. Aber ich würde mir gern Klarheit verschaffen.«

Hannah zögerte.

Warum bloß? *Ach du meine Güte.* Warum hatte sie nicht daran gedacht? Vielleicht war Hannah jetzt diejenige, die den Gedanken nicht ertragen konnte, mit ihr zu kuscheln. Zwar hatte sie gesagt, sie würde Winter eine zweite Chance geben, aber vielleicht hatte sie ihre Meinung geändert. »Es sei denn, du fühlst dich nicht wohl dabei.«

»Nein!«, sagte Hannah hastig. »Das ist es nicht. Ich wollte nur … Weißt du was? Wenn du dir sicher bist, dass du es noch einmal probieren willst, dann lass es uns tun.«

»Jetzt?« Mann, sie klang wie ein kleines Mädchen, das von einer Maus erschreckt worden war.

»Ähm, nein, ich habe im Moment andere Kunden.« Hannah fummelte an ihrem Handy herum, ließ es fast fallen und blätterte dann durch ihre Kalender-App. »Wie wäre es, wenn wir einfach den Termin nehmen, den du gebucht hast?«

»Wann ist das? Ich habe irgendeinem freien Termin gewählt, ohne darauf zu achten, welcher Tag es ist.«

»Am ersten Juli um fünf. Diesen Freitag.«

Sie hatte also vier Tage Zeit, um sich in Kuschelstimmung zu bringen. Winter nickte. »Okay. Freitag um fünf.«

Hannah tippte auf den Bestätigungslink in der E-Mail-Benachrichtigung und Sekunden später piepte Winters Handy.

Das Buchungssystem funktionierte tadellos. Wenn nur ihre Kuschelsitzung genauso gut laufen würde.

Am Mittwoch schnürte Winter ihre Laufschuhe und schnappte sich ihre AirPods vom Nachttisch, um joggen zu gehen und nach ihrer Wohnung zu sehen.

Im Flur wäre sie fast mit einem Mann zusammengestoßen, der aus dem Wohnzimmer gestürzt kam. Er stürmte wortlos an ihr vorbei und knallte die Wohnungstür hinter sich zu.

Was zum Teufel? War er wütend über den Beinahezusammenstoß oder war es ihm peinlich, dass er beim Verlassen von Hannahs Kuschelstudio gesehen worden war? Und wo war Hannah? Normalerweise ließ sie ihre Kunden nicht unbegleitet durch die Wohnung wandern.

Wie auf dieses Stichwort hin spähte Hannah um die Ecke. »Ist er weg?«

»Ja.«

Hannah atmete auf. »Gut. Tut mir leid, dass du ihm begegnet bist.«

Winter ging auf sie zu, um Hannah genauer zu betrachten. Sie wirkte blass und erschüttert. »Was ist passiert?« Winters Herz trommelte gegen ihre Rippen, während ihr mögliche Szenarien durch den Kopf gingen.

»Du weißt, dass ich nicht darüber sprechen kann, was während einer Kuschelsitzung passiert ist.«

Winter ballte eine Faust, um nicht ihre AirPods durch den Flur zu schleudern. »Zum Teufel damit! Wenn er dir etwas getan hat –«

»Nein«, sagte Hannah schnell. »Hat er nicht. Er hat eine Grenze überschritten und versucht, mit etwas davonzukommen, mit dem ich mich nicht wohlgefühlt habe. Ich habe ihn verwarnt und an die Regeln erinnert, aber das hat ihn nicht davon abgehalten, es wieder zu versuchen. Deshalb habe ich die Sitzung abgebrochen.«

Auch Winters zweite Hand ballte sich zur Faust, während sie gegen den Drang ankämpfte, dem Bastard hinterherzulaufen. *Wozu? Um ihn zu schlagen? Das hilft Hannah auch nicht weiter.* Es war besser, sich auf Hannah zu konzentrieren. Behutsam ergriff sie ihren Ellbogen und führte sie zum Sofa im Wohnzimmer.

»Mir geht es gut, Winter«, sagte Hannah, aber sie wehrte sich nicht gegen Winters Griff. »Es ist nur so enttäuschend. Wenn er unbedingt Sex wollte, hätte er zu jeder Sexarbeiterin gehen können, aber nein, er kam ausgerechnet zu einem der wenigen Menschen, die sich auf platonische Berührungen spezialisiert haben.«

»Enttäuschend?« Winter ließ sich neben Hannah auf die Couch fallen. »Wohl eher zur Weißglut treibend!«

»Das auch.« Aber Hannah sah nicht wütend oder gar verängstigt aus. Sie klang eher frustriert.

War ihr etwas Vergleichbares schon so oft passiert, dass sie nicht mehr wütend wurde? Ein Schraubstock schien sich um Winters Brust zu legen. »Passiert das oft?«

Als Hannah nicht sofort antwortete, beschleunigte sich Winters ohnehin schon hektisch klopfendes Herz noch mehr.

Hannahs Aufmerksamkeit galt jedoch nicht Winter. Hatte sie ihre Frage überhaupt gehört? Sie starrte auf das Sofakissen zwischen ihnen.

Stirnrunzelnd blickte Winter ebenfalls nach unten.

Hannahs Hand ruhte auf dem Kissen und Winter hatte ihre Finger schützend daraufgelegt.

Winter starrte auf ihre eigene Hand. Wie war das denn passiert? Normalerweise war Hannah die Kontaktfreudige, die andere ständig berührte, doch diesmal lag Winters Hand oben, was verriet, dass sie den Kontakt initiiert hatte.

Schnell wollte Winter ihre Hand zurückziehen, doch Hannah hielt sie fest.

Na ja, wenn Hannah es als tröstlich empfand, konnte Winter ihr das in einem solchen Moment schlecht verwehren. Sie ließ ihre Hand, wo sie war.

Hannah räusperte sich. »Ähm, was hast du gesagt?«

Was hatte sie gesagt? Winter löste ihren Blick von Hannahs weicher Haut und widmete sich wieder dem Gespräch. »Passieren solche Dinge oft?«

»Nein.« Hannah sah noch immer auf das Kissen, auf dem ihre Hände lagen. »Das war das erste Mal.«

»Ähm, ich meinte, dass du eine Sitzung beenden musst.« Um ehrlich zu sein, war es auch das erste Mal, dass sie die Hand von jemandem hielt – zumindest, wenn man die Kuschelposition, die Hannah die nächste Stufe des Gefährten nannte, außer Acht ließ.

Hannah sah von ihren Händen auf. »Davon habe ich gesprochen.«

»Oh.« Ihre Finger auf Hannahs fühlten sich unbeholfen an. Diese ganze Situation befand sich so weit außerhalb ihrer Komfortzone, dass sie ein Fernglas gebraucht hätte, um sie wiederzufinden. Oder vielleicht ein Weltraumteleskop.

»Ich habe noch nie eine Sitzung beenden müssen«, fuhr Hannah fort, als würde sie Winters Unbehagen spüren und ihr aus der Verlegenheit helfen wollen. »Einmal musste ich eine Sitzung unterbrechen, weil ein Klient mir gestanden hat, dass er sich in mich verliebt hatte, aber wir haben weitergemacht, nachdem wir die Sache geklärt hatten.«

Winter wusste nicht, was sie außer »Wow« sagen sollte.

»Das ist nicht überraschend. Kuscheln erzeugt Vertrauen und Intimität. Außerdem wird dabei Oxytocin ausgeschüttet und das wird nicht umsonst als Liebeshormon bezeichnet. Alle möglichen Emotionen können dabei hochkommen. Das kann man leicht mit romantischen Gefühlen verwechseln.«

»Was tust du, wenn das passiert?«

»Nichts«, sagte Hannah ruhig. »Ich meine, ich erkläre es so, wie ich es dir gerade erklärt habe, aber darüber hinaus sind meine Kunden für ihre eigenen Gefühle verantwortlich. Es ist in Ordnung, diese Gefühle zu haben, solange wir sie nicht unser Verhalten bestimmen lassen.«

Winters Nackenmuskeln waren so angespannt, dass sie Kopfschmerzen bekam. »Aber wie kannst du dich bei all den aufkeimenden Hormonen und Gefühlen vor Übergriffen schützen?«

»Ich schaue mir meine Kunden vor dem ersten Termin gründlich an und bespreche im Vorgespräch und am Beginn der ersten Sitzung ausführlich die Regeln und Grenzen. Normalerweise reicht das. Natürlich versuchen Kunden manchmal, die Grenzen auszutesten, um zu sehen, ob ich das mit den Regeln ernst meine, aber sobald ich sie darauf anspreche, kommt es nicht wieder vor. Diejenigen, die an etwas Sexuellem interessiert sind, kommen nicht zu einer zweiten Sitzung.«

Ihre Worte vermochten es kaum, Winters Wut und Sorge zu lindern. Diese Arschlöcher hatten den Vertrag mit den Kuschelregeln unterschrieben. Die Grenzen waren klar. Hannah sollte sie nicht ständig verteidigen müssen.

Andererseits besagten die Regeln auch, dass Küssen verboten war, und trotzdem hatte Winter versucht, Hannah während ihrer Sitzung zu küssen. Scham durchfuhr sie wie eine glühende Klinge, die frisch aus der Esse kam. Sie war auch nicht besser als der Kerl, den Hannah gerade rausgeschmissen hatte. War Hannah von ihr genauso enttäuscht gewesen? Dieser Gedanke war schwerer zu ertragen als der, dass Hannah wütend gewesen war. Abrupt ließ sie Hannahs Hand los. »Es tut mir leid«, platzte es aus ihr heraus.

»Schon in Ordnung«, antwortete Hannah. »Er ist wirklich die Ausnahme. Die meisten meiner Kunden sind äußerst respektvoll.«

Wieder stieß die heiße Klinge in Winters Bauch. Sie umklammerte ihr eigenes Knie. »Ich war es nicht und das tut mir sehr leid.«

»Wovon …? Oh.« Diesmal war es Hannah, die ihre Hand auf Winters legte. »Hey, ist schon okay. Wir haben darüber geredet. Du bist in Panik geraten und das war dein Ausweg.«

Der Impuls, ihre Hand wegzuziehen, überkam Winter. Es fühlte sich viel besser an, wenn sie diejenige war, die Trost spendete, und nicht diejenige, die getröstet wurde, vor allem, da sie nicht wusste, ob sie es verdiente. »Ich bekomme keine Panik.«

In Hannahs Gesicht zeichnete sich ein Lächeln ab. »Natürlich nicht.« Sie strich mit dem Daumen über Winters Handrücken. »Es ist wirklich in Ordnung. Ich hätte einer weiteren Sitzung nicht zugestimmt, wenn ich mich in deiner Nähe nicht sicher fühlen würde.«

»Na ja, zuerst hast du Nein gesagt.«

»Aber nicht, weil ich dir nicht vertraue. Das tue ich.«

Es fühlte sich an, als hätte Hannah ihr eine Auszeichnung verliehen, und Winter schwor sich, sich ihrer würdig zu erweisen. Sie würde die bravste Kundin in der Geschichte des professionellen Kuschelns sein. Kein Küssen. Kein Streicheln, das auch nur in die Nähe der Intimzonen kam. Sie würde nicht einmal Hannahs wunderbaren Duft einatmen. »Ich verspreche dir, dass du bei mir sicher bist.«

»Ich weiß.« Hannah sank gegen die Rückenlehne der Couch. Ihre Schulter berührte Winters und ihre Hand lag immer noch auf Winters.

Winter schaute zu ihr hinüber und musterte sie.

Hannahs Gesichtsausdruck war entspannt, sogar zufrieden, als hätte sie nicht gerade einen Kunden rausschmeißen müssen, der aufdringlich geworden war.

»Ich verstehe das nicht.« Die Worte rutschten Winter heraus, bevor sie es verhindern konnte.

»Hm? Was verstehst du nicht?«

So viele Dinge. Das meiste davon konnte sie nicht in Worte fassen, deshalb fragte Winter: »Warum hast du dir einen Job ausgesucht, in dem so etwas passieren kann?«

»Weil ich diesen Job liebe.« Hannahs Augen leuchteten. »Ich weiß noch, wie ich aus dem kleinen Städtchen Sunriver nach Portland gezogen bin. Ich kannte niemanden in der Gegend und die Ausbildung zur lizenzierten Massagetherapeutin ließ mir nicht viel Zeit, um Freundschaften zu schließen. Als ich ein Flugblatt für eine Kuschelparty sah, ging ich hin. Die erste Person, die ich umarmte, brach weinend in meinen Armen zusammen. Das hat mich nicht mehr losgelassen.«

»Du magst es also, Leute zum Weinen zu bringen?«

Hannah stieß sie sanft mit dem Ellbogen an, ohne ihre Hand loszulassen. »Ich mag es, Menschen zu helfen, sich weniger einsam und mehr mit anderen und ihrem eigenen Körper verbunden zu fühlen, und ihnen beizubringen, über ihre Bedürfnisse zu sprechen. Das ist wichtig und erfüllend.«

Winter gab ein unverbindliches »Hm« von sich. Sie verstand immer noch nicht, was Hannah am Kuscheln mit Fremden so toll fand. Sie selbst hatte sich während ihrer ersten Sitzung machtlos und verletzlich gefühlt. Sie hoffte, dass sie bei der Sitzung am Freitag einen Teil der Kontrolle zurückerlangen konnte.

Sie saßen eine Weile in geselligem Schweigen nebeneinander. Schließlich warf Hannah einen Blick auf die Uhr an der Wand. »Ich gehe besser und wechsle das Laken auf der Kuschelcouch. Mein nächster Kunde kommt gleich.«

Winter starrte sie an. »Du triffst dich mit einem anderen Kunden, nach allem, was passiert ist?«

Hannah zuckte mit den Schultern. »Ist schon okay. Es ist gut, schnell wieder reinzukommen.« Mit einem leisen Seufzen ließ sie Winters Hand los und stand auf. »Danke, dass du für mich da warst.«

»Jederzeit.« Das war zwar höflich gemeint, aber es stimmte auch. Mann, diese Freundschaftssache machte sie echt sentimental. »Brauchst du Hilfe mit dem Laken?«

»Nein danke. Geh du nur und genieß deine Runde.«

»Welche Runde?«

Hannah deutete auf Winters Laufklamotten. »Du wolltest doch gerade eine Runde joggen gehen, oder?«

»Oh. Stimmt.« Aber jetzt stand ihr nicht mehr der Sinn nach Joggen. Sie wollte lieber hierbleiben und ein Auge – oder ein Ohr – auf das Kuschelstudio haben, um sich zu vergewissern, dass Hannahs nächster Kunde keinerlei Grenzen überschritt. »Vielleicht warte ich bis morgen. Ich habe meine Kopfhörer verlegt und ohne sie macht es nur halb so viel Spaß.«

An der Schiebetür, die zum Arbeitszimmer führte, blieb Hannah stehen und blickte zu ihr zurück. Sie wirkte, als wollte sie etwas sagen, aber dann lächelte sie nur und nickte, bevor sie in ihr Kuschelstudio ging.

In den darauffolgenden zwei Tagen bemerkte Hannah, dass Winters Pausen einem seltsamen neuen Muster folgten.

Jedes Mal, wenn Hannah einen Kunden im Haus hatte, bekam Winter plötzlich Hunger oder Durst und verspürte den Drang, eine Stunde in der Küche zu verbringen, um sich einen Snack zu holen oder mehrere Liter Wasser zu trinken.

Vor allem, wenn Hannah sich mit einem neuen Kunden traf, hatte Winter offenbar das dringende Bedürfnis nach Tapetenwechsel. Mehrfach war Hannah aus dem Arbeitszimmer gekommen, um einen Klienten zur Tür zu begleiten, und hatte Winter auf der Couch im Wohnzimmer vorgefunden, wo sie mit ihrem Laptop saß und arbeitete.

Am Freitag, als sie gerade mit einem Neukunden die Abrahams-Schoß-Position ausprobierte, drang das Klappern von Winters Tastatur durch die geschlossene Schiebetür.

Dominic hob seinen Kopf von ihrem Schoß, lauschte einen Moment lang und ließ sich dann wieder zurücksinken.

Mist. Er hatte es also auch gehört. Sie würde mit Winter reden müssen. »Tut mir leid«, flüsterte sie, um die friedliche Atmosphäre nicht noch mehr zu stören. »Lass mich kurz rausgehen und ihr sagen, dass sie aufhören soll.«

»Schon gut.« Dominic grinste sie an. Er war mindestens zehn Jahre jünger als die meisten ihrer anderen Kunden und sein aufrichtiges Lächeln war ihr auf Anhieb sympathisch gewesen. »Es ist irgendwie beruhigend. Wie Regen, der aufs Dach trommelt.«

Insgeheim genoss auch Hannah das rhythmische Klappern von Winters Tastatur, und ihr Beschützerinstinkt war nicht nur lästig, sondern irgendwie auch rührend. Aber trotzdem würde sie mit ihr reden müssen.

»Du kannst deiner Frau ruhig sagen, dass ich asexuell bin«, fügte Dominic hinzu. »Sie braucht nicht auf der Hut zu sein.«

Hannahs Finger verharrten mitten in der Kopfmassage. »Äh, sie ist nicht –«

»Doch, natürlich ist sie auf der Hut. Irgendwie niedlich. Wenn ich mit einem professionellen Kuschler oder einer Kuschlerin verheiratet wäre, würde ich vermutlich auch Wache stehen.«

»Nein, ich meinte, sie ist nicht meine Frau. Und auch nicht meine Partnerin.« Zum Glück hatte er die Augen geschlossen, während er die Kopfmassage genoss. Sie spürte, dass ihre Wangen feuerrot angelaufen waren.

»Oh. Entschuldigung.« Jetzt errötete auch er. »Das wird mich lehren, voreilige Schlüsse zu ziehen.«

»Es ist in Ordnung. Du liegst nicht ganz falsch.«

Dominic öffnete ein Auge und warf ihr einen wissenden Blick zu.

»Nicht, was uns betrifft. Sie ist wirklich nicht meine Partnerin. Ich meinte, dass du mit deiner Vermutung über mich nicht ganz falsch liegst. Ich bin pansexuell.« Normalerweise vermied sie es, Kunden persönliche Informationen preiszugeben, aber Dominic hatte sich während ihres Videochats letzte Woche als asexuell geoutet und offen darüber gesprochen, wie sehr er sich nach Berührung sehnte, ohne gleich zu Sex gedrängt zu werden. Es war nur fair, dieses Vertrauen zu erwidern, auch wenn sie nicht vorhatte, mehr als das zu erzählen.

»Cool.« Er hielt ihr seine Faust hin.

Lachend stieß Hannah ihre Faust gegen seine, bevor sie sich wieder der Kopfmassage widmete.

Eine halbe Stunde später begleitete sie Dominic zur Tür.

Als er an der Couch vorbeiging, auf der Winter immer noch mit ihrem Laptop saß, warf er ihr ein verschwörerisches Grinsen zu.

Na toll. Offensichtlich dachte er immer noch, dass zwischen ihnen etwas lief und Winter deshalb im Wohnzimmer saß und Bodyguard spielte.

Kaum hatte Hannah sich mit einer letzten Umarmung verabschiedet, marschierte sie zurück ins Wohnzimmer, stemmte die Hände in die Hüften und fixierte Winter. »Ich weiß deine Besorgnis zu schätzen. Aber so kann es nicht weitergehen.« Sie fuchtelte in Richtung Winter, Couch und Laptop.

»Ich habe keine Ahnung, was du meinst«, sagte Winter mit undurchdringlicher Miene. »Ich dachte, ein Tapetenwechsel würde mir helfen, auf neue Ideen zu kommen.«

»Dein Tapetenwechsel bringt auch meine Kunden auf neue Ideen – vor allem über uns beide. Er dachte, du wärst meine Frau!«

»Oh.« Nach einem Moment des Staunens huschte ein selbstbewusstes Lächeln über Winters Gesicht. »Davon kannst du nur träumen.«

»Ha! Wohl eher du!« Dann fiel Hannah wieder ein, dass es nicht darum ging, wer die bessere Ehefrau abgeben würde. Sie kniff die Augen zusammen, so wie Winter es manchmal tat, und funkelte sie an.

»Sollen deine Kunden doch annehmen, was sie wollen. Vielleicht überlegen sie es sich dann zweimal, ob sie übergriffig werden.« Winter wandte ihre Aufmerksamkeit wieder dem Laptop zu, als wäre das Thema damit erledigt.

Hannah zog ihn von Winters Schoß, klappte ihn zu und legte ihn außer Reichweite auf den Couchtisch. »Ich brauche keinen Bodyguard, Winter. Nur weil ich einmal eine schlechte Erfahrung gemacht habe, heißt das nicht, dass sämtliche meiner Kunden Kriminelle sind, vor denen du mich schützen müsstest. Ich will nicht, dass du ihnen dieses Gefühl gibst.«

Winter starrte scheinbar unbeeindruckt zurück.

»Wie fändest du es, wenn ich Valentina anrufe, damit sie sich auf die andere Seite der Schiebetür setzt, um sich zu vergewissern, dass du nicht auf dumme Gedanken kommst, während du mit mir kuschelst?« Sie ließ unerwähnt, dass Valentina gerade für ihre Reise nach Brasilien packte und keine Zeit hatte, auf ihrer Couch abzuhängen, denn darum ging es nicht.

Winters Pokerface verschwand und sie errötete. Dann fixierte sie Hannah kühl.

Sie erinnerte Hannah an einen Igel. Wenn etwas nicht so lief, wie Winter wollte, zeigte sie ihre Stacheln.

Hannah setzte sich neben sie. Im letzten Moment hielt sie sich davon ab, nach Winters Hand zu greifen. »Ich weiß es zu schätzen, dass du dich um mein Wohlergehen sorgst, und es wäre gelogen, wenn ich behaupten würde, es sei nicht tröstlich gewesen, dich während der letzten Tage in der Nähe zu wissen, wenn ich mich mit Kunden getroffen habe. Aber dass du auf der Couch herumhängst und meinen Kunden drohende Blicke zuwirfst, wenn sie die Wohnung betreten … Das muss aufhören. Und zwar sofort.«

»Aber wenn ich zufällig Durst bekomme, während ein Kunde im Haus ist …«

»Muss ich dich in den Aufzug zerren und ›Blödsinn‹ rufen?«, fragte Hannah, nur halb im Scherz. »Wir wissen beide, dass du nicht fünfmal pro Stunde in die Küche gehst, nur um dir ein Glas Wasser zu holen. Du meinst es gut, aber du musst mich nicht beschützen, schon gar nicht, wenn sich meine Kunden dadurch wie Kriminelle fühlen. Versprich mir, dass du damit aufhörst.«

Winters Schultern hoben und senkten sich, als sie seufzte. »Na gut. Ich sollte sowieso weniger Wasser trinken.« Sie streckte sich über den Couchtisch und griff nach dem Laptop, aber Hannah legte ihre Hand darauf. Winter sah auf. »Was ist?«

»Mein nächster Kunde hat abgesagt. Möchtest du …?« Hannah zeigte auf ihr Kuschelstudio.

»Jetzt?« Winter schluckte hörbar, als wäre ihr Mund trocken, trotz des vielen Wassers, das sie getrunken hatte.

Hannah konnte das nachempfinden. Ihre eigene Kehle fühlte sich an wie Schmirgelpapier. Vielleicht war es besser, es rasch hinter sich zu bringen, anstatt bis zu ihrem ursprünglichen Termin um fünf zu warten. Sonst würden sie es in Gedanken nur noch mehr aufbauschen und nervös werden. »Warum nicht? Es sei denn, du musst noch arbeiten.«

Winter warf einen sehnsüchtigen Blick auf den Laptop, schüttelte dann jedoch den Kopf. »Nein, ist schon gut.«

»Großartig.« Hannah setzte ihr professionelles Kuschlerinnenlächeln auf. »Gib mir fünf Minuten, um das Laken zu wechseln und mich frisch zu machen, dann gehöre ich ganz dir.« *Ähm.* Sie presste die Hand auf den Mund und eilte in ihr Kuschelstudio, bevor sie noch mehr Unsinn reden und alles noch schlimmer machen konnte.

Dieses Mal würde sie alles richtig machen und nichts auslassen. Hannah legte den ausgedruckten Vertrag auf den kleinen Tisch neben der Couch. Ihn gemeinsam durchzugehen, würde nicht nur sicherstellen, dass sie beide die Regeln kannten, sondern auch dafür sorgen, dass es sich mehr wie eine normale Sitzung anfühlte.

Es *war* eine ganz normale Sitzung, sagte sich Hannah. Es gab überhaupt keinen Grund, nervös zu sein. Winter würde sich entweder entspannen und anfangen, das Kuscheln zu genießen, oder sie würde feststellen, dass sie es noch immer nicht mochte und es für immer meiden.

Na toll. Bloß keinen Druck.

Ein kurzes Klopfen ertönte an der Schiebetür, dann öffnete sie sich ein paar Zentimeter und Winter spähte durch den Spalt.

»Komm rein«, sagte Hannah mit ihrer freundlichen, aber nicht zu freundlichen Profi-Kuschlerinnenstimme.

Winter schob die Tür weiter auf und trat ein. Diesmal hatte sie sich unaufgefordert Kuschelklamotten angezogen. Obwohl es ein warmer Julitag war, trug sie eine lange, schwarze Jogginghose und ein graues T-Shirt mit Ärmeln, die ihr fast bis zu den Ellbogen reichten.

Nun ja, wenn sie das Gefühl hatte, einen Schutzpanzer zu brauchen, war das für Hannah in Ordnung. »Soll ich die Jalousien herunterlassen?«

»Ähm, nein. Danke.«

Hannah saß auf der Couch und beobachtete Winter, die auf sie zukam wie eine Katze, die sich vorsichtig einer Fremden näherte.

Schließlich setzte sich Winter neben sie. Sie ließ viel Platz zwischen ihnen, aber sie hatte sich nicht wie bei ihrer ersten Sitzung ans andere Ende der Couch gesetzt.

Das war immerhin ein Fortschritt. Hannah legte den Kuschelvertrag zwischen sie auf das Sofa. »Sollen wir den Vertrag durchgehen?«

Winter winkte ab. »Das können wir überspringen. Ich war diejenige, die die Regeln auf deine Webseite hochgeladen hat. Ich könnte sie auswendig aufsagen.«

»Im Ernst?« Hannah neigte den Kopf zur Seite. Jeder konnte irgendeinen Text auf einer Webseite einfügen, ohne darauf zu achten, was dort stand. Hatte Winter sich für ihren Job interessiert und die Regeln auswendig gelernt?

»Fotografisches Gedächtnis.« Winter tippte sich an die Schläfe.

»Du hast gesagt, es sei *beinahe* fotografisch.«

Winter seufzte. »Kein Alkohol oder Drogen. Kein Kuscheln, ohne vorher zu duschen. Keine Berührungen in der Intimzone. Keine Berührungen, ohne vorher um Erlaubnis zu bitten. Kein Ausziehen oder Unter-die-Kleidung-Fassen. Kein Küssen jeglicher Art.« Nach jeder Regel zeichnete sie mit dem Finger ein Häkchen in die Luft. »Habe ich etwas vergessen?«

»Ja, hast du. Die erste Regel: Wir sind uns einig, dass alles rein platonisch bleibt und wir nicht nach sexueller Erregung streben.«

Ein Hauch Rosa trat auf Winters Wangen. »Stimmt. Keine Erregung.« Sie malte ein weiteres Häkchen in die Luft.

»Das ist nicht ganz das, was die Regel besagt. Kein *Streben* nach Erregung. Da Kuscheln für viele Menschen oft vor oder nach dem Sex stattfindet, ist Erregung eine normale Reaktion auf –«

Winter schüttelte energisch den Kopf. »Das wird kein Problem sein.«

Ach? Sie klang sehr überzeugt. Und das war doch gut, oder? Schließlich wollte Hannah nicht, dass Winter erregt wurde, wenn sie miteinander kuschelten. Wenn Winter sich überhaupt nicht zu ihr hingezogen fühlte, war das super. Großartig. Fantastisch. »Na gut. Ich will damit nur sagen, falls es doch passieren sollte, wäre es keine große Sache. Erinnere dich einfach daran, dass es beim Kuscheln nicht darum geht, denke an etwas anderes oder ändere die Position. Dann geht die Erregung meist von selbst weg.«

»Wie ich schon sagte, das wird kein Problem sein.«

»Okay.« Winters Versuch, sie zu küssen, war nur ein Not-Stopp gewesen. Hannah nahm den Kugelschreiber vom Tisch und klickte die Mine heraus. Dann merkte sie, dass er bereits schreibbereit gewesen war, und klickte erneut. *Na toll.* Jetzt würde Winter denken, sie wäre nervös. Sie unterschrieb den Vertrag und schob ihn dann zu Winter, die ebenfalls unterschrieb.

»Irgendwelche Wünsche für die heutige Sitzung?«, fragte Hannah. »Wie möchtest du beginnen?«

Winter sah aus wie jemand, der zwischen einem Skorpion, einer Klapperschlange und einer Schwarzen Witwe wählen musste.

»Wie wäre es, wenn wir mit dem Gefährten beginnen?«, sagte Hannah. Vielleicht würde es das einfacher machen.

»Nein«, sagte Winter fest. »Wenn ich es noch einmal mit dem Kuscheln probiere, dann mache ich es richtig. Was ist für die meisten deiner Kunden die schwierigste Position?«

»Winter, das ist keine gute I…«

»Was ist die anspruchsvollste Position?«, wiederholte Winter.

Sie hätte wissen müssen, dass Winter etwas Derartiges tun würde, um zu beweisen, dass sie nicht nur kuscheln konnte, sondern es sogar besser beherrschte als alle anderen. Sie war viel zu ehrgeizig, um sich mit weniger zufriedenzugeben. »Ähm, vermutlich der kleine Löffel. Viele meiner Kunden lieben diese Position, aber es dauert eine Weile, bis sie sich daran gewöhnt haben.«

Winter nickte mehrfach, als wollte sie sich Mut machen. »In Ordnung. Dann also der kleine Löffel.«

Hannah konnte sich nicht vorstellen, dass das gut gehen würde. »Winter …«

»Halt mich.« Winters Stimme hallte durch den Raum wie die eines Feldwebels.

Von allen Dingen, von denen Hannah geglaubt hatte, dass Winter sie niemals zu ihr sagen würde, stand »halt mich« ziemlich weit oben. »Na gut. Aber nächstes Mal könntest du mich darum bitten, anstatt mich herumzukommandieren.«

Winter fuhr sich mit der Hand durch die Haare. »Ähm, ich … Würdest du mich bitte halten?«

»Das werde ich gern tun. Aber wenn du merkst, dass es dir nicht gefällt, lass es mich bitte wissen. Ertrag es nicht stillschweigend.«

»Mach ich.«

Hannah holte tief Luft und hielt sie mehrere Sekunden lang an. Es trug nicht dazu bei, ihr rasendes Herz zu beruhigen. Nicht, dass sie das wirklich erwartet hätte. Sie war kurz davor, Winter Sullivan in die Arme zu nehmen. Vermutlich würde nicht einmal ein Beruhigungsmittel, das für Pferde gedacht war, sie beruhigen können. Sie rieb ihre Hände aneinander, um sie zu wärmen, was im Grunde überflüssig war, denn sie hatte nicht vor, Winters nackte Haut zu berühren. »Also gut. Dann lass uns anfangen.«

»Warum legst du dich nicht erst einmal hin und ich kuschle mich an dich?« Hannah stand auf, um auf der Couch Platz für sie zu machen.

Mich hinlegen. Klar. Das war auf jeden Fall Voraussetzung für die Löffelchenstellung. Winter streckte sich auf der Seite aus und versuchte, an etwas Beruhigendes zu denken, während sie darauf wartete, dass Hannah sich hinter sie legte. Sie hatte schon viele unangenehme Situationen in ihrem Leben durchgestanden, auf eine mehr kam es nicht an. Außerdem war die Kopfmassage gar nicht so schlimm gewesen. Vielleicht würde auch die Löffelchenstellung erträglich sein.

Die Couch senkte sich hinter ihr, und Winter glaubte, Hannahs Wärme in ihrem Rücken zu spüren.

»Ist es okay, wenn ich meinen Körper direkt an deinen lege?« Hannahs Atem kitzelte Winters Nacken und ließ sie erschaudern.

Winter öffnete den Mund und klappte ihn wieder zu. *Verdammt.* Sie hatte gerade einen Witz darüber machen wollen, dass sie ein solches Angebot nie ablehnte, wenn es von einer schönen Frau kam. Vielleicht hatte Hannah recht und sexuelle Witze waren wirklich ihre automatische Reaktion, wenn sie sich in der Nähe einer Frau unwohl fühlte. »Äh, klar.«

Hannah rutschte näher. Ihre Knie ruhten in Winters Kniekehlen, ihr Becken schmiegte sich an Winters Hintern und ihre weichen Brüste drückten gegen Winters Rücken. Vielleicht bildete sie sich das nur ein, aber sie glaubte, Hannahs harte Nippel durch ihre T-Shirts hindurch im Rücken zu spüren.

O Mann. Winters ganzer Körper schien zu vibrieren. Sie war sich so sicher gewesen, dass Erregung kein Problem sein würde, weil sie die ganze Zeit zu angespannt sein würde. Aber was sie jetzt empfand, war definitiv kein Unbehagen. Offensichtlich hatte sie sich in dem Monat seit ihrer ersten Kuschelsitzung irgendwie an Hannahs Nähe gewöhnt, sodass sie ihr nun nicht mehr unangenehm war.

»Darf ich meinen Arm um dich legen?« Wieder strömte bei jedem Wort ein warmer Luftzug über Winters Nacken, der ihr eine Gänsehaut über den Rücken jagte.

»Ähm, ja.« Na toll. Bevor sie Hannah kennengelernt hatte, hatte sie das letzte Mal in der fünften Klasse »ähm« gesagt. Jetzt war es ein fester Bestandteil ihres Wortschatzes geworden.

Hannahs Brüste drückten sich fester an sie, während sie einen Arm um Winter schlang. Winter hielt den Atem an in Erwartung dessen, wo Hannahs Hand landen würde. Aber anstatt sie auf Winters Bauch zu legen, wie sie es erwartet hatte, platzierte Hannah sie auf der Couch neben ihr.

Viel half es nicht. Winters Körpertemperatur schoss dennoch in die Höhe. Jeder Zentimeter ihres Körpers kribbelte und schrie danach, sich umzudrehen und eine Stellung auszuprobieren, die man eher im *Kamasutra* als im *Kuschelsutra* finden würde.

Vielleicht war der Impuls, Hannah zu küssen, doch nicht nur ein Not-Stopp gewesen. Aber dieses Mal würde sie nichts dergleichen tun. Das Einzige, was sie noch dringlicher wollte, als Hannah zu küssen, war, dass Hannah sich bei ihr sicher fühlte.

Erregung war keine große Sache. Das hatte Hannah doch gesagt, oder? Es war bloß eine körperliche Reaktion, die nichts zu bedeuten hatte. Wenn Winter sie ignorierte, würde sie von selbst weggehen.

»Was machen wir jetzt?«, fragte Winter. »Sollen wir reden? Oder liegen wir einfach nur schweigend da?«

»Was immer dir lieber ist«, antwortete Hannah.

»Hat Julian sich während eurer Sitzungen mit dir unterhalten?«

»Manchmal. Aber lass uns über dich reden. Wie fühlt es sich an, der kleine Löffel zu sein?«

Winter sortierte die Worte, die ihr in den Sinn kamen, und verwarf sie alle. Hannah brauchte nicht zu wissen, was ihre Nähe mit ihrem Körper anstellte. Darum ging es ihr ohnehin nicht. Sie wollte wissen, welche Gefühle diese Position auslöste. »Es ist okay, denke ich.«

»Würdest du dich wohler fühlen, wenn du der große Löffel wärst?«

»Keine Ahnung. Ich war auch noch nie der große Löffel.«

Das Heben und Senken von Hannahs Brust gegen ihren Rücken hörte für einen Moment auf.

Warum hatte sie das bloß zugegeben? Jetzt hielt Hannah sie für eine totale Versagerin.

Hannah schlang ihren Arm um Winters Taille. Sie rutschte ein paar Zentimeter nach unten und drückte ihre Wange gegen die verletzliche Stelle zwischen Winters Schulterblättern. »O Winter«, flüsterte sie.

Die Stimmung im Raum schlug um. Jedes bisschen Erregung war schlagartig verschwunden und hinterließ ein schales Gefühl, das sich seltsamerweise wie Trauer oder Einsamkeit oder eine komplizierte Mischung aus beidem anfühlte.

Quatsch. Winter war noch nie einsam gewesen und hatte noch nie um irgendjemanden oder irgendetwas getrauert.

Und doch blieb der Kloß in ihrem Hals. Sie kämpfte mit widersprüchlichen Bedürfnissen: Ein Teil von ihr wollte ihren Arm auf Hannahs legen und diese ermutigen, sie fester zu umarmen, während der andere Teil ihren Arm abstreifen, aufspringen und die Sitzung für beendet erklären wollte. Sie brauchte Hannahs

Mitleid nicht. »Es war meine Entscheidung. Glaub mir, wenn ich gewollt hätte, ich hätte jede Menge Gelegenheit gehabt, mit Frauen die Löffelchenstellung auszuprobieren.« Sie senkte ihre Stimme zu einem heiseren Raunen, um es sinnlich und nicht abwehrend klingen zu lassen.

»Du tust es schon wieder«, sagte Hannah. »Du benutzt sexuelle Anspielungen, um zu verbergen, dass du dich unwohl fühlst.«

»Unsinn!«

»Ich hoffe, du weißt, dass ich dich weder verurteile noch bemitleide.«

Winter schnaubte. »Klar. Dir trieft das Mitleid aus jeder Pore.«

»Sich zu wünschen, es gäbe wenigstens einen Menschen, der dich ab und zu mal in den Arm nimmt, ist kein Mitleid. Es bedeutet nur, dass mir etwas an dir liegt.« Hannah drückte sie sanft, dann erstarrte sie. »Ähm, als Freundin, natürlich.«

Winter sagte nichts. Die Worte hallten in ihrem Kopf nach. *Dass mir etwas an dir liegt.* Seltsam, wie schwer diese wenigen Worte auf ihr lasten konnten, als würden sie eine Tonne wiegen, während sie ihr gleichzeitig ein warmes, unbeschwertes Gefühl gaben. Das hatte ihr noch nie jemand gesagt, nicht einmal unter Freundinnen. Shan hätte es vielleicht gern gesagt, aber Winter hatte es nicht hören wollen, sondern war immer etwas auf Abstand gegangen, und Shan hatte das respektiert.

Hannah hingegen hatte ihre Schutzwälle durchbrochen, ohne sich von den Stacheln, die Winter ausfuhr, beeindrucken zu lassen.

Ein Kribbeln breitete sich in Winter aus, aber dieses Mal war es in ihrer Brust und nicht in ihrem Unterleib. Sie rieb mit dem Daumen über ihr Brustbein, um die Empfindung loszuwerden, aber es half nichts.

»Ist alles in Ordnung?«, fragte Hannah.

Winter tat, als hätte sie sich nur an einer juckenden Stelle gekratzt. »Ja, mir geht's gut.«

Wieder herrschte Stille, die nur von Hannahs leisem Atem und dem Pochen ihres eigenen Herzens unterbrochen wurde.

Winter wünschte sich fast, dass die Erregung von vorhin zurückkehren würde. Damit umzugehen, war einfacher, als von Hannah im Arm gehalten zu werden und zu hören, dass Hannah etwas an ihr lag. »Lass uns reden«, sagte sie schließlich, als sie die Stille nicht mehr aushielt. Bevor Hannah das als Einladung auffassen konnte, über irgendwelche gefühlsduseligen Dinge zu sprechen, fügte sie schnell hinzu: »Sag mir, was deine Familie davon hält, dass du beruflich mit Fremden kuschelst.«

»Ach«, sagte Hannah, und Winter glaubte, ihr Lächeln auf ihrem Rücken zu spüren, »und dabei dachte ich, du wärst ein Ninja-Kuschler.«

Hannah hatte sich überlegt, wie Winter beim Kuscheln wohl sein würde? »Ein Ninja-Kuschler?«

»So nenne ich insgeheim meine Kunden, die schweigend kuscheln«, sagte Hannah. »Für manche ist es zu intim, zu kuscheln und über persönliche Dinge zu sprechen, und ich dachte, du wärst –«

Winter klopfte ihr auf den Arm, um sie zu unterbrechen. »Ha! Du machst es auch!«

»Was mache ich?«

»Das ist dein Not-Stopp-Schalter. Du wechselst einfach das Thema und lenkst die Aufmerksamkeit auf dein Gegenüber, wenn du dich mit einer Frage nicht wohlfühlst.«

Hannahs Arm um sie herum erschlaffte. »Da könntest du recht haben.«

Vielleicht waren sie gar nicht so verschieden, wie Winter die ganze Zeit über angenommen hatte. Aber andererseits schien es für Hannah ein Leichtes zu sein, zuzugeben, dass sie sich unwohl fühlte, während es Winter unglaublich schwerfiel.

»Wahrscheinlich liegt es daran, dass ich es nicht gewohnt bin, mit Kunden über mich zu sprechen«, fügte Hannah hinzu.

»Ich bin keine Kundin.« Winter wollte für Hannah nicht nur eine Kundin unter vielen sein. »Ich meine, im Moment schon. Aber …«

Hannah drückte sie sanft. »Ich weiß. Wir sind Freundinnen.«

»Aber deshalb bist du nicht verpflichtet, meine Frage zu beantworten, wenn es für dich ein heikles Thema ist. Wir können Ninja-Kuschlerinnen sein.« Winter ertappte sich dabei, dass sie den Arm, der um ihre Taille lag, streicheln wollte. Kuscheln stellte seltsame Dinge mit ihr an.

»Nein, schon okay.« Hannah bewegte ihr Bein. Ihre Zehen berührten ein Stück nackte Haut an Winters Knöchel, dort, wo ihre Jogginghose ein Stück hochgerutscht war, aber jetzt fühlte es sich intim an, ohne erregend zu sein. »Meine Familie hat gemischte Gefühle, was meinen Beruf angeht. Einerseits unterstützen sie mich. Meine Eltern haben meinen Geschwistern und mir beigebracht, dass wir alles sein und alles tun können, was wir wollen.«

»Ich wette, sie haben nicht damit gerechnet, dass du mit Fremden kuscheln willst«, sagte Winter.

Hannah lachte. »Sie hatten noch nie davon gehört. Du hättest das Gesicht meines Vaters sehen sollen, als ich ihm sagte, ich wolle meine Massagepraxis aufgeben, um Profi-Kuschlerin zu werden. Er sah aus, als hätte ich gesagt, ich wolle Gladiatorin werden und gegen ein Rudel Löwen kämpfen.«

»Lass mich raten. Du musstest dir ›nur über meine Leiche‹ anhören?«

»Nein. Meine Eltern wissen, dass ich erwachsen bin und meine eigenen Entscheidungen treffe.«

Das war bei Winter anders gewesen. Julian hatte sich immer berechtigt gefühlt, ihr zu sagen, was sie seiner Meinung nach tun sollte, und ihre Mutter hatte ihn unterstützt.

»Außerdem wissen sie, dass es nichts bringt, mir etwas ausreden zu wollen«, fügte Hannah hinzu. »Nicht einmal, als ich fünf Jahre alt war und darauf bestand, ein Ei unter mein Kopfkissen zu legen, weil ich dachte, am nächsten Morgen würde ein Küken schlüpfen.«

Das Sofa bebte, als beide lachten.

»Und? Ist eines geschlüpft?«, fragte Winter.

»Nein. Alles, was dabei herauskam, war Rührei, und meine Eltern haben mich gezwungen, es wegzuputzen.«

Als Winter sich den enttäuschten Gesichtsausdruck der kleinen Hannah vorstellte, musste sie erneut lachen. Schließlich wurde sie wieder ernst. »Und jetzt machen sie es genauso? Sie lassen dich machen, was du willst, und hoffen, dass es keine Sauerei gibt?«

»Irgendwie schon. Meine Eltern sind froh, dass ich einen Job gefunden habe, den ich liebe, aber sie machen sich auch Sorgen. Vor allem meine Mutter«, antwortete Hannah. »Na ja, im Moment nicht so sehr. Sie hat einen Freudentanz aufgeführt, als ich ihr von der Bedingung im Trustdokument erzählt habe. Sie findet es toll, dass ich eine Mitbewohnerin habe, die Taekwondo kann. Wenn es nach ihr ginge, müssten wir die nächsten vierundvierzig Jahre und nicht nur vierundvierzig Tage zusammenwohnen.«

Hannah wusste auswendig, wie viel Zeit verblieb, bis ihre zweiundneunzig Tage um waren? Anfangs hatte Winter mehrmals täglich auf den Countdown-Timer geschaut, aber jetzt merkte sie, dass sie schon seit einiger Zeit nicht mehr darauf achtete. Dann kam ihr eine zweite Erkenntnis. Hannah hatte ihrer Mutter erzählt, dass Winter Taekwondo konnte? Was hatte sie ihrer Mutter sonst noch über sie erzählt?

»Darf ich dir im Gegenzug eine Frage stellen?«, fragte Hannah. »Es gibt eine Sache, die ich schon lange wissen möchte.«

Jeder Muskel in Winters Körper spannte sich an.

Hannah drückte sie leicht, dann lockerte sie ihren Arm, als wollte sie Winter Raum geben, sich zurückzuziehen, wenn sie wollte.

Das machte es einfacher, zu nicken und zu sagen: »Frag ruhig«, als wäre es keine große Sache.

»Was hast du gesagt, um Summer zum Lachen zu bringen? Das ist mir noch in keiner unserer Sitzungen gelungen.«

Das war Hannahs Frage? Die Anspannung fiel von Winter ab. »Wir haben über unsere von Jahreszeiten inspirierten Namen gesprochen.«

»Und das hat sie zum Lachen gebracht?« Hannah klang skeptisch.

»Ich habe ihr erzählt, wie ich zu meinem Namen gekommen bin.«

»Oh! Wie denn? Das habe ich mich auch schon immer gefragt.« Hannah hob ihre Hand, als wollte sie Winters Haare berühren, zog sie dann aber zurück und legte sie wenige Zentimeter von Winters Bauch entfernt zurück auf die Couch. »Der Name passt so gut zu dir.«

Sie war nicht die Erste, die das sagte, aber sie war die Erste, deren Bemerkung Winter die Stirn runzeln ließ. Es gefiel ihr nicht, dass Hannah sie als kalte, gefühllose Person ansah.

»Wegen deiner Haarfarbe«, fügte Hannah hinzu, als könnte sie Winters Gedanken lesen.

Dass Hannah sie so leicht durchschauen konnte, gab ihr das Gefühl, genauso verletzlich zu sein wie in der Löffelchenstellung. »Du findest also, ich sehe alt und grau aus?« Sie warf einen Blick über ihre Schulter und hob herausfordernd die Augenbrauen.

»Nein!« Hannah schluckte hörbar. »Du siehst nett aus.«

»Nett?«, wiederholte Winter.

»Entschuldigung, Eure königliche Schönheit. Ich wollte natürlich sagen, du siehst umwerfend attraktiv aus.«

Winters Augenbrauen schoben sich noch ein Stück höher, dieses Mal ohne ihr bewusstes Zutun. Neckte Hannah sie bloß oder meinte sie es ernst?

»Hast du dein Haar jemals gefärbt?«, fragte Hannah.

»Ein paarmal, als ich Anfang zwanzig war und es anfing, grau zu werden. Aber dann war es mir zu aufwendig. Außerdem ist es mir scheißegal, was die Leute denken.«

»Klar«, sagte Hannah. Ihr Tonfall verriet, dass sie lächelte. »Mir gefällt es.«

Winter reagierte nicht auf das Kompliment. Schließlich war es ihr egal, was andere dachten.

Hannah stupste ihren Fuß mit den Zehen an. »Und? Verrätst du mir, wie du zu deinem Namen gekommen bist?«

»Meine Mutter wollte mich Juliana nennen, nach Julian. Sie dachte wohl, dann würde er eher den fürsorglichen Papa spielen. Aber als meine Großmutter das herausfand …«

»Hat sie deiner Mutter die Nur-über-meine-Leiche-Predigt gehalten?«, sagte Hannah.

»So was in der Art. Meine Großmutter sagte, das würde sie erst erlauben, wenn die Hölle zufriert. Meine Mutter erwiderte: ›Gut, dann nenne ich sie *Eiskalter Winter*.‹«

Hannah hob ihren Kopf von Winters Rücken. »So hat sie dich nicht wirklich genannt, oder?«

»Nein. Zum Glück hat sie das *Eiskalter* weggelassen. Ich heiße einfach nur Winter.«

»Puh.« Hannahs Ausatmen blies warme Luft über Winters Nacken.

Ihr ganzer Körper begann zu glühen, während sie gleichzeitig eine Gänsehaut bekam. Die Flamme der Erregung, die vorhin erloschen war, loderte wieder auf. Sie versuchte, sich abzulenken, indem sie alle spanischen Verben konjugierte, die ihr einfielen.

»Das war es also, was Summer zum Lachen gebracht hat?«, fragte Hannah. »Ich meine, es ist zwar irgendwie lustig, aber mich macht es eher traurig zu hören, wie deine Mutter und Großmutter sich wegen deines Namens gestritten haben.«

Winter hätte wissen müssen, dass Hannah den lustigen Teil der Geschichte durchschauen würde. »Ich habe es ihr zuliebe witziger klingen lassen, als es eigentlich war. Mir schien, dass sie dringend einen Lacher brauchte.«

Hannah bettete ihre Wange zurück auf Winters Schulterblätter. »Danke«, flüsterte sie und ihre Lippen waren Winter so nah, dass diese sie durch den Stoff ihres T-Shirts hindurch spüren konnte.

Sie schluckte und sagte nichts.

Eine Zeit lang kuschelten sie wie Ninjas.

Schließlich unterbrach das Vogelgezwitscher von Hannahs Wecker-App die Stille.

Winter zuckte zusammen.

»Tut mir leid. Ich habe vergessen, dir zu sagen, dass ich den Wecker gestellt habe.« Als Hannah sich streckte, um das Handy zu erreichen, rieben ihre Brüste über Winters Rücken.

Himmel! Winter grub die Zähne in ihre Unterlippe.

»Ich stelle immer meinen Wecker, sodass mir mein Handy fünfzehn Minuten vor Sitzungsende Bescheid sagt«, murmelte Hannah. »So kann jeder Kunde das Beste aus der Sitzung herausholen.«

Danke, schon geschehen. Winter konnte immer noch spüren, wie Hannahs Brüste über ihren Rücken glitten.

»Kann ich irgendetwas tun, damit es sich noch besser anfühlt?« Hannah drückte Winters Taille.

Nein, nein, nein, nein. Denk nicht mal daran. Winter rief sich in Erinnerung, wie sie im Biounterricht einen Frosch sezieren musste, um die Bilder abzuwehren, die vor ihrem inneren Auge entstanden. Aber der verdammte Frosch hatte keine Chance gegen die Vorstellung, wie Hannah ihren Nacken küsste oder ihre Hand unter Winters T-Shirt schob.

»Frosch!«, sagte Winter entschlossen, um das verblassende Bild festzuhalten.

»Ähm, ist das eine Kuschelposition, die ich nicht kenne?«, fragte Hannah.

»Was?« Verdammt, hatte sie das laut gesagt? Winters Gedanken rasten, während sie versuchte, sich eine halbwegs plausible Erklärung einfallen zu lassen. »Nein, ich meinte *Tausch*. Können wir die Positionen tauschen, sodass ich der große Löffel bin?«

»Ah.« Hannahs leises Lachen vibrierte durch Winter hindurch. »Ja, natürlich. Es dauert oft ein paar Sitzungen, bis sich meine Kunden als kleiner Löffel wohlfühlen. Der große Löffel zu sein fällt Leuten leichter, die nicht gern die Kontrolle abgeben.«

Winter biss die Zähne zusammen. Es ärgerte sie, dass Hannah dachte, sie könnte nicht damit umgehen, der kleine Löffel zu sein. Aber es war besser, sie in diesem Glauben zu lassen, als zuzugeben, was wirklich los war. Sie wollte nicht, dass Hannah auch nur einen Moment lang dachte, sie wäre wie der Kunde, den sie am Mittwoch rausgeworfen hatte. Grummelnd drehte sie sich auf die andere Seite, um Hannah die Position als kleiner Löffel zu überlassen.

Aber Hannah drehte sich nicht mit.

Einige Augenblicke lang verschränkten sich ihre Beine und ihre Brüste drückten sich aneinander.

Ein Keuchen hallte durch den Raum, aber Winter hätte nicht sagen können, ob das Geräusch von ihr oder von Hannah kam. Sie konnte gar nichts mehr sagen.

Dann löste Hannah ihre Beine von Winters und drehte sich rasch um, und Winters Atmung setzte wieder ein.

O Gott! Fünfzehn weitere Minuten bis zum Ende der Sitzung und sie wusste nicht, ob sie dafür beten sollte, dass sie im Nu vergingen oder eine Ewigkeit dauerten.

Die Wärme von Winters Körper legte sich an Hannahs Rücken, und als Winter ihre langen Beine hinter ihre eigenen schob, überkam Hannah ein Gefühl der Sicherheit und des Beschütztseins.

Winter fühlte sich unglaublich gut an. Hannah schob sich einige Zentimeter weiter zurück, bis ihre Hüften die von Winter berührten. Ihre Körper passten zueinander, als wären sie dafür geschaffen, miteinander zu kuscheln.

Winter legte einen ihrer langen Arme um sie, zögerte dann aber, ihre Hand irgendwo abzulegen. »Ähm, wohin mit meiner Hand?«

Die Frage verwirrte Hannah einen Moment lang, denn es fühlte sich ganz und gar nicht so an, als wüsste Winter nicht, wie man kuschelte. »Du könntest sie entweder auf meinen Bauch oder auf mein Bein legen. Oder du könntest nach oben greifen und deine Hand auf meine legen.« Hannah hob ihre Hand, um ihr zu zeigen, wo sie mit der Handfläche nach unten neben ihrem Kopf ruhte. Sie beglückwünschte sich selbst dazu, dass sie normal und völlig professionell klang, obwohl diese Sitzung überhaupt nicht wie ihre üblichen Kuschelstunden war. Zwar war sie schon oft der kleine Löffel gewesen, aber so hatte es sich noch nie angefühlt.

Sie war sich jedes Teils von Winters Körper, der gegen ihren gepresst war, übermäßig bewusst – ihre muskulösen Schenkel, ihr schlanker Bauch, ihre festen Brüste.

Winter zögerte, dann senkte sie ihre Hand auf Hannahs Bauch.

Hannahs Atem stockte. Als Winter die Haltung veränderte und ihre Hand woanders hinbewegte, hätte sie beinahe enttäuscht geseufzt. *Reiß dich zusammen!*

Langsam griff Winter nach oben und legte ihre Hand auf Hannahs.

Tief in Hannahs Innerem zog sich etwas zusammen. Sie verschränkte ihre Finger mit Winters und kämpfte gegen den Drang an, ihre verschränkten Hände an ihre Brust zu führen und Winters Hand auf ihr hektisch trommelndes Herz zu drücken. Sie versuchte, langsamer zu atmen und sich in Winters sanfter Umarmung zu entspannen.

Es war völlig in Ordnung, dass die Kuschelsitzung sie nicht kalt ließ, weder körperlich noch emotional. Das sagte sie ihren Kunden ständig. Es hatte nichts zu bedeuten.

Aber im Gegensatz zu den Beteuerungen, die sie ihren Kunden gegenüber äußerte, klang das, was sie sich jetzt sagte, nicht sonderlich überzeugend. Insgeheim fragte sie sich, ob es tatsächlich stimmte. Hatte es wirklich nichts zu bedeuten?

Ihre Kunden verbanden Kuscheln mit Sex, aber sie war daran gewöhnt, beides getrennt zu halten. Sie hatte seit Jahren nicht einmal mehr den Anflug von Erregung verspürt, wenn sie mit einem Kunden zusammen war. Es half, dass sie sich normalerweise nicht zu Fremden sexuell oder romantisch hingezogen fühlte.

Aber Winter war keine Fremde. *Genau. Sie ist deine Mitbewohnerin. Deine zukünftige Mitvermieterin. Deine Marketingexpertin. Deine Freundin. Ein Grund mehr, es nicht zu vermasseln!*

Sie versuchte, sich ganz auf Winter zu konzentrieren, statt auf die Empfindungen, die sie durchströmten. »Wie ist das für dich? Besser als der kleine Löffel zu sein?«

»Ich denke schon.« Winters Stimme klang rau. Sie rückte ein kleines Stück nach hinten, sodass ihre Brüste Hannahs Rücken nur noch knapp berührten, anstatt sich fest an ihn zu pressen.

O nein! Hatte sie gemerkt, welche Wirkung ihre Nähe auf Hannah hatte? Falls ja, war ihr das unangenehm oder fühlte sie dasselbe?

Das spielt keine Rolle.

Professionelles Kuscheln war nicht nur ihr Job. Es war ihre Berufung. Ihr guter Ruf als Kuschlerin beruhte darauf, dass sie feste Grenzen setzte und dann daran festhielt. Sie würde diese wichtigen Prinzipien nicht über Bord werfen, schon gar nicht für ein flüchtiges Abenteuer ohne Zukunft, denn das war alles, was Winter jemals von Frauen wollte.

Also ignorierte sie das kribbelnde Gefühl, das sie jedes Mal durchfuhr, wenn Winters Brüste beim Einatmen gegen ihren Rücken rieben. Sie würde tun, was sie ihren Kunden immer riet: an etwas anderes denken. Bis zum Ende der Sitzung würde sie vergessen haben, dass Winter überhaupt Brüste hatte.

Dieser Gedanke brachte sie zum Kichern. *Ja, klar.*

»Was ist?« Winters raue Stimme vibrierte durch Hannahs Körper hindurch.

»Ach, nichts.« Als Geste der Entschuldigung schloss sie ihre Finger fester um Winters. Wenigstens hatte ihr kleiner Kicheranfall dazu beigetragen, ihre Erregung zu mindern.

Ein Gefühl der Zufriedenheit überkam sie, als sich ihre Atmung synchronisierte, bis sie im selben Rhythmus ein- und ausatmeten.

Als ihre Wecker-App das Ende ihrer Sitzung anzeigte, hätte Hannah eigentlich erleichtert sein sollen. Stattdessen vermisste sie Winters Wärme an ihrem Rücken, als diese sich sofort von ihr löste und aufstand.

Hannah kletterte ebenfalls von der Couch. »Wie geht es dir?«

Winter beugte sich hinunter, um die Beine ihrer Jogginghose glattzustreichen. »Gut. Ich habe dir doch gesagt, dass ich es kann.«

»Ja, hast du. Ich werde nie wieder an deinen Kuschelfähigkeiten zweifeln.«

Als Winter sich aufrichtete, erhaschte Hannah einen Blick auf ihr Gesicht. Anders als die meisten von Hannahs Kunden sah sie nicht glückselig aus oder als wäre sie im endorphinbedingten Kuschelrausch. Sie wirkte benommen. Den Ausdruck auf ihrem Gesicht hatte Hannah noch nie bei Winter gesehen.

»Bist du sicher, dass du –?«

»Ja.« Winters Tonfall war unerwartet scharf. »Es geht mir gut. Es war …«

»Angemessen?«, beendete Hannah lächelnd den Satz.

Winters Mund verzog sich zu einem schiefen Grinsen. »So was in der Art.«

Sie standen sich in der Mitte des Kuschelstudios gegenüber.

Normalerweise bot Hannah ihren Kunden ein Glas Wasser oder die Benutzung der Toilette an, bevor sie sich auf den Heimweg machten, aber da Winter hier wohnte, war das alles unnötig. Das Fehlen ihrer gewohnten Routine brachte Hannah aus dem Konzept.

»Danke für die Sitzung. Ich denke, ich werde jetzt …« Winter zeigte in Richtung ihres Büros.

»Ja.« Hannah begleitete sie zur Schiebetür, wo sie beide stehen blieben. Nun fiel Hannah ein Teil ihrer Routine ein, den sie ausführen konnte. »Möchtest du die Sitzung mit einer Umarmung beenden?« Als Winter sie mit großen Augen ansah, fügte sie hinzu: »Und denk daran, dass es okay ist, Nein zu sagen.«

»Nein.«

Oh. Hannah sagte sich, dass ein Nein keine Ablehnung war, sondern nur ein Ja zu Winters persönlichen Grenzen.

»Äh, ich meine …« Winter räusperte sich. »Nein, eine Umarmung wäre schon okay.«

»Nur wenn du wirklich möchtest.«

»Debattierst du immer länger über eine Umarmung, als es dauert, die Person tatsächlich zu umarmen?«

»Ähm, nein.« *Nur bei dir.* Sie biss sich auf die Zunge, bevor ihr der letzte Satz herausrutschen konnte. Gott, offenbar war sie diejenige, die im Kuschelkoma lag und nicht klar denken konnte.

»Na dann.« Winter warf ihr einen erwartungsvollen Blick zu, der eindeutig sagte: *Bringen wir es hinter uns.*

Na schön. Hannah gab sich einen Ruck und trat vor. Ihre Umarmungen waren immer herzlich, nie nur ein schnelles, unpersönliches Lebewohl, aber dieses Mal war es anders. Sie wusste es bereits, noch bevor ihr Körper sich an Winters schmiegte.

Winter schlang ihre Arme so vorsichtig um sie, als würde Hannah – oder sie selbst – sonst zerbrechen.

Hannah drückte das Gesicht an Winters Schulter und ließ ihre Hände auf Winters Rücken ruhen. Der Stoff ihres T-Shirts war feucht, als hätte ihre Kuschelstunde Winter schwitzen lassen, aber selbst das brachte Hannah nicht dazu, loszulassen.

Schließlich war es Winter, die ein letztes Mal sanft zudrückte und dann zurückwich.

Rasch machte auch Hannah einen Schritt zurück.

Sie nickten einander zu, dann ging Winter durch die offene Schiebetür und durchquerte mit langen Schritten das Wohnzimmer.

»Ach, Winter?«, rief Hannah, kurz bevor sie den Flur erreichen konnte.

Winter drehte sich langsam um und warf einen misstrauischen Blick zurück. »Ja?«

»Ich danke dir für dein Vertrauen«, sagte Hannah.

Einen Moment lang sah Winter so aus, als würde sie gleich abwinken und behaupten, das Kuscheln wäre keine große Sache gewesen und hätte überhaupt kein Vertrauen erfordert. Aber schließlich nickte sie. Dann wandte sie sich schnell ab und verschwand um die Ecke.

Hannah hielt sich eine Weile an der Schiebetür fest, bevor sie zur Couch ging, sich darauf fallen ließ und ihr Handy vom Beistelltisch nahm.

Ich habe gerade die letzte Sitzung des Tages abgeschlossen, schrieb sie Valentina. *Es ist alles in Ordnung.*

Dann starrte sie auf das Handy hinab und fragte sich, ob das wirklich stimmte.

Kapitel 19

Am nächsten Abend drückte Winter die Pausentaste, um die Episode von *Gentleman Jack* anzuhalten, einer Serie, die Hannahs volle Zustimmung fand, weil die beiden Hauptdarstellerinnen sich überhaupt nicht ähnlich sahen. Hatte es an der Tür geklingelt?

»Hey, was soll das?« Hannah griff über das Sofakissen zwischen ihnen und versuchte, ihr die Fernbedienung aus der Hand zu nehmen. »Ich glaube, die beiden küssen sich gleich!«

Bevor Winter etwas sagen konnte, klingelte es erneut an der Tür.

»Ich gehe«, sagte Winter. »Schau du weiter.«

»Nein, ich warte. Du verpasst den besten Teil.«

Winter stand auf und ging zur Tür. »Ich schaue mir die Serie nicht wegen der Liebesgeschichte an.«

»Na klar«, rief Hannah ihr hinterher. »Du siehst sie dir an, um zu erfahren, ob sie jemals ihre eigene Kohlengrube anlegt.«

Lachend öffnete Winter die Tür.

Vor ihr stand ihre älteste Mieterin, Mrs Kline. »Hallo, Liebes. Gott sei Dank sind Sie zu Hause. Meine Spüle in der Küche ist undicht und ich kann keinen Klempner kommen lassen, weil dieses Wochenende der vierte Juli ist. Ich weiß, Sie sind noch nicht offiziell unsere Vermieterin, aber könnten Sie vielleicht einen Blick darauf werfen?«

Um ehrlich zu sein, hatte Winter keine Ahnung, wie man eine undichte Spüle reparierte, aber das wollte sie Mrs Kline gegenüber nicht zugeben – und schon gar nicht vor Hannah, die jetzt neben sie getreten war.

»Natürlich, Mrs Kline«, antwortete Hannah, bevor Winter etwas sagen konnte. »Wir kommen mit Ihnen nach unten und sehen uns das an.«

Winter nickte. »Ja. Ich sehe mal nach, welches Werkzeug ich da habe.«

Im Verlauf der vergangenen Wochen hatte sie nach und nach immer mehr ihrer Sachen zur neuen Wohnung gebracht, darunter auch einen kleinen Werkzeugkasten, den sie nun aus ihrem Schlafzimmer holte.

Als sie mit Mrs Kline in den Aufzug stiegen, stupste Hannah sie grinsend an. »Oh, eine Lesbe mit Werkzeugkasten«, flüsterte sie leise, damit die fünfundachtzigjährige Mrs Kline es nicht hörte. »Sei still, mein Herz.«

»Das Klischee ist eine Lesbe mit Werkzeuggürtel, nicht Werkzeugkasten«, murmelte Winter. Sie versuchte, nicht darüber nachzudenken, ob Hannah nur Spaß machte oder ob sie Frauen, die Werkzeuge schwangen, wirklich attraktiv fand.

Zum Glück redete Mrs Kline ununterbrochen, während sie ins Erdgeschoss fuhren, und sorgte so für Ablenkung. »Ich hatte in letzter Zeit so viel Pech mit der Spüle, dass Mr Allen – der Klempner – denken wird, ich wäre in ihn verliebt. Vor ein paar Tagen musste ich ihn anrufen, weil das Wasser nicht ablief.«

Mrs Kline schloss ihre Wohnungstür auf und führte sie in die Küche, wo die Türen unter der Spüle offen standen. Sie hatte ein Handtuch unter die Rohre gelegt, um das tropfende Wasser aufzufangen.

Winter konnte nicht erkennen, woher das Wasser kam. Die Hängelampe in der Küche warf einen Lichtkegel auf den Tisch, nicht aber in den Schrank unter der Spüle. Sie stellte den Werkzeugkasten ab, öffnete ihn und kramte nach ihrer Taschenlampe. »Haben Sie einen Eimer oder eine große Schüssel?«

Als Mrs Kline ihr eine Schüssel reichte, stellte Winter sie unter das U-förmige Rohr und ging in die Hocke, um es sich genauer anzusehen.

Hannah trat hinter sie. »Soll ich die Taschenlampe halten, damit du die Hände frei hast?«

»Ja, das wäre toll.«

Als Winter ihr die Taschenlampe überreichte, berührten sich ihre Finger.

Wärme strömte Winters Arm entlang und durch den Rest ihres Körpers. Schnell wandte sie ihre Aufmerksamkeit wieder den Rohren zu.

»Warte«, sagte Hannah. »Ich kann nicht sehen, wohin ich leuchte, solange ich hinter dir stehe.« Ehe Winter sich's versah, hatte Hannah ebenfalls den Kopf unter die Spüle gesteckt, allerdings auf der Seite, wo sich der Zerkleinerer für den Küchenabfall befand. Als sie sich neben sie hockte, um besser zu sehen, streifte ihr Oberschenkel den von Winter.

Beide beugten sich so weit vor, dass sogar ihre Schultern nebeneinander unter der Spüle steckten, und Hannah reckte den Hals, bis sie fast Wange an Wange waren. Bei jeder Bewegung pressten sich ihre Körper aneinander und Hannahs nackter Unterarm glitt an Winters entlang.

Winters Herz schlug so schnell, dass das hektische Pochen durch den Unterschrank zu hallen schien. Hannahs betörender Duft, der vermutlich von ihrer Bodylotion kam, ließ ihr den Kopf schwirren. Die Wärme, die von Hannahs Körper ausging, zog sie an, und sie kämpfte gegen den Drang an, den Kopf zu drehen und …

Nein! Nie wieder würde sie versuchen, Hannah zu küssen. Das hatte sie Hannah versprochen und sie würde Wort halten.

»Haben Sie das Leck gefunden?«, fragte Mrs Kline hinter ihnen.

Winter stieß sich den Kopf. »Autsch. Noch nicht.«

»Rufen Sie mich, wenn Sie mich brauchen«, sagte Mrs Kline. »Ich werde Sie in Ruhe arbeiten lassen und den Tisch im Wohnzimmer decken, damit wir Brombeerkuchen essen können, wenn Sie fertig sind.«

Als Mrs Klines Schritte verklungen waren, machten sie sich wieder an die Arbeit.

Der Lichtkegel der Taschenlampe zitterte ein wenig, als Hannah ihn an den Rohren entlangwandern ließ.

Fühlte sie sich zu Winter hingezogen? Sie musste das Kribbeln zwischen ihnen spüren, oder nicht?

Hör auf, darüber nachzudenken, und repariere das verdammte Leck! Winter ließ ihre Finger über das U-förmige PVC-Rohr gleiten, an dem Wasser heruntertropfte, und tippte dann auf eine der Plastikmuttern. »Ich glaube, es kommt von hier.«

Hannah räusperte sich. »Ja, sieht so aus.«

»Vielleicht würde etwas Klebeband die Sache vorerst lösen«, sagte Winter.

Hannah schüttelte den Kopf. Ihr dunkelbraunes Haar kitzelte Winters Wange und verursachte eine Gänsehaut auf ihren Armen und ihrem Rücken. »Ich hatte mal einen undichten Abfluss und Klebeband hat nicht geholfen. Lass uns den Siphon ausbauen und nachsehen, ob irgendein Verbindungsteil undicht ist.«

»Siphon?«, fragte Winter.

»Dieses Teil hier.« Hannah tippte auf das U-förmige Rohr. »Halt mal.« Sie drückte Winter die Taschenlampe in die Hand und schob die Schüssel direkt unter den Siphon.

Hannah erklärte irgendetwas, während sie arbeitete, aber Winter verpasste völlig, was sie sagte, denn sie war wie gebannt von dem Anblick, wie Hannah die beiden Plastikmuttern mit bloßen Händen abschraubte. Wasser tropfte heraus, lief an ihren geschickten Fingern entlang und ihren Unterarm hinunter.

Winter holte tief Luft. Das sah zu sehr nach der Szene im Film *Bound* aus, in der die Freundin des Gangsters absichtlich einen Ohrring in den Abfluss hatte fallen lassen, damit sie die Klempnerin anrufen und verführen konnte.

Zum ersten Mal in ihrem Leben verstand sie, was Lesben an einer Frau mit einem Werkzeuggürtel so heiß fanden. Es lag nicht am Werkzeuggürtel, sondern am selbstbewussten Auftreten der Frau, die ihn trug und sich zutraute, Reparaturen vorzunehmen.

Hannah entfernte den Siphon und leerte das Wasser, das sich darin befand, vorsichtig in die Schüssel.

Winter spähte in das Rohr, in der Hoffnung, dass der Anblick von Abfallresten oder Haarknäuel, die sich darin angesammelt hatten, ihre Libido abkühlen würde.

Aber sie hatte Pech. Das Rohr war sauber. Eigentlich kein Wunder, denn der Klempner hatte die verstopften Rohre erst vor ein paar Tagen gereinigt.

Winter umklammerte die Taschenlampe fester und folgte mit dem Lichtstrahl Hannahs Fingern, die am Rohr entlangglitten und nach einem Riss suchten. Puh, es wurde wirklich heiß unter der Spüle!

»Tiefer«, sagte Hannah mit rauer Stimme.

Mein Gott, so etwas konnte sie doch nicht sagen, schon gar nicht in einem derart sexy Tonfall! Winter wurde heiß.

»Ähm, ich meine, könntest du die Taschenlampe auf die Überwurfmutter richten?« Hannah nickte in Richtung der Stelle, die sie meinte.

»Klar doch.« Winter versuchte, ganz gelassen zu klingen, aber ihre Stimme war genauso heiser wie die von Hannah.

Die Batterien der Taschenlampe wurden schwächer, sodass sie beide näher an die Rohre heranrücken mussten.

Hannah schob die Plastikmutter nach oben. Am Ende des Rohrs, das zum Spülbecken führte, kam ein Gummiring zum Vorschein. »Aha! Ich glaube, ich habe das Problem gefunden. Jemand hat die Dichtung falschherum eingesetzt. Das breitere Ende muss nach oben zeigen und das schmalere Ende muss in die Verschraubung, um sie abzudichten. Siehst du?« Sie zog den Gummiring ab, um Winter die beiden unterschiedlichen Enden zu zeigen.

Aber Winter hatte nur einen flüchtigen Blick für die Dichtung übrig. Stattdessen starrte sie in Hannahs Augen, die im schwächer werdenden Licht der Taschenlampe zu glühen schienen. Eine Haarsträhne war ihr beim Arbeiten ins

Gesicht gefallen und sie strich sie nun mit dem Handrücken zurück, ohne den Blickkontakt zu unterbrechen.

Auch Winter konnte nicht wegsehen. Wusste Hannah überhaupt, wie einzigartig sie war? Sie verteilte nicht nur die sanftesten Umarmungen, die Winter sich vorstellen konnte, sondern wusste auch, wie man einen Dichtungsring richtig in einen Siphon einsetzte. Himmel, kompetente Frauen waren unglaublich sexy!

Hannah sah sie ebenfalls unverwandt an. Ihre Pupillen wurden ganz weit und Winter war ihr so nahe, dass sie darin ihr winziges Spiegelbild erkennen konnte.

Nur wenige Zentimeter trennten ihre Gesichter und die Luft zwischen ihnen schien zu knistern, sodass Winter kaum atmen konnte. Oder vielleicht hyperventilierte sie auch. So genau konnte sie das nicht sagen.

Hannah schien das gleiche Problem zu haben. Ihr Atem kam in schnellen Zügen, die über Winters Gesicht strömten und ihr Schauder durch den Körper jagten.

Die Dichtung fiel Hannah aus der Hand und landete in der Schüssel. Trotzdem wandte keine den Blick von der anderen ab. Alles schien wie in Zeitlupe abzulaufen, als sie nur Zentimeter voneinander entfernt verharrten.

Hannah leckte sich die Lippen. Gott, diese wunderschönen Lippen.

Aus einem Reflex heraus ahmte Winter die Geste nach. Nur unter Aufwendung sämtlicher Selbstbeherrschung schaffte sie es, sich nicht zu Hannah vorzubeugen.

»Winter?«, flüsterte Hannah.

Winter hatte keine Ahnung, wonach Hannah fragte, und ihre Stimmbänder versagten ihr ohnehin den Dienst, aber Hannah schien die Antwort von ihren Augen abzulesen.

Mit einem leisen Stöhnen überbrückte Hannah die verbleibende Distanz zwischen ihnen und berührte Winters Lippen mit ihren eigenen.

Winter schloss die Augen. *Wow. So seidig und warm.*

Hannah ließ ihren Mund zaghaft und vorsichtig über Winters gleiten, als hätte sie Angst, Winter könnte sie stoppen.

Und das sollte sie wirklich. Sie würde aufhören. Gleich.

Aber als Hannah sich fester an sie drückte und mehr wollte, vergaß Winter, dass das keine gute Idee war. Sie vergaß, dass sie unter einer Spüle steckten, vergaß alles außer dem wunderbaren Gefühl von Hannahs Mund auf ihrem. Sie erwiderte den Kuss mit zunehmender Dringlichkeit, dann fuhr sie mit der Zungenspitze über Hannahs volle Unterlippe.

Hannah stieß ein leises Stöhnen aus, das Winter erbeben ließ. Bereitwillig öffnete sie ihren Mund unter Winters.

Die erste, langsame Berührung ihrer Zungen weckte das Verlangen in Winter. Sie wollte mehr – mehr von diesen erotischen Geräuschen, mehr von Hannah.

Stattdessen drang ein anderes Geräusch an ihre Ohren: Mrs Klines Stimme. »Alles klar da unten?«

Sie rückten schnell auseinander. Hannah stieß mit dem Kopf gegen den Abfallzerkleinerer, während Winter gegen ein Rohr prallte.

»Ja«, rief Winter, obwohl es gelogen war. Sie rieb sich den Kopf, aber das half nicht, das Geschehene zu verarbeiten.

»Wir haben das Problem gefunden«, fügte Hannah hinzu. »Es lässt sich schnell beheben.«

Wenn das Chaos, das sie angerichtet hatten, doch bloß auch so einfach zu beheben wäre.

Hannahs Finger zitterten sichtlich, als sie die Gummidichtung richtig herum auf das Rohr schob, die Rohre zusammenfügte und die Plastikmuttern mit den Händen festzog.

Winter riss den Blick von ihr los. Diese schlanken Hände anzustarren und Hannahs Geschick zu bewundern, hatte sie in diesen Schlamassel gebracht. Sie kroch unter der Spüle hervor. Ihre Beine fühlten sich an wie zu lange gekochte Spaghetti.

Ach, komm schon. Es mochte eine Weile her sein, aber sie hatte schon früher leidenschaftliche Küsse mit Frauen ausgetauscht. Unter der Spüle war es so eng, dass sie einander nicht einmal richtig hatten berühren können. Die bloße Liebkosung ihrer Lippen und Zungen sollte sie nicht derart aus der Fassung bringen.

Und doch war es so.

Als Hannah stolpernd auf die Füße kam, hielt Winter sie am Ellbogen fest, um sie zu stützen. Ihr Körper vibrierte in dem Bewusstsein, Hannah so nahe zu sein.

Das war albern. Früher hatte sie es kaum ertragen können, wenn jemand ihr zu nahe kam. Was war daraus geworden? Abrupt ließ sie los und konzentrierte sich auf die Spüle. »Mal sehen, ob das die undichte Stelle gewesen ist.« Sie stellte das kalte Wasser an und hielt kurz ihr Handgelenk darunter, um ihren hektisch pochenden Puls zu beruhigen, bevor sie sich unter die Spüle duckte.

Wasser rauschte durch die Rohre. Winter betastete mit ihren Fingern die Mutter und nickte zufrieden, als diese trocken blieb.

Der Abfluss unter der Spüle war voll funktionstüchtig.

Schade, dass das nicht auch für ihr überlastetes Gehirn galt.

Das Kuchenessen mit Mrs Kline schien ewig zu dauern. Hinterher konnte Hannah nicht einmal sagen, was für einen Kuchen sie gegessen hatten. Das Einzige, woran sie denken konnte, war der Kuss.

Als sie in den Aufzug stiegen, vermied Winter es, sie anzusehen. Ihr Pokerface verriet nichts, aber sie umklammerte den Griff ihres Werkzeugkastens so fest, dass ihre Knöchel deutlich hervortraten.

Als sich die Fahrstuhltüren in der obersten Etage öffneten, hatte Winter immer noch kein Wort gesagt.

Hatte sie vor, den Kuss einfach zu ignorieren und so zu tun, als wäre er nie passiert? Erwartete sie von Hannah, dasselbe zu tun?

Das kam für Hannah nicht infrage. Sie wusste bereits, dass sie diesen Kuss nie vergessen würde. Dieses Mal war es kein Not-Stopp gewesen. Aber was genau bedeutete er dann?

Es gibt nur eine Möglichkeit, es herauszufinden. Sie öffnete ihren Mund, um nachzufragen.

»Wer hat dir beigebracht, wie man einen undichten Abfluss repariert?«, fragte Winter, als sie aus dem Aufzug trat.

Die Türen schlossen sich fast vor Hannah, die wie angewurzelt dastand und ihr hinterherstarrte. Schnell sprang sie hinaus, glotzte Winter aber weiterhin an. Sie hatten sich gerade geküsst und Winter fragte sie nach ihren Klempnerkenntnissen? Sie konnte doch nicht wirklich so gleichgültig sein, oder? Die Art und Weise, wie sie Hannah geküsst hatte, war alles andere als gleichgültig gewesen.

An der Tür holte Hannah sie ein. »Jules«, sagte sie leise.

Einmal, am Anfang ihrer Bekanntschaft, als Jules noch zu ihren Sitzungen in ihre Wohnung gekommen war, hatte Hannah gerade vergeblich versucht, ihren undichten Abfluss zu reparieren, als Jules einen Termin hatte. Anstatt sich zu ärgern, dass er warten musste, hatte er die Ärmel seines teuren Hemds hochgekrempelt, sich trotz seiner schmerzenden Knie neben sie gehockt und ihr gezeigt, wie man den Siphon reparierte.

Winter warf ihr einen ungläubigen Blick zu.

»Er reparierte gern Dinge«, fügte Hannah hinzu.

Winter stieß den Schlüssel ins Schloss, als würde sie jemanden erstechen. »Nicht nur Dinge. Als er herausfand, dass ich lesbisch bin, wollte er mich in eine Therapie schicken, um mich zu ›reparieren‹.«

»O mein Gott. Im Ernst? Ich wusste nicht, dass er homophob war. Einmal habe ich während des CSD eine Regenbogenfahne in meiner Wohnung aufgehängt und er hat nicht einmal mit der Wimper gezuckt.«

»Es störte ihn nicht, wenn Fremde queer waren. Aber die Tochter des großen Julian Lambert durfte nicht lesbisch sein. Ironie des Schicksals, dass er gleich zwei lesbische Töchter hatte.« Winter stieß die Tür auf und stürmte in die Wohnung, anstatt Hannah wie sonst den Vortritt zu lassen. »Lass uns ein anderes Mal mit *Gentleman Jack* weitermachen. Ich bin müde, und nachdem wir über Julian geredet haben, ist mir die Lust vergangen, mir die Szene mit dem ersten Kuss anzusehen.« Ohne auf eine Antwort zu warten, ging sie in Richtung ihres Zimmers.

Nein, nein, nein. Hannah würde nicht zulassen, dass sie sich zurückzog. Sie eilte ihr hinterher. »Ich wollte eigentlich gar nicht über ihn reden. Ich wollte über …«

Winter blieb an ihrer Zimmertür stehen, drehte sich um und fixierte sie mit einem intensiven Blick.

»… den Kuss reden«, sagte Hannah.

Winter blinzelte, als hätte sie nicht damit gerechnet, dass Hannah den Mut aufbringen würde, es auszusprechen. Dann senkte sie den Blick auf den Werkzeugkasten, den sie wie einen Schutzschild vor sich hielt. »Es tut mir leid, in Ordnung? Es wird nicht wieder vorkommen. Ich weiß, das habe ich dir schon einmal versprochen, aber …«

Hannahs Kehle brannte, als sie nach Luft rang. »Es tut dir leid? Ist das alles, was du zu sagen hast? Ich will keine Entschuldigung.« Sie wollte auch nicht, dass Winter sie nie wieder küsste, aber das würde sie ihr nicht sagen. »Du hast dein Versprechen nicht gebrochen. Ich war diejenige, die dich geküsst hat, und ich werde mich nicht dafür entschuldigen.« Sie hob ihr Kinn an und weigerte sich, wegzusehen, obwohl sie sich fragte, was Winter wohl in ihren Augen lesen konnte.

Schließlich, nach ein paar Sekunden, schien das Eis in Winters blauer Iris zu schmelzen und ihr Mund verzog sich zu einem Lächeln. »Gut. Ich will auch keine

Entschuldigung. Dieser Kuss war ziemlich …« Sie fuhr sich mit dem Daumen über die Unterlippe, als könnte sie ihn noch spüren. »… umwerfend.«

Winters heisere Stimme jagte Hannah einen Schauder über den Rücken. Sie konnte nicht anders, als zurückzulächeln. »Und ich dachte schon, du würdest ›angemessen‹ sagen.«

Winter lachte schallend. »Das auch.« Sie wurde wieder ernst. »Hör zu. Ich denke, du weißt inzwischen, dass ich nicht so schnell Freundschaften schließe.«

Freundschaften. Hannahs Magen krampfte sich zusammen. Benommen nickte sie.

»Was Beziehungen angeht, bin ich noch schlechter.« Winter wechselte den Werkzeugkasten von einer Hand in die andere. »Genau wie mein Vater.«

Warum muss immer alles auf Julian hinauslaufen? Es geht nicht um ihn. Es geht um uns. Nicht, dass es ein Uns überhaupt gab. Hannah streckte abwehrend eine Hand aus. »Ich habe nicht von einer Beziehung gesprochen. Es geht nur um den Kuss, oder?«

Winter betrachtete sie mit einer Mischung aus Zuneigung, Belustigung und Traurigkeit. »Ich weiß, dass du mit jemandem kuscheln kannst, ohne dass es für dich sexuell oder romantisch wird, aber glaubst du wirklich, dass du der Typ bist, der mich küssen oder mit mir schlafen kann, ohne irgendwann mehr zu wollen?«

Sie hatte recht. Hannah wäre mit der Art von Beziehung, die Winter mit Shanice hatte, nicht glücklich. Sie war nie an One-Night-Stands interessiert gewesen und Winter nie an etwas anderem. »Du hast recht«, sagte Hannah, obwohl der Kloß in ihrem Hals sie fast am Sprechen hinderte. »Was habe ich mir nur dabei gedacht?«

»Wahrscheinlich das Gleiche wie ich«, sagte Winter. »Vermutlich *O Gott* und *unglaublich weich* und *mehr.*«

Beide lachten ein wenig zu laut.

Als ihr Lachen verstummte, musterte Winter sie. »Also ist alles in Ordnung zwischen uns?«

Hannah nickte.

Winter sah sie weiterhin mit diesem intensiven Blick an. »Und bei dir ist auch alles in Ordnung?«

Hannah nickte erneut. Es war nur ein seltsamer, alberner Moment gewesen. Sie würde darüber hinwegkommen. Oder?

Doch als Winter das Nicken erwiderte, in ihr Zimmer zurücktrat und die Tür zwischen ihnen schloss, war es, als hätte sie stattdessen die Tür zu ihrem Herzen geschlossen und alles zwischen ihnen beendet, bevor es überhaupt begonnen hatte.

Sei nicht so melodramatisch. Ist ja nicht so, als wärst du in sie verliebt.

Nein, natürlich nicht. Vor sieben Wochen hatten sie einander kaum ausstehen können. Und obwohl Winter ihr seither einen Blick hinter ihre kühle Maske gewährt hatte, war Hannah immer klar gewesen, dass Winter nichts für Beziehungen übrighatte. Warum also war sie jetzt so am Boden zerstört?

Kapitel 20

Winter schlief die ganze Nacht über kaum. Zweimal nickte sie ein, doch selbst in ihren Träumen durchlebte sie die Situation unter der Spüle noch einmal – Hannahs Schenkel, der sich an ihren drückte, ihre Arme, die sich berührten, ihre Lippen, die sich mit einer Zärtlichkeit fanden, an die sie nicht gewöhnt war.

Einmal riss sie ein Geräusch aus dem Halbschlaf. Sie lauschte in die Dunkelheit, aber nun war alles still.

Sie drehte sich im Bett um und zog sich die Decke über den Kopf, als die gedankliche Diashow wieder begann. Es war nicht nur der Kuss, an den sie dachte. Seltsamerweise war das Bild, das ihr immer wieder durch den Kopf ging, der verletzte Blick in Hannahs Augen, als Winter ihr klargemacht hatte, dass Hannah nicht der Typ für einen One-Night-Stand war.

Und wenn schon. Es stimmte ja schließlich. Sie hatte nur versucht, Hannah zu schützen.

Ach, bloß Hannah?, fragte eine sarkastische Stimme in ihrem Hinterkopf. Ärgerlicherweise klang sie wie Brooke.

»Verpiss dich«, sagte Winter in den viel zu stillen Raum hinein.

Sie wälzte sich noch ein paar Stunden lang hin und her. Als schließlich das erste Licht der Morgendämmerung in ihr Schlafzimmer drang, schlug sie die Decke zurück und schlich ins Bad. Vielleicht würde eine kalte Dusche sie zurück in die Normalität bringen.

In der Wohnung war es still. Schlief Hannah tief und fest oder lag sie ebenfalls wach?

Hör auf, an sie zu denken! Was Hannah einmal über ihre Kunden gesagt hatte, galt auch für sie: Hannah war für ihre eigenen Gefühle verantwortlich, wie immer sie auch aussehen mochten. Es war in Ordnung, sie zu haben, solange Hannah sie nicht auslebte.

Und genau das würden sie tun. Es würde keine *Bound*-Momente unter der Spüle mehr für sie beide geben.

Energisch schloss Winter die Badezimmertür hinter sich und nahm eine kalte Dusche. Das lenkte sie ab, wenn auch nur für ein paar Minuten.

Als sie zur Kaffeemaschine ging, fiel ihr Blick erneut auf Hannahs Zimmertür. Noch immer drangen weder Geräusche noch ein Lichtschimmer durch den Spalt unter der Tür. Wahrscheinlich war das auch besser so. Winter wusste ohnehin nicht, was sie sagen sollte.

Sie zwang sich, Hannahs Tür den Rücken zuzukehren. Jetzt würde sie sich erst einmal einen Kaffee machen und sich dann in die Arbeit stürzen, auch wenn dieses Wochenende der vierte Juli war. Sie würde den Feiertag damit zubringen, die Anzeigen für eine Solarzellenfirma zu gestalten, für die sie seit Kurzem arbeitete.

An der Espressomaschine klebte ein gelber Notizzettel, wie vor einem Monat, als sie Hannah nach ihrer ersten Kuschelsitzung tagelang ausgewichen war.

Waren sie etwa schon wieder in solch einer Situation? Nur war es dieses Mal Hannah gewesen, die sie geküsst hatte. Und nun war es offensichtlich auch Hannah, die ihr aus dem Weg ging.

Winter wusste zwar nicht, was sie zu ihr sagen sollte, aber der Gedanke, überhaupt nicht mit Hannah zu reden, sorgte dafür, dass ihre Stimmung düsterer wurde als die dunkelste Espressoröstung. In den vergangenen Wochen hatte sie sich daran gewöhnt, morgens bei einer Tasse Kaffee mit Hannah zu plaudern, ihre neueste Marketingidee für das Kuschelstudio zu besprechen und sich beim Fernsehen gegenseitig zu necken. Würde das jetzt alles aufhören?

Ihre Finger zitterten, als sie den Klebezettel von der Espressomaschine abzog. Das lag nur am Schlafmangel, sagte sich Winter.

Die Handschrift gehörte Hannah, aber sie wirkte krakeliger als sonst, als hätte sie den Zettel in großer Eile geschrieben oder als hätten auch ihre Finger gezittert.

Winters Kehle schnürte sich zu, als sie die Worte las.

Winter,

ich muss weg. Ich habe einen Notfall in der Familie. Meine Mutter ist im Krankenhaus. Ich weiß noch nichts Genaues oder wann ich zurückkomme.

Hannah

Ach du Scheiße. Winters Gedanken rasten mit ihrem Herzschlag um die Wette. Warum zum Teufel hatte sich Hannah aus der Wohnung geschlichen, anstatt sie zu wecken? Um diese Tageszeit war Hannah kaum wach genug, um Auto zu fahren. Sie besaß doch nicht einmal ein Auto, oder? Wenn sie sich einen fremden Wagen geliehen oder gemietet hatte und damit fuhr, während sie in Sorge um ihre Mutter war und womöglich Tränen ihre Sicht trübten …

Bilder von schrecklichen Autounfällen gingen Winter durch den Kopf. Sie versuchte, sie zu verdrängen, indem sie den Zettel noch einmal las, aber natürlich verriet er auch beim zweiten Lesen nicht mehr.

Ich weiß noch nichts Genaues oder wann ich zurückkomme, hatte Hannah geschrieben.

Würde sie überhaupt wiederkommen?

Winter kannte Hannah inzwischen gut genug, um zu wissen, dass sie nicht zurückkehren würde, bevor es ihrer Mutter besser ging. Selbst wenn sie nur eine Nacht fernbleiben und morgen früh zurückfahren würde, hätte sie kein Zuhause mehr, in das sie zurückkehren könnte.

Die Erkenntnis traf Winter wie ein Schlag. Sie umklammerte den Zettel und sank auf den nächstbesten Stuhl.

Hannah würde ihre Hälfte des Gebäudes verlieren. Die Bedingung in der Trusturkunde besagte, dass sie zweiundneunzig Tage zusammenwohnen mussten. Sie durften keine einzige Nacht woanders verbringen, ohne ihren Anspruch auf das Haus zu verlieren. Julian hatte keine Ausnahmen für familiäre Notfälle eingefügt. Wenn Hannah bis Mitternacht nicht zurück war und jemand davon erfuhr, würde sie nichts erben.

Verdammt, Julian! Wenn Winter ihren Vater nicht schon vorher gehasst hatte, tat sie es jetzt. Hannah brauchte das Erbe. Ohne würde sie sich kein Kuschelstudio leisten können. Ihr Traum war in greifbare Nähe gerückt, aber Julians Bedingung würde ihn in letzter Sekunde zunichtemachen.

Bald würde Hannah aus dem Gebäude und aus Winters Leben verschwunden sein – womöglich für immer, denn wenn sie in verschiedenen Stadtteilen lebten und sich nicht gemeinsam um ihre Mieter kümmern mussten, gab es keinen Grund, in Kontakt zu bleiben.

Nein! Winter sprang auf. Sie war nicht bereit, das zu akzeptieren, und sie war auch nicht bereit, es dem Zufall zu überlassen und zu hoffen, dass weder Mr Woodruff noch Brooke herausfinden würden, dass Hannah woanders übernachtet hatte. Wie sie vorhin zu Hannah gesagt hatte, schloss sie nicht leicht Freundschaften. Selbst wenn Hannah und sie niemals mehr als Freundinnen sein würden, war sie nicht bereit, das aufzugeben. Auch wollte sie nicht, dass Hannah ihr Kuschelstudio verlor.

Sie entsperrte ihr Handy und scrollte durch ihren Ordner mit wichtigen Dateien, bis sie den eingescannten Trustvertrag fand. Mit knirschenden Zähnen blätterte sie durch das Dokument, bis sie zu dem Abschnitt kam, in dem die Bedingung beschrieben wurde.

Recht, Titel und Interesse an der Immobilie in der 1405 SW Park Avenue in Portland, Oregon, gehen zu gleichen Teilen auf Hannah Elizabeth Martin und Winter Louise Sullivan über, jedoch nur unter der Bedingung, dass beide dort gemeinsam mietfrei für einen Zeitraum von zweiundneunzig aufeinanderfolgenden Tagen wohnen. Während dieses Zeitraums müssen beide unter demselben Dach übernachten.

Winter hielt inne und ließ den Finger auf der letzten Zeile ruhen. *Unter demselben Dach.* Die Bedingung war ihr beim ersten Lesen des Trustdokuments eindeutig erschienen. Aber wenn man wollte, konnte man sie auch anders auslegen … und Winter wollte es unbedingt.

Wenn sie die Nacht dort verbrachte, wo Hannah gerade war, würden sie unter demselben Dach übernachten. Zwar nicht unter dem Dach des Gebäudes in der Park Avenue, aber auch nicht unter zwei verschiedenen Dächern.

Na schön, vielleicht war das ein wenig fadenscheinig. Wenn Brooke Wind davon bekam, dass sie woanders übernachtet hatten, konnte sie behaupten, sie hätten beide Julians Bedingung nicht erfüllt. Am Ende würde womöglich auch Winter ihre Hälfte des Gebäudes verlieren und Brooke würde alles erben. Wieder einmal würde Winter als die uneheliche Tochter nur an zweiter Stelle stehen.

Es war ein Risiko, das sie vor zwei Monaten niemals auch nur in Erwägung gezogen hätte.

Aber jetzt war es eines, das sie einfach eingehen musste. Nicht nur, weil Hannah ansonsten ihren Anspruch auf das Erbe verlieren würde, sondern auch, weil sie Winters emotionale Unterstützung brauchte.

Sie sprintete ins Schlafzimmer, warf eilig ein paar Klamotten und eine neue Zahnbürste zu ihrem Laptop in die Tasche und schnappte sich ihr Handy, ihre Brieftasche und ihre Schlüssel. Innerhalb weniger Minuten verließ sie die Wohnung.

Es war absurd. Völlig unvernünftig. Sie wusste nicht einmal, in welches Krankenhaus Hannahs Mutter eingeliefert worden war oder wo sie wohnten –

vielleicht in Sunriver, dem winzigen Städtchen, das Hannah einmal erwähnt hatte.

Trotzdem nahm sie immer zwei Stufen auf einmal, ohne auf den langsamen Aufzug zu warten. Sie würde Hannah von unterwegs anrufen und herausfinden, wo sie war.

Die trockenen, mit Salbeisträuchern bedeckten Ebenen zu beiden Seiten der Straße flogen an Winter vorbei, als sie Gas gab, um einen schmutzbespritzten Pick-up-Truck zu überholen.

Vor ihr verengte sich der vierspurige Highway auf zwei Spuren und sie wollte nicht kilometerlang hinter dem langsameren Wagen feststecken. Ansonsten hatte sie es geschafft, sich brav an das Tempolimit zu halten. Jedenfalls meistens.

In der Ferne ragten zu ihrer Rechten die schneebedeckten Cascade Mountains über einer Gruppe Wacholderbäume hervor. Es war nicht mehr weit bis Bend.

Sie drückte die Taste für das Telefon am Lenkrad. »Ruf Hannah an.«

Wie bei ihren vorigen Anrufen sprang die Mailbox an. Entweder hatte Hannah keinen Empfang oder sie hatte ihr Handy ausgeschaltet, als sie das Krankenhaus erreicht hatte. Vielleicht auch beides. Ein paarmal, als Winter versucht hatte, sie anzurufen, hatte auch sie keinen Empfang gehabt.

Dennoch war sie weitergefahren, obwohl ihr Ziel bloß eine Vermutung war. Hannah hatte erwähnt, dass sie von Sunriver nach Portland gezogen war, um eine Ausbildung zur Massagetherapeutin zu machen. Hoffentlich war das ihre Heimatstadt und ihre Eltern lebten noch dort.

Winter hatte den winzigen Ferienort gegoogelt, als sie kurz angehalten hatte, um einen Kaffee zu trinken, und hatte herausgefunden, dass sich das nächstgelegene Krankenhaus in Bend befand. Deshalb war sie nun dorthin unterwegs.

Noch nie im Leben hatte sie etwas so Impulsives getan. In ihrem Job verließ sie sich nie auf Vermutungen. Jede Entscheidung beruhte auf sorgfältigen Tests und Datenanalysen. Und doch stellte sie jetzt unzählige wilde Mutmaßungen an. Vielleicht wohnten Hannahs Eltern gar nicht in Sunriver. Vielleicht hatte Hannah nicht Sunriver in Oregon gemeint, sondern Sun River in Montana. Vielleicht war Hannahs Mutter in ein Krankenhaus in einer anderen Stadt gebracht worden. Selbst wenn sie das richtige Krankenhaus fand, würde das Personal ihr vermutlich nicht verraten, ob eine Mrs Martin dort Patientin war.

Es war noch nicht zu spät, umzudrehen. In etwa dreieinhalb Stunden konnte sie zurück in Portland sein. Niemand brauchte zu wissen, dass sie jemals weg gewesen war.

Aber der Gedanke, dass Hannah möglicherweise ihre Mutter und ihr Kuschelstudio am selben Tag verlieren könnte, ließ sie nicht los. Ersteres konnte sie nicht beeinflussen, aber wenn es eine Chance gab, Letzteres zu verhindern, dann würde sie es tun.

Falls sie im St. Charles Krankenhaus nicht weiterkam, würde sie Hannah so lange anrufen, bis sie durchkam. Sie würde so tun, als wollte sie lediglich hören wie es ihr ging, ohne ihr zu sagen, wo sie war. Wenn sich herausstellte, dass sie am völlig falschen Ort war oder Hannah sie dort nicht haben wollte, würde sie so tun, als wäre sie zu Hause. Ihr kleiner Ausflug würde ihr Geheimnis bleiben.

Die Entscheidung war gefallen und sie drückte noch etwas fester aufs Gas.

Eine halbe Stunde später parkte sie den SUV auf dem Krankenhausparkplatz in der Innenstadt von Bend und stieg aus. *Autsch.* Ihr Körper war völlig verspannt, weil sie das Lenkrad so fest umklammert hatte. Sie ließ die Schultern kreisen, während sie auf den Eingang zumarschierte und sich umsah.

Zu ihrer Rechten wiesen Schilder auf verschiedene Gebäude innerhalb des Komplexes hin und überall um sie herum kamen Menschen angefahren oder verließen den Parkplatz. Ihre Chancen, Mrs Martin und Hannah in diesem Krankenhaus zu finden, waren gering.

Sie joggte über den Wendeplatz und ging auf die Glasschiebetüren zu.

Ein junger Mann saß auf einer Bank und rauchte, obwohl Winter vermutete, dass Rauchen in der Nähe des Haupteingangs verboten war. Asche fiel auf seinen Kopf, als er versuchte, mit der Hand, die die Zigarette hielt, durch sein Haar zu fahren.

Offensichtlich hatte er ebenfalls einen beschissenen Tag. Er kam ihr bekannt vor. Winter betrachtete ihn genauer, als sie an ihm vorbeiging. Honigbraune Augen starrten sie an, doch sie hatte das Gefühl, dass er sie gar nicht wahrnahm. Seine Lippen waren fest um die Zigarette geschlossen, aber Winter konnte sich leicht die Grübchen vorstellen, die sich in seinen Wangen bilden würden, wenn er lächelte.

Das Foto in ihrem Wohnzimmer! Daher kannte sie ihn!

Winter wirbelte herum. Konnte es einen solchen Zufall wirklich geben? »Entschuldigen Sie die Störung, aber sind Sie der Bruder von Hannah Martin?«

Hannah hatte immer gedacht, dass ihr Vater für seine fast siebzig Jahre jung aussah, aber als er sich im Wartezimmer der Chirurgie gegen die Rückenlehne der abgenutzten Kunstledercouch lehnte, hatte die Sorge tiefe Furchen in sein gebräuntes Gesicht gegraben. Er saß stocksteif da, als würde eine falsche Bewegung seine ruhige Fassade zerbröckeln lassen. Jedes Mal, wenn jemand in Krankenhauskleidung hereinkam, sah er auf.

Sie setzte sich neben ihn und versuchte, nicht herumzuzappeln oder alle zwei Minuten auf die Uhr zu schauen. Es war erst neun Uhr morgens, obwohl es ihr vorkam, als wären Tage vergangen, seit sie Winter eine Nachricht hinterlassen hatte, und eine Ewigkeit, seit sie sich unter Mrs Klines Spüle geküsst hatten.

Ein paar Meter von ihr entfernt ging Sabbie neben einer Reihe Plastikstühle auf und ab. Noch nie hatte Hannah ihre große Schwester so bleich gesehen.

»Das darf nicht passieren«, flüsterte Sabbie. »Wir dürfen sie nicht verlieren.«

»Das werden wir nicht«, sagte Hannah fest. Sie stand auf und umarmte ihre Schwester, die sich sofort Schutz suchend an sie schmiegte. »Sie wird wieder ganz gesund, Sabbie. Jeden Moment wird jemand kommen und uns die gute Nachricht überbringen.«

Das sagten ihnen die Krankenschwestern jedes Mal, wenn sie nachfragten. Nur hatten sie natürlich nicht von guten Nachrichten gesprochen, sondern von einem Update.

»Das haben sie auch gesagt, als sie es mit der Endoskopie versucht haben, aber es hat Mama nicht geholfen«, murmelte Sabbie und vergrub ihr Gesicht an Hannahs Schulter.

Als Hannah und ihr Bruder im Krankenhaus angekommen waren, hatte es noch gar nicht so schlimm ausgesehen. Offenbar hatte ihre Mutter ein Magengeschwür, das im Laufe der Zeit die Magenschleimhaut angegriffen und dann vergangene Nacht ein Blutgefäß beschädigt hatte. Sie hatte einen Eingriff überstanden, bei dem die Ärzte das betroffene Gefäß mit einem Clip verschlossen hatten.

Gerade als alle aufgeatmet und sich darauf gefreut hatten, ihre Mutter bald zu sehen, musste sie in den OP zurückgebracht werden, weil die Blutung wieder eingesetzt hatte.

Beim zweiten Mal war das Warten noch nervenaufreibender. Es waren schon fast drei Stunden vergangen. Warum gab es keine Neuigkeiten?

Hannah rieb ihrer Schwester den Rücken. »Hab Vertrauen. Es wird alles gut werden.« Wenn ihr Glaube doch nur so fest wäre wie ihre Stimme. Mit jeder Sekunde, die verstrich, wuchs ihre Sorge, aber sie versuchte, sich nichts anmerken zu lassen. Sie war immer die Optimistin in der Familie gewesen. Wenn sie zusammenbrach, würden alle anderen es ihr gleichtun; das wusste sie aus Erfahrung.

Seufzend löste sich Sabbie aus ihrer Umarmung und ging wieder auf und ab, während Hannah sich neben ihrem Vater niederließ.

»Ich glaube, ich sehe mal nach Wes«, sagte sie nach einer Weile. »Er ist schon ewig da draußen. Ich wette, er hat wieder angefangen zu rauchen.«

Doch bevor sie aufstehen konnte, betrat jemand das Wartezimmer.

Alle sahen auf.

Statt einer Krankenschwester oder einem Arzt, wie Hannah gehofft hatte, war es ihr Bruder. »Hey, Hannie. Ich hab was für dich gefunden«, sagte er mit einem schwachen Grinsen. »Na ja, jemanden.« Er trat zur Seite.

Hannah erstarrte. Ihr erschöpftes Gehirn hatte endlich gelernt, Bilder in ihrem Kopf zu erzeugen. Das war die einzige Erklärung für das, was sie sah.

Winter stand vor ihr. In ihrem weißen T-Shirt, das sie normalerweise nur zu Hause trug, und mit dunklen Ringen um die Augen war sie der schönste Anblick, den Hannah je gesehen hatte. »Hallo.«

»Was machst du denn hier?«

»Ich dachte, ich komme mal vorbei und schaue, wie es deiner Mutter geht«, sagte Winter, als wäre sie gerade in der Nähe gewesen und nicht einhundertsiebzig Meilen von zu Hause entfernt.

Seit sie durch den Anruf ihres Vaters geweckt worden war, hatte Hannah sich zusammengerissen und sich darauf konzentriert, für ihre Familie da zu sein. Sie hatte das Fahren übernommen, nachdem ihr Bruder sie auf dem Weg durch Portland abgeholt hatte. Sie hatte die Hand ihres Vaters gehalten, als er ihnen erzählte, wie ihre Mutter Blut erbrochen hatte, bis das Badezimmer wie eine Szene aus einem Horrorfilm aussah, und sie hatte alle dazu gebracht, wenigstens ein paar Bissen von den Sandwiches zu essen, die sie aus der Krankenhaus-Cafeteria geholt hatte.

Aber als sie Winter sah und ihr klar wurde, dass Winter wirklich da war, verließ sie alle Kraft. Mit wackeligen Beinen stand sie auf, wankte durch das Wartezimmer und warf sich in Winters Arme.

Der Aufprall von Hannahs Körper hätte Winter zurücktaumeln lassen können, aber er tat es nicht, fast als hätte ihr Unterbewusstsein fest damit gerechnet, dass Hannah in ihren Armen landen würde. Sanft schlang sie einen Arm um Hannahs Rücken, während sie mit der anderen Hand Hannahs Kopf an ihre Schulter drückte.

Hannahs Tränen durchnässten ihr T-Shirt, und sie hatte das Gefühl, dass alle Leute im Wartezimmer sie anstarrten, aber das war ihr egal.

Als ein glatzköpfiger Mann am anderen Ende des Raums nicht wegsehen wollte, warf sie ihm einen so eisigen Blick zu, dass er plötzlich das dringende Bedürfnis verspürte, eine vermutlich fünf Jahre alte Ausgabe eines Automagazins zu lesen.

Hannah schien von all dem nichts mitzubekommen. Sie klammerte sich mit beiden Händen an Winter fest, die Finger in Winters T-Shirt gekrallt und das Gesicht an ihrer Schulter vergraben.

»Hey«, flüsterte Winter, als sie das lautlose Schluchzen nicht mehr ertragen konnte. »Weißt du noch, was du mir gesagt hast, als ich mich in meinem Zimmer versteckt habe und mich weigerte, mit dir zu reden?«

Hannah schüttelte ihren Kopf, ohne ihn von Winters Schulter zu nehmen.

»Du hast gesagt, ich sei der sturste Mensch, der dir je untergekommen sei, und dass du nie gedacht hättest, dass jemand deine Mutter an Sturheit übertreffen könne. Du kennst uns Sturköpfe. Wir lassen uns nicht unterkriegen, egal was passiert.«

Hannahs Finger krallten sich noch fester in Winters T-Shirt, als hinge sie nicht nur an ihr, sondern auch an jedem Wort. Schließlich stieß sie einen langen Atemzug aus, der Winters Hals wärmte, richtete sich auf und fuhr sich mit dem Handrücken über die Augen. »Tut mir leid.« Sie zupfte an dem nassen Fleck, den sie auf Winters T-Shirt hinterlassen hatte. »Ich …«

»Du brauchst dich nicht zu entschuldigen«, sagte Winter sanft.

Hannah kramte in den Taschen ihrer Jeans, offenbar auf der Suche nach einem Taschentuch, fand jedoch keines.

Hatte sie bisher überhaupt nicht geweint? *Hannah.* Winter wollte sie wieder in ihre Arme ziehen und sie halten, bis all der Schmerz und die Angst nachließen. Stattdessen griff sie in ihre eigene Tasche, fand ein Taschentuch, das sauber schien, und reichte es ihr.

»Danke.« Der Blick in Hannahs immer noch feuchte Augen verriet, dass sie ihr für viel mehr dankte als für das Taschentuch. Sie putzte sich die Nase, dann nahm sie Winters Hand, als wäre es das Selbstverständlichste auf der Welt, und zog sie zu der Couch. »Papa, das ist Winter, eine Freundin von mir.«

Eine Freundin. Das Wort kratzte auf ihrer Haut wie Sandpapier, was seltsam war, denn gestern hatten sie sich darauf geeinigt, dass es besser war, es bei Freundschaft zu belassen. Was zwischen ihnen passiert war, spielte im Moment ohnehin keine Rolle, deshalb ignorierte sie das seltsame Gefühl.

»Winter, das sind mein Vater Phillip und meine Schwester Sabrina. Meinen Bruder Wesley hast du ja anscheinend schon kennengelernt.

Winter ließ Hannahs Finger los, um ihren Familienangehörigen die Hände zu schütteln.

Hannahs Vater schien Ende sechzig zu sein, doch sein schütteres Haar war immer noch eher sandbraun als grau. Ein T-Shirt mit der Aufschrift *Ich wäre jetzt lieber angeln* spannte sich über seine breite Brust. »Sag einfach PJ zu mir«, sagte er. Sein Händedruck war fest, obwohl er ziemlich mitgenommen wirkte, und hielt etwas länger an als üblich, während er Winter musterte.

»Wie geht es Ihrer Frau?«, fragte Winter, um ihn von sich abzulenken.

»Sie ist noch im OP«, antwortete er und presste die Lippen zusammen.

Winter sah von ihm zu Hannah und dann wieder zurück. »Was ist passiert?«

»Connie ist gegen zwei Uhr mit Sodbrennen aufgewacht und sagte, sie will sich ein Glas Wasser holen. Dann hörte ich einen lauten Knall aus dem Bad. Ich schätze, ihre Beine sind unter ihr weggeknickt. Zuerst dachte ich, sie hätte sich den Kopf gestoßen, weil überall Blut war, aber es stellte sich heraus, dass sie Blut erbrochen hatte.« PJ zitterte und wurde unter seiner Bräune blass.

Hannah nahm wieder Winters Hand und drückte mit ihrer freien Hand den Arm ihres Vaters.

Eine Ärztin in grüner OP-Kleidung betrat das Wartezimmer. Ihre Miene war bewusst neutral, als sie die Leute im Raum musterte und dann zu Hannahs Familie sah. »Sind Sie die Angehörigen von Cornelia Martin?«

»Ja.« Mr Martin und seine Kinder eilten auf sie zu, und Winter folgte, denn Hannah schien ihre Hand nicht loslassen zu wollen.

»Ich bin Dr. Sharma, Mrs Martins Chirurgin.«

»Wie geht es ihr?«, fragte Mr Martin, als sie sich um die Ärztin scharten.

»Wie Sie wissen, hat Mrs Martin ein Magengeschwür mit einer aktiven Blutung. Es gelang uns, das betroffene Blutgefäß mit einem Clip zu verschließen. Doch dann setzte die Blutung erneut ein. Diesmal ist das Geschwür perforiert, das heißt, es hat ein Loch in die Außenwand des Magens gerissen, sodass Mageninhalt in die Bauchhöhle ausgetreten ist. Deshalb mussten wir sofort operieren.«

Ach du Scheiße. Das hörte sich gar nicht gut an. Winter kämpfte gegen den plötzlichen Drang an, Hannahs Hand schützend an ihre Brust zu drücken.

»Die gute Nachricht ist, dass wir das Loch schließen und die Blutung stillen konnten«, fuhr die Ärztin fort. »Wenn keine Komplikationen auftreten, sollte sie sich vollständig erholen.«

»Gott sei Dank«, sagte Hannah und atmete hörbar auf.

Die Martins umarmten sich übermütig und klammerten sich aneinander fest, als müssten sie sich stützen.

Winter befand sich mittendrin in dem Knäuel von Umarmungen. Ihr fielen fast die Augen aus dem Kopf, als Mr Martin ihr kräftig auf den Rücken klopfte. Schlimmer war, dass die Martin-Geschwister sie in ihre Gruppenumarmung mit einbezogen, so als wären Hannah und sie eine Einheit. Sie hielt still und ließ es geschehen. Das war besser als die Alternative.

Dr. Sharma begegnete über das Chaos hinweg ihrem Blick und lächelte.

Schließlich trat Hannahs Vater einen Schritt zurück. »Können wir sie sehen?«

»Ja«, sagte die Ärztin. »Sobald sie aus dem Aufwachraum kommt und wir sie auf die Intensivstation gebracht haben. Sie wacht gerade erst aus der Narkose auf und wird noch müde und schwach sein, deshalb bleiben Sie bitte nur kurz und gehen nur zu zweit hinein.«

Alle nickten bereitwillig.

»Vielen Dank, Dr. Sharma.« Mr Martin nahm die Hand der Chirurgin in seine und schüttelte sie.

»Gern geschehen. Jemand von der Pflege wird Ihnen Bescheid sagen, sobald Sie Ihre Frau sehen können. Es wird aber noch etwas dauern.« Mit einem Nicken und einem müden Lächeln ging die Ärztin davon.

Mr Martin ließ sich auf die Kunstledercouch fallen, während Hannahs Geschwister sich links und rechts neben ihn drängten. Offensichtlich hatte diese Familie keine Angst vor Körperkontakt.

Hannah lehnte sich in ähnlicher Weise an Winters Schulter. Sie strich ihrer älteren Schwester über den Arm und ließ dazu Winters Hand los. »Sabbie, warum gehst du nicht mit Papa zu Mama? Wes und ich fahren zum Haus und sehen dort nach dem Rechten.«

»Bist du sicher?«, fragte Sabrina.

Die Geschwister tauschten bedeutungsvolle Blicke aus.

Ach so. Hannah hatte vor, das Badezimmer ihrer Eltern zu putzen, damit es nicht mehr wie in einem Horrorfilm aussah, wenn ihr Vater nach Hause kam.

Hannah und ihr Bruder nickten.

Sah so der normale Umgang unter Geschwistern aus? Winter bezweifelte, dass Brooke bereit wäre, ein blutverschmiertes Bad für sie zu putzen. Aber um ehrlich zu sein, hätte sie sich auch nicht freiwillig bereit erklärt, für Brooke Blut von den Fliesen zu schrubben.

Wieder umarmten sich alle und auch Winter wurde ein paarmal gedrückt. Himmel, diese Familie schien keine Fremden zu kennen.

Schließlich machten sich Winter, Hannah und Wesley auf den Weg nach draußen.

»Kannst du kurz auf mich warten?«, fragte Hannah ihren Bruder, als sie einen in die Jahre gekommenen Geländewagen erreichten. »Ich bringe Winter zu ihrem Auto.«

Schweigend überquerten sie den Parkplatz. Sie gingen so dicht nebeneinanderher, dass ihre Hände nur Zentimeter voneinander entfernt hin und her schwangen. Nachdem sie im Wartezimmer Hannahs Hand gehalten hatte, fühlte es sich seltsam an, nicht hinüberzugreifen und ihre Finger zu verschränken. Natürlich nur, um ihrer berührungsfreudigen Freundin Trost zu spenden.

Vor Winters Audi blieben sie stehen und sahen einander an. Hannahs Augen waren rot gerändert, doch zugleich strahlten sie vor Optimismus, nun, da sie wusste, dass ihre Mutter wieder gesund werden würde.

»Danke«, flüsterte Hannah. »Einfach nur danke. Du kannst dir nicht vorstellen, was es mir bedeutet, dass du hergekommen bist, auch wenn mir immer noch nicht klar ist, wie du mich gefunden hast. Du wirst mir alles erzählen müssen, wenn ich nach Hause komme.«

Winter brauchte ein paar Sekunden, um zu begreifen, warum Hannah darauf bestanden hatte, sie zu ihrem Auto zu begleiten. »Du denkst, ich fahre zurück nach Portland?«

Hannah blinzelte. »Wirst du nicht?«

»Ich hatte es nicht vor. Ich wollte schon immer mal das schöne Städtchen Sunriver sehen.«

Ein lautes Schnauben entfuhr Hannah. »Ich wette, du hattest bis vor Kurzem noch nie davon gehört! Im Ernst, Winter, ich hätte dich gern bei mir, aber du solltest nach Hause fahren. Es ist schon schlimm genug, dass ich meinen Teil des Erbes verlieren werde. Ich will nicht, dass du auch noch deine Hälfte des Hauses verlierst.«

Winter schenkte ihr ein haifischartiges Grinsen. »Das wirst du nicht.«

»Was werde ich nicht?«

»Deinen Teil verlieren. Ich habe das Kleingedruckte des Trustvertrags noch einmal gelesen. Die Bedingung besagt, dass wir zweiundneunzig Tage unter demselben Dach verbringen müssen. Es steht nicht dabei, unter welchem Dach.«

Hannah stützte sich an der Beifahrertür ab, als würde sie sonst den Halt verlieren. »Das ist eine sehr, ähm, abenteuerliche Interpretation der Bedingung.«

Winter zuckte mit den Schultern. »Was wäre das Leben ohne ein kleines Abenteuer?«

»Winter, das kann ich nicht zulassen. Ich möchte es, aber es ist zu riskant.«

»Es ist das Risiko wert«, antwortete Winter leise.

Hannah starrte sie an.

Winter starrte zurück und war ebenso überrascht. Das hatte sie eigentlich nicht sagen wollen. »Ich meine, kannst du dir Brooke und mich als Miteigentümerinnen vorstellen?«, fügte sie hastig hinzu. »Das Gebäude würde um uns herum zusammenbrechen, weil wir uns nie auf etwas einigen könnten. Das Risiko kann ich nicht eingehen.«

Der Anflug eines Lächelns huschte über Hannahs Gesicht. »Okay. Ich werde meinem Bruder sagen, dass ich bei dir mitfahre.«

»Ich habe das Gefühl, er weiß es schon.« Winter zeigte auf den alten Geländewagen, der an ihnen vorbeifuhr, mit einem grinsenden Wesley am Steuer. »Er hat wohl gesehen, wie du im Wartezimmer meine Hand gehalten hast, und dachte, wir wären mehr als nur Mitbewohnerinnen.«

Hannahs bleiches Gesicht färbte sich rot. »Ähm, tut mir leid.«

Winter drückte den Knopf, um ihren Wagen aufzuschließen, und hielt Hannah die Beifahrertür auf. »Das macht mir nichts aus«, sagte sie und merkte, dass es stimmte. Für Hannahs Partnerin gehalten zu werden, war gar nicht so schlimm.

Kapitel 21

Winter ließ ihren Blick über Sunriver und die umliegenden Berggipfel wandern.

Die Sonne lachte von einem strahlend blauen Himmel herab. Einzelne Strahlen fielen durch die Zweige stattlicher Ponderosa-Kiefern. Pferde grasten hinter einem weißen Zaun, und ein Reh überquerte den gepflasterten Weg ohne jegliche Eile, als hätte ihm kein Mensch je etwas zuleide getan. Von einem nahe gelegenen Golfplatz wehte der Duft von frisch gemähtem Gras herüber.

Hannahs charmante kleine Heimatstadt erschien Winter genauso surreal wie ihre Familie. Winter hatte immer geglaubt, dass es solche Menschen und solche Orte nur in Filmen gab.

»Was ist?«, fragte Hannah zwischen zwei Schlucken ihres Karamell-Lattes, den sie in einem der Cafés im malerischen Dorfzentrum gekauft hatte, wo die Leute sich für das morgige Fest zum vierten Juli vorbereiteten.

Winter nahm einen Schluck von ihrem schwarzen Kaffee. »Ach, nichts. Es ist interessant, sich vorzustellen, dass du hier aufgewachsen bist, an einem Ort, an dem die meisten Leute nur Urlaub machen.« Sie deutete auf mehrere Hütten und Ferienhäuser.

»Ich bin nur teilweise hier aufgewachsen«, sagte Hannah. »Wir sind erst hergezogen, als ich vierzehn war und Mama die Stelle als Managerin im Spa annahm.«

Winter sah sich erneut um. »Und wie hat es dir hier gefallen? Für einen Teenager scheint es nicht viel zu tun zu geben.«

»Machst du Witze? Es gibt tonnenweise Dinge, die man hier machen kann – Kajakfahren, Klettern, Skifahren, Reiten. Und durch all die Touristen trifft man ständig neue Leute, besonders im Sommer.«

Winter schauderte übertrieben, was ihr einen Stupser von Hannah einbrachte. »Ich hätte nicht gedacht, dass du der Typ für Outdoor-Aktivitäten bist.«

»Bin ich nicht, aber man kann alles Mögliche im Freien machen«, sagte Hannah achselzuckend.

»Ach, was du nicht sagst!« Winter lachte.

Hannah stieß sie erneut an. Eine leichte Röte überzog ihre Wangen. Nachdem sie vorhin, als sie das übel riechende Bad geschrubbt hatten, so blass gewesen war, freute sich Winter, wieder etwas Farbe in ihrem Gesicht zu sehen. »Haha. So hab ich das nicht gemeint. Ich meinte, dass ich viel Zeit damit verbracht habe, mich mit einem Buch zu den Pferden auf die Weide zu legen. Manchmal habe ich auch gelesen, während ich mich in einem der Reifen, die wir vorhin gesehen haben, den Fluss hinuntertreiben ließ. Die Strömung ist hier nicht stark, aber einmal habe ich ein besonders gutes Buch gelesen und nicht aufgepasst. Als ich irgendwann aufblickte, war ich schon mehrere Kilometer flussabwärts.«

Ein weißes Pferd mit großen braunen Flecken streckte seinen Hals über den Zaun.

Hannah hielt inne, um ihm den Hals zu streicheln. »Hey, Chewy.«

»Du kennst wirklich seinen Namen?«

»Klar. Du kannst sie streicheln.«

Vorsichtig streckte Winter ihre Hand aus, damit das Pferd sie beschnuppern konnte. Oder machte man das nur bei Hunden?

Chewy gab ein feuchtes Schnauben von sich, das Winter zurückschrecken ließ.

Hannah lachte. »Keine Sorge, Stadtkind. Sie wird dir nicht die Finger abbeißen.«

»Na ja, bei einem Pferd namens Chewy kann man nie wissen.« Es war schön, Hannah lachen zu hören, auch wenn es auf ihre Kosten war. Um Hannah nicht glauben zu lassen, dass sie Angst vor Pferden hatte, ließ sie ihre Hand erst über Chewys Wange und dann über den Hals der Stute gleiten.

Das Pferd lehnte sich der Berührung entgegen, sodass Winter ihr ganzes Gewicht in die Liebkosung legen musste, um nicht umgeworfen zu werden. Als sie ihre Finger in die Mähne schob und Chewy den Hals kratzte, gab die Stute ein leises Geräusch von sich, das wie ein zufriedenes Seufzen klang.

Winter grinste triumphierend. »Hey, es gefällt ihr offensichtlich. Nicht schlecht für ein Stadtkind, oder?«

»Nein«, murmelte Hannah in einem Tonfall, den Winter nicht deuten konnte. »Gar nicht schlecht.« Sie sah Winter noch eine Weile zu, wie sie ihre neue Freundin streichelte, dann sagte sie: »Komm, lass uns nach Hause gehen. Ich möchte nach meinem Vater sehen und mich vergewissern, dass es ihm gut geht.«

Als ihr Vater die Glasschiebetür öffnete und auf die Terrasse trat, blickte Hannah auf.

»Ah, da ist also meine Jacke hingekommen«, sagte er.

Hannah kuschelte sich noch tiefer in den Stoff. Sie hatte fast vergessen, wie kühl die Abende in Sunriver selbst im Juli oft waren. »Ich bin so überstürzt aufgebrochen, dass ich keine Jacke mitgenommen habe, deshalb hab ich mir deine ausgeliehen.«

Ihr Vater setzte sich neben sie auf die Rattanbank. Im fahlen Licht, das aus dem Wohnzimmer drang, sah er müde und nachdenklich aus. »Wie geht's dir, Kleines?«

Hannah lehnte ihren Kopf an seine Schulter. »Ganz gut, aber es wird mir noch besser gehen, wenn ich Mama morgen sehe.«

»Sie wird schon wieder«, sagte ihr Vater und nickte ein paarmal, als würde er es innerlich so oft wiederholen, bis er es tatsächlich glaubte. »Sie war noch ziemlich benommen von der Narkose, aber das Einzige, worüber sie sich Sorgen zu machen schien, war die Sauerei im Bad. Danke übrigens, dass du dich darum gekümmert hast.«

»Winter hat das meiste gemacht, um ehrlich zu sein.«

»Hm. Man scheint sich auf sie verlassen zu können.«

»Ja«, sagte Hannah. »Ich kann immer noch nicht fassen, dass sie eins und eins zusammengezählt und uns gefunden hat, gerade als ich sie am meisten brauchte.«

Das Rattangeflecht knarrte unter ihrem Vater, als er sich zu ihr drehte, um sie zu mustern. »Ich wusste nicht, dass du wieder in einer Beziehung bist.«

Hitze durchflutete Hannah und vertrieb die kühlen Temperaturen. »Bin ich nicht. Winter und ich … wir …« Wie konnte sie ihm das erklären? »Wir sind befreundet.«

»Dann soll ich sie also morgen früh nicht zum Bäcker am Kreisverkehr acht schicken, um Apple Fritters zu holen?«

»Auf keinen Fall, Papa!« Diesen Streich spielte er jedem Partner und jeder Partnerin, die Hannah je mit nach Hause gebracht hatte. Nicht, dass das viele gewesen wären. Sunriver war berühmt-berüchtigt für seine Kreisverkehre, die von eins bis elf durchnummeriert waren. Allerdings gab es keine Nummer acht. Er war zwar Teil des ursprünglichen Bauplans gewesen, aber nie gebaut worden.

Ihr Vater hob die Hände, und Hannah war froh, ein Grinsen auf seinem Gesicht zu sehen. »In Ordnung, keine Apple Fritters.« Er seufzte. »Vermutlich sollte ich ohnehin eine Zeit lang auf frittiertes Essen verzichten. Die Ärzte werden deiner Mutter sicher sagen, dass sie es meiden soll, und wenn sie es nicht essen darf …«

Dann würde er es auch nicht essen. Gerührt gab Hannah ihrem Vater einen Kuss auf die Wange. Sie konnte nur hoffen, dass sie eines Tages eine ähnliche Beziehung haben würde wie ihre Eltern.

Eine Weile saßen sie schweigend da, lauschten den nächtlichen Geräuschen des Kiefernwaldes um sie herum und schauten zu den Sternen hinauf.

»Ich lebe gern in Portland, aber ich vermisse die Sterne«, sagte Hannah.

»Ach, die Sterne?« Er stupste sie an, was Hannah zum Kichern brachte, als wäre sie wieder fünf. »Nicht deine wundervollen Eltern?«

»Ja, ja, die auch.«

»Du könntest uns öfters besuchen. Du und Winter.«

»Papa!«

»Ich wollte damit nur sagen, dass es mir nichts ausmacht, wenn du sie mitbringst. Ich habe Sabbies Kinder noch nie so ruhig und gut erzogen gesehen wie jetzt, wo sie mit Winter spielen.«

»Was?« Hannahs Kopf schnellte herum und sie starrte durch die Glastür. Als sie Winter vor einer halben Stunde zuletzt gesehen hatte, hatte diese sich mit ihrem Laptop in eine ruhige Ecke des Wohnzimmers zurückgezogen. Sie hatte gesagt, sie müsse sich um eine Facebook-Werbung kümmern, aber Hannah wusste, dass sie im Grunde eine Auszeit von dem liebenswerten, aber chaotischen Martin-Clan brauchte.

Jetzt lag der Laptop zugeklappt auf dem Tisch.

Winter lag ausgestreckt auf dem Wohnzimmerboden, flankiert von Hannahs Nichte und ihrem Neffen, vor ihnen ein Berg LEGO-Steine.

»Wow.« Ihr Vater zeigte auf das Gebäude, das Winter gerade baute. »Das sieht aus wie das Haus, das du erben wirst. Ist sie Architektin oder so etwas?«

Ja, wow. Aber Hannahs Aufmerksamkeit galt nicht der LEGO-Konstruktion. Dass Winter in der Lage war, ihr Wohnhaus exakt nachzubauen, überraschte sie nicht. Aber sie hätte nicht erwartet, dass Winter mit Sabbies Kindern spielen würde, besonders nach einem Tag wie diesem. Es war unglaublich süß.

Winters Gesicht war konzentriert. Die kleine diagonale Falte über ihrer Nase vertiefte sich, als sie ein Erkerfenster einbaute.

Liv, Hannahs fünfjährige Nichte, fügte einen Stein hinzu, der die falsche Farbe hatte.

Winter runzelte die Stirn und war offensichtlich versucht, ihn durch einen rotbraunen LEGO-Stein zu ersetzen.

Dann fügte der achtjährige Benji einen gelben Stein hinzu.

Winter fuhr sich mit den Fingern durch ihr zerzaustes Haar und musterte die bunte Reihe. Schließlich zuckte sie mit den Schultern und platzierte einen grauen Stein neben dem gelben.

Liv betrachtete ihn einen Moment lang, nahm ihn dann weg und ersetzte ihn durch einen grünen.

Winters Gesichtsausdruck war unbezahlbar.

Hannah brach in Gelächter aus. Himmel, das hatte sie gebraucht. Sie beugte sich vor und küsste ihren Vater auf die Wange. »Ich sollte sie lieber retten gehen.«

Als sie das Haus betrat, blickte Winter mit einer Miene auf, die eindeutig um Hilfe flehte.

Liv lief auf Hannah zu. »Tante Nini, wir haben Winter gezeigt, wie man ein Haus baut! Sie hat noch nie mit LEGO gespielt.« Sie stemmte die Hände in die Hüften und warf Hannah einen empörten Blick zu.

»Tante Nini?«, wiederholte Winter grinsend. Sie nutzte die Gelegenheit, um aufzustehen, und klopfte ihre Hose ab, als wäre sie durch ein Feld gekrochen.

Eine verlegene Winter war wirklich süß.

»Doch, schon, aber es ist eine Weile her.« Leiser fügte Winter hinzu: »Nicht mehr, seit ich zwölf war und Julian mir gesagt hat, ich sei zu alt für LEGO.«

»Aber da steht von vier bis neunundneunzig Jahren.« Benji zeigte ihr die Schachtel.

»Man ist nie zu alt für LEGO.« Ein Gähnen unterbrach Hannah. »Oder dafür, vor allen anderen ins Bett zu gehen. Und das tue ich jetzt. Ich bin müde.«

»Ja, für die beiden ist es auch schon längst Schlafenszeit.« Sabbies Ehemann, Kevin, stellte sein Weinglas ab und stand auf, um die Kinder ins Bett zu bringen.

Aber Liv machte keine Anstalten, sich ins Bett schicken zu lassen. »Tante Nini, kann ich bei dir und Winter schlafen?«

Hannahs Wangen wurden heiß. Warum dachten alle, dass sie und Winter ein Paar waren oder miteinander schliefen? Dann wurde ihr klar, dass sie wohl tatsächlich zusammen schlafen würden. Zumindest im selben Zimmer. Der Tag war so chaotisch gewesen, dass Hannah bisher nicht darüber nachgedacht hatte, wo Winter übernachten würde. Alle anderen Betten im Haus waren belegt, also mussten sie und Winter sich ihres teilen. Die Hitze in ihren Wangen breitete sich aus, bis sie ihren ganzen Körper erfasste.

»Nein, Liv«, sagte Sabbie zu ihrer Tochter. »Aber du darfst in Onkel Wes' Zimmer schlafen.«

»Wo schlafe ich?«, fragte Winter, als sie endlich allein waren.

»Bei mir, denke ich. Ähm, ich meine, in meinem Zimmer.« Hannah vermied es, sie anzuschauen. »Tut mir leid, wir haben kein Gästezimmer.«

Ihr Haus war keines der großen, schicken, modernen Gebäude, die an Touristen vermietet wurden. Es gehörte zu den ersten Häusern, die in Sunriver gebaut worden waren, und Hannah fand es heimelig und gemütlich. Doch jetzt fragte sie sich, was Winter wohl von ihrem Kinderzimmer halten würde.

»Das ist mir egal«, sagte Winter, als sie die Treppe hinaufgingen. »Ich bin so müde, ich könnte vermutlich sogar auf dem Boden schlafen.«

Hannah führte sie die schmale Treppe hinauf in ihr Schlafzimmer im ausgebauten Dachgeschoss.

Jemand – wahrscheinlich ihr Vater – hatte bereits die Schlafcouch ausgezogen, die den gesamten Platz entlang einer Wandschräge einnahm. Sie war gerade breit genug für zwei Personen, wenn es ihnen nichts ausmachte, sich nahe zu sein.

Hannah machte es nichts aus. Nach all dem Stress war der Gedanke, sich an Winter zu kuscheln und alles zu vergessen, himmlisch.

Ihr Vater hatte auch Schlaf-T-Shirts auf die Couch gelegt. Für sie eines, das ihrer Mutter gehörte, und für Winter ein T-Shirt mit einer riesigen Forelle auf der Vorderseite und der Aufschrift *Ich bin ein guter Fang.*

Echt sehr subtil, Papa.

Winter sah sich mit ihrem üblichen Pokerface um.

»Durch die schrägen Wände ist nicht viel Platz und wir müssen nach unten gehen, um das Bad zu benutzen, das Sabbie und ich uns geteilt haben, aber als Kind fand ich es toll, den höchsten Ort im Haus für mich allein zu haben.«

Winters Blick wanderte über das Bücherregal, das um einen Stützbalken herum gebaut worden war und dessen Lichterketten bis zur schrägen Decke reichten. »Es gefällt mir. Es passt zu dir. Haben deine Eltern all eure Zimmer so gelassen, wie sie waren, als ihr ausgezogen seid?«

Hannah nickte. »Ja. Sie wollten, dass wir jederzeit nach Hause kommen können.«

»Hm.« Winters Gesichtsausdruck war derselbe, den sie im Laufe des Tages immer wieder gehabt hatte, wenn sie Hannah mit ihrer Familie beobachtet hatte – als würde sie die ihr völlig unbekannten Traditionen einer fremden Kultur kennenlernen.

Es klopfte an der offenen Tür und Sabbie trat mit einer bereits aufgeblasenen Luftmatratze unter einem Arm und einem Schlafsack plus Kissen unter dem anderen ein. »Papa hat gesagt, dass du das vielleicht doch brauchst.«

»Oh. Ähm, danke, Sabbie.« Hannah versuchte, sich ihre Enttäuschung nicht anmerken zu lassen. Sie war erwachsen und schlief allein, seit sie sich vor zwei Jahren von Max getrennt hatte. Es war also nicht schlimm, dass Winter und sie sich nicht die Couch teilen würden. So würde sie zumindest genug Platz zum Schlafen haben.

Winter war überzeugt gewesen, dass sie innerhalb von Sekunden einschlafen würde. Stattdessen lag sie mit hinter dem Kopf verschränkten Armen da und starrte hinauf zu den Sternen, die durch das Dachfenster auf sie herabfunkelten. Es lag nicht an der Luftmatratze, denn diese war erstaunlich bequem.

Jedes Mal, wenn sie gerade wegdöste, wälzte sich Hannah auf der Schlafcouch neben ihr hin und her.

»Alles in Ordnung?«, fragte Winter, nachdem es drei oder vier Mal passiert war.

Hannah erstarrte. »Ja. Ich kann einfach nicht einschlafen. Tut mir leid, dass ich dich wach halte. Ich werde versuchen, still zu liegen.«

Winter rollte sich auf die Seite, stützte sich auf einem Ellbogen auf und versuchte, Hannahs Gesicht auszumachen. Aber der Mond war nur eine dünne Sichel, die es ihr nicht erlaubte, Einzelheiten zu erkennen. »Was ist los?«

»Mir geht es gut. Mein Gehirn will nur nicht aufhören mit den ganzen Was-wäre-wenn-Fragen.«

Okay, sie musste eine Lösung finden, um Hannahs Hirn zum Abschalten zu bringen, sonst würden sie beide die zweite Nacht in Folge wach liegen. Schafe zu zählen oder sich einen entspannenden Spaziergang am Strand vorzustellen, würde bei Hannah nicht funktionieren, und Winter war nicht gut darin, über Hannahs Sorgen zu sprechen.

Was könnte ihr sonst noch beim Einschlafen helfen?

Jeder Versuch, ihr ein Schlaflied zu singen, würde bloß Albträume hervorrufen, denn Winters Gesang klang wie der einer Krähe mit Kehlkopfentzündung. Ein Glas heiße Milch mit Honig war auch nicht drin, denn um in die Küche zu gelangen, mussten sie das Zimmer durchqueren, in dem Hannahs Schwester und Schwager wahrscheinlich schon schliefen.

Die einzige Lösung, die ihrem übermüdeten Gehirn einfiel, beinhaltete jede Menge nackter Haut.

Lass den Quatsch. Nach so etwas stand Hannah jetzt ganz sicher nicht der Sinn. Und Winter auch nicht, um ehrlich zu sein. Aber vielleicht hatte ihr ungezogenes Gehirn nicht ganz unrecht. Tröstender Körperkontakt war womöglich genau das, was Hannah im Moment brauchte.

Ohne sich die Zeit zu geben, ihre Entscheidung zu hinterfragen, öffnete Winter ihren Schlafsack, stand auf und legte ihr Kissen neben Hannahs.

Hannah drehte den Kopf. Das Weiß ihrer Augen schimmerte im fahlen Mondlicht, als sie Winter anstarrte. »Was machst du da?«

Winter hob Hannahs Bettdecke an und legte sich neben sie, wobei sie die ganze Zeit nach Anzeichen dafür Ausschau hielt, dass sie womöglich nicht willkommen war. »Ich halte dich im Arm, damit du schlafen kannst.«

Hannah schluckte hörbar. »Das musst du nicht«, flüsterte sie, aber sie drehte sich bereits zu Winter um und rutschte näher an sie heran.

»Wir brauchen beide Schlaf, und ich weiß nicht, was ich sonst tun soll, damit du zur Ruhe kommst.« Winter drehte sich auf den Rücken und war überrascht, wie leicht es ihr gefallen war, Hannah zu gestehen, wie ratlos sie war. Normalerweise hasste sie es, jemandem ihre Unsicherheiten zu verraten. Dann zuckte sie mit den Schultern. Das war im Moment ihre geringste Sorge.

Die Bettdecke raschelte, als Hannah näher rutschte, bis sie an Winters Seite anlag. Unter der Decke schlang sie einen Arm um Winters Taille und legte ihren Kopf auf Winters Schulter.

Winter erkannte die Koala-auf-dem-Baum-Stellung, die sie während ihrer ersten Kuschelsitzung ausprobiert hatten, aber es fühlte sich jetzt ganz anders an. Es war nicht einmal vergleichbar mit der Löffelchenstellung während ihrer zweiten Sitzung. Kaum zu glauben, dass das erst zwei Tage her war. Seitdem war so viel passiert. Zwischen ihnen hatte sich irgendetwas verändert und es lag nicht nur an dem Kuss unter der Spüle.

Hannah mit ihrer Familie interagieren zu sehen, mitzuerleben, wie sie für sie stark blieb, und dann zu erleben, wie sie in Winters Armen zusammengebrochen war ... Das hatte eine Vertrautheit geschaffen, die sogar noch tiefer ging als Kuscheln.

Hannah legte ihr Bein über Winters Oberschenkel knapp oberhalb des Knies. Die warme, nackte Haut ihrer Wade streifte Winters Schienbein.

Winter erstarrte, weil sie Angst davor hatte, wie ihr Körper auf Hannahs Nähe reagieren würde. Aber das tat er nicht, zumindest nicht so, wie Winter es erwartet hatte. Zwar war sie sich jedes Zentimeters bewusst, an dem sich ihre Körper berührten, aber sie verspürte nicht den Drang, Hannah leidenschaftlich zu küssen. Sie wollte sie einfach nur in den Armen halten, bis all ihre Sorgen verblassten und sie friedlich einschlief.

Vorsichtig schob sie einen Arm unter Hannahs Kopfkissen und legte den anderen auf Hannahs Arm, der um ihre Taille geschlungen war. Sie lehnte ihre Wange an Hannahs Kopf und nahm tief den Duft ihres Haares in sich auf.

Hannah atmete aus, als hätte sie den Atem angehalten, seit sie der Anruf wegen ihrer Mutter aus dem Schlaf gerissen hatte. Ihre Unruhe schien sich zu verflüchtigen. Sie murmelte Winters Namen und etwas, das Winter nicht verstand, da Hannah das Gesicht an ihrer Schulter vergraben hatte.

»Was hast du gesagt?«, flüsterte sie.

Hannah antwortete nicht. Sie war bereits eingeschlafen.

Ein warmes Gefühl, das nichts mit der Wärme unter der Bettdecke zu tun hatte, erfüllte Winters Brust. Sie hatte nicht erwartet, dass sie würde schlafen können, aber schon nach wenigen Momenten fielen ihr die Augen zu und sie folgte Hannah ins Reich der Träume.

Nur einmal wachte sie kurz auf und stellte fest, dass sie die Position gewechselt hatten und nun beide auf der Seite lagen. Sie war von hinten an Hannah gekuschelt, die ihre linke Hand ergriffen hatte und sie mit beiden Händen an ihre Brust drückte.

»Winter?«, murmelte sie.

»Ich bin hier«, flüsterte Winter.

Hannah zog Winters Arm fester um sich. Ihre Atmung beruhigte sich innerhalb von Sekunden und sie schlief wieder ein.

Kapitel 22

Ihr Bruder war an diesem Morgen bereits bei ihrer Mutter gewesen und hatte Hannah versichert, dass es ihr gut ging, aber als ihr der Geruch von Desinfektions- und anderen Reinigungsmitteln in die Nase stieg, konnte sie nicht anders, als nervös zu schlucken.

Winter schaute zu ihr herüber. Einen Moment lang dachte Hannah, sie würde ihre Hand nehmen, aber dann räusperte Winter sich bloß. »Wusstest du, dass es in Sunriver keinen Kreisverkehr Nummer acht gibt?«

Hannah stöhnte auf. »Sag nicht, er hat es doch getan!«

»Ja, hat er. Ich habe eine halbe Stunde gebraucht, um die Bäckerei zu finden, als ich mich vorhin freiwillig gemeldet habe, für alle Brunch zu holen.«

Als Hannah aufgewacht war, war Winter verschwunden gewesen – nicht nur aus dem Bett, sondern auch aus dem Haus. Jetzt wusste sie, warum es so lange gedauert hatte, bis sie zurückgekehrt war. Hannah hatte angenommen, dass Winter etwas Abstand brauchte, nachdem diese sie die ganze Nacht im Arm gehalten hatte. Es war schön, nun herauszufinden, dass das nicht der Grund gewesen war. Die dunklen Ringe um Winters Augen waren verschwunden, was verriet, dass sie genauso gut geschlafen hatte wie Hannah.

»Spielt er jedem diesen Streich?« Winter sprach lauter, um das Quietschen ihrer Schuhe auf dem Linoleum zu übertönen.

»Nein, nur …« Hannah konnte gerade noch verhindern, dass ihr die Worte *nur meinen Partnern* herausrutschen konnten. »Ähm, nur Leuten, die er mag.« Sie schielte zu Winter, die ein wenig zu erröten schien.

Als sie Zimmer 121 erreichten, blieb Hannah stehen und wischte ihre feuchten Hände an ihrer Jeans ab.

Winter trat dicht an sie heran und drückte ihre Schulter.

Hannah drehte den Kopf und begegnete ihrem Blick. Erstaunlich, wie warm Winters Augen sein konnten, obwohl Hannah sie anfangs für eisig gehalten hatte.

»Soll ich wirklich mit reingehen?«, fragte Winter. »Ich kann auch im Wartezimmer oder in der Cafeteria warten.«

»Nein. Komm mit rein. Ich möchte dich meiner Mutter vorstellen.« Hoffentlich hatte das nicht zu sehr danach geklungen, als wollte sie ihren Eltern eine neue Partnerin vorstellen.

Sie klopfte und betrat das Krankenzimmer ihrer Mutter, während Winter ihr in stummer Unterstützung folgte.

Ihre Mutter saß, im Rücken von Kissen gestützt, im Krankenhausbett. Sie war noch immer blass, aber ihre Augen waren klar und sie streckte Hannah sofort den Arm entgegen, der nicht an eine Infusion angeschlossen war. Klebestreifen hielten Tupfer auf ihrem anderen Arm fest und zeugten von Kanülen, die zuvor dort gewesen waren.

Tränen der Erleichterung traten Hannah in die Augen, als sie auf ihre Mutter zueilte. »Mama! Wie geht es dir?«

»Ungefähr so gut, wie ich aussehe, nehme ich an.« Ihre Mutter lachte.

Hannah umarmte sie vorsichtig. »Du siehst toll aus!«

»Gut zu wissen, dass du nicht deshalb single bist, weil du keine Ahnung hast, wie man einer Frau Komplimente macht.« Ihre Mutter erwiderte die Umarmung mit ihrem rechten Arm und drückte Hannah so fest, dass dieser klar wurde, wie viel Angst sie gestern gehabt haben musste, auch wenn sie jetzt versuchte, dies mit Scherzen zu überspielen.

Es fühlte sich wunderbar an, sie im Arm zu halten, nachdem sie befürchtet hatte, dies nie wieder tun zu können.

Schließlich ließ ihre Mutter sie los und schaute an ihr vorbei zu Winter. »Hallo.« Sie warf einen Blick auf Hannah. »Vielleicht bist du ja doch nicht single. Wer ist das denn?«

Winter trat vor und hielt ihr die gelben Lilien hin, die sie auf dem Weg ins Krankenhaus gekauft hatten. »Winter Sullivan. Ich freue mich sehr, Sie kennenzulernen, Ma'am.«

»Sag einfach Connie. Vielen Dank für die Blumen.« Ihre Mutter bedeutete Winter, sie auf dem Klapptisch abzustellen. »Moment mal, bist du *die* Winter? Hannahs Mitbewohnerin?«

O nein. Hannah versuchte fieberhaft, sich zu erinnern, was sie ihrer Mutter über Winter erzählt hatte. Zuletzt hatten sie regelmäßig über Winter geredet, als sie sich noch ständig gestritten hatten. In letzter Zeit hatte sie Winter nicht mehr erwähnt, denn was hätte sie sagen sollen? *Sie hat versucht, mich während einer Kuschelstunde zu küssen, und dann habe ich sie unter einer undichten Spüle geküsst?*

Winter nickte. »Die bin ich.«

»Du hast Hannah also hergefahren? Das ist nett von dir!«

»Ähm, nein. Ich bin mit Wes hergefahren, Mama. Winter hat mich später ausfindig gemacht, damit ich meine Hälfte des Gebäudes nicht verliere.« Als ihre Mutter verwirrt blinzelte, fügte Hannah hinzu: »Erinnerst du dich an die Bedingung des Trustvertrags? Wir müssen zweiundneunzig Tage lang unter demselben Dach übernachten.«

»O mein Gott!« Ihre Mutter drückte Hannahs Hand. »Bitte sag nicht, du hast …«

»Nein, Mama. Es ist alles in Ordnung. Bitte reg dich nicht auf. Denk an deinen Magen.«

Ihre Mutter deutete auf den Infusionsschlauch. »Sie pumpen mich derart mit Magensäureblockern voll, dass mein armer Magen keinen Tropfen Säure produzieren könnte, selbst wenn er wollte.« Sie schaute zwischen Hannah und Winter hin und her. »Also seid ihr zwei …«

»Ähm, Winter, meinst du, du könntest meiner Mutter noch etwas Wasser holen?« Hannah zeigte auf die fast leere Flasche. Sie konnte ihrer Mutter nicht alles erzählen, solange Winter im Zimmer war.

»Klar.« Winter ging zur Tür, als wäre sie froh, der Situation zu entkommen.

Kaum war sie weg, klopfte Hannahs Mutter neben sich auf die Matratze.

Hannah setzte sich auf die Bettkante und hielt sanft die Hand, die sie so oft getröstet oder Wehwehchen versorgt hatte.

Ihre Mutter musterte sie von Kopf bis Fuß. »Wie geht es dir?«

»Mir? Du bist diejenige, die im Krankenhaus liegt!«

»Und du bist diejenige, die … Ich weiß nicht, aber irgendetwas ist anders. Es liegt an ihr, oder?« Ihre Mutter nickte in Richtung Tür. »An Winter. Ich hätte es wissen müssen, als du dich ständig über sie geärgert hast. Normalerweise bleibst du da gelassen, aber sie ging dir von Anfang an unter die Haut.«

Hannah hatte noch nie etwas lange vor ihr verbergen können – und das wollte sie auch nicht. Sie suchte nach den richtigen Worten, um zu erklären, wie sie sich langsam nähergekommen waren und Winter angefangen hatte, sich ihr zu öffnen. Schließlich platzte sie damit heraus. »Ich habe sie geküsst.«

Ihre Mutter lächelte, als hätte sie es bereits geahnt. »Kann ich dir nicht verdenken. Hast du ihre Augen gesehen?«

Hannah lachte. »Ja, Mama, glaub mir. Sie sind mir aufgefallen«, sagte sie mit heiserer Stimme.

»Aber? Sag nicht, sie hat den Kuss nicht erwidert!«

»Doch, hat sie.« Und wie! Hannah presste ihre Fingerkuppen auf ihre Lippen. »Wenn wir nicht unter der Spüle gesteckt hätten, während unsere alte Nachbarin irgendwo in der Nähe war, wäre es der beste Kuss meines Lebens gewesen.«

»Unter einer Spüle?« Ihre Mutter kicherte. »Und ich dachte schon, es gäbe heutzutage keine Romantik mehr!«

Hannah sah auf ihre miteinander verschränkten Hände hinab. »Winter mag keine Romantik«, sagte sie leise.

Ihre Mutter musterte sie mit dem Blick, der schon immer bis in den hintersten Winkel ihrer Seele zu blicken vermochte. »Und du möchtest eine Romanze? Mit ihr?«

Hannahs Herz schien auszusetzen, dann schlug es in einem wilden Rhythmus. Seit einiger Zeit hatte sie versucht, sich einzureden, dass Winter abgesehen von ihrem Aussehen nicht ihr Typ war. Aber wenn der medizinische Notfall ihrer Mutter eines bewiesen hatte, dann, dass das Leben zu kurz war, um sich selbst zu belügen. Sie fühlte sich nicht nur von Winters strahlend blauen Augen oder ihrem hochgewachsenen, schlanken Körper angezogen, sondern auch von ihrer Persönlichkeit. Nicht nur ihr trockener Humor und das selbstbewusste Auftreten hatten es ihr angetan, sondern auch Winters Güte und Verletzlichkeit, die sie vor anderen verbarg. Die seltenen Momente, in denen Winter sich ihr öffnete, rührten Hannah zutiefst.

»Ja«, sagte sie leise. »Ich glaube, wenn ich es zuließe, könnte ich mich wirklich in sie verlieben.«

Im Krankenzimmer wurde es still.

»Wow«, sagte ihre Mutter schließlich.

Ja, wow. Wie um alles in der Welt war das denn passiert?

»O Schatz, das ist wundervoll, oder nicht?«

»Nein, Mama, ist es nicht. Winter ist nicht in einer Position, in der sie meine Gefühle erwidern könnte. Sie ist von Menschen verletzt worden, die sie hätten bedingungslos lieben sollen, und deshalb glaubt sie jetzt, dass sie nicht der

Beziehungstyp ist. Bis vor zwei Monaten hat sie noch nicht mal Freundschaften geschlossen!«

»Ja, ganz klar. Dieses lästige Füreinanderdasein ist offensichtlich nicht ihr Ding. Das muss wohl der Grund sein, warum sie alles hat stehen und liegen lassen, um dir hinterherzufahren.«

»So einfach ist das nicht, Mama.« Oder doch? Musste Winter lediglich erkennen, dass sie bereits jetzt für andere da war?

»Hier ist Ihr Wasser«, sagte Winter von der Tür aus.

Hannah krallte ihre Finger in die Krankenhausdecke. Hatte Winter gehört, worüber sie gesprochen hatten?

Aber Winters Gesicht verriet nichts, als sie mit einer Flasche Wasser auf die beiden zuging. »Die Krankenschwester sagte, Sie könnten auch etwas Wackelpudding haben.«

»Danke. Vielleicht später«, sagte Hannahs Mutter. »Fahrt ihr von hier aus zurück nach Portland oder bleibt ihr noch ein paar Tage?«

»Wir machen uns gleich auf den Weg«, sagte Hannah. »Wir wollen unser Glück nicht überstrapazieren. Es ist am besten, wenn Winters Schwester nicht merkt, dass wir jemals weg waren. Es sei denn, du möchtest, dass ich länger bleibe.«

»Nein. Ich werde bestimmt zwei Tage lang nur schlafen und dann werde ich die Woche in diesem Luxusresort nutzen, um endlich mehr zu lesen.« Ihre Mutter ließ sich gegen die Kissen zurücksinken. »Die zweiundneunzig Tage sind nächsten Monat um. Bis dahin bin ich wieder zu Hause und es wird mir besser gehen. Dann kannst du zu Besuch kommen und länger bleiben.«

Nächsten Monat. Vor ein paar Wochen wäre das noch ein Grund zum Feiern gewesen, aber jetzt wollte Hannah nicht daran denken, was passieren würde, wenn Winter und sie nicht mehr zusammenleben mussten.

Sie leisteten ihrer Mutter noch eine Weile Gesellschaft, bis diese zum dritten Mal gähnte. Offenbar war sie erschöpft, wollte es aber nicht zugeben.

Winter war ziemlich still. Natürlich war sie auch sonst nicht gerade eine Plaudertasche. Vielleicht war sie nur überwältigt und brauchte erst einmal eine Woche ohne soziale Kontakte, um sich zu erholen. Oder dachte auch sie an das Ende ihrer Zeit als Mitbewohnerinnen?

Schließlich stand Hannah auf und gab ihrer Mutter einen zärtlichen Kuss auf die Wange. »Ich liebe dich. Bitte pass auf dich auf, ja?«

Ihre Mutter nickte. »Ich liebe dich auch. Fahrt vorsichtig.«

Als Winter ihr die Hand geben wollte, zog Hannahs Mutter sie stattdessen in eine kurze Umarmung. »Danke, dass du für Hannah da warst.«

Winter nickte, tat aber so, als hätte sie kaum etwas getan, wofür man ihr danken müsste.

Aber die Erinnerung daran, wie Winter zu ihr unter die Decke gekrochen war, um sie im Arm zu halten, war Hannah noch frisch im Gedächtnis und wärmte nicht nur ihren Körper, sondern auch ihr Herz.

Beide schwiegen, als sie zum Auto gingen.

Es war schon nach acht, als sie endlich in ihre Straße einbogen. Winter trat auf die Bremse. »Verdammt! Natürlich muss sie ausgerechnet jetzt auftauchen!«

Hannah folgte Winters grimmigem Blick.

Vor ihnen überquerte Brooke die Straße, um vom Haus zu ihrem Auto zu gehen. Obwohl man eigentlich nicht von *Gehen* sprechen konnte. *Stolzieren* war eher das richtige Wort. Sie trug Stöckelschuhe und ein schwarzes Neckholder-Kleid, das ihren schlanken Körper umschmeichelte und die Aufmerksamkeit aller Passanten im nahe gelegenen Park auf sich zog.

»O nein.« Hannahs Magen schmerzte plötzlich, als hätte auch sie ein Magengeschwür. »Was macht sie hier, vor allem in so einem Kleid?«

»Vergiss das Kleid. Sie spioniert uns hinterher. Ich wette, sie wird es jetzt öfter tun, da wir uns dem Ende der zweiundneunzig Tage nähern und sie weiß, dass ihr Plan, einen Keil zwischen uns zu treiben, nicht funktioniert hat.« Winter schlug mit der Faust auf die Hupe, als Brooke gerade in ihr Auto steigen wollte.

Hannah zuckte zusammen. »Winter! Warn mich bitte nächstes Mal, bevor du das machst. Ein Krankenhausbesuch pro Woche ist mehr als genug.«

»Tut mir leid, aber wir können sie nicht gehen lassen, ohne dass sie uns sieht, sonst ahnt sie vielleicht, dass wir weg waren. Das können wir nicht riskieren.«

Brooke sah mit beinahe gelangweilter Miene zu ihnen herüber.

Als sich ihre Blicke durch die Windschutzscheibe trafen, winkte Hannah fröhlich.

Winter parkte den Audi ein Stück entfernt und sie stiegen aus.

Hannahs Knie fühlten sich wackelig an, als sie auf Brooke zuging, und das lag nicht nur daran, dass sie vier Stunden im Stau gestanden hatten, ohne sich die Beine vertreten zu können.

Brooke sah ihnen entgegen wie eine Königin, die ihre Untertanen zu einer Audienz empfing. »Sieh an, wen haben wir denn da?«, murmelte sie.

»Was machst du hier?«, fragte Winter. »Solltest du in dieser Aufmachung nicht auf einem Empfang sein, um mit den Leuten der feinen Gesellschaft überteuerten Wein zu trinken?«

»Dahin bin ich unterwegs«, sagte Brooke, als hätte sie Winters bissigen Kommentar nicht bemerkt. »Aber ich dachte, ich schaue mal vorbei, um nach meiner kleinen Schwester zu sehen.« Sie musterte die zerknitterten T-Shirts der beiden. »Was habt ihr denn gemacht?«

»Nicht viel.« Winters Miene blieb beiläufig und cool. »Nur ein kleiner Tagesausflug nach Sunriver, um Hannahs Familie zu besuchen.«

Selbst Brookes dezentes Make-up konnte nicht verbergen, dass ein Anflug von Verletztheit über ihr Gesicht huschte. »Seit wann hast du etwas für Familienfeiern übrig? Wieso feierst du den Unabhängigkeitstag mit Hannahs Familie, obwohl du ihn nicht einmal mit uns verbringen wolltest?«

Als Winter Hannah davon erzählt hatte, wie sie als uneheliches Kind aufgewachsen und zu Besuchen bei Jules gezwungen worden war, hatte Hannah nur darüber nachgedacht, welchen Effekt es auf Winter gehabt hatte. Nun fragte sie sich zum ersten Mal, wie es wohl für Brooke gewesen war.

»Nur weil uns derselbe Mann gezeugt hat, sind wir noch lange keine Familie«, sagte Winter in einem Ton, der Lava hätte gefrieren lassen können.

Brookes geschminkte Lippen verzogen sich zu einer tiefroten Linie. »Ach, und Hannahs Clan gehört zur Familie?«

»Ja, irgendwie schon. Deshalb sind wir zum Familienbrunch gefahren. Hannahs Eltern wollten die Frau kennenlernen, mit der ihre Tochter in einer Beziehung ist.«

Was? Hannah drehte sich um und starrte sie an.

Zum Glück tat Brooke dasselbe, sodass sie Hannahs Reaktion nicht zu bemerken schien. »Beziehung?« Sie zog das Wort in die Länge, als könnte es unmöglich auf ihre Schwester zutreffen. »Du? Mit ihr?«

Ein Knurren, das ziemlich überzeugend klang, kam aus Winters Brust. »Sprich nicht in diesem Ton über Hannah!«

»Wie wäre es, wenn ihr beide nicht über mich redet, als wäre ich nicht hier?« Dann fiel Hannah ein, dass sie angeblich Winters liebevolle Partnerin war. Rasch nahm sie Winters Hand, führte sie zum Mund und drückte ihr einen zärtlichen

Kuss auf die Knöchel. Winters Haut war so weich und warm, dass sie versucht war, ihre Wange dagegen zu reiben. »Ich meine, danke, dass du mich verteidigst, Schatz, aber das ist nicht nötig.«

»Tut mir leid.« Winter strich mit dem Daumen über Hannahs Handrücken.

Hannah bemühte sich, die Erregung zu ignorieren, die Winters Berührung auslöste. Es war ein gefährliches Spiel, das sie spielten, zumindest für sie. Obwohl sie damit nur Brooke täuschen wollten, fühlte es sich kein bisschen unecht an.

Brooke musterte ihre Halbschwester skeptisch. »Machst du das, um am Ende das ganze Haus zu bekommen?«

Winters Finger schlossen sich fester um Hannahs. »War ja klar, dass du das denken würdest. Andere Gründe als Geld kannst du dir nicht vorstellen, oder? Du bist genauso unfähig, echte Gefühle zu empfinden, wie es dein Vater war.«

»*Unser* Vater«, schnauzte Brooke. »Und das musst du gerade sagen. Es ist ja nicht so, als ob deine Mutter ihn jemals wirklich geliebt hätte. Sie hat es bloß geliebt, die Aufmerksamkeit eines erfolgreichen Mannes zu haben … und natürlich seine Unterhaltszahlungen.«

Winter warf ihr einen mörderischen Blick zu. »Du verflixte kleine …!« Als Hannah ihre Fingerknöchel streichelte, klappte sie den Mund zu. Ihre Schultern hoben und senkten sich unter mehreren Atemzügen. »Weißt du was? Es spielt keine Rolle, ob sie ihn geliebt hat oder nicht, oder ob Julian in der Lage war, jemanden zu lieben. Ich habe beschlossen, dass es an der Zeit ist, aus ihrem Schatten herauszutreten und einfach mein Leben zu leben.«

Wow! Hannah wollte Brooke weiter beobachten, um zu sehen, ob sie es ihr abnahm, aber sie konnte den Blick nicht von Winter abwenden. Aber gab es überhaupt etwas abzunehmen? Abgesehen von ihrem Pokerface war Winter keine gute Schauspielerin. Was sie gesagt hatte, war ernst gemeint, oder? Natürlich nicht ihre vorgetäuschte Beziehung, sondern Winters Wunsch, die Vergangenheit ruhen zu lassen. Hannah hoffte, dass es stimmte. Winter verdiente es, glücklich zu sein, auch wenn sie ihr Glück vermutlich nicht in einer Beziehung mit ihr finden würde.

»Jetzt musst du uns entschuldigen«, fügte Winter kühl hinzu. »Wir werden uns zurückziehen, um im Schlafzimmer unser eigenes Feuerwerk zum vierten Juli zu veranstalten.« Sie marschierte davon und erst der Ruck an ihrem Arm ließ Hannah aus ihrer Benommenheit erwachen und ihr nacheilen.

»Du hast wohl wirklich vor, mir einen Herzinfarkt zu verpassen!«, sagte Hannah, nachdem sich die Haustür zwischen ihnen und Brooke geschlossen hatte.

»Entschuldige. Ich musste improvisieren.« Winter hielt Hannah die Tür am anderen Ende der kleinen Eingangshalle auf. Dann schien ihr aufzufallen, dass sie noch immer Hannahs Hand hielt. Rasch ließ sie los.

Hannah vermisste die warme Berührung sofort. Sie lenkte sich ab, indem sie den Knopf für den Aufzug drückte. Als sich die Türen hinter ihnen schlossen, lehnte sie sich gegen die Fahrstuhlwand und betrachtete Winter. »Das war echt, oder?«

Die Muskeln in Winters Hals spielten, als sie schluckte. »Nein, natürlich nicht. Ich habe nur versucht, Brooke –«

»Du willst wirklich aus dem Schatten deiner Eltern treten«, fügte Hannah hinzu.

Winter blinzelte, dann verfinsterte sich ihr Blick. »Wer sagt, dass ich jemals in ihrem Schatten stand?«

»Blödsinn.« Hannah hielt inne und merkte, dass sie wieder ihre Aufzugstradition nachspielten.

Sie grinsten sich an und die Atmosphäre entspannte sich.

Im obersten Stockwerk öffneten sich die Metalltüren, doch keine rührte sich.

»Weißt du«, sagte Winter leise, »mir ist klar geworden, dass ich Julian nie verstehen werde. Ich weiß nicht einmal, ob ich ihm jemals verzeihen kann. Aber ich hätte mir fast eine Freundschaft durch die Lappen gehen lassen, die ziemlich … angemessen ist.« Sie lächelten beide. »Nur weil ich so darauf konzentriert war, ihn zu hassen. Das möchte ich nicht mehr.«

Hannah ging das Herz auf, bis es ihre gesamte Brust auszufüllen schien. »Ich freue mich so für dich.«

»Ja. Jetzt aber genug von diesem gefühlsduseligen Zeug.« Winter drückte den Knopf, um die Fahrstuhltüren wieder zu öffnen, und ging hindurch, bevor Hannah etwas sagen konnte. »Und mach dir keine Sorgen darüber, dass wir uns jetzt womöglich jahrelang vor Brooke verstellen müssen«, sagte sie über die Schulter, als sie die Wohnungstür aufschloss. »Sie weiß, dass ich nie eine Beziehung wollte, deshalb wird sie nicht misstrauisch werden, wenn wir bei ihrem nächsten Besuch schon nicht mehr zusammen sind.«

Hannahs Herz machte eine Bruchlandung. »Oh, gut«, brachte sie heraus. Und vielleicht war es tatsächlich gut, daran erinnert zu werden. In Sunriver hatte es sich so angefühlt, als wäre da etwas zwischen ihnen … etwas, worauf sie vielleicht eine Beziehung aufbauen konnten. Aber nur weil Winter bereit war, ihren Hass und ihre Verbitterung aufzugeben, hieß das noch lange nicht, dass sie eine Beziehung mit ihr eingehen wollte. »Weißt du was? Ich denke, ich werde eine lange Dusche nehmen und dann ins Bett gehen. Ich bin müde. Gute Nacht und nochmals danke. Für alles.« Sie ging an Winter vorbei den Flur entlang, ohne eine Antwort abzuwarten.

Winter starrte ihr nach. Sie war nicht auf eine derart überstürzte Verabschiedung vorbereitet gewesen. Immer wenn sie mehrere Tage mit Menschen verbracht hatte, sehnte sie sich normalerweise nach etwas Zeit für sich, aber jetzt war sie enttäuscht, dass sie nicht zusammen zu Abend essen oder eine Serie schauen würden. »Hannah, warte!«

Hannah drehte sich um. Ihr Gesichtsausdruck war so ernst, wie Winter ihn noch nie gesehen hatte.

Was war passiert? Hatte Brooke irgendwie Schuld daran? Oder lag es an ihrer lächerlichen Idee, so zu tun, als ob sie ein Paar wären? Sie hätte sich eine andere Ausrede einfallen lassen sollen, aber das war das Erste, was ihr in den Sinn gekommen war.

»Ja?«, sagte Hannah, als Winter schwieg.

Unzählige Gedanken schossen Winter durch den Kopf. Mit Hannah zu reden, war immer erstaunlich einfach gewesen, aber jetzt wusste sie nicht, was sie sagen sollte. »Wirst du schlafen können?«, fragte sie schließlich. Heute Nachmittag, als sie mit der Flasche Wasser für Connie ins Krankenzimmer zurückgekommen war, hatte sie noch gehört, wie Hannah sagte: »So einfach ist das nicht.« Offenbar gab es etwas, was Hannah Sorgen machte, und das beunruhigte Winter mehr, als sie zugeben wollte.

»Ich glaube schon. Es hat mir sehr geholfen, zu sehen, dass es meiner Mutter gut geht.« Hannah zögerte, dann fügte sie leise hinzu: »Und dass du da warst, hat mir mehr geholfen, als du ahnst.«

»Oh. Gut.« Winter hatte keine Ahnung, was sie sonst sagen oder tun sollte. Sollte sie Hannah anbieten, sie heute Nacht erneut im Arm zu halten, nur für den

Fall, dass ihr Kopf wieder nicht abschalten konnte? Aber Hannah hatte gesagt, dass sie wahrscheinlich keine Probleme beim Einschlafen haben würde, also war es nicht nötig, sich an sie zu kuscheln.

Warum fühlte sie sich plötzlich wie eine Königin, die den Schlüssel zu ihrem Reich verloren hatte? Warum musste sie überhaupt irgendetwas fühlen? Vielleicht sollte sie auch früh ins Bett gehen. Sie brauchte eindeutig Schlaf.

Kapitel 23

Die Woche nach ihrem Aufenthalt in Sunriver war seltsam, aber Winter konnte nicht genau sagen, woran es lag.

Ihre Routine war dieselbe wie vor der Notoperation von Hannahs Mutter. Sie trafen sich zum Kaffeetrinken in der Küche und aktualisierten gemeinsam Hannahs Webseite. Einmal hatte Winter Hannah sogar zum Joggen mitgenommen. Abends blieb Winter meistens zu lange wach, weil Hannah sie anflehte, »nur noch eine Folge« der neuesten queeren Fernsehserie anzuschauen.

Dennoch war irgendetwas anders seit ihrer Rückkehr aus Sunriver.

Am Sonntagabend, mitten in einer Folge von *Motherland: Fort Salem*, schaute sie zu Hannah hinüber – und ihr wurde klar, was der Unterschied war: Zwischen ihnen war mindestens ein Meter Platz!

Vor zwei Monaten hätte sie es noch als angenehm empfunden, wenn Hannah ihr nicht auf die Pelle rückte. Aber jetzt fühlte es sich seltsam an, dass sich ihre Knie oder Schultern nicht ab und zu streiften.

Zog Hannah sich von ihr zurück, weil es ihr peinlich war, dass sie sich während ihrer Zeit in Sunriver so sehr auf Winter verlassen und Trost bei ihr gesucht hatte? Oder war es wegen des Kusses?

Aber warum sollte ein einziger Kuss irgendetwas zwischen ihnen ändern? Warum konnten sie nur wegen ein paar Hormonen nicht einfach Freundinnen sein, die sich beiläufig berührten? Sie waren schließlich erwachsen. Körperliche Anziehung war keine große Sache. Das hatte Hannah selbst gesagt.

Hm, aber sie hatte es während einer Kuschelsitzung gesagt. Offensichtlich war das der Kontext, in dem Hannah Berührungen am leichtesten annehmen und geben konnte. Obwohl Winter anfangs kein Fan davon gewesen war, konnte sie jetzt die Vorteile des professionellen Kuschelns klar erkennen: Es bot Körperkontakt samt seiner gesundheitlichen Vorteile, aber ohne den damit verbundenen emotionalen Ballast. Vielleicht machten Hannah und sie die Sache komplizierter als nötig. Eine Kuschelsitzung mit klaren Regeln würde womöglich helfen.

Sobald die Folge zu Ende war und sie gute Nacht gesagt hatten, zog sich Winter in ihr Zimmer zurück und rief auf ihrem Handy Hannahs Webseite auf.

Ein paar Klicks und ein Blick in ihren Kalender und schon hatte sie eine Kuschelsitzung bei *Hannahs Kuschelparadies* gebucht.

»Du solltest wirklich nicht immer so spät noch arbeiten«, sagte Hannah, als sie am nächsten Morgen die Küche betrat.

Winter sah von ihrem Kaffee auf. »Spät arbeiten?« Das hatte sie schon seit einer Weile nicht mehr getan. Wenn sie jetzt zu lange aufblieb, dann um Zeit mit Hannah zu verbringen, nicht um Zielgruppenrecherche für einen Kunden zu betreiben.

Hannah griff um Winter herum nach dem Löffel und der Schüssel, die Winter für sie hingestellt hatte. »Ja. Du optimierst mein Buchungssystem. Ich wusste nicht, dass du immer noch daran arbeitest. Was auch immer du geändert hast, es scheint zu funktionieren. Ich habe die Benachrichtigung bekommen.«

»Oh.« Hannah hatte angenommen, sie würde die Buchungssoftware austesten, wie beim letzten Mal, als sie einen Kuscheltermin vereinbart hatte. »Ähm, nein, ich hab nicht bis spät gearbeitet.«

»Von wegen. Auf der Benachrichtigung stand ein Uhr nachts.«

»Ja, aber das hatte nichts mit meiner Arbeit zu tun. Es war kein Probedurchlauf.« Winter fuhr mit dem Finger durch das Kaffeepulver, das auf die Arbeitsfläche gefallen war, und kehrte Hannah weiterhin den Rücken zu. »Ich würde gern eine weitere Kuschelsitzung buchen. Aller guten Dinge sind drei, stimmt's?«

Hannah antwortete nicht. In der Küche war es so still, dass Winter noch nicht einmal wusste, ob sie überhaupt noch da war.

Die kleinen Härchen in Winters Nacken sträubten sich. Sie legte den Siebträger beiseite und drehte sich um.

Hannah war noch da. Sie stand mitten in der Küche und hielt ihre leere Müslischale umklammert. »Nein.«

Das Wort schien durch die Küche zu hallen.

»Nein?«, wiederholte Winter. Professionelle Kuschler glaubten, dass jeder Mensch es verdient hatte, positive Berührungserfahrungen zu machen. Sie kuschelten mit jedem, der eine Sitzung buchte. Warum lehnte Hannah ausgerechnet sie als Kundin ab?

»Ich bin wirklich froh, dass du anfängst, das Kuscheln zu genießen, und ich empfehle dir gern einen Kuschelprofi, aber –«

»Ich will keinen anderen.« Die Worte platzten aus Winter heraus und nur mit Mühe hielt sie sich davon ab, hinzuzufügen: *Ich will dich.*

Hannah stellte die Schüssel ab und schob sie in die Mitte des Tisches, als wäre ihr der Appetit vergangen. »Es tut mir leid, Winter, aber ich kann dich nicht mehr als Kundin akzeptieren.«

Es sollte nicht wehtun und doch tat es das. »Warum nicht?«, fragte Winter mit rauer Stimme.

Hannah musterte den Löffel so gründlich, als wollte sie darin ihr Spiegelbild erkennen. »Weil ich als professionelle Kuschlerin versuche, auf meine Grenzen zu achten und –«

»Du glaubst, ich würde deine Grenzen überschreiten?« Der Schmerz in ihrer Brust wurde zu einem Stechen. Zuvor hatte Hannah scheinbar darauf vertraut, dass sie nicht noch einmal den Not-Stopp-Schalter betätigen würde. Wieso hatte sie dieses Vertrauen jetzt verloren?

»Was? Nein!« Hannah machte einen Schritt auf sie zu, blieb dann aber stehen. »Du bist nicht diejenige, um die ich mir Sorgen mache. Wenn ich mit dir kuschle, dann empfinde ich Dinge, die, ähm, nicht gerade platonisch sind.« Sie sah aus dem Augenwinkel zu Winter, dann zu Boden.

»Oh.« Ein Grinsen wollte sich auf Winters Lippen schleichen, aber sie unterdrückte es unter Aufbietung all ihrer Selbstbeherrschung. Sie wollte nicht, dass Hannah ihre Erleichterung als Spott auffasste. »Das ist nicht weiter schlimm.«

Hannah blickte auf. Sie wirkte fast verletzt und Winter verstand nicht, warum. »Für mich schon.«

»Nur weil du der Kuschelprofi bist, stellst du an dich höhere Ansprüche? Es ist okay, wenn ich beim Kuscheln erregt werde, aber bei dir ist das nicht in Ordnung?«

Röte stieg Hannahs Hals hinauf und breitete sich dann auf ihren Wangen aus. »Nein, ich ... Das ist es nicht. Ich meine, ja, aber ...«

»Entspann dich, okay? Wenn ich weiß, dass es dich auch nicht kalt lässt, fühle ich mich weniger wie ein Lustmolch.« Natürlich würde das Wissen, dass Hannah sich während des Kuschelns ebenfalls zu ihr hingezogen fühlte, nicht nur in diesem surrealen Moment unter der Spüle, es schwieriger machen, sich bei ihrer nächsten Sitzung zu benehmen. Aber sie war erwachsen. Sie würde es schaffen. Irgendwie.

»Das habe ich nicht gemeint.« Hannah fuhr sich mit beiden Händen über das Gesicht, als wollte sie die scharlachrote Farbe wegwischen, wurde aber noch röter.

»Was dann?« Winter fühlte sich, als müsste sie durch ein dickes Tuch hindurch atmen und könnte nicht genug Luft bekommen. *Na toll.* Sie hatte die Karten auf den Tisch gelegt, nur um herauszufinden, dass Hannah gar nicht dasselbe Spiel spielte. Jetzt würde Hannah bestimmt nie wieder mit ihr kuscheln.

»Was ich empfinde, wenn wir kuscheln, ist nicht nur Erregung.«

Es traf Winter wie ein Schlag, der sie benommen, gleichzeitig aber auch kribbelig und seltsam euphorisch machte. Sie versuchte, das Gefühl abzuschütteln. »Das liegt bloß am Oxytocin und den Endorphinen, die beim Kuscheln ausgeschüttet werden«, sagte sie zu Hannah und zu sich selbst. »Das kann man leicht mit romantischen Gefühlen verwechseln. Das hast du doch selbst gesagt, oder?«

»Ja, habe ich, aber …«

»Das muss dir doch ständig passieren. Na ja, vielleicht nicht ständig, aber ich wette, es passiert öfter, weil du so intimen Kontakt mit Leuten hast, dass dein Körper denkt, du hättest sicher ein romantisches Interesse entwickelt.« Mein Gott, jetzt kam sie richtig ins Plappern. Sie plapperte normalerweise nicht!

Hannah lächelte wehmütig. »Nein, das ist mir noch nie passiert. Ich kenne mich. Ich weiß, dass das, was ich fühle, nicht nur am Oxytocin liegt. Damit könnte ich umgehen. Aber mir liegt etwas an dir, Winter.« Das hatte Hannah ihr schon einmal gesagt, während der letzten Kuschelsitzung. Aber jetzt klangen die Worte irgendwie anders. Eine unbändige Sehnsucht überkam Winter, doch sie konnte nicht sagen, wonach sie sich so dringend sehnte – danach, dass Hannah besser nichts mehr sagte oder dass sie aussprach, was sie meinte.

»Wenn ich nicht aufpasse … wenn ich weiter mit dir kuschle, könnte ich mich in dich verlieben.«

Alles in Winter schien stillzustehen. Es war wie der Moment, in dem sich kurz vor einem Tsunami das Wasser am Ufer zurückzog, bevor die Flutwelle über sie hereinbrach und ihr die Füße unter den Beinen wegzog. Sie ließ sich gegen die Anrichte hinter ihr sinken und konnte nicht aufhören, Hannah anzustarren. Hannah könnte sich in sie verlieben! Sie versuchte, ihre Gefühle zu sortieren und die richtigen Worte zu finden, aber das laute Hämmern in ihren Ohren machte es schwer, klar zu denken.

Es war ihr Herzschlag. Das verflixte Organ hämmerte gegen ihre Rippen, als wollte es aus ihrem Brustkorb ausbrechen. Einen Moment lang konnte sie nicht sagen, ob es vor Freude schneller schlug oder sie eine Panikattacke hatte.

Vermutlich eine Mischung aus beidem.

Insgeheim wusste sie genau, dass sie die dritte Kuschelsitzung nicht des gesundheitlichen Nutzens wegen gebucht hatte. Sie wollte Hannah nahe sein, und es war einfacher, einen Kuscheltermin zu vereinbaren, als es wie Hannah offen zuzugeben. Hannahs Mut verblüffte sie. Es war beängstigend, sich so verletzlich zu machen.

Die Dinge, die uns am meisten Angst machen, sind oft genau die, die wir am meisten brauchen. Hannahs Worte gingen ihr durch den Kopf.

Aber das war ja gerade der Knackpunkt: Jemanden oder vielmehr Hannah zu brauchen, war das, was ihr am meisten Angst machte. Ihre Mutter hatte Julians Liebe gebraucht, war ihm ihr ganzes Leben lang verzweifelt hinterhergelaufen und es hatte ihr nichts als Schmerz und Demütigung eingebracht.

Als die Stille zwischen ihnen anhielt, fügte Hannah hinzu: »Deshalb denke ich, es wäre besser, wenn wir nicht mehr kuscheln.«

»Nein.« Das Wort kam über Winters Lippen wie ein Stein, der in einen Teich fiel und Wellen schlug.

»Nein?«, wiederholte Hannah, die Augen weit aufgerissen und den Blick auf Winter gerichtet, als würde sie verzweifelt versuchen, ihren Gesichtsausdruck zu deuten.

Winter war sich nicht einmal bewusst gewesen, dass sie den Mund aufgemacht hatte, aber jetzt gab es kein Zurück mehr – und ihr wurde klar, dass sie kein Zurück wollte. Letzte Woche hatte sie Brooke gesagt, sie wolle aus dem Schatten ihrer Eltern heraustreten. Sie musste aufhören, sich an vergangenes Leid zu klammern, um mögliches zukünftiges Leid zu vermeiden. Sie war nicht ihre Mutter und musste darauf vertrauen, dass Hannah nicht wie Julian sein würde.

Sie drückte eine Hand auf den Presslufthammer in ihrer Brust und richtete sich auf. »Nein«, sagte sie mit mehr Nachdruck. »Ich will nicht aufhören, mit dir zu kuscheln.«

»Das will ich eigentlich auch nicht, aber ich muss mich schützen.« Hannah hatte die Arme vor der Brust verschränkt und umklammerte mit beiden Händen ihre Oberarme.

»Nicht vor dem hier. Nicht vor *mir*.«

Ein gequältes Seufzen entfuhr Hannah. »Winter …«

Winter machte einen Schritt auf sie zu und war dankbar, als ihre Beine nicht wegknickten. »Es ist in Ordnung«, murmelte sie, halb zu Hannah und halb zu sich selbst. »Wirklich. Wenn du dich in mich verliebst, dann ist es eben so. Das Risiko bin ich bereit einzugehen.«

Hannah starrte sie an. Ihre Augen glänzten, nicht vor Freude, wie Winter erwartet hatte, sondern vor Tränen.

O nein. Bitte nicht. Keine Tränen. Sie war dabei, alles zu vermasseln. Es hatte sich viel zu einseitig angehört. Als wäre es ihr egal, ob Hannah sich verliebte und ihr das Herz gebrochen wurde, solange sie das Kuscheln nicht aufgeben musste. »Das kam nicht richtig rüber. Hannah, ich …« Sie holte tief Luft und beschloss, alles zu wagen, nur um Hannah nicht weinen zu sehen. »Ich will mit dir kuscheln. Nicht als Kundin.« Sie fuhr sich mit der Zunge über ihre staubtrockenen Lippen und fügte im Flüsterton hinzu: »Als deine Partnerin.«

Hannah ließ ihre Oberarme los. Ihre Hände baumelten an ihren Seiten, als hätte sie jede Kontrolle darüber verloren. Sie war zu sehr damit beschäftigt, Winter anzustarren.

Winter wand sich unbehaglich. Sie fühlte sich nackt unter Hannahs intensivem Blick, nur leider nicht auf die sexy Art.

»Du wünschst dir eine Beziehung?«, flüsterte Hannah. »Mit mir?«

Winter kämpfte gegen den Drang an, ihre fast unerträgliche Anspannung zu lindern, indem sie scherzte: *Nein, mit Mrs Kline.* Keine Not-Stopp-Schalter mehr. »Ja. Aber ich habe keine Erfahrung damit. Ich warne dich. Vermutlich bin die schlechteste Partnerin der Welt.«

Hannah gab einen Laut von sich, der irgendwo zwischen einem Lachen und einem Schluchzen lag. »Na ja, wenn du es ernst meinst, könnte ich dir ein paar Tipps geben.«

»Todernst.« Ihr Herz hämmerte immer noch in ihrer Brust, als stände sie kurz vor einem Herzinfarkt, womöglich war das also nicht übertrieben.

Sie starrten sich an und Winter sah ihre eigene Erschütterung in Hannahs Augen widergespiegelt. *Fangen wir wirklich eine Beziehung an?*

Zum ersten Mal in ihrem Leben war Winter entschlossen, es zu versuchen. »Also, was ist Schritt Nummer eins?«

Hannah warf den Kopf zurück und lachte. Es klang so freudig, dass Winter mit ihr um die Wette strahlte. »Du könntest herkommen und mich küssen.«

Winter mochte es normalerweise nicht, wenn man sie herumkommandierte, aber sie hatte nicht vor, ihr zu widersprechen. Sie war zu sehr damit beschäftigt, mit zwei langen Schritten die Küche zu durchqueren.

Die Vorfreude raubte Hannah schier den Atem.

Träumte sie bloß oder würde Winter sie tatsächlich gleich …?

Dann verflogen sämtliche Gedanken, als Winter vor ihr stehen blieb, so nah, dass Hannah die Wärme spürte, die von ihrem Körper ausging. Winters vertrauter Duft umgab sie.

Anstatt sie leidenschaftlich zu küssen, streckte Winter eine Hand aus und streichelte mit ihrem Daumen langsam an Hannahs Wange entlang, während sie ihr tief in die Augen sah. Es war eine so zärtliche und intime Geste, dass Hannah förmlich dahinschmolz.

Winters Augen schienen vor Intensität zu lodern, und Hannah erinnerte sich dunkel daran, irgendwo gelesen zu haben, blaue Flammen seien heißer als alle anderen.

Ihr Atem stockte, als Winter mit dem Daumen bis zu ihrem Mundwinkel strich. Seit wann war diese Stelle so empfindsam? Aber vielleicht lag es nicht an der Stelle. Vielleicht lag es an Winter. Alles, was sie berührte, schien sich in eine erogene Zone zu verwandeln. Als Winter mit dem Finger entlang ihrer Unterlippe fuhr, lief ihr ein wohliger Schauder über den Rücken.

»Winter«, flüsterte Hannah. »Bitte.«

Mit einem Stöhnen ließ Winter ihre Hand in Hannahs Nacken gleiten, umklammerte ihren Hinterkopf und zog sie an sich.

Die Zeit schien stillzustehen, als Winter ihre warmen Lippen in einem behutsamen Kuss auf Hannahs Mund presste.

Beide wichen einige Zentimeter zurück und schnappten gleichzeitig nach Luft.

Einen Moment lang fürchtete Hannah, Winter könnte aufhören, doch dann lag ihr Mund wieder auf ihrem.

Hannah schlang ihre Arme um Winters Rücken und verlor sich in dem sinnlichen Gefühl.

Winter küsste Hannahs Oberlippe, nahm dann ihre Unterlippe sanft zwischen ihre Zähne und knabberte zärtlich daran, bevor sie sie mit der Zungenspitze nachzeichnete.

Hannah wurde ganz heiß. Sie stöhnte und berührte Winters Zunge mit ihrer eigenen.

Ein leises Stöhnen entfuhr Winter. Sie glitt mit ihren Fingerkuppen Hannahs Wirbelsäule hinunter, was sofort eine Gänsehaut auslöste, und legte ihr dann die Hände auf die Hüften, um sie noch näher an sich zu ziehen.

Hannah war es noch nicht nah genug. Sie fuhr mit den Fingern durch Winters Haar, genoss die seidige Struktur und presste ihre Körper aneinander. Gott, sie könnte sich in Winter und den unglaublichen Gefühlen, die sie mit ihren Lippen und ihrer Zunge hervorrief, verlieren.

Winter folgte mit den Händen den Kurven von Hannahs Hüften und strich dann mit den Fingerspitzen über den Saum ihres T-Shirts, als wäre sie versucht, darunter zu fassen und ihre nackte Haut zu erkunden.

Hannah lehnte sich ihr ermutigend entgegen.

Stattdessen wich Winter keuchend zurück und unterbrach den Kuss.

Schwer atmend starrten sie einander an.

Winter war umwerfend schön. Ihre leuchtend blaue Iris bildete dünne Ringe um ihre geweiteten Pupillen und ihr Haar war auf die sexy Art und Weise zerzaust, die Hannah so liebte.

Liebe? Jetzt mach aber mal halblang. Hannah wusste, dass sie nichts überstürzen durfte. Winter beherrschte zwar eindeutig die Kunst des Küssens, aber mit Beziehungen hatte sie keinerlei Erfahrung. Für sie war es bereits ein großer Schritt gewesen, sich verletzlich zu machen und zuzugeben, dass sie keine Ahnung davon hatte.

»Und?«, fragte Winter mit heiserer Stimme. »Können wir Schritt Nummer eins als erledigt betrachten?« Ihre vom Kuss geröteten Lippen verzogen sich zu einem selbstbewussten Grinsen, und Hannah konnte der Versuchung nicht widerstehen, sich vorzubeugen und es wegzuküssen.

Noch ehe sich ihre Lippen berühren konnten, piepte Winters Uhr.

Winter hieb auf den Störenfried ein, als wollte sie ihn umbringen. »Verdammt. Ich habe in zehn Minuten ein Zoom-Gespräch mit einem Kunden und ich muss mir vorher noch mal meine Notizen durchlesen. Mir bleibt nicht mal mehr Zeit für einen Kaffee.« Ihr Blick wanderte von Hannahs Mund zur Espressomaschine, dann zu ihrem Büro und schließlich zurück zu Hannahs Lippen. Mit einem gemurmelten »Scheiß drauf« beugte sie sich vor, um Hannah erneut zu küssen.

Hannahs Knie wurden weich, aber es gelang ihr, Winters Vorwärtsbewegung mit einer Hand auf dem Oberkörper zu stoppen. Sie ließ ihre Finger dort ruhen und kämpfte gegen den Drang an, mit dem Daumen ihr Schlüsselbein zu streicheln. »Sieh dir deine Notizen an. Ich bringe dir gleich einen Kaffee.«

Winter zögerte, und Hannah hatte das Gefühl, dass es nicht nur an ihrem Unwillen lag, das Küssen sein zu lassen und an die Arbeit zu gehen. Wie sie Winter kannte, hatte sie noch nie jemandem die Kontrolle über ihre geliebte Espressomaschine überlassen.

»Ich habe dir schon hundertmal beim Kaffeekochen zugesehen. Ich weiß, wie man es macht. Vertrau mir.«

Die beiden Worte schienen nachzuhallen.

Schließlich nickte Winter, drückte Hannah einen kurzen Kuss auf die Lippen und marschierte mit gewohnt selbstbewussten Schritten in ihr Büro.

Hannah sah ihr einen Moment lang nach, dann wandte sie den Blick ab. Ihr war noch immer schwindelig, nicht nur von Winters Küssen, sondern auch von den Worten, die sie vorhin geflüstert hatte. *Als deine Partnerin,* hatte Winter gesagt.

Ausgelassenes Gelächter brach aus ihr heraus. Winter Sullivan war ihre Partnerin! Irgendwie hatten sie ein paar Schritte übersprungen, zum Beispiel auf ein Date zu gehen. Aber andererseits lebten sie ja bereits zusammen, zumindest noch für die nächsten dreiunddreißig Tage. Sie versuchte, nicht daran zu denken, wie es danach weitergehen würde.

Sie war froh über die Ablenkung, als sie sich auf das Zubereiten des perfekten Long Black für Winter konzentrierte. Sie setzte den Siebträger mit dem Kaffeepulver in die Espressomaschine ein, füllte eine Tasse genau zu drei Vierteln mit heißem Wasser und drückte dann den Knopf, um einen doppelten Schuss Espresso hinzuzufügen.

Die feine Schicht Crema auf der Oberfläche sah genau richtig aus.

Sie trug die Tasse in Winters Büro und überreichte sie ihr mit einem Lächeln.

Winter blickte von dem Dokument auf, das sie sich gerade auf ihrem Laptop ansah. »Danke.« Sie stand auf, um Hannah die Tasse abzunehmen, aber stattdessen legte sie ihre Hände über Hannahs.

Jede Berührung zwischen ihnen wirkte jetzt elektrisch.

Schließlich räusperte sich Winter. »Kein Latte für dich?«

Hannah schüttelte den Kopf. Sie brauchte kein Koffein, um noch hibbeliger zu werden. Winters Küsse hatten sie schon genug aufgewühlt.

Winter nahm ihr die Tasse ab, führte sie an ihre Lippen, die ungeheuer sexy aussahen, und trank vorsichtig einen Schluck, bevor sie die Tasse absetzte. Dann ließ sie eine Hand auf Hannahs Nacken gleiten und küsste sie sanft und leidenschaftlich zugleich.

Als der Kuss endete, klammerte sich Hannah mit beiden Händen an Winters Hüften.

Winter brummte. »Köstlich.«

»Ich oder der Kaffee?«

»Beides.« Winter küsste sie erneut, diesmal nur kurz, dann riss sie sich los und ließ sich in ihren Bürostuhl sinken.

Hannahs ganzer Körper kribbelte, als sie zur Tür ging. Im Türrahmen blieb sie stehen und drehte sich um.

Winters Blick war immer noch auf sie gerichtet. Sie sah genauso benommen aus, wie Hannah sich fühlte.

Nach einem Moment zwang sich Hannah, wegzusehen. Sie schloss die Tür hinter sich und ließ sich dagegen sinken. *Wahnsinn.* Und jetzt musste sie sich auf die platonische Kuschelsitzung vorbereiten, die in einer Stunde beginnen würde.

Professionelle Kuschlerin zu sein, war einfacher gewesen, als sie noch single gewesen war.

Ein fröhliches Kichern stieg in ihrer Brust auf.

Kapitel 24

Winter war hin- und hergerissen zwischen der Idee, früher Feierabend zu machen, um Zeit mit Hannah zu verbringen, und dem Gedanken, noch ein paar Stunden länger zu arbeiten.

Heute war der dritte Tag, seit sie offiziell in einer Beziehung war, aber sie hatte immer noch das Gefühl, dass sie alles nur vortäuschte. Natürlich nicht ihre Gefühle. Himmel, nein, die waren echt. Jedes Mal, wenn sie sich küssten – und das war so ziemlich bei jeder Gelegenheit – kribbelte ihr ganzer Körper.

Selbst wenn sie sich nicht küssten, fühlte sich jede noch so flüchtige Berührung unglaublich intensiv an. Wenn ihre Beine beim Fernsehen in Kontakt kamen oder ihre Hände sich beim gemeinsamen Kochen streiften oder Hannah sie im Supermarkt anstupste, weil sie wollte, dass Winter ihr ein bestimmtes Müsli aus dem obersten Regal reichte … Winter spürte alles bis in den letzten Winkel ihres Körpers.

Vielleicht kam sie sich deshalb wie eine Schwindlerin vor, die nur vorgab, in einer echten Beziehung zu sein. Die Sache zwischen ihr und Hannah war wichtig und überwältigend. Und Winter hatte keine Ahnung, ob sie damit umgehen konnte oder ob sie irgendwie alles vermasseln würde, genau wie ihre Eltern.

Sie beschloss, noch etwas weiterzuarbeiten. Wenn sie hinter ihrem Schreibtisch saß, konnte sie wenigstens als Partnerin nichts falsch machen.

Klar, sagte die nervige innere Stimme, die wie Brooke klang. *Deine Freundin zu ignorieren, ist die beste Methode, um sie glücklich zu machen.*

So nervig die innere Brooke auch war, sie hatte wahrscheinlich recht. Winter schaltete ihren Computer aus und stand auf.

Erst als sie zur Tür ging, bemerkte sie, dass ihr ganzer Körper sich durch die stundenlange Computerarbeit verkrampft hatte. Sie massierte ihre schmerzende rechte Schulter, während sie ins Wohnzimmer ging.

Hannah schaute von ihrem Handy auf, auf dem sie Wordle spielte. Das Eichhörnchen-Tee-Ei saß auf der Tasse neben ihr, aber dieses Mal machte sich

Winter nicht darüber lustig. Als Hannah ihr einladend zulächelte, hatte sie sofort das Gefühl, dass es doof gewesen war, so lange im Büro zu bleiben.

»Hey. Wie war dein Tag? Stressig?«

Winter ließ sich neben ihr auf die Couch plumpsen. »Nein. Es war so weit in Ordnung.« Die Arbeit lief gut, aber sie konnte Hannah nicht sagen, dass es ihre nagelneue Beziehung war, die sie angespannt machte.

Hannah legte das Handy beiseite, wandte sich Winter zu und setzte sich in den Schneidersitz. Dann winkte sie mit dem Finger. »Dreh dich um.«

»Was?«

»Dreh dich um«, wiederholte Hannah. »Ich werde dich jetzt massieren.«

Alte Instinkte meldeten sich und drängten Winter, den Kopf zu schütteln und abzulehnen, aber sie unterdrückte sie. Hannah war kein One-Night-Stand; sie wollte sie auch außerhalb des Schlafzimmers berühren.

Nicht, dass sie sich bisher im Schlafzimmer berührt hätten. Immer wenn Winter das Gefühl hatte, dass ihre Leidenschaft zu sehr außer Kontrolle geriet, nahm sie sich zurück. Sie wusste, dass es nicht bloß Sex sein würde, wenn sie mit Hannah schlief. Hannah wollte das Komplettpaket. Sie wollte Winter lieben und einander ihre Seelen offenbaren und das war für Winter genauso beängstigend wie verlockend.

Schließlich drehte sich Winter um.

Hannah schob ihre warmen Hände unter den Ausschnitt von Winters T-Shirt. »Wow«, flüsterte sie, als sie begann, Winters Muskeln gekonnt zu bearbeiten. »Dein Levator Scap ist hart wie Stein.«

Winters Kopf fiel nach vorn, als ihre Muskeln sich in Wackelpudding zu verwandeln schienen. »Hm?«

»Entschuldige. Das ist Masseurinnen-Jargon für Levator Scapulae. Das ist der Muskel, der von hier nach hier verläuft.« Hannah berührte Winters Schulterblatt und fuhr dann mit dem Finger hinauf zu ihrem Nacken.

Diese Berührung fühlte sich anders an als die Massage, mehr wie eine Liebkosung, besonders als sie ihre Fingerkuppe wieder hinabgleiten ließ.

Ein Schauder durchlief Winter.

»Entschuldigung. Ich war kurz abgelenkt.« Hannah knetete ihre Muskeln wieder mit gleichmäßigem Druck. Ihre schlanken Finger waren erstaunlich stark.

Winter gab ein erleichtertes Stöhnen von sich, als sich die Knoten in ihren Schultern lösten. »Du machst das unglaublich gut.«

Hannahs Atem kitzelte Winters Nacken, als sie lachte. »Das will ich doch hoffen. Ich habe damit einmal meinen Lebensunterhalt verdient, schon vergessen?«

»Du hättest Millionen verdienen können.«

»Schön wär's.« Hannah massierte den Bereich neben ihren Schulterblättern in kleinen Kreisen. »Nächstes Mal mache ich es richtig, mit Massageöl und ohne T-Shirt, aber ich muss mich gleich fertig machen.«

Bilder von Hannah, wie diese ihr das T-Shirt auszog, tanzten durch Winters Kopf und lenkten sie so sehr ab, dass sie eine Minute brauchte, um zu begreifen, was Hannah eben gesagt hatte. »Fertig wofür?«

»Ich treffe mich nachher noch mit einem Kunden.«

»So spät noch?«

»Dank deiner Marketinghilfe habe ich viele neue Anfragen. Ich wollte einem neuen Kunden nicht absagen, deshalb habe ich ihm einen Termin für heute Abend gegeben.«

»Verstehe.« Die Anspannung, die unter Hannahs sachkundiger Massage nachgelassen hatte, kehrte zurück. Winter war nicht eifersüchtig. Sie wusste, dass Hannah bei einem Kunden nie die Grenze von platonisch zu erotisch überschreiten würde. Aber der Gedanke, dass Hannah sie so liebevoll berührte, nur um dann mit jemand anderem zu kuscheln …

Heftige Wut brodelte in ihrer Magengrube. Sie knirschte mit den Zähnen und versuchte, sich zu beruhigen.

Was hast du denn erwartet? Hannah konnte ihren Job nicht einfach aufgeben, nur weil sie jetzt ein Paar waren. Sie brauchte das Einkommen, das das Kuschelstudio ihr einbrachte. Es sei denn, es wäre irgendwie möglich, auf andere Weise Geld zu verdienen.

Hannah spähte um sie herum, um ihr ins Gesicht zu sehen. »Alles in Ordnung?«

»Hm, ja.« Winters Gedanken überschlugen sich, als sie versuchte, eine Lösung zu finden.

Hannah fuhr mit ihrer sanften Massage fort. »Ich veranstalte dieses Wochenende eine Kuschelparty, aber am Wochenende danach würde ich gern etwas Nettes mit dir unternehmen. Wer weiß? Vielleicht werden wir sogar abenteuerlustig und verlassen das Haus.«

Winter lachte. Sie waren beide zu Stubenhockern geworden, die damit zufrieden waren, einander Gesellschaft zu leisten, ohne sich mit anderen zu treffen. »Sprichst du von einem Date?«

»Ja«, sagte Hannah mit einem Lächeln in der Stimme. »Ich würde gern mit dir ausgehen.« Sie knetete sanft ihren Nacken, dann legte sie ihre Handflächen auf Winters Rücken, beugte sich vor und drückte ihre Lippen gegen ihre Schulter. »So. Das war's. Wo bleibt meine Million?«

Winter drehte sich zu ihr um. »Tut mir leid. Ich habe kein Bargeld bei mir. Kann ich auch mit Küssen bezahlen?«

Hannah beugte sich bereits nach vorn, sodass ihr Atem Winters Lippen kitzelte. »Das ist meine Lieblingswährung, zumindest, wenn du die Kundin bist.«

Als Winter die verbleibenden Zentimeter zwischen ihnen überbrückte, um ihre Schulden zu begleichen, verblassten sämtliche Gedanken daran, dass Hannah sich gleich mit einem Kunden treffen würde. Für den Moment war sie diejenige, die Hannah in den Armen hielt, und der Rest der Welt hörte auf zu existieren.

»Mach die Augen zu«, flüsterte Winter. Ihr Atem kitzelte Hannahs Ohr und ließ sie erschaudern. Sie hielt Hannah mit einer Hand die Augen zu. »Nicht gucken, sonst verdirbst du die Überraschung.«

Selbst ohne Winters Hand hätte Hannah die Augen geschlossen gehalten, einfach weil es sich himmlisch anfühlte, Winters Wärme in ihrem Rücken zu spüren. »Wieso bekomme ich eine Überraschung? Heute ist nicht mein Geburtstag.«

»Einfach so«, sagte Winter. »Das machen Partnerinnen doch, oder?«

Ihre Stimme verriet, dass sie grinste, aber es lag noch etwas anderes in ihrem Tonfall – etwas, das bei Winter so selten vorkam, dass Hannah einen Moment brauchte, um es zu erkennen. Vielleicht war sie aber auch von dem freudigen Kribbeln abgelenkt, das sie durchrieselte, als Winter das Wort *Partnerinnen* sagte.

Es war fünf Tage her – fünf wunderbare Tage – seit Winter es zum ersten Mal benutzt hatte, aber sie freute sich noch immer jedes Mal, wenn sie einander so nannten.

Auf halbem Weg durch den Flur wurde Hannah klar, was Winters seltsamer Tonfall zu bedeuten hatte. Es war Unsicherheit gewesen. Winters Frage war nicht bloß rhetorisch; sie wusste wirklich nicht, wie man sich als Partnerin verhielt.

Sie blieb so unvermittelt stehen, dass Winter mit ihr zusammenstieß. Ohne die Augen zu öffnen, drehte sich Hannah um und legte die Arme um Winter. »Habe ich dir schon gesagt …?«

Winter schlang ihre Arme um sie.

Ihre Nähe ließ Hannah vergessen, was sie hatte sagen wollen.

»Was denn?« Winters amüsierter Tonfall vibrierte durch Hannah hindurch. Sie war definitiv nicht unsicher, was ihre Fähigkeit anging, Hannah atemlos zu machen.

»Dass du ziemlich gut darin bist?«

»Worin?«

»Meine Partnerin zu sein«, sagte Hannah.

Winter hielt sie noch fester. »Gut? Bloß gut?« Ihr gewohntes Selbstbewusstsein war zurück. »Hm, mir scheint, ich muss noch mal eine Schippe nachlegen. Mal sehen, ob das hilft.« Sie führte Hannah den Flur hinab, wobei sie eine Hand auf Hannahs Hüfte legte und ihr mit der anderen noch immer die Augen zuhielt. Dann verschwanden die Finger kurz von ihrer Hüfte und eine Tür schwang knarrend auf, bevor sie wieder Winters Berührung spürte.

»Schlafzimmer?«, fragte Hannah, als sie eintraten.

Winter lachte. »Ich dachte schon, du würdest nie fragen.«

»Haha.« Hannah stieß sie mit der Hüfte an und lehnte sich dann an sie. »Ich wollte wissen, ob die Überraschung in deinem Schlafzimmer ist.«

»Sieh selbst.« Winter nahm die Hand von Hannahs Gesicht.

Langsam öffnete Hannah ihre Augen.

Sie waren tatsächlich in Winters Schlafzimmer. Es sah genauso aus wie beim einzigen Mal, als Hannah es gesehen hatte, zumindest soweit sie das beurteilen konnte. Ihre Erinnerung war ein wenig vernebelt, denn sie hatte sich auf Winters halb nackten Körper konzentriert, nicht auf die Einrichtung.

Ein Möbelstück war vor zwei Monaten definitiv noch nicht da gewesen.

In der Mitte des Raums stand eine Massageliege – und nicht einfach nur irgendeine. Es war ein Luxusexemplar, mit Rädern an einem Ende, elektrischer Höhenverstellung und zu einem Preis, den sie sich niemals leisten konnte. Sie ließ ihre Finger über das weiche Kunstleder gleiten.

Hannah starrte erst zur Liege, dann zu Winter. »Was ist das?«

»Eine Massageliege«, sagte Winter mit dem Stolz einer Katze, die ihrer Besitzerin eine Maus gebracht hatte. »Sie ist elektrisch, man kann sie also per Pedal hoch- und runterfahren.«

Hannah hatte immer noch keine Ahnung, was sie davon halten sollte. »Ähm, ich schätze, du hast meine Schultermassage wirklich genossen.«

»Das habe ich, aber die Liege ist nicht für mich. Sie ist für dich. Für deine Kunden.«

»Meine Kunden?« Ein mulmiges Gefühl machte sich in Hannah breit, als sie zu ahnen begann, worauf das hinauslaufen würde. »Winter, ich bin professionelle Kuschlerin. Ich hatte schon seit Monaten keine Massagekunden mehr.«

»Aber jetzt hast du die Option.« Winter strich mit der Hand über die Massageliege. »Du bist immer noch großartig in deinem alten Job, und jetzt, wo du nicht mehr single bist, wäre es viel weniger kompliziert, Masseurin zu sein.«

Hannahs Magen machte einen Satz, als wäre sie unerwartet in ein Schlagloch gefahren. »Weniger kompliziert? Für wen?«

Winters Brauen zogen sich zusammen, als hätte sie nicht mit dieser Reaktion gerechnet.

Hatte sie wirklich geglaubt, Hannah würde sich begeistert bedanken und sofort all ihre Kuschelkunden aufgeben? Es tat weh, wie wenig Winter sie zu kennen oder zu respektieren schien.

»Für dich natürlich«, sagte Winter.

»Nein, Winter.« Hannah schlug mit der Faust auf die gepolsterte Kopfstütze. »Das hast du allein für dich getan, und ich mag es nicht, derartig überrumpelt zu werden.«

Winter verschränkte die Arme vor der Brust. »Ich überrumple dich nicht. Ich wollte bloß –«

»Du hast eine Massageliege gekauft, die locker tausend Dollar kostet, ohne mich zu fragen«, sagte Hannah. »Offensichtlich hast du erwartet, dass ich sie benutze.«

Winter blickte finster zu Boden und trat gegen einen imaginären Kieselstein. »Ich möchte nur, dass du in Sicherheit bist. Was ist daran falsch?«

Hannah versuchte, ihre Stimme zu senken. »Nichts. Aber ich habe dir bereits gesagt, dass ich dich nicht als Bodyguard brauche. Außerdem hat mir als Masseurin auch schon mal jemand an den Hintern gefasst und mich um eine ›kleine Zugabe‹ gebeten.«

Winter ballte die Fäuste. »Mein Gott. Vielleicht brauchst du eine Massageliege, die den Leuten einen Stromschlag verpasst, wenn du auf das Pedal trittst.«

»Nein. Ich brauche überhaupt keine Massageliege. Ich bin professionelle Kuschlerin und ich liebe meinen Beruf.«

»Das verstehe ich, aber was ist mit uns?«

»Uns liebe ich genauso.« Hannah hatte im Eifer des Gefechts geantwortet, ohne zu bedenken, wie nah ihre Antwort einer Liebeserklärung kommen würde. Schnell fügte sie hinzu: »Mit dir in einer Beziehung zu sein, ist wunderbar, aber es ändert nichts.«

Winters Miene verfinsterte sich, aber dann sah Hannah einen Anflug von Verletztheit auf ihrem Gesicht.

Ihr Herz klopfte. *Mist.* Sie legte ihre Hand auf Winters und löste vorsichtig ihre verkrampften Finger, um sie mit ihren eigenen zu verschränken. »Das habe ich nicht so gemeint. Mit dir zusammen zu sein, verändert vieles, aber nicht meine Fähigkeit, eine gute Kuschlerin zu sein. Du würdest mich nicht bitten, meinen Beruf aufzugeben, wenn es irgendein anderer Job wäre.«

»Ist es aber nicht. Und warum muss ich dich überhaupt darum bitten? Solltest du nicht von selbst aufhören wollen, mit anderen Leuten zu kuscheln, jetzt, wo du mit mir zusammen bist?«

Sie kamen dem wahren Kern von Winters Anliegen näher. Hannah spürte es, konnte es aber noch nicht ganz greifen.

Irgendwo klingelte ein Handy.

»Das ist meins.« Winter entzog Hannah ihre Hand. »Ich geh lieber ran. Könnte ein Kunde sein.«

Bevor Hannah antworten konnte, war sie aus der Tür und ließ Hannah mit der Massageliege und einem Kloß im Hals zurück.

Winter atmete schwer, als sie zum Handy griff, nicht weil sie zum Büro gejoggt war, sondern weil ihre Gefühle in Aufruhr waren.

Der Name *Shanice Burford* leuchtete auf dem Display auf.

Shan rief selten an und nie ohne guten Grund. Rasch nahm Winter den Anruf entgegen und hob das Handy ans Ohr. »Hey, Shan. Was kann ich für dich tun?«

»Wow, du kommst gleich zur Sache und gibst mir keine Chance, meinen ganzen Mut zusammenzunehmen.« Shan lachte.

Winter ließ sich auf ihren Bürostuhl fallen. Warum musste Shan ihren Mut zusammennehmen, um mit ihr zu sprechen? »Was gibt's?«

»Nun, um es kurz zu machen, ich habe nichts von Hannah gehört.«

Allein der Klang ihres Namens ließ Winters Herz schneller schlagen wie eine Pawlow'sche Reaktion. In einer Beziehung zu sein, stellte seltsame Dinge mit ihr an. »War vereinbart, dass sie dich anruft?«

»Nein, aber ich hatte gehofft, sie würde es tun. Weißt du, ob sie mit jemandem zusammen ist?«

»Äh …« Winter griff nach einem Brieföffner, damit sie etwas zum Herumspielen hatte. »Ja, ist sie.« Zwar hatten sie sich gerade zum ersten Mal gestritten und nichts schien geklärt, aber das bedeutete nicht, dass sie sich getrennt hatten, oder?

Shan seufzte. »Das muss ganz neu sein, sonst hätte sie beim Fotoshooting nicht mit mir geflirtet.«

»Sie hat nicht mit dir geflirtet, du hast mit ihr geflirtet!«

»Bist du eifersüchtig? Man könnte meinen, du wärst diejenige, mit der sie zusammen ist.«

Der Brieföffner fiel klappernd auf den Schreibtisch.

»Winter? Bist du noch dran?«

Winter straffte die Schultern. Bislang hatte sie niemandem von ihrer Beziehung erzählt. Sie hatte ja auch niemanden, dem sie es hätte erzählen können. Aber Shan verdiente es, davon zu erfahren. »Ja, bin ich.«

»Du bist noch dran?«, fragte Shan.

»Nein. Ja. Das auch. Aber ich meinte, ich bin diejenige, mit der Hannah zusammen ist.«

Ein lauter Knall ließ Winter zusammenzucken. »Du verarschst mich!«

Das ungläubige Staunen in Shans Stimme ärgerte Winter und sie fauchte zurück. »Hey, ich bin ein guter Fang. Zumindest stand das auf dem T-Shirt ihres Vaters.«

»Was?«

Winter winkte ab. »Vergiss es.«

»Ich weiß, dass du ein guter Fang bist«, sagte Shan leise. »Ich habe ja versucht, dich einzufangen, aber du wolltest die offene See nicht aufgeben. Was ist passiert?«

»Julian hat mich gezwungen, Zeit mit Hannah zu verbringen.« Winter starrte auf den glänzenden Brieföffner, der ihr ein verzerrtes Abbild ihrer fassungslosen Miene zeigte. Julian hatte das doch nicht etwa die ganze Zeit über geplant, oder?

Nein, das konnte nicht sein. Der alte Fuchs hatte nicht vorhersehen können, dass sie sich zueinander hingezogen fühlen würden. Und selbst wenn, er war homophob und hatte sich einen Dreck um ihr Glück geschert.

»Und das allein hat dazu geführt, dass ihr ein Paar geworden seid?«, fragte Shan.

»Das, eine undichte Spüle und ein paar Kuschelstunden«, sagte Winter mit einem liebevollen Grinsen. Dann wurde sie wieder ernst. »Ist das in Ordnung für dich?«

Shan lachte. »Denkst du, ich bin untröstlich, nur weil du nicht mehr zu haben bist? Nein, ich bin nur sprachlos.«

»Ich auch«, murmelte Winter. »Aber ich meinte, ob es für dich in Ordnung ist, weil du ja Hannah um ein Date bitten wolltest. Was ich gut verstehen kann. Sie ist einfach klasse.«

»Ja, sie hat eine tolle –«

»Hey!«, sagte Winter scharf.

»Persönlichkeit! Frau, beruhig dich. Warum bist du so aufgewühlt?«

Winter seufzte. Sollte sie es Shan sagen? War es in Ordnung, mit jemand anderem über Beziehungsprobleme zu sprechen? Sie fühlte sich immer noch, als verstände sie nicht einmal die grundlegenden Regeln, die es in Beziehungen zu beachten gab.

»Was ist los?«, fragte Shan. »Du weißt, dass du mit mir über alles reden kannst, oder?«

»Ich habe nur … mit ein paar Dingen zu kämpfen.«

»Was denn?«

Winter nahm den Brieföffner wieder in die Hand und drückte das spitze Ende gegen ihren Daumen. »Hannah kuschelt immer noch mit anderen Leuten und das behagt mir nicht.«

»Wie ich dich kenne, hast du ihr das nicht gesagt.«

»Doch, habe ich! Na ja, irgendwie schon. Ich habe ihr eine Massageliege gekauft, damit sie in ihren alten Job zurückkehren kann.«

Ein ungläubiges Lachen entfuhr Shan. »Vielleicht ist es gut, dass wir beide nie ein Paar geworden sind. Da bin ich noch mal mit einem blauen Auge davongekommen.«

»Ach, willst du mir etwa ernsthaft erzählen, dass du keine Einwände hättest, wenn deine Freundin beruflich mit anderen Leuten kuscheln würde?«

Shan schwieg eine Weile. »Nein. Ich verstehe, warum das schwer für dich ist, aber du musst darüber hinwegkommen.«

»Ich? Warum muss ich diejenige sein, die –?«

Shan unterbrach sie mit einem ungeduldigen Schnalzen. »Sei kein Arsch! Du tust so, als ob sie dich betrügen würde! Das ist ihr Job!«

Winter ließ ihren Kopf gegen das Lederpolster ihres Stuhls sinken. Aber für Hannah war es mehr als ein Job, mit dem sie ihre Brötchen verdiente. Es war eine Berufung, die sie glücklich machte, und es ärgerte Winter, dass sie nicht diejenige sein konnte, die das bewerkstelligte. Wenn sie ehrlich war, machte ihr das Angst.

»Verdammt«, murmelte sie. »Muss man in Beziehungen immer so viel Nabelschau betreiben?«

Shan lachte. »Nicht immer, aber manchmal schon.«

Und genau aus diesem Grund hatte Winter nie eine Beziehung gewollt – bis jetzt. Aber ihr Wunsch, jegliche Selbstreflektion zu vermeiden, war nichts im Vergleich zu dem Verlangen, dass es mit ihr und Hannah klappen sollte. »Tut mir leid, dich so abzuwürgen, aber ich muss los.«

»Ja. Geh und entschuldige dich.«

Winter schnitt eine Grimasse. »Tschüss, Shan.« Sie führte ihren Daumen zur Anruf-beenden-Taste, zögerte aber dann. »Shan?«

»Ja?«

»Danke. Du bist eine gute … ähm, Freundin.« Jetzt hatte sie eine gute Freundin und eine Partnerin. Wie um alles in der Welt war das passiert?

»Jederzeit«, sagte Shan mit einem breiten Grinsen in ihrer Stimme.

Hannah blieb, wo sie war, obwohl sie am liebsten hinausgestürmt wäre und sich in ihrem Zimmer verkrochen hätte. Aber wenn sie wollte, dass ihre Beziehung funktionierte – und das wollte sie unbedingt –, mussten sie reinen Tisch machen und über alles reden.

Sie hoffte, dass Winter das auch erkannte und nicht versuchte, sich hinter ihrer Arbeit zu verstecken.

Zum Glück dauerte es nicht lange, bis Winter zurückkam, blass und mit zerzaustem Haar.

Hannah konnte es nicht ertragen. Sie eilte auf sie zu, stoppte sich aber im letzten Moment. »Möchtest du eine Um–?«

Bevor sie den Satz beenden konnte, zog Winter sie fest in ihre Arme.

»Uff.« Alle Luft entwich aus Hannahs Lungen, aber sie klammerte sich genauso verzweifelt an Winter.

»Ich habe dir ja gesagt, dass ich in Beziehungen eine totale Versagerin bin«, murmelte Winter in Hannahs Haar. »Sieht aus, als hätte ich recht gehabt.«

Hannah wich ein paar Zentimeter zurück, damit sie ihr in die Augen sehen konnte. »Das bist du nicht. Du brauchst nur ein bisschen Übung. Ich gebe zu, ich bin auch ziemlich eingerostet.« Sie ließ ihre Hände hinab zu Winters schlanken Hüften gleiten und drückte sie. »Sag mir bitte, was dich so daran stört, dass ich als professionelle Kuschlerin arbeite. Ich hoffe, du weißt, dass ich nie eine Grenze überschreiten und irgendjemanden küssen oder –«

Winter hob eine Hand, um sie zu unterbrechen. Dann berührte sie sanft Hannahs Wange. »Ich weiß.« Ein Hauch ihres typischen Selbstbewusstseins kam zum Vorschein, als sie Hannah ein neckisches Grinsen zuwarf. »Wenn du mir bei unserer ersten Kuschelsitzung widerstehen konntest, kannst du jedem widerstehen.«

»Unsere Kuschelstunden waren anders als die Sitzungen mit meinen Kunden. Ich hoffe, du weißt das.«

»Ach ja?« In Winters Ton schwang etwas Eindringliches mit, und sie musterte Hannah mit einer Intensität, die Hannah selten gesehen hatte, nicht einmal bei Winter.

»Ja. Mit dir zu kuscheln, war von Anfang an völlig anders.«

Winter hing an jedem ihrer Worte. »Inwiefern?«

Sie brauchte diese Bestärkung, dass ihre Beziehung etwas Besonderes war. Bisher hatte Hannah es nicht erkannt, weil sie so damit beschäftigt gewesen war, ihre Grenzen zu verteidigen.

»Ich meine, es gibt doch nur eine bestimmte Anzahl von Kuschelpositionen, oder?« Winter bemühte sich eindeutig um einen lässigen, sachlichen Ton. »Wenn du mit deinen Kunden kuschelst, benutzt du die gleichen Stellungen wie bei mir.«

Hannah neigte den Kopf. »Ja, aber ich wette, du hast für meine Webseite dieselben Programme und Designs verwendet wie für all deine Kunden, oder?«

Winter nickte.

»Meine Webseite ist also gar nichts Besonderes für dich?«

»Doch, natürlich. Schließlich gehört sie dir«, sagte Winter, als würde das alles erklären.

Hannah warf ihr einen vielsagenden Blick zu.

Winter schluckte schwer. »Du willst mir also sagen, dass unsere Beziehung nicht weniger besonders ist, nur weil du das Gleiche mit anderen machst?«

»Nein. Was ich versuche, dir zu sagen, ist, dass das, was ich mit meinen Kunden mache, überhaupt nicht dasselbe ist. Es sieht vielleicht gleich aus, ist es aber nicht. Ich bin freundlich zu meinen Kunden, aber ich bin nicht ihre Freundin. Ich behandle sie liebevoll, aber ich liebe sie nicht.« Sie schaute Winter in die Augen und hoffte, dass sie ihre Andeutung verstand, denn mehr konnte sie nicht verraten, ohne Winter zu verschrecken.

»Aber du tust nicht nur so«, sagte Winter, scheinbar ohne zu bemerken, was Hannah gerade angedeutet hatte. »Deine Kunden liegen dir wirklich am Herzen.«

Hannah lächelte. Winter kannte sie wohl doch ziemlich gut. »Ja. So wie einer Ärztin oder Therapeutin ihre Patienten am Herzen liegen. Aber es ist völlig einseitig.«

»Kein Geben und Nehmen«, wiederholte Winter, was Hannah ihr schon vor Wochen gesagt hatte.

Hannah nickte. »Es geht um ihre Bedürfnisse, nicht um meine.«

»Bedürfnisse.« Winter sprach das Wort aus, als würde sie es unter einem Mikroskop untersuchen. Sie wich ein Stück zurück und steckte die Hände in die Taschen ihrer Jeans. Sie wirkte, als wollte sie etwas sagen, aber dann zögerte sie.

Hannah nahm ihre Hand und zog sie zur Massageliege, wo sie sich Seite an Seite hinsetzten.

Winter tätschelte die dicke Polsterung. »Wenigstens ist sie jetzt für etwas gut«, sagte sie mit einem schiefen Grinsen. Dann verblasste es und sie betrachtete ihre verschränkten Finger. »Wenn du jemals Bedürfnisse hast, die ich nicht erfülle, dann würdest du mir das doch sagen, oder? Du würdest nicht einfach …«

Fremdgehen?, hätte Hannah fast gesagt, hielt sich aber zurück. Nein, darum ging es nicht. Es ging viel tiefer. Sie sah Winter in die Augen. »Was denn? Bitte, Winter, sag mir, was dich beunruhigt.«

Winter legte ihre verschränkten Hände auf ihren Oberschenkel und betrachtete jeden von Hannahs Fingern mit großem Interesse. »Ich glaube, ein Teil von mir fragt sich, ob du das professionelle Kuscheln nicht aufgeben willst, weil es ein emotionales Bedürfnis erfüllt, das ich nicht befriedigen kann.«

Ein heiserer Seufzer kam aus Hannah. Das war es, wovor Winter Angst hatte? Es ging überhaupt nicht um Hannah. Es ging um ihre eigenen Unsicherheiten, und wieder einmal hatte es wahrscheinlich mit Jules zu tun, der in seiner Ehe keine Erfüllung gefunden hatte und sie deshalb woanders gesucht hatte.

Hannah zog Winters Hand auf ihren eigenen Schoß und hielt sie noch fester. »Nein, natürlich nicht.« Dann unterbrach sie sich und dachte darüber nach. »Weißt du was? Das stimmt nicht ganz.«

Winters Hand in ihrer verkrampfte und Hannah streichelte sie beruhigend.

»Meine Kunden erfüllen tatsächlich ein Bedürfnis, das du nicht befriedigen kannst. Das nennt man berufliche Erfüllung. Das Gefühl, gut in meinem Job zu sein und meinen Kunden helfen zu können. Wahrscheinlich ist es dasselbe Gefühl, was auch du in deinem Job suchst.«

Winter hob Hannahs Hand und drückte sie an ihre Brust, direkt über ihrem hektisch klopfenden Herzen. Dann brach sie erleichtert in Gelächter aus. »Meine Güte, Hannah! Hättest du das nicht gleich sagen können? Du hast mich halb zu Tode erschreckt!«

»Es tut mir leid. Ich glaube, ich brauche auch mehr Übung.«

»Nun«, sagte Winter mit rauer Stimme, »ich bin bereit, deine Übungspartnerin zu sein, wenn du meine bist.«

Hannahs Augen brannten. Auch in ihrer Brust brannte es und doch konnte sie nicht anders, als zu strahlen. »Abgemacht.«

Sie saßen nebeneinander auf der Massageliege. Ihre Körper berührten sich von den Knöcheln bis zu den Schultern und ihre Finger hielten sich fest umschlungen.

»Hannah?«, murmelte Winter nach einer Weile.

Hannah hob nicht den Kopf, den sie gegen Winters Schläfe gelehnt hatte. »Hm?«

»Hast du noch Kontakt zu anderen Masseuren?«

»Ein paar«, antwortete Hannah. »Warum?«

Sie spürte Winters Lächeln an ihrer Wange. »Weil ich eine Massageliege günstig abzugeben habe.«

Kapitel 25

Am darauffolgenden Freitagabend parkte Winter ihren Audi vor ihrem Haus und sprang heraus. Sie eilte um das Auto herum, öffnete die Beifahrertür und hielt Hannah ihre Hand hin.

Diese griff lächelnd zu. Sie hatte geahnt, dass sich Winter bei einer Verabredung so verhalten würde. Trotz ihrer rauen Schale hatte sie etwas unglaublich Süßes an sich, und es gab Hannah das Gefühl, etwas Besonderes zu sein, dass sie als Einzige diese Seite von Winter zu sehen bekam.

»Was ist?«, fragte Winter.

»Nichts«, sagte Hannah und grinste immer noch. »Ich hatte einen wunderschönen Abend.«

»Tatsächlich?«

Hannah stieg aus dem Auto. Anstatt Winters Hand loszulassen, zog sie diese näher an sich heran und drückte ihr einen Kuss auf die Lippen. »Ja, tatsächlich. Du etwa nicht?«

Sie hatten sich eine Science-Fiction-Komödie angesehen, die sie zum Lachen brachte, während ein paar spannende Gefechte zwischen Raumschiffen ihnen einen Vorwand gegeben hatten, Händchen zu halten. Nicht, dass sie einen Vorwand gebraucht hätten. Sogar während des Abendessens in einem srilankischen Restaurant hatten sie mehrmals über den Tisch hinweg Händchen gehalten.

Winter nickte. »Es war …«

»Angemessen«, beendeten sie gemeinsam den Satz.

Sie lachten und überquerten Hand in Hand die Straße.

Natürlich wusste Hannah, dass ihr Date viel mehr als nur angemessen gewesen war. Sie hatte sich entspannen können, ohne das Gefühl, die Person, mit der sie verabredet war, beeindrucken zu müssen. Gleichzeitig war es aber auch neu und aufregend gewesen und sie genoss das Knistern zwischen ihnen.

An der Haustür zogen beide ihre Schlüssel heraus, hielten dann inne und lächelten sich an, als sich ihre Hände am Schloss berührten.

Mit einer Armbewegung bedeutete Winter Hannah, aufzuschließen.

»Weißt du was?«, sagte Hannah, als sie gemeinsam die kleine Lobby durchquerten. »Ich mag es wirklich, mit der Person zusammenzuleben, mit der ich auf Dates gehe, aber es hat einen großen Nachteil.«

Winter drückte den Knopf für den Aufzug, drehte sich dann zu Hannah um und hob fragend die Brauen. »Welchen denn?«

»Kein Gute-Nacht-Kuss an der Tür.«

»Wer sagt, dass es den nicht gibt?« Bevor Hannah antworten konnte, zog Winter sie in den Aufzug und schloss sie in ihre Arme. Sie küsste sie, zuerst sanft, dann leidenschaftlicher, als Hannah ihre Arme um Winters Nacken schlang.

Hannah bemerkte kaum, wie sich die Aufzugstüren schlossen. Ihre Körper pressten sich aneinander, sie sanken gegen die Metallwand und Winter drückte auf den Knopf für das oberste Stockwerk, ohne auch nur eine Sekunde lang den Kuss zu unterbrechen.

Der Kontrast zwischen dem kalten Metall an ihrem Rücken und Winters Körperwärme an ihrer Vorderseite weckte Hannahs Sinne. Ihre Hüften pressten sich gegen Winter und schufen einige Zentimeter Platz zwischen ihrem Rücken und der Wand, die Winter sofort nutzte, um eine Hand unter ihr Oberteil zu schieben.

Winters Finger auf ihrer nackten Haut ließen Hannah aufstöhnen. Begierig darauf, mehr von ihr zu spüren, ließ sie eine Hand nach unten gleiten und zerrte Winters T-Shirt aus ihrer Hose, bis auch sie ihre Haut berühren konnte. Mmh, so weich.

Mit einem *Ping* öffneten sich die Aufzugstüren im obersten Stockwerk.

Am liebsten hätte Hannah Winter aus dem Aufzug, in die Wohnung und direkt ins Bett gezerrt. Aber obwohl ihr Körper etwas anderes behauptete, wusste sie, dass dies nicht der richtige Zeitpunkt war. Sie würde aufhören. Nur noch eine Minute.

Doch bevor es so weit kam, unterbrach Winter den Kuss. »Warte«, flüsterte sie an Hannahs Lippen. Ihr Atem ging genauso stoßweise wie Hannahs. »Ich kann nicht fassen, dass ich das sage, aber ich denke, wir sollten, ähm, reden.«

»Ja, sollten wir.« Mit wackeligen Knien folgte Hannah Winter in die Wohnung.

Zwischen ihnen herrschte eine ganz andere Art von Spannung, als sie sich an den gegenüberliegenden Enden der Couch niederließen.

Hannah vermisste sofort Winters Nähe, aber mit ein wenig Abstand war es leichter, ihre Selbstkontrolle zu bewahren.

Sie sahen sich an und jede wartete offenbar darauf, dass die andere das Gespräch anfing.

»Worüber wolltest du reden?«, fragte Hannah schließlich.

»Über Sex«, sagte Winter. »Und du?«

Ihre Unverblümtheit überraschte Hannah, aber in gewisser Weise war es auch eine Erleichterung. »Ich auch. Oder besser gesagt, ich wollte darüber reden, keinen Sex zu haben. Äh, ich meine nicht überhaupt nicht. Gott im Himmel, nein. Nur jetzt noch nicht. Ich will dich. Gerade eben hast du vermutlich deutlich gespürt, wie sehr. Aber noch mehr sehne ich mich nach emotionaler Intimität, und ich würde es gern langsam angehen lassen, um unsere Beziehung auf einer soliden Basis aufzubauen. Ich weiß, dass deine früheren Beziehungen –«

Winter schüttelte entschieden den Kopf. »Es gab keine früheren Beziehungen.«

»Genau das meine ich. Bisher hattest du bloß One-Night-Stands, bei denen es nur um ein paar vergnügliche Stunden ging. Ich will mehr als das.«

»Ich glaube nicht, dass ich in ein paar Stunden mit dir fertig sein werde.« Winters Stimme senkte sich zu einem verführerischen Raunen und ihr Blick wurde leidenschaftlich. Sie blinzelte, als wollte sie ihre erotischen Gedanken abschütteln. »So hab ich das nicht gemeint. Na ja, vielleicht doch. Aber ich wollte damit auch sagen, dass das zwischen uns auch für mich keine unbedeutende einmalige Sache ist. Deshalb wollte ich ebenfalls vorschlagen, mit dem Sex noch ein bisschen zu warten.«

Hannah konnte es nicht fassen. »Im Ernst?«

»Mhm. Obwohl mein Körper absolut nichts von diesem Plan hält.«

Hannah lachte. »Meiner auch nicht. Aber ich denke, wir brauchen einen Plan. Sonst … Ich meine, wir wohnen zusammen. Wir verabschieden uns nicht an der Haustür. Was hindert uns daran, aus einem Kuss, während wir Netflix schauen, eine Nacht zu machen, in der, na ja, kein Netflix geschaut wird?«

Eine grimmige Miene verfinsterte Winters Gesicht. »Küssen auf der Couch ist also nicht erlaubt?«

»Doch! Es ist erlaubt. Sogar sehr«, beeilte sich Hannah zu sagen.

Ein spielerisches Grinsen ersetzte Winters düsteren Blick. »Und Küssen im Aufzug?«

»Erlaubt und sehr willkommen«, sagte Hannah.

»Gut. Denn unsere neue Aufzugstradition gefällt mir besser als die alte.«

Hannah lachte. »Mir auch. Lass es uns bei allem anderen langsam angehen.«

»Einverstanden.« Winter klopfte sich selbst auf den Oberschenkel, als würde sie ihre Libido zur Unterwerfung zwingen. »Dann komm.« Sie nahm Hannahs Hand und zog sie von der Couch hoch.

»Ähm, was wird das?«, fragte Hannah, als Winter sie durch den Flur führte. »Hatten wir uns nicht gerade darauf geeinigt, dass der Abend nicht im Schlafzimmer enden soll?«

»Ich bringe dich nach Hause.«

Gott, wie süß! Hannah schmolz dahin. »Den ganzen langen Weg?«, fragte sie mit einem neckischen Grinsen.

Winter nickte würdevoll. »Natürlich. Ich weiß, wie ich mein Date zu behandeln habe.«

»Ja, das weißt du tatsächlich.« Sie blieb vor der Schlafzimmertür stehen und strich mit den Fingern durch Winters Haar.

Winter senkte den Kopf und dann bekam Hannah den besten Gute-Nacht-Kuss ihres Lebens.

Am nächsten Nachmittag stürzte sich Valentina auf die Schachtel mit den Donuts, die Hannah zwischen sie auf die Couch gestellt hatte. »Was ist?«, murmelte sie mit vollem Mund. »Warum grinst du mich so an?«

»Weil ich mich freue, dass du wieder da bist, und weil dein Akzent immer eine Weile stärker zum Vorschein kommt, wenn du in Brasilien warst.« Außerdem grinste sie in letzter Zeit ständig, aber das konnte sie Valentina nicht sagen, weil sie noch keine Gelegenheit gehabt hatte, ihr von ihrer neuen Beziehung zu erzählen.

Valentina nickte stolz. »Deshalb muss ich jedes Jahr hinfliegen. Frau muss was tun, um sexy zu bleiben.«

»O ja, sehr sexy.« Lachend zeigte Hannah auf das mit Zuckerguss verschmierte Gesicht ihrer Freundin.

Unbeeindruckt nahm Valentina einen weiteren großen Bissen von ihrem Blaubeer-Bourbon-Basilikum-Donut. »Also«, sagte sie, nachdem sie geschluckt hatte, »was hast du gemacht, während ich weg war? Wie läuft es mit deiner heißen Mitbewohnerin?«

Es war Valentinas Standardfrage, aber Hannahs Standardantwort – dass sie Winter überhaupt nicht heiß fand – galt nicht mehr. Um ehrlich zu sein, hatte Hannah Valentinas Rückkehr von ihrer dreiwöchigen Reise nach Brasilien herbeigesehnt. Sie konnte es kaum erwarten, jemandem davon zu erzählen, und sie wollte, dass ihre beste Freundin es als Erste erfuhr.

Valentina setzte sich auf. »Du wirst ja rot! Heißt das etwa …? Das gibt's doch nicht!«

Hannah fächelte sich Luft zu. »Und wie's das gibt!«

Mit einem kleinen Aufschrei nahm Valentina Hannah bei den Schultern und hüpfte neben ihr auf und ab. »Schieß los! Ich brauche die Einzelheiten, und zwar alle! *Pronto*!«

»Immer mit der Ruhe. Es gibt keine Einzelheiten zu erzählen. Zumindest noch nicht.« Abgesehen von zunehmend leidenschaftlicheren Küssen. Ihr Plan, alles langsam angehen zu lassen, würde definitiv nicht leicht einzuhalten sein.

Valentina jauchzte erneut. »Wusste ich es doch! Komm schon, erzähl mir alles.«

Das tat Hannah dann auch, allerdings ließ sie einige Details aus, um Winters Privatsphäre zu schützen.

Als Hannah endete, ließ sich Valentina auf den Rücken fallen und legte ihre Füße auf Hannahs Schoß. »*Nossa*! Also seid ihr in einer festen Beziehung? Oder ist es eher eine Situationship?«

»Situationship?« Hannah massierte Valentina durch die Socken hindurch die Füße. »Was in aller Welt ist das?«

»So ähnlich wie eine Beziehung, nur lässt man es viel entspannter angehen. Es gibt keine Langzeitpläne und Verpflichtungen oder zumindest hat man noch nicht darüber gesprochen, ob man sich eine gemeinsame Zukunft vorstellen kann.«

Traf das auf Winter und sie zu? Winter hatte gesagt, sie wolle mehr als nur einen One-Night-Stand. Aber was genau bedeutete *mehr* für sie? Sie hatten nicht darüber gesprochen, was nach Ablauf der zweiundneunzig Tage passieren würde. Die Trustbedingungen schufen einen sicheren Rahmen, wie eine Probezeit, in der sie ihre Beziehung ohne Druck austesten konnten, weil sie ohnehin keine andere Wahl hatten, als zusammenzuleben. Aber in drei Wochen würde Jules' Bedingung erfüllt sein und dann würden sie einige Entscheidungen fällen müssen. Hannah wusste, was sie wollte, aber würde Winter bereit sein, sich langfristig zu binden, vor allem so schnell und obwohl sie es ihr ganzes Leben lang vermieden hatte?

Valentina stupste Hannahs Bauch mit ihren Zehen an. »Erde an Hannah!«

Hannah setzte rasch ihre Fußmassage fort. »Entschuldige. Ich war kurz in Gedanken. Ich glaube nicht, dass es eine Situationship ist. Ich meine, Winter hat mich mehrere Male als ihre Partnerin bezeichnet.«

Die Couch vibrierte, als Valentina ausgelassen lachte. »*Ai meu Deus,* du bist echt süß! Du strahlst jedes Mal, wenn du ihren Namen sagst, und du hast ein Gesicht gemacht wie ein Kind bei der Bescherung, als du erwähnt hast, dass sie dich als ihre *Namorada* bezeichnet.«

»Habe ich nicht«, sagte Hannah.

»Hast du doch! Gib's zu, du bist Hals über Kopf in sie verliebt!«

Hannah umklammerte Valentinas Füße. Es war nicht zu leugnen. Für sie war es nicht nur eine harmlose Schwärmerei. Ihre Gefühle für Winter gingen jeden Tag tiefer. »Pst! Winter ist zu Hause und ich habe ihr noch nicht gesagt, dass ich«, sie schaute in Richtung Flur und senkte die Stimme, »in sie verliebt bin.«

»Hast du denn vor, es ihr zu sagen?«, fragte Valentina.

»Ja. Ich meine, irgendwann mal.« Allerdings nicht in nächster Zeit. Winter war wahrscheinlich noch nicht bereit für Liebesgeständnisse. Vermutlich war es eine gute Idee, nicht nur den sexuellen, sondern auch den emotionalen Aspekt ihrer Beziehung langsam angehen zu lassen.

Valentina stieß einen bewundernden Pfiff aus. »Du traust dich was! Ich hätte zu viel Angst, dass sie mich mit ihrem kühlen Blick anschaut und sagt: ›Schön für dich.‹«

»Nein, das würde sie nie tun, selbst falls sie …« Hannah biss sich auf die Lippe, um nicht aussprechen zu müssen, dass Winter womöglich ihre Gefühle nicht erwiderte. Wie konnte Valentina nur denken, Winter würde so etwas Herzloses sagen? Hoffentlich könnten die beiden sich in Zukunft besser kennenlernen, sodass sich Valentina nicht mehr von den abschreckenden Mauern aus Eis täuschen lassen würde.

»Das muss ich dir wohl glauben.« Valentina stupste sie erneut an. »Warum bringst du sie nicht heute zum Spieleabend mit, damit sie die ganze Clique kennenlernen kann?«

Hannah zögerte. War Winter schon so weit?

Bevor sie antworten konnte, näherten sich Schritte und Winter erschien im Wohnzimmer. Als sie Valentina sah, blieb sie im Türrahmen stehen. Sie fixierte Hannahs Hände, die auf Valentinas Füßen ruhten, aber ihre Miene war undurchdringlich. Sie war doch nicht etwa eifersüchtig, oder? Hannah kuschelte ständig mit Freunden und hatte nicht vor, das zu ändern.

Valentina zwinkerte Winter zu, als wäre im Wohnzimmer etwas Skandalöses vor sich gegangen.

»Benimm dich!« Hannah kniff ihr in die Zehen.

»Okay, okay.« Valentina schwang ihre Beine vom Sofa und setzte sich auf. »*Oi*, Winter. Isst du gern Pizza?«

»Nur wenn mir die neugeborenen Kätzchen ausgehen«, antwortete Winter mit ernster Miene.

Hannah brach in Gelächter aus, vor allem über Valentinas entsetzten Gesichtsausdruck. »Sie macht nur Scherze.«

»Ja«, sagte Winter. »Es dauert zu lange, das ganze Fell aus den Zähnen zu bekommen.«

Jetzt zuckten auch Valentinas Mundwinkel vergnügt. »Tja, wenn deine katzenlastigen Ernährungsgewohnheiten es zulassen, möchtest du dann heute Abend mit uns Pizza essen und Brettspiele spielen? Wir würden dich gern besser kennenlernen.«

Winter hob beide Augenbrauen.

»Ähm, ich habe Valentina von uns erzählt. Ich hoffe, das war in Ordnung.«

Winters Pokerface blieb undurchdringlich, aber die Muskeln um ihren Mund herum schienen sich ein wenig zu entspannen.

Wow. Winter fand es tatsächlich gut, dass sie ihrer besten Freundin von ihnen erzählt hatte!

»Du strahlst schon wieder«, flüsterte Valentina.

Hannah ignorierte sie.

»Schon in Ordnung«, sagte Winter. An Valentina gewandt fügte sie hinzu: »Ich komme gern. Soll ich … sollen wir irgendetwas mitbringen?«

Ein Gefühl der Leichtigkeit überkam Hannah und es war ihr egal, ob sie von einem Ohr zum anderen strahlte. Winter würde zum Spieleabend kommen und sie hatte *wir* gesagt und damit ihre Beziehung Valentina gegenüber bestätigt! Es mochte eine unbedeutende Kleinigkeit sein, aber Hannah wusste, dass es für Winter eine große Sache war.

»Vielleicht eine Flasche Wein, falls du kein Bier magst«, sagte Valentina. »Und denk an das Zwiebelschalenprinzip, wenn du deine Klamotten auswählst.«

Hannah warf ihr einen fragenden Blick zu. Warum sollte Winter zum Spieleabend mehrere Schichten tragen? Ihr wäre eine Bluse am liebsten, deren oberste Knöpfe offen standen und etwas nackte Haut und die sexy Kuhle über Winters Schlüsselbein frei ließen.

»Damit du beim Strip-Poker nicht so schnell verlierst«, sagte Valentina grinsend.

Hannah stieß sie spielerisch mit dem Ellbogen an. »Hör nicht auf sie. Wir spielen *Die Siedler von Catan*, nicht Strip-Poker.«

Winter ließ ihren Blick über Hannahs Körper gleiten. »Schade«, sagte sie und stolzierte davon.

Hannah fächelte sich Luft zu. Der Spieleabend versprach, interessant zu werden.

Winter warf einen Blick in den langen Spiegel im Flur und zupfte am Kragen ihrer weißen Bluse herum. Sie spürte, wie Hannah hinter sie trat. »Ich bin doch nicht overdressed, oder?«

»Zieh an, was immer du magst«, sagte Hannah. Sie legte von hinten die Arme um Winter, küsste ihre Schulter durch den Stoff der Bluse hindurch und fing Winters Blick im Spiegel ein. »Bist du nervös?«

»Nein, natürlich …« Winter unterbrach sich. Hannah ihre Unsicherheit zu zeigen, war noch immer ungewohnt und machte ihr Angst, aber jedes Mal, wenn sie es tat, brachte es sie einander näher.

Mmh, so viel näher. Hannah drückte sich so fest an sie, dass Winter ihre weichen Brüste auf ihrem Rücken spürte.

»Ich bin eigentlich nicht nervös, aber ich weiß, dass dir deine Freunde wichtig sind, deshalb möchte ich einen guten Eindruck machen.«

Hannah küsste ihren Nacken, was ihr eine Gänsehaut über den Rücken jagte. »Sei einfach du selbst.«

Genau das war leider das Problem. Winter wusste, dass sie nicht zu Hannahs kontaktfreudigen Freunden passte. Sie hatte schon früh gelernt, sich nicht um die Meinung anderer zu scheren, aber jetzt war es ihr plötzlich nicht mehr egal, was andere von ihr hielten.

»Mach dir keine Sorgen. Sie werden dich mögen.«

»Hm. Aber nicht halb so sehr, wie ich dein Kleid mag.« Winter drehte sich um, ohne sich aus Hannahs Armen zu befreien.

Hannah blickte an sich hinunter. »Im Ernst? Das Kleid ist doch nichts Besonderes.«

Hätte eine andere Frau das Kleid angehabt, hätte Winter ihr vermutlich zugestimmt. Es war ein legeres Jeanskleid mit kurzen Ärmeln. Auf den ersten Blick sah es fast wie ein Hemd aus, das ihr zu groß war, so als hätte sie sich an Winters Kleiderschrank bedient. Vielleicht war das der Grund, warum Winter es so sexy fand. Oder aber es lag an den Knöpfen, die bis zur Taille gingen, oder an dem Jeansgürtel, der sich sicher mit einem einzigen Ruck öffnen ließ.

Womöglich lag es auch einfach nur an der Frau, die das Kleid trug. Winter gab ihre Analyse auf. »Es ist heiß.« Ohne Hannah Gelegenheit zum Widerspruch zu geben, senkte sie den Kopf und küsste sie.

Hannah erwiderte den Kuss sofort und drängte sich an sie. Sie vergrub die Finger beider Hände in Winters Haaren und vertiefte den Kuss.

Hannahs Küsse brachten ihren Körper zum Beben und ließen ihren Kopf schwirren. Schließlich löste Winter ihre Lippen von Hannahs. Sie mussten gleich los, sonst würden sie zu spät zum Spieleabend kommen. Aber mit geröteten Lippen sah Hannah so wunderschön aus, dass Winter nicht widerstehen konnte, ihre Haare zur Seite zu streichen, um ihren Hals küssen zu können.

Das erotische Stöhnen, das Hannahs Kehle entfuhr, löste bei Winter sofort die Frage aus, was sie noch tun konnte, um ihr solche Geräusche zu entlocken, und wie Hannah wohl klang, wenn sie zum Höhepunkt kam.

Das Klingeln von Hannahs Handy war wie ein Eimer eiskalten Wassers, das ihnen jemand über die Köpfe schüttete.

Hannahs Stöhnen klang nun eher frustriert und weniger sexy. Sie zog ihr Handy aus ihrer abgewetzten Umhängetasche. »Es ist Valentina. Ich soll dich daran erinnern, dass du Wein mitbringen sollst, falls du welchen willst. Normalerweise trinken wir bei Spieleabenden Bier.«

Hannahs Freunde schienen sie für eine verwöhnte, reiche Weintrinkerin zu halten, die wie Brooke vierzig Dollar für ein Glas Wein ausgab. »Wer braucht schon Wein?«, grummelte sie. »Oder Freunde?«

Aber nach ihrem Streit letzte Woche wusste sie, dass Hannah ihre Clique brauchte. Nicht einmal die beste Partnerin der Welt konnte all ihre Bedürfnisse befriedigen und sie lernte langsam, das zu akzeptieren.

Hannah küsste sie noch einmal kurz, dann nahm sie ihre Hand und zog sie zur Tür.

Ein kahlköpfiger, stämmiger Mann um die fünfzig öffnete ihnen die Tür.

Winter starrte ihn an. Hatten sie am falschen Haus geklingelt?

Das dröhnende Lachen des Mannes hallte die Straße hinab. »Lass mich raten … Niemand hat dir gesagt, dass Tammy die einzige Heterofrau in der Clique und mit mir verheiratet ist? Kommt rein, ihr zwei.«

Hannah betrat das Haus. »Hallo, Frank.«

Er umarmte Hannah sanft und drückte sie an seine breite Schulter, dann öffnete er seine Arme in Winters Richtung. »Du musst Winter sein. Ich bin Frank. Herzlich willkommen.«

O Mann. Umarmung. Der Abend fing nicht gut an.

Aber statt sie zu umarmen, senkte er die Arme wieder und hielt Winter stattdessen die Hand hin.

So war es auch bei Hannahs anderen Freunden, als sie das Wohnzimmer betraten. Alle schüttelten ihr lächelnd die Hand, selbst Max, Hannahs Exfreund, aber niemand versuchte, sie zu umarmen.

Aha. Hannah musste ihre Freunde wohl instruiert haben. Winter war dankbar dafür, jedenfalls zum Großteil. Ein kleiner Teil von ihr ärgerte sich aber auch ein wenig, obwohl ihr nicht klar war, ob ihr Ärger nun Hannah galt oder sich selbst. Ein paar Umarmungen hätte sie doch sicher ausgehalten, oder?

Hannah gegenüber waren ihre Freunde weniger zurückhaltend. Sogar Valentina umarmte sie, als hätten sie sich seit Monaten nicht mehr gesehen und nicht erst seit heute Nachmittag. Wenigstens umarmte Max Hannah nur kurz.

»Wo ist Mama Bär?« Hannah schaute sich um.

»Noch in der Badewanne«, sagte Frank. »Aber sie kommt gleich.«

Alle tauschten wissende Blicke aus.

Was war hier los? Winter hatte das Gefühl, nicht dieselbe Sprache zu sprechen wie alle anderen.

»Die Wanne ist Tammys Rückzugsort«, sagt Hannah. »Dort entspannt sie sich nach einer anstrengenden Sitzung.«

Hatte Hannah auch einen solchen Rückzugsort? Es gab so viel, was Winter noch nicht über sie wusste.

Tammy stürmte ins Zimmer. Ihre raspelkurzen Haare waren noch nass und ihre Wangen vom Baden gerötet.

Alle drängten sich um sie, wie eine Mannschaft, die sich um eine verletzte Spielerin scharte. Hannah umarmte sie und ihr Mann drückte ihr eine Bierflasche in die Hand.

»Scheidung?«, fragte Valentina.

Tammy nickte.

Okay, das war eindeutig eine andere Sprache. So was wie Xhosa.

Frank grinste und bot auch Winter ein Bier an, das diese dankend annahm. »Einer ihrer Kunden macht gerade eine ziemlich unschöne Scheidung durch«, sagte er.

Winter verstand immer noch nicht, was das mit einem Schaumbad zu tun hatte.

»Bei solchen Kunden kommen während der Kuschelsitzung viele Emotionen hoch«, sagt Hannah. »Das ist sehr anstrengend für den Kuschelprofi.«

»Wir verdienen unser Geld nicht, indem wir eine Stunde lang faul herumliegen, weißt du?«, warf Valentina ein. »Es kann emotional sehr anstrengend sein.«

Winters Nackenhaare sträubten sich, aber sie zügelte ihr Temperament. Sie wollte es nicht noch einmal vermasseln. Hannah war ihr zu wichtig. »Das weiß ich«, sagte sie und versuchte, nicht defensiv zu klingen, was ihr aber vermutlich nicht ganz gelang.

Hannah schob ihre Hand in Winters. »Kommt schon, Leute. Lasst uns das Spiel aufbauen, bevor die Pizza kommt.«

Völlig aus dem Gleichgewicht gebracht, starrte Winter auf Hannahs Hand, die ihre hielt. Sie hatten vorher nicht über solche Zuneigungsbekundungen in der Öffentlichkeit gesprochen. Zwar hatten sie gestern Abend bei ihrem Date Händchen gehalten, aber in der Anwesenheit von Hannahs Freunden war es irgendwie anders.

Hannah schien ihre Hand ergriffen zu haben, ohne es zu merken. Jetzt starrte auch sie nach unten und begann, ihre Finger von Winters zu lösen.

Aber Winter hielt sie fest. Hannahs unterstützende Geste fühlte sich tatsächlich gut an, genau wie das sanfte Streicheln ihres Daumens an Winters Handrücken entlang. Vermutlich war sich Hannah der Berührung nicht einmal bewusst.

Winter drückte herzlich ihre Hand und folgte ihr dann zum Tisch.

Gerade als sie das sechseckige Spielbrett aufgebaut hatten, klingelte es an der Tür.

»Pizza!«, jubelte Tammy wie eine Sechsjährige. »Kann mir mal bitte jemand helfen?«

Alle eilten ihr hinterher, als wären sie am Verhungern.

Winter blieb zurück und fand sich mit Valentina allein wieder. Sie nahm einen großen Schluck von ihrem Bier, während sie die ganze Zeit Valentinas Aufmerksamkeit auf sich spürte. Dann sah sie wieder auf.

Herausfordernd hielt Valentina ihrem Blick stand.

Ha! Winter hatte unzählige Wochenenden in einem Haus verbracht, in dem jeder sie hasste. Dieses Blickduell würde sie mit Leichtigkeit gewinnen. Bis Hannah und der Rest der Clique zurückkehrten, hätte sie Valentina in einen Haufen Eiszapfen verwandelt.

Sie seufzte. Nein. Das würde Hannah nicht gefallen. Außerdem hatte sie das Gefühl, dass Valentina sich selbst durch alles Eis der Welt nicht würde einschüchtern lassen. Sie schien Hannah eine treue Freundin zu sein und das wusste Winter zu schätzen. »Also …« Sie zog das Wort in die Länge, weil sie nicht wusste, wie sie den Satz beenden sollte. »Wenn Hannah eine anstrengende Sitzung hat, wie kann ich sie danach unterstützen?«

Valentina starrte sie an.

Winter starrte zurück. Wo zum Teufel war diese Frage hergekommen? Sie hatte nicht zugeben wollen, dass sie keine Ahnung hatte, wie sie sich um ihre eigene Partnerin kümmern konnte. Aber sie würde es nicht zurücknehmen. Hannahs Wohlbefinden war wichtiger als ihr Stolz.

Ein Lächeln breitete sich auf Valentinas Gesicht aus. Es war nicht spöttisch, sondern warm und erfreut. Sie warf ihre Arme um Winter und drückte sie fest an sich.

Winter hielt die Bierflasche mit einer Hand zur Seite weg und klopfte Valentina mit der anderen unbeholfen auf den Rücken.

»Valentina!«, rief Hannah alarmiert von der Tür her. »Ich hab doch gesagt, keine Umarmungen bitte!«

»Ist schon gut.« Winter tätschelte Valentina noch einmal. »Valentina hat mir nur ein paar Tipps gegeben.«

Hannah kam mit einer großen Pizzaschachtel ins Zimmer. »Wofür?«

Valentina und Winter tauschten einen langen Blick aus.

»Darüber, wie man bei *Siedler von Catan* gewinnt«, sagte Valentina.

Winter nickte ihr anerkennend zu. Vielleicht waren Hannahs Freunde ja doch ganz erträglich.

»Ha!« Hannah stieß Winter im Vorbeigehen mit der Hüfte an. »Träum weiter. Ich werde gewinnen.«

»Eis«, flüsterte Valentina, als sie alle zum Tisch gingen.

Es dauerte einen Moment, bis Winter verstand, was sie meinte. *Ach, natürlich!* Sie hatte mehr als einmal zugesehen, wie Hannah nach einer anstrengenden Sitzung einen riesigen Becher Eis verdrückte. »Mit Schlagsahne und Streuseln?«

Valentina deutete mit dem Finger auf sie. »Jetzt hast du's kapiert.«

Der himmlische Duft von geschmolzenem Käse stieg Winter in die Nase, als Hannah die Pizzaschachtel öffnete. Sie sah auf und begegnete Winters Blick über den Deckel hinweg. Ihre Augen leuchteten vor Glück, und Winter wusste, dass es nichts mit dem leckeren Essen zu tun hatte.

Sie hatte Hannahs Augen zum Strahlen gebracht, nur weil sie sich bemüht hatte, mit ihren Freunden auszukommen. Ihre Kehle schnürte sich zu, und ihr kam der Verdacht, dass ihre Augen denselben Ausdruck hatten wie Hannahs.

Vielleicht war sie ja doch nicht ganz so unfähig als Partnerin.

Am darauffolgenden Mittwoch schloss Hannah die Tür hinter der letzten Kundin des Tages und lehnte sich dagegen. *Uff.* Das würde sie lehren, nicht mehrere Kuschelsitzungen in Folge mit Kundinnen zu vereinbaren, die Dawn zu ihr geschickt hatte. Jedes bisschen Energie schien aus ihrem Körper gewichen zu sein. Sie hoffte, dass ihre Kundinnen sich besser fühlten als sie selbst.

Als sie in die Küche schlurfte, blickte Winter von den Tomaten auf, die sie gerade für einen Salat in Stücke schnitt. »Ist sie gegangen?«

Hannah nickte.

Winter legte das Messer weg. Die Falte über ihrer Nase vertiefte sich. »Oje. Scheidung?«

Hannah war zu erschöpft, um zu begreifen, was sie meinte. Sie ließ sich gegen den Tresen sinken und schenkte ihr ein müdes Lächeln. »Ähm, Winter, wir sind noch nicht einmal verheiratet und du willst dich scheiden lassen?« Dann begriff ihr müdes Gehirn, was sie gerade gesagt hatte. *Mist.*

Glücklicherweise schien Winter sich nichts dabei zu denken. »Nein. Ich behalte dich bis auf Weiteres. Ich meine, macht deine letzte Kundin gerade eine Scheidung durch?«

»Ah.« Hannah verstand endlich den Zusammenhang. Nach dem Spieleabend vergangene Woche nahm Winter wohl an, dass Hannah mit einem Kunden gekuschelt hatte, der sich gerade scheiden ließ, wann immer sie nach einer Sitzung aussah, als wäre sie durch die Mangel gedreht worden. Gott, war sie süß. »Nein. Die letzten zwei Kundinnen sind von einer befreundeten Therapeutin zu mir geschickt worden.«

Winter beäugte die Tomaten. »Salat wird der Situation nicht gerecht, oder?« Ohne eine Antwort abzuwarten, nahm sie Hannah bei den Schultern und führte sie ins Wohnzimmer. »Mach es dir auf der Couch gemütlich. Ich bin gleich wieder da.«

Hannah war zu müde, um zu protestieren. Sie streckte sich auf der Couch aus.

In der Küche klapperte Porzellan, dann schlug die Kühlschranktür zu. Es dauerte nicht lange, bis Winter mit einer Schüssel auftauchte. »Setz dich auf und rutsch etwas nach vorne.«

Als Hannah der Anweisung folgte, setzte Winter sich hinter sie, den Rücken an die Armlehne gestützt. Eines ihrer Beine schob sie zwischen Hannah und die Rückenlehne der Couch, während sie den anderen Fuß auf den Boden stellte. Sie klopfte sich an die Brust und bedeutete Hannah, sich bei ihr anzulehnen.

Als Hannah sich zurücksinken ließ, legte Winter beide Arme um sie und stellte die Schüssel auf Hannahs Schoß.

In der Schale türmte sich Eis mit viel Schlagsahne, garniert mit Regenbogenstreuseln und ein paar Spritzern Schokosirup.

»Lecker!« Hannah lief das Wasser im Mund zusammen. »Ich wusste gar nicht, dass wir Streusel haben.«

»Hatten wir bislang auch nicht.«

Hannahs Augen wurden feucht. Sie umklammerte den Löffel, den Winter ihr gereicht hatte. »Du hast Notfallstreusel gekauft?«

»Mhm. Jetzt hau rein, bevor es schmilzt.«

Aber es gab etwas, was Hannah noch dringender brauchte als Eis. Sie drehte sich um, zog Winters Kopf zu sich heran und küsste sie.

Als sie schließlich auseinanderwichen, war das Eis ein wenig geschmolzen, aber das war Hannah egal.

Sie machte sich über das Karamell-Brownie-Eis her, während Winter ihr beruhigend durchs Haar fuhr. Schauder liefen ihr über den Körper. Falls der Himmel existierte, musste er ungefähr so sein. Nachdem sie den ganzen Tag nur für ihre Kunden da gewesen war, fühlte es sich unglaublich gut an, dass sich nun jemand um sie kümmerte. Nein, nicht einfach nur irgendjemand. Winter.

»Du weißt, dass du das nicht tun musst, oder?«, zwang Hannah sich zu sagen. »Nur weil ich gern kuschle, heißt das nicht, dass du es auch tun musst.«

Winter hielt in ihrer Kopfmassage inne und küsste Hannah aufs Ohr. »Ich weiß. Aber ich muss zugeben, dass es seine schönen Momente hat.«

Hannah grinste. »Ach, hab ich dich etwa in ein Kuschelmonster verwandelt?«

»Nur, was dich angeht. Und jetzt iss dein Eis.«

Schließlich war das Dessert verspeist. Winter nahm ihr die leere Schüssel ab und stellte sie auf den Couchtisch, dann fuhr sie weiter mit den Fingern durch Hannahs Haar.

Wenn ihre Freunde sie doch bloß jetzt sehen könnten! Keiner würde je glauben, wie liebevoll Winter sein konnte. Ein Seufzer entfuhr Hannah, als ihre Anspannung nachließ, und sie kuschelte sich noch dichter an Winters Brust.

Winter lehnte ihren Kopf über Hannahs Schulter, um ihr Gesicht sehen zu können. »Fühlt sich das gut an?«

Hannah nutzte die Gelegenheit, um den Kopf zu drehen und ihre Lippen auf Winters zu pressen. »Himmlisch. Hör bloß nicht auf.«

Winter zog mit den Fingerspitzen kleine Kreise auf ihrer Kopfhaut.

Hannah lehnte den Kopf gegen Winters Brust. Ihre Augen fielen zu. Ihre Gedanken schweiften ziellos umher. Sie dachte an ihre Kunden, an ihre Mutter, die sie später anrufen würde, um sich zu vergewissern, dass sie sich nach ihrem Klinikaufenthalt schonte, dann wieder an Winter. »Kann ich dich etwas fragen?«

Winters Körper spannte sich merklich an. »Klar.«

Hannah streichelte den Arm, der um sie gelegt war. »Du musst nicht darüber reden, wenn du nicht willst, aber ich habe mich gefragt … Du redest selten über deine Mutter. Ist sie …?«

»Tot?«

Winters Unverblümtheit verblüffte Hannah immer wieder. »Ähm, ja.«

Winter beendete die Kopfmassage und schlang auch ihren rechten Arm um Hannah. »Nein. Sie ist Anfang des Jahres nach Arizona gezogen, weil das Wetter in Portland sie deprimiert hat. Seitdem habe ich nicht mehr mit ihr gesprochen.«

Am Anfang des Jahres … Also wahrscheinlich ungefähr um die Zeit, als Jules gestorben war. Hannah legte ihre Arme auf Winters und hielt sie fest. »Es tut mir leid. Ich kann mir nicht vorstellen, eine Woche lang nicht mit meiner Mutter zu sprechen, geschweige denn sieben Monate lang.«

»Schon okay. Wir hatten uns nie viel zu sagen.« Winter klang, als spräche sie über die Postbotin. »Manchmal denke ich, dass sie mich nur brauchte, damit Julian nicht aus ihrem Leben verschwand, und jetzt, wo er tot ist, haben wir keinen Grund mehr, miteinander zu reden.«

Hannah drückte Winters Arme fester an sich. Winter mochte gleichgültig klingen, aber Hannah kannte sie gut genug, um zu wissen, dass das Desinteresse ihrer Mutter sie verletzte. »Es tut mir leid«, wiederholte sie. »Es liegt an ihr, nicht an dir. Ich hoffe, du weißt das. Wenn sie dich nicht mit jeder einzelnen Zelle ihres Körpers liebt, dann liegt das daran, dass sie keine Liebe zu geben hat, nicht daran, dass du nicht liebenswert bist.«

Winter rührte sich nicht.

Hatte sich ihre leidenschaftliche Rede zu sehr nach einer Liebeserklärung angehört? Es wurde von Tag zu Tag schwieriger, ihre Gefühle für sich zu behalten. Hannah schluckte, weigerte sich aber, es zurückzunehmen. Schnell fügte sie hinzu: »Jules auch. Das Problem liegt bei ihm, nicht bei dir.«

Schließlich drückte Winter sie behutsam. »Danke. Aber ich bin darüber hinweg.«

Das nahm ihr Hannah nicht ab, aber sie respektierte, dass Winter nicht darüber reden wollte.

Sie kuschelten eine Weile schweigend, wobei Winter immer wieder mit ihren Fingern durch Hannahs Haar fuhr. Es war so beruhigend, dass Hannah zweimal fast eingeschlafen wäre, obwohl es erst halb zehn war.

Als sie zum dritten Mal fast wegdöste, lockerte sie ihren Griff um Winters Arme und setzte sich auf. »Kommst du mit mir ins Bett?«

Winter machte große Augen. »Ich dachte, wir hatten vor, damit noch zu warten?«

Hannah zog den Kopf ein. »Nur um mich zu halten«, sagte sie rasch. »Für mehr steht mir heute nicht der Sinn. Ich muss meine Sexualität für die Arbeit ausschalten, und nach den beiden Kundinnen heute habe ich nicht die Energie, den Schalter zu finden, egal wie heiß ich dich finde. Außerdem habe ich PMS und fühle mich –«

»Sehr gern«, sagte Winter.

Hannah blinzelte.

»Ich würde dich sehr gern heute Nacht in den Armen halten«, fügte Winter mit einem Lächeln hinzu, das dann verlegen wurde. »Aber meinst du …?«

»Was denn?« Hannah merkte, dass sie den Atem anhielt.

»Meinst du, ich könnte vorher noch den Salat zu Ende machen? Ich habe noch nicht zu Abend gegessen und bin am Verhungern.«

»O mein Gott!« Hannah vergrub ihr Gesicht in den Händen. »Ich bin die schlechteste Freundin der Welt!«

Winter schob lachend Hannahs Hände beiseite und zog sie von der Couch hoch. »Nein, bist du nicht. Komm. Der Salat wartet.«

Kapitel 26

Vor-Ort-Termine bei Kunden waren für Winter früher immer eine willkommene Abwechslung gewesen. Aber dann hatte Julians lächerliche Trustbedingung jegliche Reisen zu einem logistischen Albtraum gemacht.

Der Kunde, ein schnell wachsendes Bildungs-Technologie-Unternehmen mit Sitz in San Francisco, hatte sie für zwei Tage vor Ort haben wollen, aber Winter wollte nicht riskieren, über Nacht zu bleiben, für den Fall, dass Brooke herumschnüffeln würde. Deshalb hatte sie gestern um fünf Uhr morgens das Haus verlassen, um nach San Francisco zu fliegen, und war erst nach Mitternacht zurückgekommen, und heute würde es nicht anders sein.

Nun war sie so schlecht gelaunt wie ein Alligator mit Zahnschmerzen.

Dinge unnötig zu verkomplizieren, hatte sie schon immer genervt. Das lag ganz sicher nicht daran, dass ihr nur noch neun Tage blieben, bis die Trustbedingung erfüllt war, und sie jede einzelne Minute mit Hannah verbringen wollte. Oder daran, dass sie Hannah vermisste. Ausgeschlossen. Sie hatte noch nie jemanden vermisst. Das würde bedeuten, dass sie diese Person brauchte, und das wollte sie sich nicht eingestehen.

Sobald sie um ein Uhr eine kurze Pause machten, ging Winter auf dem Parkplatz des Kunden auf und ab und rief Hannah an.

»Hallo, du«, ertönte Hannahs warme Stimme. »Wie läuft's denn so?«

Winter drückte das Handy fester ans Ohr. »Genauso schlimm wie gestern. Komplette Zeitverschwendung.«

»Haben sie wenigstens die E-Mail gelesen, die du ihnen gestern Nacht geschickt hast?«

»Ja, aber das ist so ziemlich der einzige Fortschritt, den wir gemacht haben. Ich komme gerade aus einer zweistündigen Sitzung mit zwölf Leuten aus vier verschiedenen Abteilungen und wir sind nicht über die erste Folie hinausgekommen. Sie haben anderthalb Stunden lang über die Farbe und Platzierung eines Buttons auf ihrer Webseite diskutiert! Zwei der Mitarbeiter sahen aus, als würden sie sich gleich prügeln, und ich war auch nicht weit davon entfernt, ein paar Köpfe zusammenzuschlagen.« Winter knurrte. »Ich komme mir echt vor wie im Zirkus.«

»Also alles Clowns?«

Winter lachte über den unerwarteten Scherz. Niemand sonst hatte sie je zum Lachen bringen können, wenn sie wütend war. Vielleicht vermisste sie Hannah ja doch. »So ziemlich.«

Ein Geräusch, das nach dem Schließen der Kühlschranktür klang, kam durchs Handy.

»Isst du gerade Eis?«, fragte Winter. Jetzt wünschte sie sich noch mehr, zu Hause zu sein und Hannah auf der Couch im Arm zu halten.

»Nein, ich stelle es gerade ins Gefrierfach. Ich bin eben erst vom Einkaufen nach Hause gekommen. Ich habe einen Vorrat von deinem Lieblingseis gekauft, falls du es heute Abend brauchst.«

Winter seufzte. »Ich werde wohl erst spät nach Hause kommen. Wenn wir so weitermachen, verpasse ich vielleicht sogar meinen Flug.«

»Hey, mach dir keinen Stress. Ich warte auf dich, egal wie spät du kommst, sodass wir nicht unter getrennten Dächern übernachten.«

Winter schaute auf ihre Uhr. Die Pause war vorbei. »Ich muss zurück. Ich sehe dich dann heute Abend. Es sei denn, ich werde wegen Mordes verhaftet.«

»Du schaffst das schon. Bis nachher. Ich liebe dich.«

Es klang völlig natürlich, als hätte sie es schon tausendmal gesagt. Einen Moment lang dachte Winter, sie hätte sich verhört. Auf keinen Fall würde Hannah diese drei Worte einfach so sagen, als wären sie keine große Sache … oder doch?

Hannah war still geworden. Hatte sie das Gespräch beendet? Bevor Winter auf das Display schauen konnte, flüsterte Hannah: »Ich hätte das nicht sagen sollen.«

»Oh.« Winter stocherte mit der Schuhspitze im Kies des Parkplatzes herum.

»Ich meine, am Handy und während du bei einem Kunden bist.« Hannahs Stimme wurde noch leiser. »Aber es ist die Wahrheit.«

»Oh.« Warum konnte sie nicht endlich etwas anderes sagen? Einen kompletten Satz mit Subjekt, Verb und Objekt. *Ich liebe dich auch*, wäre ein guter Anfang. Und sie liebte Hannah wirklich. Tief im Innern hatte sie es schon lange gewusst. Aber der Gedanke daran, diese drei Worte auszusprechen, schnürte ihr die Kehle zu.

Der Chef des Unternehmens trat nach draußen und winkte hektisch, als stände der Start einer Raumfähre bevor und sie wäre die einzig verfügbare Fluglotsin. »Wir sind so weit.«

Winter krallte ihre Finger um das Handy. »Ich muss los. Ich … Wir reden heute Abend darüber, okay?«

»Ja klar. Halt durch.« Hannah beendete das Gespräch.

Sie hatte sich normal angehört, weder wütend noch traurig.

Aber Winter wusste, dass sie Hannah wehgetan hatte. Warum hatte sie ihre Liebeserklärung nicht erwidert?

Weil du ein Feigling bist.

Na toll, da war sie wieder – diese nervige Brooke-Stimme. Noch ärgerlicher war, dass die innere Brooke recht hatte. Im Gegensatz zu Hannah hatte sie nicht den Mut gehabt, es auszusprechen.

Der Firmenchef hielt ihr die Tür auf.

Sie betrat das Gebäude, aber das Handy in ihrer Tasche schien mit jedem Schritt schwerer zu werden. »Wissen Sie was?«, sagte sie, als sie den Besprechungsraum erreichten. »Ich habe gerade mit meiner Partnerin telefoniert.«

»Ach, ich wusste nicht, dass Sie eine Partnerin haben. Ich dachte, Sie betreiben die Marketingberatung ganz allein.«

»Bisher war ich allein, aber … Nun, in letzter Zeit ist mir klar geworden, dass es sinnvoll ist, mir eine Partnerin zu suchen. Unsere Fähigkeiten ergänzen sich und das Arbeitspensum halbiert sich, wenn Sie verstehen, was ich meine.«

Er nickte.

»Jedenfalls halten meine Partnerin und ich es für unethisch, Ihnen einen weiteren achtstündigen Arbeitstag plus Reisekosten in Rechnung zu stellen, obwohl Ihr Team offensichtlich noch nicht so weit ist.« Winter deutete auf einige seiner Mitarbeiter, die in eine hitzige Debatte vertieft waren – wahrscheinlich über so etwas Lächerliches wie die Schriftart für den Button. »Es wäre viel effizienter, wenn ich ein paar Entwürfe erstellen würde, die ich an alle schicke, um ihr Feedback einzuholen, und wir uns dann wieder treffen, wenn wir uns über die Grundlagen einig sind.«

»Äh, heißt das, Sie gehen jetzt?«

Winter schritt bereits zu ihrem Platz, um ihren Laptop und ihre Tasche zu holen. »Ja. Sie haben die Entwürfe bis Montagmittag in Ihrem Posteingang.« Noch nie hatte sie eine Besprechung einfach abgebrochen, aber diesmal konnte sie nicht bleiben, selbst wenn sie deshalb den Kunden verlieren würde.

»In Ordnung. Ich, äh, denke, das ist ein guter Vorschlag.«

Winter schüttelte ihm die Hand und ging dann hinaus. Sie wartete nicht einmal, bis sie ihren Mietwagen erreicht hatte, bevor sie ihr Handy aus der Tasche zog. Einen Moment lang war sie versucht, auf Hannahs Namen ganz oben in ihrer Favoritenliste zu tippen.

Nein. Falls es ihr gelang, die alles entscheidenden drei Worte auszusprechen, dann wollte sie es persönlich tun und Hannah dabei in die Augen sehen.

Rasch suchte sie nach einem früheren Flug zurück nach Portland.

Es war fünf Stunden und vierzehn Minuten her, dass sie am Telefon versehentlich »Ich liebe dich« gesagt hatte, und seither konnte Hannah an nichts anderes mehr denken.

Das peinliche Schweigen, das ihrem Geständnis gefolgt war, hatte eine tiefe Lücke hinterlassen, die keine von ihnen zu füllen wusste.

Sie ahnte oder vielmehr hoffte von ganzem Herzen, dass Winter nicht geschwiegen hatte, weil sie ihre Gefühle nicht erwiderte. Winters Gefühle für sie zeigten sich in allem, was sie für Hannah tat, vom Kauf von Notfallstreuseln bis zur Fahrt nach Sunriver, als ihre Mutter im Krankenhaus gewesen war.

Winter war einfach noch nicht so weit gewesen, von Liebe zu sprechen. Vielleicht war sie noch nicht einmal so weit, diese Worte zu hören. Hannah hätte sich dafür ohrfeigen können, dass sie damit herausgeplatzt war. Sie hätte es nicht sagen sollen, vor allem nicht zum denkbar ungünstigsten Zeitpunkt, als Winter in den Knallharte-Geschäftsfrau-Modus geschaltet hatte. Aber sie hatte gespürt, wie frustriert Winter über den Kundenbesuch war, und versucht, sie am Telefon zu unterstützen und etwas Aufbauendes zu sagen. Irgendwie war ihr dabei ein »Ich liebe dich« herausgerutscht.

Gott, sie hoffte, dass die Dinge zwischen ihnen jetzt nicht unangenehm und gezwungen sein würden.

Sie klammerte sich an den Gedanken, dass Winter zumindest nicht weggelaufen war und ihr auch nicht aus dem Weg zu gehen schien. »Wir reden heute Abend darüber«, hatte sie gesagt.

Seitdem hatte Hannah alle möglichen Szenarien für dieses Gespräch durchgespielt, was damit endete, dass sie so zappelig war, als hätte sie fünf Liter von Winters stärkstem Espresso getrunken.

Schließlich schnappte sie sich ihre Schlüssel und ihr Portemonnaie und machte sich auf den Weg zu *Sesame Donuts*, um Winters Lieblingsgebäck zu kaufen.

Als sie zurückkam, fühlte sie sich ruhiger. Die frische Luft und ein Donut mit Schokoglasur und Streuseln hatten sie aufgeheitert. Sie stellte die Schachtel mit den Donuts auf den Küchentisch und wusch sich an der Spüle die Schokoreste von den Händen. Sie drehte den Wasserhahn zu und trocknete sich die Hände ab, aber irgendwo erklang noch immer das Geräusch von fließendem Wasser. Es kam aus dem Badezimmer.

Hannah runzelte die Stirn. *O nein.* War irgendwo ein Leck? Oder war sie vorhin so verpeilt gewesen, dass sie nach ihrer Dusche das Wasser nicht ausgestellt hatte?

Sie warf das Geschirrtuch auf die Arbeitsfläche und eilte zum Bad.

Doch bevor sie es erreichen konnte, hörte das Plätschern auf.

Hatte sie sich alles nur eingebildet?

Es konnte nicht Winter sein. Sie würde frühestens in fünf oder sechs Stunden nach Hause kommen.

Vor der Badezimmertür zögerte sie. *Denkst du etwa, es ist ein besonders reinlicher Geist?* Innerlich schüttelte sie über sich selbst den Kopf, riss die Tür auf – und erstarrte.

Winter war zu Hause.

Und sie war nackt!

Sie stand auf der Badematte und hatte nur ein Handtuch um ihre Schultern gelegt. Eine Dampfwolke umgab sie wie ein perfekt geplanter Filmeffekt.

Hannahs Blick wanderte an ihren langen Beinen hinauf, verweilte auf dem gestutzten, silbergrauen Schamhaar und wanderte dann an Winters flachem Bauch hinauf. Die Enden des Handtuchs verdeckten Winters kleine Brüste zur Hälfte, aber was Hannah sah, reichte, um ihr den Atem zu rauben.

Wie angewurzelt stand sie da und ein Gefühl von Déjà-vu überkam sie. Aber dieses Mal war Winter nicht länger ihre Mitbewohnerin, mit der sie sich ständig zankte. Sie war die Frau, in die sie verliebt war.

Erst jetzt merkte sie, dass sie Winter anstarrte. Rasch wirbelte sie herum. »Entschuldige. Ich … Was machst du hier?«

»Ich habe geduscht.« Winter klang belustigt, aber es schwang auch Unsicherheit in ihrer Stimme mit, und Hannah ahnte, dass es nicht an ihrer Nacktheit lag.

»Das sehe ich.« Ihre Stimme klang wie das heisere Raunen einer Pornodarstellerin. Sie schüttelte den Kopf, um auf andere Gedanken zu kommen. »Nein, ich meine, warum bist du schon zu Hause?«

»Du kannst dich umdrehen«, sagte Winter.

Langsam drehte sich Hannah um.

Winter hatte sich in ein größeres Handtuch gewickelt, das ihr bis zur Mitte der Oberschenkel reichte, aber es war immer noch viel von ihren langen Beinen zu sehen. Ein paar Wassertropfen liefen ihre nackten Schultern hinab.

Hannah starrte wie gebannt. Sie war sich vage bewusst, dass Winter etwas sagte, aber sie verstand nicht, was. Schließlich richtete sie den Blick auf Winters Gesicht, um den Rest ihrer Erklärung mitzubekommen.

»... deshalb habe ich dem Kunden gesagt, dass ich nach Hause gehe und zurückkomme, sobald sie ihren Scheiß geregelt haben.«

Wow! Hannah konnte nicht anders, als sie zu bewundern. Winters selbstbewusstes Auftreten war unglaublich sexy.

»Aber um ehrlich zu sein, war dieser Zirkus nicht der Grund, warum ich früher zurückgekommen bin.«

»War er nicht?«

»Nein. Als du gesagt hast, dass du, ähm, mich liebst ...« Eine zarte Röte breitete sich auf Winters heller Haut aus und Hannah konnte ihren Weg von der Kante des Handtuchs bis zu ihrem Haaransatz verfolgen. »Das hat mich überrascht.«

»Ich weiß, ich hätte es nicht sagen sollen. Ich –«

»Es war eine sehr schöne Überraschung«, fügte Winter hinzu. »Es ist nur so, dass das noch nie jemand zu mir gesagt hat, und ganz sicher habe ich es auch noch nie zu jemandem gesagt oder mir träumen lassen, dass ich es jemals tun würde. Ich dachte, Liebe würde mich schwach machen. Und ich hatte recht, denn als du es gesagt hast, wären mir fast die Beine weggeknickt.« Sie fuhr sich mit einer Hand durch ihr nasses Haar. »Gott, seit wann schwafle ich ohne Punkt und Komma?«

Hannah lächelte und griff nach ihrer Hand, wobei sie den Blick auf Winters Gesicht gerichtet hielt, um sich nicht ablenken zu lassen. Winter so verletzlich zu erleben, war mindestens genauso sexy wie ihr selbstbewusstes Auftreten.

Winter schluckte. Sie sah Hannah in die Augen und ihre blaue Iris schien vor Intensität zu glühen. »Was ich damit sagen will, ist ... Ich liebe dich auch.«

Ihre Worte bescherten Hannah ein Glücksgefühl, wie es nicht einmal sämtliche Kuschelhormone der Welt vermochten. Sie schwankte und warf sich Winter in die Arme.

Ihre Münder trafen sich in einer Flut von Emotionen und öffneten sich einander.

Hannah stöhnte. Vielleicht war es aber auch Winter, die aufstöhnte, als ihre Zungen einander erforschten.

Winter hielt sie mit einem Arm an ihren nur mit einem Handtuch bedeckten Körper gepresst, während sie die andere Hand Hannahs Arm hinaufgleiten ließ, an ihrer Schulter entlang und über ihren Hals, bis ihre Fingerspitzen Hannahs Wange berührten. Dort verharrte sie, während sie den Kuss vertiefte.

Bei dieser zärtlichen Berührung wurden Hannahs Knie weich. Sie fuhr mit den Fingern durch Winters kurzes, nasses Haar und drückte sich so fest an sie, dass sie spüren konnte, wie wild ihre Herzen schlugen.

Die Wärme von Winters fast nackter Haut ließ sie erneut aufstöhnen. Sie wollte jeden Zentimeter von ihr berühren. Aber nicht hier. Zögernd wich sie ein paar Zentimeter zurück. »Winter …«

Winter beugte sich hinunter und küsste Hannahs Hals, was ihren Körper zum Glühen zu bringen schien. »Hm?«

Hannah lehnte den Kopf zurück, um Winter Platz zum Erkunden zu geben. »Meinst du …?«

Winters warmer Atem streifte ihr Ohrläppchen, dann knabberte sie daran.

O Gott! Hannah umklammerte ihren Rücken mit einer Hand, während sie die andere in Winters Haaren vergrub. »W-willst du mit mir ins Schlafzimmer gehen?«

Mit einem leisen Stöhnen sah Winter auf. Verlangen loderte in ihren Augen, doch Hannah sah auch zärtlichere Gefühle der Liebe in Winters Blick. »Na ja«, sagte Winter mit einem verschmitzten Grinsen, zerrte an dem Handtuch und ließ es zu Boden fallen, »da ich ja schon mal nackt bin …«

Hannah starrte auf die plötzlich entblößte Haut und konnte sich ein Lachen nicht verkneifen. Ihre Brust fühlte sich an, als würde sie vor lauter Emotionen platzen, wenn sie Winter nicht auf der Stelle zeigte, was sie für sie empfand. Sie umklammerte ihre Hand und zog sie zu Winters Schlafzimmer.

Mit einer Frau ins Bett zu gehen, hatte Winter nie nervös gemacht. Aber jetzt war es Hannah, die sie zum Schlafzimmer führte, und ihr Körper vibrierte vor Nervosität und Verlangen.

Gott, man könnte meinen, ich hätte noch nie Sex gehabt.

Aber tief in ihrem Inneren wusste sie, dass diesmal alles anders war. Sie *wollte*, dass es anders war. Zum ersten Mal in ihrem Leben wollte sie sich einer Partnerin vollständig öffnen und ihr ihre Liebe zeigen, anstatt lediglich Befriedigung zu suchen. Sie hoffte nur, dass sie Hannah, einer Expertin in Sachen Kommunikation durch Berührung, zeigen konnte, wie viel sie ihr bedeutete.

Als sie vor ihrem Bett stehen blieben, glitt Hannahs Blick über Winters Körper. Jeder Zentimeter von Winters Haut kribbelte.

Schließlich konnte Winter nicht länger warten. Sie zog Hannah an sich und gab ihr einen langen, tiefen Kuss, der schnell leidenschaftlicher wurde.

Hannah fuhr mit ihren Händen über Winters Hüften, ihren Rücken, ihre Schultern, ihren Nacken und in ihr noch immer feuchtes Haar, als wollte sie jeden Teil ihres Körpers erkunden.

Auch Winter sehnte sich danach, ihre Haut zu spüren. Sie trat einen Moment lang zurück, griff nach dem Saum von Hannahs Oberteil und zog es hoch. Unterhalb ihrer Brüste hielt sie inne und sah in Hannahs Augen. *Zustimmung ist sexy*, sagte sie sich. Als Profi-Kuschlerin achtete Hannah sorgsam darauf, nichts ohne Einverständnis zu tun, deshalb war es ihr vermutlich auch im Privatleben wichtig. »Darf ich …?«

Hannah lächelte glücklich, als wüsste sie genau, warum Winter innegehalten hatte. Ihr breites Lächeln brachte ihre Grübchen zum Vorschein und Winter beugte sich vor und küsste jedes von ihnen.

»Ja«, flüsterte Hannah, bevor sich ihre Lippen erneut trafen.

Sie ließen gerade lange genug voneinander ab, damit Winter Hannah das T-Shirt über den Kopf ziehen konnte.

Als es zu Boden fiel, stand Hannah barfuß vor ihr, nur mit verwaschenen Jeansshorts und einem cremefarbenen BH bekleidet, der ein wenig zu klein war, als wären die besser passenden BHs alle in der Wäsche.

Der enge Sitz machte das Outfit in Winters Augen noch verführerischer. Sie sehnte sich danach, den Ansatz von Hannahs üppigen Brüsten zu küssen, die über den Saum des BHs herausschauten. Aber zuerst würde sie Hannah gebührend bewundern und sich an ihr sattsehen.

Hannahs Wangen wurden rot, als sie Winters Blick folgte und ihren BH betrachtete. »Ich glaube, er passt nicht zur Unterhose.« Sie zupfte am Bund ihrer Shorts und schielte darunter. »Nein, tut er nicht.«

Winter schmolz dahin. Wie konnte eine Frau nur so süß und gleichzeitig so heiß sein? »Nun«, sagte sie mit heiserer Stimme, »dann ziehen wir beides besser aus, dann spielt es keine Rolle mehr, dass sie nicht zusammenpassen.«

Hannah lachte. »Mmh, ich liebe kreative Frauen.« Sie knöpfte ihre Shorts auf.

»O nein.« Winter schob ihre Hände beiseite. »Ich habe noch nie jemand anderen meine Geschenke öffnen lassen und ich werde auch jetzt nicht damit anfangen.«

»Ich bin also ein Geschenk, hm?«

»Ja.« Genau das war Hannah für sie und jetzt würde sie ihr das zeigen – die ganze Nacht lang.

Hannahs heißer Atem streifte Winters Hals und ließ ihre Hände leicht zittern, als sie den Knopf öffnete und dann langsam den Reißverschluss nach unten zog. Der Knöchel ihres Zeigefingers strich über einen schwarzen Slip.

Hannah atmete scharf ein, blieb aber still stehen und ließ sich von Winter ausziehen.

Langsam schob Winter ihre Finger unter den Bund von Hannahs Shorts und zog sie zusammen mit dem nicht zum BH passenden Slip herunter, wobei sie ihre Hände über Hannahs kurvige Hüften gleiten ließ. Als sie Hannahs runde Oberschenkel erreichte, kniete sie sich hin, um ihre Shorts und ihr Höschen ganz ausziehen zu können. Ihre Lippen waren nun auf Höhe von Hannahs Bauch. Sie küsste ihn sanft, erst einmal, dann ein zweites Mal, nur ein paar Zentimeter oberhalb ihrer Schamhaare.

Ihre Nasenflügel bebten, als sie Hannahs sinnlichen Duft einatmete, und sie stellte sich kurz vor, wie sie Hannah mit dem Mund verwöhnte und –

Sie schüttelte den Gedanken ab und sah an Hannahs Körper entlang hinauf zu ihrem Gesicht. Würde Hannah das zulassen? Würde sie es genießen?

Hannah starrte sie mit geweiteten Pupillen an. Sie lachte heiser. »Du kommst besser wieder hoch zu mir, sonst wirst du dein Geschenk nicht lange genießen können.« Ihre Brust hob und senkte sich unter ihren stoßweisen Atemzügen, was Winter daran erinnerte, dass der BH dringend abgestreift werden musste.

»Das können wir nicht zulassen.« Sie wollte jeden Zentimeter von Hannahs wunderschönem Körper erkunden, bevor sie sie zum Höhepunkt brachte.

»Vielleicht kommen wir später darauf zurück.« Sie platzierte einen letzten Kuss unterhalb von Hannahs Bauchnabel, bevor sie sich erhob. Ihre bereits harten Nippel glitten über Hannahs Haut und ließen sie beide erschaudern. Wenn sie so weitermachten, würden sie beide nicht mehr lange durchhalten.

Sie legte eine Hand auf Hannahs Hüfte, um sich abzustützen, während sie mit der anderen um sie herumgriff. Vielleicht war sie doch nicht so außer Übung, wie sie gedacht hatte, denn die Haken von Hannahs BH öffneten sich schon beim ersten Versuch. Grinsend zog sie erst den einen, dann den anderen Träger von Hannahs Schultern und küsste die roten Kerben, die diese auf ihrer blassen Haut hinterlassen hatten.

Der BH fiel zu Boden und Hannah stand völlig nackt vor ihr.

Winters Körper protestierte, als sie einen Schritt zurücktrat, um sie zu bewundern.

Ihre Körper waren vollkommen verschieden – Hannahs besaß weiche Rundungen, während Winter die schlanken, drahtigen Muskeln einer Langstreckenläuferin hatte – aber Winter konnte sich bereits vorstellen, wie perfekt sich Hannah unter ihr anfühlen würde.

Hannah führte eine Hand hinter ihren Kopf, um das Gummiband aus ihrem Haar zu ziehen. Die Bewegung hob eine ihrer vollen Brüste an, sodass der rosarote Nippel sich Winter ein Stück entgegenschob. Ihr schokoladenbraunes Haar fiel ihr über die nackten Schultern.

Ach du Heilige … Hannah sah umwerfend aus.

Winter musste sie haben. Jetzt sofort. Sie konnte keinen Moment länger warten, um Hannahs Haut auf ihrer zu spüren. »Aufs Bett. Jetzt.«

Ihr Befehlston jagte Hannah einen sichtbaren Schauder über den Rücken.

Oh. Hannah gefiel es also, dass sie im Bett das Kommando übernahm. Ihr altes Selbstvertrauen legte sich über Winter wie eine vertraute Jacke. Sie dirigierte Hannah rückwärts aufs Bett und folgte ihr sofort.

Hannah spreizte ihre Beine und machte Platz für Winter zwischen ihren Schenkeln.

Die erste Berührung von Haut auf Haut, Brust auf Brust ließ beide aufstöhnen.

So sehr sie Hannah auch erobern und sie dazu bringen wollte, vor Lust aufzuschreien, Winter zwang sich, langsam zu machen und jedes kleine Detail in sich aufzunehmen. Früher hatte sie sich lediglich erlaubt, leidenschaftlich zu sein, aber nicht zärtlich. Zärtlichkeit hatte ihr immer das Gefühl gegeben, schwach zu sein, aber bei Hannah war es anders.

Sie rollte sich zur Seite, sodass sie halb neben Hannah und halb auf ihr lag. Auf einen Ellbogen gestützt begann sie mit sanften Liebkosungen ihres Gesichts, zeichnete ihre Nase, ihre Wangen, die Konturen ihrer Ohren nach, erst mit den Fingerspitzen, dann mit ihren Lippen.

Hannahs Puls klopfte hektisch unter ihrem Mund, als sie Küsse auf ihrem Hals verteilte. Sie erforschte die glatte Haut einer Schulter, die Ellenbeuge, die empfindliche Stelle an der Innenseite ihres Handgelenks.

Jede Berührung löste eine Reaktion aus – einen Schauder, ein leises Keuchen, eine Gänsehaut, die Winter mit ihrer Zunge spürte.

»Mmh, du fühlst dich unglaublich gut an.«

»Ich?«, fragte Hannah heiser. »Du bist diejenige, die einfach unglaublich ist. Du gibst mir das Gefühl, dass ich angebetet werde.«

»Gut.« Aber es gab noch viel mehr von Hannah, das sie anbeten und verwöhnen wollte. Sie strich Hannah eine Haarsträhne hinters Ohr. »Sag mir, wenn ich etwas tue, das dir nicht gefällt, okay? Oder wenn ich eine Lieblingsstelle übersehe.«

Hannah ergriff Winters Hand und knabberte an ihrem Finger, was ein unerwartetes Kribbeln viel weiter unten in Winters Körper auslöste. Unbändige Leidenschaft stand Hannah ins Gesicht geschrieben. »Ich entdecke bei jeder Berührung von dir neue Lieblingsstellen, aber meine drei Favoriten hast du bisher vernachlässigt.«

»Keine Sorge«, sagte Winter heiser. »Ich bin sicher, dass ich sie finden werde.«

Mit offenem Mund küsste sie Hannahs Oberkörper, kam dabei der Wölbung ihrer Brüste immer näher, bis sie nicht mehr widerstehen konnte und das Salz auf der Haut mit der Zunge schmeckte. Als sie ein Stück tiefer rutschte, blickte sie auf, um sich zu vergewissern, dass Hannah immer noch einverstanden war mit dem, was sie tat. »Komme ich den Lieblingsstellen schon näher?«

Hannah begegnete ihrem Blick mit geröteten Wangen und geöffneten Lippen. »Ja«, flüsterte sie. »O Gott, ja.«

Winter senkte den Kopf und zog mit der Zungenspitze immer kleinere Kreise um eine Brust, bis Hannah sich ihr entgegenwölbte.

»Winter, bitte.«

Das Verlangen in Hannahs Stimme sandte eine Welle der Lust durch Winters Körper. Sie nahm eine Brust in die Hand und senkte ihren Mund auf den Nippel hinab.

Stöhnend vergrub Hannah ihre Finger in Winters Haar und hielt sie fest.

Winter liebkoste eine Brust mit ihren Lippen und ihrer Zunge, während sie die andere streichelte und mit dem Daumen den Nippel rieb.

Hannah lehnte sich ihr entgegen. Ihre Finger krallten sich in Winters Haar, und ihre Hüften bäumten sich auf, um sich an Winters Oberschenkel zu reiben. »Winter«, keuchte sie erneut.

Noch nie hatte Winter ihren Namen so sehr geliebt. Sie gab Hannahs Nippel einen letzten Kuss, dann hob sie den Kopf und sah zu ihr auf.

Das unverhohlene Verlangen in Hannahs Augen sandte eine Welle der Erregung durch Winter.

»Bitte«, flüsterte Hannah. »Berühr mich.« Sie nahm Winters Hand, die auf ihrer Brust gelegen hatte, und führte sie an ihrem Körper hinunter.

Himmel! Eine Frau, die sich nicht scheute, ihr zu zeigen, was sie wollte, war heiß.

Sie fuhr mit ihrer Hand über Hannahs seidenweichen Bauch und durch die krausen Haare zwischen ihren Beinen, die schon ganz feucht waren.

Hannah ließ ihre Hand los und griff stattdessen nach Winters Rücken. Der kehlige Laut, der ihr entfuhr, sorgte dafür, dass Winter ganz schwindelig wurde.

Gott. Sie klang unglaublich sexy. Winter presste ihre Lippen auf Hannahs, als sie in ihre feuchte Wärme glitt.

Hannah keuchte in ihren Mund hinein. Ihre Hände wanderten unruhig über Winters Rücken. Das leichte Kratzen ihrer Nägel schickte feurige Impulse durch Winters ganzen Körper.

Sie sah Hannah ins Gesicht, während sie anfing, sie zu streicheln. Sie zeichnete erst kleine, behutsame Kreise, rieb dann gleichmäßig auf und ab und probierte aus, was Hannah erzittern ließ oder sie zum Stöhnen brachte. »So? Oder lieber so?« Sie fing wieder an, Kreise zu ziehen.

»Ja«, keuchte Hannah. »Beides. Alles. Bitte. Kannst du …?« Sie schob ihre Finger an Winters Unterarm entlang nach unten und drückte ihre Hand tiefer.

Ein Ziehen begann zwischen Winters Schenkeln, als sie einen Finger in Hannah hineingleiten ließ.

Hannah stieß einen wortlosen Schrei aus und hob sich ihr entgegen.

Ihre Münder trafen sich erneut mit brennender Intensität.

Winter zog ihren Finger zurück und schob dann zwei in sie hinein.

Hannah unterbrach den Kuss und schnappte nach Luft. Mit völliger Hingabe warf sie den Kopf zurück und drückte ihr Becken gegen Winters Finger. Die atemlosen Laute, die sie dabei von sich gab, brachten Winter um den Verstand. Ihr dabei zuzusehen, wie sie sich in ihrer Lust verlor, war das Erotischste, was sie je gesehen hatte. Es war wahnsinnig sexy und beängstigend zugleich, wie verletzlich Hannah sich machte und wie bedingungslos sie ihr vertraute.

Winter verwöhnte sie mit langen, tiefen Stößen, ohne den Blick von ihrem Gesicht abzuwenden, denn dort sah sie jede Empfindung, jedes Gefühl widergespiegelt. Das war unglaublich heiß.

Hannah schloss die Augen.

»Nein«, flüsterte Winter mit rauer Stimme. »Bitte. Ich liebe deine Augen. Ich will, dass du mich anschaust, wenn du kommst.«

Ein wilder Laut entfuhr Hannahs Kehle, der das Ziehen in Winters Bauch nur noch verstärkte.

Hannah öffnete mühsam die Augen und ihre Blicke trafen sich.

Winters Atem stockte angesichts der Intimität dieses Moments. Ohne die Bewegung ihrer Finger zu unterbrechen, rieb sie mit dem Handballen über Hannahs Klitoris.

Hannah stöhnte. Sie klammerte sich mit beiden Händen an Winters Rücken. Ihre Nägel gruben sich in Winters Haut, als sie sich ein letztes Mal aufbäumte.

Winter fühlte sich, als wäre auch sie kurz vor dem Höhepunkt. Sie folgte Hannah, als diese zurück auf die Matratze sank, und küsste ihren feuchten Hals, ihren Mundwinkel, ihre geröteten Lippen.

Als das Pulsieren um ihre Finger nachließ, zog sie sanft ihre Finger heraus und nahm Hannah in ihre Arme.

Immer noch bebte Hannah am ganzen Körper. Dann merkte Winter, dass sie beide zitterten.

Hannah klammerte sich mit beiden Armen an Winter. Ihr weicher Schenkel glitt zwischen Winters Beine und machte ihr noch deutlicher bewusst, wie erregt sie selbst war.

Sie drückte die Hüften nach unten, um sich an Hannahs Bein zu reiben, aber Hannah ließ es nicht zu.

Sie schob sich unter Winter hervor und rollte sie auf den Rücken. Dann legte sie sich zwischen ihre gespreizten Beine. Ihr leidenschaftlicher Blick glitt an Winters Körper hinunter, als würde sie überlegen, wo sie anfangen sollte. Schließlich eroberte sie Winters Mund in einem leidenschaftlichen Kuss, der Winter vor Verlangen schwindlig werden ließ. Sie knabberte an Winters Ohrläppchen, was eine Gänsehaut auslöste, sodass sie es sofort noch einmal tat.

Winter versuchte, ihren völlig außer Kontrolle geratenen Atem zu beruhigen, aber es war unmöglich, als Hannah begann, an der empfindlichen Stelle unter ihrem Ohr zu saugen. Dann glitten ihre Lippen tiefer, ihren Hals hinab, wo sie jeden Zentimeter mit heißen Küssen bedeckten. Als sie Winters Brust erreichte, hielt sie inne und presste ihren Mund auf die feuchte Haut zwischen ihren Brüsten.

Winter stieß ein gequältes Stöhnen aus. »Du hast bisher auch sämtliche Lieblingsstellen ausgelassen.«

»Du meinst die hier?« Hannah grinste dicht an ihrer Haut, dann wich sie etwas zurück und berührte Winters Nippel mit einem Finger.

Die leichte Berührung sandte pulsierende Lust zu der Stelle zwischen Winters Schenkeln.

»Oder eher die hier?« Hannah strich mit dem Daumen über den anderen Nippel.

Winter stöhnte auf. Sie hätte wissen müssen, dass Hannah im Bett so sein würde – zärtlich, leidenschaftlich, verspielt und darauf aus, sie völlig verrückt zu machen.

»Mmh, das ist eine gute Stelle«, flüsterte Hannah. Bei jedem Wort strich ihr warmer Atem über Winters Nippel. Dann nahm sie ihn in den Mund.

Winter hob sich der Berührung entgegen und umklammerte das Laken mit beiden Händen.

»Oder meintest du vielleicht diese Stelle?« Hannah ließ ihre Lippen über Winters Bauch nach unten wandern und hinterließ dabei eine Spur von Küssen.

Das Blut rauschte in Winters Ohren. Hilflos umklammerte sie Hannahs Schulter. »Warte! Warte. Du …« Sie bekam kaum genug Luft, um sprechen zu können.

Sofort hielt Hannah inne und rutschte im Bett nach oben, sodass sie sich auf Augenhöhe befanden. Sie musterte Winter besorgt. »Gibt es irgendetwas, worüber ich … wir uns Sorgen machen sollten?«

Winter blinzelte. »Was?«

»Mist. Wir hätten vorher darüber reden sollen. Ich habe mich testen lassen und bin negativ. Und du?«

Ach so. Hannah meinte Geschlechtskrankheiten. »Ich auch, aber das ist nicht der Grund ... Nur weil ich bei unserer ersten Kuschelsitzung einen Witz darüber gemacht habe, dass ich Oralverkehr mag, heißt das nicht, dass du das tatsächlich tun musst.«

»Tun *musst*?« Hannahs Haare kitzelten Winters Schulter, als sie entschlossen den Kopf schüttelte. »Ich will es. Es sei denn ... Moment! Hast du Witz gesagt? Also magst du Oralsex eigentlich gar nicht?«

»Doch, sogar sehr, aber ...« Winter schluckte gegen ihre trockene Kehle an. »Ich habe hauptsächlich davon gesprochen, der aktive Part zu sein, nicht der passive.«

»Oh. Das magst du also nicht?«

Winters Wangen brannten, als wäre sie ein Teenager, der zum ersten Mal über Sex sprach. »Normalerweise ist es mir zu viel. Zu intim.« Anderen gegenüber würde sie das nicht zugeben, aber Hannah gegenüber wollte sie offen sein.

»In Ordnung. Ich muss nicht, wenn du nicht willst. Es gibt so viele andere Dinge, die ich tun kann.« Hannah strich mit einem Finger an Winters Seite entlang, was beruhigend, aber zugleich auch erregend wirkte.

Aber Winter wurde klar, dass sie diese Art von Intimität mit Hannah sehr wohl wollte. Ihr Magen kribbelte bei dem bloßen Gedanken daran. »Nein. Ich möchte, dass du mir deine Liebe zeigst. Mit deinem Mund.«

Hannahs Pupillen weiteten sich. »Bist du dir sicher?«

»Ja. Ein ganz enthusiastisches Ja.«

Hannah beugte sich herunter und küsste sie. Es begann mit einer zarten Berührung ihrer Lippen auf Winters, aber als Winter mit ihren Fingerspitzen über Hannahs nackten Rücken fuhr, bis sie ihre runden Pobacken erreichte, wurde es schnell leidenschaftlicher.

Hannah ergriff Winters Hände, spreizte ihre Arme zu beiden Seiten und drückte sie auf die Matratze. »Keine Ablenkungen. Jetzt bin ich dran, dich zu verwöhnen.«

Sie streichelte eine Brust, die perfekt in ihre Handfläche passte, nahm den harten Nippel in den Mund und saugte sanft daran.

Eine zunehmende Spannung baute sich in Winters Bauch auf. Sie hob eine Hand von der Matratze und vergrub ihre Finger in Hannahs Haaren, um sie an ihre Brust zu drücken. *O mein Gott!* Wenn Hannah nicht aufpasste, würde sie …

Als hätte sie Winters Gedanken gelesen, wechselte Hannah zum anderen Nippel und umkreiste ihn mit der Zunge.

Winter stöhnte lang und tief. Ihre Finger fuhren rastlos über Hannahs Hinterkopf.

Hannah küsste ihren Nippel ein letztes Mal, bevor sie sich an Winters Körper entlang nach unten schob. Ihre Lippen fühlten sich heiß auf Winters Bauch an und drohten, ihren ganzen Körper in Brand zu setzen. Ihre Haare kitzelten Winters überhitzte Haut und steigerten ihre Vorfreude.

Seit wann war ihr Körper derart empfindlich?

Sie war so erregt, dass sie wahrscheinlich kommen würde, sobald Hannah sie auch nur anhauchte.

»O nein, noch nicht«, flüsterte Hannah, als hätte sie erneut ihre Gedanken gelesen. »Ich will dich erst genießen.« Sie knabberte, leckte und verteilte Küsse über Winters Bauch, ihre Hüften, die empfindliche Leistengegend und entzündete überall kleine Feuer auf ihrer Haut.

»Hannah.« Winter zog ein Knie an, um sich ihr zu öffnen, aber Hannah schien es nicht eilig zu haben, die Einladung anzunehmen.

Sie rutschte noch weiter im Bett nach unten, richtete sich auf und drückte einen Kuss auf Winters Knie. Zentimeter für Zentimeter ließ sie ihre Lippen an Winters Bein hinaufwandern und küsste die Innenseite ihres Oberschenkels.

Ein hilfloses Keuchen entfuhr Winter.

Ohne den Kopf zu heben, griff Hannah nach oben und fuhr mit den Fingerspitzen über Winters bebenden Bauch, von der Unterseite ihrer Brüste bis zum Ansatz ihres Schamhaars und wieder zurück.

Ein Schauder der Begierde durchfuhr Winter. Scharf zog sie die Luft durch die Zähne ein, als Hannahs aufreizende Liebkosungen sie in einen fiebrigen Rausch versetzten. Schließlich konnte sie keine weitere Sekunde dieser süßen Tortur mehr ertragen. »Ich brauche dich.« Das hatte sie noch nie zu jemandem gesagt. Es war sogar noch beängstigender als *Ich liebe dich*, aber sie konnte es nicht mehr leugnen.

»Du hast mich«, flüsterte Hannah. Ihr Atem war warm auf Winters entblößter Haut. Sie senkte den Kopf und kostete Winter mit dem Mund.

Bei der ersten Berührung ihrer Zunge konnte Winter den hilflosen Laut aus ihrer Kehle nicht unterdrücken; sie *wollte* ihn nicht unterdrücken. Hannah gegenüber wollte sie nichts mehr zurückhalten.

Nicht, dass sie das überhaupt gekonnt hätte. Als Hannahs Zunge durch ihre feuchte Hitze glitt, konnte sie nichts anderes tun, als ihre Finger in Hannahs Haar zu vergraben und sie noch näher an sich zu ziehen. Hannahs Mund auf ihr fühlte sich unglaublich gut an. Verzweifelt rang sie nach Luft.

Hannah brummte genüsslich, als sie Winter schmeckte.

Winter spürte die Vibrationen tief in ihr. Die Muskeln in ihren Schenkeln spannten sich an, als sie ihre Füße gegen die Matratze stemmte und sich immer wieder gegen Hannahs Mund presste. Sie versuchte, den Kopf zu heben, um Hannah zwischen ihren Beinen zu beobachten, aber ihre Muskeln wollten nicht mitspielen. Sie konnte nicht atmen. Konnte nicht denken. Alles, was sie tun konnte, war, sich Hannahs Berührung hinzugeben, während alles außer Kontrolle geriet. Sie vergrub die Finger ihrer freien Hand erneut im Laken.

Hannah zog an ihrer Hand, bis Winter den zerknitterten Stoff losließ und ihre Finger miteinander verschränkte. Langsam ließ Hannah ihre Zunge nach unten gleiten und tauchte in sie ein.

Winters Bauchmuskeln zogen sich zusammen.

Hannah benutzte ihre freie Hand, um ihre Hüfte zu umfassen, und hielt Winter an ihren Mund gepresst, während sie sie kurz vor den Höhepunkt brachte.

Erneut stemmte Winter die Fersen in die Matratze. Ein langsames Pulsieren begann tief in ihrer Mitte. Unzusammenhängende Laute drangen aus ihrer Brust.

Als Hannah ihre Lippen um Winters Klitoris legte und sanft daran saugte, stieß sie einen heiseren Schrei aus. Ihre Hüften pressten sich gegen Hannahs Mund, dann stockten all ihre Bewegungen. Ihr Orgasmus fegte so schnell und heftig über sie hinweg, dass helle Lichtpunkte hinter ihren Augenlidern aufflackerten.

Langsam kehrte sie in die Realität zurück, während schwächer werdende Wellen der Lust ihren Körper durchströmten. Es dauerte einen Moment, bis sie sich der zärtlichen Küsse bewusst wurde, die Hannah auf den Innenseiten ihrer Oberschenkel verteilte.

Hannah glitt an ihrem Körper hinauf und hinterließ eine Spur von Küssen auf Winters feuchter Haut. Sie kuschelte sich an ihre Seite, schlang einen Arm um ihre Taille und schob ihr Knie auf Winters Schenkel, um sie mit ihrer Wärme und ihrem unglaublichen Duft zu umgeben. Ihre Wangen waren gerötet und sie sah Winter mit einem Ausdruck ehrfürchtigen Staunens an.

Winter versuchte zu schlucken, aber ihre Kehle war zu trocken. Liebevoll strich sie eine feuchte Haarsträhne zurück, die sich um Hannahs Hals kringelte. »Bitte keine Witze, die das Wort *angemessen* beinhalten«, brachte sie schließlich heraus.

»Ich kann ehrlich sagen, dass mir das gar nicht in den Sinn gekommen ist«, antwortete Hannah. »Gott, du warst so umwerfend. Ich konnte meine Augen nicht von dir abwenden. Oder meinen Mund.«

Ihre Worte und der leidenschaftliche Ausdruck in Hannahs Augen sandten eine weitere Welle der Lust durch Winters Körper.

»Ich danke dir. Dafür, dass ich das machen durfte.«

Winter lachte heiser. »Du bedankst dich bei mir? Ich sollte dir danken. Zum Teufel, ich sollte dir einen Schrein errichten und dich –«

Hannah küsste sie, und Winter stöhnte in ihren Mund hinein, als sie sich selbst auf Hannahs Zunge schmeckte. »Ich will keinen Schrein«, flüsterte Hannah gegen ihre Lippen. »Ich will nur, dass du mich liebst.«

»Ich liebe dich.« Es zu sagen, war jetzt einfacher. Zwar noch nicht ganz mühelos, aber mit etwas Übung würde es das vielleicht werden. Sie drehte Hannah um, sodass sie oben lag, zwischen Hannahs Schenkel geschmiegt. Eine Menge Übung. Und damit würde sie jetzt sofort anfangen. Sie glitt an Hannahs Körper hinunter, platzierte überall Küsse und flüsterte immer wieder »Ich liebe dich.«

Kuscheln nach dem Sex oder zu irgendeinem anderen Zeitpunkt hatte noch nie zu Winters Lieblingsbeschäftigungen gehört. Aber sie musste zugeben, dass ihr die Löffelchenstellung zunehmend besser gefiel – vor allem nackt.

Sie hatten einander fast die ganze Nacht wach gehalten und das Bett nur verlassen, um sich dringend benötigtes Wasser zu holen. Aber sie waren nur bis zur Mitte des Schlafzimmers gekommen, bevor Winter Hannahs vollen Hüften und ihrem runden Po nicht mehr widerstehen konnte. Sie hatte Hannah gegen die Massageliege gepresst, die sie immer noch nicht verkauft hatte, und sie erneut zum Höhepunkt gebracht.

Als die Sonne aufging und einen herrlichen Sommertag versprach, lagen sie eng aneinandergekuschelt im Bett und fütterten sich gegenseitig mit Donuts.

Winter leckte ein Stück Schokolade von Hannahs Fingern. »Ich denke, wir sollten sie behalten.«

Hannah drehte sich in ihren Armen um. Ihre warme Haut und ihre sanften Kurven fühlten sich wundervoll an. Unglaublich richtig. »Meine Finger? Ja, das wäre mir sehr recht. Ich hänge irgendwie an ihnen.«

Winter lachte. Der Werbetext auf Hannahs Webseite stimmte. Oxytocin war eindeutig ein Stimmungsaufheller. Sie fühlte sich so sorglos und glücklich wie noch nie. »Nein, nicht deine Finger. Obwohl es mir auch lieber wäre, wir würden sie behalten, zusammen mit ihren anderen talentierten Freunden.« Sie küsste jeden der zehn Finger. »Ich rede von der Massagebank.«

Hannah wurde rot, was Winter zum Grinsen brachte.

»Hör auf zu grinsen.« Hannah tippte an Winters Mundwinkel, aber auch sie lächelte.

Winter knabberte an dem Finger, der über ihre Lippen strich. »Es fällt mir schwer, nicht zu grinsen, während mir all die Bilder von letzter Nacht durch den Kopf gehen.«

»Da bin ich im Nachteil.« Anstatt Winter ihre Hand zu entziehen, deutete Hannah mit der anderen Hand auf ihren Kopf. »Ich habe kein visuelles Vorstellungvermögen, kann solche Erlebnisse also nicht mental noch mal durchleben, schon vergessen?«

»Hm. Kein Problem. Wenn du ein Erlebnis noch einmal durchleben möchtest, dann werden wir es eben für dich nachstellen.«

»Nein, werden wir nicht. Zumindest nicht jetzt«, sagte Hannah, doch ihre Pupillen hatten sich geweitet und ihre Stimme senkte sich zu einem sexy Raunen. »Du hast Zuckerguss an den Händen.«

Winter schenkte ihr ein verschmitztes Grinsen, verschränkte ihre Finger mit Hannahs und streckte ihre Arme zur Seite weg, wie Hannah es gestern Abend getan hatte. »Wer sagt, dass ich meine Hände benutzen werde?«

Mit einem leisen Stöhnen gab Hannah ihre Proteste auf.

Kapitel 27

Am zweiundneunzigsten Tag, Winters Geburtstag, saßen sie zusammen auf der Couch, so dicht beieinander, dass sich ihre Körper vom Knie bis zur Schulter berührten, während Winter Hannahs Geschenk öffnete.

Als Winter zu lange brauchte, um das Geschenkpapier zu entfernen, stupste Hannah sie mit dem Ellbogen an. »Reiß es auf!«

Winter zwinkerte ihr spielerisch zu. »Das hast du gestern Nacht auch gesagt.«

Hannah wurde rot und Winter beugte sich lächelnd zu ihr hinüber und küsste sie auf die Wange.

Um ehrlich zu sein, waren sie beide vergangene Nacht unersättlich gewesen, sogar mehr als in den neun Nächten zuvor, seit sie zum ersten Mal miteinander geschlafen hatten. Und das wollte schon etwas heißen. Logischerweise wusste Winter, dass sie noch viele Nächte miteinander verbringen würden. Es war ja schließlich nicht so, als würden sie sich trennen, nur weil die Bedingungen von Julians Trust nun erfüllt waren. Dennoch konnte sie sich des Gefühls nicht erwehren, dass sich alles ändern würde. Von nun an würden sie ohne das Sicherheitsnetz auskommen müssen, das der Trustvertrag geboten hatte.

Schließlich gab sie sich einen Ruck, leistete Hannahs Anweisung Folge und riss das Geschenkpapier ab.

Darunter kam eine Schachtel LEGO zum Vorschein. Es war ein Architektur-Set mit der Skyline von San Francisco, einer Stadt, die Winter nun für immer mit dem Anruf in Verbindung bringen würde, bei dem Hannah ihr zum ersten Mal gesagt hatte, dass sie sie liebte.

Winter hob die Augenbrauen. »Bist du sicher, dass das für mich ist? Nicht für deine Nichte und deinen Neffen?«

»Ach, tu bloß nicht so, als hättest du nicht jede Menge Spaß dabei gehabt, das LEGO-Haus mit ihnen zusammenzubauen. Ich habe gesehen, wie du dich am nächsten Morgen ins Wohnzimmer geschlichen hast, um es fertigzustellen, als du dachtest, dass niemand hinschaut.«

»Nur weil die Kinder es auf eine Weise gebaut haben, die von der Statik her nicht einwandfrei war.« Winter versuchte, ganz sachlich zu klingen, konnte aber nicht leugnen, dass sie sich darauf freute, die Skyline mit Hannah gemeinsam aufzubauen.

»Lies die Karte.« Hannah reichte ihr einen kleinen Umschlag.

Winter öffnete ihn vorsichtig und zog die Karte heraus.

Herzlichen Glückwunsch zum Geburtstag!
Man ist nie zu alt für LEGO … oder fürs Kuscheln.
Ich liebe dich,
Hannah

Sie sahen sich an.

Wie immer konnte Winter Hannahs Gefühle in ihren honigbraunen Augen deutlich ablesen. Sie versuchte nicht, sie zu verbergen.

Bei der Karte ging es um so viel mehr als nur um LEGO oder Kuscheln. Beides waren Dinge, die Julian und ihre Mutter ihr als Kind verwehrt hatten.

Jetzt sagte Hannah ihr, dass sie beides haben konnte – und dass sie auch Liebe haben konnte.

Ein Kloß setzte sich in Winters Hals fest. Innerlich rollte sie mit den Augen. Offenbar machte die Liebe einen sentimental und sie war da keine Ausnahme.

Sie schlang ihre Arme um Hannah und drückte sie an sich, bis sie praktisch auf Winters Schoß saß. »Danke«, flüsterte sie gegen ihre Lippen.

Als Hannahs Augen zufielen, küsste Winter sie.

Hannah ließ ihre Finger in Winters Haar gleiten, was Winter insgeheim liebte, und erwiderte den Kuss.

Der Alarm ihrer Apple Watch piepte und ließ sie aufschrecken.

Winter schlug auf das verdammte Ding ein, um es zum Schweigen zu bringen.

Zeit war schon ein seltsames Phänomen. Als sie den Timer gestellt hatte, waren Hannah und sie Fremde, vielleicht sogar Rivalinnen gewesen. Damals waren ihr die zweiundneunzig Tage wie eine endlose Zeitspanne erschienen.

Jetzt, da sie sich in Hannah verliebt hatte, war der Rest ihrer gemeinsamen Zeit viel zu schnell verflogen.

Sie hatten immer noch nicht darüber gesprochen, was danach passieren würde, vielleicht weil keine von ihnen etwas beschreien wollte.

Wohl eher, weil du ein Feigling bist, wenn es um Gefühle geht, und Hannah dich nicht unter Druck setzen will.

Winter wusste, dass sie Hannah nicht gehen lassen wollte, aber war sie auch bereit, den Sprung zu wagen und sich für immer zu binden?

Es läutete an der Tür.

Winter erstarrte. Wer zum Teufel war das? Mr Woodruff, der Trustverwalter, sollte erst in fünfzehn Minuten eintreffen.

Seufzend kletterte Hannah von Winters Schoß und ging zur Tür, um sie zu öffnen.

Wenige Augenblicke später stürmte Brooke mit Hannah im Schlepptau ins Wohnzimmer, als gehörte ihr das ganze Haus.

Winter spürte, wie ihr Blutdruck mit jedem Schritt von Brooke mehr anstieg. »Na klar. Ich hätte wissen müssen, dass du das bist. Du hast hier nichts zu suchen. Dieses Treffen ist eine Angelegenheit zwischen uns und Julians Anwalt.«

Brooke nahm die LEGO-Schachtel von der Couch, hob eine Augenbraue, als würde sie Kaugummi betrachten, der auf ihrer Seidenbluse klebte, und warf die Schachtel auf den Tisch, um Platz für sich auf der Couch zu machen. Ungebeten setzte sie sich. »Ich bin auch eine der Begünstigten des Trusts, deshalb habe ich das Recht, hier zu sein. Im Grunde sogar mehr als du.«

Welches Spiel spielte sie jetzt schon wieder? Winter kniff die Augen zusammen. »Was willst du?«

»Die Schlüssel zum Gebäude«, sagte Brooke mit einem Grinsen, das einen Barrakuda stolz gemacht hätte. »Und natürlich die Besitzurkunde.«

»Ha! Ich wusste schon immer, dass du Wahnvorstellungen hast, ich wusste nur nicht, dass sie so schlimm geworden sind.«

»Tja, dann ist es wohl eine Wahnvorstellung, die der Privatdetektiv, den ich engagiert habe, ebenfalls hat. Und seine Kamera auch.« Brooke holte einen großen Umschlag aus ihrer edlen Ledertasche und warf ihn Winter zu.

Winter starrte sie an und fing den Umschlag auf, bevor er ihre Brust treffen konnte.

Hannah setzte sich neben sie auf die Armlehne der Couch und nahm Winters Hand. Ihr ruhiger Blick sagte: *Was auch immer da drin ist, wir werden es gemeinsam bewältigen.*

Winter drückte Hannahs Hand, dann holte sie tief Luft. »Lass mich raten. Das ist kein Geburtstagsgeschenk.«

»Doch, es ist schon ein Geschenk.« Brooke schmunzelte. »Aber ich fürchte, es ist eher ein Geschenk für mich.«

Winter riss den Umschlag auf. Ein Stapel Fotos glitt heraus. Ein mulmiges Gefühl machte sich in ihrem Magen breit, als sie die Bilder durchsah.

Die meisten wirkten wie Schnappschüsse aus einem lustigen Familienurlaub, aber einige waren eindeutig mit einem Teleobjektiv aufgenommen worden.

Hannah und sie, wie sie gemeinsam das Krankenhaus verließen.

Hannah auf der Terrasse mit ihrem Vater.

Winter mit Hannahs Nichte, die beide aussahen, als würden sie gerade etwas sehr Wichtiges besprechen.

Winter, die Chewy, das Pferd, streichelte, während Hannah lächelnd zusah.

Wut stieg so schnell und siedend heiß in Winter empor, dass sie glaubte, ihr würde gleich Dampf aus den Ohren quellen. Sie sprang auf, und nur Hannahs Hand auf ihrer Hüfte hielt sie davon ab, Brooke das selbstgefällige Grinsen aus dem Gesicht zu schlagen. »Du hast uns verfolgen lassen?«

»Ach, komm schon. Tu nicht so, als hättest du nicht dasselbe getan. Hast du ernsthaft geglaubt, ich würde bloß herumsitzen und warten, bis die zweiundneunzig Tage um sind?«

Winter schloss den Mund, um nicht laut zu schreien. Als Brooke ihnen bei der Umarmungsaktion über den Weg gelaufen war, musste ihr klar geworden sein, dass die Kuschelsitzung, zu der sie Winter gedrängt hatte, nicht wie geplant einen Keil zwischen sie getrieben hatte. Winter hätte wissen müssen, dass Brooke nicht aufgeben würde, nur weil ihr Plan gescheitert war. Aber ehrlich gesagt, hatte sie in den vergangenen Wochen, seit Hannah und sie einander nähergekommen waren, kaum an Brooke gedacht. Sie war weniger auf der Hut gewesen und hatte sich darauf konzentriert, einfach nur glücklich zu sein – und jetzt musste sie womöglich den Preis dafür zahlen. Sie und Hannah, was noch schlimmer war.

»Ich habe herumgesessen und geduldig darauf gewartet, dass deine dreiundachtzig Tage Ende des Monats um sind«, sagte Winter mit fester Stimme. »Aber mir hätte klar sein müssen, dass du schmutzige Tricks anwenden würdest.«

»Schmutzige Tricks?« Brooke sah doch tatsächlich entrüstet aus. »Das ist kein schmutziger Trick. Ich habe mich überhaupt nicht eingemischt, obwohl es mir schwerfiel. Ich habe Beziehungen zu mehreren der Unternehmen, für die du arbeitest. Ich hätte sie leicht davon überzeugen können, dass deine Anwesenheit bei einer einwöchigen Veranstaltung in London dringend erforderlich ist. Aber ich habe es nicht getan. Ich habe nur darauf geachtet, ob ihr beide die Regeln befolgt. Es ist nicht meine Schuld, wenn ihr das nicht getan habt.«

Winter stopfte die Fotos in den Umschlag und warf ihn Brooke zu. »Die Bilder beweisen gar nichts. Ich habe dir doch gesagt, dass wir einen Tagesausflug zu Hannahs Familie gemacht haben.«

Brooke nahm den Umschlag und zog eines der Bilder heraus. Es zeigte Winters Audi, der vor dem Haus der Martins in Sunriver parkte. Der Zeitstempel bewies, dass es mitten in der Nacht gewesen war. »Ja, aber es war nicht nur ein Tagesausflug, oder?«

»Das spielt keine Rolle«, entgegnete Winter. »Hättest du das Kleingedruckte im Trustvertrag gelesen, wüsstest du, dass wir laut Bedingung zweiundneunzig Tage lang unter demselben Dach übernachten müssen. Und genau das haben wir getan.«

Brooke warf den Kopf zurück und lachte. »Du hältst dich wohl für besonders schlau! Glaubst du wirklich, dass diese äußerst lockere Interpretation von Papas Bedingung vor einem Richter Bestand haben wird?«

Winter ballte so fest die Fäuste, dass ihre Knöchel schmerzten. Sie hatte gewusst, dass das Hintertürchen, das sie gefunden hatte, ziemlich fadenscheinig war. Vielleicht würde ein Richter ihr recht geben, vielleicht aber auch nicht. Es war ein Risiko, das sie eingegangen war, um Hannah die Chance zu geben, ihr Kuschelstudio zu behalten, und sie würde nicht zulassen, dass sie es jetzt verlor. Mit den Fäusten in den Hüften baute sie sich vor Brooke auf. »Ich schwöre bei Gott, Brooke, wenn du uns bei der Übernahme dieses Gebäudes in die Quere kommst, mache ich es zu meiner Lebensaufgabe, dich zu ruinieren!«

Hannah drängte sich an ihr vorbei, strich beruhigend mit ihrer Hand über Winters Hüfte und trat zwischen sie. Ihre Wangen waren blass, aber sie hielt ihren Kopf hoch erhoben, als sie Brooke gegenüberstand. »Ähm, vielleicht sollten wir uns alle erst einmal beruhigen, bevor wir dieses Gespräch fortsetzen.«

»Ich bin völlig ruhig.« Brooke lächelte gelassen und legte ihren Arm auf die Rückenlehne, als gehörte die Couch ihr bereits.

Am liebsten hätte Winter sich auf sie gestürzt, ihr den Arm abgerissen und ihr damit über den Kopf geschlagen.

Ohne hinzusehen, legte Hannah Winter eine Hand auf die Brust, direkt oberhalb ihres hektisch klopfenden Herzens. Ihr Blick blieb jedoch auf Brooke gerichtet. »Ich lasse mal für einen Moment außer Acht, dass du Fotos von meiner Familie und meiner minderjährigen Nichte gemacht hast.« Ein gefährlicher

Unterton schwang in ihrer Stimme mit, als der stählerne Kern, der sich unter Hannahs weicher Schale verbarg, zum Vorschein kam.

Sogar Winter schluckte und war froh, dass Hannah nicht mit ihr sprach.

»Denn es geht hier nicht um meine Familie«, fuhr Hannah fort. Ihre Stimme war jetzt weniger scharf, aber immer noch so entschlossen, dass weder Winter noch Brooke wegsehen oder sie unterbrechen konnten. »Es geht um eure. Mensch, ihr seid Schwestern, und doch seid ihr beide so verdammt stur, dass ihr die andere nicht gewinnen lassen könnt, egal, was es euch kostet.«

Winter erstarrte. »Ich tue das nicht, um zu gewinnen. Ich tue es für dich. Um dich davor zu bewahren, dein Kuschelstudio zu verlieren.«

»Und ich sage dir jetzt schon zum wiederholten Mal, dass ich dich nicht als meinen Bodyguard brauche. Ich bin keine Jungfrau in Nöten, die gerettet werden muss.«

Verdammt, der stählerne Tonfall tat weh, wenn er auch nur eine Sekunde lang an sie gerichtet war.

Hannah hielt inne und wandte sich ihr zu. Ihr Gesichtsausdruck wurde sanfter. »Ich finde es toll, dass du weißt, wie wichtig mir mein Kuschelstudio ist. Aber es gibt Dinge im Leben, die noch wichtiger sind. Familie, zum Beispiel.« Sie gestikulierte von Winter zu Brooke.

»Sie ist nicht meine Familie«, knurrte Winter. »Du bist es.«

»O Gott, ich kriege Karies, wenn ich euch Turteltäubchen bloß zuhöre«, murmelte Brooke.

Winter starrte sie über Hannahs Schulter hinweg finster an. »Halt die Klappe.«

»Ja, Brooke, sei still und hör zu«, sagte Hannah. »Vielleicht hättest du Erfolg, wenn du versuchst, den Trustvertrag anzufechten. Vielleicht würdest du am Ende dieses Haus erben. Aber hier geht es eigentlich gar nicht um das Gebäude, oder? Ihr habt beide genug Geld, um ein anderes Haus in der Stadt zu kaufen.«

»Für mich geht es um dieses Gebäude«, sagte Winter. »Julian hat es mir mit Brookes Hilfe vor der Nase weggeschnappt und ich will es zurückhaben.«

»Ich habe ihm nicht von dem verdammten Gebäude erzählt!«, sagte Brooke, aber sowohl Winter als auch Hannah ignorierten sie.

»Wäre es das wirklich wert?« Hannah sah von Winter zu Brooke. »Wenn ihr euch gegenseitig vor Gericht zerrt und dort öffentlich die schmutzige Wäsche der gesamten Familie wascht, würdet ihr eure Beziehung für immer zerstören.«

»Das ist es ja gerade«, sagte Brooke mit ernster Miene. Ihr Grinsen war wie weggewischt. »Wir haben sowieso keine Beziehung.«

»Weil Beziehungen Arbeit erfordern und keine von euch sich die Mühe gemacht hat, Arbeit zu investieren.«

Nun starrten beide sie an, aber Hannah blieb standhaft.

»Ihr spielt beide weiterhin das Spiel, das Julian euch aufgezwungen hat.« Sie zeigte auf Winter. »Du tust alles, um zu beweisen, dass du nicht die ewige Zweite bist, indem du alles daransetzt, Brooke zu schlagen.« Sie drehte sich um und deutete auf Brooke. »Und du provozierst sie weiter, tust dein Bestes, damit sie dich hasst, sodass du einen Grund hast, sie ebenfalls zu hassen, weil das einfacher ist, als deinen Vater für alles zu hassen, was er dir und deiner Mutter angetan hat.«

Plötzlich wurde es still im Wohnzimmer.

Hannah holte tief Luft, dann klappte sie den Mund zu, als hätte das, was sie gesagt hatte, sie selbst überrascht.

Es klingelte an der Tür, was alle aus ihrer Erstarrung erwachen ließ.

»Quatsch«, sagten Winter und Brooke gleichzeitig.

Aber Winter merkte, dass sie nicht leidenschaftlich davon überzeugt war. Vielleicht war an dem, was Hannah gesagt hatte, ein winziges Körnchen Wahrheit dran. Vieles von dem, was zwischen ihnen schiefgelaufen war, hatte mit Julian zu tun, aber keine von ihnen war von dem Weg abgewichen, auf den er sie als Kinder geführt hatte.

Das schloss natürlich nicht aus, dass Brooke, wie ihr Vater, ein Arschloch war.

Sie ging zur Tür. Vermutlich war es Mr Woodruff und sie wollte die Sache jetzt endlich hinter sich bringen.

Mr Woodruff rückte seine Krawatte zurecht und lehnte sich in dem Sessel nach vorn, den sie näher an die Couch geschoben hatten, wo alle anderen saßen. »Bevor wir zum offiziellen Teil kommen, bat mich Mr Lambert, jeder von Ihnen einen Brief zu überreichen und mich zu vergewissern, dass Sie ihn lesen.«

Winter verzog das Gesicht. Natürlich musste der alte Fuchs selbst nach seinem Tod das letzte Wort haben.

Brooke seufzte und legte den Umschlag mit den Fotos beiseite, behielt ihn aber auf dem Schoß, als wollte sie ihn zur Hand haben, sobald alle ihre Briefe gelesen hatten.

Mr Woodruff schob drei Umschläge über den Tisch. Jeder war mit einem Namen beschriftet – Winter, Brooke, Hannah.

Winter nahm ihren. Er erinnerte sie an die Umschläge, die sie zu Geburtstagen und zu Weihnachten bekommen hatte. Jeder hatte einen großzügigen Geldbetrag beinhaltet und nichts weiter, denn Julian hatte sie nie gut genug gekannt, um zu wissen, was er ihr schenken sollte.

Unter Mr Woodruffs erwartungsvollem Blick riss sie den Umschlag auf, zog ein Blatt Papier heraus und entfaltete es. Sie erkannte Julians kühne und doch präzise Handschrift. Wenigstens hatte er den Brief nicht von einem Assistenten schreiben lassen.

Na schön. Sie würde ihn lesen und dann für immer mit Julian P. Lambert abschließen. Sie lehnte die Schulter gegen Hannahs, die zwischen ihr und Brooke saß, und begann zu lesen.

Liebe Winter,
das Beste, was ein alter, kranker Mann wie ich über sein Leben sagen kann, ist, dass er nichts zu bereuen hat. Leider bereue ich eine Menge Dinge.

Winter umklammerte den Brief mit beiden Händen. Was genau bereute er? Dass er eine Affäre gehabt und sie gezeugt hatte? Sie zwang sich, weiterzulesen.

Dinge, über die ich nie gesprochen habe, weil ich nicht dazu erzogen wurde, über meine Gefühle zu reden. Habe ich dir jemals erzählt, dass meinem Vater von einem Mähdrescher der kleine Finger abgerissen wurde, als ich noch ein Kind war?

Nein, natürlich hatte er ihr das nicht erzählt. Er hatte selten über seine Familie gesprochen und ihr das Gefühl gegeben, dass sie nicht dazugehörte.

Er hat sich selbst zum Krankenhaus gefahren und stand vier Stunden später wieder auf dem Feld, um den restlichen Mais zu ernten. Er wurde dazu erzogen, niemals Schwäche zu zeigen oder sich selbst oder andere zu bemitleiden.

So habe ich auch mein Leben gelebt, und ich wollte, dass du und Brooke das auch so macht. Ich dachte, es würde euch stark machen, aber jetzt bin ich mir nicht mehr sicher. Vielleicht seid ihr dadurch bloß einsam geworden, genau wie ich.
Vielleicht hätte ich mehr mit dir reden und dir mehr erklären sollen, zum Beispiel, warum ich dir das Gebäude vor der Nase weggeschnappt habe, als Luigi mir davon erzählt hat.

Winter erstarrte. Luigi? Scheinbar hatte Mr Vettorello, der Vorbesitzer, ihm erzählt, dass das Gebäude zum Verkauf stand. *Mist.* Also hatte Brooke die ganze Zeit die Wahrheit gesagt. Sie hatte Winters Vertrauen nicht missbraucht. Winter sah zu ihr hinüber.

Brooke war in ihren eigenen Brief vertieft. Ihre Miene war entspannt, als würde sie die Speisekarte in einem Restaurant lesen. Entweder waren Julians letzte Worte an seine Lieblingstochter nicht sonderlich persönlich oder sie hatte den undurchdringlichsten Gesichtsausdruck aller Zeiten.

Winter bemühte sich um ein ähnlich überzeugendes Pokerface, während sie ihre Aufmerksamkeit wieder dem Brief auf ihrem Schoß zuwandte.

Ich habe es nicht nur getan, weil ich ein gemeiner alter Mistkerl bin. Na schön, ich wollte dir eine Lektion erteilen und dir beibringen, dass man einen Deal nicht aus den Augen lässt, bevor man ihn nicht unter Dach und Fach hat, aber hauptsächlich habe ich es gekauft, weil meine Gesundheit den Bach runterging und das Gebäude in der Nähe der Dialysepraxis und Brookes Büro war und ich nicht zugeben wollte, dass ich nach meinen Behandlungen nicht mehr die Kraft hatte, nach Hause zu fahren.

Als Winter das Ende der Seite erreichte, drehte sie den Brief um und las weiter.

Ich bin alt und sterbe bald. Es ist zu spät für mich, mein Verhalten zu ändern. Aber vielleicht ist es für dich noch nicht zu spät. Wenn du diesen

Brief liest, hoffe ich, dass du die zweiundneunzig Tage mit Hannah gut überstanden hast. Hoffentlich hast du sie nicht nur irgendwie durchgestanden. Hannah ist eine ganz erstaunliche junge Frau, völlig anders als die Menschen in meinem Umfeld. Jede Woche konnte ich eine Stunde lang bei ihr ein anderer Mensch sein, und ich dachte mir, vielleicht könnte sie auch dir diese Gelegenheit geben, wenn ich euch zwinge, etwas Zeit miteinander zu verbringen. Vielleicht kann es für dich ein Neuanfang werden.

Mit meinen besten Wünschen für dein weiteres Leben,

Dein Vater

Der Brief enthielt keine Entschuldigung, obwohl er sie angedeutet hatte, indem er von Dingen sprach, die er bedauerte. Und auch kein »Ich liebe dich«, aber das hatte sie auch nicht erwartet. Das, was er geschrieben hatte, war ebenso unerwartet.

Julian hatte sie gezwungen, mit Hannah zusammenzuleben, um ihr eine Chance zu geben, sich zu ändern. Verdammt, sein lächerlicher Plan hatte sogar funktioniert! So, wie sie jetzt auf der Couch saß, Schulter an Schulter mit Hannah, ihre tröstliche Wärme suchend, fühlte sie sich komplett anders.

Wäre sie ohne Hannahs Einfluss bereit gewesen, Julians Worte auf sich wirken zu lassen und zwischen den Zeilen zu lesen, oder hätte sie den Brief wieder in den Umschlag gesteckt, Brooke böse angefunkelt und wäre hinausgestürmt?

Hannah lehnte ihren Kopf an Winters Schulter. Sie hatte ihren Brief schon zu Ende gelesen und schob ihn zurück in den Umschlag. »Geht es dir gut?«, flüsterte sie ihr ins Ohr.

Winter nickte, hielt dann inne und flüsterte: »Nein. Aber das wird schon wieder.«

Sie musste über vieles nachdenken, aber sie war entschlossen, nicht so zu enden wie Julian.

Hannah legte ihre Hand auf Winters, die noch immer den Brief umklammerte. Winter ließ ihn auf ihren Schoß fallen, um ihre Finger mit Hannahs verschränken zu können.

Mr Woodruff räusperte sich. Er starrte auf ihre Hände, dann wandte er rasch den Blick ab. »In Ordnung. Wenn Sie alle mit Ihren Briefen fertig sind, lassen

Sie uns mit der Verteilung des Trustvermögens beginnen, angefangen mit diesem Gebäude. Ich gehe davon aus, alle Begünstigten und Erben stimmen mir zu, dass die Bedingungen des Trusts erfüllt wurden?« Er sah von Winter und Hannah, die nickten, zu Brooke.

Brooke brauchte eine gefühlte Ewigkeit, um ihren Brief wegzustecken. Sie nahm den Umschlag mit den Fotos und öffnete ihn, als würde sie jeden Moment die Bilder auf den Couchtisch werfen. »Um ehrlich zu sein …«

Winter umklammerte Hannahs Hand fester.

»… stimme ich tatsächlich zu.« Brooke stand auf, nickte Mr Woodruff knapp zu und warf Winter den Umschlag mit den Fotos zu. »Alles Gute zum Geburtstag. Ich bin fertig mit diesem Mist.« Sie warf Hannah einen flüchtigen Blick zu und schlenderte dann an ihnen vorbei. Das Klackern ihrer Absätze verklang, als sich die Wohnungstür hinter ihr schloss.

Winter starrte ihr nach.

Hannah ließ ihre Hand los und deutete zum Flur. »Geh ihr nach.«

Winter sprang auf und rannte ihrer Schwester hinterher, wobei sie in ihrer Eile fast gegen die Garderobe prallte. Sie riss die Tür auf. »Brooke, warte!«

Brooke stand vor dem Aufzug und drückte wiederholt den Knopf, als käme der Fahrstuhl dadurch schneller.

Bitte nicht der Aufzug! Wenn sie Brooke dorthinein folgte, würden sie bis auf alle Ewigkeit im Fahrstuhl feststecken und »Blödsinn« rufen. Schnell schob sie sich an Brooke vorbei und versperrte ihr den Weg.

»Was ist denn noch?«, knurrte Brooke. »Du hast doch, was du willst. Ich bin nicht in der Stimmung für ein Gespräch.«

Winter holte tief Luft. »Bist du in der Stimmung für eine Entschuldigung?«

»Ich werde mich nicht entschuldigen. Einen Privatdetektiv zu beauftragen, war durchaus im Rahmen –«

»Nein, du verstehst nicht. *Ich* entschuldige mich bei *dir*. Ich war überzeugt, dass du Julian von meinen Plänen, das Gebäude zu kaufen, erzählt hast. Aber jetzt weiß ich, dass du es nicht warst, und deshalb …« Himmel, das fiel ihr wirklich schwer. Winter straffte die Schultern. »Es tut mir leid.«

Brooke starrte sie an. Ihr Pokerface kam ins Wanken, bevor sie ruhig nickte. »Entschuldigung angenommen.«

Winter starrte zurück. Das hatte sie nicht erwartet. Hatte Julian Brooke in ihrem Brief ebenfalls aufgefordert, offen für Veränderungen zu sein?

»Was ist?«, fragte Brooke unwirsch. »Wartest du etwa auf eine Umarmung?«

Der Gedanke, Brooke in den Arm zu nehmen … Nein, das kam nicht infrage. Hannah war die Einzige, die sie umarmen durfte. »Nein danke.«

»Dann geh mir aus dem Weg.«

Als Winter zur Seite trat, marschierte Brooke durch die geöffneten Aufzugstüren. Im Fahrstuhl drehte sie sich um und ihre Blicke trafen sich.

Einen Moment lang dachte Winter, Brooke würde etwas freundlicher dreinblicken.

Die Türen begannen sich zu schließen.

Sollte sie etwas Nettes sagen? Ihr fiel nichts ein.

Brooke nickte ihr zu. »Ich schicke dir die Rechnung für den Privatdetektiv.«

»Wie bitte? Nein, auf keinen Fall.«

»Doch. Jetzt, da ich das Gebäude nicht erbe, kann ich ihn nicht mehr von der Steuer absetzen.«

Mit einem dumpfen Laut schlossen sich die Türen, sodass Brooke das letzte Wort hatte.

Genau wie ihr Vater.

Mr Woodruff verabschiedete sich mit dem Versprechen, alle rechtlichen Schritte einzuleiten und ihnen die Besitzurkunde für das Gebäude so schnell wie möglich zu übergeben.

Aber im Moment war Hannah das Gebäude ziemlich egal. Stattdessen wollte sie nur eines: Winter in die Arme nehmen und herausfinden, wie es ihr ging.

Winter hatte ihr Pokerface aufgesetzt, als sie mit dem Anwalt gesprochen hatte. Es war die undurchdringliche Miene, die sie immer dann zur Schau stellte, wenn sie mit Gefühlen rang, die sie sich nicht eingestehen wollte.

Wortlos nahm Hannah ihre Hand und zog sie in Richtung von Winters Schlafzimmer.

»Ich hätte nicht gedacht, dass ich das jemals sagen würde, aber ich bin nicht in der Stimmung für –«

Hannah wischte ihren Protest mit einem zärtlichen Kuss beiseite. »Ich will dich nicht verführen. Ich möchte dich nur halten … sofern du das auch willst.«

Statt zu antworten, ließ sich Winter aufs Bett sinken, als wäre sie zutiefst erschöpft und hätte nur darauf gewartet, dass Hannah fragte. Sie legte sich auf die Seite und rutschte nach rechts, sodass hinter ihr Platz für Hannah war.

Einen Moment lang starrte Hannah auf Winters Rücken. Winter wollte der kleine Löffel sein! Nicht um zu beweisen, dass sie es konnte, sondern weil sie getröstet werden wollte.

Hannah kletterte so hastig aufs Bett, als stände der Fußboden in Flammen. Sie schob sich hinter Winter, bis kein Zentimeter Platz mehr zwischen ihnen war. Sanft ließ sie die Finger durch Winters Haar gleiten, zog Linien und Kreise von der Schläfe bis zum Hinterkopf und streichelte sie zärtlich.

Winter lag völlig still da.

Schließlich spürte Hannah, wie sich die angespannten Muskeln in Winters Rücken und Schultern entspannten. »Willst du darüber reden?«, flüsterte Hannah.

Winter drehte sich in ihren Armen um. Ihre Beine waren immer noch mit Hannahs verschränkt. So lag sie eine Weile da und sah Hannah einfach nur in die Augen. Dann griff sie hinter sich und reichte ihr den Brief, den sie mit ins Schlafzimmer genommen hatte. »Lies ihn.«

Oh. Das hatte Hannah nicht erwartet. Ein Kloß bildete sich in ihrem Hals. Das war ein riesiger Vertrauensbeweis. Ihre Hände zitterten, als sie den Brief entgegennahm.

Der Kloß wuchs mit jedem Wort, das sie las. *O Jules.* Sein ganzes Leben lang keine Schwäche oder Liebe zeigen zu können … Das machte sie traurig – seinetwegen, wegen Brooke, aber vor allem wegen Winter.

Hannah legte den Brief weg, schlang ihren Arm um Winter und drückte sie so fest sie konnte. »Wie geht es dir?«

»Ganz ehrlich? Ich fühle mich wie ein angestochener Luftballon.«

Hannah hielt sie fest und wartete.

»Ich war wütend auf ihn, als er mich dazu gezwungen hat, für zweiundneunzig Tage mit dir zusammenzuwohnen. Ich war so wütend, dass ich fast das Erbe ausgeschlagen hätte.«

»Ich bin froh, dass du es nicht getan hast«, sagte Hannah.

Winter wich ein kleines Stück zurück, um Hannah ansehen zu können. »Ich auch. Aber ich bin nicht erst seit zweiundneunzig Tagen wütend. Ich habe mein ganzes Leben damit verbracht, wütend auf ihn zu sein.«

»Und jetzt?«

»Ich bin immer noch wütend. Er war nicht der nette alte Mann, für den du ihn hältst. Nicht für mich.«

»Ich weiß. Ich habe mich damit abfinden müssen. Ich war auch sehr wütend auf ihn, seit ich dich besser kennengelernt und erkannt habe, was er dir mit seiner

Verschlossenheit und Härte angetan hat. Ich weiß jetzt, dass er nicht der war, für den ich ihn gehalten habe. Aber er war auch nicht der, für den du ihn gehalten hast. Zumindest nicht nur. Ich glaube, er hat dich geliebt, auf seine eigene seltsame Art. Oder er wollte es zumindest. Er wusste nur nicht, wie.«

Winter seufzte. »Du hast recht. Das ist auch der Grund, warum ich mich fühle wie ein angestochener Luftballon. Ein Teil der Wut entweicht langsam, aber ich weiß nicht, was ich mit einem halb vollen Ballon anfangen soll.«

Die Art, wie Winter sie ansah – so offen und hilflos – raubte Hannah den Atem. »Füll ihn mit etwas anderem.«

Ein Lächeln machte sich auf Winters Gesicht breit, zwar zögerlich, aber aufrichtig, und es ließ Hannahs Herz höherschlagen. »Irgendwelche Vorschläge, womit wir den Ballon füllen könnten?«, fragte Winter.

»Liebe«, sagte Hannah. »Familie. Freunde. Fußmatten mit kleinen Herzen.«

Winter lachte. »Jetzt übertreibst du aber. Unser schlichter blauer Fußabtreter muss genügen.«

Aber würde es ihre gemeinsame Fußmatte bleiben, nachdem die Trustbedingung nun erfüllt war? Sie hätte gern gefragt. Aber tief in ihrem Inneren wusste sie, dass Winter diese gewagte Entscheidung nur selbst treffen konnte.

»Was hat er dir geschrieben?«, fragte Winter nach einer Weile.

»Du kannst den Brief nachher selbst lesen, wenn du magst. Im Grunde war es ein Dankeschön. Er dankte mir dafür, dass ich ihm geholfen habe, zu erkennen, was er verpasst hat. Leider dachte er wohl, es sei zu spät, an seinem Leben oder an seiner Beziehung zu dir und zu Brooke noch etwas zu ändern.«

»Ich bin froh, dass er es nicht versucht hat. Ich kann mir nicht vorstellen, mich von ihm umarmen zu lassen.«

»Ich weiß.« Hannah strich mit der Rückseite ihrer Finger über Winters Wange. »Und das war ihm selbst auch klar. Er wusste auch, wenn er dich und Brooke zwingen würde, drei Monate lang zusammenzuleben, würdet ihr euch innerhalb einer Woche gegenseitig umbringen.«

»Eine Woche?« Winter schnaubte. »Wohl eher innerhalb von vierundzwanzig Stunden. Ich habe mich vorhin bei ihr entschuldigt, und sie hat die Entschuldigung angenommen, aber ich glaube nicht, dass Brooke und ich einander in nächster Zukunft die Haare flechten werden. Meins ist sowieso zu kurz.«

Hannah fuhr durch die kurzen, silbernen Strähnen.

Winter zog sie noch enger an sich und schob ihren freien Arm unter Hannahs Hals, sodass Hannahs Kopf nun auf Winters Schulter ruhte.

Einen Moment lang herrschte friedliche Stille.

»Hannah?«

»Hm?«

»So wütend ich auch wegen der zweiundneunzig Tage war, ich glaube, sie waren nicht genug.«

Hannah hielt den Atem an. Ging das, was Winter zu sagen versuchte, in die Richtung, die auch sie sich wünschte?

»Ich möchte mehr Zeit mit dir verbringen. Sehr viel mehr Zeit. Vielleicht würden zweiundneunzig Jahre ausreichen.«

War es möglich, vor lauter Glück an die Decke zu schweben? Sie hielt sich an Winter fest. »Das ist eine sehr lange Zeit«, sagte Hannah mit trockenem Mund.

»Ja. Deshalb denke ich, wir sollten sie an einem Ort verbringen, an dem wir uns beide wohlfühlen. Zum Beispiel hier.« Mit einer Halbkreisbewegung ihres Kinns deutete Winter die Wohnung an. »Entsprechen wir zu sehr dem Klischee, das frauenliebenden Frauen nachsagt, dass sie praktisch schon zum zweiten Date einen Möbelwagen mitbringen, wenn wir unsere Wohnungen aufgeben und weiterhin hier zusammenleben würden?«

Hannah brach in schallendes Gelächter aus. »Winter, wir hatten schon bei unserem zweiten Treffen einen Möbelwagen dabei.«

»Stimmt. Also sagst du Ja?«

»Ja! Oder, um dich zu zitieren, ein ganz enthusiastisches Ja!«

Ein Lächeln ließ Winters Gesicht strahlen. »Toll. Aber weißt du, ich glaube, ich habe meine Meinung geändert.«

Hannah hätte sich vielleicht erschrocken, wäre da nicht das neckische Glitzern in Winters Augen gewesen. »Worüber?«

»Darüber, dass ich nicht in der Stimmung bin.« Winter rollte sich auf den Rücken und zog Hannah auf sich.

Als sich ihre Lippen zu einem leidenschaftlichen Kuss trafen, warf Winter den Brief vom Bett.

Sekunden später landeten ihre Oberteile auf dem Blatt Papier. Dann ihre Hosen. Schließlich hörte Hannah auf, darauf zu achten, wo ihre Kleidung landete, und konzentrierte sich nur noch auf Winters stürmische Küsse und ihre warme Haut.

Epilog

Zehn Monate später

Winter machte sich noch immer nichts aus Umarmungen, aber sie waren unvermeidlich, wenn man eine Gruppe professioneller Kuschler begrüßte, vor allem, wenn Hannah nicht da war, um sie abzuwehren.

Wenigstens umarmte Tammy sie nur kurz mit einem Arm, statt ihr eine Ganzkörperumarmung aufzudrücken, denn Mama Bär hatte *Nobody is perfect* zum Spieleabend mitgebracht, sodass sie nur eine Hand frei hatte.

»Wo ist Hannah?«, fragte Max, während er ihr einen Sechserpack Bier überreichte.

»Sie ist spät dran, kommt aber gleich.« Hoffentlich würde sich der Andrang im Flur, wo sich alle umarmten und begrüßten, bis dahin aufgelöst haben.

Tammy, Valentina und Max tauschten einen vielsagenden Blick aus.

»Scheidung?«, fragte Valentina.

Winter zuckte angesichts des Kuschlerfachjargons mittlerweile mit keiner Wimper mehr. »Nein. Sie legt letzte Hand an ihrem neuen Kuschelstudio an.« Im Erdgeschoss war endlich eine Einzimmerwohnung frei geworden, die sie als separaten Arbeitsplatz für Hannah eingerichtet hatten.

»Was macht ihr mit dem bisherigen Studio?«, fragte Tammy.

»Wir überlegen, es als Gästezimmer zu nutzen, weil uns Hannahs Nichte und ihr Neffe öfter besuchen, aber für den Moment haben wir erst einmal die Massageliege reingestellt.«

»Ich dachte, du wolltest sie verkaufen«, sagte Valentina.

Gut, dass Hannah nicht da war, sonst hätte ihr Erröten sie sofort verraten. »Wir haben beschlossen, sie doch zu behalten. Ich habe oft ganz verspannte Schultern. Von der ganzen Arbeit am Computer, weißt du?«

Winter spürte, wie Hannah hinter ihr die Wohnung betrat, noch ehe sie ihr amüsiertes Kichern hörte. »O ja, völlig verspannt.« Sie schlang von hinten die Arme um Winter und drückte ihr einen Kuss auf die Schulter. »Sie braucht tägliche Massagen.«

Winter brummte zustimmend, aber gerade als sie sich umdrehen und Hannah küssen wollte, schien Hannah aufzufallen, dass sie Gesellschaft hatten.

»Hey, Leute!« Sie ließ Winter los und begann, ihre Freunde zu umarmen. »Seht mal, wen ich auf dem Weg nach oben getroffen habe!«

Als sich der Tumult an der Tür endlich legte und Tammys stämmiger Ehemann zur Seite trat, kam Brooke hinter ihm zum Vorschein. Wie immer stolzierte sie förmlich herein, als wäre sie ein Filmstar, der über einen roten Teppich schritt.

Zu Winters Enttäuschung trauten sich nicht einmal die Kuschler, sie zu umarmen. Vermutlich lag es daran, dass Brooke heute zum ersten Mal beim Spieleabend dabei war.

Izzy, Brookes ehemalige Assistentin und jetzige Lebensgefährtin, betrat hinter ihr die Wohnung und beendete Brookes Stolzieren über den roten Teppich, indem sie ihre Hand nahm und sie zurückhielt, als sie an Winter vorbeischlendern wollte. »Vergiss nicht, deine Schwester zu begrüßen.«

»Hallo, Schwesterchen«, sagte Brooke, als tue sie es nur ihrer Partnerin zuliebe, die ihr sofort einen tadelnden Blick zuwarf. »Hast du an den Wein gedacht?«

»Ups, tut mir leid, das habe ich ganz vergessen. Du musst wohl Bier trinken, wie wir Normalsterblichen auch.«

Hannah stieß Winter spielerisch mit der Hüfte an. »Hör nicht auf sie, Brooke. Natürlich haben wir Wein im Haus.«

Aber zum Weintrinken würden sie nicht kommen, solange sie alle hier im Flur herumstanden und sich unterhielten.

Brooke blieb vor einem gerahmten Foto neben der Garderobe stehen. »Ihr habt eines der Bilder aufgehängt? Dann hätte ich dir wirklich die Rechnung schicken sollen!«

»In letzter Zeit haben wir so viele Wochenenden in Sunriver verbracht, dass Chewy und ich uns angefreundet haben«, sagte Winter beiläufig.

»Chewy?« Hannah stieß sie erneut an. »Das Pferd ist der Grund, warum du das Foto aufgehängt hast? Nicht, weil es das erste Bild ist, das dich mit der Liebe deines Lebens zeigt?«

Winter zuckte mit den Schultern, konnte aber nicht umhin, ihr ein Lächeln zu schenken, das hoffentlich nicht zu verschossen wirkte. »Ja, deshalb auch.« Um ehrlich zu sein, hatte sie das Foto aufgehängt, um Brooke zu ärgern, aber vor allem, weil ihr gefiel, wie Hannah sie im Bild ansah. Der Blick ließ ihr jedes Mal die Knie weich werden, wenn sie an dem Foto vorbeiging.

»Wenigstens wusste der Privatdetektiv, den ich engagiert hatte, wie man ein Foto macht, ohne jemandem den Kopf abzuschneiden«, sagte Brooke und fügte mit Blick zu Hannah hinzu: »Im Gegensatz zu gewissen anderen Leuten.«

Winter hielt gerade noch das Knurren zurück, das aus ihrer Kehle aufsteigen wollte. *Du bist nicht ihr Bodyguard, schon vergessen?* Diesen Satz hatte sie sich in den vergangenen Monaten oft gesagt, vor allem am Anfang, und sie würde ihn bald wieder öfter benutzen, wenn Hannah sich im neuen Kuschelstudio mit Kunden traf, wo Winter nicht mehr in der Nähe war.

Aber sie vertraute darauf, dass Hannah selbst auf sich aufpassen konnte. Außerdem hatte sie Mrs Kline beiläufig von ihrer Sorge um Hannah erzählt. Daraufhin hatte die alte Dame versprochen, das Kuschelstudio direkt neben ihrer Wohnung im Auge zu behalten.

»Das ist also deine Schwester?«, flüsterte Valentina, als die übrigen Gäste ins Wohnzimmer gingen. »*Nossa*, sie ist echt heiß! Aber was macht sie hier? Ich dachte, ihr hasst euch.«

Winter zuckte mit den Schultern. Sie hasste Brooke nicht. Es gab Momente, in denen sie ihre Halbschwester beinahe erträglich fand, auch wenn diese eine arrogante Klugscheißerin sein konnte. »Das ist eine lange Geschichte. Ich erzähle sie dir vielleicht ein anderes Mal.«

»Winter«, sagte Hannah, als Valentina zu einer weiteren Frage ansetzte, »würdest du mir mit dem Wein helfen?«

Winter hob die Augenbrauen. Hannah bestand darauf, dass sie sich notfalls selbst verteidigen konnte, aber sie brauchte Hilfe beim Öffnen einer Weinflasche? Dagegen hatte Winter nichts einzuwenden, vor allem deshalb nicht, weil sie so Valentinas Fragen aus dem Weg gehen und vielleicht in der Küche einen Kuss abstauben konnte.

Hannah nahm ihre Hand und zog sie hinüber zur Anrichte, wo die Flasche Rotwein stand, die sie für Brooke gekauft hatten. »Brooke und Izzy sind irgendwie süß als Paar, findest du nicht?«

»Süß? Meine Schwester ist nicht süß.« Winter hatte sich erst daran gewöhnen müssen, Brooke als ihre Schwester zu bezeichnen. Genauso ungewohnt war es, Brooke verliebt zu sehen. »Es sei denn, du findest Barrakudas süß.«

Hannah grinste. »Ich finde *dich* süß.«

Winter warf ihr einen eisigen Blick zu, aber zugegebenermaßen war er effektiver, wenn sie ihn nicht gerade bei einer Person anwandte, die genau wusste, dass Winter sie über alles liebte. »Du wolltest doch sicherlich *atemberaubend* sagen. Oder vielleicht *wahnsinnig sexy*. Geradezu *umwerfend attraktiv*.«

Dann fiel ihr kein anderes Adjektiv mehr ein, als Hannah mit beiden Händen nach ihrer Bluse griff, Winter an sich zog und sie küsste.

»Ja«, flüsterte Hannah gegen ihre Lippen, als der Kuss schließlich endete, »genau das wollte ich sagen.«

»Vielleicht können wir später genauer ergründen, wie sexy du mich findest.«

Hannah gab einen leisen Laut von sich, der Winter einen Schauder über den Rücken jagte. »Dazu würde ich nicht Nein sagen.«

Winter fand den Korkenzieher in Windeseile, schnappte sich die Weinflasche von der Anrichte und öffnete sie energisch. Je schneller die Flasche geleert war und alle Gäste sich verabschiedet hatten, desto eher konnte sie sich mit Hannah ins Schlafzimmer zurückziehen.

»Ähm, eigentlich habe ich gar keine Hilfe mit dem Wein gebraucht«, sagte Hannah. »Ich wollte dir nur eine kurze Auszeit gönnen. Ich weiß, die ganze Clique im Haus zu haben, kann ziemlich anstrengend für dich sein.«

Hannah kannte sie erstaunlich gut. Früher hätte Winter nicht gewollt, dass jemand sie derart durchschaute, aber Hannah gegenüber sah sie es nicht mehr als Schwäche an, ganz offen zu sein.

»Außerdem«, fügte Hannah hinzu und stellte sich auf die Zehenspitzen, um näher an Winter heranzukommen, »wollte ich unbedingt einen Moment mit dir allein sein. Um dich zu küssen.« Was sie dann auch tat. Zweimal. »Und um dir zu sagen, dass ich dich liebe.«

»Ich liebe dich auch.« Die Worte kamen ihr jetzt mühelos über die Lippen, aber sie sagte es trotzdem nie einfach nur so dahin, sondern immer von ganzem Herzen. Jetzt empfand sie sogar noch mehr für Hannah als noch vor zehn Monaten, denn sie hatte Hannah inzwischen noch besser kennengelernt und zugelassen, dass auch Hannah andere Seiten von ihr entdeckte.

Hannah lächelte und streichelte mit einer Fingerkuppe die Falte über Winters Nasenwurzel. »Über welche tiefgreifenden Dinge grübelst du gerade nach?«

»Ach, du weißt schon.« Das Eingeständnis brachte ihre Wangen zum Glühen, aber sie sprach trotzdem weiter. »Darüber, wie glücklich ich bin.«

»Das muss am Oxytocin liegen, weil wir ständig miteinander kuscheln«, sagte Hannah. »Denn ich bin auch sehr glücklich.«

»Hey, ihr zwei, warum dauert das so lange?«, rief Brooke aus dem Wohnzimmer. »Baut ihr erst die Trauben für den Wein an, oder was?«

Winter knurrte grimmig, dann drückte sie Hannah einen letzten Kuss auf die Lippen. »Komm. Lass sie uns gemeinsam umbringen.«

Grinsend nahm Hannah ihre Hand und den Wein und folgte ihr ins Wohnzimmer.

Falls Ihnen dieses Buch gefallen hat, könnte Sie auch *Auf schmalem Grat* von Jae interessieren. In diesem Roman verliebt sich Dawn, die Therapeutin aus Kapitel 1, in die Polizistin, die in ihrem Fall ermittelt.

Nachwort der Autorin

Wie Hannah gehöre auch ich zu den 2 bis 3 Prozent der Bevölkerung, die von Afantasie betroffen sind, also keinerlei bildliche Vorstellungskraft besitzen.

Bei einigen Menschen bezieht sich die Afantasie nur auf das visuelle Vorstellungsvermögen, während bei anderen (wie bei Hannah und mir) alle mentalen Sinnesmodalitäten betroffen sind. Beim Schreiben dieses Romans konnte ich Hannah und Winter nicht vor mir sehen. Ich hatte auch keine detaillierte Vorstellung von ihrer Umgebung, konnte ihre Stimmen oder das Schnauben von Chewy, dem Pferd, nicht hören, das Eis mit Notfallstreuseln nicht schmecken und die Pizza beim Spieleabend nicht riechen.

Für mich geht es beim Schreiben und auch beim Lesen von Romanen hauptsächlich um die Gefühle und um die Beziehung zwischen den Charakteren. Diesen Aspekt kann auch ich voll und ganz genießen, und ich hoffe, dass das auch in diesem Buch deutlich wurde.

Mehr Informationen zum Thema Afantasie sowie Interviews mit drei lesbischen Autorinnen, die Afantasie haben, finden Sie auf meiner Webseite.

Herzlichen Dank fürs Lesen
Jae

Ebenfalls im Ylva Verlag erschienen

www.ylva-verlag.de

Auf schmalem Grat

(Portland-Serie – Buch 1)

Jae

ISBN: 978-3-95533-302-7
Umfang: 349 Seiten (136.000 Wörter)

Detective Aiden Carlisle hat keine Zeit für Beziehungen. Psychologin Dawn Kinsley wollte sich nie wieder mit einer Polizistin einlassen, aber als die beiden sich auf einer Fortbildung kennenlernen, fühlen sie sich sofort zueinander hingezogen.

Als Dawn einem Verbrechen zum Opfer fällt, wird Aiden mit der Ermittlung betraut – und balanciert auf dem schmalen Grat zwischen Verpflichtung und Liebe.

Sag niemals »Nein« zum Glück

Rachael Sommers

ISBN: 978-3-96324-622-7
Umfang: 234 Seiten (79.000 Wörter)

Mit ihrem Collegeabschluss in der Tasche freut sich Emily auf New York. Gleich in der ersten Woche erhält sie ein fantastisches Jobangebot als Nanny. Der Haken: Ihre Chefin Camila ist Geschäftsführerin eines Fernseh-Imperiums, offen bisexuell und Emilys Schwarm.

Ein Liebesroman, der beweist, dass Gegensätze sich manchmal wirklich anziehen.

Wer kennt Jessica Lambert?

Clare Ashton

ISBN: 978-3-96324-579-4
Umfang: 332 Seiten (121.000 Wörter)

Als Anna in der Londoner U-Bahn Jess begegnet, wirkt die attraktive junge Frau, als sei sie auf der Flucht. Anna hilft ihr, ohne zu ahnen, dass Jess eine der bekanntesten Filmschauspielerinnen ist und in genau der Öffentlichkeit steht, aus der Anna sich seit Jahren zurückgezogen hat. Werden die beiden Frauen trotzdem zusammenfinden können?

Liebe auf Fire Island

Susan X Meagher

ISBN: 978-3-96324-510-7
Umfang: 306 Seiten (107.000 Wörter)

Was am Anfang nach einem One-Night-Stand zwischen Hayden, der Assistenzprofessorin aus New York, und Gina, der auffallend attraktiven Kapitänin der Fähre nach Fire Island, aussieht, entwickelt sich bald zu einer leidenschaftlichen Beziehung. Gibt es Hoffnung auf ein Happy End oder sind die Leben der beiden Frauen viel zu unterschiedlich, um auf eine gemeinsame Zukunft hoffen zu dürfen?

Über Jae

Jae wuchs im Weingebiet Süddeutschlands auf. Schon als Kind war sie immer mit der Nase in einem Buch anzutreffen, was ihr den Spitznamen »Professor« einbrachte. Im Alter von elf Jahren begann sie dann mit dem Schreiben eigener Geschichten. Seit 2006 schreibt sie hauptsächlich auf Englisch.

Bis im Dezember 2013 arbeitete sie als Psychologin, gab dann aber ihren Beruf auf, um Vollzeitschriftstellerin und Teilzeitlektorin zu werden. In ihrer Freizeit liest sie nach wie vor gerne, frönt ihrem Eiscreme- und Schreibwarenfaible und schaut viel zu viele Krimiserien.

KONTAKT:

Webseite: www.jae-fiction.de
E-Mail: jae@jae-fiction.de

Bibliografische Information der Deutschen Bibliothek
Die Deutsche Bibliothek verzeichnet diese Publikation in der Deutschen Nationalbibliografie; detaillierte bibliografische Daten sind im Internet über www.dnb.de abrufbar.

1. Auflage

Taschenbuchausgabe November 2022 bei Ylva Verlag, e.Kfr.

ISBN: 978-3-96324-731-6

Dieser Titel ist als Taschenbuch und E-Book erschienen.

Korrektorat: Kati Krüger
Satz & Layout: Ylva Verlag e.Kfr.
Bildrechte Umschlagillustration vermittelt durch Shutterstock LLC; iStock; AdobeStock
Coverdesign: Streetlight Graphics

Kontakt:
Ylva Verlag, e.Kfr.
Inhaberin: Astrid Ohletz
Am Kirschgarten 2
65830 Kriftel
Tel: 06192/9615540
Fax: 06192/8076010
www.ylva-verlag.de
info@ylva-verlag.de
Amtsgericht Frankfurt am Main HRA 46713

Printed in Germany
by Amazon Distribution
GmbH, Leipzig

28564871R00220